BASTEI LÜBBE

HANNES WERTHEIM

Der Kapuzinermönch

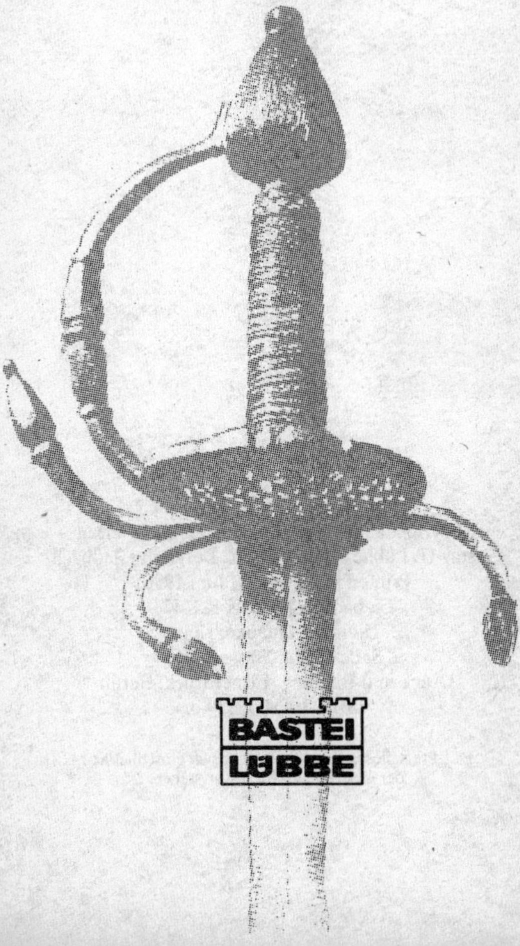

BASTEI LÜBBE

BASTEI-LÜBBE-TASCHENBUCH
Band 12 519

Originalausgabe

Printed in Germany, Juni 1996
Einbandgestaltung: K.K.K.
Titelfoto: Quauke, Köln
Satz: MPM, Wasserburg
Druck und Bindung: Elsnerdruck, Berlin
ISBN 3-404-12519-3

Der Preis dieses Bandes versteht sich einschließlich
der gesetzlichen Mehrwertsteuer.

Prolog

»Laßt uns das Papsttum genießen,
da Gott es uns verliehen hat.«

Giovanni di Medici, Papst Leo X. (1513 bis 1521),
genannt der Sonnengott

Der Herbst des Mittelalters zog stürmisch herauf. Die Welt schien auf dem Weg zur Hölle. Dürre herrschte auf den Feldern, schwere Unwetter gingen nieder auf magere Ernten. Immer wieder bebte die Erde, und der Schwarze Tod schwang allenthalben seine Sense. Söldnerheere von Kaisern und Päpsten überzogen Europa mit Krieg und Vernichtung. Blut wurde wie Wasser vergossen, Tränen wie Regen. Es war, als wollten die Engel nun die Schalen des göttlichen Zorns ausleeren. Astrologen erkannten in den Konjunktionen der Planeten, daß die Endzeit gekommen und der Antichrist unter ihnen war. Die Kathedralen verloren an Glanz, die Heilsbotschaft an Trost.

Doch kein Mensch ist dafür geschaffen, auf Dauer ganz ohne Glanz und Trost zu leben. Diesseitige Ausschweifungen milderten die Gottesfurcht der Reichen. Den Armen fraß sich der Hunger in den Bauch. Neue Prediger fanden Gehör, die ihnen allein das Himmelreich verhießen. Doch kein Mensch, schon gar nicht der hungrige, ist dafür geschaffen, auf Dauer ganz von Hoffnung zu leben. Die Ärmsten verloren an Gottvertrauen.

So drohte am Ende des 15. Jahrhunderts die Welt für den Herrn verlorenzugehen und – schlimmer noch – die Menschen für die Kirche. Keine Kirche kann solch heillosen Zustand dulden. Blutrot glühte der Himmel über Europa im Feuerschein der Scheiterhaufen, auf denen sie alle Beförderer ihres Untergangs verbrannte. Und doch schien das Paradies entfernter denn je. Selbst die höchsten Diener Gottes begannen am Jenseits zu zweifeln und richteten sich ihr Himmelreich im Diesseits ein.

Giovanni di Medici steigerte von 1513 bis 1521 als Papst Leo X. die paradiesische Pracht und die Schulden der Kurie ins Unermeßliche. Man nannte ihn den Sonnengott – und ärgsten Widersacher Luthers.

Leo, geboren als florentinischer Fürst, war ein der Welt zugewandter Sinnenmensch, der nach seiner Wahl zum höchsten Mann der Kirche erst zum Priester und dann zum Bischof geweiht werden mußte. Seine päpstliche Hofhaltung ließ sich mit der eines Kaisers messen. Zweihundert Stallburschen pflegten seine prachtvollen Jagdpferde, Hunderte von Lakaien und die besten Leibköche sorgten für das Wohl eines Mannes, der nicht nur Mäzen der Künste, sondern auch ein Lukull war. Fast täglich führte sein Hofnarr ihm Vertilgungsspäße vor, bei denen Dutzende Eier und bis zu sechs Hühner im Schlund des Spaßmachers verschwanden.

Nur ein teutonisch strenger Geist, wie der des kantigen Kerls Luther, konnte darin solch abscheulichen Frevel entdecken, daß er von fern schon 1517 wetterte: »Rom ist verderbter als Babylon und Sodom, eine Pflanzschule greulichster Gottlosigkeit.« Die Höflinge Leos waren sich mit dem Papst einig, der das »als schnödes Mönchsgezänk« abtat.

Leo wußte nicht nur zu nehmen, er wußte auch zu geben. Zweitausend käufliche neue Ämter und Pfründe richtete er für aufstrebende Diakone und zahlungskräftige Prälaten ein. Reiche Kaufmannssöhne erwarben Kardinalshüte.

Gegen Geld übersah Leo ebenso großzügig die läßlichen und weniger läßlichen Sünden seiner Schäflein. Das mächtig heiße Höllenfeuer, an das sogar ein käuflicher Kardinal in stiller Stunde manchmal dachte, verlor unter seiner Hoheit an Hitze und Pein. Freilich waren solche stillen Stunden selten, denn im Vatikan verging kein Tag, an dem nicht Musik erscholl oder ein Ballett aufgeführt wurde. Dafür priesen Spielleute, Narren und Müßiggänger den obersten Hirten. Selbst die zahlreichen Dirnen Roms liebten Leo, denn sie wohnten meist unbehelligt den vielzähligen Geistlichen und Pilgern bei, einige zogen gar als Kurtisanen in die Paläste der Purpurträger.

Golden waren die Tage unter Leo und um so finsterer nach seinem Tod. Sein unstillbarer Hunger nach Luxus und seine Kardinäle hatten die römisch-katholisch-apostolische Kirche eine Milliarde Golddukaten gekostet. Der Kirchenstaat, so spottete man, hatte mehr Gläubiger als Gläubige.

Die Lage war ernst, denn immer unwilliger zahlten jene Untertanen Gottes, die fern von Rom und dem Paradies des Papstes lebten, für einen Platz im vergleichsweise schnöden Jenseits. Es galt, den Glauben zu erneuern. Soviel begriff die Kurie vier Jahre nach Luther. Luther selbst begriff sie nicht. Dieser Habenichts faselte von der Freiheit eines Christenmenschen, der ohne bezahlten Beistand die Seligkeit erlangen könne. Für seine Sünden, so behauptete dieser Hundsfott frech, müsse man nur im Himmel, aber nicht auf Erden bezahlen. Doch den höchsten und hochverschuldeten Geistlichen schien die Armut in Christi kaum erstrebenswert. Damit war kein Staat zu machen, schon gar kein Kirchenstaat.

So entschied sich das Kardinalskollegium nach Leos Tod und langer Klausur für die bewährte Tugend der Strenge, die läuternde Kraft des Schreckens und den unbekannten Kardinal von Tortosa für den Heiligen Stuhl. Ein gebürtiger Flame, der in Spanien mit der Verbrennung von dreißigtausend Ketzern hinreichende Glaubensstrenge bewiesen hatte. Sein Feuereifer, so hoffte man, würde wankelmütige Christen in den Schoß der alleinseligmachenden Kirche zurücktreiben und ihre Zahlungsmoral bessern.

Von dem designierten Papst hieß es zudem, er gönne sich selbst nicht mehr als etwas Gemüsebrühe und reichlich Gebete zum Mittagsmahl. So viel freiwilliger Verzicht überzeugte das Konklave von dem Kandidaten.

Doch kaum hatte der Flame als Hadrian IV. italienischen Boden betreten, erkannten die Kardinäle ihren Irrtum.

Die Purpurträger selbst bekamen den heiligen Eifer des schmächtigen Männchens zuerst zu spüren. Ihre Dirnen, Spielleute und Narren wurden verbannt, Lakaien entlassen, Höflinge vor die Tür gesetzt. Mit einem Federstrich vernichtete der ehemalige spanische Großinquisitor 1250 wohlbestallte Ämter. Er ernannte gut ein Dutzend neuer Kardinäle in ganz Europa, die ihm treu ergeben und enthaltsam waren.

Die weniger ergebenen und enthaltsamen Gefolgsleute Leos drohten leer auszugehen, obwohl sie den neuen Papst mit Liebe und Geschenken überhäuften. Umsonst.

Mit keinem noch so geringen Hofamt, ja nicht einmal mit einem schäbigen Bajocco, der geringsten Kupfermünze des Kirchenstaats, vergalt Hadrian beispielsweise dem Kardinal von Santi Quattro Coronati das köstliche Geschenk der Tiara Leos X., die der eifrige Kirchendiener auf eigene Kosten bei einem Pfandleiher ausgelöst hatte. Ganz Rom haßte Hadrian bald aus tiefstem Herzen.

Doch den flämischen Geizkragen focht das nicht an. Er blieb einsam und unbeweglich wie ein Fels. Selbst der schweren Pest von 1522 zum Trotz blieb er in Rom und las einer Handvoll unwilliger Kardinäle, die nicht rechtzeitig auf ihre Landgüter geflohen waren, die Leviten und Messen.

So sollte der 14. September 1523 als Freudentag in die Geschichte der Ewigen Stadt eingehen, denn die große Glokke des Kapitols verkündete mit lautem, dumpfem Dröhnen Hadrians Tod. Ein Jahr, acht Monate und drei Tage hatte das Pontifikat des Gelehrten gedauert. Lange genug, wie die Römer befanden, und sie hängten Lorbeerkränze an die Haustür seines Leibarztes nahe der Via del Oro. Dem guten Mann war es nicht gelungen, den Heiligen Vater von den Folgen eines Giftanschlages zu kurieren. Dafür zollte man ihm höchstes Lob.

Als es im Oktober 1523 endlich wieder »Habemus papam« hieß, jubelte ganz Rom, denn das Konklave hatte für einen Neffen Leos gestimmt. Giuliano di Medici bestieg als Clemens VII. den Heiligen Stuhl. Gekrümmt von Gicht, da er das Leben liebte, aber aufrecht und unbeugsam in seiner Demut gegenüber menschlichen Schwächen und Gelüsten. Die goldene Vergangenheit schien wieder eine Zukunft zu haben. Man irrte.

Unter dem neuen Pontifex Clemens VII. sollte nahezu die Hälfte des Abendlandes vom katholischen Rom abfallen. Blutige Schlachten waren die Folge. Erbitterte Kriege, in denen deutsche Fürsten, skandinavische Landesherren und der englische König dem Papsttum schwere Wunden schlugen und im Namen Gottes reiche Beute machten. Kriege, die das Antlitz Europas veränderten und die jahrhundertelang nicht zum Stillstand kamen.

Der Glaube, ob alt oder neu, nahm dabei Schaden oder geriet in Vergessenheit, so wie die ersten und ärmsten Vorkämpfer der Reformation.

Im Jahre 1525 zogen die deutschen Bauern für eine Umgestaltung der Welt nach Gottes Wille und den Worten des Evangeliums ins Feld. Bewaffnet mit Sensen, krummen Gewehren und ihrem aufrechten Glauben. Dem Glauben, daß jeder Mensch frei, Gerechtigkeit auf Erden möglich und der Herr mit ihnen sei.

Erster Teil

1.

»Nun schärfen die Engel die Sensen und schlagen als Gottes Knechte die sündhaften Herrn.«

Thomas Müntzer, 1525

Es war eine freundliche Mainacht, der Mond schien hell. Ein lauer Wind strich durchs Geäst und ließ die Leichen leise schaukeln. Grimmig betrachtete Bruder Fresenius ihre entstellten Gesichter, die hoch oben – verdorbenen Früchten gleich – in den Baumwipfeln hingen. Die Augen hatte man ihnen ausgestochen, das Blut auf ihren Wangen lockte die Krähen. Von Gott und der Welt verlassen, sollten die Gehängten dem einsamen Wanderer als Mahnung dienen. Ihre kreuzweise gebundenen Schuhe verrieten ihren Stand. Sie stammten aus einfachem Bauerngeschlecht. Grund genug in diesen Tagen, dem grausamen Strafgericht der Fürsten anheimzufallen.

Erbarmungswürdiger konnte der Gekreuzigte selbst nicht ausgesehen haben. »Gott sei ihren Seelen gnädig«, murmelte der Kapuzinermönch und schlug das Kreuz. Er raffte seine blutgesäumte Kutte und setzte den Weg eilig fort. Es war Zeit, eine Herberge zu suchen, in der er vor marodierenden Söldnern oder versprengten Aufrührern sicher war. Die einen würden einen Mönch vielleicht nur zum Spaß, die anderen aus bitterem Zorn durch die Spieße laufen lassen. Auch quälte den Mönch inzwischen ein arger Hunger. Viel mehr als eine Handvoll Wintergerste hatte er in den letzten Tagen nicht gegessen.

Fresenius bahnte sich mit einigen Hieben einen Weg durchs Gestrüpp in den Schutz dicht stehender Bäume. Der Wald glänzte silbern, die Nacht war still, doch in den Ohren des Mönchs hallten noch immer die Geräusche der vergangenen Schlacht. Mächtig drängte sich ihm das Bild vom blutgetränkten Acker vor Frankenhausen auf, auf dem schreiend vor Schmerzen mehr als viertausend Bauern vor seinen Augen elend verreckten. Durchbohrt von den Hellebarden der Pikiere, zerrissen von Kanonensalven der fürstlichen Feldschlangen, niedergehauen von der Reiterei oder dahingemäht vom tödlichen Pfeilregen aus hart gespannten Armbrüsten. Vier Tage war es her, daß er im schlammigen Lehm am Rande des thüringischen Schlachtfelds gestanden und das schreckliche Sterben verfolgt hatte. Einzelne Gliedmaßen lagen verstreut zwischen den Elenden, es gab gar abgerissene Fäuste, die noch zuckten, sich wie flehend gen Himmel reckten.

Fresenius schritt schneller aus, so als wolle er den Bildern des Grauens davonlaufen. Nein, Feigheit trieb ihn nicht. Er war ein kampferprobter Mann von kräftiger Statur. Seine kantigen, höchst eigenwilligen Gesichtszüge, die viele als grob bezeichnet hätten, verrieten Mut und Entschlossenheit.

Bei Gott, es war nicht das erste blutige Gemetzel, das der Kapuziner erlebt hatte. Der Mann, der sein Haupt nun unter der spitzen braunen Kapuze verbarg, die seinem Orden den Namen *capucii* oder eben Kapuziner einbrachte, war vor weniger als fünf Jahren noch selber ins Feld gezogen. In den geschlitzten, bunten Hosen eines Landsknechtsführers.

Er hatte vor den Städten Italiens und im fernen Frankreich viele sterben sehen und manchen selber in den Tod geschickt.

Im Namen des Kaisers, im Namen von Fürsten, manchmal im Namen der Gerechtigkeit und immer im Namen des Herrn. Nein, der Tod auf dem Schlachtfeld war ihm nicht fremd, und er hatte ihn nie gefürchtet.

Vielleicht lag es an seinem ungewöhnlich hohen Alter, knapp ein halbes Jahrhundert nämlich, daß er des Tötens schließlich müde geworden und seine Aufmerksamkeit beim Kampf erlahmt war. Ein feindlicher Heerführer hatte ihm im Gefecht von Piacenza die rechte Hand – seine Schwerthand – abgetrennt. Obgleich zum Soldatendienst untauglich, hatte Fresenius es als Zeichen der Gnade Gottes genommen, daß er die Schlacht überlebte, und sich zur Umkehr entschlossen. Nie mehr, so hatte er geschworen, würde er ein Schwert führen, und sein Noviziat begonnen. Die Einsiedelei, auf die der Orden der Kapuziner steng hielt, sollte ihn von seiner heißblütigen Kriegernatur kurieren.

Sein Ziel war innere Einkehr und sein Weg die Abkehr von dieser verzweifelten Welt. Seine Hoffnung ging ganz auf den Erlöser. Vor drei Jahren hatte er den Profeß der Kapuziner gesprochen, die Gelübde von Keuschheit und Armut abgelegt und sich in die Einsamkeit zurückgezogen.

Doch er hatte Zeit und Ort seines Eremitentums schlecht gewählt. Nahe Frankenhausen hatten nämlich seine karge, grob gezimmerte Hütte und sein magerer Acker gelegen. Zu nahe bei dem Feld, auf dem die Herren den Bauern ihre blutige Lektion erteilt und ihn jäh in die unglückselige Welt zurückgeholt hatten. Seine Hütte war verbrannt, sein kleines Feld verwüstet, sein innerer Frieden dahin.

In der Ferne schlug ein Hund an und riß Fresenius aus seiner düsteren Gedankenstille. Mit dem geschulten Ohr eines Waffengängers erkannte er die Richtung, aus der das Geräusch kam und daß es von Mauern gedämpft wurde. Auf gut eine halbe Stunde Weg schätzte er die Entfernung zu der wie immer gearteten menschlichen Behausung. Er zögerte kurz, denn so nötig eine sichere Unterkunft war, so unwillig ging er unter Menschen.

Seufzend wandte er sich schließlich nach rechts. Was half's, besser dem Gekläff eines räudigen Köters folgen, als einem Trupp räudiger Mordbuben in die Arme laufen. Besser? Was blieb ihm anderes? Schließlich hatte er vor Gott geschworen: »Ich bin nicht mehr zum Kampf bereit.« Fern seiner heiligen Einfalt, fügte er nun allerdings hinzu: »Und ich bin schon gar nicht dafür gerüstet.« Resigniert betrachtete er die aus Eisen geschmiedete Hand, die mit Lederriemen an seinem rechten Armstumpf befestigt war. Mit einem Anflug von Wehmut dachte er an die schönen Zweihänder, mit doppelt geschliffenen Klingen, die er so oft geführt hatte, oder die Hakenbüchsen, deren Läufe er so kunstfertig gefeilt hatte. Seine Eisenklaue sah zwar bedrohlich aus, ja, sie glich dem Waffenhandschuh eines Ritters, doch sie war allein noch tauglich, die Riemen eines Kurzpflugs zu ziehen. Ich bin ein Krüppel, hatte der Mönch auch bitter gedacht, als er die tobende Schlacht zu Frankenhausen verfolgte.

»Herr, verzeih mir«, rief Fresenius an diesem Punkt in die Stille und scheuchte damit ein Käuzchen auf. Ach, schalt er sich innerlich, es ist immer dasselbe mit dir, kaum kommst du in Berührung mit der Welt, packt dich wieder die törichte, gottlose Ungeduld des Kriegers.

Deshalb hatte Fresenius in den letzten drei Jahren seine selbstgewählte Klausur nur selten verlassen. Nur wenn es ihm am Nötigsten mangelte, an Zunderschwamm oder einem Feuerstein etwa, war er zu Markte gegangen. Und jedesmal hatte er es bitter bereut. Es war schwer, geduldig die Ohren vor der Welt zu verschließen, wenn sie einen lärmend umgab. Seine lang geübte Geduld hatte jedesmal Schaden genommen bei diesen Ausflügen in das gemeine Leben mit all seinem Geränk und Gezänk.

Ein halbes Jahr war es her, da hatte er bei der Kirchmeß

zum erstenmal diesen Aufruhr unter dem Pöbel zu spüren bekommen, der nun – wie auch anders – in allgemeinem Mord und Totschlag geendet war. Im Namen des Herrn. Fresenius verzog unwillig den Mund und zerbrach mit kräftigem Griff einen Zweig, der seinen Kopf streifte, so als wolle er sich beweisen, daß seine Linke durchaus noch fähig zu Kraftakten war.

Eine Flugschrift von einem Bauern Karsthans hatte damals auf dem Markt die Runde gemacht. Ein selbsternannter Prediger der Reformation hatte eine Krauttonne zur Kanzel gewählt und den frechen Text verlesen: »Die Pfaffen und Mönchsleut weiden sich prächtig, meiden nicht Wein und nicht Weib, das sieht man wohl an ihren feisten Bäuchen und Bälgen. Doch laden sie Gottes Zorn auf sich. Eher glaube ich, daß mein apfelgraues Pferdchen möge lesen und schreiben lernen, als das die Pfaffen und Bischöf selig werden.«

Deutliche Worte. Laut hatten die einfachsten Bauern, pockennarbige Hungerleider allesamt, ihre Zustimmung gebrüllt. Ja, Aufruhr lag dick in den Gassen wie der Geruch frisch gedüngter Äcker. Er, der Bekehrte, wollte nichts zu schaffen haben mit einem Kampf gegen Kirche und Papst, den die Aufrührer einen Wolf nannten. Doch die zerlumpten Marktweiber hatten garstig gefeixt und gescherzt über ihn, den Lumpenmönch, der seiner breiten Schultern und der eisernen Hand wegen nicht nach einem ehrlichen Bettler und christlicher Entbehrung und Demut aussah.

Sie wußten es nicht besser, und tatsächlich lief im Habit der Mönche allerlei Gelump herum. Aber Fresenius hatte es besser gewußt, sich aus allem herausgehalten und das Ende ihres unbotmäßigen Verhaltens vorausgesehen. Mit Sensen und Dreschflegeln war kein Krieg zu gewinnen.

Schon wieder dachte er an Waffen! Ärgerlich zertrat er einige Zweige und spornte sich zu einer schnelleren Gangart an, der Waldboden federte unter seinen Füßen. Schneller als angenommen erreichte er sein Ziel. Der Wald lichtete sich und gab den Blick auf eine einsame, doch recht stattliche Abtei frei. Eine Torfackel warf flackerndes Licht auf eine weißgekalkte Mauer, dahinter erkannte er die spitzen Schatten eines Kapellenturms. Der Anblick tröstete ihn.

Es war ein Augustiner, der die Luke im Tor auf sein Pochen hin aufriß. Fresenius erkannte ihn im unsteten Fackelschein an der Tonsur und dem schwarzen Habit.

»Der Geist der reinen Furcht und der kühnen Stärke Gottes sei mit Euch, lieber Bruder in Christo«, grüßte Fresenius den Nachtwächter, der ihn mißtrauisch musterte und eisern schwieg. »Könnt Ihr einem armen Bruder Herberge für eine Nacht gewähren?« fragte Fresenius, wiewohl ihm das ausdrückliche Betteln nicht lag. Der Augustiner öffnete nun auch das Gitter im Fenster und blickte an Fresenius herab.

»Der Herr mit dir«, brummte er mißmutig, »doch nach einem Bruder in Christo siehst du mir nicht aus.« Fresenius, der den Zustand seiner Kutte, die von Lehm verkrustet und mit Blut verschmiert war, für diese Einschätzung verantwortlich machte, verbarg seine eiserne Hand im weiten Ärmel der Kutte, um keinen Argwohn zu erregen. Er beeilte sich, eine Erklärung zu geben: »Bruder, verzeiht mein Aussehen. Vier Tage und Nächte bin ich nun auf Wanderschaft. Ihr habt gewiß gehört von der großen Schlacht bei Frankenhausen, nun, da komm' ich her und nur deshalb ...«

Der Augustiner unterbrach ihn mit einem erstaunten Ausruf: »Ihr habt die Schlacht gesehen?«

Fresenius schien es, als mische sich in das Erstaunen ein unseliges Maß an höchst weltzugewandter Neugier, dabei war er sich sicher, daß er einen Augustinereremiten vor sich hatte, der ebenfalls zur Abkehr von allem Diesseitigen verpflichtet war.

»Ja, von Frankenhausen komm' ich«, sagte er knapp und für einen kurzen Moment in den barschen Ton eines Hauptmannes zurückfallend. Der Augustiner kicherte. »Welch ein Glück, welch unverschämtes Glück.« Fresenius stutzte. Glück war die letzte Empfindung, die er mit den Bildern des Schlachtfelds verband. Doch bevor er eine Frage stellen konnte, entriegelte der Augustiner das schwere Tor und zog ihn herein. »Sei uns willkommen, Freund, du kannst mir einen großen Dienst erweisen.«

Verwundert schaute der Kapuziner nun auf seinen Glaubensbruder herab. Nein, der hatte weiß Gott keinen Grund, die Nase über Fresenius' Aufzug zu rümpfen. Der ging ja selbst in einer kotverschmierten, schmuddligen Kutte einher. Auch stank der Kerl erbärmlich nach saurem Schweiß, scharfen Zwiebeln und süßem Wein. Seine Ausdünstungen vermischten sich mit dem beißenden Geruch eines Schweinekobens und dem Ruß der Pechfackel, mit dem der Augustiner dem späten Gast nun den Weg wies. Vorbei an den Wirtschaftsgebäuden und dem Schlafsaal seiner Brüder.

»Mein Name ist Bruder Servantus, seid willkommen. Hier entlang, guter Mann. Ihr müßt hungrig sein. Ich denke, von unserer Schweinelende dürfte noch ein Fetzchen übrig sein, und eine Kanne Wein könnte uns beiden nicht schaden.«

»Wein?« fragte Fresenius halb erstaunt, halb entsetzt und stolperte beinahe über ein schwarzes Bündel zu seinen Füßen.

Servantus kicherte, das Bündel schnarchte. »Das ist Bruder Egidius, er weiß noch mehr über Wein als ich, er studiert ihn eifrig.« Er gab dem berauschten Mönch einen Tritt, ein Grunzen war die Antwort. Servantus zuckte die Schultern und wandte sich wieder Fresenius zu. »Nun, wir haben genug davon. Unser Prior duldet keine Nachlässigkeit bei der Abgabe des Zehnts. Er nimmt auch nur vom Besten, schließlich muß der Wein ab und an auch als Blut Christi dienen, wenn der bischöfliche Abt seine Inspektion vollzieht. Ihm können wir schlecht den sauren Tropfen anbieten, den die Bauern zum Meßwein behalten.«

Mehr als die allzu übliche Gier des Priors entsetzte Fresenius die Nachlässigkeit im Glauben: »Aber, Ihr seid Eremiten, wenn ich Eure Kleidung recht erkenne, gilt für Euch nicht auch das Gebot der Enthaltsamkeit? Ich kenne die Regel des heiligen Augustin nicht genau, doch ...«

Wieder unterbrach ihn sein Begleiter mit einem Kichern und wies ihm den Weg durch eine niedrige Tür. »Oh, ich kenne sie auch nicht, doch unser Prior ist ein großzügiger Mann und stammt wie die meisten unserer Brüder aus adligem Haus. Eremit, was zählt das schon? Ich wurde geboren als dritter Sohn des Grafen von Pernau. Ist es meine Schuld, daß sein Gut für drei Söhne kein Auskommen sicherte? Nur der Not halber nahm ich dieses schäbige Gewand an«, er zupfte an seiner Wollkutte, »das scheint mir Entbehrung genug. Enthaltsamkeit, Schweigen, Keuschheit und reichlich Gebete sind gewiß löbliche Dinge, doch unter der sancta laetitia verstehe ich etwas anderes.«

Fresenius wurde an einen groben Tisch gedrängt, nahm sich jedoch kaum Zeit, den Raum – es war die Klosterküche – genau zu inspizieren. »Sancta laetitia?« fragte er statt dessen mit gerunzelter Stirn. »Na, der heiligen Freude wegen, versteht Ihr denn kein Latein?« Fresenius verstand es tatsächlich nicht besonders gut, er war länger Krieger als Scholar gewesen, doch soviel war ihm klar, mit der Gottesfurcht des Bruder Servantus war es nicht weit her. Er wollte das Thema lieber meiden, um nicht in unchristliche Wallung zu geraten. Schon im Feld waren ihm adlige Nichtsnutze, die nur ihrer Geburt, aber nicht ihrem Können eine herausragende Position und Befehlsgewalt verdankten, ein Dorn im Auge gewesen.

»Was für ein Dienst ist es, den ich für Euch tun soll?« fragte er statt dessen knapp, während der feiste Mönch seine enge

Kutte der Bequemlichkeit halber über seinen Strick schob und ihm aus einem eisernen Kessel einen Batzen Fleisch mit Brei in eine Schüssel häufte. Sich selbst setzte der Augustiner einen Krug vor und schenkte kräftig vom Faßwein ein.

»Nun«, sagte er und kratzte sich den glänzenden Schädel, »es ist so, daß unser hochverehrter und hochwohlgeborener Abt gewiß eine Chronik der Schlacht wünscht. Doch von uns weiß keiner etwas Rechtes davon, außer daß sie gewonnen wurde und sonst nur das, was unser Holzknecht im Dorf aufgeschnappt hat. Ich kann aber schlecht eine Chronik verfassen aus dem, was ein Holzknecht uns zuträgt. Der bischöfliche Abt ist selbst ein gewandter Kriegsherr und nimmt es daher mit Schlachtberichten sehr genau. Im Vertrauen, er ergötzt sich geradezu daran.« Wieder kicherte der Mönch.

»Wieso geht Ihr nicht selbst hin nach Frankenhausen und fragt die Leut?« Aufrichtig empört sah der Augustiner ihn an und nahm einen kräftigen Schluck, bevor er protestierte: »Wo denkt Ihr hin, wir sind Eremiten, wie Ihr richtig erkannt habt. Was haben wir mit dem gemeinen Volk oder der Welt zu schaffen?«

»Auch ich bin Eremit, gehöre überdies zum gemeinen Volk, und glaubt mir, nichts liegt mir ferner, als mich mit der Welt zu befassen«, erklärte Fresenius mit einem Anflug seiner alten Ungeduld.

»Lieber Bruder, ich wollte dich nicht beleidigen. Der geistliche Stand adelt dich. Und vor Christus sind zumindest *wir* gleich«, ging der Augustiner über die Bemerkung vom gemeinen Volk hinweg.

Schweigend widmete der Kapuziner sich seinem Braten, packte ihn mit der Linken und biß vorsichtig hinein. Sein Magen nahm so reiche, fette Kost nur widerwillig an und zwang ihn zu bedächtigem Essen.

»Ihr wollt keinen Wein? Dabei plaudert es sich angenehmer«, schmeichelte der Augustiner. Fresenius schüttelte den Kopf. Als sein erster Hunger gestillt war, milderte sich seine Stimmung, und insgeheim bat er Gott um Vergebung für seinen Mißmut gegenüber Servantus. Er hatte nicht das Recht, über diesen Mann zu urteilen, die Wege zum Herrn waren schließlich vielfältig und verworren.

»Ihr wollt also von der Schlacht hören?« Schläfrig nickte der Augustiner, überzeugend wirkte sein Interesse nicht. »Nun, am Montag nach Cantate, dem 15. Mai also, zog sich ein Haufen von bald fünftausend bewaffneten Bauern am Weißen Berg zusammen.«

»So viele?« fragte Servantus, und ein Schauer des Entsetzens durchfuhr ihn, er bekreuzigte sich.

»Vielleicht waren es sogar ein-, zweihundert mehr«, fuhr der Kapuziner ungerührt fort, als ehemaliger Kämpfer wußte er Truppenstärken recht gut zu schätzen. »Sie kamen aus ganz Thüringen und schlugen ein Lager auf. In Flugschriften und Reden führten sie Beschwerde gegen Landes- und Lehnsherren, darunter kirchliche wie weltliche.«

Servantus schüttelte voll Abscheu das Haupt, auf seinem kahlen Schädel tanzten die Schatten der Flammen. »Solch ein dreister Pöbel. Das kommt alles von dieser Wittenbergischen Nachtigall, diesem Kerl Luther, der lästerlichen Unsinn von der Gleichheit und Freiheit vor Gott predigt. Aber was kann man erwarten von dem Sohn eines schmutzigen Bergmanns?«

Fresenius mißfiel die dumpfe Selbstgerechtigkeit des Mönches. Er selbst hielt nicht viel von Luther, aber es drängte ihn, obwohl es unklug war, dem Kerl vor ihm ein wenig aus der Welt der Armen zu berichten, die er gut kannte.

»Ich denke eher, daß es Teuerung und Not, die harte Fron und die hohen Abgaben sind, die sie aufmüpfig machen, dazu das Verbot zu fischen, zu jagen oder Holz zu schlagen«, bemerkte er mit fester Stimme, »sie leiden Hunger, wißt Ihr.«

Die sterbenden Bauern hatten verhärmt und elend ausgesehen, gerade so, wie er seinen Vater, einen einfachen Landmann, in Erinnerung hatte.

Servantus quälte weder Hunger noch die Erinnerung daran. »Ihr übertreibt Euer Mitleid, guter Mann. Was schimpfen diese Karsthänse über Armut? Der Herr selbst hat sie schließlich zum verfluchten Stand erklärt. So steht es in der Bibel, im Buch Mose, wenn ich mich recht entsinne. Das wird ihnen bitter bekommen, wenn sie an Gottes Werken rütteln. Und nun fahr fort mit der Schlacht, laß ihr Blut endlich fließen!«

»Der Acker war rot davon. Es ist ihnen wahrlich bitter bekommen«, sagte Fresenius trocken, »sie sind fast alle tot.«

»Ja, der Herr ist gerecht, Amen«, sagte Servantus befriedigt, dann setzte er unwirsch hinzu: »Aber der Tod ist nicht genug für solche Mordbuben, solch gottloses Gesindel. Im ewigen Feuer der Verdammnis sollen sie schmoren, man sollte ihnen die Augen mit glühenden Zangen ausreißen, die Zungen spalten, ihre Kinder müssen büßen bis ins siebte Glied!« Der Wein gab seiner christlichen Inbrunst Feuer.

»Dafür«, unterbrach Fresenius den Redefluß mit schneidender Stimme, »sorgen bereits die Fürsten. Glaubt mir, sie werden nicht ruhen, bis sie jedem Bauern sein Leben zur Hölle gemacht haben.« Der Galgenbaum kam ihm in den Sinn. Servantus aber lehnte sich zufrieden zurück und gab seiner ehrlichen Erleichterung durch ein kräftiges Rülpsen Ausdruck. Wieder stahl sich der deutliche Geruch scharfer Zwiebeln in Fresenius' Nase, mit einem Wedeln seiner linken Hand versuchte er ihn zu vertreiben. Servantus rückte seinen Schemel näher zum Feuer und legte seine Beine auf den Tisch, um sie nach Flohstichen zu untersuchen. »Ein lästiges Geschmeiß«, schimpfte er, und es war unklar, ob er die Flöhe oder die Bauern meinte.

»Wollt Ihr nun von der Schlacht erfahren oder nicht?« knurrte Fresenius ungehalten.

»Oh gewiß, aber Ihr schwatzt so viel vom Elend der Landleute, daß mir ganz langweilig davon wird. Mir brummt schon der Schädel.«

»Am Wein kann das wohl nicht liegen?«

Kichern. »Ach, Ihr seid mir aber ein Bruder Sauertopf, erzählt mir lieber, wie die Fürsten dem Gesindel den Garaus machten. Wie gesagt, der bischöfliche Abt liebt solche schmückenden Einzelheiten.«

»Aus dem Hinterhalt«, sagte der Kapuziner, und gegen seinen Willen ballte sich seine linke Faust, es mußte der Kriegsmann in ihm sein, der die Faust ballte. »Die Bauern hatten einen Brief mit ihren Forderungen an die Fürsten geschickt und wollten mit dem Landgrafen von Hessen, dem Herzog von Braunschweig und dem Herzog von Sachsen verhandeln, die mit ihren Reitereien und Söldnerheeren herbeizogen.«

»Verhandeln?« kreischte Servantus und schlug sich auf die Knie, als habe der Kapuziner einen gelungenen Scherz gemacht. »Ja, verhandeln«, sagte Fresenius heiser, »sie wollten, so sagten sie, kein Blut vergießen.«

»Hahaha, Angst hatten sie, diese feigen Schwätzer, diese Feldmäuse«, meinte Servantus zu wissen.

Damit lockte er den Kriegsmann in Fresenius endgültig aus der Reserve. Ungestüm brach er hervor: »Was verstehst du, der du im Speck deiner Gleichgültigkeit wohnst, von Feigheit oder Tapferkeit? Nennst du einen Haufen Hungerleider feige, die mit Fischspießen, rostigen Flinten, Dreschflegeln oder Sensen gegen ein wohlgerüstetes Heer von geharnischten Reitern und Kanonen ziehen?« Servantus nahm die Füße vom Tisch, rückte den Schemel näher heran und blitzte Fresenius wütend an. »Besinne dich, wer du bist, Bruder. Verblendet nenn' ich das, gotteslästerlich, verderbter als die Saat Satans.« Der Kapuziner zuckte, fürwahr, er hatte nicht wie ein Geistlicher, sondern wie ein Krieger gesprochen. Im Hof schlug der Hund an. »Willst du nicht sehen, wer die Nachtruhe stört?« fragte Fresenius versöhnlich und ernsthaft bemüht, seinen unseligen Groll zu mildern. Was hatte er sich nur wieder hinreißen lassen! Der Mann, so feist und versoffen er sein mochte, hatte ja recht. Die Bauern waren Irrgläubige, verlorene Seelen, der Kampf war nicht ihr Geschäft, Demut ihre Berufung.

Servantus bemerkte den milderen Ton und war leicht zu beschwichtigen. Er lehnte sich wieder zurück.

»Wollt Ihr nicht nachschauen?« fragte Fresenius ein zweitesmal und aus echtem Interesse, denn der Hund kläffte beharrlich weiter. Servantus bewahrte seine eben zurückgewonnene Seelenruhe und seine bequeme Position nahe beim Feuer. »Ich brauche nicht nachzuschauen. Es wird der Prior sein. Er hat heute nacht zu tun.«

»Wird er nicht erzürnt darüber sein, daß Ihr Eure Nachtwache so vernachlässigt?«

»Oh, eben das Gegenteil. Er schätzt in Nächten wie diesen meine Nachlässigkeit.«

Der Kapuziner krauste die Stirn. Servantus zwinkerte ihm verschwörerisch zu: »Er ist nicht allein, versteht Ihr?« Fresenius schüttelte den Kopf.

»Nun, er hat heute seine Messe im nahegelegenen Nonnenstift gehalten, und gewöhnlich pflegt er danach eine der Novizinnen mit hierher und gesondert ins Gebet zu nehmen. Sancta laetitia, Ihr wißt schon.«

»Das kann nicht wahr sein.«

»O mein Gott, Ihr wißt wirklich nichts von der Welt. Soll ich Euch die Früchte der nächtlichen Bemühungen zeigen? Sie liegen unter dem Lehm des Schweinekobens verscharrt. Die Schöße der Bräute Jesu Christi sind selten jungfräulich, aber oft recht fruchtbar.«

Fresenius erstarrte unter dem Kichern des Mönches, das nun zu einem fetten Lachen anschwoll. »Und Ihr nennt die Bauern verderbt«, zischte Fresenius schließlich voll Ekel und Abscheu. »Was sagt Ihr?« fragte Servantus, sich die Lachtränen aus den Augen wischend. Der Kapuziner besann sich, er war kein Bekehrer, die Mission nicht seine Pflicht.

»Nichts, guter Mann. Ich bin nur müde von den Anstrengungen der letzten Tage.«

»Ihr seid müde? Ist das der Dank für ein so prächtiges Stück gesottenes Schwein? Ein Mittelstück noch dazu und mit Honig gesüßter Gerstenbrei«, wurde Fresenius noch einmal jeder Bissen in den Mund gezählt. Doch die Rechnung, die Servantus aufmachte, war noch nicht zu Ende. »Müde. Müde. Was soll denn ich sagen? Ich scheue keine Mühe, um es Euch wohl gehen zu lassen, Ihr schlagt Euch den Wanst voll und speist mich mit Euren mageren Schlachtberichten ab, lästert Gott, redet den Armen das Wort. Was soll mir das nutzen?«

»Ihr batet mich um diesen Dienst.«

»O nein, nein, darum bat ich nicht. Ich bat Euch um eine Chronik für den bischöflichen Abt. Eine, die ich vorzeigen kann.«

Endlich verstand der Kapuziner. Sein Gastgeber wollte sich um die mühselige Schreibarbeit drücken. »Ich bin Kapuziner. Wie du vielleicht weißt, lehnen wir jede wissenschaftliche Tätigkeit ab, sie scheint uns nicht tauglich, um Gott zu finden.«

Wieder brach der Augustiner in Gelächter aus. »Das also ist es. So verquer hat mir noch keiner erklärt, daß er nicht schreiben kann. Ja, ja, das gemeine Volk ist wirklich nicht allzu verständig.« Der Kapuziner erhob sich von seinem Schemel und richtete sich zu seiner ganzen, stattlichen Größe auf. »Ihr irrt, ich bin des Schreibens durchaus mächtig, und es liegt mir fern, *Euch* etwas schuldig zu bleiben. Führt mich in die Schreibstube.«

»Nur wenn Ihr versprecht, all diesen Unsinn über die Not der Bauern wegzulassen.«

»Ich werde mein Bestes geben«, sagte Fresenius grimmig. Stolz verbarg er weiterhin seine eiserne Kralle im Kuttenärmel, wiewohl sie eine treffliche Entschuldigung gewesen wäre, das Amt des Chronisten nicht zu übernehmen. Daß er auch mit der Linken die Feder führen konnte, grenzte schließlich an ein Wunder. Servantius führte ihn in eine Schreibstube und verschwand grußlos.

Das unruhig flackernde Licht des Öllämpchens warf kleine tanzende Schatten auf die weißgekalkte Wand der Klosterzelle. Bruder Fresenius trat in Gedanken versunken hinter eines der grob gezimmerten Schreibpulte. Fröstelnd rieb er mit seiner grobknochigen linken Hand seine Schultern. Kühlere Nachtluft drang jetzt durch ein vergittertes Mauerloch, das Fenster zu nennen eine Übertreibung gewesen wäre.

Immer noch schlug der Hund an, und immer noch taten seine Gedanken ungebärdige Sprünge. Mißmutig blickte er auf das Pergament herab, Chroniken und Studien waren nicht seine Sache. Nur eine einzige wissenschaftliche Leidenschaft hatte der Bauernsohn je gekannt. Es war die Lektüre von Werken der Kriegs- und Waffentechnik, wie Abrahams »Feuerwerksbuch« über das Schießpulver von 1422 oder das wenige, was ihm während seiner Zeit in Italien von dem zeitgenössischen Universalwissenschaftler Leonardo da Vinci über Fluggeräte oder den Bau von Tauchglocken zum Angriff auf Belagerungsflotten in die Hände gekommen war.

Doch dieses Kapitel war abgeschlossen, den Kämpfer in sich hatte er besiegt, so predigte er sich selbst. »Meine Demut ist so vollkommen«, murmelte Fresenius mit einem Anflug von Sarkasmus, »daß ich sogar zu dem lästigen Dienst bereit bin, den du, Servantus, mir aufzwingst.« Er tunkte einen frisch geschnittenen Gänsekiel in ein Tintenfaß und glättete das frische Pergament aus ungegerbter Ziegenhaut mit der eisernen Faust. Immer noch gab man in Klöstern dem Pergament den Vorzug vor dem groben, grauen aus Lumpenbrei geschöpftem Papier, auf das die Bauern ihre Forderungen und Städter ihre Bücher drucken ließen. Handschrift und Pergament, für die gelehrten Augustiner bedeuteten sie ein Festhalten an der alten, göttlichen Ordnung.

Die beweglichen Buchstaben hingegen, so schimpften sie, die dieser Kerl Gutenberg erfunden hatte, brachten auch die Gedanken der einfachsten Leute in Bewegung. Gierig lasen sie oder – besser – ließen die meisten sich vorlesen, was so mühelos aus den städtischen Druckerpressen hervorquoll. »Rasch geschaut, rasch verdaut, nix als Scheiß«, scherzten die Handschreiber.

Fresenius schrieb zögernd und etwas ungelenk die ersten Worte: »Dies sind die Annalen des Klosters von Pernau zu Thüringen. Zu berichten ist von dem großen Schlachten und Sterben der Bauern vor Frankenhausen im Jahre des Herrn 1525.« Das war wohl ausgedrückt für einen, der das Schreiben verabscheute. Fresenius lächelte über seinen Anflug von Eitelkeit.

Doch dann drängten sich die Geräusche der Schlacht wieder auf. Der Angriff der fürstlichen Reiterei hatte den Bauernhaufen unvorbereitet getroffen, als sie – unbewaffnet, am Fuße ihres Berglagers – wie die Schäflein der Predigt ihres Führers gelauscht hatten. Verzückt und darauf vertrauend, daß noch der Waffenfriede zwecks Verhandlungen herrsche. Doch die Fürsten hatten keinen Frieden gewahrt. Nein, so konnte er das nicht schreiben. Von Tapferkeit mußte die Rede sein, nicht vom Hinterhalt.

»Es war eine Kriegslist«, rief sich Bruder Fresenius zur Ordnung. Eine erlaubte Kriegslist der Herren.

In Mühlhausen, so rief er sich ins Gedächtnis, hatten Rebellen die Getreide- und Fleischvorräte des Deutschritterordens an die Stadtbettler verteilt. Was für ein Frevel gegen die gottgewollte Weltordnung! Denn wie hieß es in der Bibel? Die hier unten ein Jammertal durchleben, werden hernach im Himmel die Fürsten sein.

Fresenius schob den Gedanken an das brennende Frankenhausen, in dessen Mauern die Fürsten ein schreckliches Blutgericht unter den letzten geflohenen Schwärmern abgehalten hatten, beiseite und griff beherzt wieder zur Feder. Chronistenpflicht.

»Schon zuvor war über ein Jahr wohl große Unruhe im ganzen Land. Vom Klettgau bis in den Schwarzwald zogen Bauern eine Spur aus Blutrunst und Büberei bis hin zu uns ins Thüringische. Sie brandschatzten Burgen und Klöster, verstreuten Reliquien. In Frankenhausen empfingen sie ihre gerechte Strafe.« Ja, das las sich gut, das klang nach Tatsachen und nicht nach wirren Glaubenszweifeln.

Allein, so schlich sich plötzlich wieder ein ketzerischer Gedanke in Bruder Fresenius' militärisch geschultes Hirn, war es nicht eine ungleiche Schlacht gewesen? Schilderte er nicht den Sieg des Giganten über Armselige und schob dabei die Schuld der Maus statt der Katze zu? Er war doch schließlich Waffenkenner!

Ach, die Bauern waren Opfer eines blinden Irrglaubens geworden. Selbst Luther, auf den sich einige beriefen, hatte die Kämpfer eine räuberische Rotte gescholten. Die Bauern zu Frankenhausen aber wurden geführt von einem wahrhaft argen, falschen Propheten, der Thomas Müntzer hieß und den Armen predigte, Gott habe ihm das Schwert aus der Schrift verliehen. Wozu er die Bibel in teutscher Sprach und den Propheten Daniel zitierte und verkündete: »Die Herren sind nur Diener des Schwerts, das nötlich ist, um die Gottlosen zu vertilgen und das Volk zu schützen. Wo die Fürsten dies aber nicht tun, so soll ihnen das Schwert genommen und wider sie erhoben werden.«

Das Schwert aus der Schrift. Wieder hielt Fresenius inne,

gedankenverloren fuhr er sich mit dem Ende des Federkiels über die Oberlippe und starrte auf die kleinen züngelnden Schatten an der Wand. Teuflische Schatten, die sich in kleine sensentragende Gnome verwandelten, winzige tanzende Bauern. »Höllenbrut«, zischte Fresenius und war geneigt, gleich Luther auf der Wartburg, sein Tintenfaß nach ihnen zu werfen und »Weiche von mir, Satan!« zu rufen. Satan? Er dachte an den kaum vierzehnjährigen Frankenhäuser Buben, dessen stilles, furchtsames Gesicht vor seinen Augen von den Stahlstacheln eines Morgensterns zerschmettert worden war.

Zuckend war der Junge niedergesunken, sein Gesicht eine einzige blutende Wunde. Kurz zuvor hatte er mit seligem Blick aus hell leuchtenden Augen noch das von Müntzer angestimmte Pfingstlied gesungen:

Komm zu uns Schöpfer, Heil'ger Geist,
erleucht dein' arme Christenheit,
erfüll unser Herz,
das zu dir seufzet, mit innerlichem Schmerz.

Die klare, reine Stimme des Knaben, gemischt mit dem rauhen Gesang aus vielen Männerkehlen hatte Fresenius mächtig ergriffen; da wurde nicht müde geleiert wie im Chor von satten, feisten Klosterbrüdern. Inbrunst gab der Melodie leuchtende Kraft und trug sie weit über das Feld.

Lächerlich, schimpfte Fresenius seine plötzliche Schwäche und versuchte ärgerlich einen Tintentropfen von dem Pergament zu kratzen, wobei dieser Form und Gestalt eines Blutspritzers annahm.

Nein, vielleicht nicht lächerlich. Es war ihnen ein heiliger Ernst gewesen. Und wer die Bibel in weltlichem Sinne las, der konnte Stellen wie die über das Schwert, das man gegen falsche Fürsten erheben dürfe, aus dem Propheten Daniel wohl wirklich falsch deuten.

So wie dieser Müntzer, der vor der Schlacht frech gepredigt hatte, mit zerquälter, zorngefurchter Stirn und in flammender Sprache.

»Was aber sind die Fürsten? Sie sind nichts als stierwütige Tyrannen, schinden die Leute. Unser Blut vertun sie mit Hofieren, mit unnützer Pracht, mit Huren und Spitzbuben. Es hat Gott geboten im Deuteronomium, es soll ein König nicht viele Pferde mit sich führen und keine große Pracht veranstalten. Auch soll ein König täglich das Gesetzbuch in den Händen haben. Was aber tun unsere Fürsten? Sie nehmen sich des Regierens nicht an, hören die armen Leute nicht, sprechen nicht Recht, halten die Straßen nicht rein, wehren nicht Mord und Raub, verteidigen nicht die Witwen und Waisen, fordern den Gottesdienst nicht. Diese dürftigen Madensäcke verderben uns Arme mit immer neuen Lasten, das Land mit unnötigen Kriegen. Rauben, Brennen, Morden, das sind fürstliche Tugenden. Und selbst wenn solches zu dulden wäre, so kann Gott doch das nicht dulden, daß sie den falschen Gottesdienst der Pfaffen und Mönche verteidigen.«

Das war ein grobes Stück. Und kurz vor Ende dieser Predigt hatten die Fürsten denn auch ihren Angriff gewagt, um der Lästerei ein Ende zu setzen. Im Namen des Herrn.

Die blakende Fackel schickte stinkenden Ruß zur Decke. Pesthauch der Hölle, fluchte Fresenius, doch dachte er dabei an einen Regenbogen. Ja, einen Regenbogen, deutlich sah er ihn jetzt wieder vor sich. So deutlich wie zu Frankenhausen.

Als die erste Kanonensalve die Versammlung der Bauern zersprengte, die Leiber einiger von ihnen zerriß und die geharnischte Reiterei herangaloppierte, hatte Müntzer in den Himmel gezeigt. Fünftausend Hälse reckten sich empor.

Ein mächtig schillernder Regenbogen umkränzte die Sonne. Ein Regenbogen genau wie der, den Müntzers Bundesgenossen auf ihre Fahnen malten. Jenem Regenbogen nachgeformt, den Gott, nachdem er mit der Sintflut alle verderbten

Menschen vertilgt hatte, in die Wolken setzte, zum Zeichen, daß sein Bund mit Noah und seinen Söhnen ein ewiger sei. »Sehet«, hatte Müntzer gerufen, »sehet, Gott gibt uns ein Zeichen, daß wir recht tun. Flieht nicht, sondern kämpft! Ihr seid Kämpfer Gottes, und dies ist eine Schlacht im Namen des Herrn.«

Fresenius erschauerte, als er an diese Szene dachte. Die Feder entglitt seiner linken Hand. Die letzten Zeichen von Abgeklärtheit wichen aus seinen Zügen. Der Kapuziner starrte auf einen Riß in der Mauer, und plötzlich war es ihm, als ginge dieser Riß mitten durch sein Herz, dem er lange sein Recht versagt hatte. Nun schlug es wild aus wie ein sich aufbäumendes Pferd. Fresenius wehrte sich vergeblich gegen dieses aufbrausende Gefühl, ihm rauschte das Blut in den Ohren. Er unterlag.

Da war ein Regenbogen gewesen. Ja. Und dieser Regenbogen hatte auch seine Seele erleuchtet. Mitten auf einem Schlachtfeld. Es durchfuhr ihn eine Erkenntnis, die größer war als alles, was er je empfunden hatte. Müntzer war kein Ketzer, sondern vielleicht ein Gesandter Gottes, ein Kämpfer gewiß, und ein zwar grober, aber auch großer Mann. Der Eine unter Tausenden, der verkannte Messias vielleicht. Fresenius griff beherzt und begierig zur Feder, aus seinem tiefsten Innersten flossen nun die Worte. Es waren Worte, an Gott gerichtet. Welcher Frevel und welche Lust, sich ihm einmal direkt anzuvertrauen. Servantus sollte seine Chronik haben. Kratzend flog die Feder über das Pergament. In nichts glich die Schrift des Kapuziners den wohleinstudierten, schön geschwungenen Buchstaben, mit denen die Augustiner gewöhnlich ihre Chroniken zu führen pflegten. Auch vergaß er, Sand über die frische Tinte zu streuen, so daß einige Worte häßlich unter dem Ärmel seiner groben Kutte verschmierten.

Ein reißender Schmerz ging durch jeden einzelnen Satz. Er schrieb nieder, was er gesehen und empfunden hatte. Und dann schloß er mit einem letzten, verzweifelten Satz: »Herr, führe mich in den Kampf, auch wenn die Sache verloren ist, denn hier auf Erden ist unsere Hölle.«

Fresenius ließ die Feder sinken, wieder bellte im Hof der Hund. Ja, es war etwas verkehrt in der Welt, und das war nicht die Bibeldeutung Müntzers, denn die nahm das Heilige Wort ernst und wörtlich. Fresenius sank auf die Knie, Tränen schossen in seine Augen, strömten seine Wangen herab.

Nie zuvor hatte er etwas Ähnliches empfunden, tiefsten Schmerz und tiefste Beglückung zugleich, den Mut zum eigenen Gedanken. Und dann war es Fresenius, als ströme durch das Mauerloch nicht mehr der Gestank vom Schweinekoben, sondern der süße Duft der Nazarener-Rose. Lieblich und betörend schwer.

Der Kapuziner legte sich nieder auf die kalten Ziegel und schloß die Augen. Vor ihm erschien das Bild einer heiligen Frau. Sanft war ihr ovales, weißes Gesicht, doch ihre Lippen, ihre Augen waren nicht zu erkennen. Die Mutter Gottes? Nein, nicht die Mutter Gottes. Und dann hörte er eine wunderbare Stimme. »Du bist ein Krieger Gottes, und dein Kampf ist nicht zu Ende.«

Fresenius erschrak nicht. Erst als der süße Duft verflog und er widerwillig die Augen öffnete, durchrieselte ihn ein Schauer. Die Glocke läutete zur Prim. Zeit zum ersten gemeinsamen Gebet der Brüder, sechs Uhr morgens. Fresenius trat ans Fenster. Im blasser werdenden Mondlicht glänzte das Stroh im Hof, als sei es von Silber gesponnen. Die Glocke verhallte ungehört, keiner der Brüder eilte zum Gebet. »Dieser Ort liegt fern von dir, Herr«, murmelte der Kapuziner, schnürte Kutte und Bündel und machte sich auf den Weg.

2.

»Magd, hol Wein,
Knecht, schenk ein,
Edelmann trink aus,
Bauer zahl's – dem Schmalztopf ist der Boden aus.«

Spottgedicht, 1525

Der Stumpf wurde bereits brandig, verzweifelt rieb Bauer Rufus Salz in die Wunde, so wie es der reisende Bartscherer im Dorf bei kleinen Schnitten und Wunden tat. Ein stechender, brennender Schmerz war der Lohn. Stöhnend sank er auf den feuchten, harten Stein des Bergwerkschachts nieder.

Er war der Hölle von Frankenhausen entkommen, indem er sich tot gestellt hatte. Die Häscher waren auf dem Schlachtfeld an ihm vorbeigeritten, während er, schwer verletzt, Wasser und reinstes Blut geschwitzt hatte, halb ohnmächtig vor Schmerz, Furcht und bitterem Zorn.

Wasser sammelte sich jetzt über ihm in den Rillen der Stollendecke und tropfte in sein müdes Gesicht. Ausruhen, er wollte endlich ausruhen.

Der Himmel wußte, ob er diese Wunde würde überleben können. Irgendwo, in einer schmutzigen Ackerfurche vor Frankenhausen, lag nun sein halber rechter Arm, abgehauen mit einem Hieb, und faulte mit dem Unrat und Kot. Blutig waren die Felder gewesen. So dicht hatten die Leichen darin gelegen, daß die Pferde ins Stolpern gerieten. Die übermenschliche Wut und der Schock hatten den Bauern überleben lassen, des Nachts war er geflohen. Erst war er über den Acker gekrochen, immer und immer wieder sich duckend, das Gesicht in den Schmutz pressend, um Atem zu schöpfen und sich nicht den Truppen der Herren zu verraten, die das Schlachtfeld durchstreiften, um den Gefallenen ihre letzte

Habe zu rauben. Endlich hatte er den rettenden Wald entdeckt, hatte sich unter Aufbietung aller Kräfte aufgerappelt und auf den Weg zu dem verlassenen Bergwerk gemacht. Verbissen hatte er gegen jede Schwäche angekämpft und hatte es tatsächlich in den sicheren Tunnel geschafft.

Doch jetzt, im Moment der Ruhe, spürte Rufus den nagelnden Schmerz der Wunde doppelt schwer. Das Schwert des Söldners war gut geschärft gewesen. Ein einziger, gezielter Hieb hatte ihn gefällt. Ja, die Soldaten der Herren waren wohl geübt gewesen und gut vorbereitet zur Schlacht.

Anders als wir tumben Schwärmer, dachte Bauer Rufus bitter. Wir, die wir einen Gottesdienst hielten, statt mit der Heimtücke der Angreifer zu rechnen. Der Herr war nicht mit uns, durchzuckte es ihn. Dann umhüllte ihn gnädig das weiche Dunkel der Bewußtlosigkeit.

Lange war im finsteren Stollen nichts zu hören als das träge Plätschern kleiner Wassertropfen, das im Gewirr der Gänge verhallte. Dann – ohne daß Bauer Rufus es vernahm – näherten sich tastende Schritte, begleitet von leisem Sporengeklirr. Eine Fackel wurde in den Stollen gehalten.

»Schaut, Herr, dort, das Häuflein, mir scheint, das ist ein Mensch.« Aufgeregt deutete Landsknecht Michael mit seiner Pechfackel auf die zusammengekrümmte Gestalt, die den sauren Schweiß des Sterbenden ausschwitzte.

»Nenn mich einmal noch Herr, und es wird dir übel bekommen, Bursche! Nach dieser Schlacht ist ein jeder Fürst und Ritter dieses Titels verlustig gegangen, *Herr*«, knurrte Graf Albert von Traubstedt und folgte widerwillig dem kargen Lichtschein. Im Kegel der Flamme entdeckte dann auch er den Sterbenden. »Fürwahr, ein Mensch. Ein Bauer dünkt mich, schau nur, Michael, das stumpfe Kurzmesser in seinem Gürtel, die kreuzweise gebundenen Schuhe. Bei Gott, es muß einer der unseren sein. Der ist mehr tot als lebendig.«

Der Herr und sein Knecht bückten sich und stolperten in den niedrigen Stollen vor, der tief in den Berg hineinreichte.

»Was für ein Kerl«, staunte Michael, »schaut nur, sein Arm ist ihm halb vom Rumpfe abgeschlagen, und doch hat er sich hierher gerettet. Zwei Tagesmärsche sind es von Frankenhausen bis hierher. Weiß nicht, ob er das überlebt, die Wunde scheint brandig. Herr, dieser Gestank! Sein Gesicht sieht aus, als habe er bereits Gott geschaut oder den Teufel.«

Der Graf nickte. Sinnend betrachtete er den hageren, kleingewachsenen Mann vor sich. Die groben Züge, die wettergegerbte Haut, das struppige dunkle Haar. Alles wies ihn als Landarbeiter aus, der vielleicht um die fünfunddreißig Sommer gesehen hatte. Das Alter war bei diesen hart arbeitenden Leuten schwer zu schätzen.

»Ja, egal, was einer auch behaupten mag, diese Bauersleut waren tapfere Kämpen, wünschte, meine Schar wäre so wohlgemut bei Pavia auf die Franzen losgezogen.« Unbeholfen näherte er sich dem Ohnmächtigen, streckte eine Hand vor und zog sie im selben Moment wieder zurück, ohne den Mann zu berühren. Wie befaßte man sich mit einem Sterbenden? Sein Handwerk war das Töten, nicht das Heilen. Dafür waren die Feldscherer und Apotheker da, aber bei Frankenhausen hatte es keinen Feldscherer gegeben. Nur Gottvertrauen.

»Laßt ihn ruhig liegen«, sagte plötzlich eine Stimme. Eine weibliche sanfte Stimme, die aus dem Dunkel direkt vor ihnen kam. Michael ließ vor Schreck die Pechfackel fallen. »Wer da?« rief in barschem Ton der Graf und zog zugleich sein Schwert aus der Scheide. Die Stimme lachte. Kein höhnisches Lachen, sondern ein sanftes liebliches Lachen aus einem Frauenmund. Michael griff, von diesem Klang erleichtert, zur Fackel und leuchtete in das dunkle Ende des Tunnels hinein.

»Ihr werdet Euch nicht fürchten vor einem schwachen

Weib«, sprach die Stimme sanft, und doch war es Michael, als läge leichter Spott in den Worten. Die Flamme leuchtete ein Gesicht von grotesker Häßlichkeit aus. Es war zerlöchert von Pockennarben. Michael zuckte zurück, war das eine Aussätzige, eine, die die Türkenpest am Leib trug?

Das alte, verhutzelte Weiblein blickte aus klugen, haselbraunen Knopfaugen auf die beiden Kämpfer. »Hab' ich euch die Sprache verschlagen? Laßt gut sein, mein Gesicht ist mein Fluch, aber euch nicht gefährlich, alle Krankheiten, die es gezeichnet haben, habe ich wohl überstanden. Ich trage keine Waffen bei mir, keine Waffen, wie ihr sie kennt. Ihr seid Eindringlinge in mein stilles Reich. Auf zwei Jahre sah ich hier nicht einen Menschen, und nun ist es, als sei Kirchmeß in meinem Salzstollen. Wollt ihr schürfen? Ich rate euch ab, hier ist lange nichts mehr zu holen.«

Der Graf von Traubstedt erholte sich dank dieser munteren Rede von seinem ersten Schrecken. »Weib, wer bist du?«

»Das tut nichts, edler Mann. Nennt mich Märthe. Mehr braucht es nicht. Mir ist bekannt, was Euch hierher verschlagen hat. Die verlorene Schlacht von Frankenhausen, nicht wahr? Gott gab mir Kunde von dem schrecklichen Sterben.«

Der Graf musterte sie verächtlich, Märthe lächelte wissend und zuckte mit den Schultern. »Nichts denn die Gerechtigkeit Gottes lautete Eure Losung, nicht wahr? Was hilft's? Ich muß mich um diesen Mann hier kümmern. Er ist zu retten, also tretet beiseite.«

Der Graf, sonst nicht gewohnt, Befehle zu empfangen, gehorchte den bestimmten Worten des Weibleins sofort. Märthe kniete neben dem halbtoten Bauern nieder und zog einen Beutel unter ihren lumpigen Röcken hervor.

»Sammelt Wasser«, wies sie Michael an und reichte ihm zugleich einen silbernen Becher aus den unergründlichen Falten ihres Gewandes. Gehorsam hielt Michael den Becher unter ein Rinnsal, das sich seinen Weg von der feuchten, mit bizarren Kalkfingern übersäten Decke zum Boden suchte. Als das Gefäß halbvoll war, reichte er es der seltsamen Frau. Märthe entnahm ihrem Beutel ein stark riechendes Kräutersträußlein und zerrieb es über dem Becher.

Der Graf erkannte nur den Duft von Lorbeer und Bilsenkraut, von dem es hieß, daß es eine stark schmerzlindernde und betäubende Wirkung habe.

Dann zog Märthe ein kleines Fläschchen hervor und träufelte daraus eine Flüssigkeit auf ein erstaunlich sauberes Leintuch. »Das wird die Wunde reinigen und dem armen Mann seine Kraft wiedergeben«, erklärte sie. Der Graf zuckte nur die Schultern.

Sie sprengte Kräuterwasser über den brandigen Stumpf und verband die Wunde mit dem Tuch. Dann strich sie dem Bewußtlosen den Rest des seltsamen Gebräus und eine Salbe mit Bilsenkraut auf die Lippen und murmelte heiser eine uralte heidnische Formel: »Wie die Beinrenke, so die Blutrenke, so die Gliederrenke: Bein zu Bein, Blut zu Blut, Glied zu Glied, als ob sie geleimt seien.«

»Seid Ihr mit dem Teufel im Bunde?« fragte jetzt zornig der Graf, dem alles Heidentum noch mehr zuwider war als die gottlosesten Katholiken.

»Wenn Ihr die Erde als von Gott bestellt erachtet und alles gutheißt, was in der Welt vorgeht, so sage ich ja. Ich bin mit dem Teufel im Bunde, denn mir ist danach, die Dinge nicht so zu lassen, wie sie sind. Glaubt Ihr aber nicht, daß all dies Elend und die allgemeine Unwissenheit Gottes Wille ist, so wage ich zu sagen, mein Bündnis ist oben im Himmel gemacht.«

»Oho, du scheinst mir ein weises, gewitztes Weib zu sein«, sprach der Graf voll Spott.

»Nenn mich lieber eine Unbelehrbare, edler Herr. Wie ich sehe, gehörst auch du meinem Geschlecht an, denn du scheinst eine Vorliebe für aussichtslose Schlachten und das Los des Entrechteten zu hegen.« Märthe lächelte sanft und musterte die zerfetzten Beinkleider des Grafen, die so gar nicht zu seinem herrischen Auftreten paßten. Glomm da nicht ein Funken stillen Triumphs in ihren schelmischen Augen?

»Still«, mahnte plötzlich Michael, »mir scheint, ich höre Schritte.« Die seltsame kleine Gemeinde lauschte atemlos. Tatsächlich, da näherte sich einer mit festem Tritt, ein feines Trappeln folgte ihm wie von Rehhufen, so sanft und unbestimmt. Michael löschte die Pechfackel.

Und doch, der Geruch würde sie verraten. Welch ein Ärgernis. Drei Tage nun waren sie auf der Flucht, den Schergen der Landesfürsten entkommen, und nur nachts hatten sie sich durch die thüringischen Wälder geschlagen auf der Suche nach der verlassenen Salzsode. Glücklich hatten sie schließlich den von dichtem Gestrüpp überwachsenen Eingang zu den bald fünfzig Jahre alten Stollen und Schächten gefunden, frohgemut, nun ein sicheres, einsames Versteck zu haben, in dem sie ausruhen und neue Pläne schmieden konnten.

Michael umfaßte mit hartem Griff seinen Morgenstern, der Graf zückte wieder sein Schwert, die festen Tritte kamen näher. So still waren die beiden Kämpfer und das Kräuterweib, daß sie wieder das Tropfen des Wassers auf den Stein im Gewirr der verlassenen Tunnel vernahmen.

Einzig das Stöhnen des Verwundeten zu ihren Füßen verriet sie. Graf von Traubstedt hob das Schwert. Er würde ein Dutzend seiner Verfolger noch mit ins Grab nehmen, das schwor er sich mit dem Übermut des jungen, unermüdlichen Kämpfers. Er war eisern entschlossen.

»Hab acht, Katharina, der Boden ist feucht. Soll ich dich ein wenig um die Taille fassen und stützen?«

»Wage es, und du wirst eine Antwort bekommen, die dir

nicht schmeckt, lieber Hans, und rote Backen beschert«, antwortete kratzbürstig eine Jungmädchenstimme.

Der Graf ließ sein Schwert sinken, Michael ärgerte sich über den vorschnellen Verlust der Fackel, und Märthe lachte perlend. Seltsam, dachte der Graf, ihre Stimme ist die eines lieblichen jungen Mädchens und ihr Gesicht das einer Hexe. Teufelei, fürwahr! Doch was sollte jede Furcht, er hatte Satan ins Antlitz gesehen in der Schlacht zu Frankenhausen. Was nun noch kam, konnte nicht schlimmer sein. Er war ein wirklich junger Mann, trotz seiner dreißig Jahre, trotz seines Kriegszugs über den Brenner.

Der unbekannte Hans und seine Katharina waren dem Lachen gefolgt, darauf vertrauend, daß ein Lachen kein böses Omen sein konnte. Beide waren einfache Leut. Hans, der Druckergeselle, und Katharina, Tochter einer armseligen Melkmagd.

»Hallo, gute Leute«, klang es denn auch zuversichtlich vom Anfang des Stollens, und ein mageres Lichtlein beschien die kleine Versammlung, die mit ihren Rücken den verletzt daliegenden Bauern verdeckte.

»Holla! Wir sind finstere Gestalten wie Ihr, habt Ihr wohl einen Bissen Brot oder besser ein Ende Schinken, wir sind hungrig wie die Tanzbären.« Munter plauderte Hans, der eine Laute mit bunt flatternden Bändern auf dem Rücken trug, auf die hohen Herren zu.

Ihren Stand erkannte er am Harnisch und den edlen Handschuhen. Und ein Blick in die Gesichter verriet ihm, wer der Herr war, der mit dem fast beilförmigen Gesicht und dem harten, angriffslustigen Blick aus klaren Augen. Der Landsknecht neben ihm war wohl an die zehn Jahre älter, mißtrauisch sah er aus; seine Stirn trug tiefe Linien, er legte sie wohl oft in Falten, so wie jetzt. Um den schmalen Mund lag ein erbitterter Zug, der von großer Entschlossenheit, aber auch von mannigfaltigen Enttäuschungen erzählte. Ihm fehlte die vorpreschende Art und das leicht entflammbare Temperament seines Herrn. Ungefährlicher war er nicht.

Dennoch wußte Hans, er war in Sicherheit. Denn der edle Ritter vor ihm trug einen gemalten Regenbogen, das Zeichen der Aufständischen, auf seinem Brustpanzer. Die geschlitzten Pluderhosen des baumlangen, kräftigen Landsknechtes leuchteten in den Farben der Rebellen. Hans streckte ihm die Hand entgegen. »Seid mir gegrüßt, liebe Brüder in Christo.« Michael nannte den munteren Lautenspieler insgeheim einen »lachhaft gecken«, reichte ihm aber doch die Pranke, die stark genug schien, eine junge Birke auszureißen.

Zögernd, einer Katze gleich, folgte Katharina. Hans hatte sie aus einem brennenden Stall in einem Weiler nahe Frankenhausen befreit. Sein erster Findling. Besser, sie mitzunehmen, so hatte sich Hans gedacht, und auf einer Flucht nicht allein zu sein, zumal Katharina ein bildschönes Mädchen war.

Noch besser, so dachte Hans jetzt, einen bewaffneten Kämpfer zu finden, einen, der zudem einen Gefährten dabei hatte, an dessen Gürtel ein Leinenbeutel hing, wie man ihn zum Transport von Trocken- oder Räucherfleisch und Brotkanten nutzte. Doch bevor er den Landsknecht um einen Bissen davon angehen konnte, mischte Märthe sich ein.

»Gottes Wille hat uns zusammengeführt, laßt uns beten.« Verwundert betrachtete Hans die geheimnisvolle Alte mit der singenden Stimme, die hier dem Anschein nach das Kommando führte. Dann erblickte er den Bauern und wich zurück. »Ein Toter?« fragte er entsetzt. »Einer, der bald wieder unter den Lebenden weilen wird. Glaubt mir, und laßt uns für ihn beten«, sagte Märthe mild und leise.

Niemand widerstand der seltsamen Macht ihrer Stimme, selbst Katharina – die Katze zog ihre Krallen ein und wartete, was nun geschehen sollte. Märthe sank neben dem verwundeten Bauern auf die Knie. Die anderen taten es ihr nach, sogar Graf Traubstedt beugte die Knie, so daß die Scharniere seiner geschmiedeten Beinpanzer knirschten.

»Herr, wir danken dir für unsere wundersame Rettung. Errette diesen armen Knecht, der für dich seine Gesundheit gab, denn deine Güte ist ohne Grenzen. Du bist die Kraft und die Herrlichkeit. In deinem Namen haben sich gefunden – wie du geweissagt – die letzten Aufrechten. Zu folgen deinem Befehl, vertrauend auf deine Güte und deinen Ratschluß. Wir, die Kämpfer unter dem Regenbogen. Du wirst uns speisen mit Worten und mit Brot, und wir werden immerdar deine Diener sein. Amen.«

Zögerlich kam das Amen nun von allen Seiten und verhallte in mächtigem Chor im Stollen. Hans, seltsam ergriffen und den Worten noch nachsinnend, erholte sich nur langsam. Mitleidig schaute er auf den bewußtlos daliegenden Bauern hinab. Und doch war er der erste, der sprach.

»Hat einer von Euch Edlen schon jetzt einen Bissen Brot?«

Märthe lachte wieder. Der Graf blickte grimmig. Was für eine seltsame Versammlung von Narren. Was sollte dieser Pakt, den Märthe für sie alle geschlossen hatte? Und das im Angesicht eines Sterbenden. Sterbenden?

Der Bauer Rufus regte sich. Aus einem Röcheln wurde ein Seufzer, dann schlug er die Augen auf. »Danke, Gott, ich bin gerettet.« Der Blick war klar und fest, mühsam schob der Bauer seinen geschundenen Leib zur Wand des Stollens und richtete sich daran auf, jede Hilfe abwehrend. Bauer Rufus war ein stolzer Mann.

»Mir träumte, ich sah eine heilige Frau, und Rettung war mir gewiß. Nun sehe ich, daß ich lebe und wohlauf bin. Ihr lieben Leut, es ist eine Lust zu leben.«

Es ist eine Lust zu leben. Die Worte des großen Ulrich von Hutten, Reichsritter und poeta laureatus, aus dem Munde eines Bäuerleins. Graf Traubstedt stutzte, dann gab er Michael Befehl – so ganz hatte er sich das Herrsein nicht abgewöhnt –, den Beutel mit seinem Feldproviant zu öffnen.

»Verteile, was wir noch haben, denn wir feiern ein Fest der Wiederauferstehung.«

Hans kaute schon auf einem recht saftigen, in Honig eingelegten Schinken herum, dennoch zieh er – mit vollem Mund – den edlen Herrn der Gotteslästerung: »Euer Hochwohlgeboren, gestattet, daß ich Einspruch erhebe. Die Wiederauferstehung gebührt einzig dem Herrn. Wir kämpfen in seinem Namen, aber wir lästern ihn nicht und sind durchaus sterblich, alle, wie wir hier sind.«

Märthe schnitt einen kräftigen Batzen Schinken ab und reichte ihn dem matten Bauern, der schweigend das Wunder genoß. »Laßt gut sein, Bruder Hans, Gott ist mit uns allen«, sagte Märthe.

Dann verschwand sie für kurze Zeit im dunklen Ende des Tunnels und kehrte mit einem Krug zurück. Auf ihrer Schulter hockte nun ein weißer Rabe mit roten Äuglein, die im Licht der Fackeln wie Rubine glitzerten. Der Graf war nun sicher, sie mußte eine Hexe sein, zumal der Rabe sich krächzend zu Wort meldete: »Lustig, lustig, ihr lieben Brüder, leget alle die Arbeit nieder, es lebet keiner mehr als ich und du.« Der Vogel legte nach dieser langen Ansprache keck den Kopf schief, als erwarte er Applaus. Katharina lachte laut, und Märthe kraulte zart das Brustgefieder des merkwürdigen Gesellen.

»Das ist Hesekiel, mein liebster Gefährte, und das hier guter alter Wein, den ich lange schon aufbewahre für ein Fest wie dieses. Trinkt, denn wir sind in Sicherheit, und große Aufgaben warten auf uns. Ein Kreuzzug für den wahren Glauben.« Sie reichte den Krug Hans, der brav und arglos einen tiefen Schluck nahm.

»Ei, das ist guter, süßer Wein. Ich möcht' wetten, besseren bekommt kein Pfaffe zu trinken.« Gierig wollte er ein zweites Mal ansetzen, doch Katharina entriß ihm mit strafendem

Blick den Krug. »Du derber Hundsfott, nichts als Fressen und Saufen hast du im Sinn. Gib mir, ich bin durstig. Oh, verzeiht, ich vergaß, hoher Herr, wollt Ihr zuerst?«

Sie schlug demütig die Augen nieder und reichte den Krug dem Grafen. Der nahm ihn widerwillig und nur, weil er ihm von so schönen, weißen Händen gereicht wurde. Dazu dieser blitzende Blick aus smaragdgrünen Katzenaugen. Das Mädchen war betörend jung und schön. Der Kontrast zwischen ihrer blühenden Schönheit zur Häßlichkeit der Hexe konnte größer nicht sein. Doch mit dem irdenen Krug in den Händen wußte der Graf nicht recht, wie er sich weiter verhalten sollte.

Märthe war ihm zunehmend unheimlich, eine Wunderheilerin, eine Kreatur Satans. War das wirklich Wein, was sich da im Inneren des Gefäßes spiegelte? Von merkwürdigen Zaubertränken war immer noch die Rede, und nicht lange war es her, daß Graf von Traubstedt die letzte Hexe hatte munter brennen sehen, weil sie das Vieh vergiftet und die Wöchnerinnen eines Weilers so besprochen hatte, daß sie zweiköpfige Wechselbälger gebaren. Mißtrauisch sog er den Geruch des Tranks durch die Nase. Ein feines, süßes Aroma von Mandeln und Muskat schlug ihm entgegen.

Fürwahr, das roch wie der Wein, mit dem er zuletzt den Sieg der kaiserlichen Truppen in Pavia begossen hatte. Guter, sizilianischer Wein, der den Höchsten gebührte, kein saures Gewächs, wie es die einfachen Leut zu trinken bekamen. Woher hatte die alte Hexe einen so guten Tropfen?

»Nun macht schon, trinkt«, drängte ihn Michael, der selbst sehr durstig war und nie etwas auf das allgemeine Geschwätz von Hexerei und Teufelsbrut gegeben hatte. Der Graf setzte an, was sollte noch passieren? In einer Welt, die ohnehin zum Teufel war.

Hans, der leidlich gesättigt war, griff zur Laute. »Mir scheint, wir alle könnten ein kleines Lied gebrauchen, mag sein, daß es unser letztes ist.« Er schlug die Saiten und stimmte das »Bündisch Liedlein« an.

»Die Bauern sind einig geworden
Und kriegen mit Gewalt.
Sie han ein großen Orden,
Sind aufständig mannigfalt,
Und tun die Schlösser zerreißen
Und brennen Klöster aus.
So kann man uns nit bescheißen,
Was soll ein bös' Raubhaus?«

Mächtig hallte der Gesang durch das Tunnelsystem. Bauer Rufus blickte traurig in die Ferne, als der letzte Ton verklungen war, räusperte sich und hob zu sprechen an: »Lieber Gesell, dies ist eitel Fröhlichkeit. Unsere Sache ist verloren, wir Bauern hätten bei unseren Pflugscharen bleiben sollen. Es war nicht Gottes Wille, daß wir unser Recht erkämpfen.«

Graf Traubstedt schüttelte zornig den Kopf. »Was soll das, Bursche, jammere nicht wie ein Weib! Die hohen Herren haben eure Rechte genommen. Sie reiten durch eure Ernte, jagen euer Wild und eure Fische, es sind klägliche Gesellen, die rauben, was von alters her euer war. Als Adam grub und Eva spann, wer war da der Edelmann?«

Hans, über dessen Druckstock viele aufrührerische Pamphlete gegangen waren, musterte belustigt den Grafen. »Mir scheint, wir haben hier ein Lamm im Gewand des Löwen. Wie kommt es, Herr, daß Ihr unsre Sache so sehr zu der Eurigen macht?« Michael warf dem vorwitzigen Handwerker einen warnenden Blick zu. Hans war ein selbstbewußter Kerl, aufgewachsen mit einer mächtigen Zunft im Rücken und stolz auf seiner Hände Arbeit, die ihm früher, bevor die Landesfürsten immer neue Steuern auch für die Städter ersannen, ein gutes Brot eingebracht hatte und Fleisch und viele Krüglein Bier dazu. Nun war er freilich geächtet und verfolgt, vogelfrei für jeden Bauernschlächter, denn er hatte vor Frankenhausen zumindest mit seinen Liedern gekämpft.

Der Graf nahm die vorlaute Frage des Druckers nicht übel. »Ich verstehe Euer Mißtrauen. Viele von meinem Stande haben sich nur zum Schein der Sache der Bauern angeschlossen, in der Hoffnung auf reiche Beute beim Plündern von Klöstern und Städten. Die Ritter sind eine verkommene Brut, die das Kriegshandwerk für falsche Fehden nutzen. Denk ich nur an diesen Götz von Berlichingen, den mit der eisernen Hand, der seinen Bauernhaufen verriet, als es ihm brenzlig wurde und kein Verdienst durch wildes Plündern mehr in Aussicht stand, so packt mich der Zorn.«

»Friede sei mit Euch«, krächzte Hesekiel. Hans legte seine Hand um den vorlauten Schnabel, ihm gefiel der Disput mit dem Edelmann.

Bauer Rufus lehnte sich mit schmerzverzerrtem Gesicht vor. Märthe legte ihm ein feuchtes Leintuch auf die Stirn, der Bauer riß es ungeduldig herab.

»Schmäht nicht den von Berlichingen. Er verließ die Bauern, weil die den unschuldigen Grafen von Helfenstein, seinen Freund und Schwiegersohn des edlen, seligen Kaisers Maximilian, durch die Spieße schickten. Das war nicht wohlgetan. Und Spott übten sie auch, ließen den Pfeiffer Melchior von Nonnenmacher vor ihm die Gasse abschreiten, wo er ein frevlerisches Lied auf den armen Grafen pfiff, bevor ihn Spieß um Spieß durchbohrte. Fürwahr, ich schäme mich für meine Brüder.«

Von der langen wütenden Rede erschöpft, sank der Bauer an die Wand zurück und schloß die Augen.

Dennoch traf ihn der Zorn des Ritters mit voller Wucht. »Was redet Ihr, tumber Mann! An Euch wird unser armes, gequältes Reich nie genesen. Welche Lügen glaubt Ihr noch? Freilich, der Graf mußte raus zum Spießrutenlauf, aber, was meinst du, hat den Zorn seiner Leute erregt? Er ließ ihre Kinder blenden, wenn sie vor Hunger einen Apfel stahlen, er schändete ihre Töchter und preßte ihnen das letzte Körnchen Weizen ab. Seine Untertanen hungerten und starben wie die Fliegen. Auch überfiel der Graf ihre Herolde und Unterhändler, brach alle Waffenruhen. Er war eine Schande in seinem Stand. Ich hätte ihm gerne den Handschuh hingeworfen. Und auch der Berlichingen ist ein solch feiger Mann.«

Hans nickte. »Ja, Bauer Rufus. Viele von den hohen Herrn haben uns aus Eigennutz schändlich betrogen. Die Kunde, die Ihr habt, ist dreist erlogen, dessen seid gewiß. Für jeden, der von Bauershand starb, töteten die Fürstenleut an die hundert von uns. Selbst vor Frankenhausen blieben nur sechs von ihnen für tot liegen. Sechs! Die Zahl sagt alles. Und erinnert Ihr Euch nicht an den Ritter von Bogenwald in unseren eigenen Reihen? Diesen hochgewachsenen Kerl von schlanker, edler Gestalt?«

Der Bauer bejahte. Er kannte den von Bogenwald, hatte oft seine grobe Filzkappe gezogen, wenn der Edle die Reihen durchritten und das Wagenlager des Haufens kontrolliert hatte. Froh und stolz waren die Bauern und Tagelöhner gewesen, einen solchen Führer zu haben. Der blitzende Helm mit dem Federbusch war zwar eitel Tand, genau wie die polierten Eisenhandschuhe, doch die stolze, vorspringende Nase bewies alten Adel und heroischen Eigensinn, der ihr Glück hätte sein können.

»Nun«, fuhr Hans fort und strich wütend über die Saiten seiner Laute, so daß ein greller Mißklang entstand, »eben dieser Ritter hat euch verraten, ärger als der Berlichingen die Seinen. Er war und ist ein Fürstenknecht, mit nichts als seiner eigenen Bereicherung im Sinne. Er war es, der dem Landgrafen von Hessen empfahl, zuzuschlagen, während ihr alle dem Müntzer lauschtet. Er kannte eure Pläne und war der Judas in euren Reihen.«

Bauer Rufus stöhnte. Ja, das wußte er bereits. Er selbst hatte seinen Arm eingebüßt, als er einem Reitertrupp, angeführt vom Ritter von Bogenwald, entgegenrannte. In der unsinnigen Hoffnung, daß diese den Gegenstoß aufs Fürstenheer anführten. Ein fataler Irrtum. Einer der Landsknechte hatte einfach ausgeholt, sein Schwert sausen lassen, und nur weil Rufus im letzten Moment zur Seite sprang, war nicht sein Kopf blutend vom Rumpf gesprungen, sondern nur sein Arm. Man hatte ihn für tot gehalten und liegen lassen. Und war weiter der Stadt zugesprengt, um sie einzunehmen.

Die Gruppe schwieg, ein jeder hing seinen Erinnerungen nach, die von Blut getränkt und von Schmerzen durchzogen waren. Katharina hob als nächstes ihre Stimme, nicht kratzbürstig und schroff, wie es meist ihre Art war, um ungewollte Annäherungen abzuwehren, sondern leise und spröde vor Kummer.

»Auch ich sah den Ritter. Es war vor dem Gemeindestall, in dem ich als Melkerin arbeitete. Er sprengte mit drei Mordgesellen in den Hof und hieb alle nieder, die er erreichte. Dabei hatten sie alle nichts mit dem Aufstand zu tun, so alt, krank oder unschuldig wie sie waren. Selbst den kleinen Tobias, der erst voriges Jahr zu Johannis das Laufen lernte, schonte er nicht. Den riß er am Schopfe nach oben und warf ihn gegen die Wand, sein kleiner Körper zerbarst, die Knochen zersplitterten. ›Du wirst keinen Fürsten mehr foppen‹, schrie er, dann lud er einige Malter Getreide auf, führte das Vieh hinweg und befahl, Feuer an allen Enden zu legen, auf daß wir elendiglich verbrennen sollten. Nie habe ich einen gottloseren Mann gesehen. Ich schwöre, ich könnte ihn töten.«

Märthe rückte näher an Katharina heran und legte ihr einen Arm um die Schulter, das Mädchen legte seinen Kopf hinein und bemühte sich, ihr Schluchzen als Schluckauf zu tarnen. Sie zeigte nur ungern Gefühl, das führte zu nichts. Die Männer schwiegen betroffen.

Märthe sagte leise, aber deutlich: »Und genau das werden wir tun. Wir töten den Ritter von Bogenwald und all die Herren, die uns verraten und verkauft haben und nun schrecklich unter dem Volke wüten.«

»Frau, sprich keinen Unsinn! Wir sind aller rechten Waffen und unserer Pferde beraubt«, unterbrach Michael das Weib unwirsch. Unwirsch auch deshalb, weil er nichts zu kämpfen hatte und feige fliehen mußte, das ließ seine Lippen so schmal werden und seinen Mund so bitter wirken. »Die Sache ist verloren, und das Blutgericht der Herren wird grausam sein«, erklärte er nun hart, »habt Ihr nicht gehört, daß der Ritter von Bogenwald alle, die das Gemetzel überlebten, auf Räder flocht, mit Eisenruten peitschte, wie er sie an Bäume band und Feuer rundherum legte, so daß sie greulich verschmorten, auf eine halbe Stunde bei Bewußtsein blieben und jämmerlich verreckten. Der Ritter ist ein mächtiger, grausamer Mann. Wir«, bei diesem Wort zögerte er und blickte abschätzig in die Runde, »können ihm nicht entgegentreten.«

Hesekiel hüpfte frech auf den Landsknecht zu, legte den Kopf zur Seite und schrie: »Nichts denn die Gerechtigkeit Gottes, Prrrüh!«

»Weg, Hesekiel«, befahl Märthe, und der Vogel flatterte in ihre Richtung. »Lieber Mann, ich sagte schon, ich trage keine Waffen. Doch es bedarf nicht immer eines Schwertes, um Männer hinzustrecken. Auch die stärksten unter ihnen sind nicht gefeit gegen Plagen, die Gott uns zur Strafe schickt. Gevatter Tod mäht nicht nur mit der Sense.«

Märthe zog eine von Kupferdrähten umhüllte Glasphiole nach oben. Der Graf beäugte das kleine Gefäß mißtrauisch, Katharina zog jäh ihren Kopf aus Märthes linkem Arm.

»Ach Weib«, sprach der Graf bitter, »wie soll dies unschuldig Gläslein dem Mann das Verderben bringen? Willst du mit Gift dich an –«

»Still«, zischte in diesem Moment Bauer Rufus. »Hört ihr nicht dieses Klirren in der Ferne?« Die Gruppe lauschte angestrengt ins Dunkel hinein. Tatsächlich, vom weit entfernten Stolleneingang her klang ein leises, metallisches Klimpern herüber, nur wenig später schwoll es zum mächtigen Rasseln von Schwertern an, die aneinander schlugen. Der beißende Geruch von vielen brennenden Pechfackeln strömte in den niedrigen Gang, in dem sich die Flüchtigen verbargen.

»Wir sind verloren«, flüsterte Katharina entsetzt, »wir sind verloren! Hört die Sporen, die über den Boden schaben. Das sind die Söldner und Reisigen, die das Land nach Flüchtenden durchkämmen, um Beutepfennig zu machen.«

Und es waren tatsächlich Söldner, denn nun drangen rauhe Stimmen herüber. »Das Rattenpack muß hier stecken, Hauptmann. Die Spuren waren deutlich. Seht, ein zerrissenes Lautenband und hier, Blut. Das wird uns ein feines Sümmchen bringen, wenn wir sie halbtot schlagen und dann zum Lager schleppen. Der von Bogenwald hat uns auf jeden Strolch zehn Heller versprochen. Sie können uns nicht entkommen.«

Der Graf blickte sich um, nein, tatsächlich, sie konnten nicht entkommen. Hinter ihnen lag nur das dunkle Ende des Gangs. Vermaledeite Hurensöhne! Er sprang im gleichen Moment wie Michael auf und zog behende sein Schwert. Selbst Bauer Rufus zog mit seiner linken Hand sein Kurzmesser aus dem Gürtel. Hans zögerte kurz und packte dann seine Laute mit beiden Händen, hob sie über seinen Kopf. Michael mußte trotz der gefährlichen Lage grinsen. Was für ein Taugenichts dieser Wortdrechsler und Sangesbruder doch war! Mit der Laute gegen scharfe Klingen.

Dann besann sich Hans, riß eine Saite vom Steg herunter,

prüfte sie durch einen kräftiges Zerren an beiden Enden. Ja, das war eine treffliche Schlinge, mit der er jedem Kerl die Kehle durchschneiden könnte, als sei's ein Laib Käse. Dummerjan, schalt er sich bei diesem Vergleich selbst, immerzu denkst du ans Fressen …

Drei der Verfolger leuchteten nun mit gewaltigen Pechfackeln in den Schacht. Der Graf war geblendet, doch Michael sprang auf den Trupp zu und ließ seinen Morgenstern kreisen. Scheppernd und krachend ging er auf einem Brustpanzer nieder. Stöhnend brach ein Gegner zusammen, doch der Rest des Trupps drängte sofort mit gebeugtem Rücken und gezückten Schwertern in den Stollen. Andere drängten nach.

Schon focht der Graf tapfer und geschickt ein Sträußlein mit einem gewaltigen, baumlangen Kerl aus. Ein anderer hob seine Waffe und wollte sie schon auf Rufus niedersausen lassen, als ein schneidender Schmerz an seiner Kehle, der ihm sofort den Atem raubte, ihn zurückriß. Michael registrierte Hans' listige Kampftechnik mit Anerkennung, auch wenn sie nicht den ständischen Regeln des Ritterkampfes entsprach.

Am Eingang des Stollens drängten immer neue Kämpfer nach. Ein starker Trupp schien ihnen auf den Fersen, die Lage war hoffnungslos. Katharina sprang mit einem einzigen Satz auf einen der Söldner los, tauchte unter seinem Schwert herab und jagte ihm ein Kurzmesser in die Seite. Der Mann stöhnte und hieb ihr im Fall seine eiserne Faust ins Gesicht. Hesekiel ging kreischend auf ihn nieder und hackte ihm zur Strafe die Schulter wund. Katharina spürte, wie warmes Blut ihr Gesicht herablief, sie hob erneut das Messer und stach auf den nächsten Angreifer ein, der mit seiner Schwertspitze den Brustharnisch des Grafen getroffen hatte. Unbändige Wut trieb sie. Sie wollte leben.

»Genug gekämpft, haltet ein«, rief plötzlich Märthe, »beiseite, meine Freunde!« Wieder gehorchten ihr alle aufs Wort, ihre Stimme hatte wahrlich magische Kräfte. Und nicht nur ihre Stimme. Mit einem Zischen ging vor den Angreifern aus dem Tunnel plötzlich ein greller Blitz nieder, der sie zurückwarf, dann stieg ein beißender, ätzender Nebel auf. Märthe riß den Bauern Rufus hoch und rief ihren verdutzten Freunden zu: »Folgt mir! Es gibt einen Ausgang.« Mit einem Bündel über der Schulter warf Märthe sich auf den Boden nieder und kroch in einen niedrigen Spalt.

Verdutzt folgte der Trupp, wenngleich der Graf sich schwor, dem alten Weib noch den Hals umzudrehen, bevor der Hahn oder dieser seltsame Hesekiel am nächsten Morgen den Schnabel auftat. Da kannte sie einen Fluchtweg und ließ die guten Leut doch den Tod begrüßen! Gerade noch waren sie ihm von der Schippe gesprungen.

Was für eine seltsame Heilige. Wutentbrannt bückte sich der Graf als letzter, befreite sich von Brustpanzer und Rüstung, legte sich flach auf den Bauch und robbte in einen schmalen Schacht, der gerade Platz für seine Größe bot. Stöhnend wand sich vor ihm der tapfere Rufus durch den Gang. Höllenschmerzen mußte der arme Mann leiden.

Hinter dem Grafen fluchten und husteten die Söldner. So dicht waren die Nebelschwaden, daß sie den Fliehenden nicht folgen konnten.

Eine verdammt listige Heilige war Märthe außerdem.

3.

»Fein ordentlich hat Gott die Welt
mit drei Ständen wohl bestellt:
Ein Stand muß lehren, der andere nähren,
der dritt muß bösen Buben wehren.«

Erasmus von Rotterdam

Der Ritter von Bogenwald bezog nach langem, anstrengendem Ritt längs des Kyffhäusers und durch die Dörfer und Weiler der letzten Rebellen gegen Abend ein Quartier in Mühlhausen, wo die hessischen Fürsten das Regiment übernommen und Ruhe und Ordnung wiederhergestellt hatten. Harte Geldstrafen waren gegen aufmüpfige Bauern und Bürger und ihren Rat, der sich frech »Ewiger Rat« nannte, erlassen worden. Mit dem Titel einer freien Reichsstadt hatte es für Mühlhausen nun ein Ende, selbst die dicksten Pfeffersäcke würden bluten.

Seinen Knecht hieß der von Bogenwald, die schweißnassen Pferde zu versorgen. Seine achtzig Gefolgsleute schlugen ihre Zelte im fürstlichen Feldlager vor den Stadtmauern und an den Ufern der Unstrut auf, wo an die siebentausend Mann lagen. Er selbst bezog die einzig noch freien Zimmer eines recht annehmbaren Gasthofes, dessen Wirt sich nicht den aufständischen Bürgern angeschlossen hatte.

Mit kräftigen Tritten und klirrenden Sporen stieg der Ritter die Treppe zur hölzernen Galerie hinauf, wo die Kammern lagen.

Der ängstlich dreinblickende Wirt – Kleinmut hatte ihn vor einem Bündnis mit den Rebellen bewahrt – hatte ihm eine wächserne Sonntagskerze statt einer stinkenden Öllampe gereicht.

Ja, dachte der Ritter zufrieden, er selbst war ein Mann,

den man fürchtete und achtete. Und sein Ruf ging ihm endlich voraus. Vorbei die Wegelagerei und das Maskenspiel als Führer des tumben Pöbels von Frankenhausen. Diese Wochen im Bauernlager, diese Gleichmacherei mit dem gemeinsten Volk ließen ihn nach Ehrerbietungen, die seinem Stand gebührten, dürsten.

»Bringt mir einen Krug Eures besten Weines, macht voran! Aber wehe, ich entdecke eine Kröte oder sonstiges Gewürm in deinem sauren Gesöff, die wirst du mir lebendig verspeisen müssen. Und führt den Mönch, sobald er kommt, in meine Kammern«, brüllte der Ritter noch die Stiegen herab. Der Wirt nahm die Beine in die Hand und flitzte nach dem Schlüssel für seinen Weinkeller.

Die Fenster der Kammer gingen zum Marktplatz, wo bereits der Henkersblock für den Lumpen Müntzer und eine Richttribüne gezimmert worden waren. Grimmig lächelnd und mit Wohlgefallen betrachtete der Ritter die Vorkehrungen, dann schloß er das teure Bleiglasfenster – den Mühlhausern ging es allzugut – und trat ins Zimmer zurück. Es schien recht reinlich. Der Boden war mit frischem Heu bedeckt, anders als in der stinkenden Schankstube unten, wo sich Mist und Auswurf unters Bodenstroh mischten und die Ratten zwischen den Fässern umherflitzten.

Im Schein der Kerze vermochte der Ritter in einem Mauerspalt nur zwei träge Wanzen zu entdecken, die er mit bloßem Daumen zerdrückte, so daß ihre Panzer zerknackten und das Blut des letzten Gastes emporspritzte. Der mit Leinen überspannte Strohsack auf dem Holzbettgestell schien frisch gefüllt und geschüttelt, auch die Bettvorhänge waren gereinigt; also würden nur seine eigenen Flöhe heute ihr blutiges Festmahl auf seinem Leib feiern.

Der Ritter stellte den Kerzenhalter aus Zinn auf eine mächtige Truhe, dann brüllte er nach seinem Knappen, der ihm beim Ablegen von Brustpanzer und Kettenhemd behilflich war. Ein leichtes, italienisches Kettenhemd, dicht geschmiedet und doch nicht so beschwerlich wie die alten deutschen Eisenhemden. Es hatte ihm gute Dienste geleistet und die lächerlichen Heugabeln der Bauern mühelos abgewehrt.

Der Herr von Bogenwald schnallte die Beinpanzer ab und warf sich auf den Strohsack, dann brüllte er erneut nach dem Wirt, der keuchend nach oben eilte.

»Soll ich dir hiermit Beine machen«, rief er dem armen Mann drohend zu, als der sich mit einem Krug und einem Tablett mit kaltem Fleisch und Brot durch die Tür zwängte, und fuchtelte mit einem blitzenden Sarazenerdolch.

»Schau nur, du kleiner, fettwanstiger Krämer, da klebt noch Blut daran. Das Blut von deinesgleichen. Von Strolchen, die ihren Stand vergessen und Gott gelästert haben. Nimm dich in acht, ich bin des Tötens noch lange nicht müde. Erst wenn der letzte deiner Art von der Erde vertilgt ist, werde ich ruhen. Mir steht die Lust auf einen hübschen Tanz. Spring, Wirt, spring.« Der Ritter war vom Bett aufgestanden und trieb den armen Mann mit dem Messer in eine Ecke des Raumes. Zitternd stand er da und ließ am Ende das Tablett klappernd fallen, das Fleisch ging zu Boden, der Krug mit dem Wein drohte zu folgen.

Doch den schnappte der Ritter im letzten Moment geschickt auf, setzte an und nahm einen kräftigen Zug, der Wein lief in Strömen seine Mundwinkel herab, färbte sein schmutzigweißes Unterhemd mit roten Flecken. Der Wirt nutzte die Gelegenheit zur Flucht. Dröhnend lachte der Ritter und schrie ihm hinterher: »Schickt mir eine Magd, das Bett muß gerichtet werden. Aber nicht die alte, grobe Funz, die unten am Tor deine Hühner rupft. Ich will junges, frisches Blut.« Der Befehl war allzu deutlich.

Am Ende war es die Tochter des Wirts, Susanna, die sich für den Gang opferte, da sie ernstlich um Leib und Leben ihres armen Vaters fürchtete.

Diesem Herrn zu Bogenwald war alles zuzutrauen, schreckliche Geschichten waren seiner Ankunft vorausgeeilt. Und nun lebte man einmal in einer rechtlosen Zeit, in der die Herren das Gesetz ganz nach ihrem Gutdünken machten. Zumal die Mühlhausener einen aufständischen Rat eingesetzt hatten und nun heftig büßen mußten. Einfache Leute wie sie, die sich nicht loszukaufen vermochten, baumelten schneller am Galgen, als der Floh einen Sprung tat.

Was half's. Er verlangte nach einem Weibe. Wenn es dem häuslichen Frieden diente, so wollte sie den Opfergang tun. In diesen Zeiten gab es Schlimmeres, und Susanna, eine nicht mehr ganz junge Witwe, deren Mann als Landsknecht vor Pavia gefallen war, war den fleischlichen Umgang mit Mannsleuten gewohnt. Was predigte der Luther von unzüchtiger Hurerei? Wußte er denn nicht, wie schwer es war, sich dem Treiben dieser zügellosen Herren zu widersetzen?

Gebe Gott, flehte Susanna, daß der grausame Gast nicht ihre jungfräuliche Schwester entdeckte. Sie war so zart und scheu, gerade zwölf Jahre alt und eben heiratsfähig, dabei so rein im Herzen. Sie würde einen Übergriff dieses Unholds gewiß nicht überleben, obgleich sie dem Vater so tapfer zugeredet hatte: »Laß mich nur hin zu ihm, mein Vater. Ich werde ihn mit Gottes Wort zu überzeugen wissen, daß er nicht recht tut, wenn er Euch so schilt und quälen tut.«

Was für ein Kind! Aufgewachsen in diesen wirren Zeiten, hatte sie zu viele Predigersleut gehört und den schönen, bunten Bildern von Gottes Paradies auf Erden geglaubt, das einige Prediger weit entfernt im Osten kurz hinter einem Land mit dem Namen Indien vermuteten. Als könne man geradewegs zu Fuß dorthin spazieren.

Susanna wußte es besser. Sie war eine nüchterne Natur. Ein Paradies auf Erden gab es nicht, schon gar nicht für die einfachen Leut. Die hatten nichts als Arbeit und Kummer dazu. Ihren Mann hatte man vor bald drei Jahren als Lanzenknecht für das Heer des Kaisers verpflichtet. Da gab es kein

Entrinnen; als einfacher Mann und Bürger war er zum Dienst mit dem Spieß verpflichtet. So stand es in seinem städtischen Freibrief, ein Spießbürger war er eben. Ja, die reichen Bürgersleut von altem Geschlecht, die kauften sich vom Dienst mit der Waffe einfach frei. Ihr Michael aber hatte im Heerbann des Fürsten mitmarschieren müssen.

Die besten Burschen, die davon verschont blieben, und die unfreien Bauern aus den umliegenden Dörfern hatten hingegen gerade eben ihr Leben im sinnlosen Aufstand gegen die Herrschaft gelassen. Was hatten Leute wie sie zu hoffen? Nicht viel, denn allenthalben zettelten die vielen Herren neue Kriege an. Paradies! Die Hölle war's und blieb es. Mit einem unterdrückten Seufzen klapperte Susanna auf ihren derben Holzpantinen die Stiege hoch.

Sie trug einen Krug frischen Brunnenwassers in der Hand und sauberes Leinen über dem Arm, obwohl sie das Bett am Morgen erst frisch bezogen hatte. Was für eine Plackerei, nur weil einem Tunichtgut der Sinn nach Unzucht stand. Mit pochendem Herzen klopfte sie an die Kammertür.

»Wer da?«

»Herr, ich bringe Euch sauberes Leinzeug und einen Krug Wasser.«

Die Tür wurde aufgerissen. Der Ritter musterte die dralle, wohlgeformte Magd mit den blonden Flechten unter der züchtigen Haube mit unverhohlener Gier. Susanna betrachtete den Mann verstohlen und mit gewisser Erleichterung. Er mochte grausam und brutal sein, häßlich war er nicht. Seine Hakennase war Zeichen edler Herkunft, die hochgewachsene Gestalt kräftig, sein braunes Haar ringelte sich zu unzähligen, seidigen Locken, was auf eine italienische Linie hindeuten mochte, ebenso wie seine fast schwarzen Augen, die kalt auf sie hinabblickten.

Kurz, er war ein Mann, der jede Frau, auch eine vornehme, haben konnte, ohne sie groß überreden zu müssen.

Er würde wohl keine mit Gewalt nehmen, wie diese schäbigen, lumpigen Söldner vor den Stadttoren, denen niemand Einhalt zu gebieten wagte.

Susanna neigte ehrfürchtig den Kopf und wartete, daß der Ritter ihr den Weg freigab. Dann klapperte sie über die Dielen zum Bett, zog den Vorhang beiseite, das Leintuch vom Strohsack und ward im selben Moment derb auf das Lager geworfen.

Der Mann warf sich über sie und war so schwer, daß sie nach Luft ringen mußte.

»Der Wirt beginnt zu begreifen, wonach der Sinn mir steht«, flüsterte der Kerl böse in ihr Ohr. Dann riß er ihre Röcke hoch, zerrte an den Leibtüchern, die sie fest um ihre Schenkel geschlagen hatte. Aus Wut über dieses Hindernis, zog er schließlich jenen Dolch hervor, von dem ihr Vater zitternd vor Furcht berichtet hatte.

Was sollte ihm die Waffe nutzen? Susanna wehrte sich ja nicht. Dennoch spürte sie in diesem Moment die scharfe Klinge an ihrer Kehle, sie ritzte ganz sanft in ihre Haut, ein warmer Tropfen Blut sickerte hervor und lief langsam ihre Kehle herab. Susanna wimmerte. Der Teufel hatte sie zur Liebhaberin gewählt.

»Bist du noch unberührt, meine Schöne?« Der Mann zerrte an seinem Gürtel, streifte schließlich seine Hosen herab, hielt sein Opfer aber mit einem Arm eisern umklammert. Susanna zitterte. Dieser Kerl war ein Tier, eine Bestie, schlimmer als jeder dahergelaufene Bauernbursche, der sich betrunken in der Schankstube an sie herangemacht hatte.

»Herr«, preßte Susanna hervor, »was wollt Ihr?« Besser, sie spielte von nun an die unberührte Unschuld, schien ihm doch danach und nach einem verschreckten Wesen der Sinn zu stehen.

Der Ritter riß sie herum. Susanna erschrak unter seinem wilden Blick. Das Hemd bedeckte seine Blößen, und doch wich sie wie schamhaft zurück. Der Ritter lächelte amüsiert. Susanna atmete auf, endlich hatte sie das Spiel wohl verstanden.

»Oh, ein unbeflecktes Täubchen ist mir in die Kammer geflattert. Heb noch mal deine Röcke.« Susanna wich weiter zurück. »Herr, ich verstehe Euch nicht.«

Der Dolch schnellte vor, ihr Wams wurde mit einem Schnitt zerrissen, dann zerfetzte der Ritter mit einem Ruck ihr Leinenhemd. Susanna hob schützend die Arme vor ihren blanken Busen. Das schien den Mann vor ihr erneut und noch heftiger als zuvor zu erzürnen. Was nur hatte sie falsch gemacht, er wollte doch eine wehrhafte Unschuld bezwingen?

»Hältst du mich für einen Tölpel? An diesen Schöpsenkeulen hast du bereits eine ganze Kinderbrut gesäugt, du Metze, du betrügerisches Weibsbild! Ich seh' es wohl. Willst mir die Unschuld spielen, he? Nicht mit mir.«

Wieder schwang er den Dolch. Susanna drehte sich heftig zur Seite, die Klinge drang in den Strohsack ein, der wütende Mann wirbelte zu der Magd herum, die kroch unter seinem erhobenen Arm hindurch und wollte zur Tür fliehen, doch sein kräftiger Arm riß sie wieder herum.

Susanna schickte ein Gebet gen Himmel und sah ihr letztes Stündlein gekommen, als die Kammertür aufgestoßen wurde und ein dürrer Mönch in weißem Habit hereintrat. »Haltet inne! Ihr habt genug Blut vergossen in diesen Tagen, bescheidet Euch, mein Herr, und laßt das Mädchen gehen. Auf Euch warten größere Taten.«

Tatsächlich ließ der Ritter nun ab von Susanna und begrüßte den Mann als »Bruder Claudius«. Susanna ging vor dem Mönch kurz in die Knie und küßte seine Hand. Dann floh sie aus dem Zimmer, als sei der Leibhaftige ihr auf den Fersen.

Und ebenso beschrieb sie später in der Küche bei einem

großen Krug Würzbier den Herrn Ritter und empfahl, die kleine Schwester sofort zur Tante in Obhut zu schicken.

»Wiewohl der Mönch, ich glaub', ein Dominikaner ist es, Macht über den Herrn zu haben scheint und ihm die zügellosen Freiheiten, die er sich nehmen will, verwehrt.«

»Traue dem nicht«, warnte hingegen die Hausmutter und scheuerte mit Sand den großen Eisenkessel, »traue ihm nicht. Es gehen auch über diesen Mönch böse Geschichten um. Man hört's schon auf allen Gassen. Er soll mit dem Teufel im Bunde stehen und hat seine Seele für das Zweite Gesicht verkauft. Man erzählt, er habe Kindern das Herz bei lebendigem Leib herausgerissen, um sie Satan zur Speise darzubringen. Mir scheint, der Mönch ist schlimmer als sein Herr.«

Mutter Dörthe mißtraute Pfaffen und allem römischen Gesindel zutiefst. Luthers Wort von der römischen Büberei hatte bei ihr, wie in weiten Teilen Sachsens und Thüringens, gläubiges Gehör gefunden. Klare Worte für schlichte Gemüter ohne lateinisches Geschnörkel.

»Hüte dich, Susanna, am Ende wird der falsche Mönch es sein, der seine Gier an dir stillt und dir einen Bastard anhängt.« Susanna nahm einen weiteren Schluck Bier und schüttelte den Kopf. Mutter Dörthe war eine kluge Frau, doch wenn es um die Verbrechen der Kirche ging, dann glaubte sie noch die gemeinsten und die dümmsten Lügen.

Sicher, auch sie selbst war keine Freundin jener dem irdischen nur allzu zugewandten Kirchendiener, aber dieser hatte ihr das Leben gerettet. Außerdem sah er nicht aus wie einer dieser feisten Heuchler, die ihren Bierbauch kaum unter ihre Kutten zwängen konnten und jedem Weiberrock nachschielten. Nein, dieser Mann hielt sich an das Gebot der Askese, seine hohlen, fast blau schimmernden Wangen, sein hagerer, vogelartiger Hals waren deutliche Zeichen von Entbehrung. Unheimlich sah er freilich aus, dieser dürre Mönch mit dem Vogelgesicht ...

In der Kammer des Ritters hielten Herr und Mönch inzwischen Kriegsrat ab. »Das wahllose Sengen und Brennen muß nun ein Ende haben, werter Ritter.« Der Mönch wußte die Ruchlosigkeit des Bogenwaldlers zu schätzen, sie machte ihn zu einem vollkommenen Werkzeug des Teufels, doch nun galt es, geschickter vorzugehen. Adligen Wegelagerern und Raubrittern gehörte die Zukunft gewiß nicht, und der Aufstand der Bauern, der alle Regeln der Barmherzigkeit unter den Herren aufgehoben hatte, war niedergeschlagen im Thüringischen.

Bald würde wieder Ordnung einkehren, denn die Äcker mußten neu bestellt werden, damit die Fürsten sich nähren und bereichern könnten, hatten doch viele kaum ein anderes Einkommen, weil sie den Wandel nicht begriffen, den Wert des Geldes unterschätzten und statt dessen an der Scholle klebten.

»Nicht mehr brennen, nicht mehr plündern? Wer sollte mich daran hindern? Die ganze Welt ist aus den Fugen, der Antichrist wird – wie du sagst – bald die Herrschaft haben und ich sein treuester Diener sein. Wer will sich uns noch in den Weg stellen, Bruder Claudius? Der Kaiser ist schwach und in den Händen der Fugger, ihn kümmert unser Deutschland nicht. Die wichtigsten Landesfürsten habe ich auf meiner Seite, bin ich doch ihr treuester Gesell und Richter. Wer sollte mich auf dem Weg nach oben noch aufhalten?«

Der Ritter von Bogenwald wußte nicht, daß das, was er für oben hielt, im Sinne des Mönches ein bei weitem zu bescheidenes Ziel war und nicht in den Grenzen Thüringens lag.

»Die Zeiten ändern sich, werter Ritter. Wer in dieser Welt etwas werden will, muß sich in Sitte und Anstand zumindest äußerlich kleiden. Glaubet mir. Die reichen Bürger machen's den Fürsten bald vor und scheffeln im Mantel der neuen Moral die Dukaten. Der Reichtum sitzt bei den Patriziern und Pfeffersäcken in den großen Städten. Sie gehen prächtiger einher und wohnen fürstlicher als viele Edelleute.«

Der Ritter spuckte widerwillig aus und zeigte sich unbeeindruckt. »Was gehen mich die Städte an, ich hol' mir genug aus dem Land, das scheint mir sicherer.« Dem Bogenwaldler waren, wie vielen seines Standes, die großen freien Reichsstädte – in Deutschland waren es neunzehn an der Zahl mit neuntausend bis hin zu vierzigtausend Einwohnern – mit ihren festen Mauern und oft gut bewaffneten Bürgern nicht geheuer. Er haßte sie als Nester des reichen Aufsteigerpacks und gröbsten Pöbels.

»Auch träumte mir von einem Maskenzug«, wechselte deshalb Claudius das Thema, weil sein Herr ihm nicht folgen wollte, »in dem der Tod mitmarschierte. Und dieser Mummenschanz ging gegen Euch. Ihr mühtet Euch redlich, die Gesellen abzuwehren, und starbet einen qualvollen Tod.«

Der Ritter von Bogenwald wurde bleich. Zu gut wußte er, daß sein religiöser Berater nicht leichtfertig von Traumgesichten berichtete und daß in der Vergangenheit oft das zur Wahrheit geworden war, was ihm bei Nacht erschienen war.

Den Sieg über die Bauern, den rechten Zeitpunkt für den endgültigen Wechsel ins fürstliche Lager, alles das hatte Claudius ihm prophezeit.

»Was kann diese Maske bedeuten?« fragte er heftig den hageren Mann in der weißen Kutte.

Bruder Claudius wiegte sein vogelartiges Haupt bedächtig hin und her. »Ich habe alle meine Traumbücher befragt und fand bei der Maske vieles, sehr vieles. Vielleicht droht Euch Gefahr von einem, der nicht ist, was er vorgibt zu sein. Von einem, der sich in der Maske des Freundes nähert. Ich weiß es nicht. Doch sicher ist, daß wir nun selbst uns wieder neue Masken wählen sollten. Die Bauern werden in nur wenigen Schlachten vollends vernichtet sein. Einige Dörfer werden wir im Namen der Sache noch plündern können. Doch dann scheint es an der Zeit, sich den reichen Pfeffersäcken zu nähern. In den Städten, mein Herr, sitzt das Geld, nicht auf dem Land, und Ihr braucht Geld, um Euch ein gutes Leben und Ruhm sichern zu können.«

Es ging bereits auf Mitternacht, der Herr von Bogenwald war müde und unleidlich nach seinem mißglückten Schäferstündchen. Sollte der Mönch alleine seine Pläne schmieden. Er war ein Krieger, kein Krämer.

»Schicke mir die Magd noch einmal!«

Der Mönch hob warnend seine linke Hand, der Ritter sollte den Bogen nicht überspannen, schließlich waren auch die Abgesandten der Landesfürsten in der Stadt, der Tod einer einzelnen Magd würde schwer zu erklären sein. Vergewaltigung einer ehrlichen Frau stand unter Strafe, und welches Weibsbild konnte man einfach so des Aufruhrs bezichtigen, um seinen Kopf hintennach aus der Schlinge zu ziehen?

»Schon gut«, warf der Ritter widerwillig ein, »ich verspreche Euch, keine Spiele zu treiben. Sie wird meinen Liebesdolch und Hosenteufel zu spüren bekommen, so daß es ihr eine Freude ist, das versprech ich Euch.«

Bruder Claudius schüttelte mißbilligend den Kopf. »Habt Ihr in den Dörfern nicht genug Mägde auf Euer Lager gezerrt und unglücklich gemacht?«

Der Ritter lachte heiser. »Ja, da waren hübsche Gänschen drunter. Das jüngste noch ganz ohne Flaum. Werden einige Bastarde ausbrüten, die tumben Dinger, wenn sie meine derbe Minne überhaupt überlebt haben. Das soll ihren Vätern und Brüdern eine Lehre sein. Wie sagte Hutten, dieser Hurensohn? Es ist eine Lust zu leben. Fürwahr. Nein, Claudius, dies ist etwas anderes. Es ist nur die Natur. Wenn ich Hunger habe, eß ich, brauche ich ein Weib, dann nehme ich es mir. Schick mir die Magd nur herauf. Sie wird ihre Freude haben bei dem kleinen Ritt.«

Mit dem Ritter konnte man nicht rechten, wenn seine Lüste ihn trieben, deshalb machte Claudius sich auf die Suche nach der drallen, hübschen Magd. Sie würde ihm gewiß vertrauen, nachdem er sie vor dem sicheren Tod bewahrt hatte. Der Stallbursche wies ihm den Weg zu einer

Stiege, die in die Kammern über dem Stall führte. Der Mönch griff ein Öllämpchen und machte sich auf den Weg.

Susanna war noch nicht entkleidet. Sie kniete vor dem Bett und sprach ihre Gebete, als der Mönch zur Tür hereintrat. Sie erschrak.

»Ruhig, gute Frau. Ich sehe, Ihr lebt gottgefällig und vergeßt auch die Gebete nicht. Ihr seid ein braves Frauenzimmer. Und das habe ich auch dem rauhen Ritter, meinem Herrn, gesagt und ihm kräftig in sein Gewissen geredt. Er tut sich auch ordentlich schämen und will Abbitte leisten. Verzeiht einem Kämpfer seine rohen Sitten.«

Susanna dachte an die warnenden Worte der Hausmutter. Auf wessen Seite stand dieser Mönch?

»Sagt ihm, ich schließe ihn in mein Gebet ein und verzeihe, wie es meine Christenpflicht ist.«

Der Mönch seufzte und schüttelte den Kopf. »Liebs Fräulein, ich dächt, das tät nicht helfen. Er ist ein großer Herr, mein Herr, und vertrüge es nicht, speiste ich ihn mit solch dürren Worten ab. Allein, sähe er dazu Eure hübschen Lippen, dann würd' ich meinen, er wäre alsbald milde gestimmt.«

Susanna starrte ihren Lebensretter, der so kunstvoll zu reden verstand, ungläubig an. Wie konnte dieser Bruder in Christo sie zurückschicken in die Höhle der Bestie? Er war doch ein Mann der Kirche, der zumindest öffentlich die Unzucht verurteilen mußte. Mehr noch, er gehörte dem Orden der Dominikaner an, die sich so redlich der Hexenverfolgung widmeten und alle Unzucht besonders hartnäckig verfolgten. Streng legten sie die ohnehin schon strengen Sittengesetze aus. Nicht einmal unter Eheleuten war die Vereinigung im Fleische allzu oft erlaubt. Wie die Hunde durften sie es nicht treiben, und vor hohen Feiertagen war es ganz verboten, sich als Weib und Mann zu erkennen, wie es in der Bibel hieß. Ein ehrliches, unvermähltes Frauenzimmer aber, das sich wann und wie auch immer der Schande hingab, durfte mit Ruten und Reisigbesen durch die Stadt gejagt werden. Was also wollte dieser Mönch?

»Herr, ich danke Euch für Eure Hilfe, doch ich wage nicht, dem Ritter noch einmal gegenüberzutreten. Habt Mitleid mit mir.«

Der Mönch zog einen Lederbeutel unter seiner Kutte hervor, darin gluckerte eine Flüssigkeit. Er zog ein versiegeltes Wachstuch vom Beutel und führte ihn zu seinem Mund.

»Ah, das ist ein gutes Tröpflein, trinkt, Mägdlein, nur zu.«

Susanna war froh über die Ablenkung und nahm gehorsam einen Schluck. Was für ein Teufelszeug war das? Wie Feuer brannte dieser Wein in ihrer Kehle.

Das Gebräu nahm ihr den Atem, die Holzdecke begann zu kreisen, dann war ihr, als beuge der Leibhaftige sich über sie. Mit gelben Katzenaugen blickte der Gehörnte sie gierig an, dann breitete er seine gezackten Schwingen aus und trug sie davon. Dunkle Nacht umfing sie.

Der Stallbursche wunderte sich nicht schlecht über den Mönch, der mitten in der Nacht die leblose Susanna über den Hof trug, aber er hütete sich, auch nur einen Laut zu geben. Im ganzen Haus war die Geschichte um Susanna wie ein Lauffeuer verbreitet worden, und selbst der Wirt hatte Angst, dem Ritter entgegenzutreten. So drehte der Stallbursche der huschenden Gestalt einfach den Rücken zu, streifte seine Beinkleider ab und erleichterte sich ins nachtfeuchte Stroh. Das konnte ihm schlecht einer ankreiden, daß die Natur ihn übermannt hatte bei seiner Wache.

Sollte er vielleicht für ein Weibsbild sein Leben riskieren? Ein jeder mußte in Zeiten wie diesen zunächst um sein eigenes Leben fürchten. Der Henkersblock und die Richttribüne auf dem Markt waren ihm eine Warnung. Viele von seinesgleichen würden in den nächsten Tagen hier gerädert und gevierteilt, geblendet und der Zunge beraubt werden. Recht geschah's ihnen. Und dann erst der Müntzer, der jetzt im Stadthaus festsaß und zuvor in der Burg Heldrungen ordentlich unter die Folter genommen worden war. Der Stallbursche war gespannt, welche neuen Kunststücke der Henker und seine Knechte an diesem Ketzer ausprobieren wollten. Das waren einfallsreiche Leute, die ihr Handwerk wohl verstanden. Von eisernen Ochsen mit hohlen Bäuchen ging die Rede, in die man die Sünder sperrte und sodann über einem mächtigen Feuer am Spieß drehte. Hoffentlich gewährte man Müntzer nicht die Gnade des Schwertes. – Hei, das würde ein Schauspiel werden. Das wollte er nicht verpassen. Nicht für sein Leben.

Er sollte die Blutarbeit in einer Weise genießen, von der er nicht zu träumen vermocht hätte.

4.

»O Herr, uns tut noch frieren
auf Erden mannigfalt:
Will sich denn nie verlieren
der rauhe Winter kalt?
Komm doch und tu vertreiben
des Teufels Werk und List
und führ uns zu der Freuden,
da ewig Sommer ist.«

Bartholomäus Ringwald

Die Sonne bestickte den Boden unter dem noch lichten, zartgrünen Blätterdach mit schimmernden Flecken. Bruder Fresenius reckte seine vom Schlaf auf feuchtem Waldboden steifen Glieder. Wohl hatte er geruht nach seinem langen Marsch durch die Nacht und über den vergangenen Tag.

Er blinzelte zum Himmel und schätzte, daß man in der Abtei nun die achte Stunde schlug, Zeit für das dritte Gebet. Die Augustiner würden es kaum abhalten, aber Fresenius legte seine Linke in die Eisenkralle, um zu beten. Ein Spatz fuhr flatternd durchs Laubdach und streifte munter tschilpend sein Haupt. Der Kapuzinermönch lachte. Was für eine freche Art, seine Andacht zu stören. Vielleicht wollte der Herr ihn zum Aufbruch bewegen.

Es war noch mehr als ein Tagesmarsch bis auf Mühlhausen. Er hatte keine genaue Kunde, wann der Herr Müntzer gerichtet werden sollte, doch er war sicher, daß seine Peiniger es sich nicht hatten nehmen lassen, ihn auf das Streckbett zu legen, die Daumenschrauben festzuziehen und auch mit glühenden Zangen seinen Leib nach allen Regeln der Kunst zu malträtieren, bis er widerrief und mit gebrochenen Fingern seinen Schwur auf den Papst tat und seine Abbitte unterzeichnete. So blieb ihm, dem Mönch, wohl Zeit für seine Reise.

Fresenius schulterte sein Bündel, schüttelte kurz seine Füße, auf daß sie warm würden in den schlichten Sandalen, dann schritt er voran.

Wie gerne hätte er ein Lied angestimmt. Der Herr Luther, das mußte man ihm lassen, hatte gar schön die lateinischen Lieder übersetzt. Ein feste Burg ist unser Gott. Doch was sollten etwa vorüberziehende Söldner denken, wenn er, im römischen Mönchshabit, ein protestantisch Liedchen singen würde? So pfiff Fresenius einfach eines vor sich hin. Ein wenig ungelenk, denn Musik war bislang nicht seine Sache gewesen.

Er ahnte nicht, daß aus dichtem Gestrüpp zwei Augenpaare seinen Weg verfolgten und ein kleines Mündchen erleichtert aufseufzte, als der Mönch endlich hinter einer Wegbiegung verschwand. Es war aber auch so schwer, so lange den Atem anzuhalten und keinen Laut zu geben. Ihrem Bruder war das ein leichtes, denn er war stumm, solange sie ihn kannte. Und doch ihr liebster Geselle, zärtlicher als der strenge Vater gewesen war.

»Sebastian, ich hab' solchen Hunger, was können wir essen?« Die kleine Marie starrte ihren großen Bruder bettelnd an. Fünf Jahre war sie nun alt, an Ostern hatte der Bruder ihr noch ein Strohpferdchen gebunden und zum Geburtstag geschenkt. Es war so lang schon her. So lang. Sebastian streichelte die wilden Locken seiner kleinen Schwester, in denen sich Moos und Gräser verfangen hatten.

Was hätte sie sich vor wenigen Wochen, ach Tagen, noch über solch einen freien Tag im Wald gefreut, statt daheim in der dunklen Hütte der Mutter beim Flachs zu helfen. Sebastian, der für seine achtzehn Jahre ein wenig klein geraten, aber durch die harte Arbeit im Kupferbergwerk zu Mansfeld doch recht kräftig war, hob Marie auf seinen Arm.

Er suchte den Boden einer Lichtung nach frühem Löwenzahn, Kleeblüten und Hirtentäscheln ab, um den beißenden Hunger der Kleinen zu stillen. Das war das Kreuz am Frühjahr, der Wald bot noch keine Früchte, keine Beeren, keine Bucheckern, keine Eicheln, aus denen er ein grobes Mehl hätte stampfen und Brot backen können. Waren sie dem Grauen der Schlacht entkommen, um nun elendig zu verhungern? Wer würde ihnen in solchen Zeiten, in denen keiner recht zu beißen hatte, und die Äcker brannten, auch nur einen Kanten Brot schenken?

Sehnsüchtig und mit knurrendem Magen dachte Sebastian an das schwarze Brot, das die Mutter am Tage vor dem Überfall noch gebacken hatte. Müßig, es war verbrannt.

Herrje, was trauerte er einem Brot hinterher, wo in den Flammen seine ganze Familie zugrunde gegangen war? Der Vater, der sich mit der Spitzhacke dem Ritter entgegengestellt hatte. Und das alles war seine, Sebastians Schuld. Warum hatte er den unbekannten Toten, den er am Tag zuvor gefunden hatte, nicht einfach liegen lassen im Wald, warum hatte er den Bauern, dessen Rücken von einer Hellebarde durchbohrt war, umgedreht und seinem Gürtel die Schriftrolle entnommen?

Die Botschaft hatte seinen Vater seltsam erregt. Mit Zornesfalten hatte er das Schreiben mühsam, Buchstabe für Buchstabe entziffert, mit dem Zeigefinger hatte er sich von Wort zu Wort vorgearbeitet. Worte von Thomas Müntzer, der die Bergwerksleute für die Sache gewinnen wollte. Sebastian erinnerte sich wohl an den Text, der ihn genau wie seinen Vater seltsam gerührt und entflammt hatte:

> »Dran, dran, solange das Feuer heiß ist. Laßt euer Schwert nicht kalt werden, laßt euch nicht erlahmen. Schmiedet pinkepanke auf den Ambossen der Fürsten und Herren. Es ist nicht möglich, daß ihr der menschlichen Furcht sollt los werden, während die Fürsten leben. Gott ist mit euch. Die Bösewichter sind verzagt wie die Hunde, laßt euch nicht überreden zu beschißner Barmherzigkeit. Folgt meinem Ruf und kommt zu uns, euren Brüdern, denn ihr kennt die Arglist der Herren.«

Führwahr, dachte Sebastian von neuem erzürnt, wir kennen die Arglist des Adels. Er ließ die kleine Marie ins Gras hinab und fütterte sie mit jungen Butterblumen, die ihr nicht recht mundeten, aber doch das Magenknurren ein wenig besänftigten. Sebastian schnitt sich einen jungen Weidentrieb und begann ihn mit seinem Schabmesser zu einem Pfeil zu kerben. Vielleicht würde es ihm gelingen, einen lahmen, einer Fangschlinge entkommenen Hasen zu stellen oder in einem Bach einen Fisch zu stechen. Wiewohl darauf harte Strafen standen. Einem seiner Brüder hatte der Graf von Mansfeld die rechte Hand abhacken lassen, für einen solchen Jagdfrevel.

Marie schlief wimmernd zu seinen Füßen ein, sie war völlig

entkräftet, denn beide waren im Schutz der Dunkelheit die ganze Nacht gelaufen. Die Pause gab Sebastian schmerzliche Gelegenheit, weiter über seinen fatalen Botendienst nachzudenken. Der Vater hatte nach dem Lesen des Briefes keinen Augenblick gezögert, sich mit der Eisenhacke gerüstet und alle Nachbarn herbeigerufen, um auf Frankenhausen zu ziehen.

Ihnen allen kam jedoch der Ritter von Bogenwald und sein furchtbarer Trupp zuvor. Die Schlacht bei Frankenhausen war längst geschlagen, die Söldner und Ritter auf Rache aus. Kaum wurden sie der bewaffneten Bergleute sichtig, hatten sie ihre Schwerter gezogen, einen jeden niedergemetzelt und dann alle Hütten in Brand gesteckt. Wie Zunder brannten die morschen Balken und das Flechtwerk der Wände. Sebastian, der mit Marie hinter der Backstube stand, war im letzten Moment die Flucht in den Wald gelungen.

Niemand hatte sie bemerkt, als sie flohen, während sich der Himmel über der Siedlung blutrot verfärbte und Rauchsäulen gen Himmel stiegen.

Hätte der grausame Ritter wohl ihr aller Leib und Leben geschont, wenn sie brav in ihren Hütten geblieben wären? Sein Vater hätte es nicht geglaubt. Ihm hatte sein Fronherr einst übel mitgespielt. Ein freier Bauer war er selbst gewesen, so pflegte der Vater zu erzählen, doch dann habe sein Grundherr ihm immer neue Zinsen aufgezwungen, sein Land abgepreßt und ihn schließlich für unfrei erklärt, weil er die Tochter eines Leibeigenen gefreit hatte. Am Ende war der Vater gezwungen, sich als Tagelöhner im Bergwerk zu verdingen. Aus war es für den Bergknappen mit der Freiheit des Bauern.

Deshalb war die Sache derer zu Frankenhausen die Sache des Vaters gewesen, er war zum Kampf entschlossen. Und doch quälten Sebastian schreckliche Gefühle von Schuld, als habe er die Seinen mit eigenen Händen getötet. Warum war er ihnen nicht zu Hilfe geeilt? Traurig blickte er auf die schlafende Marie herab. Er hatte die Wahl gehabt, zu kämpfen und zu sterben oder zu leben und Marie zu bewahren. Und doch hatte er nicht das Gefühl, er habe recht getan. Sein Pfeil schien ihm nun spitz genug, er machte sich auf die Pirsch in die Büsche. Leise schlich er voran und wurde bald mit einem kleinen raschelnden Geräusch belohnt.

Sebastian spähte angestrengt in die Büsche und folgte dem Geräusch knackender Äste. Welch ein Glück, ein Vogel hinkte dort über die Zweige. Ein seltsamer weißer Vogel zwar, aber sein Magen fragte nicht nach Art und Herkunft des Tiers, es würde ihm und Marie wohl munden, egal, wie zäh der Braten wäre. So konzentriert folgte Sebastian dem Vogel, der ihn ein wenig zu foppen schien und immer vor, dann wieder zurück in Deckung hüpfte, daß er die schlafende Marie vergaß. Bis ihr fragendes Stimmchen ihn herumriß.

»Wer bist du?« fragte sein Schwesterchen arglos und blickte in das Gesicht einer häßlichen Alten, die ihre Hand nach den Locken der Kleinen ausstreckte. Sebastian wollte auf das Weib zustürzen, den Pfeil in der Rechten, doch von hinten umklammerte ihn nun ein mächtiger Arm mit eisernen Muskeln.

»Hei, Bürschlein, willst wohl Frau Märthe mit deinem Zweiglein erstechen. Gib acht, denn sie ist zaubermächtig, es könnte dir übel bekommen.«

Sebastian trat mit seinem rechten Bein aus und schlug seine Ellbogen in den Bauch des Mannes, der hob ihn einfach in die Luft und trug ihn lachend über die Lichtung. Sebastians Kehle wollte sich ein Schrei entringen, doch es blieb nur dieses kehlige Gurren, daß er in Momenten höchster Not hervorzubringen vermochte.

Marie richtete sich auf und rief mit wütendem Stimmchen: »Laßt ihn los, böser Mann! Er kann ja nicht sprechen. Sag du ihm, er soll ihn loslassen«, rief sie immer aufgeregter und trommelte mit ihren kleinen Fäusten auf das Brusttuch von Märthe ein.

»Liebes Kind, nun beruhige dich. Der Michael ist ein braver Bursche und wird deinem Bruder gewiß nichts tun. Schau, ich habe einen Kanten Brot für dich, siehst hungrig aus.« Gierig schnappten Maries Händchen nach dem trockenen, groben Brot.

Michael setzte den sich immer noch sträubenden und schlagenden Sebastian vor Märthe ab. Sie warf ihm einen langen Blick zu, der ihn zu beruhigen schien, dann zog sie einen zweiten Kanten Brot aus ihrem Beutel und reichte ihn dem jungen Mann.

»Iß nur. Es ist gutes Roggenbrot, das wird euren ersten Hunger stillen. Danach werden wir unsere Jagdsleute suchen und einen gewiß saftigen Braten ins Feuer hängen. Sei nur ruhig und folge uns, wir sind ebenso brave Leut, wie die deinen zu Mansfeld es waren.«

Sebastian, der hungrig seine Zähne in das Brot geschlagen hatte, hielt im Kauen inne.

Wer war diese Frau? Woher wußte sie vom Gemetzel im Mansfeldischen? Zum Teufel, warum hatte er seine Stimme verloren und konnte nun nichts fragen!

Ein Rascheln von Zweigen kündigte den Rest des seltsamen Trupps an. Sebastian wandte den Kopf und nahm zuerst ein wunderliebliches Mädchen wahr, das kaum älter als er selber war. In schwarzen Wellen fiel das Haar fast bis auf ihre Hüften herab. Sie trug keine Haube über dem weißen Oval ihres Gesichts. Am Körper nur ein einfaches grobes Leinenhemd und dazu einen groben Rock aus rotgefärbtem Tuch. Ein wenig breit war sie in den Hüften. Und doch hatte Sebastian nie vorher eine so schöne Gestalt gesehen. Der Anblick beglückte ihn. Das Mädchen schaute ihn aufmerksam aus grasgrünen Augen an. Sebastian errötete, und sein Herz ging schneller. Er dachte an die Dinge, die seine Eltern nachts im Stroh getan hatten, unter Stöhnen und Seufzern. Ihn packte ein Verlangen, die Magd ganz ähnlich zu umarmen. Verschämt senkte er den Blick.

In diesem Augenblick teilte sich erneut das Gebüsch. Ein einarmiger Bauer, ein Handwerksgesell, so erkannte Sebastian an den Zunftfarben der städtischen Langhose, und ein Rittersmann traten auf die Lichtung. Vor ihm wich Sebastian furchtvoll zurück, er rutschte am Ufer des Bachs ab und drohte hineinzufallen, als der Landsknecht vorsprang und ihn herausriß.

»Ich rat' dir von einem kalten Bad ab«, rief Michael munter, »es könnte dein Tod sein. Auch hab' ich schlimmer stinkende Burschen als dich gesehen! Schone dich, Freund, bis auf Pfingsten und zum großen Badetag ist noch Zeit.« Der Graf von Traubstedt war hinzugetreten und musterte den Bergmannssohn mit den blonden Locken über seinem schäbigen Kapuzenkittel mit hübschem, schmalem Gesicht.

»Wer bist du?« fragte er. Der stumme Jüngling blieb die Antwort schuldig. »Nun rede, Mensch, mach mich nicht zornig!« Statt seiner sprach nun Märthe: »Er ist der Bergknappe Sebastian und gehört nun zu uns, denn Gott hat ihn mir angekündigt. Dring nicht weiter in ihn, denn er ist stumm. Noch.«

Marie kuschelte sich vertrauensvoll an Märthes Brusttuch, sie liebte die schöne Stimme der Frau, an häßliche Gesichter war sie gewohnt, sie verängstigten sie nicht. Sebastian schaute verdutzt auf die Alte, wieder nahmen ihm Drang und Lust zu sprechen fast die Luft, seine Kehle schmerzte.

Der Graf zuckte nur mit den Schultern. »Mir ist's gleich. Der hier macht den Kohl nicht fett, und vielleicht könnte er einen tauglichen Kämpfer abgeben. Wenn wir ihn ein wenig hochfüttern.«

Damit wandte er sich wieder dem Gebüsch zu und zog einen eben erlegten Frischling hervor. Mit einem einzigen

Lanzenstich hatte er kunstvoll das Tier getötet. Der Graf war ein vortrefflicher Jäger.

»Das wird ein guter Braten«, lobte Märthe. »Nicht weit von hier ist eine mächtige Felsenhöhle, dort werden wir kampieren und ruhen nach der schweren Nacht. Laßt uns Holz sammeln, und du, Katharina, grabe nach den Wurzeln unter dem Eichenbaum, dort wirst du schwarze Knollen finden, die ein feines Gemüse geben.«

Der Graf, wiewohl ein Kämpfer für das Recht auf Gleichheit vor Gott, ließ sich nun neben Märthe nieder, während die anderen den niederen Tätigkeiten nachgingen. Ein Jäger hatte das Recht zu ruhen, wenn er Beute gemacht hatte.

»Sagt, Märthe, wohin wollt Ihr uns in Gottes Namen führen?« Immer noch mischte sich spöttischer Zorn in Alberts Stimme, obgleich er die seltsame Kraft der Alten anerkannte, war er nicht gewillt, ihr blind zu folgen.

Märthe zupfte Butterblumen aus dem Gras und zeigte Marie, wie sie daraus ein Kränzlein flechten könne. Das kleine Mädchen machte sich fröhlich an die Arbeit und ritzte die zarten grünen Stengel ein, reihte bald Blüte an Blüte. Sebastian saß stumm daneben und beobachtete mißtrauisch den Ritter.

»Liebster Graf. Nicht ich führe Euch, sondern der Herr. Heute gegen Mitternacht wird er zu uns allen sprechen. Vertrauet ihm. Mit Sebastian schickte er uns seinen Boten.«

Der Graf lachte dröhnend, so daß es im Wald widerhallte. »Ihr Törin, das ist kein schlechter Scherz. Einen stummen Boten sandte uns der Herr also! Fürwahr, das wäre mir ein rechtes Wunder, gute Frau. Solche törichten Wunder wurden mir schon viele verkündet.«

Bitter dachte der Edelmann an die zahllosen Scharlatane, die sich unter das Heer der Bauern gemischt hatten. Elendes Pack, wie es jeden Kriegszug begleitete. All jene falschen Propheten, die entweder blöde oder verkommene Schurken waren. Unter Bäumen gruben sie seltsame Reliquien aus, nannten sie die Gebeine von Gralsrittern und verkündeten sie als Zeichen des Herrn. Hatte er selbst nicht einen verdreckten Lumpen entdeckt, der einen Schweineknochen unter einem Kreuz vergrub und behauptete, dies seien die wohl zweihundert Jahre alten Gebeine eines heiligen Kreuzritters, den zu rächen die Bauern nun berufen seien? Feige Lügen, um im Namen des Herrn zu plündern und zu brandschatzen. Er selbst hatte den Lumpen einen Kopf kürzer gemacht.

Märthe sah ihn versonnen an. »Gott kennt deine Zweifel. Sie zeigen, du bist ein Ehrenmann. Doch warte nur ab, du wirst dein Wunder bekommen. Und ich weiß, daß du einer der Treuesten in der Schar sein wirst. Harte Prüfungen warten deiner, du wirst sie bestehen und in aller Not nie deinen Mut verlieren. Graf Albert, ich schätze Euch sehr. In nicht allzu ferner Zeit werdet Ihr diesen Haufen führen.«

Was für eine Schmeichlerin, dachte der Ritter höhnisch, dem der Sinn tatsächlich nach Führung stand. Allein, was blieb ihm groß die Wahl, als mit diesem verlorenen Haufen weiterzuziehen? Unwillkürlich spürte er, daß er eine große Verantwortung auf sich genommen hatte, er konnte die Schar nicht feige verlassen.

Fast zärtlich betrachtete er die kleine Marie. Sein eigenes Weib war im Kindbett gestorben, von seinen vier Söhnen hatte keiner überlebt. Er zog seinen Helm ab und schöpfte Wasser aus dem Bach, durstig trank er einige Züge, schöpfte erneut und ließ Märthe, Sebastian und Marie trinken. Das kalte Wasser schmeckte süß und frisch. Marie schenkte dem Ritter ein Kränzlein.

5.

»Und sieg' ich nicht, so will ich ein Kind sein des zeitlichen und ewigen Todes.
Ich hab' kein höheres Pfand zu geben.«

Thomas Müntzer

Im feuchten, stinkenden Stroh raschelten die Ratten. Der Gestank verfaulender Reste einer jämmerlichen Rübenspeise mischte sich mit dem Geruch von Kot, Urin und dem Angstschweiß Todgeweihter. Der Mann, der hier in schweren Ketten lag, achtete nicht der erbärmlichen Gerüche, zu denen sich die eitrige Ausdünstung seiner Wunden gesellte.

Diese Zelle im Stadthaus zu Mühlhausen war ihm lieber als der Folterkeller von Heldrungen, wo die Knechte des Grafen Mansfeld ihn ordentlich und mit aller Kunst und rechter Disziplin in die Mangel genommen hatten. Thomas Müntzer versuchte seinen geschundenen Leib auf den Bauch zu drehen, sein Rücken, ach was, jedes einzelne seiner Glieder schmerzte und brannte. Taub waren allein die Stellen, an denen man ihn so arg verbrannt hatte, daß jeder einzelne Nerv unter der Haut verschmort war. Seine Hände und Füße waren dick geschwollen, die Daumenschrauben hatten seine Finger gebrochen, seine Gelenke waren zerschmettert. Nun hatte die Pein zunächst ein Ende. Morgen wollte man ihn ins Heerlager des Landgrafen von Hessen und des Fürsten von Sachsen führen, auf daß er öffentlich widerrufe.

Eine Unterschrift unter einen demgemäßen Brief hatte man ihm bereits abgerungen und schon zu Luther, diesem Doktor Lügner und Leisetreter, nach Wittenberg entsandt, auf daß er ein Pamphlet gegen den Hurensohn Müntzer verfasse und in alle Städte und Dörfer schicke.

Der ehemalige Prediger von Allstedt stöhnte leise. Vor der

Zelle stampfte ein Landsknecht hin und her und spuckte seinen Rotz ab und an durch die Luke in der Zellentür. Was für ein Bursche, er hatte gut verdient an der Festnahmc Müntzers, wohl hundert Gulden Judaslohn. Müntzer vergab ihm im stillen, denn dieser wußte nicht, was er tat.

Jetzt hielt der Lanzenträger in seinem Wachgang inne. Müntzer hörte ein leises Zwiegespräch, machte die derbe Stimme des Landsknechts und eine rauhe, doch recht angenehme Männerstimme aus. Man schien über etwas zu verhandeln, dann wurde rasselnd ein Schlüssel ins Schloß geschoben.

Das Schloß zu seiner Zelle. Langsam nur arbeitete das gequälte Hirn des Predigers. War es schon soweit, wollte man ihn zu den Herren führen, um ihn noch einmal einem peinlichen Verhör zu unterziehen?

Müntzers Erstaunen war nicht gering, als er einen kräftig gebauten Mönch mit kantigem Gesicht durch die Tür treten sah. Luther? zuckte es im ersten Moment durch sein Hirn. Das konnte doch nicht sein! Auch trug der doch längst nicht mehr seine Mönchskleidung. Vergangenheit und Gegenwart waren für den Gemarterten nur schwer zu trennen. Alles mischte sich zu einem zuckenden, schmerzenden Gedankengewitter, in das hell, aber selten kleine Blitze der Erkenntnis leuchteten.

Die dunkle Gestalt kniete neben ihm nieder. Müntzer blickte aus trüben, gebrochenen Augen in ein ernstes Gesicht mit stark ausgeprägten Wangen- und Stirnknochen. Grimmig und bedrohlich wirkte dieser Mann mit den Kampfesnarben auf ihn. Müntzer selbst war in seinem fünfunddreißigsten Lebensjahr, und obwohl dieser Mann bei weitem älter wirkte, sah er vitaler aus.

Flüsternd wandte sich die kniende Gestalt nun an den zerschlagenen Menschen: »Ich grüße Euch, geliebter Bruder in Christo«, ein leichtes Zögern, dann sprach Fresenius die

Formel der Verschwörer, die er sehr wohl kannte: »Nichts als die Gerechtigkeit Gottes. Das Wort des Herrn bleibe in Ewigkeit.« So hatte es auf dem Regenbogenbanner gestanden. Müntzer stöhnte nur, als visitiere ihn ein Teufel der Hölle. Fresenius bereute, daß er nicht zu den heilkundigen Ordensbrüdern, den Benediktinern etwa, gehörte. Nichts hatte er zur Linderung von Schmerzen bei sich. Ihm blieb allein die heilsame Kraft des Gebetes, also sprach er leise ein Paternoster. Am Ende stimmte der Gefangene schwach in sein Amen mit ein. Der Bann schien gebrochen. Müntzer wandte seinem Besucher einen gequälten Blick zu.

»Wer seid Ihr?« stammelte er mühsam.

»Ein Abtrünniger der letzten Stunde, geliebter Bruder. Zu spät für den Kampf, aber gewillt, die Sache weiterzuführen. Ich wurde berufen von einer heiligen Frau und bin gekommen, um die Wahrheit zu hören. Die Wahrheit, die Ihr verkündet.« Müntzer schrak zurück, als nun die eiserne Faust seines Besuchers kurz aufblitzte, drohte ihm eine weitere Folter? Doch sein Gegenüber verbarg eilig die furchterregende Klaue unter seiner Kutte. Mißtrauisch musterte Müntzer den Mönch, der mehr wie ein Kämpe aussah. Das mußte ein gedungener Kundschafter der Fürsten sein, der überprüfen sollte, wie ernst ihm der Widerruf seiner Lehren sei. Fresenius scheuchte mit wütender Geste eine Ratte fort, die sich gierig und mit zitternder Schnauze einer eiternden Wunde am Bein des Predigers näherte.

»Hört, lieber Müntzer, ich sah Eure greuliche Niederlage, das Morden und Brennen, aber ich sah auch den Regenbogen am Himmel. Er leuchtete klar und kräftig. Es muß ein Zeichen Gottes gewesen sein.« Die Stimme klang aufrecht.

»Zu früh, es war alles zu früh«, stöhnte Müntzer schließlich, er hatte nichts mehr zu verlieren. Die Erinnerung an das göttliche Zeichen schmerzte ihn mehr als alle Wunden. So sicher war er sich gewesen, so sicher und nun verantwortlich für den Tod von Tausenden und noch mal Tausenden, wenn die Herren ihre Rache am gemeinen Volk fortsetzen würden, was gewiß war.

»Gott gefällt es, daß ich von hinnen scheide, es ist nicht nötlich, daß andere solch Schlappen erleiden«, flüsterte Müntzer mühsam, Blut rann aus seinem Mund, denn auch einige Zähne hatte man zerschlagen.

Fresenius verstand die Verzagtheit des Mannes, sie rührte ihn sehr, sie erinnerte ihn an seine eigene Verzagtheit, mit der er einst geschworen hatte, niemals mehr eine Waffe zu tragen. Auch argwöhnte er, daß der Gefangene ihm nicht recht traute.

»Seht Bruder, ich will beweisen, wie ernst es mir ist«, sagte er deshalb und zog ein scharfes Bartmesser aus seinem Bündel. Müntzer zuckte wieder zurück, wohl an die zehn Tage hatte man ihn gequält mit glühenden Zangen und anderem Werkzeug, der Anblick einer blitzenden Scheide weckte die nackte Angst.

Der Mönch aber schob den Ärmel seiner braunen Kutte hoch und schnitt sich vor den Augen des Predigers drei übereinanderliegende Halbmonde tief in den linken Unterarm. Blut sickerte hervor und tropfte dick ins stinkende Stroh.

»Dies ist der Regenbogen, den ich sah. Ich werde ihn immer als Zeichen tragen und damit dein Gefolgsmann sein, denn du hast recht gesprochen.«

»Aber nicht recht getan«, murmelte Müntzer, »ich hab' gewütet wie die Tyrannen, und der Herr leidet's nit.« Der letzte Satz kam aus tiefstem Innern. Zweifel hatte sich unter seinen heiligen Zorn gemischt, denn Gott hatte ihm bei seiner heiligen Schlacht nicht beigestanden, also mußte er an ihrer Rechtmäßigkeit zweifeln, wollte er an dem Glauben an Gottes Gerechtigkeit festhalten.

»Euer Wille war stark, Eure Waffen schwach«, unterbrach

ihn sein Besucher, »es muß sein, wie Ihr sagtet. Herr, dein Reich wird kommen hier auf Erden. Müntzer, nehmt dieses Messer, vielleicht kann es Euch dienlich sein. Ich will sinnen, wie ich Euch noch retten kann. Wir brauchen Euch, Euer Werk ist nicht vollendet.«

Fresenius sprach beschwörend, doch umsonst, Müntzer war zurückgesunken in den Dämmerzustand vollkommenen Schmerzes, unfähig, seine Umgebung oder gar sein Gegenüber noch wahrzunehmen. Fresenius mußte wohl oder übel das Bartmesser wieder einstecken. Zu gefährlich wäre es gewesen, es hier bei einem Ohnmächtigen liegen zu lassen. Würden die Wächter es entdecken, dann wären weitere Folterungen gewiß.

Der Landsknecht wummerte gegen die Tür. »Genug der Beichte, Mönchlein, der Schurke wird wohl trotzdem auf ewig in der Hölle schmoren, und die Herrn werden's nit leiden, daß Ihr so lange bei einem verbohrten Ketzer kniet.«

Fresenius erhob sich rasch. Noch einen letzten Blick warf er auf den Leidenden. »Gott sei mit dir, und wie du gesagt hast, alle Macht soll vom gemeinen Volke ausgehen.«

Dann packte er sein Bündel und trat am mürrischen Landsknecht vorbei ins mager erleuchtete Kellergewölbe. »Seid bedankt«, log Fresenius tapfer den Wächter an, »der bischöfliche Abt von Pernau wird Euch in seine Gebete einschließen, denn nun kann ich ihm selbst die Kunde tun, daß der freche Müntzer widerrufen will.«

Der Landsknecht spuckte nur aus. Nichts als die Furcht vor der Hölle, die ihn wie jeden Söldner ab und an nach Schlachten packte, hatte ihn veranlaßt, diesen Pfaffen in grober Kutte hereinzulassen. Vielleicht war's dem Seelenheil zuträglicher als ein teurer Ablaßzettel.

Bruder Fresenius stieg die Steintreppe hinauf und betrat an weiteren Wächtern vorbei die dunklen Gassen des nächtlichen Mühlhausen. Still war es, denn die furchtsamen Bürger der einst freien Reichsstadt hatten sich in die Hände der Fürsten begeben, saßen in den Häusern bei spärlichem Licht und hofften nun auf mildere Strafen für ihre Erhebung.

Einige unter ihnen hatten gemeinsame Sache mit dem Bauernhaufen gemacht, den Rat der Aufständischen mit gewählt. Andere, die kluge Zurückhaltung geübt hatten, harrten nun der Dinge, die da kamen, und zeigten Demut statt Hoffart. Ihre Reichtümer hatten sie einstweilen in den Kellern vergraben und in Truhen verborgen. Sie wollten den Neid der Fürsten nicht wecken.

Fresenius, der nun am Richtplatz vorbeischritt, wußte, daß viele vergebens hofften. Er lenkte seinen Schritt zum Dominikanerkloster, wo er um Aufnahme für die Nacht bitten wollte. Er verlief sich ein wenig in den Gassen und entdeckte plötzlich zur rechten Hand – streng bewacht – das Pulvermagazin der Stadt. War dies ein Fingerzeig Gottes? Fresenius kam eine verwegene Idee.

6.

»Und ich sah einen neuen Himmel und eine neue Erde, denn der erste Himmel und die erste Erde verging, und das Meer ist nicht mehr.«

Geheime Offenbarung des Johannes, 21. Kapitel

Vom köstlichen Braten gesättigt hockte die Schar um Mutter Märthe im Feuerschein, der das Erz der Höhlenwände zum Glitzern und Schimmern brachte. Fast erwartete man, daß eine wundermilde Fee um die Ecke lugen würde, so schön und prachtvoll war der Glanz.

Hans, der Drucker, hatte sie alle mit munteren Geschichten um einen gewissen Till Eulenspiegel amüsiert, der mit allerlei List und Kunstfertigkeit die hohen Herren, Handwerksmeister und Patrizier an der Nase herumführte und selbst den Höchsten auf den Kopf schiß. Geschichten, die Hans vor einigen Jahren schon in Druck gelegt und gern gelesen hatte.

Sebastian hörte sie mit Entzücken und Marie mit staunenden Augen. Sie kannte bislang nur die recht grauenhaften Mären von Hexen und Teufeln, Drachen und Zauberern, die sie immer so sehr verschreckt hatten, daß sie dabei ihrer Mutter unter den Rock gekrochen war. Diese Erzählungen um den Eulenspiegel waren anders, lichter, fröhlich und zum Lachen gemacht.

Nun lag sie bei der Mutter Märthe im Schoß und blinkerte mit den Augen, der Rauch biß darin, sie war müde und satt. Katharina salbte und verband nach Anweisung Märthes die Wunde des Bauern neu. Er dankte ihr mit leuchtendem Blick, sie ließ es geschehen, denn der Bauer war kein übler Kerl, er betete sie nur still an, als halte er stille Andacht vor einer geschnitzten Madonna.

In acht nahm sie sich freilich vor dem munteren, feisten Hans und aus schierem Argwohn auch vor dem Landsknecht. Keinem Söldner traute sie recht über den Weg. Kriegsmänner nahmen es mit der Sitte nie genau, überkam sie die Lust, so griffen sie zu, und Katharina war ein stolzes Mädchen, das ihre Jungfernschaft nicht unter Gewalt verlieren wollte.

Der Graf döste neben dem flackernden Feuer, hing ziellosen Gedanken nach. Wohin sollten sie sich nun wenden? Ein Braten, gut und schön, eine Höhle für die Nacht, doch sie konnten nicht auf ewig in den Wäldern leben, schon gar nicht im Winter, wenn der Frost einkehren würde. Winter! Wie lang war das noch hin.

Seine Burg lag fern, doch war sie nun sicher schon geschleift und geplündert, da er, der Herr, nie einen Hehl daraus gemacht hatte, auf welcher Seite er sich im Bauernkrieg schlug.

Nachdem er mit Michael von Pavia zurückgekehrt und sich den Rotten im Schwarzwald und zu Hegau angeschlossen hatte, war er nicht mehr auf seine alte, heruntergekommene Festung zurückgekehrt. Nichts wartete dort auf ihn, keine Frau, keine Kinder und so wenig Brot und Einkünfte, daß er kaum sein Gesinde ernähren konnte. Preßzölle oder weitere Abgaben zu erheben lag nicht in seinem Sinn. Ihn dauerte es, wenn seine Leute zu sehr darbten. Seinem Landesherrn hatte er treu den Kriegsdienst geleistet, sein Steuereintreiber wollte er hingegen nicht sein.

Ein hartes, freudloses Leben lag hinter ihm, doch nun lebte er zudem in Acht und Bann, ein Recht- und Ehrloser, dem sein Stand nur wenig nützte. Wie sollte er in Zukunft sein Leben sichern?

Die armen Leut um ihn herum schien das weniger zu kümmern. Sie lebten in den Tag hinein, nachdem ihnen alles, was wenig genug war, genommen worden war. Lag ihre Hoffnung vielleicht in den großen Städten, wo sie untertauchen und als Bettler von der Armenspeisung, den Almosen der Kirchgänger und in Hospitälern leben könnten? Eine höchst heikle Zukunft, denn immer wieder erließen die Stadträte Gesetze gegen zugezogene Bettler, um die Zahl derer, die sie zu verpflegen hatten, gering zu halten. Tagelöhner, Krüppel und Aussätzige hatte jede Stadt ohnehin schon genug.

Märthe summte leise ein Lied für Marie. Als das Kind eingeschlafen war, zog sie ihre Jacke aus grobem Filztuch aus, breitete sie neben sich aus und hob sanft Marie darauf. Die kuschelte sich friedlich in das kratzige, nach geheimnisvollen Kräutern duftende Tuch, seufzte kurz wie ein milchsattes Kätzchen und schlief dann weiter.

Mit leiser Stimme sagte Märthe: »Ich glaube, es ist an der

Zeit.« Die anderen richteten ihre Augen auf sie, wieder gebannt von ihrer seltsam schönen Stimme. Hesekiel, der an einigen Knochen pickend seinen Hunger gestillt hatte, flatterte auf seine Herrin zu und setzte sich auf ihren ausgestreckten Arm. Wieder, so befand der Graf, sah sie ganz wie eine Hexe aus. Und Hexenwerk begann sie nun. Aus einem Beutel zog sie ein Bündlein Kräuter hervor. Die warf sie ins Feuer und sprach eine Formel: »Brenn, Kraut, brenne, sende empor, befrage die Himmel und halt uns nichts vor.«

Ein fein duftender Rauch kräuselte sich unter dem schönen Gewölbe der Tropfsteinhöhle, das Feuer flackerte lodernd auf und beleuchtete die prachtvolle Decke. Tausende von Kalkfingern glitzerten und leuchteten, staunend wandte die ganze Gruppe ihre Köpfe empor. Wie eine schöne Kathedrale wirkte nun der Felsendom über ihnen. Hesekiel plusterte sein Gefieder und krächzte: »Gott sei mit uns.« Katharina verkniff sich ein Kichern.

Märthe schloß die Augen, und Sebastian tat es ihr nach. »Ich spüre deine Gegenwart, himmlischer Bote«, flüsterte Märthe. Die Höhlenwände schienen ihre Stimme hundertfach zurückzuwerfen. Der Bauer wandte unruhig den Kopf zum Höhleneingang, die anderen beobachteten Märthe. »Himmlischer Bote, öffne dich uns, gebe uns kund und zu wissen, was der Wille des Herrn ist.«

Noch einmal schwor sich der Graf, diesem Spuk ein Ende zu machen. War er denn von Sinnen, solchen Unfug zu dulden? Doch etwas hielt ihn zurück, seine Glieder waren bleischwer, seine Zunge ließ sich nicht bewegen, das mußte dieses vermaledeite Kraut bewirkt haben, das leicht nach Myrrhe roch und nun einen gelben Qualm erzeugte, der sich wie ein Schleier über die Gruppe legte.

Jetzt öffnete Sebastian den Mund. Erschrocken richteten sich alle Blicke auf ihn, als der Stumme plötzlich mit tiefer, angenehmer Stimme zu sprechen begann.

»Ich bin gekommen, um euch zu unterweisen. Hört, was der Herr befiehlt. Es geht ein Sturm über das Land, der nicht nach seinem Willen ist. Ihr seid gewählt, den Sturm zu bannen. In der Maske der Gaukler sollt ihr ziehen und eine Plage unter die Gottlosen streuen, um ihnen und ihrer Maßlosigkeit Einhalt zu gebieten. Ich werde euch nähren und führen. Fürchtet euch nicht, denn viele werden euch folgen.«

Atemlos lauschte die Gruppe der Stimme. Sebastian schien weit entrückt, seine Augen waren geschlossen, seine Lider flatterten. Ein Zischen ging durch das Feuer, noch einmal blitzte es auf, dann sank es in sich zusammen. Der gelbe Nebel verzog sich, der Zauber war vorbei. Märthe öffnete die Augen, der Graf sprang auf.

»Teufelsblendwerk«, donnerte er so laut, daß die Wände erbebten. »Komm, Michael, hier ist unseres Bleibens nicht. Ich will vergessen, was ich sah und hörte. Märthe, für diesmal sollst du mir entkommen, doch ich dulde nicht, was du tust.« Der Graf packte sein Schwert, auch der verdutzte Michael erhob sich. Da sprach Bauer Rufus, dessen einfältiges Gemüt tief erschüttert war. Nie hatte er dergleichen erlebt.

»Herr, ich glaube, Ihr tut unrecht. Dies war ein Ruf des guten Gottes. Da bin ich sicher. Es wäre ein Frevel, ihm nicht zu folgen. Der Befehl war klar. Wir sollen durch die Lande ziehen und dem furchtbaren Sturm der Fürsten Einhalt gebieten. Das könnte der Teufel nicht wollen, denn er regiert die weltlich Herren und hat Freude an ihrer Mordlust. Ich hatte keine Hoffnung mehr bis jetzt.«

Michael geriet ob dieser ihm einleuchtenden Überlegungen ins Schwanken. Doch der Graf blieb fest. »Ich bin ein aufrechter Verfechter der Reformation, doch Worte aus dem Mund eines Stummen, das geht nicht mit rechten Dingen zu. Auch verwendet die Alte ein seltsames Zauberkraut, das mir Sinne und Stimme raubte ...«

»Um sie Sebastian zu leihen«, sprach sanft Katharina, die

von der Zeremonie ebenfalls tief bewegt war und Sebastian mit einem neuen Gefühl warmer Zuneigung betrachtete.

»Was zweifelt Ihr«, hob jetzt auch Hans an, »spricht nicht die Bibel von viel größeren Wundern, der Speisung der Zehntausend, den Lahmen, die wieder gehen lernten. Ist es nicht Frevel, Wunder zu verneinen? Ich hab' so manche Frau als Hexe brennen sehen und auch die Herren, die hinterher ihre Habe plünderten oder ihr Handwerk übernahmen. Ich sage Euch, nichts als Habgier und der Pesthauch übler Nachrede entzündet die Scheiterhaufen in diesem Land. Hexen, pah! Das ist so manchem frommen Herren von Nutzen. Genau wie die Judenlüge. Brennt ein Wucherer, dann brennen die Schuldverschreibungen einiger Herrn mit ihm. Es gibt keine Hexen, oder seid Ihr ein Heide und glaubt an derlei. An beseelte Bäume und Menschenopfer, wie unsere Urahnen es taten? Das, guter Herr, nenn' ich die wahre Ketzerei. Was wir eben erlebten, aber ein Wunder reinen Wassers.«

Der Graf schnaubte wütend. Er war ein stolzer Mann, der solchen Widerspruch in Teufelsfragen nicht duldete. Wie tapfer und aufrecht er auch die Sache des Volkes vertrat, dem Aberglauben Vorschub zu leisten war er nicht gewillt. Also machte er sich auf den Weg und brummte nur ein »Gott behüte euch«.

Märthe hatte die ganze Zeit über geschwiegen, nun rief sie ihm hinterher: »Graf Traubstedt, ich verstehe Eure Zweifel, doch wir werden uns wiedersehen und verbünden. Glaubt mir, unsere Wege werden sich kreuzen. Habt acht bei Eurem Gang durch die Nacht. Nur wenige Stunden von hier lauert eine wilde Rotte. Wenn Ihr klug seid, werdet Ihr keinen Schaden nehmen, sondern gerechten Gewinn machen.«

Der Graf beschleunigte seine Schritte und strebte dem Höhlenausgang zu, widerwillig folgte ihm der Landsknecht. Er war dem Grafen verpflichtet, da der ihn als persönlichen

Knappen genommen und vor weiteren Kriegsdiensten im Heer des ungeliebten Kaisers bewahrt hatte. Nur darum würde es ihm einmal vergönnt sein, sein geliebtes Weib wiederzusehen, statt schmählich in einer Schlacht fern von hier zu verenden, im Kampf für eine Sache, an die er gewißlich nicht glaubte. Dessen eingedenk, wandte er sich schulterzuckend noch einmal der Gruppe zu. Wie eine Familie aus seltsamen Heiligen hockten sie einträchtig um das müde glimmende Feuer. Gaukler also sollten sie werden, wie zerlumpte Gaukler des Glücks sahen sie jetzt schon aus.

Die stolze Katharina mit dem verführerischen Katzenblick, der muntere Hans mit dem üppigen Bäuchlein, seiner prallen Lebenslust und dem entschlossen gereckten Kinn, Bauer Rufus, den ein heiliger Ernst umhüllte, und die geheimnisvolle alte Märthe, die gerade die kleine Marie liebevoll mit dem Tuch zudeckte. Gottes Waffenknechte gegen den Blutdurst der Fürsten? Was für ein Bündnis. Ein Bündnis der verzweifelten oder der verlorenen Seelen.

Michael, obwohl von nüchterner Natur, wäre gerne bei der Schar geblieben, doch er hob die Hand zu einem letzten Gruß.

7.

»Denn der Mensch ist wie das Vieh,
und es ist alles eitel.«

Es war der Stallbursche, der Susannas Leichnam am anderen Morgen in der Jauchegrube entdeckte. Ihr weißer, runder Arm ragte aus dem stinkenden Kot und Schlick empor. Ein Schreck durchfuhr den armen Knecht, und in ihm regte sich das Gewissen. Hatte nicht auch er schuld an diesem Unglück? Warum hatte er weggeschaut, als der unheimliche Mönch die Frau auf seinen Armen entführte?

Auf klappernden Holzschuhen rannte er in die Schankstube, wo die Hausfrau das vom Auswurf der Zecher verschmutzte Stroh zusammenkehrte. Stammelnd brachte er die schlimme Kunde hervor, die Hausfrau ließ krachend den Besen fahren und raffte die Röcke. Schreiend rannte sie über den Hof, und bald versammelte sich die ganze Familie und das Gesinde um den grausigen Fund in der Jauchegrube.

Nur der Stallbursche wandte sich in die andere Richtung, gab Fersengeld und wollte zum Stadttor entweichen. Der Fund machte ihn gewiß verdächtig. Er fühlte bereits die schneidende Schlinge um seinen Hals. Doch an der Stadtmauer griffen ihn hessische Landsknechte auf. In voller Gewißheit, einen weiteren Aufständischen gefangen zu haben und gegen guten Beutepfennig an die fürstlichen Richter im Feldlager vor den Stadttoren überantworten zu können.

Claudius beobachtete derweil das Spektakel im Hof und die Bergung der Leiche vom Fenster der Schlafkammer aus. Mit Stirnrunzeln und Kopfschütteln verfolgte er die Geschehnisse. »Der Bogenwaldler ist fürwahr ein ungestümer Teufel«, flüsterte er zu sich selbst.

Dann schlüpfte er rasch in sein weißes Ordensgewand, hüllte sich in den schwarzen Kapuzenumhang der Dominikaner – Skapulier genannt –, und machte sich auf den Weg, um zu retten, was zu retten war. Die Flucht des Stallburschen war ihm nicht entgangen, sie schien die Lösung seines Problems. Auf leichten Sandalen schlich Claudius am Bett des Ritters vorbei, der schnarchte hinter zugezogenen Bettvorhängen wie ein Russenbär. Nein, ein Gewissen hatte der freilich nicht. Der Dominikaner lächelte bitter. Ja, seine Wahl hatte den Rechten getroffen, auch wenn es Mühe machte, dessen hitziges Temperament zu dämpfen und ihn vor Entdeckung zu bewahren.

Niemand achtete auf den Mönch im schwarzen Umhang, der sich die Stiegen in den Hof herunterstahl und zum Tor hinaus flitzte. Hausmutter Dörthe stand da und ergab sich ganz ihrem Wehgeschrei. Ihr Mann, der Wirt, wußte sie nicht zu beruhigen. Er zitterte vor Angst. Ein Mord in seinem Hause, zu dieser Zeit. Gewiß, es mußte sich um die Tat des schrecklichen Ritters handeln, doch sollte er etwa Anklage erheben? Was für ein Gedanke, man würde ihn mit dem Rest der Familie aufknüpfen, gleich neben all den anderen Rebellen.

Sich dessen besinnend, wandte er sich gegen seine Frau und schlug ihr kräftig ins Gesicht. »Weib, mäßige dich! Willst du die Gewaltrichter und Landsknechte auf uns ziehen?« Dörthe erstarrte. Ihre jüngste Tochter krallte sich in ihre Röcke und schluchzte leise. Die Knechte zogen Susannas Leichnam aus der stinkenden Brühe, die Mägde rannten mit fliegenden Röcken zum Brunnen, schöpften kübelweise Wasser und reinigten den besudelten Leichnam.

Ganz deutlich sah man nun die häßlichen, blutroten Würgemale an ihrem weißen Hals. Halb entblößt war außerdem der schöne Leib. Erneut hob Dörthe ihre Stimme.

Auf der Galerie ertönten nun kräftige Tritte. Der Ritter von Bogenwald. Er reckte sich kurz und gähnte, dann schrie er in den Hof herab: »Ist das Eure Art, einen hohen Gast zu wecken. Still, Weib, oder ich schneide Euch die Zunge selbst aus dem Mund! Was krakeelt Ihr so garstig?«

Erschrocken fuhr der Wirt herum. »Es ist nichts, Herr. Nichts. Ein grauslicher Unfall. Meine Tochter muß bei Nacht und auf dem Gang zum Abort«, er wies zitternd auf den Abtritt nahe der Grube, »ausgerutscht und so unglücklich gefallen sein, daß sie in der Jauche ertrank. Versteht den Kummer einer Mutter.«

Der Ritter stieg die Stufen herab und befahl den Leuten, beiseite zu treten. Vor ihm lag Susanna mit weitaufgerissenen, blutigen Augen. Ein häßliches Bild. Doch in seinen Augen flackerte ein lustvoller Blick, der noch dem Teufel zur Ehre gereicht hätte.

Der Ritter wandte sich um, zog seinen gefürchteten Dolch. »Ei Wirt, was lügt Ihr? Das kann kein Unfall gewesen sein. Seht Ihr denn nicht die Würgemale an ihrem Hals.« Triumphierend zeigte er auf die gräßliche Wunde. »Die Frau wurde ermordet, feige ermordet. Warum belügt Ihr mich?«

Drohend trat er auf den Wirt zu, der sich vor Wut über seine unbedachten Worte am liebsten selbst die Zunge abgebissen hätte. Ja, das war die Kunst der hohen Herren. Ihm die Worte im Munde zu verdrehen und ihn als Mörder hinzustellen. Nun saß er richtig in der Klemme. Denn würde der Ritter als Zeuge aufstehen und dem Halsgericht von dieser offensichtlichen Lüge berichten, so hatte sein letztes Stündlein gewiß geschlagen. Was wog das Wort eines einfachen Wirts gegen das eines Edelmannes?

Sprachlos vor Entsetzen stand nun auch Dörthe da. Zu erschrocken, um weiter zu jammern. Statt dessen warf sie sich vor dem Ritter auf die Knie und flehte: »Hoher Herr, schimpft meinen Mann keinen Lügner. Er ist ein aufrechter, ehrenwerter Mann. Es war der Schreck, der ihn von einem Unfall sprechen ließ. Denn wer, wer sollte unserer guten Susanna so Übles tun?«

Der Ritter stieß die Frau beiseite, um weiter auf die Leiche zu schauen, deren Anblick ihm Genuß zu verschaffen schien. »Gute Susanna, sagt Ihr? Mir scheint, so gut war Eure Susanna nicht. Schaut doch, diese Sausuhle trägt ihren Rock nicht mehr! Scheint, sie hat sich wie ein loses Kußmaul an einen strammen Burschen rangemacht.«

Susannas Schwester, wiewohl zart und unschuldig, wollte diese Worte nicht leiden. Tapfer trat sie hervor, reckte ihr Kinn und sprach: »Herr, Ihr redet böses Zeug. Meine Schwester war eine sittsame Frau, das weiß ich gewiß. Niemanden hat sie geliebt als ihren Ehegemahl und für niemanden freiwillig die Röcke gehoben.«

Der Ritter blickte spöttisch auf das hübsche Mädchen herab. An ihr hätte er seine Lust noch lieber gesättigt. Sie war, da bestand kein Zweifel, wirklich noch keusch. Ihre tapfere Rede amüsierte ihn, das ganze Pack war ja schon in seiner Hand. Ihm ausgeliefert auf Gedeih und Verderb. Doch bevor er eine Antwort geben konnte, klang vom Hoftor her das Rasseln von Schwertern und das Wehklagen eines jungen Burschen.

»Schont mich, Ihr Herren. Der Mönch spricht nicht die Wahrheit. Ich hab's nit getan. Ich hab's nit getan.« Die Landsknechte führten den Stallburschen vor und grüßten den Ritter.

»Herr, wir sehen, Ihr kennt den Fall. Ein Mönch gab uns Kunde, daß dieser Kerl eine junge, unschuldige Magd getötet haben soll.«

»Und geschändet«, fügte der Ritter maliziös hinzu, bückte sich zur Leiche und hob mit seinem Dolch die Stoffetzen über Susannas Scham an, die ebenfalls von Schnitten durchzogen war. Dörthe brach jammernd zusammen, ihre kleine Tochter lief auf sie zu, um ihr Trost zu spenden. Der Stallbursche beteuerte weiter seine Unschuld.

»Still«, bellte ihn der von Bogenwald an, »oder sollen wir dich der peinlichen Befragung auf der Folter unterziehen? Der Graf von Mansfeld führt gewiß genug Werkzeug mit sich. Und neben den paar Bauernburschen finden wir auch noch Zeit für einen Lumpen wie dich. Kerl, du bist ohnehin des Todes, also gestehe.«

Wimmernd hing der Bursche in den Armen der Landsknechte, der Ritter hielt seinen Dolch gegen seine Kehle. Vor Angst machte er sich die Hosen naß, er hörte schon das Splittern und Krachen von Knochen, wie er es von vielen Richtspektakeln kannte und wie er es sich gern ausgemalt hatte für den kommenden Richttag, nicht ahnend, daß seine eigenen Knochen dabei zu Schaden gehen sollten.

Nein, er wollte nicht so qualvoll sterben. Und da der Tod ihm gewiß war, hoffte er auf eine schnelle Begegnung. So bekannte er den Mord an der Wirtstochter Susanna, den er nicht begangen hatte.

Im Hoftor verborgen stand der Dominikaner, schnippte ein Stäubchen von seinem weißen Gewand und sprach ein kurzes lateinisches Gebet.

Ein Kapuzinermönch, der eben in diesem Moment von außen das Tor passierte, wunderte sich über den Predigermönch, der vor einem Gasthof seine Gebetsstunde hielt. Noch mehr hätte er sich gewundert, wäre er des Lateinischen besser mächtig gewesen.

»In nomine patria et filia«, schnarrte der Dominikaner, was zu deutsch soviel hieß wie »Im Namen das Vaterland und die Tochter«. Barer Unsinn also. Doch auch ohne das Küchenlatein vollständig zu verstehen, hielt der Kapuziner den hageren Kerl für keinen bemerkenswerten Diener des Herrn. Sein Lächeln stünde einem Aasvogel zu Gesicht, schoß es ihm durch den Kopf. Und mit diesem Gedanken eilte Fresenius weiter, in der linken Hand einen schweren Sack. Ein gutes Stück Arbeit lag noch vor ihm.

8.

»Selig sind, die da hungert und dürstet nach Gerechtigkeit, denn sie werden satt werden.«

Bergpredigt (Matthäus 5,6)

Landsknecht Michael hütete seine Zunge, und doch konnte er sich ein Kichern kaum verbeißen. So grimmig blickte sein Herr, der Graf, vor sich hin. Dabei saß er nun wieder auf dem hohen Roß, ganz wie es ihm gebührte. Ein hübscher Apfelschimmel war's, und Michael selbst saß auf einem münteren Braunen, der keck die Mähne warf. Zwei gute Pferdchen, reichlich Proviant und neue Brustharnische, dazu gute Tuch- und Lederhosen waren nun ihr eigen.

Nach gerechtem Kampf mit der Rotte, die Märthe ihnen angekündigt hatte. Besser, er sprach den Grafen nicht darauf an, daß die Prophezeiungen der Alten sich erfüllt hatten. Albert von Traubstedt dachte ja wohl selbst an nichts anderes.

Die Landsknechte hatten in einer kleinen Schlucht gelagert und beim Schein eines mächtigen Feuers bis in die Nacht gezecht, während Michael und der Graf sich im Gebüsch verborgen hatten.

So trunken waren die Söldner gewesen von ihren erfolgreichen Beutezügen und reichlich Klosterwein, daß ihre Wache schlecht bestellt und unachtsam gewesen war. Kaum Gegenwehr hatten sie geleistet und die Hiebe und Dresche wankend empfangen. Keiner war getötet worden, aber von allem entblößt, was er zuvor mordend geraubt hatte. Ehrlose Galgenvögel, die früher oder später ohnehin der Henker mit dem Beil streicheln würde. Mit solchen kannte der Graf kein Mitleid, da übte er altes Faustrecht.

Michael gab seinem Rößlein sanft die Sporen, es fiel in

schnellen Trab. Ihm stand die Lust nach einem gestreckten Jagdgalopp, so froh war er, auf einem rechten Pferd zu sitzen, ganz nach Herrenart. Das Reiten war ihm eine helle Freude, auch wenn er es nur auf einem Ackergaul auf der Gemeindewiese von Mühlhausen gelernt hatte.

Mühlhausen, dahin lenkte der Graf nun sein Pferd. Entschlossen, einen letzten Blick auf den Müntzer zu werfen, um zu prüfen, ob dieser noch zu retten war. Michaels Herz schlug hoch in Freude auf sein liebes Weib.

Welchen Kummer sie ausgestanden haben mußte. Drei Jahre hatten sie nicht voneinander gehört, vielleicht hielt sie ihn gar für tot. Doch nun, in der erbeuteten Tracht eines braunschweigischen Landsknechts konnte er sie gar bei hellichtem Tag aufsuchen und endlich wieder in die Arme schließen. Welche Freude das würde. Er erinnerte sich wieder an die wenigen süßen Stunden, die sie genossen hatten, im Badehaus bei gutem Wein im warmen Zuber oder einmal beim Tanz unter der Dorflinde von Grönau. So wenig Glück und doch mit solch vollen Herzen genossen. Er war Susanna wirklich zugetan, nicht nur der ansehnlichen Mitgift aus der Schankstube wegen. Susanna war ein prächtiges Weib.

Die Pferde trabten fröhlich voran, der weiche Waldboden vibrierte unter ihren kräftigen Hufschlägen. Nur wenige Stunden noch, und Herr und Knecht würden die Unstrut an flacher Stelle queren und Mühlhausen erreichen. Was kümmerte ihn der Tag danach. Man würde ihn als rechten Landsknecht und den Grafen Traubstedt als ehrbaren Bauernschlächter empfangen. Der Rest würde sich schon weisen.

Derweil hatten sich auch Märthe und ihre Schar auf den Weg gemacht. Hans trug Marie auf seinen Schultern und sang ihr ein fröhliches Lied, damit sie sich in der nächtlichen Dunkelheit des Waldes nicht fürchtete. Hesekiel begleitete ihn ab und an mit munterem Krächzen.

»Das wird eine schöne Narretei, die wir dem Volk mit meinen Liedern und Hesekiels Chor zu bieten haben«, sagte Hans munter. Bauer Rufus brummte nur. Ihm war nicht wohl in seiner Haut. Fahrende Leut, Spielmänner, Gaukler, das waren ehrlose Gesellen, denen er von Herzen nicht traute. Da war er ganz Dorfmann, der die Läden zuklappte, wenn solches Volk über den Feldweg kam.

Und nun sollte er selbst in die Rolle eines so zwielichtigen Gesellen schlüpfen? Wie dachte Mutter Märthe sich das nur, und was sollten sie in der Maske der Narren denn ausrichten? Seine schönen, selbstgeschnittenen Lederschuhe hatte er opfern müssen, barfuß lief er durch den Wald, nur weil die Alte fürchtete, seine Fußkleidung würde ihn todsicher verraten. Ja, recht hatte sie damit schon, aber wie sollte er glaubhaft einen Gecken aus sich machen? Er verstand nichts von den Künsten, von Gesang, Spiel und Tanz. Doch Märthe hatte keine Widerrede und keinen Aufschub geduldet.

»Es ist hohe Zeit, sonst entweichen uns die Teuflischen«, hatte sie nur gemahnt, nachdem sie aus ihrem Bündel Lumpen und bunte Kleider für den Trupp hervorgezogen und verteilt hatte. Das also hatte sie in ihrer Eremitenhöhle getan, bunte Lumpen genäht. Eine seltsame Heilige.

Erstaunlich flink schritt Märthe nun vor ihm voran, Katharina direkt hinter ihr. Freilich, die war jung und geschmeidig wie eine Katze, die Alte hingegen bestimmt an die fünfzig Jahr und gichtig. Den Bauer wunderte das alles sehr, aber noch immer glaubte er an ein Wunder, das ihm diesen Weg befahl.

Hinter ihm schritt Sebastian, als Nachhut und mit einem schweren Prügel bewaffnet. An den Beinen trug er nun zweifarbige, enge Hosen und dazu ein sündig gelbes Kurzkleid und an den Füßen Schnabelschuhe. Rufus schüttelte wieder den Kopf über diese Torheit. Selbst wenn Sebastian ein Bürgersmann wäre, so hätte ihn diese eitle Ausstattung nach der städtischen Kleiderordnung ordentlich Bußgeld gekostet.

Als fahrender Geselle konnte er sich diesen Tand leisten, und zugegeben, dachte Bauer Rufus, die bunten Farben machten einen stattlichen Kerl aus ihm. Auch sein leuchtendes Gesicht trug zu der Wandlung vom graugesichtigen Bergknappen zum hübschen Junker bei.

Sebastian war der Fröhlichste unter allen. Er hatte gesprochen, und Märthe hatte ihm später gesagt, daß er alsbald für immer seine Sprache wiederfinden werde. Sebastian war Märthe zu tiefstem Dank verpflichtet und wäre um keinen Preis von ihrer Seite gewichen.

Langsam brach sich die Dämmerung Bahn. Ein heller, später Maimorgen brach an. Zehn Tage waren nun vergangen seit der großen Schlacht von Frankenhausen. Hier in der Stille des Waldes, wo noch die Nachtigall sang, spürte man nichts als seligen Frieden. Und der leuchtete der Wanderschar ins Herz. So viel Elend war ihnen geschehen, daß sie die Schönheit der aufgehenden Sonne, die Strahlen durchs Blätterdach über ihnen schickte und den Waldboden mit goldenen Sprenkeln betupfte, kaum zu fassen vermochten.

Bald erreichten sie das Tal der Unstrut, traten aus dem Wald und mußten sich die Hände über die Augen halten, so hell leuchtete nun schon der Morgen. In der Ferne machten sie die mächtigen Türme der Mühlhausener Marienkirche aus. Doch das friedliche Bild wurde empfindlich gestört durch das Feldlager, das sich vor den Stadtmauern erstreckte. Die fürstlichen Truppen und ihr Troß aus Fußknechten, Bettlern und Huren, die sich von den niederen Trieben und den Abfällen der Krieger mehr recht als schlecht ernährten.

Dieser Troß war Märthes Ziel. Ein wahnwitziger Plan, sich direkt in den Reihen der Feinde zu verbergen. Je näher sie dem Fluß kamen, um so tiefer sank ihnen der Mut. Als sie das Wasser durchwatet und im Schutz des Uferdickichts den blauen Rauch der vielen Feuer über dem Lager aufsteigen sahen, packten sie tiefe Zweifel.

»Frau Märthe«, sagte Hans mit gedämpfter Stimme, »das sind an die viertausend Mann, was sollen wir in diesem Lager denn ausrichten? Selbst mit Gideons Schwert würde ich mich dort nicht hineintrauen.« Hesekiel ließ ein verächtliches »Prüühh« verlauten. Märthe zwängte sich wortlos durch das Dickicht, widerwillig folgten die anderen. Bald waren sie auf einen Steinwurf an die ersten, schäbigen Landsknechtszelte herangeschlichen. Keiner von ihnen wagte einen einzigen Mucks, Hans drückte die kleine Marie eng an seine Brust.

Zu ihnen drang das Lärmen und Grölen der Söldner, das rauhe Lachen von Dirnen, das Quieken von Schweinen und ganz unmenschliche Schreie.

»Hört ihr das?« fragte Märthe laut und deutlich. Katharina starrte die Alte an, als sei diese von Sinnen. »Ssscht«, machte sie und flüsterte beschwörend, »man wird uns hören.«

»Nein«, sagte Märthe ungerührt, »hab keine Angst. Die Männer sind allzu beschäftigt. Sie blenden und häuten gerade eine Schar Bauern.« Wieder ertönte ein langgezogener Schrei. »Sie geben sich alle Mühe, wie ihr hört.«

»Frau«, stöhnte Bauer Rufus, »laßt uns von hier verschwinden, ich kann es nit ertragen, meine Brüder so leiden zu hören. Es ist viehisch, wie die Herren sie strafen.« Er wollte sich in Richtung des Ufers zurückziehen.

»Lieber Bauer«, sagte Märthe, »wenn du das nun nicht erträgst, wirst du nichts ausrichten können gegen das allgemeine Morden.«

»Und wie willst du etwas ausrichten? Willst du sie mit Baumstämmen erschlagen oder ein Feuer im Lager legen?« Hans sagte das ohne Spott, aber Bitterkeit lag in seiner Stimme. Märthe setzte sich nieder, die anderen taten es ihr zögernd nach, immer wieder wurden sie von dem Stöhnen und Schreien aufgeschreckt, das der Wind zu ihnen herübertrug.

»Hört zu«, hob Märthe an, »wir werden viele Grausamkeiten sehen und ertragen müssen, aber ein weniges können wir dagegen ausrichten. Unsere Waffen sind nicht von Eisen geschmiedet oder im Feuer gehärtet. Hier«, sie zog wieder die Glasphiole hervor, »hierin ist die Plage, die der Herr uns befahl, zu verbreiten. Es ist die Pest.«

Entsetzt sprang Katharina auf und floh ein paar Schritte, Hans erhob sich ebenfalls. Alle Blicke waren starr auf das kleine Röhrchen gerichtet, um das in kunstvollen Girlanden Kupferdrähte verschlungen waren.

»Weib, du bist irre«, stieß Hans keuchend vor Angst hervor, »die Pest, gefangen in einem Glas! Ein jeder weiß, daß die Pest ein Hauch der Hölle ist und von der Luft zu uns getragen wird.« Dann bekreuzigte er sich.

»Du irrst«, sprach Märthe gelassen, »die Pest ist, nun sagen wir, ein winziges, unsichtbares Lebewesen, das sich in unserem Blut millionenfach fortpflanzt. So hat es mich der große Paracelsus gelehrt. Es ist ein einfaches, dieses Tierchen aus dem Blut eines Kranken zu gewinnen.« Ungläubig lauschte die Gruppe. »Ich sehe wohl, euch fehlt der Glauben. Nun, ich werde den Beweis antreten.«

»Ihr wollt die Teufelsflasche doch nicht öffnen«, fragte entsetzt der Bauer, dem die Erklärung des Weibes nicht ganz unwahrscheinlich erschien, hatte er doch oft reisende Quacksalber erlebt, die mit allerlei Salben und Wässerchen so einige Krankheiten kuriert oder aber das Gegenteil bewirkt hatten. Dem Bauern war der Wunderglaube nicht ganz abhanden gekommen.

»Nein. Diese Pesttiere sind viel zu wertvoll. Die spare ich auf für die großen Hänse, solche wie den Bogenwald. Für die Söldner habe ich etwas auf Flaschen gezogen, was ihnen gehörig den Magen verdirbt und eine heftige Scheißerei verursacht. Das wird ihnen die Lust am Morden für einige Zeit nehmen.« Märthe verstaute die tödliche Glasphiole wieder unter ihren geheimnisvollen Röcken. Zaudernd näherte sich Katharina nun wieder dem Trupp.

»Wie aber willst du dein Gift unter die Leutc bringen?« fragte sie ganz praktisch.

»Oh, da reicht ein wenig Wein.«

»Wir haben keinen Wein«, erwiderte Katharina.

»Dann werden wir welchen kaufen. Ich habe genügend Geld.« Wieder staunte die Gruppe. Konnte die Alte am Ende noch Gold herstellen?

»Gegen Abend werden wir als Gaukler ins Troßlager ziehen. Bei Dunkelheit werden uns die Zecher nicht allzu genau in Augenschein nehmen können. Du, Hans, wirst sie mit etwas Lautenspiel und Hesekiels Possen erfreuen und ablenken. Katharina und Sebastian, ihr werdet versuchen, den Pferch mit den armen Bauern zu öffnen, während ich Wein feilbiete. Ganz besonders guten Wein.« Die Alte grinste kurz, bis der wohl letzte Schrei eines Gequälten sie alle an die Verzweiflung der Gefangenen erinnerte.

Grimmig fragte Rufus, was denn seine Aufgabe sei, bereit, für seine Gesellen zu sterben. »Du wirst Marie bewachen müssen«, sagte Märthe streng. Doch der Bauer wollte es nicht leiden, daß man ihn schonte. Fest nahm er sich vor, seinen Teil zu tun, um seine Bundesgenossen vor einem qualvollen Tod zu retten. Und das sagte er Märthe.

»Schaut, die Alte dort, Graf. Mir scheint, das ist Märthe.« Aufgeregt wies Michael auf die gebückt gehende Frau in den groben Leinenröcken, an deren rechter Hand ein kleines Mädchen über den staubigen Weg den Stadttoren von Mühlhausen entgegenhüpfte. Der Graf zügelte kurz sein Pferd und kniff die Augen zusammen. »Unsinn«, brummte er dann nur. Michael konnte sich wieder das Lachen kaum verkneifen. Was für ein Starrkopf sein Herr nur war. Ganz sicher hatte er Märthe erkannt, die die zweite Begegnung ja prophezeit hatte.

Die Alte und das Kind waren nur noch wenige Schritte von den mächtigen Eichenholztoren entfernt, als diese sich öffneten und ein Ochsenkarren herausgerumpelt kam.

Flankiert wurde das schäbige Gefährt von vier Reitern. Auf Stroh gebettet, erkannten der Graf und Michael eine zusammengekrümmte elende Gestalt, die mit dem Rattern der Räder auf unebener Strecke hin- und hergeworfen wurde. Graf Traubstedt gab seinem Schimmel die Sporen und strebte dem Gefangenentransport zu. Als er nur noch drei Pferdelängen von den fürstlichen Reitern entfernt war, sah er, daß sein Verdacht richtig war.

Im schmutzigen Stroh lag Müntzer, gequält, zerschunden, dem Tod näher als den Lebenden. Der Graf lenkte sein Pferd an den Straßengraben und ließ den Troß passieren. Huldvoll neigte er sich gar vor den fürstlichen Reitern, die seinen Gruß jedoch nicht erwiderten.

»Ich muß ihnen folgen«, sagte der Graf nur barsch. »Geh du nur und such dein Weib! Wir sehen uns am Abend an der ausgemachten Stelle.« Bevor Michael noch etwas erwidern konnte, war Albert von Traubstedt schon davongesprengt. Eine kurze Weile zögerte der treue Landsknecht noch, doch die Sehnsucht nach Susanna, die nur noch einen Katzensprung von ihm entfernt war, überwog, und er lenkte seinen Braunen auf die Stadttore zu.

Die Landsknechte ließen ihn ohne große Befragung passieren. Kriegsrecht herrschte in den Mauern, um ihr Leben mußten nur die Bürger fürchten. Michael lenkte sein Pferd in Richtung des Wirtshauses seiner Schwiegereltern. Sie mußten ein recht gutes Geschäft mit ihrem Bier machen, dachte Michael stolz, als er sich der frisch gekalkten Fachwerkmauer mit dem Torbogen zum Hof näherte. Mächtig schien die Stadt inzwischen gewachsen. Michael sah einige neue, sogar mit Lehmziegeln gedeckte Häuser stehen. So dicht drängten sie sich, daß kein Platz mehr blieb, um eigene Back- und Brauhäuser im Garten zu bauen und die Maische anzusetzen. Da machte sein Schwiegervater mit seiner Schänke wohl kräftig Geld. Michael passierte das Tor. Die Totenstille, in der hier die Hühner scharrten, ließ ihn Böses ahnen.

Wenige Gassen weiter strebte Märthe dem Marktplatz zu, wo sie einen Weinkeller vermutete. Geschickt wich sie immer wieder den streunenden Schweinen aus, die im Dreck nach Nahrung schnüffelten. Marie trug sie auf dem Arm. Zu mühselig war es für die Kleine, durch den Kot und die Küchenabfälle zu waten, die vor den winzigen Fachwerkhäusern faulten. Öfters warf Märthe einen Blick nach oben, wo die Vorbauten der Häuser so nah aneinanderstießen, daß nur ein winziger Spalt das Tageslicht in die Gassen ließ, um rechtzeitig zu entdecken, ob etwa ein Nachttopf ausgeleert würde. Einen Guß aus Unflat und Urin wollte sie sich ersparen.

Kopfschüttelnd betrachtete sie außerdem die Berge von Unrat. Vom weisen Paracelsus, ihrem Lehrmeister, wußte sie wohl, daß dieser Schmutz und Gestank in den Gassen der armen Leute der Gesundheit schadeten, aber noch war die Zeit nicht reif, um diese Weisheiten zu predigen. Schon gar nicht diese Zeit, in der ein jeder um Kopf und Kragen fürchten mußte.

Rechts von ihr tat sich nun zu allem Überfluß die Gerbergasse auf, ein infernalischer Geruch von totem, faulem Fleisch, Kadavern und Gerbsäure schlug Märthe entgegen. Sie beschleunigte ihren Schritt und drängte sich an den Lumpenweibern, Knechten und lärmenden Eisenschmieden vorbei zu den gepflasterten Straßen des Kaufmannsviertels vor. Bald hatte sie den Markt erreicht, dessen Pflaster gefegt und gereinigt in der Sonne glänzte. So schön dieser Anblick war, so widerlich war das Blutgerüst für die kommenden Hinrichtungen.

Zimmerleute befestigten die Tribünen für das adlige und reiche Publikum mit zusätzlichen Querbalken. Der Henker im scharlachroten Umhang prüfte den Richtblock und tat einen Probeschlag mit seinem Schwert – zum Vergnügen einiger Gassenjungen, die sich allerdings in gebührendem Abstand hielten, denn der Henker gehörte zu den Unberührbaren. Wer zu nah an ihn geriet, auch nur einen Zipfel seines Mantels berührte, war selber zur Ehrlosigkeit verdammt und keines anständigen Berufes mehr würdig.

Morgen sollten hier die Köpfe der Anführer rollen. Ihnen wurde die Gnade eines Schwerthiebs zuteil. Die Stadttrommler zogen durch die Gassen und luden ein zu dem grausamen Fest. Die Bürger sollten ein lehrreiches Schauspiel zur Mahnung und abschreckenden Erbauung erleben. So wie es nun einmal Sitte war.

Märthe überlegte kurz, auch den Henker in Genuß ihres Weines zu bringen. Nein, das war keine gute Idee. Dann würde am Ende der ungeübte Abdecker als Scharfrichter antreten müssen. Dann, so wußte Märthe, wurde der gnädige Schwerthieb zu einer furchtbaren Qual. Sie selbst hatte eine solch ungelenke Hinrichtung eines Ketzers einmal erlebt. Dreißigmal mußte der Geselle zuschlagen, bevor er endlich den Kopf vom Rumpf trennte. Ein Henkersschwert war schwer zu führen. Märthe hoffte, daß der Schlächter von Mühlhausen sein Handwerk verstand und sein Kostbier nicht vor dem Hieb verzehrte.

Das Läuten der Mittagsglocken und Maries Händchen, die an ihren Haubenbändern zogen, rissen sie aus ihren düsteren Gedanken.

»Gut, gut, meine Kleine, laß uns zum Weinhändler laufen, siehst du drüben am Rathaus das Holzschild mit den Trauben? Du ...« Märthe hielt mitten im Satz inne. Ein Schatten fiel über sie und die kleine Marie. Vor ihr stand der hagere Mönch im weißen Habit, das Skapulier flatterte im Wind wie die schwarzen Schwingen einer Krähe. Märthe richtete sich auf, reckte ihr Kinn und schaute dem finsteren Mann kampfeslustig ins Gesicht. Marie versteckte sich hinter ihren Rökken.

»Du, Claudius? Was bringt dich Teufelsbruder hierher? Willst du dem Satan ein paar Seelen gewinnen?«

Bruder Claudius schob seinen Umhang ein wenig zurück und grinste die alte Märthe böse an. »Sieh an, sieh an. Meine liebe Schwester Märthe. Deine Frage erstaunt mich. Schließlich bin ich Dominikaner, an keinen Ort gebunden und zur Predigt in aller Welt verpflichtet. Müßte ich nicht eher fragen, was du als selbsternannte heilige Eremitin inmitten dieser weltlichen Hölle suchst?«

Das mächtige Dröhnen der Kirchenglocken sauste in Märthes Ohren, eine Vision tauchte vor ihr auf: Bruder Claudius als tanzendes Gerippe auf den heiligen Gräbern vor Jerusalem. Was wollte Gott ihr mit diesem Bild sagen? »Du hast tatsächlich einen Pakt mit dem Teufel geschlossen«, brach es plötzlich aus ihr hervor, »ich hätte es wissen müssen. Du elender Verräter!«

Claudius grinste nur: »Hat meine Schwester wieder ihre Visionen, ihre großen Traumgesichte? Nun, diese Kunst beherrsche ich inzwischen auch.«

»Du hast sie nie und nimmer mit rechten Mitteln erlangt. Du hast deinen Lehrvater Paracelsus als Ketzer gebrandmarkt, du bist zum Doktor Faustus gelaufen, einem Lügner und Schwindler, einem schlechten Taschendieb.« Märthes Zorn wuchs, nie hätte sie vermutet, daß nach zwei einsamen Jahren im Salzstollen, nach ihrer völligen Hingabe an Gott und dem mühseligen Streben nach Gelassenheit noch solche Gefühle in ihr schlummerten.

»Paracelsus war ein Narr«, zischte nun Claudius ebenfalls erregt, »dieses Geschwätz über Arzneien und Gott, der unseren Körper über die Seele heilt, sein Traum von einem Leben in Friedfertigkeit. Jetzt hat er sich im Süden selbst den Bauernrotten angeschlossen und wird seinen Lohn dafür empfangen, wie all die anderen Narren auch. Schau dich doch um, Märthe, wie willst du je Frieden und Glückseligkeit für alle erreichen? Nein, Gott ist nicht mächtig, Gott ist der Herr aller Narren.«

Märthe wurde nun fast schwindelig vor Wut, ängstlich zerrte von hinten Marie an ihren Röcken. »Ich will weg.« Märthe wandte sich um und streichelte tröstend die Locken der Kleinen, als sie sich wieder dem Mönch zuwandte, war er verschwunden. Ein Reiter stob kurz vor ihr vorbei, sie mußte zurückweichen. Wem diente Bruder Claudius? Gewiß nicht Gott, auch wenn er das Gewand der Dominikaner trug. Bruder Claudius war längst kein Mann Gottes mehr.

Nachdenklich schritt Märthe mit der kleinen Marie an der Hand am Blutgerüst vorbei. Claudius hier, das bedeutete Böses. Ihm und seinen Versprechungen verfielen die Mächtigen nur allzu leicht, was aber plante er hier inmitten all dieser Grausamkeiten? Nichts Gutes, da war Märthe sicher. Seufzend stieg sie die gemauerten Treppen der Weinhandlung herab. Kurz zuckte sie zusammen, als ein weiterer Mönch sich an ihr vorbei nach oben zwängte. Ein kurzer Blick in sein ernstes Gesicht beruhigte sie. Ja, das war ein Diener Gottes. Auch wenn die Anspannung in seinem Gesicht keine heilige Gelassenheit verriet. Es war Bruder Fresenius, der dem Händler gerade vier leere Krüge abgeschwatzt hatte. Dabei hatte er sich glatt einer Lüge schuldig gemacht, denn für die Krankenpflege im Dominikanerkloster waren die Krüge wahrlich nicht gedacht.

»Herr, Ihr könnt mich töten, und ich befehle mein Leben an Gott. Doch ich widerrufe nicht.« Der Satz kostete Müntzers letzte Kraft. Sein Kopf fiel zur Seite, sein Körper knickte nach vorn, er drohte von dem Faltstuhl zu fallen, der vor dem prachtvollen Zelt des Landgrafen von Hessen stand. Ein Ring von fürstlichen Leibwächtern stand eng um den Rebellen und schirmte ihn vor den neugierigen Ohren und Augen der Söldner ab.

Der Herzog Georg von Sachsen, Landgraf Philip und Graf Ernst von Mansfeld schauten zornig oder verwundert auf den eigensinnigen Prediger herab. Grimmig trat der Mansfelder, Müntzers Erzfeind, einen Schritt vor. Das Federbüschel auf seinem glänzenden Helm zitterte und verriet seine bebende Wut.

»Elender Prediger, du hast den Widerruf bereits unterschrieben, was soll diese Ziererei?« Er holte aus und schlug dem aufsässigen Prediger seine Faust mitten ins Gesicht. Keine ehrenwerte Tat, der von Hessen zuckte auch, doch Ernst von Mansfeld konnte seinen Haß nicht mäßigen.

Wie auch? Dieser freche, tumbe Dörfler hatte ihn einen groben Büffel, einen Madensack, einen finsteren Tyrannen geschimpft, ihm den Teufel auf den Hals gewünscht und alle seine Bauern und Bergleute gegen ihn aufgebracht. Unter der Folter hatte dieser schamlose Hetzer doch alles zugegeben, und nun diese erneute Verbocktheit.

»Bringt mir die glühenden Zangen«, befahl der Graf seinem Kerkermeister, der eigens zur Bestrafung der letzten gefangenen Bauern mitgereist war. Der Herzog von Sachsen, besonnener als der Mansfelder, versuchte ohne Zangen sein Glück. »Höre, Kerl, willst du nicht Buße tun, bevor es zu spät ist, und Gott um Vergebung bitten?«

Müntzer regte sich ein wenig, hob den Kopf leicht an und blinzelte. »Gottes Barmherzigkeit brauche ich wohl, auch die Verzeihung meiner Sünden. Ihr hohen Herren, ich bitte Euch nicht um Gnade für mich, aber habt Erbarmen mit meinem Weib und meinem Kind. Laßt ihr meine wenigen weltlichen Güter, daß sie etwas zu beißen hat. Mehr verlange ich nicht.« Erschöpft von dieser langen Rede, ließ Müntzer sein Haupt wieder sinken.

»Frecher Kerl«, fluchte nun wieder Graf Ernst. Sein Kerkermeister trat mit einem Folterknecht hinzu, der eine rotglühende Zange trug. Die Wärme, die sie abgab, erhitzte die Gesichter der umstehenden Edelleute. Sie alle vermochten sich lebhaft vorzustellen, welche Schmerzen man einem mit solchem Werkzeug zufügen konnte. Dem Landgrafen, einem jungen Draufgänger mit hellen Augen, imponierte insgeheim die Widerstandskraft Müntzers. Sein Leben lang würde er ihn für seinen Mut bewundern, später sogar einmal zugeben, er selber wünsche sich einen so frommen Tod, doch nun kannte er kein Erbarmen.

»Legt die Zange an!«

Bauer Rufus zuckte zurück, als ihm der Geruch verbrennenden Fleisches in die Nase stieg. Ihm, der schon so viele unvorstellbare Grausamkeiten in diesem Krieg gesehen hatte, drehte sich der Magen um. Er würgte und erleichterte sich in das Gebüsch neben ihm. Kein Zweifel, man unterzog Müntzer einem weiteren peinlichen Verhör. Er hatte also mitnichten widerrufen. Er würde das bezeugen können, vor aller Welt. Müntzer war ein tapferer Mann, er war ein würdiger Führer. Gäbe es nur ein Mittel zu seiner Rettung.

Der Knecht des Weinhändlers schob ächzend die Schubkarre auf den wackligen Scheibenrädern vor sich her. Paßte ihm gar nicht, für die häßliche Alte den Boten zu spielen und das Faß für sie zu transportieren. Das mußte doch mit unrechten Dingen zugehen, daß so eine genug Dukaten für einen solch guten Tropfen hatte, wie wollte sie denn daran bei den Söldnern noch Gewinn machen?

Das war schließlich kein Wein für Strauchdiebe, sondern für Patrizier, sogar für Fürsten gut genug. Erst gestern hatten sie den gleichen Wein an den Mundschenk des Grafen Mansfeld geliefert. Kostenlos. Ein Zeichen der Ehrerbietung. Sein Herr hatte klar gezeigt, daß er mit den Aufständischen nie etwas im Sinn gehabt hatte, und er, der kleine Knecht, klugerweise auch nicht.

Endlich erreichten sie das Stadttor. Doch kurz davor, nahe dem Wirtshaus, erhob sich plötzlich ein seltsamer Tumult. Rasch liefen die benachbarten Schmiede, Mägde, Knechte und müßiges Volk zusammen und drängten sich vor dem Hofeingang. Auch Märthe hatte die Röcke gerafft und Marie rasch an einem Brunnen niedergesetzt.

Mit sanfter Stimme zwang sie die Gaffer, ihr eine Gasse zu bilden. Entsetzt entdeckte sie im Hof Michael, den Landsknecht. Auf den Knien lag er, die Hände waren ihm auf den Rücken gebunden. Vor ihm stand ein Ritter, der höhnisch auf ihn hinabblickte, neben ihm ein weiß gewandeter Mönch. Claudius!

In einiger Entfernung hatten sich ängstlich die Wirtsleute und ihr Gesinde versammelt. Sie tuschelten. Jetzt ertönte dröhnend die zornige Stimme des Ritters.

»Du wagst es, mich des Mordes zu beschuldigen? Mich gar anzugreifen? Du bist ja toll, Bursche! Nein, ich werd' mir an dir nicht die Hände schmutzig machen. Der Henker soll das tun. Das Gerüst hat wohl noch Platz für dich.« In diesem Moment trafen tatsächlich die städtischen Gewaltrichter ein. Ohne viel Federlesens zerrten sie Michael hoch, der es wagte, noch einmal vor dem Ritter von Bogenwald auszuspucken. Der versetzte ihm zur Strafe einen Fausthieb, der Landsknecht wankte, ging aber nicht zu Boden.

Man würde Michael in diesen Zeiten gewiß einen kurzen Prozeß machen. Märthe zweifelte nicht, daß auch er morgen seinen Termin mit dem Tod haben würde.

Bruder Claudius schickte dem armen Landsknecht ein scheinheiliges Gebet hinterher, die Wirtsleute schluchzten, die Gaffer machten erneut eine Gasse für die Stadtschergen. Tuschelnd erörterte man den Grund für die Verhaftung, von der erwürgten Frau in der Jauchegrube war die Rede. Michael hob nur kurz den Kopf, trübe war sein Blick und gequält. Märthe suchte einen Blick von ihm zu erhaschen, sie nickte ihm zu und murmelte: »Alles wird gut.« Doch Michael hörte sie nicht, willenlos ließ er sich abführen.

Der Nachtwächter rief die Stunde vor Mitternacht aus. Stockfinster war es in den engen Gassen, die wenigen Talglichter, die noch hinter offenen Fensterläden glommen, waren nicht heller als einzelne Glühwürmer. Hie und da leuchtete ein Fackelträger einem späten Zecher heim. Doch das waren nur wenige, eine Nacht vor einer Hinrichtung war den Leuten unheimlich, man rechnete mit den Schatten Gehenkter, die zur Richtstätte strömten.

Fresenius schlich dennoch auf leisen Sohlen in Richtung Marktplatz. Die letzten Schläge der Ratsglocke waren eben verklungen, als er um die Ecke eines Wollkrämerladens spähte. Das Blutgerüst wurde von nur zwei Männern bewacht, doch leider tauchte hier auf dem offenen Platz der bleiche, abnehmende Mond das Pflaster in bleigraues Licht.

Der Kapuzinermönch flehte um eine Wolkendecke. Die beiden Wächter drehten eine Runde, dann hockten sie sich auf die Stufen des Holzgerüstes und zogen ein paar aus Knochen geschnittene Würfel hervor. Bald kullerten die Spielsteine munter.

Besser, er hätte auch ein wenig Wein erbettelt, dachte Fresenius, dann hätte er die beiden zu einem kleinen Gelage einladen und sich in ihr Vertrauen stehlen können. Was half's. Dann mußte es eben ohne Wein gehen. Fresenius trat auf den Platz und näherte sich mit den wankenden Schritten des Betrunkenen dem Blutgerüst. Lallend gab er ein derbes Liedchen zum besten, ganz wie ein Servantus es getan hätte. Der Himmel möge ihm verzeihen, daß er seine Gelübde in solch gründlicher Form brach.

»Wer da?« bellte denn auch gleich ein Wächter und hob

klirrend seinen Spieß. Fresenius imitierte glaubhaft einen deftigen Rülpser. »Huups, Gott schum Grussche, Bruder.«

Der Wachmann ließ den Spieß sinken. »Ein betrunkener Mönch nur. Habt wohl was zu feiern, he?«

Mühelos entspann Fresenius einen Plausch über die tumben Bauern, die sein Kloster geschleift hätten, bald machte die Runde fröhliche Scherze über den grausigen Lohn, den die Dörfler morgen dafür einstreichen würden.

»Wenn der Teufel, hicks, nicht im Gerücht, äh, Gerüst, haust.« Den Wächtern wurde bei solchen Reden nun doch ein wenig mulmig, mit dem Tod durfte man scherzen, mit dem Teufel nicht, schon gar nicht, wenn man dem Fürsten der Hölle selbst ein wenig ähnlich sah mit einer solchen Eisenfaust. Fresenius wurde zusehends nüchterner und erzählte immer grimmigere Geschichten vom Satan, der die Nägel aus den Pfeilern zieht und Teufelsschiß unter dem Gerüst verteilt, so daß sich die Balken biegen. Die Wächter erschreckte nicht so sehr der Gedanke an ein zusammenbrechendes Gerüst als vielmehr die Idee, die Nacht in Gegenwart des Höllenfürsten durchwachen zu müssen, der einem durch jede Leibesöffnung fahren und so die Seele in Besitz nehmen konnte.

»Kannst du prüfen, ob der Teufel hier sein Spiel treibt?« Fresenius wiegte bedächtig seinen Kopf hin und her. »Was sollen wir dir zahlen, damit du uns den Dienst tust?« fragte drängend der zweite Wächter.

»Oh, der Dienst ist unentgeltlich, wie Gottes Werke kostenlos sind.« Schließlich gab Fresenius – gnädig – nach weiterem Bitten und Betteln der Wachleute nach. »Nun gut. Ich werde das Gerüst überprüfen und zur Sicherheit die Nacht darunter verbringen. Dann könnt ihr gewiß sein, daß Satan keinen Zugang findet.«

Fresenius wollte sich bücken und unter den Holzbalken hindurchschlüpfen. »Halt«, sagte da ein Wächter, »was sind das für viele Krüge, die du mit dir trägst?«

Fresenius grinste. »Ich dächt', die Krüge sind euch nicht fremd, der Inhalt hat mir eben einen hübschen Rausch beschert.«

»Laßt sie nur bei uns«, sagte der Wächter mißtrauisch.

»O nein, das wäre dumm, denn in den Krügen kann ich den Teufelsschiß auffangen, falls der Leibhaftige schon sein Unwesen treibt. Ihr wißt, wie giftig diese Ausdünstungen Satans sind. Das hier«, er schwenkte seine eiserne Faust, »verdanke ich einem hochheiligen Exorzismus, bei dem mir der Dämon in die Faust fuhr und sie samt Fleisch und Knochen einfach verbrannte.«

Die Wachleute kratzten sich die Schädel und überlegten, dann ließen sie Fresenius unters Gerüst krabbeln und eilten hinüber zur Rathaustreppe, um fern von Tod und Teufel ihr Würfelspiel fortzusetzen. Sollte der kräftige Mönch sich mit dem Satan allein herumschlagen, das war schließlich seine Aufgabe.

Der Nachtwächter drehte seine nächste Runde. Singend mahnte er die Leute, die Feuer zu löschen und Ruhe zu halten. Die Wächter nickten ihm stumm zu, einen Gruß entboten sie nicht. Man hielt nicht viel von Gesellen, deren Arbeit immer bei Finsternis stattfand, auch dies eine Folge des Teufelsglaubens.

9.

»Ich mein, daß kein Teufel mehr in der Hölle sei,
sondern allzumal in die Bauern sind gefahren.
Drum, liebe Herren, erlöset hie,
rettet hie, helft hie! Erbarmet Euch der armen Leut!
Steche, schlage, würge sie, wer da kann.
Unerträglich ist Aufruhr.«

Martin Luther, Mai 1525

Im Heerlager am Ufer der Unstrut war an Ruhe nicht zu denken. Seit dem Morgen kreisten die Bierkrüge, die Troßweiber hatten in mächtigen Bottichen die Galganwurzel mit Honigseim angesetzt und ihr kräftiges Grutbier gebraut. Immer noch war der Siegeszug zu feiern, und ein beständiger Rausch half auch, das Schreien und Flehen der Gefangenen und Verwundeten zu ertragen. Die Dirnen suchten und fanden ihre flüchtigen Liebhaber und lockten sie zum Flußufer, wo die bezahlte Lust im Gebüsch dem Gesetz nach gebilligt wurde. In späteren Jahren sollten die Freudenhäuser darum Bordelle heißen, der Name erinnerte an die Anfänge der käuflichen Liebe am »bord d'eaux«, dem Flußufer.

Hans war es recht mulmig zumute, als er sich in der Verkleidung des Possenreißers und Spielmanns unter die Landsknechte mischte. Er bemerkte wohl, daß einige andere Sänger, Gaukler oder Jongleure, deren Vortrag keinen Anklang fand, gefangen und mit brennenden Fidibussen an den Fersen unter Gejohle aus dem Lager in den Fluß gejagt wurden.

Die Söldner neigten zu handfesten Scherzen, nachdem sie den Tag damit verbracht hatten, die gefangenen Bauern auf alle erdenkliche Weisen zu quälen. Abgeschnittene Ohren hatte Hans im faulenden Abfall hinter den Zelten entdeckt.

Nun gut, in früheren Zeiten waren das Unterpfänder für Kopfjäger gewesen, die, um ihren Beutepfennig zu kassieren, den Toten abgeschnitten und den Herrn vorgelegt werden mußten. Aber in diesem Moment noch die Leichen verstümmeln? Das war schierer Mutwillen. Die Rache der Herren war maßlos. Hans zitterten alle Glieder, seine Pausbacken waren merkwürdig blaß.

Längst galt nicht mehr das alte Gesetz Mose, das lediglich »Auge um Auge, Zahn um Zahn« forderte. Einem Dieb die räuberische Hand abtrennen, nun gut, das entsprach dem Willen Gottes. Einem, der seinem Nachbarn das Haus über dem Kopf angezündet hatte, selbst die Habe zu verbrennen, das war rechtens. Das hatte Maß und Ziel, daran zweifelte niemand, auch nicht Hans. Doch so maßvoll wurde unter den Bauern nicht gerichtet.

Sie alle wurden bis aufs Blut gequält und ohne Ansehen ihrer tatsächlichen Verbrechen in schärfster Form gerichtet. Wo solche Zügellosigkeit herrschte, konnte einem auch ein falsch gesungener Ton zum Verhängnis werden. Die Söldner hatten Blut geleckt und waren nun nicht mehr zufriedenzustellen. Es waren rohe Gesellen.

Hans verlegte sich deshalb auf derbe, zotige Lieder, die von verwerflichen Liebesspielen zwischen Ochs und Hirten oder tumben Bauern, die sich wie die Hunde den Dirnen von hinten näherten, und ähnlichen Sünden handelten. Es paßte zur Laune der Kriegsschar.

Der Rabe Hesekiel tanzte dazu auf einem Bein auf Hans' Schulter und stimmte bei besonders deftigen Stellen, die er wohl am steigenden Tempo erkannte, ein verächtliches »Quä, Quä« aus.

Erleichtert bemerkte Hans, daß solche Gesänge sehr willkommen waren. Man warf ihm bereits halb abgenagte Ferkelschlegel und sogar einige Pfennige vor die Füße, doch er hütete sich, sie aufzulesen, denn ein beliebtes Spiel war es, dem gebückten Bettelsänger einen festen Tritt zu verpassen, auf daß er ins Feuer fiel und sich kräftig das Haar versengte.

Märthe hatte den Bauern Rufus, der von seinem Lauschgang merklich erschöpft zurückgekehrt war, überredet, über Marie zu wachen. Beide ließ sie gut verborgen und eine halbe Stunde vom Lager entfernt im Flußdickicht zurück. Dann hatte sie den rumpelnden Faßkarren gepackt und zum Uferweg hinaufgezerrt. Mit großem Kraftaufwand schob sie ihn nun auf das Lager zu.

Leise wie die Katzen schlichen derweil Sebastian und Katharina, die sich beide Gesicht und Beine geschwärzt hatten, um vollends mit der Dunkelheit zu verschmelzen, am Flußufer durchs Dickicht. Ihr Feind war der immer noch recht runde Mond, der die Unstrut silbern schimmern ließ und auch für gute Nachtsicht sorgte.

Je näher sie dem Lager kamen, desto vorsichtiger mußten sie sein, denn in den Büschen tummelten sich nun Huren und wollüstige Söldner. Katharina sah so manchen blanken, wippenden Hintern vor sich aufleuchten und biß sich auf die Lippen, um nicht laut aufzulachen, so komisch sah das aus, und so häufig ging das unzärtliche Liebeswerben in Rülpsern unter.

Sebastian, der voranschlich, errötete hingegen in der Dunkelheit. Wiewohl ihm die fleischliche Liebe nicht fremd war – er dachte an die Szenen in der engen Hütte seiner Eltern –, schien ihm dieses Getümmel unschicklich. Noch unschicklicher schienen ihm seine davon ausgelösten Gedanken an Katharina, die nur wenig hinter ihm durchs Gebüsch kroch.

Bald hatten sie unbehelligt das Lager erreicht. Forschend ließen sie ihre Blicke über das große, lärmende Zechgelage schweifen. Es ging wohl bereits auf Mitternacht, die Heerführer verzichteten anscheinend auf einen Zapfenstreich, um die Krieger bei Laune zu halten. Um das größte Feuer scharten sich immer mehr Trunkenbolde und Weibsleute. Sie kauerten und lagerten auf dem nachtfeuchten Gras. Katharina machte Sebastian ein Zeichen, indem sie den rechten Daumen hob. Ja, inmitten dieses Kreises griff Hans tapfer und mit beachtlichem Erfolg in die Saiten.

Zur rechten Seite hin wurden die Feuerstellen kleiner. Da lagerten die bereits besinnungslos Trunkenen und schnarchten kräftig ihren Met- und Weinrausch aus. Einige, die den Kopf noch gerade trugen, taten Wachdienste, denn ein jeder wußte, daß im Troß neben Huren, Spielleuten und Bettlern auch Diebesgesindel mitreiste, das solche Feste gerne nutzte, um leichte Beute zu machen.

Diese Wachleute galt es geschickt zu umgehen, um zu dem Pferch zu gelangen, in den man die Gefangenen gesperrt hatte. Märthe wollte die Söldner mit ihrem billig feilgebotenen Wein, dem sie Baldrian, Opium und ein geheimes, stark abführendes Kraut beigemischt hatte, außer Gefecht setzen. Sebastian sah sie mit dem Faßkarren über die steinige Wiese bereits zu den Feuern rumpeln.

An den groben Zäunen rings um das Gefangenenlager lehnten noch fast nüchterne Landsknechte, denen nur ein Maß Bier zu jeder Mahlzeit erlaubt war und die scharf aufpaßten.

Diese Wachmänner sollte die schöne Katharina in der Maske der lästerlichen Hure ablenken. Eine gefährliche Pflicht, falls einer der Soldaten sich ernsthaft in sie vergucken und ihre Dienste einfordern würde.

Sebastian sollte die Nachhut bilden, um im geeigneten Moment unbeobachtet das Gatter zu öffnen und so viele Bauern wie möglich in die Freiheit der Nacht zu entlassen. Märthe wollte derweil ihren Wein verteilen und schließlich ein Wehgeschrei über eine entwendete Börse anstimmen, so daß der Großteil der Leute abgelenkt wäre.

Märthe kam gut voran, keiner der Halbbetrunkenen widerstand ihrem günstig angebotenen Trank. Immer wieder reichte sie ihre Trinkschale an Durstige weiter, die alsbald in tiefen und unverdient seligen Schlummer verfielen. Am Morgen würde es ein böses Erwachen mit brummenden Schädeln und starkem Magengrimmen geben.

Auch Hans machte seine Sache weiterhin gut, so daß Katharina schließlich mit feuchtem Gras Gesicht und Arme reinigte, ihre Röcke raffte und durchs Gebüsch die Böschung hinaufkletterte. Mit schnellen Schritten schlich sie dann an den kleinsten Feuerstellen vorbei und stieg vorsichtig über die leblos wirkenden Körper der Schlafenden. Märthe winkte ihr aus der Ferne zu. Schließlich straffte Katharina den Rücken, verlangsamte den Schritt und schlenderte mit wiegenden, breiten Hüften auf das Gefangenengatter zu. Große Pechfackeln staken im Boden und leuchteten die Nacht hell aus.

Ein Landsknecht trat mit festem Tritt auf die vermeintliche Dirne zu und bellte grimmig. »Scher dich fort, liederliches Weib! Hier hast du nichts zu suchen.« Unbeirrt schürzte Katharina noch weiter die Röcke und legte ihren Kopf schief. Sebastian beobachtete es vom Gebüsch aus mit großem Zorn. Das Mädchen zeigte nun schon fast die blanken Knie. Was für eine Sünde! Nur mit Mühe konnte er sich zurückhalten, nicht nach vorne zu stürzen und Katharina von dem Kriegsknecht wegzureißen.

Der zeigte weiter nur Zorn und Mißbilligung. Katharina tänzelte in den Lichtkegel der Pechfackel an seiner Seite, und endlich fing der Söldner Feuer. Beim Teufel, dieses Weibsbild war auch gar zu schön, das sah er sogar durch die Schmutzreste hindurch, die ihr Gesicht bedeckten. Nie hatte er bei einer Dirne so weiße Haut und solch schwellende rote Lippen gesehen. Auch ihr Busen war fest und prall, fast könnte man meinen, sie sei eine Jungfrau, so rein wirkte sie bei dem koketten Spiel, das sie trieb. Und ihre weißen Beine erst, nie hatte er bei einer billigen Lagerhure so wohlgeformte Fesseln gesehen, geschweige denn solch glatte Haut, ganz ohne Pokkennarben, Schrammen und Ausschläge. Bei anderen Frauen freilich auch nicht, die letzte, die er in einem Weiler bei Frankenhausen genommen hatte, war über und über mit Schrund bedeckt gewesen.

»Hei, du, Jörg, was will diese Sausuhle hier, treib sie fort!« Sein Wachkamerad wunderte sich nun schon lange genug darüber, daß Jörg seine Pflicht vergaß und ein Weibsbild anstarrte, als sei sie etwas Besonderes. Weil Jörg immer noch nicht reagierte, schritt er den Zaun entlang auf ihn zu. »Pack dich, elendes Weib, such dir dort drüben einen Freiersmann. Hier bist du nicht geduldet«, rief er. Doch als auch er in den Schein der Fackel trat und einen Blick auf Katharina werfen konnte, verschlug es ihm die Sprache.

»Ihr dauert mich, weil man euch gar kein Vergnügen gönnt«, gurrte Katharina und ließ ihren Oberkörper sanft kreisen, als wolle sie sich zum Tanze drehen. Dann schob sie beide Hände in ihr gelöstes Haar, fuhr mit den Fingern durch und ließ die Wellenpracht langsam zurück auf ihren Rücken rieseln. Nichts war begehrenswerter in diesen Zeiten als eine Frau mit solcher Haarpracht. Zwar galten schwarze und rote Haare immer noch als Zeichen der Sünde, doch eben dies machte die Sünde um so verlockender. Wundersame Berichte machten unter einfachen Söldnern und selbst edelsten Herren die Runde über die Freuden, die das Liebesspiel mit einer schwarzen Schönen versprach.

Katharina blinzelte den beiden verdutzten Wachmännern noch einmal zu und lockte: »Kommt. Einer kann den anderen auf kurze Zeit vertreten. Ich will dafür sorgen, daß keinem die Zeit mit mir allzu lang wird. Nun kommt, wer schert sich um diese elenden, schmutzigen Bauern. Die sind ohnehin des Todes. Ich aber biete euch das Leben mit allen seinen Freuden. Wer von euch will mich zuerst umarmen? Ich mach' euch einen guten Preis.«

Die Landsknechte tauschten kurz einen Blick, dann nickte

der, der Jörg hieß, dem anderen zu und schritt zu Katharina, die sogleich ihren Arm um seine Hüfte schlang.

Sebastian schloß im Gebüsch angewidert die Augen. Unmöglich, daß diese angebliche Melkerin noch einen letzten Rest Unschuld in sich trug. Ein verlogenes Lotterweib war sie, eine Hure und er ein Tölpel, den eine hübsche Larve über die verderbte Seele hinweggetäuscht hatte. Still schickte er ein kleines Gebet gen Himmel und bat um Verzeihung für all seine sündigen Gedanken. So innig war sein Stoßgebet, daß er eine Weile das Fauchen und Keifen wenige Meter von sich entfernt überhörte.

»Nimm deine Pranken von meiner Hüfte, du elender Drecksbeutel«, zischte da in gar nicht koketter Weise Katharina. Herrje, sie rechnete ja mit seiner Hilfe. Ungelenk sprang Sebastian auf, zerteilte das Gestrüpp neben sich und wurde Zeuge eines heftigen Ringkampfes. Der Landsknecht Jörg hatte sich über Katharina geworfen, die sich kratzend und beißend gegen seine rohen Liebkosungen wehrte. Fluchend zerrte hingegen der Kämpe an seinen Hosenbeinen und wollte sich mit Gewalt die versprochenen Freuden nehmen. Katharinas Kratzbürstigkeit steigerte nur sein Begehren, hielt er es doch für ein Teil des ungewohnten Liebesspiels. Die Sache stand heikel.

Sebastian griff nach seinem rohen Knüppel und zog dem Soldaten den Scheitel nach. Stöhnend brach der Kerl zusammen. Katharina kroch keuchend die Böschung empor.

Zischend verfluchte sie nun Sebastian. »Was zum Teufel denkst du dir, mich mit so einem rohen Kerl allein in die Büsche zu lassen. Das hätte mich leicht die Unschuld kosten können, du sturer, stummer Tölpel. Ich hätt' dir wohl mehr Witz und Feingefühl zugetraut. Sieh nur, er hat mir schon das Brusttuch herausgerissen.«

Märthes flüsternde Stimme erklang plötzlich neben ihnen und unterbrach den Streit. »Mach voran, Katharina, der zweite wird bereits ungeduldig, und bald wird die Wache abgelöst. Was treibt ihr beiden denn da nur?« Zornig blickte sich Katharina noch einmal zu Sebastian um, der ganz betreten neben seinem Prügelopfer stand und einmal mehr die Tatsache verfluchte, daß er keine Stimme hatte, um sie zu seiner Verteidigung zu erheben. Da werde einer klug aus den Weibern. Eben noch war Katharina ganz die erfahrene Hure gewesen und dann ein junges Mädchen, das wie eine Besessene um ihre Unschuld kämpfte.

Katharina hatte sich längst durch die Büsche geschlagen und schritt nun, stolz die Haare schüttelnd, auf ihr zweites Opfer zu. »Wo ist Jörg?« fragte der Wächter mißtrauisch als die schöne Frau nur noch wenige Schritte von ihm entfernt war. »Oh, nicht weit«, flötete Katharina, »er würd' sich gern zu einem zweiten Ritt bequemen und fragt nach dir.« Der Landsknecht stutzte. Was war das für ein Frauenzimmer, das sich so freizügig verschenkte, und das gleich an zwei Kerle? So sehr ihn die Vorstellung solcher Liebesfreuden lockte, widerstand er. Das ging nicht mit rechten Dingen zu.

Mit laut erhobener Stimme herrschte er die Frau an: »Du täuschst mich nicht, ich nehme an, du gehörst zu diesem Diebes- und Zigeunerpack, das uns ehrliche Leut' in eine Falle lockt und bös' bestiehlt. Oder bist du gar eine Geliebte des Teufels? Die Haare dazu hast du ja. Warte nur, wir werden dich schon festsetzen und –«, weiter kam er nicht. Ein gut gezielter Keulenhieb beförderte ihn dahin, wo seine Kameraden schon durch Märthes gefährlichen Opiumtrank vorgereist waren. Keck grinsend stand Sebastian hinter dem niedergestreckten Kerl.

Im Hintergrund nahe am großen Feuer, wo Hans sich redlich durch alle ihm bekannten Lieder spielte, ertönte nun das Zetern von Märthe, die nach Gerechtigkeit schrie: »Ich wurde bestohlen, sucht den Dieb! Ich wurde bestohlen!« Alle Köpfe wandten sich dem Trubel zu.

Der Augenblick war günstig. Sebastian und Katharina eilten auf das Gatter zu, hinter dem im Dreck und eigenen Kot die verwundeten und gefolterten Gefangenen lagen. Für viele, das sahen die beiden Retter sofort, kam jede mögliche Hilfe zu spät.

Sie verendeten wie angestochene Schweine, wälzten sich benommen unter fürchterlichen Schmerzen. Einigen hing die Haut in Fetzen von den Knochen, ihr blutiges Fleisch lag bloß. Man hatte sie mit Dornenruten und Nagelstöcken durchgepeitscht. Katharina und Sebastian rissen das Gatter auf. Sebastian zückte ein Messer und stach mit geschickter Hand den elendsten unter den Sterbenden die Kehle durch. Tränen brannten ihm bei diesem Gnadendienst in den Augen, aber er wußte, daß es so besser war. Diese Bauern hatten keine Kraft zur Flucht und kein Geld, mit dem sie den Henkern die Hand hätten salben können, um vor dem quälenden Tod auf Rad oder Scheiterhaufen mit geschicktem Griff erwürgt zu werden. Selbst im Tod waren die Ärmsten den Edelleuten nicht gleich.

Katharina gab es einen wehen Stich, als sie sah, wozu sich der sanfte Sebastian hier durchrang. Im stillen verfluchte sie sich für ihre vorangegangene Kratzbürstigkeit. Sebastian war besser als alle Männer, die ihr je begegnet waren.

Dann suchte sie unter den mehr als zweihundert Männern nach denen, die noch gehen und stehen konnten. Rasch eilte sie von einem zum anderen. »Das Tor ist offen, fliehe«, flüsterte sie ihnen zu und mußte doch enttäuscht feststellen, daß nur wenige ihre Worte begriffen, geschweige denn glaubten. So kam sie auch zu einem arg gefolterten stämmigen Mann im dunklen Predigergewand. Die Kappe mit den Ohrenklappen saß ihm schief auf dem Kopf, Schweiß und Blut mischten sich auf seiner Stirn zu einem beständigen Rinnsal.

Neben ihm hielten zwei Bauern eine Art Ehrenwache. Der Prediger lehnte mit dem Rücken am Zaun. Katharina sah, daß er mehr tot als lebendig war.

Sie hockte sich trotzdem zu ihm hin. Die Bauern, die ihn flankierten, wollten sie wegstoßen, doch Müntzer hob die Hand und murmelte: »Laßt sie gewähren, ich sehe, sie kommt in guter Absicht.«

»Flieht, gute Männer, wir haben euch das Tor geöffnet. Unten am Fluß hilft man euch weiter.«

Müntzer hob wieder müde die Hand und sagte schwach: »Laßt mich hier, ich werde den Tod als Freund begrüßen. Aber nehmt die beiden Gesellen mit, es sind wackere Diener und Christen, die etwas Besseres verdienen als den Tod.« Umsonst versuchte Katharina, in ihn zu dringen. Er selbst hatte sein Schicksal beschlossen und blieb stur bis zuletzt.

Müntzers Kopf sank schließlich kraftlos zur Seite, und die beiden Bauern weigerten sich ebenso standhaft, den Mann zu verlassen. Katharina gab auf und schlich zu den nächsten Gefangenen. Seltsame Heilige waren das alle, dachte sie ärgerlich bei sich, ihr Mut hatte die meisten ganz und gar verlassen. Wie die biblischen Lämmer ließen sie sich willig zur Schlachtbank führen. Katharina war solche Demut fremd. Warum wollten sie nicht leben? Ein leichter Regen ging nun auf die Erde nieder, dankbar hoben die Gefangenen ihre Gesichter gen Himmel. Das Wasser kühlte ihre brennenden Wunden.

Am Ende waren es wohl weniger als fünfzig Männer, die meist hinkend und humpelnd durch das Tor entwichen und in die Nacht entkamen.

Sebastian wies ihnen den Weg zur Flußquerung, dahin, wo Bauer Rufus sie empfangen und mit einigen Hellern aus Märthes Schatz ausstatten und weiterschicken würde. Das weitere Schicksal der armen Rebellen lag in Gottes Hand. Viele würden sich als Bettler in die Städte durchschlagen müssen, mehr als ihr nacktes Leben hatten sie nicht zu retten. In ihre Dörfer konnten sie nicht zurück.

Sebastian bemerkte nun, daß sich aus der Gruppe um das große Feuer einige Söldner lösten. Durch das nasse Gras stapften sie in Richtung des Gatters. Sebastian befürchtete, daß es sich um die Wachablösung handelte. Deshalb zog er den bewußtlosen Landsknecht ins Gefangenenlager, dessen Boden sich unter dem stärker fallenden Regen langsam in einen sumpfigen Morast verwandelte. Dann packte er Katharina bei der Hand und floh über die glitschige Böschung zurück ins Dickicht. Keine Sekunde zu früh, denn tatsächlich marschierten die Landsknechte mit klirrenden Sporen auf den Pferch zu und erhoben lautes Geschrei nach ihren verschwundenen Kameraden.

Unruhe kam im ganzen Lagerabschnitt auf, torkelnd erhoben sich viele Zechbrüder, auch weil der Regen immer stärker fiel. Nur die, welche Märthe bedient hatte, schliefen selig weiter. Sebastian wurde angst und bange. Was, wenn die Truppen nun das Uferdickicht durchkämmten? Einer von ihnen hatte seinen niedergeschlagenen Kameraden gerade entdeckt, tat den Mund zu einem alarmierten Schrei auf. Doch der wurde verschluckt von einem mächtigen, donnernden Knall, der lauter als jedes Gewitter war.

Einen jeden riß es herum. In der Ferne, dort, wo Mühlhausen lag, schoß eine große, blutrote Flamme in den Himmel und erleuchtete für kurze Zeit Hausdächer, Kirchtürme und Stadtmauer. Im Höllenschein des brennenden Lichts sah man Holzbalken und Räder durch die Luft fliegen. Schwach war alsbald das Läuten der Feuerglocke zu vernehmen. Verdutzt griffen diejenigen unter den Landsknechten, die noch annähernd nüchtern waren, zu ihren Waffen. Konnte es sein, daß die Aufständischen ein weiteres Nest in Mühlhausen hatten und doch noch ihr Unwesen trieben? Wo blieben die Heerführer? Mußten sie alle noch einmal gegen die freie Reichsstadt ziehen?

10.

»Mein ist die Rache, spricht der Herr.«
Altes Testament

Bruder Fresenius war recht zufrieden mit seinem Werk. Die Pulvermenge war gut berechnet gewesen, er hatte nichts verlernt. Mit einem gewaltigen Krachen hatte die Explosion das Blutgerüst in die Luft gejagt, ohne dabei allzuviel Funkenregen zu versprühen. Bruder Fresenius hatte das Pulver mit Harz versetzt, so daß sich der Streueffekt in Grenzen hielt.

Sicher, einige brennende Balken gingen nun in den Gassen nieder, doch der Großteil landete mit Krachen und Splittern wieder auf dem großen steingepflasterten Marktplatz.

Mit einer großen Feuersbrunst war schon wegen des starken Regens nicht zu rechnen, zumal die Handwerksleute eifrig nach Wassereimern liefen und eilends löschten. Fresenius dankte dem heiligen Petrus für seinen Beistand.

Nach kurzer Benommenheit hatten sich auch die beiden Galgenwächter, die durch den Feuerstoß gegen die Rathaustür geschleudert worden waren, wieder aufgerappelt und betrachteten nun voll Entsetzen die Bescherung.

Nein, auf diesem Platz würde morgen keiner hingerichtet werden. Welch ein Glück, daß sie selbst noch unter den Lebenden weilten. Aber ihnen drohte für ihre nachlässige Arbeit eine saftige Strafe, eine Geldbuße zumindest, wenn nicht gar eine ordentliche Stäupe mit Ruten und Peitsche. Dagegen half nur eins, behaupten, der Teufel habe da seine Hand im Spiel gehabt. Ein Teufel im Mönchsgewand, der ihnen die Sinne benebelt habe.

Ja, darauf einigten sich die beiden Stadtdiener flink und

schworen sich, gegenseitig den Treueeid für den andern zu leisten. Damit kamen sie vielleicht ungeschoren davon.

Fresenius tauchte, während auf dem Markt immer mehr Menschen zusammenliefen, unbemerkt in die winkligen Handwerkergassen ab. Wasser lief ihm von hinten in die Kutte, seine Füße waren bald von nassem Kot bedeckt. Er achtete nicht darauf, sondern eilte weiter.

Seine anfängliche Zufriedenheit wich nun bangen Zweifeln, die er über die unruhigen, hektischen Vorbereitungen der letzten Stunden beiseite geschoben hatte.

Gut, der Richtplatz war zerstört, doch die Schwerter geschärft und Müntzer gewiß noch in Haft. Seufzend machte er sich auf zum Stadthaus, wo er den Prediger vermutete. Mit einem letzten Krüglein Pulver wollte er, sich die allgemeine Unruhe zunutze machend, den großen Führer freisprengen. Möge Gott ihm beistehen.

Bruder Fresenius ahnte nicht, daß in Müntzers Zelle ein ganz anderer Gast lag.

Mit gerunzelter Stirn betrachtete Claudius, der vor das Tor des Gasthofes geflohen war, die bereits versinkende Feuersbrunst. Da hatte ein geschickter Teufel mit den Elementen gespielt. So gezielt einen Brand zu legen, das bedurfte hoher Kunstfertigkeit, wie sie vielleicht die Schüler des Doktor Faustus beherrschten, aber keiner, der nur mit rechten Dingen umging. Mit einer Fußspitze schob er einen glimmenden Holzspan beiseite in eine mächtige Pfütze. Das Richtgerüst vernichtet und die Stadt geschont. Verächtlich betrachtete Claudius die aufgeregt herumlaufenden Bürger – was für ein unwissendes Pack! Was sollte ihr Wehgeschrei und Gejammer, niemand war zu ernstem Schaden gekommen. Ja, so wollte auch er Krieg führen, gezielt gegen alle Feinde, doch das schonend, was noch von Wert war.

Was sollte dieses sinnlose Morden und Brennen der Herren, sie zerstörten dabei ja nur ihren eigenen Lebensgrund. Warum auch den dümmsten und harmlosesten Bauern aufknüpfen, statt ihn wieder hart in die Fron zu nehmen, auf die Felder zu schicken und dann die Früchte seiner Arbeit genießen, gar damit handeln, um Geld zu erwirtschaften. Der Adel war größtenteils nicht klüger als die ihm verhaßten Knechte.

Claudius war froh, daß der Ritter von Bogenwald im fürstlichen Feldlager weilte. Wäre er in den Stadtmauern verblieben, so wäre er nun sicher schon auf seinem Pferd und mit gezücktem Schwert durch die Gassen gesprengt, um niederzuhauen, was noch herumrannte. In blindem Zorn und ohne die Ursache der Brandstiftung zu bedenken.

Claudius puffte den Wirt beiseite, der mit einem weiteren Eimer Wasser auf ein harmloses Feuerchen vor dem Tor zueilte und ihn dabei versehentlich anrempelte. Der Wirt fand Zeit, demütig um Verzeihung zu bitten, hob den hingefallenen Eimer auf und rannte erneut zum Brunnen.

Konnte Märthe hinter dieser listigen Zerstörung stecken? Das Wissen dazu hatte sie. Und doch war solches Spektakel nicht nach ihrer Art. Sie hatte sich ganz der Alchimie verschrieben, kannte gute und böse Arzneien. Gift und Krankheit konnten ihre Waffen sein, aber nicht das Feuer der Hölle. Jemand anders mußte dahinterstecken, und das konnte nur ein militärisch geschulter Mensch sein. Ein gefährlicher Mensch und gewiß ein Gegner der Herren.

Claudius rieb sich die klammen Finger, der Saum seiner reinen Kutte hatte sich vollgesogen mit dem schmutzigen Regenwasser. Angewidert betrachtete er den schmutzigen Stoff. So häßlich sein Vogelantlitz auch war, eitel blieb er, wenn es um seine Erscheinung ging. Vergeblich versuchte er, die Kutte vor weiterer Verschmutzung zu schützen. Seine Laune sank, auch weil ihm der Gedanke an einen möglicherweise ebenbürtigen Gegner, der die Rache als kaltes Gericht genoß und nicht mit heißer Gier, verstörte.

Das waren Menschen, die ihm und dem Ritter von Bogenwald gefährlich werden konnten. Blieb zu hoffen, daß der Brandstifter nur dieses eine Ziel gehabt hatte: die Hinrichtungen in Mühlhausen für kurze Zeit zu unterbinden.

In diesem Moment erhob sich ein großes Gelärme vom Stadttor her. Die Wachleute des braunschweigischen Landesherrn öffneten die schweren Eichenflügel. Herein stob eine etwa hundert Mann starke Söldnertruppe, allen voran der Ritter von Bogenwald. Stolz und prächtig sah er aus auf seinem hochgezäumten Rappen, seine Augen funkelten wild und zornig, er blickte sich um und entdeckte im letzten Feuerschein den Dominikaner vor der Herberge.

Dem Trupp befahl er, die Gassen zu durchkämmen und verdächtigen Pöbel festzusetzen, dann lenkte er sein Pferd auf Claudius zu.

»Was ist das für ein Streich, Claudius? Kennst du die Ursach?« brüllte er.

»Nein, edler Ritter, aber die Folgen kann ich Euch nennen. Das Blutgerüst ist zerstört. Der Scharfrichter kann morgen also nichts ausrichten.« Der Ritter wandte sich um und betrachtete das Ausmaß der Zerstörung.

»Da hat jemand falsch gerechnet. Die Hinrichtungen werden wir vor der Stadt vornehmen. Sollen sich die reichen Bürger ruhig nach draußen bequemen und ihre feinen Kleider beschmutzen. Dem Scharfrichter wird's eins sein, wo er sein Schwert sausen läßt. Der Henkersblock ist bereits aufgestellt, die Galgen werden noch vor Morgengrauen gerichtet sein, an Stricken soll es nicht mangeln. Ich werde die letzten Gefangenen aus dem Stadthaus holen. Haben sie eben noch einen feuchten Fußmarsch vor sich. Was für ein Narr, dieser Brandteufel!«

Claudius nickte zwar, als der Ritter seinem Pferd die Sporen in die Flanken hieb, doch war er nicht überzeugt, daß der Feuerleger wirklich nur ein Narr war. Immerhin hatte er ein Zeichen gesetzt. Mit dem Widerstand der Aufrührer war noch zu rechnen, auch wenn er nur aus dem Hinterhalt kam. Im ganzen Land boten die Fürsten genug Schwachstellen, ein geschickter Kämpfer würde sie finden und einigen Herren noch ordentlich die Hölle heiß machen. Nur ihm selbst sollte dieser Fuchs besser nicht in die Quere kommen.

Bruder Claudius nickte grimmig. Auch er verfügte noch über Finten und Waffen, die einem einfachen Krieger fremd, aber äußerst wirkungsvoll waren. Und Märthe? Nun, die sollte lieber weiter mit ihren Kräutern und Essenzen hantieren, von ihr würde er sich nicht an der Nase herumführen lassen. Von dieser Conclusio besänftigt, ging er über den Hof zurück zu seiner Kammer. Den neuen Stallburschen wies er an, ihm heißes Wasser zu machen, ihn drängte es danach, sich ordentlich zu reinigen und eine neue Kutte anzulegen.

Fresenius hatte Glück. Die Unruhe in der Stadt hatte auch die Wachmänner vom Stadthaus nicht kalt gelassen, sie waren zum Markt oder zu den Brunnen geeilt, um zu retten, was zu retten war. In der Stadt hatte ein jeder einen Brand zu bekämpfen, denn sprangen die Funken erst einmal munter von einem Strohdach zum nächsten und fraßen sich die Flammen in das Balkenwerk der Fachwerkhäuser, dann verlor ein jeder, was er besaß. Diese Furcht war auch den Wachleuten näher als die Beaufsichtigung der armen Kreaturen, die in ihren Kerkern lagen. Sollten sie doch verschmoren, falls das Feuer nicht aufzuhalten war. Die Wächter selbst eilten zu ihren Unterkünften, um sie vor dem Feuer zu schützen.

Fresenius stieg also ungehindert die Steinstufen herab. Auch die Zwischentüren und Gitter zum Zellentrakt waren geöffnet, die Söldner hatten bei der Flucht ihre Sorgfaltspflicht vernachlässigt. Gut, daß er ein letztes Krüglein Pulver aufgespart hatte, um nun die Zellentüren zu sprengen. Mit fliegender Kutte eilte er auf Müntzers Verließ zu. Er hielt sich nicht damit auf, durch die Luke nach dem malträtierten Menschen zu schauen. Sprengen und dann weg. Vorsichtig verteilte er die geharzten Pulverklümpchen längs den Zellentüren, der einen, hinter der sich Müntzer verbarg, und vor den anderen, hinter denen im feuchten Stroh die gemeinen Diebe und gewöhnliche Mörder auf Bestrafung warteten.

Sollten sie nur gleich mitfliehen. Es war ohnehin alles eins, was sollte es, wenn auch ein Strauchdieb entkam. In dieser Zeit lagen wahrscheinlich ohnehin mehr Aufrührer als ernste Strolche gefangen. Als das Pulver verteilt und das nächstliegende Stroh rasch beiseite gekehrt war, zog Fresenius zwei letzte, sorgsam mit Salpeter und Schwefelspan präparierte Zündschnüre aus seinem Gewand, drückte sie in das Pulverharz und führte sie auf dem Boden entlang bis auf die Steintreppe. Dann hielt er einen Holzspan in eine Wandfackel und wollte die Schnüre in Brand setzen.

Sporenklirren auf den oberen Treppenstufen riß ihn herum. Eine mächtige Gestalt im Eisengewand, von dem Licht aus der Gasse unheimlich beleuchtet, schaute auf ihn herab.

»Hab' ich dich, du Schmierlapp! Willst ein weiteres Feuerchen legen?« Der Ritter von Bogenwald genoß die Situation, da saß dieses feurige Mönchlein wie eine Maus in der Falle. Die Gefangenen waren also sein Ziel gewesen. Mit Genugtuung erkannte der Ritter, daß der Pfaff nun zitterte. Mit Schwung zog er sein blankes Schwert und stieg langsam die Treppe hinab, um jeden Moment der wachsenden Furcht auf dem Gesicht des Schurken zu genießen.

Fresenius stand wie gelähmt. Nichts, aber auch nichts hatte er zur Hand, um sich einem Zweikampf mit dem geübten Ritter zu stellen. Fürwahr, der Kerl hatte recht mit seinen höhnischen Reden. Nun hatte sein letztes Stündlein geschlagen. Und wenn dem so war, so hatte Gott es beschlossen. Die Rettung Müntzers war gescheitert. Fresenius wollte seinen

Frieden mit dem Allmächtigen machen und sank auf die Knie. Das, so glaubte er, war nun seine gerechte Strafe, da er seinen Schwur gebrochen und wieder Waffen – wenn auch kein Schwert – benutzt hatte.

»Willst du um Vergebung betteln? Erspar dir die Mühe. In kurzer Zeit trittst du dem Leibhaftigen entgegen, er wird dir ein Fegefeuer schüren, dagegen ist dein kleiner Brand müßiges Kinderspiel.« Nur noch vier Stufen waren der Ritter und sein blitzendes Schwert entfernt. Bruder Fresenius senkte sein Haupt mit dem grauen Haar. Sollte der Mann ruhig seinen Hieb tun, sein Schicksal lag in Gottes Hand.

Nicht ganz. Denn in diesem Moment mischte sich das Sporenklirren des Bogenwaldlers mit dem Geräusch weiterer Schritte. In wenigen Sprüngen war ein anderer die Treppe hinab, und sein Schwerthieb traf den Helm des Bogenwaldlers mit überraschender Wucht. Der Ritter stürzte die Stufen herab und wäre auf Fresenius gefallen, wenn dieser nicht im letzten Moment beiseite und dem Tod von der Schippe gesprungen wäre.

Verwundert rappelte der Mönch sich hoch. Ein weiterer Ritter stürzte auf ihn zu, doch einer von weit anderer Gesinnung. Mit befehlsgewohnter Stimme wies er den Kirchenmann an: »Fahre fort mit deinen Feuerkünsten, ich halte dir die Verfolger vom Leib, aber mach nicht zu lange, am Fuße der Treppe kann ich nicht viel ausrichten. Voran, voran!«

Mit immer noch zitternden Fingern entzündete Fresenius einen weiteren Holzspan und gab der Lunte Feuer. Mit munterem Zischen und Funkensprühen fraß sich die Flamme zu den Pulverharzkugeln durch.

Ein dumpfer Knall, das mächtige Splittern von Holz, das Bersten von Eisenbeschlägen. Schon lagen die Zellen offen. Qualm strömte durch die Gänge. Hustend und nach Atem ringend stolperten drei Leute in den Nebel.

Fresenius rief sie an und forderte sie auf, ihm zu folgen. Sie gehorchten und folgten der Stimme, blind vom beißenden Pulverdampf. Der Ritter auf der Treppe war schon die Stufen hinaufgesprungen und wartete am Aufgang. Die vier Männer eilten ihm nach.

Doch so leicht war ihr Entkommen nicht, denn im Torbogen zum Stadthaus trafen sie auf fünf Reiter, die rasch von ihren Pferden sprangen und mit gezückten Waffen auf die Entkommenden zurannten, die suchten Schutz hinter dem Rücken des Ritters. Der bewies nun seine Kühnheit und einen kühlen Kopf.

»Gut, daß ihr kommt, Leute. Gerade noch konnte ich die Gefangenen raushauen. Unten wartet einer, der sie befreien und ihnen zur Flucht verhelfen wollte. Ich werde sie ins Feldlager schaffen. Setzt ihr mir diesen Rebellen unten fest.« Er sprach mit klarer, lauter Stimme, und die Söldner erkannten im Schein der Torfackeln, daß hier ein Edelmann zu ihnen sprach. Zwar war er ihnen fremd, doch da der Bogenwaldler gerade nicht zugegen war, beugten sie sich den Befehlen dieses Ritters.

Mit lautem Waffenklirren rannten sie zur Treppe. Blitzschnell stieß der vermeintliche Führer nun die drei Gefangenen, von denen er einen herzlich begrüßte, und den Mönch in die Gasse, bestieg sein eigenes Pferd, einen apfelgrauen Schimmel, und hieß die anderen zwei, Pferde der Landsknechte zu nehmen.

»Eilt euch! Du, Michael, hilf dem Mönch aufs Pferd, er ist sicher kein geübter Reitersmann. Ihr anderen folgt mir bis vor die Stadtmauern. Danach will ich nichts mehr mit euch und euren Schandtaten zu schaffen haben. Schlagt euch selber weiter durch, wer immer ihr seid. Gott möge mir vergeben, wenn ich einem Mordbuben zur Freiheit verholfen habe.«

Damit wandte Graf von Traubstedt geschickt seinen Schimmel und sprengte voran auf das Stadttor zu. Landsknecht Michael wollte die Arme um Fresenius legen, doch der schwang sich trotz seines beachtlichen Alters und trotz der Eisenkralle behende auf das Pferd. Michael schaute mißtrauisch zu ihm hinauf. Das sollte ein Mönch sein? Fresenius bemerkte es nicht, ihn bekümmerte, daß Müntzer nicht unter den Befreiten war, griff zu den Zügeln und hieb dem Pferd seine Sandalen in die Flanke. Die Geflohenen folgten seinem Beispiel.

Einer von ihnen sprach ein Dankgebet zum Himmel. »Herr, du hast mich errettet aus tiefster Not. Ich will in Zukunft Buße tun, dafür, daß ich wegschaute, als der böse Mönch das Weib Susanna verschleppte.«

Hinter den davongaloppierenden Pferden erhob sich nun ein Geschrei, die Landsknechte hatten den Bogenwaldler mit schwerer Kopfwunde entdeckt und sofort bemerkt, daß sie vor dem Tor einem Betrüger aufgesessen waren. Zu spät erreichten sie allerdings den Eingang. Ihre Pferde und die Gefangenen waren verloren. Die Torwächter hörten in der allgemeinen Unruhe nicht auf das Geschrei und ließen den Grafen und seine seltsame Schar passieren.

Der Stumpf schmerzte wieder gewaltig, doch Rufus achtete nicht darauf. Wohl an die fünfzig Bauern hatte er mit Hellern und Pfennigen aus Märthes Beutel ausgestattet und ihnen Glück auf ihrem Weg durch die Unstrut gewünscht. Der merkwürdige Knall in seinem Rücken hatte ihn nicht ablenken können, auch wenn einige Bauern entsetzt ins Wasser gesprungen waren. Immerhin Marie durchschlief selig den Tumult, wahrscheinlich hatte Märthe ihr vorausschauend ein Schlafkraut ins Bier gemischt.

Nun sank der Bauer erschöpft zurück. Doch eine lange Ruhe war ihm nicht vergönnt. Märthe, Katharina und Sebastian zwängten sich durchs Gestrüpp, und die Alte drängte zum Aufbruch.

»Schnell, wir dürfen hier nicht bleiben und den Verfolgern gar den Weg zu den Entflohenen weisen.«

»Aber wohin willst du«, fragte Katharina, »etwa zurück ins Lager?«

»Nein, in die Stadt. Wo bleibt nur dieser Hans? Seine Dienste sind im Lager gewiß nicht mehr gefragt.« Unruhig spähte Märthe nach den Büschen. Und richtig, in diesem Moment kündigte ein freches Krächzen Hesekiels den munteren Spielmann an.

Kaum erreichte Hans das mit Flußkieseln bedeckte Ufer, als Märthe schon Marie packte und flußabwärts eilte. Bauer Rufus rappelte sich, gestützt von Katharina, hoch. Hans und Sebastian folgten achselzuckend.

Als sie sich aus der Sichtweite des Lagers entfernt hatten, erklomm Märthe die flache Böschung. Sie übergab die schlafende Marie ihrem Bruder, der das kleine Bündel zärtlich an sich drückte. Sie hatten es geschafft. Sie hatten es tatsächlich geschafft. Auch wenn nur wenige geflohen waren. Sie hatten ihre Aufgabe erfüllt und den Sturm der Herren ein wenig eingedämmt.

Von Norden her schritt Märthe nun auf Mühlhausen zu, das im Schein des verlöschenden Feuers gut zu sehen war. Rufus und die anderen stutzten. War das etwa auch Märthes Werk? Sie trauten der zaubermächtigen Frau nach dem letzten Abenteuer so ziemlich alle Wunder zwischen Himmel und Erde zu. Doch Märthe war zu keiner Erklärung bereit, sondern eilte weiter. Schließlich erreichten sie die Straße, die zu den Stadttoren Mühlhausens führte.

Hier ging es zu, als würde ein Markttag abgehalten. Landsknechte ritten in eilendem Galopp zwischen Stadt und Feldlager hin und her, einige Bürger waren vorsichtshalber mit Ochsen- und Schubkarren aus der Stadt geflohen. Märthe hielt nun am Wegesrand inne, legte ihr kleines Bündel auf die Erde und nahm darauf Platz.

Was war das nun wieder?

»Frau, seid Ihr irre? Wir können doch hier nicht sitzen und

darauf warten, daß ein Landsknecht uns aufgreift«, schimpfte wütend Hans. Hesekiel pickte ihm zur Strafe kurz in die Schulter. »Au, du Biest, darf man deiner Herrin keine Frage stellen?«

Auch Katharina runzelte nun die Stirn. Warum begaben sie sich mitten ins feindliche Gebiet? Sie waren – auch ohne erkannt zu werden – eine äußerst verdächtige Truppe. Noch sprengten die Krieger auf ihren Pferden vorbei, alles war in Bewegung, aber was, wenn einer von ihnen innehielt und peinliche Fragen stellte? Ihr, Katharina, wäre keine Antwort eingefallen auf die Frage, was sie hier zu suchen hätten. Ängstlich blickte sie zu Sebastian herüber, doch der schien gelassen und liebkoste seine kleine, schlafende Schwester.

Märthe schwieg. Dann spähte sie plötzlich nach zwei herannahenden Pferden. »Da sind sie. Recht pünktlich, möchte ich meinen.« Märthe erhob sich von ihrem Bündel, überquerte an rumpelnden Karren vorbei die Straße und stellte sich den beiden Rossen in den Weg.

Der Vorreiter zurrte die Zügel und ließ sein Pferd anhalten.

»Seid gegrüßt, lieber Graf Traubstedt. Ich sehe, Ihr habt gute Pferde erbeutet. Nehmt Ihr Marie nach vorne in den Sattel. Auf dem zweiten kann der Landsknecht seinen Sitz für den Bauern freimachen, mich dünkt, das Mönchlein hinter ihm hat Mumm und Kraft genug, das Pferd in leichtem Trab zu halten.«

Sprachlos blickte Graf von Traubstedt auf die freche Märthe herab. Ihm fehlten die Worte ob soviel Dreistigkeit. Dann fiel sein Blick auf die am Straßenrand wartende Gruppe. Wie die Gecken sahen die aus, also hatten sie sich wirklich in diese vermeintlich göttliche Gauklerschar verwandelt.

Allein, Eile war geboten, also setzten der Graf und Michael ab und taten, wie ihnen Märthe geheißen hatte. Der Edelmann konnte schlecht die kleine Marie schutzlos den

Verfolgern überlassen. Und überhaupt, nun hatte er sich schon mit einem brandstiftenden Mönch eingelassen, seinen falsch bezichtigten Landsknecht vor dem Tod gerettet – er war so tief gesunken, gemessen an allem, was Gesetz und Ordnung forderten, da konnte er gleich weiterziehen auf dem Weg zur Hölle. Außerdem gefiel ihm insgeheim die Verantwortung, die er zu übernehmen hatte.

Bald waren die Pferde beladen. Märthe wies den Weg aufs Feldlager. Da riß dem Grafen denn doch die Geduld.

»Wie, Ihr wollt uns mitten in die Reihen der Feinde führen? Ihr seid wahrhaftig des Teufels, da können wir uns ebensogut gleich ins eigene Schwert stürzen.«

Ein herannahender Reitertrupp verbot jedoch weitere Dispute, die Schar setzte sich in Bewegung. Als sie die Stadtmauern weit hinter sich gelassen hatten, verließ Märthe wortlos die Straße. Über Stock und Stein ging es nun auf eine Waldung zu. »Hier«, sagte Märthe, »werden wir einen einigermaßen sicheren Weg finden.«

Der Bauer, der erschöpft in den Armen des Mönches hing, richtete sich kurz auf. »Welchen Weg wollt Ihr gehen? Wir müssen bleiben, noch ist Müntzer nicht verloren. Ich habe selbst gehört, daß er nicht feige widerruft. Wir müssen ihn retten vor dem weltlichen Gericht.«

Märthe schritt weiter aus und sagte nichts, bis sie den Schutz des Waldes erreichten, der einem jeden normalen Menschen zu anderer Zeit als ein nächtlicher Vorhof der Hölle erschienen wäre. Doch was zählten nun die Geschichten von reißenden Werwölfen, zornigen Hexen und unheimlichen Gnomen? Die Gefahr lag außerhalb, eine mächtige Gefahr.

Kurz hinter der ersten Waldgrenze hieß Märthe den Trupp anzuhalten. Der Bauer war nun ganz aufgeregt und erhob erneut Einspruch gegen eine Flucht, die sie weit vom Lager und der Richtstätte wegführen würde. Der Graf schwieg mürrisch, immer noch nicht ganz entschlossen, wohin er sich nun wenden sollte.

Märthe sprach jetzt zu den Leuten. »Mönch, ich grüße dich. Mir scheint, einen wie dich können wir gut brauchen. Du verstehst dich auf den Umgang mit Pulver und Feuerwerk. Meine Elemente sind das nicht, aber gut, wir werden sie vielleicht einmal nutzen können.«

Fresenius lauschte stumm, mächtig war die Erinnerung an die liebliche Frauenstimme, die ihn aus seiner Zelle gelockt hatte. Das alte Weib sprach mit eben dieser Stimme, wenngleich ihr Gesicht das glatte Gegenteil von dem war, was er sich dazu ausgemalt hatte. Bei Gott, war diese hier häßlich. Häßlich wie eine Zaunreiterin, eine Hagazussa oder Hexe, wie es im Volksmund hieß.

Bauer Rufus meldete sich wieder zu Wort: »Ich will nit wissen, was dieser römische Pfaff hier zu schaffen hat. Aber den Müntzer, den müssen wir da raushauen. Frau Märthe, Ihr könnt das bewerkstelligen. Gott ist mit uns, das hat die Nacht gezeigt.«

Der Mönch, in dessen Armen der Bauer immer noch ruhte, schaute mitleidig auf ihn herab. Was für eine Qual hatte das für den armen, geschundenen Mann bedeutet, auf die Hilfe eines vermeintlichen Todfeindes angewiesen zu sein. »Hört, lieber Bruder in Christo, ich bin der Knecht desselben Herrn. Die ganze Feuersbrunst, die du sahst und die Gott mir verzeihen möge, diente einzig dem Zweck, jenen Prediger zu befreien. Glaube mir, ich sprach zu Müntzer und weiß, welch guter Mann das ist. Doch leider saß in seiner Zelle schon ein anderer.«

Erstaunt und unter Schmerzen versuchte Rufus, sich umzuwenden. »Ich will dir glauben, Mönch. Doch all deine Mühe war umsonst, der Müntzer sitzt fest im Feldlager. Wir müssen dahin, um ihn freizuschlagen.«

»Einen Prediger suchst du?« mischte sich nun fragend

Katharina ein, und das Bild des Mannes am Zaun tauchte wieder vor ihr auf. »Ich sah ihn und wollte ihm den Weg aus dem Gatter weisen. Doch er war nicht zur Flucht zu bewegen.«

»Du mußt dich täuschen«, rief verzweifelt der Bauer Rufus.

Auch der Graf war nicht abgeneigt, noch um das Leben Müntzers zu kämpfen. Das wäre ihm ein rechter Kampf, eine Ehre wäre es, darin sein Leben zu lassen.

Märthe hatte ruhig dem Streit gelauscht und derweil zärtlich Hesekiel gekrault, dem die Rubinaugen immer wieder zufielen. Nun sagte sie traurig: »Den Müntzer zu retten ist uns nicht vergönnt. Der Mann will sterben und hat längst seinen Frieden mit Gott gemacht. Und könnte ich alle Wunder wirken, hier darf ich nichts ausrichten, denn dieser Mann will den Tod. Laßt uns für seine Seele beten.«

Der Bauer wollte es nicht glauben. Starb Müntzer, so starb mit ihm seine größte Hoffnung, die letzte Lichtgestalt in dieser wilden, blinden Zeit.

Der Graf mischte sich ein: »Nun zeigst du feiges Weibergemüt. Laß uns nur in den Kampf gehen. Ich denke wohl, daß wir mit etwas List und dem Pulver des Mönchs noch etwas ausrichten können. Wenn nicht, so ist es mir lieber, im Kampf zu sterben als feige zu fliehen.«

Katharina lauschte kopfschüttelnd. Da waren auf der einen Seite die Bauern, die sich wie Lämmer abschlachten ließen, statt zu fliehen, und auf der anderen Seite ein verbohrter Edelmann und eine Schar verlorener Helden, die Übermut mit Kühnheit verwechselten. Dieses ganze Stechen, Töten, Sterben war ihr zuwider.

»Hört, hoher Herr. Eure Worte gereichen Euch gewiß zur Ehre, aber ich kann bezeugen vor aller Welt, daß Müntzer keinen Kampf um sein Leben will. Laßt den Mann sein Urteil empfangen. Er ist fest überzeugt, daß er gesündigt hat. Die

Strafe ist ihm eine Befreiung aus tiefster Not. Und ich denke, man wird ihn schnell richten, viel zu quälen gibt es bei ihm nicht mehr. Der Graf von Mansfeld hat seine Sache gründlich gemacht.«

Sebastian trat näher an Katharina heran. Gerne hätte er ihre Hand gefaßt. So kratzbürstig und wild sie sein konnte, so klug und milde war sie auch. Unter all den Dornen schlug ein verständiges Herz. Eingehüllt im Dunkel des Walds wagte er zu fühlen, was er im ersten Moment ihrer Begegnung gespürt hatte. Er liebte Katharina, wie er nie einen Menschen geliebt hatte. Das war ein weher Schmerz, der ihn nie wieder verlassen würde.

Hans sprach als nächster: »Mir scheint, die Weiber haben recht. Ist es nicht mutiger vom Prediger, dem Tod entgegenzutreten, als feige auf Flucht zu hoffen? Müntzer hat, das mögt ihr drehen und wenden wie ihr wollt, Tausende in den Tod geführt. Wollten wir die Rechnung aufmachen, so weiß ich nicht, ob ihm's gut zuschlüge.«

Doch solches Krämern und Rechten war nicht im Sinne des Grafen. Wütend drehte er sich dahin, wo er im Dunkeln den Handwerker vermutete. »Müntzers Sache aber war die gerechte, nicht die der Herren. Deren hergelaufene Söldner töten gegen Geld, sie sind Kriegshandwerker, die sich jedem Herrn und jeder Sache unterstellen. Wie könnt Ihr das mit Müntzers Feldzug vergleichen?«

Es war der Mönch, der den Streit schließlich behob, indem er Zeugnis ablegte über seine Begegnung mit Müntzer. Auch wenn es ihm schwerfiel, so mußte er doch bezeugen, daß der Prediger nichts als den Tod wünschte. Traurig erkannte der Bauer und mürrisch der Graf, daß nichts mehr auszurichten war.

Für die letzten Nachtstunden machten sie nun Lager auf dem Waldboden, der recht trocken war, da das schon dichte Blätterdach kaum Regen hindurchgelassen hatte. Ein Feuer entzündete man hingegen nicht. Statt dessen wurden die Männer, bis auf Rufus, zur Wache gegen die wilden Tiere eingeteilt. Doch der Wald blieb still in dieser Nacht, so, als halte Gott seine schützende Hand über die Fahrensleute.

Zornig stieß der Ritter von Bogenwald den Feldscherer beiseite, der einen Schwamm mit Essig in die klaffende Schädelwunde des Herrn drückte.

»Fort, du Quacksalber! Der Schnitt wird mich nicht umbringen, ich spür's. Und geh er mir fort mit seinem Wundeisen! Wenn du das hineindrückst, werde ich eine häßliche Narbe behalten. Schick mir lieber den Mönch ins Zelt.«

Der Feldscherer zuckte die Achseln und tat wie ihm geheißen, draußen warteten genug Verwundete auf seine Dienste. Zudem war in einem Teil des Lagers unter den Landsknechten eine Form der Ruhr ausgebrochen, die sie ständig zu den schnell ausgehobenen Latrinen zwang. Solcherlei Übel drohte immer, wo viele Krieger auf einem Haufen lagen. Doch diese Plage hatte den Feldscherer sehr überrascht, da sie nur fließendes klares Wasser aus der Unstrut zu sich genommen hatten. Er schlug die Zeltbahn auseinander und trat in die aufleuchtende Morgendämmerung. Bodennebel stieg über den Uferwiesen auf, im feuchten Morast mühten sich einige Troßweiber, die Feuer wieder zu entfachen, um die Morgenhirse zu bereiten.

Der Feldscherer stapfte durch den aufgeweichten Boden zu dem am Boden kauernden, hageren Mönch. Ein seltsamer Bursche, dem er weniger als einem Leinweber oder Schinder über den Weg getraut hätte; aber die feinen Herrn suchten sich oft recht merkwürdige Gesellen, und in dieser Zeit trieben eine Menge Scharlatane ihr Unwesen.

»Holla«, rief er dem Mönch zu, »der Herr will Euch sehen. Weiß zwar nicht, wie Ihr seine Wunde mit Gebeten heilen wollt, doch es kümmert mich nicht.«

Claudius raffte seine Kutte, reckte kurz seine steifen Glieder. Wie freute er sich wieder auf eine Behausung aus festem Stein, auf ein Kaminfeuer oder wenigstens eine Fachwerkstube. Was für ein Elend, daß sie den recht annehmbaren Gasthof in Mühlhausen für ein Lagerzelt aufgegeben hatten. Mit flinken Schritten, von Grasbüschel zu Grasbüschel, um nicht im Morast zu versinken, näherte er sich dem Zelt des Ritters.

Der empfing ihn mit mürrischem Gesicht. Wortlos nahm Claudius einen Streifen frisch gerissenen Leinens und verband dem Bogenwaldler den Kopf. Die Blutung war zum Stillstand gekommen, die Wunde setzte bereits Schorf an. Das totenbleiche Gesicht des Ritters verriet hingegen, wieviel Blut ihn der Schwerthieb gekostet hatte.

»Claudius, ich bedarf deiner Künste. Sag, wer war dieser Strolch, der mir das angetan hat. Ich werde ihn verfolgen bis ans Ende der Welt. Er und der Kapuzenmönch mit der Eisenhand sollen bitter bereuen, daß sie gegen mich frech die Waffe erhoben haben. Gegen mich!« In den letzten Ausruf mischte sich etwas wie Verwunderung – der Ritter von Bogenwald war Gegenwehr nicht gewohnt.

Claudius überlegte eine Weile, dann nahm er Platz auf einem Faltstuhl. Sinnend strich er sich über sein Kinn. Dieser Mönch, den der Herr ihm beschrieben hatte, nahm ihn nicht wenig wunder. Was hatte ein Eremit mit den Bauernunruhen zu schaffen?

Selbst Luther war nun erklärter Feind der Aufrührer und forderte, sie zu erschlagen, wo immer man sie fand. Märthe, der Kapuziner, ein Ritter, der für die Sache unter dem Regenbogen kämpfte, das beunruhigte ihn sehr.

»Ich denke wieder an mein Traumgesicht mit der Maske«, sagte er schließlich, »mir scheint, daß diese Gesellen unter falscher Flagge reiten.«

»Spar mir deine Visionen, ich will wissen, wo sie hin sind, und ihnen sofort nachsetzen, bevor sie einen schiffbaren Fluß erreichen und uneinholbar werden.« Claudius unterdrückte ein Seufzen, nun geriet der Ritter vollends von der Bahn, auf die er ihn hatte lenken wollen. Was nutzte eine persönliche Rachefehde! Nun gut, Claudius mußte eine falsche Fährte nennen.

»Edler Ritter, ich denke, sie nehmen den Hellweg in den Westen, wo nur wenig Unruhe herrscht.«

»Wie kommst du darauf? Mir scheint das unsinnig. Diese Kerle besitzen Zauberwaffen, mit denen sie sogar uns gefährlich werden könnten. Warum sollten sie nach diesem tolldreisten Streich inmitten unserer Reihen jetzt fliehen?«

Claudius rückte unruhig auf seinem Stuhl hin und her, der Ritter war heute ein zäher Geselle. »Schaut, ich spürte heute im Traum Salz in meinem Munde, während mir das Gesicht dieses Mönches erschien. Daher glaube ich, sie werden die alte Salzhandelsstraße nehmen. Anders weiß ich das Zeichen nicht zu deuten.« Dem Doktor Faustus wäre wohl keine bessere Erklärung eingefallen.

Der Ritter versuchte, seinen Eisenhelm über den Verband zu ziehen, niemand sollte seine Wunde sehen, er war stolz darauf, als unverwundbar zu gelten. Stöhnend mußte er nach einigen Versuchen jedoch aufgeben.

»Claudius, habt Ihr denn nichts gegen diese verfluchten Schmerzen, sie hindern mich am klaren Denken.« Der Mönch zog seinen Kräuterbeutel unter der Kutte hervor. Zeit, einen Apotheker zu finden, um seine geschrumpften Vorräte wieder aufzufüllen. Nur ein kleines Restchen Mutterkorn, dem blutstillende Kraft innewohnt, und ein paar Stechapfelsamen, die den Geist zu berauschen vermögen, waren geeignet, die Schmerzen und Folgen der Kopfwunde zu lindern.

Claudius dosierte beides vorsichtig, da er schon böse Erfahrungen mit seinen ersten selbstgemischten Essenzen gemacht hatte. Er kochte aus beiden Zutaten einen Sud, seihte die Kräuter durch ein Leintuch und reichte seinem Herrn den mit etwas Bier versetzten Trunk in einem kleinen Silberbecher, den ihm Faustus für treue Dienste geschenkt und mit einer magischen Formel besprochen hatte.

Der Ritter schluckte das bittere Getränk mit angewiderter Miene. Dann stand er auf und wankte auf sein Lager, ein grobes Holzgestell mit kreuzweise gespannten Bändern und einem Strohsack als Matratze, zu. Nach kurzer Zeit verfiel er in einen unruhigen Dämmerschlaf. Schweiß bildete sich auf seinem ganzen Körper, Fieber schüttelte ihn. Claudius deutete das als gutes Zeichen, denn er war überzeugt, daß der Ritter nun alle giftigen Körpersäfte ausschwitzte.

Beunruhigend waren allerdings die Halluzinationen des Ritters. Claudius verstand das Brabbeln und gelegentliche Schreien sehr wohl. Da träumte einer von fliegenden Teufeln und feuerspeienden Dämonen. Sie stiegen zweifelsohne aus der nachtschwarzen Seele des Edelmanns empor. Vor einem ordentlichen Hexengericht wäre das alles als deutliches Zeichen für eine Besessenheit gedeutet worden.

Dummes Zeug, dachte Claudius nur, was wußten diese Kirchenkerle schon vom wahren Satan und einem rechten Teufelspakt. Nur gut, daß die eifrigen Feldprediger genug damit zu tun hatten, die Bauern und ihren Führer Müntzer auf die bevorstehende Hinrichtung vorzubereiten. Sie hatten keine Zeit, lauschend durchs Lager zu gehen.

Er selbst wollte sich das Richtspektakel für dieses Mal ersparen. Müntzer würde ohnehin nur mit dem Schwert gerichtet. Claudius hatte außerdem Pläne auszuarbeiten und einen kleinen Troß zusammenzustellen. Besser, man brachte den Ritter rasch auf die Straße nach Köln. Vor ihnen lagen große Aufgaben. Das Schüren des Bauernaufstandes war nur ein Anfang gewesen.

11.

»Ich armes Brüderlein klag mich sehr,
man jagt mich hin, man jagt mich her.
verbirg mich hin, verbirg mich her
in Berg, Kluft, Gruben tiefe;
man sucht so lang mit Spieß und Stang,
mit Hunden Hetz stellt man mir Netz,
bis sie mich doch erschleichen.«

Antoni Erdforter, um 1528

Am nächsten Morgen kehrte der Gauklerzug dem Tal der Unstrut endgültig den Rücken. Der Graf und Märthe hatten beschlossen, den alten Hellweg gen Dortmund zu nehmen. Längs dieser Straße lagen Bergwerke, Weiler und Dörfer, aus denen viele Bauern dem Haufen Müntzers zugeströmt waren. Diesen Siedlungen drohte nun wie den Dörfern und Flecken rund um Frankenhausen das Strafgericht der Herren, noch drückendere Abgaben als zuvor und dazu die plündernden Rotten der Landsknechte. Die Gedanken wollten dem Einhalt gebieten, wo immer es möglich war.

Also schlug sich die Schar durch den Wald in Richtung Norden zur alten Salzstraße. Auf dem Kaufmannsweg, so hofften sie, würden sie sich einem unverdächtigen Händlertroß oder einigen Pilgern anschließen können, denen zwar Räuber, aber nicht die Söldner auflauerten.

Die Anwesenheit eines Mönches unter den Spielleuten würde vielleicht einige Menschen wunder nehmen, doch wollten sie Fresenius als Vorträger geistlicher Traktate und Mahnungen ausgeben, dessen Ziel es sei, die Aufrührer unter den Reformatoren zu besänftigen und das Land zu befrieden.

Sie waren fest entschlossen, in der Maske der Gaukler die gröbsten Ungerechtigkeiten der siegreichen Lehensherren gegen die verbliebenen Bauern zu wehren. Und zu strafen, wo keine andere Wahl blieb.

Sie waren so von der Richtigkeit ihres Plans überzeugt, so erfüllt von dem Gefühl, handeln zu müssen, daß darüber die Erinnerungen an die blutige Niederlage der Bauern und die zersprengten Träume allmählich an Schärfe verloren. Ihr zusammengewürfelter Trupp wurde zusammengehalten von einem Netz, das aus gemeinsam erfahrenem Leid und dem dünnen Faden Hoffnung geknüpft war.

Nach einigen Tagesmärschen erreichten sie ihr Ziel. Der Hellweg war zu Teilen eine gut ausgefahrene Strecke. Auf dem manchmal mit Kies ausgestreuten und mancherorts gar mit Holzbohlen befestigten Weg kam man mit strammem Schritt gut voran.

Ihre gemeinsamen Barschaften würden für eine Weile noch ausreichen, um die an vielen Brücken und Landesgrenzen fälligen Wegzölle zu entrichten. Die beiden Pferde trugen Säcke mit Gerste, Hirse und Hafer und zwei Weinfäßchen. Alles hatten sie zu Wucherpreisen bei einem Klosterabt erstanden.

Abwechselnd ritten Märthe, Katharina und der langsam genesende Bauer Rufus auf den Pferden, vor sich im Sattel die kleine Marie. Das Wetter war recht beständig und die Straße trocken. Wenig sprachen die Fahrensleute in diesen ersten Tagen der Reise miteinander. Der Mai erstrahlte in voller Kraft und kündigte einen milden Juni an. Hans, von unverdrossenem Charakter und der Lebenslustigste unter ihnen, versuchte die Schar mit seinen Liedern aufzumuntern. Während Hesekiel sich in verschiedenen Kapriolen übte, besang er den jungen Klee, die ersten Veilchen und verschiedenes Herzleid, das die Liebe verursacht, so wie es Art der wandernden Handwerker seit alter Zeit war.

Sebastian lauschte mit wechselnden Gefühlen und konnte seinen Blick kaum von Katharina lassen, die manche Weise mitsummte, um sich so darin zu üben, Hans bei seinen kommenden Auftritten zu begleiten. Ihre Stimme war bei weitem nicht so betörend wie die Märthes, aber voll und jung. Dazu war Katharina so schön, daß sie, wenn nicht den Ohren, so doch den Augen ihrer Zuhörer wirkliche Freude bereiten würde.

Sebastian, der in der engen Welt der Bergwerkssiedlung nur wenig Gedanken an sein Schicksal als stummer Krüppel verschwendet hatte, kam sich nun plötzlich häßlich und dumm vor. Ein Krüppel ohne Stimme, der nie um Katharinas Gunst würde werben können. Manchmal verfluchte er den Tag ihrer ersten Begegnung, die so übermütiges Verlangen in ihm ausgelöst hatte.

Und selbst auf seine Seelenqualen konnte Hans einen Reim machen. Sebastian haßte das Spottlied, das er manchmal sang und das so auf ihn selbst zu passen schien:

Liebhaber hör!
Dich nicht verstör;
will sie nit wohl,
werd drum nit toll,
La fa re sing und
Ade fahr hin,
du bist nit min,
so fahr doch dahin.

Das war kein Trost, denn eine wie Katharina, da war Sebastian sich sicher, gab es kein zweites Mal.

Der Graf hüllte sich während der ersten Tage in besonders mürrisches Schweigen. Nur ab und an sprach er mit knappen Worten Michael Trost zu, der arg unter dem grausamen Verlust seiner Susanna litt und sich mit bösen Mordgedanken trug. Sicher, diesem Unhold von Bogenwald war nichts nachzuweisen, so hatte sein Schwiegervater ihn immer wieder beschworen. Dieser feige Nonnenfurz. Doch in Hausmutter Dörthes haßerfülltem Blick und ihren verkniffenen Lippen hatte Michael deutlich abgelesen, wer der Schuldige am Tod seines Weibes war.

Er hoffte, daß der Graf dem Ritter einen tödlichen Hieb auf den Schädel versetzt hatte, glauben mochte er es allerdings nicht. Er sehnte sich nach einer zweiten Begegnung mit dem unbarmherzigen Mörder.

Wurde es ihm allzu schwer ums Herz, dann beschleunigte er seine Schritte und hieb voll zielloser Wut auf die knospenden Ginsterbüsche am Wegrand ein. Märthe betrachtete ihn voll des Mitleids, doch war sie sich sicher, daß sie alle ohnehin dem Ritter und seinem teuflischen Begleiter wiederbegegnen würden. Besser, wenn Michael sich bis dahin beruhigte. Die Rache war ein Gericht, das man kalt genießen sollte.

Eine seltsame Chemie verband sie selbst mit ihrem ehemaligen Bruder Claudius. Dem mitreisenden Mönch Fresenius, der immer wieder das Gespräch mit ihr suchte und zu ahnen schien, daß sie den falschen Dominikaner kannte, hatte sie nur wenig darüber mitgeteilt. Noch wußte sie nicht, wie treu der Kapuziner mit dem klugen Kopf und der Kämpfernatur wirklich zu ihrem Gott und ihrer Sache stand.

Noch war Fresenius weit davon entfernt, so dachte Märthe mit einem Seitenblick auf seine kräftige Gestalt, den Allmächtigen da zu entdecken, wo er wirklich wohnte, nämlich in jedem Grashalm, in jedem Baum, in jeder Blume dieser Erde und in den Seelen der Menschen. Versteckt bei vielen, verleugnet von einigen, doch überall wirkend: Von der Tiefe bis hoch zu den Sternen überflutet die Liebe das All, liebend ist sie allem zugetan. So hatte die weise Nonne Hildegard von Bingen vor vielen hundert Jahren geschrieben.

Wie weit war man heute von dieser beglückenden, stillen Lebensschau entfernt. Da sprachen Gelehrte hoffärtig von einer neuen Zeit. Neue Zeit wofür? Eine Rückbesinnung hätte in manchem ein größerer Fortschritt sein können. Sicher, einige wagemutige Männer hatten neue Welten hinter dem Horizont entdeckt. Doch was trugen sie davon zurück, was hin? Krieg und Vernichtung, selten Barmherzigkeit, meistens Gier.

Neu? Märthe erschien es, als sei das Gegenteil wahr, nie zuvor hatte sich die Menschheit so nahe am Abgrund bewegt und so vieles vergessen, was zu ihrem Nutzen und Frommen gewesen war. Altes Wissen wurde als Hexerei und Ketzerwissen verschrien, so wie auch ihr ehemaliger Lehrer Paracelsus den katholischen Kirchenfürsten als gefährlicher Magier galt.

Von dem vielgereisten Doktor, der zur niederen Gilde der Wundärzte gehörte, weil studierte Mediziner ihn nicht in ihre Zunft aufnehmen wollten, hatte sie viele wundersame und höchst erstaunliche Dinge gehört.

Von arabischen Heilkünstlern etwa, die es verstanden, mit Arzneien aus Kräutern, Kristallen und Metallstaub selbst hoffnungslose Fälle zu kurieren. Von Chirurgen, die mit scharfen Klingen Geschwüre und Verwachsungen aus Schädeln und Leibern schnitten, ohne daß die Kranken Schmerzen litten, weil sie in einem wundersamen Schlaf lagen. Und kaum einer starb direkt unter den Messern weg. Solche Operationen waren hierzulande und in der ach so neuen Zeit hingegen eine blutige, meist tödliche Angelegenheit, ausgeführt von zweifelhaften Wundärzten.

Von Griechen und Römern hatte Paracelsus außerdem gelesen und erzählt, die schon vor der Ankunft Jesu Christi in sauberen Steinstädten gewohnt und reinigendes Wasser durch ihre Bauten und Straßen hatten laufen lassen.

Eine helle, freundliche Welt mußte das gewesen sein. Märthe sehnte sich danach, ihre Studien fortsetzen zu dürfen, Paracelsus wieder als Schülerin zu lauschen, ihm ihr Wissen über Kräuter und Volksmedizin zu übermitteln. Doch ihre Gabe, Dinge zu erahnen, ihre Traumgesichte, ihre Zwiesprache mit Gott hatten den Gelehrten verschreckt. Immer wieder hatte er geschwankt, ob sie eine böswillige Hexe oder eine berufene Dienerin Gottes war.

Ganz ähnlich, so vermutete Märthe, würde auch Fresenius zwischen Faszination und Abscheu schwanken, würde sie ihn in ihre Welt und ihr geheimnisvolles Wissen einweihen.

Als habe er ihre Gedanken gelesen, schloß in diesem Moment der Kapuziner zu ihr auf, zeigte ihr ein frisch gezupftes grünes Pflänzchen und fragte: »Liebe Frau, ist das nicht jenes Bilsenkraut, dem so wunderliche Wirkungen nachgesagt werden?«

Märthe konnte sich ein Lächeln nicht verkneifen. »Guter Mann, das ist nichts weiter als junger Huflattich.« Betreten schwieg der Mönch. Doch Märthe fragte sich, ob seine Frage vielleicht eine Falle gewesen war, denn Bilsenkraut, berauschend und Halluzinationen fördernd, war ein Lieblingsstoff für sogenannte Hexensalben. Besser, sie blieb auf Abstand zu ihm, wie sehr sie sich auch nach dem Austausch mit dem klugen Mann sehnte, der zwar ein Tölpel in Fragen der Heilkunst, aber ein Experte in einigen Fragen des Feuerwerks war.

Nachts kampierte die kleine Gruppe am Wegesrand. Gasthäuser waren selten, meist stinkend schmutzig und dabei sehr teuer. Außerdem wollten sie ihren Verfolgern keine zu deutlichen Anhaltspunkte über ihren Aufenthalt geben. Wirte waren bestechlich und pflegten sich die Gesichter der Reisenden gut zu merken. Den Staub der Straße wuschen sie sich in Bächen und Tümpeln ab. Da die Nächte immer milder wurden, genügte ihnen als Decke und Dach das Sternenzelt.

Dann prasselte ein munteres Feuerchen, und man briet an einem kleinen Spieß oder auf Stöcke gespießt, was immer der Graf erlegte, mal ein Kaninchen, mitunter ein Wiesel oder unvorsichtige, junge Eichhörnchen. In diesen Stunden beim Feuer lehrte Märthe Sebastian einige Kunststücke, die ihn zum Gaukler machen sollten.

Keulen und Kegel aus Holz und groben Knochen hatte er sich zurechtgeschnitzt, die er bald mit einigem Geschick durch die Luft zu wirbeln verstand. Seine unsinnige Zuneigung zu Katharina spornte ihn an, diese Handfertigkeit zu verfeinern, da ihm die Kunst des Singens und der schönen Worte verwehrt war. Mit sieben Gegenständen wußte er am Ende trefflich zu jonglieren, so daß seinen Gefährten beim Hinsehen fast schwindelig wurde.

»Versuche es nun mit brennenden Scheiten«, forderte Märthe ihn eines Abends auf. Und Sebastian griff sich ein Feuerholz, warf es hoch, so daß es, sich überschlagend, durch die Luft wirbelte. Weil er aber bange war, danach zu greifen, fiel es auch nach etlichen Würfen jedesmal zu seinen Füßen nieder, bis er endlich wagte, die Hand auszustrecken und das brennende Scheit zu fangen.

Zugleich ließ sich der vorwitzige Hesekiel auf seiner Hand nieder, machte Kratzfüße und flatterte aufgeregt mit den Flügeln, als wolle er Beifall spenden. »Heidilidomm«, krähte er dazu. Ein lustiges Bild, das die Leute gewiß erstaunen und erfreuen würde.

Stolz drehte der Bergmannssohn sich nach diesem Erfolg zu seinen Gefährten um, die kleine Marie klatschte auch aufgeregt, der Graf und Michael nickten anerkennend, Märthe schmunzelte. Doch sehr zum Ärger Sebastians hatte ausgerechnet Katharina keinerlei Notiz genommen. Sie saß eng neben Hans über ein Liederbüchlein gebeugt und hatte ihren Zeigefinger auf den des Druckers gelegt.

Er lehrte sie zu lesen, und Katharina war mit großer Freude bei der Sache. Im Schein des Feuers glänzten ihre Haare wie die schwarzen Schwingen eines Raben, mit ungewöhnlich sanfter Stimme sprach sie Buchstaben. Sebastian beruhigte es nicht, daß neben dem einträchtigen jungen Paar Bruder Fresenius hockte und Ratschläge zur flüssigeren Lesekunst gab.

Sebastian warf das Holzscheit zurück ins Feuer, verscheuchte Hesekiel, der sich mit einem beleidigten »Kruzitürken« zu Märthe flüchtete.

Sebastian steuerte auf ein Gebüsch zu. Er mußte allein sein. Ein Bedürfnis, das ihm, der sein Leben lang bei Tag und Nacht von Menschen umgeben gewesen war, fremd war wie seine neu entflammte Leidenschaft. Wie auch anders. Niemand außer heiligen Männern und Frauen, die in der Einsamkeit Gott suchten, war dafür gemacht, sich selbst der einzige Geselle zu sein. Trost und Hilfe fand man allein in der Gemeinschaft, nur die Sippe bot Sicherheit. Sebastian selbst wußte nicht, was ihn dazu trieb, nun allein durch die Nacht zu streifen.

Die anderen nahmen wohl an, er folge einem natürlichen Bedürfnis, und achteten nicht darauf, wie weit er sich vom Feuer entfernte. Sebastian strich ziellos durch die ersten Baumgruppen, die ein Köhler stark und gründlich gelichtet hatte. Noch immer lag schwach der beißende Rauchgeruch von verkohltem Holz in der Luft, wiewohl der Mann längst weitergezogen war. Bald erreichte Sebastian den tieferen Wald, in dem das Dickicht zwischen den Bäumen wuchs und der Boden mit Kraut bewachsen war.

Käuzchenrufe begleiteten ihn. Manchmal meinte er, den weichen Hufschlag eines Hirschen zu vernehmen. Bald umfing ihn finsterste Nacht, der Schein des Lagerfeuers begleitete ihn nicht mehr. Wolken verhüllten die Sterne. Man sah die Hand vor den Augen nicht.

Sebastian setzte sich unter einen Baum und lehnte seinen Rücken an die rauhe Rinde. Im Schutze der Dunkelheit verfolgten ihn traurige Bilder: Von einem singenden Hans und einer lächelnden Katharina. »Mein Freud ist mir genommen, die weiß ich nit bekommen, wo ich im Elend bin. Groß Leid muß ich jetzt tragen, das ich allein tu klagen. Ach, Lieb, nun laß mich Armen im Herzen dein erbarmen. Dein tu ich ewig sein.« Er hatte sich jede einzelne Liedzeile, die beide so eifrig studierten, wohl gemerkt.

Wie weh das tat. Welch hübsche kleine Chöre die beiden vortrugen, während er nur stumm lauschen konnte. Wenn er sich Katharina nur einmal würde erklären können, dann wäre es ihm recht, danach auf immer die Stimme wieder zu verlieren. Obwohl er wußte, wie töricht solche Gedanken waren, schmerzte ihm ordentlich die Kehle. So versunken saß er da, als plötzlich das Huftrappeln mehrerer beschlagener Pferde laut wurde. Auch das dumpfe Rumpeln einiger Karrenwagen hörte er. Wer reiste denn mitten in der Nacht durch einen so finsteren Wald?

Sebastian starrte angestrengt ins Dunkel und sah schließlich ein flackerndes Licht auf sich zukommen. Es schwankte beachtlich hin und her. Angetrieben von einer seltsamen Unruhe, schlich er darauf zu.

Nicht nur er beobachtete das Licht aufmerksam. Im Gestrüpp, das wenige Schritte entfernt lag, vernahm er plötzlich ein kurzes Rascheln und flüsternde Stimmen. Wie hatte er glauben können, er wäre allein? Die Karren näherten sich weiter, bald hörte er das antreibende Schnalzen der Wagenlenker. Als sie in den natürlichen Hohlweg einbogen, an dessen Rand jetzt auch Sebastian stand, sprangen aus dem Gebüsch fünf oder sechs wilde Burschen hervor und den kleinen Abhang hinab. Einer warf sich dem ersten Pferd entgegen, griff ihm ins Zaumzeug. Es scheute kurz und blieb schnaubend vor dem Kerl stehen.

Im Schein der Wagenfackel erkannte Sebastian sein wildes, narbiges Gesicht unter einem schweren Eisenhut. Die Kameraden des Räubers waren mit Schwertern und Keulen zu den anderen Wagen geeilt und hieben nach den Lenkern und Wachmännern. Es war ein wildes Hauen und Stechen, das einigen Lärm verursachte, nur durchbrochen von kurzen wilden Schreien der Angreifer.

Die Mitglieder der Wagenkolonne kämpften verbissen, sie wußten, was ihnen blühte, wenn sie den Angriff nicht abwehren konnten, da half kein Wehgeschrei, da half nur Kämpfen. Sebastian erhob sich langsam. So lautlos wie möglich und nötig angesichts des Waffenklirrens schlich er durchs Gebüsch, dann eilte er stolpernd über den steinigen, von Wurzeln durchzogenen Waldboden, fiel mehrfach hin, rappelte sich auf und rannte weiter.

Endlich sah er wieder den beruhigenden Schein des Lagerfeuers in der Nacht. Eile war geboten. Keuchend erreichte er das Dickicht, das ihn von seiner Schar trennte, zwängte sich durch. Friedlich schliefen inzwischen die Frauen und Bruder Fresenius, auch Michael und Bauer Rufus dösten bereits vor sich hin. Der Graf und Hans hielten die erste Wache. Auf beide rannte Sebastian mit wilden Gesten zu, die Arme riß er in die Luft, zog dann den Grafen am Arm und wies in Richtung der Büsche.

Ritter Albert betrachtete den dummen Burschen voll Zorn. Was hatte der tumbe Kerl sich so weit vom Schutz des Lagers zu entfernen? Eben noch hatte er Michael auf die Suche schicken wollen, hätte Märthe nicht gesagt, der Stumme käme bald wieder.

Der Kerl war ja wie von Sinnen. Wahrscheinlich hatte er ein Wildschwein gestört und war nun ordentlich entsetzt, weil der Keiler ihn verfolgt hatte. Solch ein Narr. Doch der Narr zog weiter und immer heftiger an Graf Traubstedts Arm. »Verdammter Bursche, was willst du nur?« Unwirsch herrschte der Graf ihn an. Hans versuchte ihn zu besänftigen. »Laßt nur, er kann ja nicht sprechen.«

Sebastian wurde halb verrückt vor Wut und Aufregung, hechelnd sog er die Nachtluft ein, da er ganz außer Atem war. »Keuchst wie ein Köter«, brummte der Graf nur etwas milder, denn Mitleid packte ihn für den sprachlosen Krüppel. Sebastian bemerkte es, und sein Zorn ballte sich zu einem brennenden Schmerz.

Endlich entrang sich seiner Kehle ein Stöhnen. Der Laut

überraschte ihn selber und weckte Katharina. Die richtete sich auf ihrer groben Satteldecke auf und blinzelte Sebastian schlaftrunken an.

Vielleicht war es der Blick aus ihren bezaubernd schönen Augen, vielleicht das Wunder, das Märthe ihm längst angekündigt hatte. Er fand die Sprache wieder.

Zwar stieß er zunächst nur Wortfetzen hervor, verschluckte sich an vielen Buchstaben, ließ ganze Silben weg, doch dann formte er unter Mühen ein einziges ganzes Wort, das Bewegung in die Männer brachte: Raub.

Der Graf begriff sofort, er kannte die Berichte über die Wegelagerer längs des Hellwegs, die immer wieder den Kaufleuten auflauerten und gegen die die Kurfürsten, Burgherren und Zolleinnehmer nur wenig ausrichteten, um nicht selbst in Gefahr zu geraten. Der Ritter haßte dieses Gesindel wie die Pest und hatte auf seinem Lehensgebiet einen langen, bitteren Kampf gegen sie geführt. Ihm war es selbstverständlich, den nun bedrängten Opfern, höchstwahrscheinlich Kaufleute, die die Nacht für sicherer als den Tag gehalten hatten, zu Hilfe zu eilen. Hans rüttelte Michael und den Bauern wach, Sebastian war bereits vorangelaufen, wieder durchs Dickicht hindurch.

Wiewohl die Dunkelheit undurchdringlich erschien, führte Sebastian seine Gefährten sicher auf den Hohlweg zu, in dem noch immer der Kampf tobte.

Am Rande des kleinen Abhangs angelangt, sprang der Graf mit einem Satz hinab, landete sicher auf den Füßen und schwang schon sein Schwert über dem Kopf. Dem Anführer versetzte er einen kräftigen Hieb auf den Rückenpanzer. Der wirbelte wankend herum, blankes Entsetzen im Gesicht. Michael und Hans machten sich derweil an den Rest der Räuberbande heran. Der Bauer suchte sich geschickt einen leichteren, niedrigen Absprung und warf sich ebenfalls in den Kampf.

Auch Sebastian sprang, bewaffnet mit einem Knotenstock, auf einen der Lumpen zu. Das Gesindel war so überrascht, daß es die Gegenwehr nur zögernd aufnahm. Weil auch die Wagenlenker nun neuen Mut schöpften, bemerkte das Pack rasch, daß der Kampf verloren war. Es floh den Weg hinab und schlug sich in die Büsche.

Weil der Führer der überfallenen Gruppe schwer verwundet schien und stöhnte, setzten die anderen ihnen nicht nach, sondern verlangten nach weiteren Fackeln, um den Weg zu beleuchten und das Ausmaß des Unglücks genauer in Augenschein nehmen zu können.

Den Führer der Gruppe hatte es in der Tat arg erwischt, tiefe Schnitte durchzogen sein Gesicht. Nun, da die Gefahr gebannt war, sank er erschöpft von seinem Wagen in die Arme Sebastians, der ihn sanft auf die Erde gleiten ließ.

Drei Wagen führte der Troß. Vom zweiten sprang nun ein wohlgenährter und fein, nach Kaufmannssitte gekleideter Herr herab. Sechzig Jahre mochte er zählen, sein Haar und sein gepflegter Backenbart waren silbrig grau. Grimmig war sein Blick. Er stapfte auf den Grafen Traubstedt zu, um ihm Dank zu sagen. »Edler Mann, ich bin Euch tief verpflichtet, das war ein knappes Entkommen.« Dem Grafen entging nicht, daß diesen Worten die rechte Wärme fehlte. Hatte der Kaufmann Angst, er müsse nun eine hohe Belohnung zahlen? Zwar wäre das nur recht und billig gewesen, doch der Graf und seine Gruppe hatten nicht einen Gedanken an Gulden oder Dukaten verschwendet, als sie den Angriff geführt hatten.

Stolz schwieg Traubstedt darum und blickte auf den Kaufmann, der nur von mittlerem Wuchs war, herab. Dem wurde es etwas mulmig unter diesem Blick. Tatsächlich nagte in ihm ein gewisses Mißtrauen. Längst war es üblich, Scheinangriffe auf Handelskarawanen zu führen, sodann, wie verabredet, einen Gegenangriff von Kumpanen führen zu lassen, um hintendrein wohl die Hälfte der Ware als Lohn zu kassieren. Doch der Kaufmann merkte rasch, daß es sich mit diesen Leuten anders verhielt. Sie führten keine dreisten Reden und legten es nicht auf großartige Verbrüderungen an.

Hans, der das Schweigen der Herren nicht zu deuten wußte, schwang nun muntere Reden: »Holla, das war knapp. Da habt Ihr wirklich Glück gehabt, mein Herr. Einen besseren Kämpen als den Ritter hättet Ihr nicht zur Verteidigung anrufen können. Das war ein hübsches Gefecht, ganz durstig bin ich, und sogar der Hunger meldet wieder seine Ansprüche.«

Dem Grafen waren diese Reden unangenehm, am liebsten hätte er sich mit knappem Gruß von dem unverschämten Kaufmann verabschiedet. Aber das konnte er nicht gut tun, denn wiewohl die Räuber fürs erste in die Flucht geschlagen waren, gebannt war die Gefahr eines zweiten Angriffs auf so finsterer Strecke nicht.

Während er noch darüber nachdachte, wie weiter zu verfahren sei, erschienen am Rand des Hohlwegs Märthe und Katharina. Die Melkerin trug Marie auf dem Arm, die Alte hatte die bepackten Pferde durch den dichten Wald gelenkt. Hatte sie etwa wieder eigenmächtige Beschlüsse gefaßt? Das Weib war hartnäckiger und schlimmer als ein weher Zahn.

»Seid gegrüßt! Mir scheint, unsere Leute haben Euch aus einer bösen Lage rausgehauen. Laßt mich sehen, was ich für Euren armen Wagenlenker tun kann.«

Märthe zog die Pferde am Rand des kleinen Abhangs entlang, bis er sich senkte und mit der Straße zusammenstieß, dort wendete sie und lenkte nun auf die Versammlung längs der Wagen zu. Der Kaufmann wunderte sich nun immer mehr über diese höchst seltsame Schar, der als letzter sogar ein Mönch folgte. Fürwahr, auf Reisen begegnete man immer wieder seltsamen Leuten.

»Warum habt Ihr diesen unheimlichen Weg gewählt?«

wollte nun der Kapuziner von dem Kaufmann wissen. Der antwortete: »Uns schien es sicher, bei mondloser Nacht zu fahren, der Weg gilt als geheim und damit ungefährlicher als der Hellweg, der an allen Ecken und Enden von Gesindel heimgesucht wird. Mir scheint jedoch, die Empfehlung war töricht.«

»Man hat Euch direkt und bequem in eine Falle gelockt«, sagte der Graf mit einiger Verachtung. Nichts war leichter, als einen Wirt zu bestechen, damit er Durchreisenden Abkürzungen und geheime Wege empfahl.

Märthe hatte nun den ohnmächtigen Floßführer erreicht und bat um etwas Wasser. Man reichte ihr einen prallen Lederbeutel und eine Schüssel. Darein goß sie Wasser, mischte es mit Wacholder- und Holundersalbe und tauchte einen Schwamm hinein. Mit dieser reinigenden Flüssigkeit wusch sie die Wunden aus. Der Verletzte stöhnte leise und schlug die Augen auf.

»Seid bedankt, gute Frau«, dies waren die ersten wahrhaft aufrichtigen Worte. Den Kaufmann packte nun doch eine gewisse Scham ob seines falschen Mißtrauens. Außerdem war er sehr wohl auf den Trupp angewiesen, er allein bot sicheren Schutz für den weiteren Weg, zumindest in dieser Nacht.

»Bitte verzeiht, daß ich etwas verwirrt und von Sinnen war«, sagte er nun in wirklich mildem Ton. »Wir verdanken Euch gewiß unser Leben, und ich will Euch guten Lohn für Eure tapferen Dienste leisten.«

Der Graf schnaubte wütend. Dienste! Was erlaubte sich dieser Krämer? Ein Ritter tat allenfalls Dienst am Kaiser, an seinem Landesfürsten, aber nicht an einem Kaufmann, wie reich der auch sein mochte. Deshalb unterbrach er jetzt den Mann im teuer mit Pelz besetzten Samtwams. »Guter Mann, wir alle haben unsere christlich Pflicht getan, doch gedient haben wir Euch gewißlich nicht.«

Der Kaufmann, inzwischen ehrlich zerknirscht, weil auch Märthes Hilfe gut anschlug und sein Wagenlenker über den Berg schien, biß sich auf die Lippen. Herrje, war dieser Mann stolz. »Lieber, edler Herr, meine Worte waren wirklich unbedacht. Mir sitzt der Schreck allzu tief in den Gliedern. Darf ich Euch bitten, meinen Troß zu begleiten. In gut einer Stunde, so sagte man mir, wartet ein Gasthof. Gegen gutes Geld wird sich der Wirt wohl wecken lassen. Dort können wir ausruhen und in Ruhe reden. Doch mir scheint, daß wir hier in diesem Hohlweg noch immer ein recht gutes Ziel für die räuberische Rotte abgeben. Laßt uns lieber weiterziehen.«

Bevor der Graf antworten konnte, mischte sich Hans vorlaut ein. »Was für ein trefflicher Plan, mein Hunger ist nun so reißend wie ein wilder Bär. Kämpfen ist nicht mein Handwerk, aber hungrig macht's.«

Märthe leitete die Pferde schweigend zum Ende der Kolonne und band sie an den letzten Wagen. Fresenius und der Bauer folgten ihr. Der Graf sah ein, daß weitere Gespräche sinnlos und gefährlich waren, und übernahm die Führung des Trupps. Michael flankierte den Zug. Sebastian sprang auf den vorderen Wagen und trieb den kräftigen Zuggaul an. Nie zuvor hatte er sich eine solche Eigenmächtigkeit erlaubt, nie zuvor hatte er einen solchen Wagen gelenkt, doch jetzt, nachdem er seine Sprache wiedergewonnen hatte, schien ihm nichts mehr unmöglich, kein Hindernis unüberwindbar. Laut lachend fuhr er durch die Nacht, und die eben geretteten Kaufleute hielten ihn darum für das, was er immer befürchtet hatte zu sein: ein hoffnungsloser Tölpel mit verwirrtem Sinn. Sebastian scherte es keinen Deut.

Bruder Claudius war recht zufrieden mit der Unterkunft. Zwar waren die Steinmauern ein wenig klamm und speicherten noch die Feuchtigkeit des vergangenen Winters, doch hatte der Burgherr den gesamten Wohnpalas im Innenhof mit modernen, hohen Fenstern ausgestattet, die Licht und Wärme hereinließen, und sogar Glas hineingesetzt. Im Rittersaal, dem größten Raum des Palas, und allen Kemenaten des Wohnhauses prasselten mächtige Feuer und sorgten für ungewohnte Wärme.

Längst nutzte man den hinter diesem Palas liegenden Bergfried, jenen höchsten Turm und die felsenfeste Zufluchtsstätte bei Belagerungen, nicht mehr als dauernde Unterkunft. Nur arme Ritter hielten aus Not an dieser Tradition fest und froren zwischen kaltem, muffigem Stein wie die Schneider.

In diesem hochmodernen Wohnbau aber herrschten größter Prunk und erstaunliche Behaglichkeit. Der Herr von Rabenstein war so reich, daß er einige schön gemusterte Teppiche aus einer Laune heraus sogar von den Wänden genommen und auf die Steinfliesen gelegt hatte, so wie es bei den Türken Sitte war. Erfreut stellte der Dominikaner fest, daß man ihm sogar eine Schüssel mit warmem Wasser bereitgestellt hatte. Zufrieden wusch er seine Hände. Ja, so ließ es sich leben.

Claudius kostete in Gedanken noch einmal das Festmahl zu Ehren des Bauernschlächters von Bogenwald nach. Der Herr von Rabenstein verstand es, ein fürstliches Mahl zu servieren. Die Holztafeln hatten sich an diesem Abend schier gebogen unter den vielen Schüsseln mit raffiniertesten Speisen, die in neun Gängen aufgetragen wurden.

In Salz und Essig gesottener Salm, Grundlinge und süß gewürzte Karpfen, überzogen mit Silber, wurden aufgetischt; danach gebratener Ochs und junge Lämmer. Doch das Geflügel übertraf alle bis dahin gezeigte Kunst. Der Küchenmeister hatte nach Sitte der Franzmänner einen Schwan durch Erwürgen getötet, ihn gerupft, ganz ausgenommen und nacheinander mit einer Ente, darin ein junges Huhn, darin ein Kapaun und darin einige Lerchen, gefüllt. Sodann das Geflügel gebraten und die Kruste zum Ende mit Honig bestrichen, darauf hatte er Feder für Feder das Kleid des Schwans wieder hergerichtet und mit Eisendraht den Hals und Kopf des Tieres so aufgerichtet, daß die Festgcsellschaft kaum glauben wollte, der Vogel sei tot und zur Speise gerichtet.

Es war zu dieser Zeit in Mode gekommen, die fürstliche Tafel mit solcher Gaumenkunst zu schmücken. Selbst an den vielen, mehr als hundert, Fastentagen, die der Kirchenkalender vorschrieb, servierte man aus Fischteig, Mandeln und Getreide geformte Speisen, die exakt wie gebratene Kaninchen oder Fasane aussahen. Ein solcher Anblick tröstete über den Verzicht auf Fleisch hinweg.

Zu all den Köstlichkeiten war auch an diesem Abend guter Wein geflossen, sogar süßer Malagener, den man über Venedig bezog und dessen Wert man mit Gold aufwiegen konnte. Satt und zufrieden strich Claudius sich den Bauch, obwohl er nur mäßig zugegriffen hatte. Er hatte auch nicht zum Federkiel gelangt, um seinen Magen immer wieder für neue Köstlichkeiten zu leeren. Nein, er konnte, anders als sein Herr, Maß halten und freute sich mehr an der Pracht des Ganzen als am Verzehr.

Er trat nun zum Fenster seiner hoch oben im Wohnhaus gelegenen Kammer und öffnete eines der hohen, schweren Fenster. Milde Nachtluft strömte ins Zimmer. Der Mönch blickte auf den mit Fackeln beleuchteten und mit Zinnen aufgemauerten Wehrgang hinüber.

Diese Burg war ein trefflicher Ort, um auszuruhen und neue Kräfte zu sammeln. Er hoffte, den Ritter von Bogenwald auf ein oder zwei Wochen hierhalten zu können, damit sich sein Zorn besänftige und er mit klarem Sinn seine Aufgaben ausführen könnte.

Claudius nahm in der Fensternische Platz und verfolgte die Wachleute bei ihrem Gang über die Mauer, ihre Hellebarden blitzten im Schein der Fackeln. Ganz aus Stein hatte bereits ein Ahne derer von Rabenstein die Burg auf einem Schieferplateau nicht fern vom Hellweg gebaut. Klaftertief fiel an drei Seiten der Fels ab und machte die Festung fast uneinnehmbar. Zudem hatte der Bauherr eine Vorburg errichtet und einen tiefen Graben gezogen, der in den vergangenen Jahrhunderten jeden Angreifer hatte scheitern lassen.

Ein Kreuzritter war jener kluge Bauherr gewesen, der alle wehrtechnischen Finten bei den Arabern abgeschaut hatte, wie etwa die schmalen Schießscharten in der Außenmauer. Derselbe Urahne hatte auch den Grundstein für all die wunderbaren Reichtümer gelegt. Aus dem Heiligen Land hatte er kostbare Seiden, Teppiche und Tücher mitgebracht, die nun das Innere des Baus schmückten. Zudem hatte er allerlei Spezereien erworben, mit denen er ähnlich einem Kaufmann Handel getrieben und ein stattliches Vermögen erwirtschaftet hatte.

Ja, das war ein vorausschauender Mann gewesen, dachte Claudius voll Anerkennung. Ebenso wie der jetzige Burgherr, der, als die Bauernunruhen aufflackerten, sofort Landsknechte unter Sold genommen und zur Verteidigung seiner Feste eingesetzt hatte. Doch statt sich nur zu schützen und zu verkriechen, hatte er die Unruhen auch zu seinem Vorteil genutzt.

Die katholischen Klöster seiner nächsten Umgebung hatte er von den gedungenen Landsknechten selbst, die sich als Bauersleut verkleideten, plündern und schleifen lassen. Die Beute, viele Malter Korn, ordentlich Vieh, Weine, Bier, Flachs, Hanf und was es sonst an Nahrung und Lebensgütern gab, lagerten nun in seinen Kellergewölben. Viele Klosterschätze hatte er zudem erbeutet, sein Feinschmied schmolz in seinen Arbeitsstunden so manchen Meßkelch ein und verwandelte prachtvolle Monstranzen in flüssiges Gold. Zugleich verlangte der Burgherr jetzt – als vermeintlicher Schutzpatron des alten apostolischen Glaubens – erhöhte Abgaben und Schutzzölle von den verängstigten Klosteräbten, um sie vor den marodierenden Bauern in Zukunft zu bewahren.

Der Herr von Rabenstein war ein Mann nach Claudius' Geschmack, denn seine politische Klugheit kannte keine Scham und Scheu.

Nun, da das Volk fast überall in Thüringen vernichtend geschlagen war, plante er dreist ein Strafgericht unter seinen Leuten, beschuldigte sie der Mitwisserschaft. Hohe Geldbußen würde er ihnen abpressen, die Steuern erhöhen und einige Höfe beschlagnahmen. Niemand war da, ihn daran zu hindern, der Kaiser des Heiligen Römischen Reiches Deutscher Nation widmete sich im weit entfernten Spanien seinem Zwist mit Frankreich.

Der von Bogenwald und seine Meute sollten dem Rabensteiner helfen, seine Forderungen durchzusetzen, wo sich ein kleiner Gutsherr widerspenstig zeigte. Claudius gefiel dieser Plan.

Und im Gegensatz zu dem Bogenwaldler, so dachte der Dominikaner seufzend, verstand sich der Burgherr auch auf die Anforderungen der Zeit, wo es um die äußeren Sitten ging, die ihn so angenehm und unverdächtig machten. Er las beispielsweise die neuesten Tischzuchten und befahl allen Rittern, seinen Höflingen und Beamten, sich bei Tafel ebenso geziert wie die feinsten italienischen Kaufleute und Patrizier zu verhalten, mit denen er Handel trieb.

Während in manchem dunklen Raubritternest während der Mahlzeiten immer noch gerotzt und gespuckt, das Mundtuch zugleich für die Nase benutzt wurde, man am Tischtuch sein Messer wischte und sich auf den Boden würgend erleichterte, wenn eine Speise nicht bekam, legte der Burgherr Wert auf Benehmen.

Mit weißem Leinen wurde seine Tafel bedeckt, die Mundtücher durften nur zum Abtupfen von Bratensud und Wein genutzt werden. In Schalen reichte man duftendes Wasser für die Hände herum, und die Damen spreizten den kleinen Finger, den man gemeinhin zum Reinigen des Afters nutzte, geziert von ihren Trinkbechern ab, um diesen nicht zu beschmutzen und ihren neuen Sinn für Reinlichkeit zu demonstrieren. Gegessen wurde nicht nur mit den Fingern, sondern auch mit silbernem Eßbesteck. Fein geschliffene, reich verzierte Messer und Löffel etwa, die über Venedig nach Deutschland kamen, waren darunter. Der gemeine Holzlöffel war in Burg Rabenstein längst verpönt.

Besonderen Gefallen hatte der Dominikaner an dreizinkigen kleinen Forken gehabt, die freilich nur zum Zierat herumlagen. Niemand wagte, dieses Werkzeug aus dem fernen Byzanz zu benutzen, da es dem Höllenspieß des Teufels so ähnlich sah und von dem der Teufelshasser und Tafelfreund Luther geschrieben hatte: »Gott möge mich vor Gäblein hüten.«

All diese Mühen um Prunk und Sitte lohnten sich, das wußte Bruder Claudius. Denn wollten sich die Altadligen nicht zum Gespött der eitlen Städter machen, taten sie recht daran, die neuen Sitten vollkommener anzunehmen und zu verfeinern, als die Krämer und selbst Patrizier es taten.

Höflichkeit mußte wieder an den Höfen walten, wollten sie nicht als barbarische Nester gelten und in Bedeutungslosigkeit versinken. Wer würde schon einem Edelmann huldigen, der sich wie ein Schweinehirt aufführte? Er hoffte, daß der Abend auch den Bogenwaldler beeindruckt hatte, denn ihr nächstes gemeinsames Ziel war die freie Reichsstadt Köln, eine der größten Metropolen Euopas, von der es hieß, sie sei über alle Maßen schön und ihre Bürger seien nicht nur reich, sondern auf Anstand bedacht. Wenn der Bogenwaldler das endlich begriff, so war in Köln viel zu holen, so viel, daß das nächste Ziel Rom heißen könnte.

Katholisch, wie der Rat der Rheinstadt war, mußte man nur Ängste vor Reformation und Aufruhr schüren, um nach Art des Rabensteiners kräftig Geld einzusacken. Im Mai 1520 noch hatte man Luthers Schriften dort auf dem Domhof verbrannt, vor einem Jahr gar ihren Druck verboten und zwei seiner Anhänger als Ketzer verbrannt. Die Stadt fürchtete das neue, antirömische Denken wie den Gehörnten selbst. Ein geschickt herbeigeführter kleiner Aufruhr unter dem Gesindel und den Armen, den Tagelöhnern, Mühlentretern und einigen gewitzten Handwerkern, der Tod einiger reicher Bürger, das würde selbst den stolzesten Ratsherrn Angst einjagen und sie um Beistand flehen lassen.

Ja, das versprach, ein gutes Geschäft zu werden. Claudius lächelte in die Nacht hinein und sog die frische, kühle Luft gierig ein. Ihn schwindelte plötzlich. Lag es an dem Wein, den er getrunken hatte, oder an seinen hochfliegenden Plänen?

Er brauchte noch Zeit, um sie genauestens auszuarbeiten. Er erhob sich aus der Nische, schloß das Fenster. Wie an jedem Abend zog er sein Säckchen mit der Knochenasche eines Gehenkten hervor, streute den magischen Kreis, hockte sich hinein und schlug das verkehrte Kreuz des Abtrünnigen auf seiner Brust.

Leise murmelte er die ihm von Faustus beigebrachten Beschwörungsformeln: »Nettor gedede in munda, hasisa, satanis, mesisa medantor.« In Wahrheit waren sie nichts als ein Gemisch von krudem Küchenlatein und der merkwürdigen Phantasie des selbsternannten Doktors. Gleichwohl, Wollust und Wonne überkamen den Dominikaner bei der geheimen Zeremonie. Der Fürst der Finsternis belohnte seine Knechte mit köstlichen Freuden.

Benommen legte sich Rufus nach seinem Nachtgebet ins Stroh. Murrend hatte der Wirt es zu später Stunde noch in den Gastraum geschaufelt. Der Bauer war zu erschöpft, um an dem Mahl seiner Gefährten noch teilzunehmen. Neben ihm lag Marie, die selig schlief, nachdem Märthe ihr ein wenig Brei und einen heißen Kräutertrank eingeflößt hatte.

Rufus strich dem kleinen Wesen über die widerspenstigen Locken. Nie zuvor hatte er einem Kind so große Beachtung geschenkt, doch die Wunder und Abenteuer, das Leid und die Todesangst der letzten Wochen hatten ihn weich gemacht. Ihm schien es, als sei die kleine Marie vielleicht das letzte unschuldige Wesen, das er kannte.

Sie seufzte unter seinen ungelenken Liebkosungen und drehte ihm im Schlaf ihr Gesichtchen zu. Wüßte er es nicht besser, so hätte er es für das Antlitz eines Engels gehalten. Doch Engel, das waren kämpferische Kerle, die für Gott stritten, keine Kinder mit rosigen, geblähten Wangen. Er ließ seine gesunde Hand auf Maries Locken ruhen, dann fielen ihm trotz des Lärms rund um den eben aufgebockten Tisch die Augen zu.

Die Mägde des Wirtes trugen schlaftrunken ein mit dicker Soße überzogenes Fleisch von zweifelhafter Frische und Gerstenmus auf. Gähnend, weil man sie aus dem Schlaf gerissen hatte, schenkten sie Bier aus und hofften, die nächtlichen Gäste würden ihr Mahl schnell vertilgen, auf daß sie sich wieder im Stall zwischen die warmen Leiber des Viehs kuscheln könnten. Die Nacht endete jetzt im Frühjahr immer schneller für sie, der Morgen graute kurz nach der fünften Stunde. Da war jeder späte Reisende eine Qual.

Doch die eben eingekehrte Gruppe zeigte wenig Anzeichen von Müdigkeit, die aufregenden Erlebnisse der Nacht hielten sie wach. Der Graf hatte inzwischen Frieden mit dem Kaufmann gemacht, und beide unterhielten sich über die Gefahren auf Reisen und die Unsicherheit der Straßen. Der Kaufmann erkannte, was für ein aufrechter Mann der Graf war, und faßte eine herzliche Zuneigung zu ihm, in die er auch dessen Knappen, den Landsknecht, einbezog.

Den Rest der Gauklerschar betrachtete er freilich noch immer mit Argwohn: die häßliche Alte, die schöne junge Magd, die gewiß eine Dirne war und die nun so eng bei jenem

Kerl saß, der den Überfall entdeckt hatte. Gut, dem würde er ebenfalls einige Heller schenken, doch ansonsten sollte der Lohn allein dem Ritter zukommen, der das Geld wohl nicht gleich versaufen würde, so wie es jetzt dieser Lautenschläger tat.

Fürwahr, Hans soff wie ein Fuhrknecht und stopfte sich das Fleisch trotz seines fauligen Geschmacks in Batzen in den Mund. Zugleich redete er munter auf die Wagenlenker und Knechte des Kaufmanns ein, die über seine Possen und Scherze herzlich lachten. Bruder Fresenius und Märthe betrachteten ihn kopfschüttelnd, aber mit Verständnis. Ein fahrender Geselle lebte nun einmal von der Hand in den Mund, feierte die Feste, wie sie fielen, und aß sich satt und rund, solange es zu essen und zu trinken gab.

Nahezu unberührt standen hingegen die Holzschüsseln vor Katharina und Sebastian. Das schöne Mädchen wußte sich nicht zu fassen, ob des Wunders, das mit dem Bergmannsknappen geschehen war: Er sprach. Mühsam zwar, aber doch einigermaßen verständlich, nur Tonhöhe und Lautstärke änderten sich ständig. Es war, als sei seine Stimme ein ungestümes Füllen, das auf einer Frühjahrswiese mit unsicheren Schritten das Laufen und Springen erlernt.

So komisch das auch war, Katharina zügelte ihr Temperament und verbiß sich jedes Lächeln. Da war etwas in den Augen des jungen Mannes, das sie zu ihm hinzog. Ein neuer, wacher Blick. Zum erstenmal erkannte sie, wie hübsch er war, mit seinen blonden Locken und der schmalen Nase.

Vielleicht war der Kerl nicht ganz so tumb, wie sie es in ihrem mitleidigen Herzen oft angenommen hatte. Doch an solche Gedanken nicht gewohnt, wischte sie sie schnell beiseite. Einer Magd wie ihr tat es nicht gut zu träumen.

Daß sie die Ursache des aufmerksamen Blicks in Sebastians leuchtenden Augen sein könnte, blieb ihr verborgen. Auch als Hesekiel auf ihre Schulter hüpfte, nachdem er zuvor ein paar Krümel Brot vom Tisch gepickt hatte, und ein Liedchen krächzte, das ganz von Liebe handelte, blieb Katharina arglos. Zum Kummer Sebastians, der Hesekiel mit klopfendem Herzen lauschte:

Du bist mein,
ich bin dein,
des sollst du gewiß sein.
Du bist verschlossen in meinem Herzen,
verloren ist das Schlüsselein:
Du mußt immer drinnen sein.

Mit unsicherer Stimme wiederholte Sebastian den Reim. Katharina lächelte ihm spöttisch zu. »Was für ein albernes Lied. Wer glaubt schon an so etwas wie Liebe? Geschwätz, ein Spiel für alte Narren und junge Böcke. Aber deine Stimme gewinnt Kraft. Ich denke, wir werden dich in unseren Chor aufnehmen können, wenn du fleißig übst. Keiner kann dich nun länger einen Krüppel nennen. Bruder Fresenius wird dich sicher die Sprechkunst lehren, so daß du bald mit uns mithalten kannst. Du mußt der glücklichste Mensch der Welt sein.«

Mit Mühe verbarg Sebastian seine Enttäuschung. Natürlich hatte er sich Katharina als Lehrmeisterin gewünscht und sie schon neben sich unter einem Baum sitzen sehen, beide über ein Buch gebeugt, so wie sie es am frühen Abend mit Hans getan hatte.

Fresenius erkannte, wie es um den jungen Mann stand, und mischte sich großzügig ein. »Liebes Mädgen, ich denke, daß von Euren Lippen die Lektionen lieber abgelesen werden als von meinem dürren Pfaffenmund. Auch soll die Jugend sich zur Jugend gesellen. Nehmt es also nicht übel, wenn ich Euch die Aufgabe überlasse.«

Katharina verzog den Mund. »Aber lieber Mönch, was soll

ich einfache Magd dem Kerl denn beibringen? Ich hab' ja selbst genug zu tun, um die Töne zu treffen, die Hans mich lehrt.« Was die reine Wahrheit war, doch für Sebastian war soviel Nüchternheit wie ein kalter Wasserguß an einem Frostmorgen.

Märthe warf einen vielsagenden Blick zu besagtem Hans hinüber, der auf einer Schlafbank längs der Wand lag und munter seinen Rausch ausschnarchte.

»Mir scheint, daß solche Töne dir nicht gut zu Gesicht stünden, Katharina«, scherzte sie. Fresenius lachte, und auch Sebastian stimmte schadenfroh mit ein, während die schöne Magd ihn wütend anblitzte.

Der Wirt hob schließlich die Tafel auf, die Mägde konnten sich kaum auf den Beinen halten, während sie das grobe Holzbrett mit den Speiseresten darauf hinaustrugen. Der Wirt löschte die Talglichter, wütend über die Verschwendung von so viel Licht zu später Stunde. Wer Glück hatte, ergatterte einen Platz auf der Schlafbank, die anderen drängten sich dicht an dicht, um es warm zu haben, nebeneinander ins Stroh. Zu seinem Leidwesen kam Sebastian nicht hinter Katharina zu liegen. Die nämlich hatte sich neben den schnarchenden Hans auf eine Schlafbank gedrängt.

Sebastian schluckte seine Enttäuschung hinunter und dankte Gott noch einmal für seine Stimme. Fleißig wollte er sie üben, um eines Tages Katharinas Wortwitz gewachsen zu sein. Mit diesem Gedanken schlief er endlich ein. Die Wanzen fielen von der Holzdecke und begannen ihr Werk, die Ratten raschelten und kratzten auf der Suche nach Fleischbrocken durch das Stroh. Hesekiel verscheuchte sie mit wütendem Schnabelpicken, dann flatterte er empor zur Decke und fand einen Ruheplatz auf einem mächtigen schwarzen Eichenbalken.

»Ihr wollt mich doch nicht beleidigen! Nehmt den Beutel, er steht Euch zu, und ich habe erst gerade gute Geschäfte gemacht«, der Kaufmann hielt dem Grafen nun schon eine gute Weile das Säckchen mit den rheinischen Dukaten hin. Der aber sträubte sich, es zu nehmen. Der eigensinnige Stolz des Edelmannes begann den hochherzigen Händler allmählich zu verärgern.

Während der Rest der Gruppe den morgendlichen Hirsebrei vertilgte oder den Kopf in den Wasserbottich im Hof steckte, spielte sich diese mißglückte Dankesszene ab. Hans, der einen gewaltigen Brummschädel auf seinen Schultern trug, beobachtete es mit einem jämmerlichen Grinsen. Ein Beil schien seinen Schädel zu spalten, und der freche Hesekiel nutzte seine Schwäche, um sich Hans' Brei zu sichern.

»Frau Märthe«, stöhnte der, »ist gegen diesen unsinnigen Schmerz in meinem Schädel nicht auch ein Kraut gewachsen?«

Die Alte lächelte. »Es tut mir leid, da gibt es zwar treffliche Mittel, doch ich führe sie nicht bei mir. Ein strammer Gang an der frischen Luft wird dir ebenso guttun.«

Gemeinsam mit Katharina versorgte sie die Wunde des Bauern, die endlich abzuheilen begann. Rufus' Gesicht hatte an diesem Morgen wieder etwas Farbe, der Schlaf war ihm gut bekommen. Als Märthe ihren Dienst an dem Verwundeten beendet hatte, schritt sie auf den Grafen und den Kaufmann zu, die immer noch ein Rededuell um die Dukaten führten.

»Nehmt es ihm nicht übel, Herr«, sagte sie, »gebt mir das Geld, wir können es gut verwenden. Es wird uns auf ein Jahr sicher nähren und kleiden. Seid bedankt im Namen des Herrn. Ihr tut ein gutes Werk.« Mit diesen Worten nahm sie dem Kaufmann den Beutel ab. Der stutzte kurz, ließ die Frau dann gewähren. Schließlich konnte er sich die Hand nicht aussuchen, die den ehrlichen Lohn entgegennahm.

Graf Traubstedt schnaubte nur und wollte sich abwenden. »Wartet«, sagte der Kaufmann, »wenn Ihr schon kein Geld nehmen wollt, so werde ich Euch wenigstens einen guten Leumund ausschreiben. Der wird Euch die Tore von Köln öffnen, solltet Ihr einmal in diese Gegend kommen. Fahrendes Volk ist nicht immer gern gesehen. Erst vor einem Jahr hat der Rat einem Bärenführer den Eintritt in die Stadt und die Vorführung der Bestie auf dem Alten Markt versagt.«

Der Graf zögerte kurz, immer noch unzufrieden mit seiner Rolle als Führer einer Gauklerschar, dann nickte er. Auch wenn er keineswegs vorhatte, unmittelbar nach Köln zu reisen, so schien ihm dieses Angebot doch günstig.

Eine große Stadt, das war in jedem Falle immer ein guter Unterschlupf, und man konnte nicht wissen, wohin einen die Fahrt verschlug.

Also hockte sich der Kaufmann auf ein Faß nieder, einer seiner Diener klappte ein kleines Pult vor ihm auf, schnitt ihm den Federkiel zurecht und reichte ihm Tinte und Papier. Der Händler schrieb mit fliegender Feder ein kurzes Empfehlungsschreiben für die Person, die das Schreiben vorweisen würde, und unterzeichnete in feinen Schnörkeln mit Ansgard Tuchscherer.

»Selbst beim Rat könnt Ihr mit diesem Schreiben Ehre einlegen. Ich habe einen guten Namen in der Stadt«, versprach er, denn er gehörte zu den reichen Patriziern. Seine Handelsware war feinster Kölner Barchent und gutes Sartuch, das stets die drei Kronen des Stadtwappens als Stempel trug, der für feinste Qualität bürgte.

Der Graf nahm das Schreiben mit einer kurzen Verbeugung an. Zwar behagte ihm die Händlerszunft im allgemeinen nicht sehr, doch der Tuchscherer schien ein ehrbarer Mann zu sein. Nachdem die Geschäfte zwischen den beiden Männern endlich geregelt waren, setzten auch sie sich zum Frühstück hin. Der Kaufmann erzählte von seiner Reise nach Nowgorod im Osten, wo er seinen Sohn in einem Handelskontor installiert und gute Geschäfte getätigt hatte.

Der Graf, den sein Heeresdienst nur bis Italien geführt hatte, lauschte gespannt den Berichten über Brügge, Amsterdam und Venedig. Städte, die der Kaufmann alle mehrfach besucht hatte. Seine Bewunderung für den Kölner wuchs, denn alle diese Reisen, wiewohl auf den besten Wagen und Pferden zurückgelegt, waren gefährlich und aufregend. Zugleich wußte der weitgereiste Händler über die Welt zu berichten und war weniger engstirnig als viele Edelleute, die der Graf kannte.

Begeistert berichtete Ansgard nun von Italien, der Sippe der Borgias und den Universitäten, die sie stifteten.

»Glaubt mir«, sagte er, »es bricht eine neue Zeit an. Die gebildeten Stände von ganz Italien sprechen davon. Es ist wunderbar, zu sehen, wie sich die Wissenschaften aus der Dunkelheit zum Licht erheben. In Italien habe ich vor Jahren einen gewissen da Vinci im Palazzo eines hochgestellten Kaufmannes getroffen. Bei einem Bankett war's, und der Mann wußte unglaubliche Dinge zu berichten. Flugmaschinen hat er gezeichnet, mit denen Menschen sich den Vögeln gleich in die Lüfte schwingen können. Ein reines Werk der Mechanik. Auch den Lauf der Planeten wußte er zu beobachten. Zugleich war da Vinci ein Künstler ersten Rangs. Glaubt mir, ein Jahrhundert, das solche Menschen hervorbringt, kann nicht verloren sein.« Der Kapuziner lauschte schweigend und lächelte, er selbst kannte ein wenig von da Vincis Werk; doch daß dies Jahrhundert ein neues, ein prächtiges, ein vielverheißendes war, das mochte er nicht glauben.

Interessiert folgte auch Märthe den Worten des Kaufmanns. »Sagt, hat dieser Leonardo nicht auch die Medizin studiert?« fragte sie. Der Kaufmann wandte sich der häßlichen Alten zu. Was wußte dieses verhutzelte Weiblein schon von den großen Männern dieser Zeit? Er antwortete nicht. Doch Märthe ließ nicht locker.

»Guter Mann, vielleicht habt Ihr bei Euren Reisen auch

von Paracelsus gehört, der ein Student der medizinischen Fakultät ist. Auch er weilte an den Universitäten der Borgias und hat Schriften und Zeichnungen da Vincis erwähnt. Der soll sogar das Innenleben des Menschen erforscht und die Anatomia gezeichnet haben. Den Sitz des Herzens und der Gedärme hat er genau bestimmt.«

Erstaunt musterte der Kaufmann die Alte aufs neue. Was sie sagte, entsprach der Wahrheit.

»Ja, denn er hielt die Zusammensetzung des menschlichen Körpers für ein großes Kunstwerk, das der Allmächtige selbst schuf. Aber woher wißt Ihr das?«

Märthe kraulte Hesekiel den Kopf und blinzelte dem Händler aus klugen Augen zu. Leise hob sie dann wieder an, ihre Stimme war unterlegt von leichtem Spott. »Nun, ich habe den Paracelsus eine Weile begleitet und einige Künste von ihm erlernt. Er ist ein großer Meister, der es versteht, Arzneien zu mischen. Auch ist er ein höchlich begabter Alchimist, der es versteht, feine Auszüge aus Pflanzen und Mineralien zu destillieren. Er ...«

Der Wirt unterbrach ihre Ausführungen und erschien mit einer Schiefertafel, auf der er nun die allgemeine Zeche ankreidete und zusammenrechnete. Eine lächerlich hohe Summe verlangte er sodann für sein schlechtes Fleisch und das dünne Bier vom Vorabend. Der Kaufmann zahlte, ohne zu murren.

Den Grafen wunderte das, und er zischte dem gierigen Wirt ein Schimpfwort hinterher. Der Händler schlug ihm besänftigend auf die Schulter. »Was wollt Ihr tun? So sind diese Wirte, und wer nicht zahlt, dem zieht er mit dem Knüppel den Scheitel nach. Laßt's gut sein, lieber Freund, macht kein Aufsehen. Mit einer aufmüpfigen Gauklerschar, die nach Recht kräht, macht man gerne kurzen Prozeß.«

Das sah der Graf ein und sammelte seine Schar zum Aufbruch. Die Wagenpferde wurden angeschirrt, die Breischalen in den Schweinekoben geleert. Man beschloß, noch eine Weile des Wegs gemeinsam zu reisen, um jedes Gesindel abzuschrecken. Marie durfte auf dem Wagen des Kaufmanns mitreisen, welcher ein schönes Verdeck aus gewachstem Tuch trug und mit strohgefüllten Kissen ausgelegt war.

Märthe setzte sich dazu und unterhielt das Mädchen mit Geschichten von sprechenden Katzen und Bären. Hans war noch nicht wieder in der Lage, seine Laute zu schlagen, mit schlurfenden Schritten bildete er neben dem schweigsamen Michael die Nachhut. Sebastian freute diese Aufteilung sehr, konnte er so doch neben Katharinas Pferd herlaufen und mit ihr sprechen. Allerlei Unsinn kam dabei heraus, doch Katharina schien es nicht zu bemerken.

Rechts und links von ihnen gingen die Frühjahrssaaten auf den Äckern auf. Der erste Mohn zeigte zarte rote Köpfe. Lange war es her, daß sie an solch blühenden Äckern vorbeigezogen waren.

Eine Stunde Wegs hatten sie hinter sich gebracht, als sie eine steinerne Brücke erreichten, die ohne Sinn und Nutzen über das hügelige, doch keineswegs bergige Land gebaut worden war. An beiden Enden des Überwegs waren kleine Häuschen aufgemauert, über deren Türen ein herrschaftliches Wappenschild prangte und in denen Zollwächter ihren Dienst taten.

Der Graf schüttelte mißbilligend den Kopf. »Welcher Tor hat diese Brücke gebaut? Sie macht keinen Sinn.«

»Der Herr von Rabenstein«, antwortete der Kaufmann, sprang von seinem Wagen und kramte in seinem Gürtelbeutel nach dem fälligen Wegzoll. »Er ist ein gewitzter Mann«, fuhr er ungerührt fort, »da sich keine Flüsse durch sein Land ziehen und er keine Schiffszölle einnimmt, hat er mehrere Brücken bauen lassen, um sich so unser sauer verdientes Geld zu sichern.«

Er zählte eine Handvoll Münzen ab und reichte sie einem

seiner Diener, der auf das Zollhaus zulief. Die Wächter traten mit hochmütiger Miene vor ihr Häuschen, ganz als seien sie selbst der Herr und nicht dessen Zolleinnehmer. Umständlich nahmen sie den Diener in Empfang, fragten nach seinem Herrn, der bereits gemachten Strecke, dem Woher und Wohin.

Noch war man in diese Verhandlung vertieft, als vom anderen Ende der Brücke her eine kleine Reitergruppe auf den Wagentroß zutrabte. Das Eisen der Hufe klapperte hart über die Brückensteine.

Prachtvoll waren die glänzenden Pferde geputzt und aufgezäumt, sie trugen edle Satteldecken und beschlagenes Zaumzeug. Modisches Gepränge, mit dem man die Turnierausrüstungen der alten Ritter nachahmte. Die Reiter trugen feinstes Jagdhabit, kurze leichte Kleider in leuchtenden Farben über engen Hosen. Auf ihren Köpfen trugen sie blinkende Schmuckhelme oder prächtige Samtkappen mit gefärbten Reiherfedern. Ihre Stiefel waren aus weichem Leder genäht.

Der erste Reiter hatte nur die rechte Hand am Zügel, auf seiner linken, die zur Faust geballt war, thronte ein Falke, die Schutzkappe über dem Haupt.

Als die Gruppe näher kam, eilten sich die Zollwächter, ihre Mützen zu ziehen. Der Graf kniff die Augen zusammen, um die Wappenfarben auf der Satteldecke zu erkennen. Dann entdeckte er in der zweiten Reihe eine ihm nur zu bekannte Rüstung. Der von Bogenwald war mit von der Partie. Graf Traubstedt zögerte keine Sekunde.

Mit eiligen Schritten suchte er das Ende seiner Wagenkolonne. Er befahl Michael und Bruder Fresenius, sofort in dem überdeckten Wagen des Kaufmanns Platz zu nehmen.

»Der von Bogenwald, hier?« fragte der Kapuziner grimmig.

»Ja«, antwortete der Graf, »verbergt euch, sonst nimmt die

Begegnung kein gutes Ende. Mich wird er nicht erkennen, da ich ihn von hinten niederhieb, aber eure Gesichter hat er sich gewiß gemerkt. Eilt euch, wir können es hier nicht zum Kampf kommen lassen.«

Auch Märthe hatte den Ritter erkannt und zog den Bauern Rufus zu sich hinauf. »Ist der Dominikaner dabei?« fragte sie. Der Graf schüttelte den Kopf. An dem Jagdritt nahmen nur Ritter, Knappen und die Falkner teil.

Jetzt hatte der Trupp das Ende der Brücke erreicht und zügelte die Pferde. Die Zollwächter verbeugten sich tief, ihr Herr sah nur kurz auf sie hinab. Er verharrte, um zu warten, bis der Handelszug seine Wagen zur Seite gelenkt hatte, um ihm Platz zu machen.

Als das geschehen war, gab sein Gefolge den Pferden wieder die Sporen, in stolzem Galopp flog die Gruppe vorbei. Der von Bogenwald warf nur einen kurzen, begehrlichen Blick auf die schöne Katharina, die einem Wagenpferd die Zügel hielt. Sebastian streckte seinen Rücken, bereit, seine Angebetete vor weiteren frechen Blicken zu schützen. Der von Bogenwald lachte nur verächtlich, dann klappte er sein Helmvisier wieder hinab und jagte mit den anderen die Straßenböschung hinab über die frisch blühenden Felder auf einen Wald zu.

Graf Traubstedt verfolgte es zornig. Das genau waren die Herren, die er zutiefst verachtete. Mit den Hufen ihrer Pferde zerstörten sie aus reinem Übermut das Tagwerk vieler Bauern und scherten sich einen Dreck darum, wie die Landleute am Ende des Sommers ihre Ernteabgaben leisten sollten.

Die Zollwächter ließen nun den Zug passieren. Sobald man die Brücke überquert hatte, griff der Kaufmann wieder in die Zügel und verlangsamte das Tempo. Der Graf schloß zu ihm auf.

»Was war das eben? Habt Ihr von dem Rabensteiner etwas zu befürchten?« fragte er und warf einen Blick ins Innere seines Wagens, wo Märthe, Fresenius, Rufus und Michael kauerten.

Der Graf nickte leicht, sagte dann aber nur: »Guter Mann, wir wollen Euch nicht in unsere Angelegenheiten verstricken. Besser, Ihr fragt nicht, aber ich gebe Euch mein Ehrenwort, daß wir weder Unrecht vor Gott getan haben noch flüchtige Galgenvögel oder gemeines Diebsgesindel sind.«

Der Kaufmann ließ es dabei bewenden, man wurde sich einig, noch bis zum nächsten Dorf unter der Burg Rabenstein gemeinsam zu reisen.

»Dort«, so versprach der Graf, »wollen wir Euch verlassen. Denn auf uns wartet hier eine Arbeit, die getan werden muß.« Dabei dachte er an den Bogenwaldler. Schweigend setzten sie die Fahrt über die sonnenglänzende Straße fort. Die Stimmung war gedrückt. Der Kaufmann sann darüber nach, was für Händel der aufrechte Ritter mit dem von Rabenstein haben könnte. Das Duell wollte ihm nicht gefallen. Was könnte man gegen einen mächtigen Landherrn wie den Rabensteiner schon ausrichten? Ganz nüchterner Kaufmann, wog er beide Seiten gegeneinander ab und kam zu dem Schluß, daß der Graf der Verlierer sein würde.

Er selbst wollte sich beeilen, das Gebiet schnell zu verlassen. Wie alle Kaufleute wußte er, daß dieser Wegabschnitt trotz der hohen Zölle nicht gut bewacht war. Die heitere Stimmung des Morgens war dahin.

Hesekiel piesackte Hans schließlich so lange, bis dieser zur Laute griff und ein Lied anstimmte. Der Kaufmann hörte es mit einigem Vergnügen, auch wenn ihm die Spielleute nicht mehr recht geheuer waren. An einer Wegbiegung trennte man sich schließlich. Noch einmal wiederholte der Kaufmann seine Einladung nach Köln und versprach seine Gastfreundschaft. Dem Grafen gab er noch die Hand darauf, dann zog sein Troß weiter den Hellweg entlang. Die anderen nahmen einen staubigen Abzweig zum Dorf von Rabenstein.

Der Zug der Gaukler wurde im Dorf mit Mißtrauen begrüßt. Die Frauen schickten ihre Kinder in die verrauchten Hütten und scheuchten ihre Gänse und Hühner vom Dorfteich weg in die Umfriedung ihrer Häuser. Aufgeregt grunzend empfingen die Schweine einige Stockhiebe, mit denen sie von der staubigen Straße getrieben wurden.

Hinter den Zäunen standen einige Bauern und beobachteten die fahrenden Leute. Der Dorfschmied hielt in seiner Arbeit inne und trat, seinen Hammer bedrohlich vor seiner nackten Brust tragend, vor die Werkstatt. Er war ein gewaltiger Mann, der klare Zeichen gab, daß er die Dörfler zu schützen wisse.

Die unfreundliche Begrüßung veranlaßte den Grafen zu dem Befehl, einfach weiterzuziehen, um einen Rastplatz außerhalb des Weilers zu finden. »Ich glaube kaum, daß man hier an unserem Auftritt Gefallen finden wird«, knurrte er mit zusammengebissenen Zähnen. Ein Edelmann, der zum Spott von Dorftölpeln wurde, das schmeckte ihm sauer.

Einzig Hans blieb unbekümmert und schlug die Laute. Marie winkte einer Schar von Kindern zu, die neugierig und trotz des Schimpfens und Zeterns ihrer Mütter vor einen Zaun traten. Ihnen gefiel die bunte Tracht der Gaukler, die Musik und Sebastian, der zu ihrer Freude nun ein paar Keulen aus den Satteltaschen eines Pferdes zog und sie durch die Luft wirbeln ließ. Unbekümmert klatschte gar ein kleiner Bube mit schmutzigem Gesicht in die Hände und lachte laut.

Es bekam ihm freilich schlecht, denn seine Mutter erschien mit einem Reisigbesen und scheuchte ihn mit kleinen Hieben zurück in die niedrige Hütte, aus deren Dach dünner Rauch aufstieg.

In kurzer Zeit hatte die Gruppe das Dorf durchquert. Mit mißtrauischen Blicken verfolgten die Dörfler die abziehende Schar.

Dem Herrn von Rabenstein würde es gewiß nicht recht sein, wenn sie in solchen Zeiten solches Gelichter aufgenommen hätten. Erst gestern hatte der Mönch im weißen Gewand ihnen unter der Dorflinde mit flammenden Worten das Fegefeuer ausgemalt, darin sie für immer schmoren würden, wenn sie sich mit fremden Fahrensleuten oder gar letzten aufständischen Bauern einließen.

Wer wußte schon, wer sich hinter den Masken der Gaukler verbarg. Schlechtes Volk allemal. Und sosehr ihnen die Laune nach etwas Musik und Tanz auch stand in so schweren Zeiten, so gewaltig war auch ihre Furcht vor dem Unwillen des Herrn von Rabenstein, der ihrer aller Richter war.

12.

»Und wenn dein Herr ein Leben führt,
das bübisch ist, so schmiege dich.«

Erasmus Alberus, um 1500

Die Zollwächter gaben Claudius brav die gewünschte Auskunft. Einige Pilger hatten sie passieren lassen, die gen Westen zogen auf dem Weg nach Santiago de Compostella. Armselige, magere Kerle, die ihren Bußdienst gegen Geld und in Stellvertretung für einige reiche Sünder unternahmen. Claudius interessierte sich nicht für sie. Auch nicht für die Leinweber, die wenig später über die Brücke gezogen waren. Er horchte erst auf, als man ihm den Troß eines anscheinend recht wohlhabenden Kaufmannes aus Köln schilderte.

Einer, genau wie er ihn suchte, eine prachtvolle Zielscheibe für sein Vorhaben. Zufrieden knetete der Dominikaner seine Fingerknöchel, unter der dünnen Haut schimmerte blau sein Blut durch. Er hatte nicht gehofft, so schnell ein Opfer zu finden.

Claudius erkundigte sich nach dem Namen des Händlers und der Größe seines Zuges. Tuchscherer habe der Kerl geheißen, recht prächtig sei sein Troß gewesen, antworteten die Zollwächter und sprachen auch von prallgefüllten Geldbeuteln. Claudius nickte zufrieden und setzte seine Befragung fort, die Kapuze des schwarzen Skapuliers beschattete sein Gesicht, so daß sein aasiger Blick verborgen blieb.

»Wie stark war die Bewaffnung des guten Mannes? Die Gegend ist recht unsicher, und ich sorge, daß er unbeschadet fortkommt.«

Die Zollwächter dachten kurz nach, zählten dann die Knechte, Diener und Wagenlenker auf. »Aber sorgt Euch nicht«, schloß dann der eine ab, »in Begleitung des Händlers reisen ein Ritter und ein Landsknecht und eine Gauklerschar, darunter recht kräftige Kerle.«

Claudius stutzte. »Ein Ritter, sagtet ihr? Ein Landsknecht?«

»Ja, Herr, und der Landsknecht trug die Braunschweiger Tracht. Mag sein, daß sie von der großen Schlacht gegen die Bauern zurückkehren. Was die Gaukler freilich mit dem Händler zu schaffen hatten, wissen wir nicht.«

Gaukler? Claudius wandte sich grußlos ab und nahm den Weg zurück über die Brücke. Das gefiel ihm nicht. Woran erinnerte ihn das? Hatte er nicht kürzlich von Masken geträumt? Waren damit diese Gaukler gemeint gewesen? Er hielt auf der Mitte der Brücke inne, dann drehte er sich noch einmal zurück und lief mit fliegender Kutte auf die Zollwächter zu, die sich gerade auf ihren nachmittäglichen Krug Bier in das Wachhaus zurückziehen wollten.

»Sagt, war da auch ein Mönch unter den Reisenden?«

Einer der Zollwächter kratzte sich den grindigen Kopf. Dieser Dominikaner war eine Plage und unhöflich dazu.

Trotzdem mußten sie gute Miene machen, denn er residierte auf der Burg.

Ungeduldig wiederholte Claudius seine Frage.

»Mmmh«, brummte einer der Wächter, »ja, glaub' schon, daß da ein Pfaffe, oh, verzeiht, also ein Mönch dabei war. Trug eine braune, schäbige Kutte mit schmutzigem Saum. Ja, der war dabei, aber als die Wagen über die Brücke rollten, hab' ich ihn nicht mehr gesehen, wenn ich mich recht entsinne. Aber, doch ja, da war ein . . .«

Bruder Claudius hörte die letzten Worte schon nicht mehr. Er mußte so schnell wie möglich zurück zur Burg. »Seltsamer Bruder«, brummte der Wächter und spuckte aus. Ganz trokken war seine Kehle nun schon, Zeit für sein Bier.

Die Jagd ging gut voran. Der Falke hatte bereits einige junge Kapaune und Kaninchen gerissen. Die Beute hing noch warm an den Sattelknäufen. Nun entschloß sich die Gruppe zu einem Ritt auf einige Frischlinge. Man trennte sich und versuchte das Wild einzukreisen. An der Seite des Rabensteiners ritt der von Bogenwald. Dem Falken hatte man die Mütze wieder über den Kopf gezogen, nun waren Speer, Pfeil und Bogen gefragt. Ein Rascheln ließ die beiden Männer aufhorchen. Sie zügelten ihre Pferde und zwangen sie zu leichtem Schritt. Das Rascheln wurde stärker. Zweifelsohne versuchte dort ein Tier die Flucht. Der Bogenwaldler sprang behende von seinem schönen Fuchs und schlich auf leisen Ledersohlen dem Geräusch nach. Jetzt löste sich vor ihm eine Gestalt aus dem Gebüsch und rannte mit riesigen Schritten in Richtung des dichter werdenden Waldes.

»Ein Wilddieb«, rief der Ritter dem Rabensteiner zu, der ebenfalls aus dem Sattel gestiegen und mit erhobenem Speer dem Bogenwaldler gefolgt war. »So eine Teufelsbrut«, fluchte er und schrie dem Flüchtenden hinterher, »dafür wirst du noch heute hängen.« Dann setzten beide dem armen Kerl hinterher, der gerade einen Hasen aus der Schlinge hatte holen wollen, als die Herren ihn überrascht hatten.

Flink wie ein Wiesel schlug er nun Haken, zwängte sich durchs Dickicht im fast unberührten herrschaftlichen Wald. Doch eine selbstgelegte Fallschlinge wurde ihm zum Verhängnis. Sein schlecht geschnürter Bundschuh verfing sich, er fiel nieder und konnte sich nicht rechtzeitig aufrappeln. Er wendete sich um und blickte direkt auf die Speerspitze, die ihm der Herr von Rabenstein vor die Nase hielt.

»Da haben wir aber satte Beute gemacht«, sagte der höhnisch. Sein Freund von Bogenwald packte den Wilderer unsanft beim Kragen seines schmutzigen Kittels und zerrte ihn hoch. »Sollen wir uns gleich an die Bestrafung machen?« fragte er und griff nach seinem Jagdmesser.

»O nein, wir wollen doch meine lieben Lehnsleute nicht um das Vergnügen einer ordentlichen Hinrichtung bringen. Das kommt mir gut gelegen, ihnen gerade jetzt ein Beispiel zu setzen. Bind ihn! Wir werden ihn zunächst durchs Dorf prügeln und morgen eine ordentliche Verhandlung unter der Linde führen. Ganz nach alter Sitte.«

Danach versetzte er dem verängstigten Mann vor sich einen Fausthieb, der ihn zu Boden warf, und wandte sich um. Der Bogenwaldler band den ertappten Wilderer mit den Lederriemen seiner eigenen Schuhe und prügelte ihn zu den Pferden zurück.

Nur wenige freuten sich im Dorf auf das angekündigte Spektakel der Hinrichtung. Allein die aus fernen Höfen zuströmenden Bauern, die den armen Sünder Thomas nicht recht kannten, erwarteten eine willkommene Abwechslung zusätzlich zu den wenigen Markttagen, für die sie ihre Gehöfte verließen.

In der verrußten Hütte des Schmieds saß man noch um ein kleines, mageres Feuer, obgleich die Sonne schon vor zwei

Stunden untergegangen und längst Schlafenszeit war. Im Stall neben der Küchen- und Wohnstube schnaubte unruhig ein Gaul, selbst das Vieh schien die Unruhe zu spüren. Mit verkniffenem Gesicht saß der mächtige Mann da, seine Frau mühte sich, das magere, doch teure Licht des Feuers zu nutzen, und ließ die Spindel kreisen. In einer Decke nahe am qualmenden Feuer, das beißenden Dampf in den Raum schickte und die rußigen Wände und Balken weiter schwärzte, kauerten die Kinder des Hauses zusammen.

Der kleine Tilmann rieb sich seine brennende Backe. Mit seiner vorlauten Munterkeit und der Bitte, morgen recht nah beim Galgen stehen zu dürfen, hatte er sich eine kräftige Maulschelle eingefangen. Sein Vater war ein gestrenger Mann. Tilmann dachte trotzig an die Bauern, die auf dem Dorfanger kampierten, Würfel spielten und sich ein rechtes Fest aus der Hinrichtung machten. Was machte seinen Vater nur so zornig? Nicht eine Freude gönnte er den Seinen, auch die Gaukler, die seit wenigen Tagen vor dem Dorf im Wald lebten, erregten sein Gemüt. Dabei waren das gewiß gute Leut. Eine Schüssel Brei hatten sie ihm angeboten, mit einem guten Löffel Honig darin. Gut, daß er seinem Vater davon nicht berichtet hatte! Ohne Reue rieb er sich weiter die brennende Wange und stieß unwillig die Hand einer seiner Schwestern fort, die auf seinem Kopf die Läusenissen knacken wollte.

Vor dem Feuer regte sich nun der Schmied, er rutschte auf dem grob gezimmerten Hocker hin und her. Seine Frau ließ weiter die Spindel tanzen und wartete darauf, daß er das Wort erhebe.

»Es ist nicht recht, Weib«, brummte schließlich der Schmied. »Der Herr hat zu hart geurteilt.«

Seine Frau schwieg. »Der Hunger ist zu groß. Thomas konnte seine Kinder nicht nähren. Was sollt' er tun?« Der Schmied schürte das niederbrennende Feuer mit einem eisernen Haken.

»Er hat gegen das Jagdrecht verstoßen, lieber Mann. Er wußte wohl, welche Strafe das nach sich zieht.«

Der Schmied drehte seiner Frau unwillig den Rücken zu. Tilman wagte es, ein wenig nach vorne ins Licht des Feuerscheins zu rücken. Das war ungeheuerlich, was sein Vater da sprach. Tilmann wußte das wohl. Wilderei war eines der bösesten Vergehen, dessen sich ein Bauer schuldig machen konnte.

»Weib, ich kenn' das Recht, aber was, wenn einer nichts zu beißen und eine Familie zu nähren hat. Glaubst du, ich könnte euch hungern sehen? Der Herr hat ganz unsinnige Abgaben gefordert in diesem Jahr, das hat den Thomas ins Elend getrieben und seine ganze Familie dazu.«

Seine Frau griff nach der Spindel und legte sie in ihren Schoß. »Lieber Mann, sorgt Euch nicht. Ich weiß, daß Ihr immer unser Brot beschaffen werdet. Unsere Kinder sind kräftig, der Tilmann wird bald als Knecht gehn. Macht Euch keine Sorgen.«

Der Schmied lächelte grimmig, das neu geschürte Feuer warf tanzende Schatten auf sein Gesicht, das auch nach vielen Eimern Wasser und ordentlichem Schrubben nie mehr ganz weiß wurde.

»Liebe Frau, um mich sorg' ich mich nicht. Doch wir sind alle lange brav gewesen, haben keine Unruh' gestiftet wie das Volk in Thüringen, und dankt uns der Herr das? Er straft härter als je, kennt keine Gnade und kein Erbarmen. Immer mehr Bauern werden zu ärmsten Knechten unter seiner Gewalt. Er hat uns die Gemeindewiese genommen für seine Pferde, so daß unser Vieh auf schlechtem Grund weiden und vieles krepieren muß. Ist das Recht, frage ich dich?«

»Schweig, Mann! Ich will so etwas in unserem Haus nicht hören. Du weißt, wohin solche bösen, lästerlichen Gedanken führen. Gott hat die Welt nun einmal so eingerichtet.«

»So, daß nun das Weib und die Kinder von Thomas elend werden und hungern müssen?«

»Wir werden ihnen das Brot nicht verweigern, wenn sie vor unsere Türen kommen«, sagte die Frau des Schmieds bestimmt, doch sie wußte, daß man mit einigen Almosen der Familie nicht würde helfen können. Alle waren sie zu arm, um zusätzliche Mäuler zu stopfen und armen Leuten ein Dach über dem Kopf zu gewähren.

»Der Ritter da im Wald sagt, daß der von Rabenstein ein Schurke ist.« Tilmann waren die Worte rausgerutscht, bevor er sich besinnen konnte. Doch die Rede des Vaters hatte ihn stark erregt.

Der wandte sich jetzt mit zornig blitzenden Augen zu seinem Sohn um. »Was hast du mit dem Gauklervolk zu schaffen?« Drohend erhob sich der mächtige Kerl, Tilmann kroch zurück in seine dunkle Ecke, die Augen starr auf die kräftigen Arme des Vaters gerichtet, die sich nun nach ihm ausstreckten.

»Komm vor, Bube, komm!« Ängstlich kroch Tilmann wieder ins Licht, es gab ja keinen Fluchtweg.

Der Vater zog ihn hoch und zerrte ihn vors Feuer. Dann hockte er sich wieder auf seinen Hocker. Tilmann fühlte kurz, wie sich wohl Thomas vor dem Richtthron des Herrn von Rabenstein gefühlt haben mußte. Sein kleiner Körper zitterte.

»Va-, Va-, Vater, nehmt's nicht übel. 's war auf dem Weg zur kranken Mume Tryn, der ich die alten Äpfel bringen sollt'. Da hat mir ein Kerl den Weg verstellt, und ich hatt' große Furcht und konnt ihm nicht auskommen.«

Das war nicht die ganze Wahrheit, denn Tilmann hatte mit voller Absicht und getrieben von Neugier selbst den Weg zum Lager der Gaukler eingeschlagen, statt schnurstracks zur Mume zu laufen, wie es sein Auftrag gewesen war. Auch hatte ihm kein Kerl den Weg verstellt, sondern ihm mit der

Laute ein munteres Lied vorgetragen, das Tilmann mit Freude und leichtem Herzen gehört hatte.

Und schließlich hatte ein kleines Mädchen mit niedlichem Gesicht und wilden Locken ihn vertrauensvoll bei der Hand genommen und in das Lager gezerrt, da hatte man ihm Brei angeboten, und er hatte arglos den Gesprächen des Ritters und der häßlichen Alten gelauscht.

Der Vater schüttelte ihn nun. »Was hat dir der Graf gesagt?«

Stotternd gab der Kleine Bericht, schließlich aber faßte er neuen Mut, da sein Vater mehr an seiner Erzählung als einer Bestrafung interessiert schien.

»Sie haben davon gesprochen, daß es nicht recht sei, den Thomas zu foltern und aufzuknüpfen, da der Wald einem jeden gehören müsse. Auch haben sie gemeint, der Herr von Rabenstein habe ohnehin satt und genug zu essen und jage nur zum Vergnügen. Deshalb wollen sie den Thomas freischlagen. Doch das wird ihnen nicht gelingen, Vater, oder?«

Der Schmied ließ seinen Sohn gehen und versank in dumpfes Schweigen.

Ängstlich betrachtete ihn seine Frau. In ihrem Mann wohnte seit kurzem ein aufrührerischer Geist. Gestern erst hatte er ihr einen merkwürdigen Spruch zitiert, der da hieß: »Es ist jedermann eingepflanzt eine Liebe der Freiheit vorm freien Gott.« Wo sollte denn solches Gerede nur hinführen? Gerade jetzt, wo man von überall hörte, wie grausam die Bauern gestraft worden waren.

Sie betete zur Jungfrau Maria, daß sie seinen Zorn besänftigen möge. Es hatte ja keinen Sinn, mit dem Schicksal zu rechten. So wie es war, war es nun einmal, und wie stark ihr Mann auch gewachsen sein mochte, so war er nur ein dünner Grashalm vor den mächtigen Söldnern des Burgherrn. Gebe Gott, so flehte die Frau, daß er sich besinnen und wieder ganz in seiner Arbeit aufgehen würde. Dieses düstere Grübeln über Recht und Unrecht bekam ihm nicht.

Nach einer Weile schien sich der Schmied zu besinnen. Er befahl seiner Frau, in die Schlafkoje zu kriechen, und wünschte auch seinen Kindern eine gute Nacht, dann packte er seine Mütze vom Haken, setzte sie auf und verschwand in die Nacht. Die Frau löschte das Feuer, entkleidete sich, setzte die Nachthaube auf und stieg besorgt in die Holzkoje, dann klappte sie die Laden zu und lag allein im Dunkel ihrer großen Furcht.

13.

»Und sie nahmen Ruß aus dem Ofen und traten vor Pharao,
und Mose sprengte ihn gen Himmel.
Da fuhren böse schwarze Blattern an den Menschen.«

2. Buch Mose, 9,10

Hell war der Festsaal erleuchtet. In den schmiedeeisernen Leuchtringen, die von der Decke herabhingen, steckten Hunderte von brennenden Talglichtern. Wieder war die Tafel reich gedeckt, und die Damen hatten sich nach neuer Sitte weiß und rot gepudert und geschminkt. Sie spitzten ihre bemalten Lippen und lachten über die Scherze der Ritter. Ihre Ausschnitte ließen tief blicken, als wollten sie alle Sinne betören. Dem Bruder Claudius gefiel dieses ausschweifende Fest weit weniger als die Willkommensfeier nur wenige Tage zuvor. Sein Herr war wie von Sinnen, wahnsinnig vor Lust und Freude, weil morgen einmal mehr ein Bauer gerichtet werden sollte. Sein Blutdurst war unbezähmbar.

Umsonst hatte Bruder Claudius zur Eile geraten. Gerne

hätte er noch am Tag, an dem er vom Tuchscherer Ansgard und seiner seltsamen Begleitung erfahren hatte, dem Troß mit einer Schar verwegener Landsknechte nachgesetzt. Die Zeit drängte. Mit der Überwältigung des Kaufmannes, der Gaukler und des Mönches durch einige gut bewaffnete Söldner hätte er seinen Plan gut vorantreiben und mögliche Gegner wie den Kapuziner ausschalten können.

Seufzend dachte Claudius noch einmal über die vertane Chance nach. Ein entführter Kaufmann, damit hätte man den Ratsherrn von Köln mächtig Angst einjagen, zugleich Lösegeld von seiner Familie erpressen und schließlich mit einer geschickt eingefädelten Befreiung der Geisel durch den Ritter von Bogenwald selbst dessen Stellung erheblich festigen können.

Doch der Ritter hatte sich nicht von seinem Vergnügen abbringen lassen, berief sich immer wieder auf die Dienste, die er seinem Freund von Rabenstein versprochen hatte. Dabei reizte ihn nur die Hinrichtung, der Geruch von Angst und Tod.

Auch gefielen ihm die losen Burgfräulein, die sich nicht zierten, sein Lager zu teilen, das gute Essen und der noch bessere Wein. In großen Zügen trank er nun schon den dritten Krug leer, nahm Wetten darüber an, wieviel er auf einen Schluck saufen konnte, und griff den Damen in die Ausschnitte.

Ärgerlich wandte Claudius sich von der Festgesellschaft ab und warf einen weiteren mißtrauischen Blick auf den Lautenschläger, den Jongleur und die schöne Sängerin mit dem weißen Raben auf ihrer Hand. Natürlich war es Unsinn, nun hinter jedem billigen Gaukler einen raffiniert getarnten Rebellen zu vermuten. Die Gaukler, die er fürchtete, waren ja bereits vier Tagesreisen entfernt. Vier Tagesreisen, seufzend drehte sich Claudius wieder dem störrischen Ritter zu, der nun die Spielleute anrief.

»He, ihr dürftiges Pack, was sollen diese weibischen Lieder

von Liebe und Maiengrün, habt ihr nichts für einen rechten Krieger? Es sind doch schon Lieder gedichtet auf die dummen Bauern, die sich mit dem Dreschflegel gegens Schwert erhoben. Singt mir davon eins! Und du, Mädchen, mit deinem gefiederten Scheusal, komm her zu mir, ich möchte dich einmal genau sehen. Mir scheint, ich kenne dich.«

Bruder Claudius spitzte die Ohren. Was sollte das heißen, woher wollte sein Herr diese Hure kennen? Alarmiert betrachtete er die Sängerin von Kopf bis Fuß. Ihm selbst war ihr Gesicht fremd, und er war sich sicher, daß er sich ein solch ungewöhnlich schönes Antlitz gemerkt hätte.

Erschrocken ließ Sebastian eine seiner bunten Keulen zu Boden fallen. Was wollte der Ritter von Katharina? Ach, der ganze Plan war ja Wahnsinn. Wie hatte er sich nur darauf einlassen können, mitten in der Höhle des Löwen Possen zu treiben? Wenn der von Bogenwald Katharina nun tatsächlich erkannte, als jene Magd, die vor ihm in den Stall geflüchtet war, und als jene Frau, die er auf der Brücke gesehen hatte, dann würde er gewiß einen Verdacht schöpfen.

Warum hatte Märthe daran nicht gedacht? Was sollten sie tun, wenn den Ritter der Zorn packte? Ein ganzer Saal voll gut gerüsteter, kampfgewohnter Ritter und Knappen, was konnten sie dagegen schon ausrichten? Der Tod wäre ihnen gewiß.

Katharina ließ sich ihre Angst, so sie welche hatte, nicht anmerken. Oder war sie kaltblütig genug, um dem Ritter die Stirn zu bieten?

Sebastians Sorge wich aufkeimendem Ärger, als er Katharina, wie schon einmal im Lager der Landsknechte, sich in den Hüften wiegen sah. Ein frivoles Frauenzimmer, dieses Mädchen hatte zwei Gesichter. Sebastian wurde nicht recht klug aus ihr. Langsam näherte sie sich der Festtafel, Hesekiel thronte auf ihrer rechten Schulter und hielt sein Köpfchen stolz erhoben, als sei er ein Adler im Rabengefieder.

Die Burgfräulein betrachteten die schöne Magd mit Neid

und tuschelten über die Ungehörigkeit, auf nackten Füßen und ohne Kopfhaube einherzugehen. Jede Dirne legte mehr Wert auf Kleidung und Geschmeide, was für eine billige Hure mußte diese Sängerin sein.

Den Ritter hingegen entzückte und berauschte die wilde Schönheit Katharinas. Das war eine Frau, wie er selten eine gehabt hatte. Stolz glomm in ihren Katzenaugen, die sich in ihrer Boshaftigkeit sicher mit seinem kalten Blick messen konnten. Der Ritter wischte sich mit einem Mundtuch den Wein vom Kinn. Diese Frau wollte er heute nacht auf seinem Lager haben, diese und keine andere. Seine Tischdame, die sich an seine Schulter drängte und ihm Wein nachschenken wollte, stieß er unwillig beiseite.

»Komm her, meine kleine Katze, zeig mir deine Künste«, schrie er. Katharina war nur noch wenige Schritte vom Tisch entfernt. Die anderen Ritter rückten beiseite und drehten sich zu ihr um. So mancher konnte die Begeisterung des Herrn von Bogenwald nicht teilen. Vielen waren sanfte blonde Frauen lieber. Die schwarze Haarmähne dieses Mädchens sah aus wie Teufelsflachs.

Katharinas Gehirn arbeitete fieberhaft. Sie wußte, daß der Ritter sie leicht würde wiedererkennen können. Sie mußte ihn von verdächtigen Erinnerungen ablenken und doch so nahe kommen, um ihren Plan auszuführen. Während sie sich dem hochgewachsenen Mann mit dem herrischen Blick näherte, wuchs zugleich ihr Haß auf diesen Mörder. Nur schwer konnte sie ihre aufkommende Wut zähmen, am liebsten wäre sie direkt mit einem Messer auf ihn zugesprungen. Doch Graf Traubstedt und Märthe hatten sie vor solch unsinnigen Verzweiflungstaten gewarnt.

»Du würdest dich umsonst opfern, der Ritter weiß plötzliche Angriffe zu parieren, er ist ein gewitzter Kämpfer. Ich selbst habe ihn nur von hinten überwältigen können«, hatte Albert von Traubstedt gesagt.

Im Hintergrund schlug nun Hans erneut die Saiten an. Kein Wanderlied, auch keinen Soldatengesang, sondern eine schnelle Tanzmelodie, wie man sie in Italien liebte. Michael hatte ihm von dieser Musik erzählt, die er in der Lombardei gehört hatte, und sie Hans so oft vorgesummt, bis der sie recht ordentlich nachspielen konnte.

Die Festgesellschaft lauschte erstaunt den fremden Klängen. Man hielt es für einen Zigeunertanz. Musik, die ungewohnt und aufreizend zugleich war.

Katharina verneigte sich. Einer plötzlichen Eingebung folgend, raffte sie – zum neuerlichen Entsetzen Sebastians – ihre weiten, bunten Röcke und sagte keck: »Herr, ich weiß nichts vom Bauernpack zu singen, aber einen spanischen Tanz kann ich Euch zeigen, der vielleicht Euer Gefallen findet.«

Noch einmal verneigte sie sich, dann schickte sie mit einer eleganten Geste den aufgeregt flatternden Hesekiel ins Deckengebälk und begann, sich im Takt der Musik langsam zu drehen und die Röcke zu schwingen. Zum allgemeinen Entsetzen der Damen, die selbst nicht eben hochgeschnürt bei Tisch saßen, kamen bei diesen Bewegungen Katharinas hübsche Beine zum Vorschein. Der von Bogenwald betrachtete sie fasziniert und flüsterte dem Rabensteiner seine Absichten ins Ohr. Der nickte grinsend.

Hans spielte nun einen Tanz, der in sehr langsamem Tempo begann und stetig schneller wurde, so daß seine Finger bald über die Saiten flogen und es einem schwindlig wurde, wenn man Katharinas immer wilder werdende Drehungen dabei sah. Höher und höher flogen ihre Röcke, immer schneller wurde der Schritt. Gebannt starrte die ganze Tischgesellschaft auf die tanzende Teufelin, deren Haare wild um ihren Kopf herumflogen. Wie eine Veitstänzerin sah sie aus, nur der irre Blick fehlte, sonst hätte man sie glatt für toll und besessen gehalten.

Bruder Claudius bewahrte bei der Vorstellung ein kühles Gemüt, er kannte solche Tänze von seinen italienischen Reisen her und vermutete nun, daß Katharina von daher stammen oder dort gereist sein müsse. Um so unbegreiflicher, daß sein Herr meinte, das Mädchen zu kennen. Er ließ keinen Blick von ihr und beobachtete aus einem Augenwinkel auch den Keulenwerfer, der mit ungebührlich zornigem Blick die Szene und seinen Herrn, den Ritter von Bogenwald, beobachtete. Die gelbe Eifersucht stand ihm ins Gesicht geschrieben. Was für ein Narr!

Der Schmied schob mit geschickten Händen den Eisenriegel beiseite. Mit einem kräftigen Schwerthieb schlug dann Michael das Schloß herunter, und der Schmied öffnete mit seinen mächtigen Schultern das Holztor. Dann griff er nach der Fackel, die Märthe ihm reichte, und schritt voran in den Felsentunnel.

»Kommt«, flüsterte er, und auf leisen Sohlen schlichen nun auch der Graf, Michael, Bauer Rufus und der Kapuzinermönch in den schmalen Gang, der am Fuß des Berges in den Fels gehauen war.

Nach einigen Windungen erreichten sie eine mächtige, natürliche Felsspalte, die sich hoch oben zum Himmel hin weit öffnete. Sie lag direkt unter der Burg Rabenstein. Von rechts wehte ihnen ein bestialischer Gestank entgegen. In den Spalt kippten die Burgbewohner ihren Unrat und leerten ihren Abort aus, sofern die Bauern sich dessen Inhalt nicht für die Felder sicherten.

»Sehr beeindruckend. Aber, wie wollt Ihr da hochgelangen?« fragte der nüchterne Michael, wobei er an der steilen, glatten Felswand emporblickte, flüsternd den Schmied. Der achtete nicht auf den leisen Spott in Michaels Stimme, sondern packte schweigend in eine Aushöhlung, aus der er ein schweres Seil hervorzog. Daran zerrte er einige Male, bis es sich aus der Nische löste, die bis oben an den Rand des Steinschachts reichte. Schließlich baumelte das schwere Tau frei vor der steilen Wand herab. Staunend blickten Michael und der Graf empor, das endlos scheinende Seil mußte oben am Felsrand festgetäut sein, bis hinab auf den Grund reichte es.

»Das ist der geheime Fluchtweg des Burgherrn. Er ist ein schlauer Fuchs und für alles gerüstet. Ich selbst habe ihm die Seilringe für die Wehrmauer geschmiedet und Eisenkrampen als Tritte in den Fels gehauen. Er hätt' wohl nicht damit gerechnet, daß ich auch das Seil gleich anbringen würde. Doch ich wollt' den Weg selbst einmal ausprobieren, um sicher zu sein, daß meine Arbeit gut ist.«

Der Mann lächelte nicht bei diesen Worten, auch Eitelkeit schwang nicht in seiner Stimme mit, obwohl die Seilkonstruktion ein Meisterstück war. Der Graf merkte wieder, wie ernst es dem Kerl mit den Bärenpranken mit der Sache war.

Der mußte lange hin und her überlegt haben, bevor er sich aufgerafft und zum Waldlager geschlichen hatte.

In einfachen Worten hatte er dort seinen Namen genannt und nach dem Begehren der Gaukler gefragt, sich sodann mit Rufus als seinesgleichen beraten und schließlich gesagt, er wolle alles tun, damit noch Recht geschähe an Thomas, der in einem finsteren Loch unter dem Bergfried auf seine letzte Stunde wartete.

Märthe, wieder ihrer Eingebung folgend, hatte schließlich beschieden, daß dem Schmied zu trauen sei, und gemeinsam hatte man einen Plan zur Befreiung von Thomas gemacht, der recht waghalsig war und leicht mißlingen konnte.

Nach bewährtem Muster waren Katharina, Sebastian und Hans in den Burghof eingezogen, diesmal im Gewand von Spielleuten, die die Herrschaft unterhalten wollten. Man hatte ihnen Einlaß gewährt, da der Burgherr eine Festgesellschaft unterhielt. Zunächst aber hatten die Wächter und die zechenden Söldner selbst um eine Kostprobe ihres Könnens gebeten und reichlich von dem einschläfernden Wein genommen, den Katharina ihnen lächelnd eingeschenkt hatte. Nun lenkten die falschen Spielleute, so hoffte die Gruppe im Felsspalt, die Ritter ab.

Märthe hatte Katharina außerdem die geheimnisvolle Glasphiole anvertraut. »Aber hüte dich, mein Kind. Ein Tropfen dieser Flüssigkeit in einem Krug Wein kann Hunderte töten. Entscheide weise, wem du davon gibst, und habe acht, wer davon trinkt. Niemand darf dein Tun bemerken, achte vor allem auf einen Mönch in weißer Tracht, er ist ein listiger Geselle des Teufels.«

Katharina hatte genickt und die Phiole vorsichtig im Ausschnitt ihres fest geschnürten Mieders versteckt. Märthe betete zu Gott, daß sie das Destillat mit Vorsicht nutzen würde. Sie war nicht sicher, ob es wirklich ein so Leichtes sein konnte, den Ritter von Bogenwald zu töten. Ihre Traumgesichte und Visionen gaben ihr diesmal keine Antwort.

»Hier, greift das Seil.« Der Schmied reichte das dicke Tauende dem Grafen an. Der prüfte zerrend dessen Festigkeit und zog sich dann daran hoch. Nach wenigen Klimmzügen suchte er mit den Füßen nach den ersten Eisentritten im Fels, fand sie nach einigen tastenden Versuchen und kletterte dann recht flink und geschmeidig an der glitschigen, mit Moos bewachsenen Felswand empor. Fresenius schürzte seine neue, ihm ungewohnte weiße Kutte und band sie, so gut es ging, mit der Kordel hoch. Dann nahm er einen Lederbeutel zwischen die Zähne, einen weiteren kleineren band er an den Gürtel und machte sich bereit, dem Grafen zu folgen, der bereits in schwindelnder Höhe nahe unter dem Felsrand angelangt war. Stolz hatte er jede Hilfe abgelehnt, so starr seine Rechte auch sein mochte, er war zäh und wußte sich zu helfen. Erstaunt, aber voll Bewunderung hatten seine Gefährten die Kämpfernatur in ihm erkannt. Mit zusammengebissenen Zähnen zog Fresenius sich mit der Linken am Seil empor. Mit der Eisenklaue fand er zugleich Halt im Felsen.

Bald standen auch Michael und der Schmied im Graben unter der inneren Wehrmauer, hinter sich den äußeren Bering. Sie reckten die Hälse, um die Abstände zwischen den Wachgängen der Söldner zu messen. Unten im Felsgrund hielten Bauer Rufus und Märthe Wache. Beide wären gerne an der Seite der Kämpfer geblieben.

Katharina hatte ihren Tanz beendet. In der letzten Drehung fing sie der Ritter von Bogenwald auf, riß sie zu sich herum und drückte sie eng an sich. Katharina, noch benommen vom wilden Tanz, wußte sich nicht zu wehren, und der Mann gab ihr einen festen Kuß auf den Mund. Der reine Ekel stieg in ihr empor, Sebastian trat unwillkürlich einen Schritt auf das Paar zu, doch ein Wachmann senkte seine Hellebarde vor dem Jongleur, so daß er am Einschreiten gehindert wurde.

Katharina streckte nun beide Hände aus, drückte sie gegen die Brust des Mannes und versuchte, sich aus der Umarmung zu befreien. Ängstlich dachte sie zugleich an die Phiole in ihrem Ausschnitt, weshalb ihre Gegenwehr nicht ganz so heftig ausfiel, wie sie sich es wünschte. Doch zerbräche das Gefäß, so wäre das weitaus gefährlicher als alle Liebkosungen des Ritters. Dem gefiel das katzige Mädchen in ihrem Widerstand nur um so mehr. Er lachte. »Ach, meine Wilde, streub dich nur ein wenig, die Sitte will es so. Aber laß mich dich meinem besten Freund vorstellen, dem Burgherrn von Rabenstein, es ist ihm gewiß eine Freude, dich an seiner Tafel zu bewirten, und du wirst uns deinen Lohn dafür sicher nicht verwehren.« Wieder drückte er Katharina an sich und vergrub sein Gesicht in ihren Haaren.

»In meiner Kammer werd' ich dich schon Respekt lehren, Teufelin«, flüsterte er ihr ins Ohr. Katharina wollte sich seinen Armen entwinden. Auch Sebastian versuchte verzweifelt, an dem Speerträger vorbeizukommen. Einzig Hans erkannte, wie heikel dieser Moment war, und schlug dem Anschein nach ungerührt wieder die Laute an.

»'s ist alles dunkel, alles trübe, dieweil mein Schatz ein' andern liebt. Ich hab' geglaubt, sie liebet mich, doch mich lieben tut sie nicht. Ein falsches Weib ist meine Buhl.«

Die Liebesklage besänftigte Sebastian, gewiß wollte Hans ihn damit nur warnen. Den Burgherrn und seinen liebsten Gefährten amüsierte dieser Weibsgesang köstlich. Der Rabensteiner nahm sich Katharina auf den Schoß und küßte sie mit vom Wein feuchten Lippen auf den weißen Hals. Obwohl sie ihm am liebsten einen Zinnkrug über den Schädel gezogen hätte, gab sie sich nur ein wenig zaudernd und wand sich in seinen Armen. Jetzt, ja, jetzt war sie den beiden Herrn nahe genug, um ihren Plan in die Tat umzusetzen.

Verstohlen beobachtete sie aus den Augen die Tischgesellschaft, die sich teils wieder dem Essen, teils immer noch dem Paar am Kopf der Tafel zuwandten, sofern es den schönen Tischdamen nicht gelang, die Aufmerksamkeit ihrer Begleiter wieder auf sich zu lenken.

Katharina hob ihre linke Hand und tastete vorsichtig, unter den sie umschlingenden Armen des Burgherrn, nach der Phiole unter ihrem Brusttuch. Sie spürte die umhüllenden Drähte, die das Glas vor dem Zerbrechen schützen sollten, unter ihren Fingerspitzen. Aufgeregt holte sie Luft. Doch bevor sie ihr weiteres Vorgehen planen konnte, fing sie den Blick eines Mannes auf, der am Ende der Tafel, abseits von den anderen Gästen saß: ein Mönch. Ein Mönch in weißer Tracht.

Er beobachtete sie gespannt und aufmerksam, wie ein Fuchs den Kaninchenbau. Erschrocken ließ Katharina die Hand fahren. Der Rabensteiner tastete jetzt mit seiner Rechten nach ihrem Ausschnitt. Schon spürte sie seine warmen

Hände auf ihrem Schlüsselbein, langsam glitt seine Pranke nach unten. Katharina erstarrte.

Sie waren verloren.

Der Schmied warf geschickt einen Haken über die Zinnen direkt über ihnen. An dieser Stelle war die Burgmauer recht niedrig gehalten. Stein war kostbar und schwer aus dem Felsen zu brechen, also hatte man an dieser Stelle ein wenig gespart, wähnte man sich so dicht am Abgrund doch sicher vor feindlichen Heeren. Der Schmied ruckte am Seil, der Haken hatte Halt gefunden. Wieder hangelte sich zuerst der Graf, den der Schmied als Führer anerkannte, nach oben, zog sich schließlich mit den Händen die Zinne empor und war mit einem Satz auf der anderen Seite. Er spähte nach beiden Seiten und gab, nachdem er keinen Wachmann entdecken konnte, den anderen das Zeichen, ihm zu folgen.

Als letzter sprang der mächtige Schmied auf den Wehrgang hinab. Der Graf schlich voran zum ersten Wachturm. Im Hof unter ihnen herrschte Stille, die Mehrzahl der Söldner lag selig schnarchend in den Quartieren. Katharina, Hans und Sebastian hatten anscheinend gründliche Arbeit geleistet. Im Wachturm angelangt, lauschte der Graf nach unten. Er konnte keine Tritte vernehmen, also winkte er seine Gefährten die Wendeltreppe hinab zur unteren Galerie.

Wieder spähte er auf den Gang, und richtig, dort stand ein Söldner im Schein einer Fackel und im Gespräch mit einem weiteren schwerbewaffneten Mann.

Der Graf nickte Fresenius zu. Der ließ seine neue Kutte herab und zog sich die schwarze Kapuze des Skapuliers über den Kopf, dann schritt er, den kleinen Lederbeutel unter seinen weiten Ärmeln verbergend, den großen in der linken Hand schwingend, auf die beiden Söldner zu.

»Seid gegrüßt im Namen des Herrn«, rief er ihnen schon von weitem zu. Die Wächter wirbelten mit gezogenen

Schwertern herum, ließen diese aber sinken, als sie den vermeintlichen Gast ihres Herrn erkannten. Nickend grüßten sie den Pfaffen und wollten sich wieder abwenden, doch Fresenius verstrickte sie munter in ein Gespräch.

»Ich sehe«, sagte er, »ihr seid brav auf dem Posten, während der Rest munter feiert. Ich denke, die Wache macht durstig, deshalb hab' ich euch etwas von dem Wein gezapft. Nehmt einen Schluck. Die Nacht ist ruhig und mild.«

Dann zog er mit den Zähnen einen Pfropfen aus dem großen Lederbeutel und reichte ihn den beiden Männern hin. Dic ließen sich das nicht zweimal sagen und griffen zu. Kaum hatte der eine gierig einen Schluck getan, riß ihm der andere den Beutel aus der Hand und setzte selber an. Zu spät bemerkte er, daß sein Gefährte in sich zusammensackte. Klirrend fiel sein Schwert zu Boden, der andere wollte noch einen Schrei tun, doch da knickten auch ihm die Knie weg, plump sackte er zusammen. Mit geschickter Hand fing Fresenius das Schwert des zweiten auf und drehte sich dann triumphierend zum Wachturm um. Wie gern hätte er das Schwert behalten, doch wenigstens mit Handwaffen wollte er nichts mehr zu schaffen haben, da blieb er seinem Gelübde treu. Deshalb ließ er das Schwert nun fahren, als sei es von glühendem Eisen.

»Laßt nur«, flüsterte der Graf mit einem kaum verhohlenen Grinsen und in der Annahme, der Mönch sei kein Kämpfer. »Schwerter sind nicht Euer Geschäft. Und was Ihr da im Ärmel tragt, ist hundertmal gewaltiger als jede Klinge. Kommt schnell, dort ist die Brücke zum Palas.« Leise eilte die Gruppe auf den Übergang zu, deren Wächter sie eben ins Reich der Träume geschickt hatten.

Sie überquerten die Brücke und öffneten die schwere Tür zum Inneren des Wohnhauses. Nun befanden sie sich einen Stock unter dem Festsaal, das Lärmen und Musizieren drang gedämpft zu ihnen herunter. Nicht ahnend, daß in eben diesem Moment die Lage ihrer Freunde verzweifelt war, wandte sich der Trupp unter Führung des Grafen der Treppe zu den unteren Geschossen zu. Unbehelligt passierten sie die ersten Stufen der Wendeltreppe, als sie plötzlich klirrende Tritte vernahmen. Der Graf zückte sein Schwert, der Schmied einen Eisenknüppel.

Ihre Kampfposition war günstig, da die Wendeltreppe nach Art listiger Kriegsherren gebaut war und sich im Uhrzeigersinn drehte, so daß ein von unten heranstürmende Angreifer dem Mann vor sich stets die ungeschützte rechte Schwerthand darbot.

Der Graf suchte sich einen festen Tritt auf einer breiten Stufe. Der ahnungslose Söldner bog mit gesenktem Blick um eine enge Windung und fand kaum Zeit, sein Schwert zu ziehen, da traf ihn bereits ein Hieb, der seinen Helm bis auf seine Nase herabzwang und ihn taumelnd die Treppe hinabschickte. Leider entstand so ein gewaltiger Lärm, und bald wurden weitere Schritte von unten vernehmbar. »Kungard«, rief einer der Nachfolger, »was ist mit dir?«

Michael vermutete, daß ungefähr vier Männer auf sie zukamen, auch er zog die Waffe. Der Schmied griff sich jetzt das Schwert des Gefallenen. Alle eilten den Heraufstürmenden entgegen.

Am Fuß der nächsten Treppe trafen sie aufeinander. Besorgt beobachtete Fresenius den Kampf, der wieder von mächtigem Lärmen begleitet war. Dennoch regte sich von oben her nichts. Auch das besorgte Fresenius. Was hielt die Ritter davon ab, sich in den Kampf einzumischen? Welcher Trubel übertönte dort oben den Lärm von hier unten? Fresenius entschied sich zu einem Alleingang, böse Ahnungen trieben ihn.

Der Herr von Rabenstein hatte das Glasröhrchen ertastet. Katharina wehrte sich aus Leibeskräften. Doch sie konnte nicht verhindern, daß er ihr den geschnürten Wams zerriß und mit der Pranke unter ihr Leibhemd und an ihren Busen langte. Der von Bogenwald grinste, die ganze Tischgesellschaft lachte häßlich über die Schmach der verteufelten Tänzerin, die nun mit fast blanker Brust auf dem Schoß des Burgherrn saß. Doch den interessierten nun nicht mehr die Reize des Mädchens. Sebastian biß sich vor Wut und Furcht die Lippen wund. Hans verließ endlich der Mut zu singen. Beide wußten, wie gefährlich die Entdeckung des Burgherrn war.

Der hielt triumphierend die Phiole nach oben. »Ei, ei, was ist denn das, du schwarze Hexe? Ein Schadenszauber, ein Liebestrank, ein böses Gift aus Krötenschleim und Schlangenbiß?« Er packte Katharina von hinten ins Haar und riß ihren Kopf mit einem Ruck zurück, so daß sie vor Schmerzen das Gesicht verzog. Mit funkelnden Augen blickte er auf sie herab. »Sag schon, meine Schöne, was für ein Gebräu ist denn das? Soll ich dich auf die Folter spannen, deine hübschen Glieder zerren und strecken, um die Wahrheit zu hören?«

Sebastian konnte die Pein, die Katharina ins Gesicht geschrieben stand, nicht länger ertragen, er hob die Stimme und rief durch den Saal. »Herr, laßt sie aus. Das Röhrchen ist meins, es enthält nichts als einen Trank zur Stärkung. Einige Kräuter, ein wenig gebrannter Wein. Wer wie wir auf der Straße lebt, braucht solche stärkenden und tröstenden Getränke ab und an.«

Der Burgherr lockerte seinen Griff in Katharinas Haaren nur wenig. Mit bösem Grinsen schielte er nun zu dem kecken Jongleur hinüber.

»So, so, Bursche, eine kleine Stärkung also. Mir scheint, die könntest du brauchen, so bleich bist du. Komm schon her, wir wollen sehen, wie dir der Trank mundet.«

Damit brach er mit seinem Daumen das Wachssiegel über

dem Fläschchen und träufelte eine zähe, kristallklare Flüssigkeit in einen Becher mit Wein. Katharina stöhnte.

»Ach, meine Liebste, dich hätt' ich bald übersehen. Komm, schöne Kleine, auch du sollst etwas gegen die Schmerzen und Entbehrungen der Landstraße haben.« Er hielt die Phiole hoch und neigte sie dann leicht über Katharinas Gesicht. In diesem Moment schoß Hesekiel von einem Dachbalken herab und schnappte im Flug mit dem Schnabel das Fläschchen. Mit knatternden Flügeln kreiste er nun über der Tafel, und an mancher Stelle gingen klebrige Tropfen des geheimnisvollen Gebräus nieder.

Unter Schreien sprang die Tischgesellschaft auf und flüchtete zu den Fenstern, schrie nach parfümiertem Wasser. Die Damen wischten sich ihre Ausschnitte mit Tüchern, bis die Haut rot und wund war. Ein jeder fürchtete, die Flüssigkeit könne ihn auf der Stelle töten. Doch selbst die wenigen, die tatsächlich von einigen Tropfen benetzt worden waren, spürten nichts. Langsam kehrte wieder Ruhe ein.

Mit eiskaltem Gemüt betrachteten der Ritter von Bogenwald und der Burgherr die Verwirrung. Beide glaubten nicht recht, daß das geheimnisvolle Gesöff des Mädchens ernsthaften Schaden anrichten könnte.

Über den Lärm und die Aufregung seiner Leute hinweg rief der Burgherr Sebastian zu sich. Katharina gab er in die Obhut des Bogenwaldlers. Der packte die schwarze Schöne fest um die Taille, noch immer entschlossen, sie in der gleichen Nacht auf sein Lager mitzunehmen. Die Reinheit ihrer Haut war verlockend, mit einem Tafelmesser fuhr er leicht über ihre Kehle. »Halt still, du wärst nicht die erste Dirne, der ich die Kehle aufschneide.«

Zitternd ruhte Katharina in den Armen des Ritters, sie wußte, was der armen Susanna widerfahren war. Entsetzt sah sie zugleich Sebastian auf den Burgherrn zugehen, der ihm den Kelch mit dem tödlichen Wein entgegenhielt.

»Nun komm schon, du alberner Keulenschwinger, zeig uns, wie stark dieser Trank dich macht, wir wollen es alle sehen.«

Die Kaltblütigkeit des Rabensteiners ließ seine Gäste und die Hofleute ruhiger werden. Von den Fensternischen her beobachteten sie, was der arme Spielmann nun tat.

Ein Wachmann drückte ihm seinen Spieß in den Rücken, und so stolperte Sebastian schließlich bis zur Tischkante vor. Er streckte die Hand nach dem Kelch aus. Katharina begann zu schluchzen, der von Bogenwald schlug ihr seine flache Hand ins Gesicht.

Gebannt wartete der gesamte Hof darauf, daß Sebastian den Kelch nahm und zu Munde führte.

Niemand beachtete den Dominikaner, der sich derweil unter einen Deckenbalken schlich und mit einem Krug zum Wurf ausholte. Auch Hesekiel war unaufmerksam, als das Geschirr auf ihn zusauste, blieb ihm eben Zeit, sich mit einem Hüpfen in Sicherheit zu bringen, dabei aber entglitt seinem Schnabel die Phiole. Claudius breitete mit beiden Händen seine Kutte wie eine Schürze aus und fing darin das Fläschchen auf. Dank der Zähigkeit des Gebräus war es immer noch über die Hälfte gefüllt.

Claudius packte es mit einem Tuch, kratzte etwas weiches Wachs von einem Kerzenhalter an der Wand und versiegelte die Phiole wieder.

»Nun mach, trink«, ranzte der Burgherr den zitternden Sebastian noch einmal an. Der führte nun tatsächlich das Gefäß zum Mund und schloß die Augen. »Nein«, schrie gellend Katharina, und Hans sprang vor, um seinem Gefährten den Weinbecher aus der Hand zu schlagen. Ein Wächter hieb ihm dafür seine Hellebarde in den Leib, Hans stürzte, die Hand nach dem Kelch ausgestreckt.

Die Söldner waren geschlagen, ohnmächtig und benommen lagen sie am Fuß der untersten Treppe. Der Graf drängte weiter, ihnen würde nicht viel Zeit bleiben, bevor eine weitere Wache ihren Gang tun würde. Dem Schmied und auch Michael entging die Abwesenheit des Kapuziners, sie stürmten dem Grafen hinterher zum untersten Geschoß des mächtigen Palas. Nur wenige Fackeln wiesen ihnen den Weg. Schließlich gelangten sie durch einen niedrigen Torbogen in einen runden Raum, dessen Boden mit groben Findlingen gemauert war. In der Mitte dieses unwirtlichen Gemäuers entdeckten sie das Kerkerloch. Eine schmale Öffnung, gerade groß genug, um einen Menschen dadurch hinabzulassen.

Ein jeder wußte, was ein Gefangener in dem Loch darunter zu erwarten hatte. Tiefste Finsternis, die Gesellschaft von allerlei Getier, dumpfe Feuchtigkeit, der Gestank von Unrat und dem eigenen Auswurf. Dazu nichts außer etwas Brot und Wasser als Nahrung. Wer über mehrere Jahre hinweg als Gefangener oder als Geisel in solcher Haft geschmachtet hatte, war, wenn er die Tortur überhaupt überlebte, nicht mehr recht bei Sinnen und überdies ein Siecher, der immer wieder von Krankheiten befallen wurde, den die Gicht quälte und dem kein Zahn mehr geblieben war.

Michael riß eine Fackel von der Wand und leuchtete in das finstere Loch hinein. Der Schmied warf sich bäuchlings auf den Boden und starrte angestrengt nach unten. »Thomas«, rief er heiser und so laut er sich eben getraute. »Thomas.« Von unten kam keine Antwort. Der Schmied packte die Fackel und hielt sie tiefer ins Loch. Er sah den strohbedeckten Boden, einige Knochen, die die Wächter nach ihren Mahlzeiten ins Loch zu werfen pflegten, und einen umgekippten Holzbottich, der wohl der Notdurft diente.

»Thomas«, rief er wieder und ließ die Fackel kreisen, um auch die hinteren Ecken auszuleuchten. »Eilt euch«, mahnte der Graf ungeduldig und behielt den Mauerbogen zum Treppenhaus im Auge.

»O Gott«, stöhnte nun der Schmied, zog langsam die Fackel zurück und ging in die Hocke. »O Gott, vergib ihm«, stöhnte er nur und bedeckte seine Augen mit der Hand. »Was, was ist?« fragte drängend Michael.

»Wir kommen zu spät«, sagte der Schmied tonlos.

»Unsinn, man kann ihn noch nicht weggeführt haben, wo sollte er denn hin über Nacht.«

»Niemand hat ihn weggeführt. Er hat selbst Hand an sich gelegt.« Der Schmied tauchte die Fackel wieder ins Loch und leuchtete die Stirnseite des elenden Gemäuers aus. Der Graf und Michael knieten nieder und schauten hinab. An der Wand hing schlaff der Körper des zum Tode Verurteilten. Um seinen Hals lag ein schwerer Eisenring, daran hing die Kette, an der man ihn durchs Dorf gezerrt hatte. Die Glieder der Kette hingen nun straff von einem Tritthaken in der Mauer herab. Die Leiche des Selbstmörders schwang noch sacht hin und her, der Holzbottich war wohl erst kürzlich ausgerollt, nachdem Thomas daraufgestiegen war, ihn weggetreten und sich erhängt hatte.

Der Graf und Michael bekreuzigten sich.

Der Mann hatte eine Todsünde begangen vor Gott. Selbst als Galgenvogel hätte er auf Vergebung hoffen können, hätte er aufrichtig bereut, doch so hatte er nun sein Seelenheil auf immer verschenkt. Wie verzweifelt mußte er gewesen sein, um das zu tun.

Mit hängenden Schultern hockte der Schmied immer noch über dem Loch und starrte in die Finsternis. Eine Eiche war gefällt. Der Riese mit den eisernen Muskeln unfähig, sich zu rühren. Sein Leben hätte er für diesen Mann gegeben, doch der Kerl hatte keine Hoffnung gehabt und nicht den Mut, sich der Strafe zu unterziehen.

Michael zerrte an dem Arm des Mannes, wollte ihn hochreißen, auch der Graf stieß den Schmied immer wieder an. Der Kerl reagierte nicht. Bis plötzlich ein ohrenbetäubender Knall über ihnen ertönte. Das Krachen von Gebälk und das Herabdonnern von Steinbrocken, ein mächtiges Zittern ging durch den festen Turm, der bis auf die Grundfesten erschüttert wurde. Leise rieselte Mauerstaub die Wände des unteren Turmrundes hinab.

Stöhnend lag der Rabensteiner unter einem mächtigen Holzbalken, der ihm auf den Schoß herabgesaust war. Auf der Fensterseite des Saales waren gar Steinsimse niedergegangen, die Glasscheiben waren sämtlich zerborsten. Im Schutt lagen Tote und Verletzte übereinander. Mächtige Wolken aus Staub und Qualm vernebelten den gesamten Saal. Hustend rappelte Hans sich unter dem leblosen Körper eines Wächters hoch, schob ihn beiseite und blinzelte in den beißenden Rauch hinein. Ein Feuer fraß sich lodernd und züngelnd an einem Wandteppich an der Stirnseite des zerstörten Saales hoch, genährt durch die eindringende Nachtluft flackerte es immer stärker auf. Hans kam auf die Beine. Hesekiel stieß mit mächtigen Flügelschlägen zu ihm, setzte sich auf seine Schulter. Hans empfand eine irrsinnige Freude beim Anblick des Vogels, dessen Federn leicht angesengt und schwarz an den Enden waren.

»Hesekiel, guter Freund«, krächzte Hans heiser, darauf erhob sich der Vogel und flog voran durch den Dampf auf die gesplitterte und zerstörte Tafel zu. Davor fand Hans zunächst den bewußtlosen Sebastian, er ging in die Knie, drehte den jungen Mann um und stellte erleichtert fest, daß er unverletzt schien und noch atmete. Hesekiel aber pickte aufgeregt Hans' Nacken, flatterte immer wieder kurz hoch, und schließlich kroch Hans über einen Berg aus Schutt, Holz und Toten auf die gegenüberliegende Mauer zu. Wo war Katharina?

Langsam lichtete sich das Gewölk aus Pulverdampf und

Staub. Hans entdeckte einen umgekippten Stuhl, der auf der Lehne lag. Daneben kauerte zitternd und winselnd Katharina, eine blutende Wunde klaffte an ihrem rechten Arm. Die Wucht der Explosion hatte sie und den Bogenwaldler samt Stuhl gegen die Wand geschleudert. Das war ihr Glück gewesen, denn so waren sie dem fallenden Balken, der den Rabensteiner bös erwischt hatte, entkommen.

Hans rannte nun auf Katharina zu, zerrte ein Mundtuch unter den Trümmern hervor, verband notdürftig ihren blutenden Arm. »Komm, Katharina, dort vorne liegt Sebastian, wir müssen die Verwirrung nutzen und uns aus dem Staub machen.« Hans mußte selbst grinsen, als er bemerkte, wie stimmig das Bild in diesem Falle war. Immer noch rieselte Putz und Mörtel von den Wänden.

»Ist der Bogenwaldler hinüber?« fragte Katharina und schneuzte sich.

»Weiß nicht, was soll's. Wir müssen uns eilen. Nun komm schon!« Gebückt liefen sie zu Sebastian herüber, der von Hesekiel bewacht wurde. Katharina sank vor ihm nieder und strich ihm das blonde Haar aus der Stirn. Dann drückte sie einen Kuß darauf. »Lieber Sebastian, wie glücklich bin ich, daß du lebst.«

»Nun komm schon«, drängte Hans ungeduldig, »turteln kannst du später, falls wir hier jemals rauskommen.« An der Fensterfront begannen sich nun einige Menschen zu regen, hustend und stöhnend befreiten sie sich vom Schutt und entdeckten mit Entsetzen das Feuer, das sich an der Stirnseite immer weiter ausbreitete und bereits zu den verbliebenen Deckenbalken hochkroch.

Hans schulterte Sebastian und wollte losstürmen, doch als er sich umwandte, sah er Katharina neben dem verletzten Burgherrn knien. Dem Bewußtlosen drückte sie eine Scherbe auf die Lippen, so daß diese zu bluten begannen.

»Katharina, nun komm, du Katze, wir haben keine Zeit für

solche seltsamen Spiele.« Katharina richtete sich auf und warf Hans ein triumphierendes Lächeln zu, dann eilte sie ihm mit Hesekiel auf ihrer gesunden Schulter nach. Vorsichtig stiegen sie über die Trümmer. Doch wo sollten sie hin? Würden nicht die Wachen jeden Augenblick auftauchen?

Sie hatten es fast bis zum Eingang geschafft, als ihnen ein Mönch in weißer Tracht den Weg verstellte. Er schob seine Kapuze nach hinten und schaute sie aus bösen Geieraugen an.

»Ihr also seid die Gaukler, vor denen ich gewarnt wurde. Hier werdet ihr nicht rauskommen.« Mit diesen Worten zog er ein scharfes Schwert unter seiner Kutte hervor und schwang es über seinem Kopf, so daß es sausend die Luft teilte.

Hans ließ Sebastian zu Boden sinken und wollte mit bloßen Händen auf den Mönch zuspringen, doch der ging geschickt zur Seite. Hans sprang ins Leere, und neben ihm holte der Dominikaner zu einem tödlichen Seitenhieb aus. Katharina schrie entsetzt auf, schon fuhr das Schwert auf den am Boden liegenden Hans zu, doch in diesem Moment ging ein Holzstumpf auf den Schädel des Schwertträgers nieder.

Fresenius bereute es, daß er nicht doch das Schwert des Wächters behalten hatte – die feige Art, mit der er den Dominikaner niedergeknüppelt hatte, war nicht nach seinem Geschmack.

»Euch schickt der Herr«, rief erleichtert Katharina und versuchte Sebastian hochzuheben.

»Nun, ob es der Herr ist, da bin ich mir nicht mehr ganz sicher. Das Werk, das ich hier verrichtet habe, würde wohl eher dem Leibhaftigen Ehre erweisen.« Fresenius ließ mit gerunzelter Stirn seinen Blick durch den zerstörten Saal kreisen. Hans rappelte sich derweil hoch, schulterte erneut den immer noch bewußtlosen Sebastian, dann eilten sie alle durch die zerborstenen Flügel der mächtigen Saaltür.

Sie wandten sich nach links auf die Wendeltreppe zu. Von dort kamen ihnen der Graf, Michael und der Schmied entgegen. Der drosch mit einem mächtigen Eisenprügel auf einige Verfolger ein.

»Rasch, folgt mir zur Brücke«, schrie der Graf ihnen entgegen. Mit wenigen Schritten hatten sie den Übergang zur Wehrmauer erreicht, der Schmied und Michael kämpften indessen tapfer gegen die nachstürmenden Wächter an. Während der Graf den Rest der Gruppe über die Brücke schickte, um dann in den Kampf einzugreifen, zog Fresenius eine seltsame, von dickem, geteertem Papier umhüllte Rolle hervor. Darin steckte ein kleiner Docht. Den hielt er nun in eine Wandfackel, Funken sprühten hervor.

»Geht beiseite«, schrie er seinen Leuten zu. Die gehorchten sofort, nur den Schmied mußten sie mit Gewalt von den Schwertkämpfern fort auf die Brücke reißen. Mit kaltblütigem Kalkül trat auch Fresenius auf die Brücke und warf dann seine zischende Rolle in die Gruppe der Verfolger. Mit einem lauten Krachen zersprang sie und schleuderte die Wächter zu Boden, wo sie benommen liegen blieben.

»Etwas zu schwach«, murmelte Fresenius mit dem selbstkritischen Stirnrunzeln eines experimentierenden Alchimisten, dann fiel sein Blick noch einmal auf den Eingang zum Saal. Dort stand wankend und wie ein schwankender Schatten sein Ebenbild: ein Mönch in weißem Habit.

»Du Teufel willst wohl ewig leben«, zischte Fresenius, hob seine Kutte und floh den anderen über die Brücke nach. Auf dem Wehrgang angekommen, zog ihn der Graf auf die Mauer, dann durchtrennte er mit zwei mächtigen Hieben die schweren Taue, an denen die Holzbrücke befestigt war. Krachend sauste sie in den Burghof.

Der Mönch und der Ritter flohen nun den anderen nach, die bereits den Weg über die Mauer machten. Fresenius warf, kurz bevor er über die Zinnen kletterte, einen letzten Blick zurück. Hohe Flammen schlugen nun aus den Fensterbögen des Rittersaals, im Hof unter ihnen rannte das Gesinde zusammen und ließ eilends Eimer in den Brunnenschacht hinab. Schlaftrunken torkelten unter ihnen einige Söldner einher, die sich nur schwer aus ihren opiumgeschwängerten Träumen reißen konnten.

Sicher erreichten die falschen Gaukler den Felsspalt und machten sich unbehelligt an den Abstieg.

Zweiter Teil

14.

»Da schwappen die Bäuche und Wänste der großen Stadtbürger und ihrer Damen über vor Würsten und Backwerk, und die goldenen Ketten beugen ihnen den Nacken. Aber den armen Mann läßt man draußen vor der Tür. Daß man ihm sagen möcht: Wenn dir der Reiche nichts gibt, mußt du zu ihm gehen und es dir nehmen.«

Johannes Geiler von Kayserberg,
Domprediger zu Straßburg, 1510

Wenzel gab den Lohnknechten Befehl, das Feuer in der Esse ordentlich zu schüren. Dann hieß er den jungen Henrik den Blasebalg zu treten. Mächtig loderten heiße Flammen empor. Die Eisen darin begannen bald rot zu glühen.

Wenzel schob das Brett mit den schmal ausgestochenen Sehschlitzen von der Stirn vor seine Augen und zog die Lederriemen am Hinterkopf fest. Dann packte er mit der Zange ein Eisen, holte es aus dem Feuer, legte es auf den mächtigen Amboß und schlug mit gut gezielten Schlägen darauf ein, so daß die Funken nach allen Seiten spritzten und sprangen.

Mit Lust war er an der Arbeit. Diese Anstellung in der Dombauhütte zu Köln war sein Glück. Nach langen Wanderjahren durch die Niederlande, den Norden und den Osten

Deutschlands hatte der junge Eisenschmied nun ein sicheres Auskommen gefunden. Die Arbeiten am mächtigen Kirchenbau waren wieder aufgenommen worden, nachdem einige hochherzige Patrizier ordentlich Geld gestiftet hatten. Freilich um den Preis, im Bauwerk selbst verewigt zu werden. Ihre Namen sollten in Stein gemeißelt werden oder die Figuren der Heiligen ihre Gesichter tragen.

Es lebte sich gut im Gesellenhaus nahe am Dom, dreimal am Tag erhielten insbesondere die hart arbeitenden Schmiede Fleisch, Brot, Gemüse und Bier.

Der Lohn genügte, um sich anständig zu kleiden. Jeden zweiten Samstag stand ihm gar der Besuch einer Badestube zu, um sich Ruß und Schmutz einmal ordentlich vom ganzen Leib zu schrubben und sich nebenbei von den Dirnen, die die Stuben reichlich bevölkerten, verwöhnen zu lassen. Nur erwischen lassen durfte man sich bei solchen Liebeleien nicht. Aber wer prüfte da schon nach, wo selbst Pröbste und Pfaffen ihr sinnliches Vergnügen suchten und der einfache Handwerker auch mal neben dem losen Kaufmannssohn im Zuber hockte.

Was mehr konnte er sich wünschen? Sogar den Findelkindern an der Südseite des Doms warf er hin und wieder einige Pfennige hin, daß sie sich zu ihrem Armenbrot und der Ziegenmilch ein Gemüse oder Bier zukaufen konnten. Freilich, der Dombau wurde nicht mehr mit der gleichen Leidenschaft und Bußfertigkeit betrieben wie vor zweihundert Jahren.

Die Bürger waren der Ausgaben nach langen Jahren der Teuerung ein wenig müde geworden, und ihre ständigen Kämpfe mit dem Erzbischof, der in der kölnischen Petruskirche vor allem sein Denkmal sah, schnürten ebenfalls viele Geldbeutel zu. Die stolzen Bürger Kölns beugten sich nicht gern unter die Macht des Krummstabs.

Auch fand der ursprüngliche Baustil nicht mehr ihren

Gefallen. Von Italien her kam nun eine neue Mode ins Land. Griechische Säulen und derlei antikisierender Unsinn sollten nun die Fassaden neuer Bauten schmücken. Die Prunksucht kannte in diesen Zeiten keine Grenzen, und das Handwerk hatte sich ganz nach den Wünschen der Geldgeber zu richten. Wütend hieb Wenzel weiter auf das weiche Eisen ein. Zog es dann vom Amboß, tauchte es in den Wasserbottich, in dem es zischend abkühlte.

Während das nächste Eisen erhitzt wurde, schaute er hinauf zum unvollendeten Südturm des Domes. Auf neunundfünfzig Metern hatte man den Bau vor mehr als fünfzig Jahren beendet, die drei schön tönenden Glocken – die Dreikönigsglocke, die Pretiosa mit ihrem tiefen, vollen Klang und die Speciosa – noch eingehängt und dann die Arbeiten abgebrochen. Eine Schande. Keck wie eine schräg aufgesteckte Helmfeder ragte noch immer der Kran aus dem Baustumpf, der Witterung ausgesetzt, sicher längst verrostet und verrottet. Wann würde man wohl endlich die Turmspitze ausführen?

Immerhin hatte man nun mit dem Mauerwerk des Nordturms begonnen, die Ostseite war schon auf drei Meter hochgewachsen, über den Rhein wurde wöchentlich neuer Trachyt vom Drachenfels herbeigeschifft. Es gab gut zu tun.

Wenzel nahm das abgekühlte Eisen aus dem Bottich und betrachtete den vierkantig gehauenen Stab zufrieden.

Die hochfliegenden Pläne des Dombaumeisters, die immer zierlicher und höher emporragenden, umblätterten Stützpfeiler, die lichten Turmkonstruktionen und Säulchen machten einen Eisenkünstler wie Wenzel unentbehrlich.

Wie sonst sollten diese Pfeiler die mächtigen Gewölbe in schwindelnde Höhe tragen, wenn nicht Eisenklammern die Steinblöcke hielten und geschmiedete Verstrebungen in den weichen Stein gelassen wurden? Ohne diese versteckten Metallgerippe müßten die Baumeister immer noch bauen wie vor vielen hundert Jahren: mächtige Pfeiler, Tonnengewölbe, dicke Mauern, kleine Fenster. Der Dom zu Köln sollte anders aussehen, sich in den Himmel recken wie die feingliedrigen Finger betender Hände, imposant und doch filigran.

Zugleich galt es, das Arbeitsgerät für die anderen Handwerker zu schmieden: Zirkel, Meißel, Sägen und allerlei Nägel. Ja, Wenzel hatte sein Auskommen sicher, und mit seinem Meister stand er sich recht gut.

Die Stadtrechte und seine Bürgerqualifikation hatte der gutkatholische Geselle längst in der Tasche, gekauft vom Ersparten seiner Wanderjahre. Es fehlte nicht viel, daß er sich ein einfaches Haus mieten und eine gute Frau freien könnte. Die anfallenden Kosten für die Hochzeit würde die Zunft der Steinmetze übernehmen, die auf der Baustelle natürlich wie bei jedem Kirchenbau den Ton angab.

In solch unsicheren Zeiten, wo alle Stände in Unruhe waren, die Landesfürsten gegen den Kaiser aufbegehrten, die Bürger gegen die Kirchenherren und sogar die Bauersleut gegen die Obrigkeit, war es gut, wenn man sich einen festen Platz sicherte. Die Zukunft lag in den Städten, dachte der Schmied.

Wenzel pfiff zufrieden und zog sich das nächste unbehauene Eisen aus dem Feuer. Vier Stunden noch, dann würde das Chorgeläut im Dachreiter zum Abendbrot rufen. Ihm blieb danach genug Zeit für einen kurzen Gang in die Rheinauen. Die langen, hellen Sommernächte zwischen den Äckern und Feldern waren seine Freude. Gerne verfolgte Wenzel die spät noch vorbeiziehenden Kaufmannsschiffe mit den geblähten Segeln, die letzten Treidel- und Gemüsekähne, die frische Fracht und Menschen zum Hafen ruderten. Von seinen Wanderjahren her war Wenzel eine Liebe zum Gang durch die freie Natur geblieben, dieses Stückchen Freiheit an frischer Luft, das die alteingesessenen Städter nicht kannten, sogar fürchteten. Kein Wunder, ihr Reichtum lockte das Diebesgesindel und Räuberrotten an, die sich in diesen Zeiten immer dreister verhielten. Sogar vagabundierende Ritter waren unter dem Gesindel und beriefen sich auf ihr vollkommen veraltetes Faustrecht. Der Kaiser aber, damit befaßt, ein Reich zu schaffen, in dem die Sonne nie unterging, griff nicht ordnend ein. Kein Wunder, daß die alte Ordnung in sich zusammensackte wie ein morsches Mauerwerk.

Die Stadttore wurden zu dieser Zeit des Jahres erst Schlag zehn geschlossen. Heute wohl noch ein wenig später, da großer Markt abgehalten wurde und man sichergehen wollte, daß alle Stadtfremden am Ende des Tages die Mauern verließen.

Wenzel hatte soeben seinen dritten Eisenstab ins Wasser getaucht, als sich von hinten eine mächtige Pranke auf seine Schulter legte.

»Seid gegrüßt, Wenzel.« Lachend vor Überraschung fuhr der Eisenschmied herum, er kannte den schwerfälligen Ton und den fremden Dialekt recht gut. Das war Meister Derich, bei dem er auf ein Jahr gearbeitet hatte. Ein guter Mann, wiewohl die Zeit im Dorfe Rabenstein und unter der Schirmherrschaft des mächtigen Burgherrn Wenzel recht sauer geworden war. Dort herrschte soviel Kleinmut, soviel Enge.

»Lieber Meister Derich, was für eine Freude. Ich kann es nicht fassen, was verschlägt einen tüchtigen Dorfschmied wie Euch hierher in die ferne, große Reichsstadt?«

Der mächtige Kerl schwieg. Wenzel, der sich ihm zugewandt hatte, bemerkte einen schwermütigen Ausdruck in seinen Augen.

»Es ist die Not«, sagte Derich schlicht, »in unserm Land wurde schrecklich gewüstet.«

Wenzel ließ den Hammer sinken. »Guter Mann, ich hab' davon gehört. Der Teufel selbst hat da sein Werk getan. Es ist recht, daß Ihr vor diesem Müntzer und seiner Schar geflohen seid. Hier gibt es Arbeit genug für einen wie Euch. Hört zu, wir wollen das heute bei einem guten Becher Wein besprechen. Ich denke, ich kann ein Wort beim Dombaumeister für Euch einlegen. Mein Leumund ist gut. Habt Ihr nicht auch ein Empfehlungschreiben?«

Derich lachte bitter. »Von wem? Vom Rabensteiner? Wohl kaum. Er ist ohnehin tot und begraben.«

Wenzel stutzte. »Tot? Ist er im Kampf gegen die wilden Bauern gefallen? Man hat viel darüber gesprochen hier in Köln. Die Spottlieder machen in den Brau- und Bierhäusern die Runde, aber mir schien, als seien nur wenige Herren dabei liegengeblieben.«

Derich schnaubte verächtlich. »Nein, er ist nicht im ehrlichen Kampf gefallen. Der Schwarze Tod hat ihn zerfressen. In weniger als zwei Tagen spuckte er Blut und Auswurf. Mit großen Schwären war sein gedunsener Leib übersät, die aufbrachen und voll von stinkendem Eiter waren. Es war ein grauslicher Tod, wie ich hörte.«

Wenzel und die anderen Schmiedegesellen waren bei diesen Worten zurückgewichen. Die Pest! Das war ein Wort so gut wie der Tod. Da kannte man keine Freunde, selbst keine Verwandten mehr, wenn einer die Krankheit im Leib trug. Alle Kölner erinnerten sich noch gut der letzten Pest, wiewohl sie schon sieben Sommer her war. An die hundert Menschen starben da am Tag, die Totenglocke läutete unablässig, durch die Straßen rumpelten die Schinderkarren, beladen mit Blumen und Toten. Man verscharrte sie namenlos in großen Suhlen und Gruben. An vielen Häusern hingen die Pestkreuze und Bittsprüche: »Salvator mundi, salva nos.«

Überall in den Kirchen wurden Bänke an die Wand gerückt, auf denen die Lungenbrüder und Wartschwestern, die einen Pestkranken gepflegt hatten, von den anderen Kirchgängern getrennt sitzen mußten. Nachbarn mieden ihre Nachbarn, Väter ihre Kinder, Ehefrauen ihre Männer. Der Schwarze Tod riß Freunde auseinander, die Stadt glich einem

Friedhof. Die Furcht war immer noch groß seither, denn die Plage flackerte immer und immer wieder auf und hielt Totentanz in den Städten und Dörfern.

Was fiel dem Derich, der aus einem Pestgebiet kam, ein, so frech unter die Leute zu gehen?

Der Schmied von Rabenstein erkannte jetzt die Todesangst der Handwerker und beeilte sich, sie zu beruhigen. »Oh, habt keine Bange. Ich bin schon lange unterwegs. An die zwei Monate und habe mir die Krankheit nicht gefangen. Seid beruhigt! Es gab auch kaum Tote in unserer Gegend, nur auf der Burg raffte die Plage einige Herren und Damen dahin, dann verließ der Tod die Gegend, und wir trafen ihn an keiner Stelle unserer Reise wieder an.«

Noch immer mißtrauisch musterte Wenzel seinen Meister. Warum war der aufs Geratewohl nach Köln marschiert? Es hätte ja gut sein können, daß er, Wenzel, gar keine Stelle beim Dombau bekommen hätte, wie er seinem Brotherrn beim Abschied verkündet hatte. Dann hätte Derich kaum Hilfe zu erwarten gehabt, schon gar nicht ohne die Empfehlung seines Landesherrn. War es nicht vielleicht doch eine greuliche Seuche, die Derich aus seiner schönen Schmiede vertrieben hatte?

Als er aber sah, wie gesund und kraftstrotzend der Mann wirkte und wie fest und arglos sein Blick war, beruhigte er sich. »Wohlan. Beim siebenten Schlag der Glocken bin ich frei, dann können wir uns hier wieder treffen. Ihr könnt die Zeit nicht missen, denn die Stadt ist voll von Stundenglocken. Ich kenne ein nicht allzu arges Gasthaus, wo man einen ordentlichen Braten und saures Kraut serviert. Da können wir gut zusammenhocken und beraten.«

Derich nickte und versprach, Wenzel am Abend vor dem Dom zu treffen, dann verließ der mächtige Kerl mit großen Schritten die Schmiedewerkstatt nahe der Turmbaustelle. Mit nachdenklicher Miene verfolgte Wenzel den Mann. Wo war er wohl mit seiner nicht eben kleinen Familie untergekommen? Das Leben in der Stadt war teuer, zu teuer für einen heimatlosen Schmied. Unruhig machte Wenzel sich wieder an die Arbeit, doch die rechte Lust daran hatte er verloren.

Am Domhof vorbei und durch das Portal der düsteren Hacht, dem erzbischöflichen Gefängnis, ging der Schmied auf das Markt- und Rathausviertel zu, tauchte alsbald ins dichte Gewühl kleiner Gassen ein, die auf den Alten Markt zuführten. Allerlei Volk strömte heute dorthin, wo großer Markt abgehalten wurde. Derich hoffte, dort einige aus der Gauklerschar des Grafen wiederzutreffen, die er vor Tagen verlassen hatte. Entschlossen schlängelte und drängte er sich durch den Strom von Menschen.

Die Kappesbauern hatten ihre Kohlköpfe auf Karren geladen und rollten sie von den Feldern nahe der Stadtmauern herüber, wo auch ihre niedrigen Hütten standen, ins Zentrum.

Der Lärm der Händler, die im dumpfen Dunkel der Gassen gesalzene Heringe aus Tonnen, Backwaren und Brandkuchen aus Körben, irdenes Geschirr aus Kiepen anpriesen, die Schreie der Kesselflicker und Messerschleifer schmerzten in Derichs Ohren. Genau wie das laute Rasseln und Klappern von Karren, die über die teils mit Rheinkies und Sand bestreuten Sträßchen rumpelten und die Passanten immer wieder zwangen, beiseite zu springen, wobei man darauf achtgeben mußte, nicht in einer Pfütze oder einem Loch zu landen, das so tief war, daß man sich die Beine ernsthaft verstauchen und beschädigen konnte.

Derich war solches Getöse und Gewühle nicht gewohnt, auch nicht den bestialischen Gestank, der fett wie Schmalz in den sommerlich heißen Gassen lag. Die Luft vom Fluß fand keinen Weg über die hohen Stadtmauern. Die eng sich drängenden Häuser, deren weit vorkragende Giebel sich in schwindelnder Höhe mit den gegenüberliegenden Häusergiebeln trafen, nahmen ebenfalls Luft und Licht.

Nirgends gab ein noch so schmaler Spalt zwischen den Gemäuern den Blick auf das lachende Grün der Gärten und Höfe frei, die dahinter lagen.

Unten im Finstern der Sträßchen faulten der Kot vieler Wochen, der Schmutz und die Essensreste von vielen hundert Menschen. Hinzu kamen verderbende Kadaver von Hunden oder Katzen, die der Schinder noch nicht eingesammelt hatte, der Schrott der verschiedenen Handwerker, vom schwarzen Zinther der Schmiede bis zum Lederabfall der Taschenmacher. Schillernde Schmeißfliegen bedeckten surrend den Schmutz.

Die beiden städtischen Fuhrknechte, die Lohn dafür erhielten, daß sie den gröbsten Unflat beseitigten, hatten genug mit den übelsten Anhäufungen der Fleischhauer und den pestilenzartigen Abfällen des Färber- und Gerberviertels nahe den Bächen im Westen der Stadt zu tun. Der übliche Kot und Unrat im Marktviertel blieb liegen, bis vielleicht ein Bauer ihn als Dung für seine Felder vor den Stadtmauern abholte, oder der Rat eine so saftige Buße androhte, daß ein Hausbesitzer endlich einen Karren mietete und den Dreck beseitigte.

Anständige Bürger mieden wegen all dieser Widrigkeiten, soweit ihre Beschäftigung es zuließ, den Gang auf die Gassen sooft es ging, um Kleider, Gemüt und Gesundheit zu schonen. Man lebte im Haus, kaufte die Waren, wo es möglich war, durchs Fenster und von Hausierern ein oder zog sie per Seil und Lastkran nach oben.

Derich, der die bei weitem frischere Landluft gewohnt war, freute sich, als er eine feinere, gefegte Gasse erreichte, wo sich die aus gehauenem Stein gebauten Häuser reicher Bürger hoch in den Himmel reckten, die mit Blei gedeckt, teils mit Malereien verziert waren und an deren Ecken Türmchen und Madonnen mit milden Gesichtern in der Luft schwebten. Hie und da hatten sich reiche Scherzbolde auch für Kallendrießer als Schmuckfiguren entschieden. In Stein gehauene Schelme, die ihren Hintern entblößten, als wollten sie ihr Geschäft erledigen. Die Kölner waren bekannt für ihre spöttische Natur, sogar gegenüber dem Ratsgebäude fanden sich Kallendrießer an den Wohnhäusern.

Buntgemalte Schilder neben und über den Türen zeigten Trauben, rote Ochsen, Ringelblumen, Engel oder Fratzen, aus denen man den Namen der Gebäude erkennen konnte. Alles strahlte Reichtum und Ruhe aus.

Hier konnte Derich endlich wieder seine Gedanken ordnen und etwas tiefer durchatmen, da statt der fliegenden Händler, die belebtere Gassen vorzogen, hier nur die gesitteteren Ratsboten in ihren schwarzen Übermänteln einhereilten und statt lärmender Handwerker ruhige Kontore von Fernhändlern in den Untergeschossen der Häuser untergebracht waren.

Die gut geschulten Bettler, die hier Hausrecht hatten, benahmen sich im ganzen anständig und ließen den kräftigen Schmied in Ruhe. Lieber wandten sie sich ärmelzupfend an die städtischen Boten und Kaufmannsdiener, die sich nach alter Gewohnheit mit Almosen von dem Gefühl sündig, weil wohlhabend, zu sein, freikauften.

Gaben sie nichts, was ungewöhnlich war, so wurden sie von bösem Kreischen und wenig gottgefälligen Schimpfworten verfolgt: »Hurensöhne, Mistlader, Fotzenhüte«, klang es in Derichs Rücken.

Derich, der ein einfacher gottesfürchtiger Mann war, zuckte entsetzt zusammen. Ihn hatte die Bibel gelehrt, daß der Stand der Armen ein gottgefälliger sei. Diese dreisten Bettler aber, von denen die ganze Stadt wimmelte, erinnerten in nichts an die christliche Würde der Armut. Fürwahr, die Welt war aus den Fugen in diesen Tagen, ein jeder trachtete nur, den anderen zu bescheißen und sich zu bereichern, vom Kaufherrn bis zum Bettelmann. Nirgends wurde das fühlbarer als im Gewühl der großen Städte.

Und dieses Köln sollte seine Heimat werden, dieses lärmende, stinkende, schauderhafte Ungetüm, in dessen schwarzem Bauch – so hatte Fresenius gesagt – an die vierzigtausend Menschen hausten. Diese Stadt, eine der größten Europas, erschien Derich wie die Vorhölle, denn er sah die Kaufmannsmetropole mit den Augen des ausgestoßenen, armen Wandersmannes, ohne zu ahnen, welche Pracht hinter den Mauern der herrschaftlichen Häuser entfaltet wurde.

Dennoch mußte er hier sein Glück versuchen. Unmöglich konnten er und die Seinen weiterhin dem Grafen und den Gauklern auf der Tasche liegen. Zwar zehrten die immer noch von dem reichen Lohn, den ihnen jener Kölner Kaufmann für seine Rettung gegeben hatte. Auch hatten sie mit allerlei Kunststückchen in den Dörfern ein paar Heller darauf verdient, aber er wollte seine Familie selbst ernähren und nicht endgültig in den niedersten Stand der rechtlosen Fahrensleute herabsinken, aus dem sich sein Sohn Tilmann und die anderen Kinder nur schwer wieder würden emporarbeiten können.

Er hoffte, daß Wenzel, den Geboten der Handwerkerzunft gehorchend, ihm Hilfestellung geben würde. Er selbst war schließlich kräftig und verstand seine Arbeit gut. Beim Ausbau der Burg Rabenstein hatte er vieles gelernt, was auch beim Dombau von Nutzen sein konnte. Sein Taufbrief wies ihn als guten Katholiken aus, so wie es im lutherfeindlichen Köln gewünscht war. Wenigstens als geschickten Handlanger würde man ihn doch wohl nehmen.

Vielleicht könnte er dann schon in wenigen Tagen einige billige Kammern nahe der Stadtmauer mieten und seine Familie darin unterbringen. Sie wartete auf ihn in einer kleinen Ortschaft namens Dormagen, wo ihnen freundliche Leute Unterkunft in einem Holzschuppen gewährt hatten und ihnen Kost gaben, solange sie bei der Heuernte halfen.

Derich hatte nun den Rathausplatz erreicht, den er durch

ein Portal betrat. Trutzig ragte der feste Turm mit den Zunftwappen empor. Mit staunenden Augen betrachtete Derich die feineren Bürger: Kämmerer und Beamte, die ihren Geschäften nachgingen, den Kopf hochmütig gereckt und in prächtige Gewänder gehüllt, standen da und parlierten. Einige ließen es sich selbst bei dieser brütenden Hitze nicht nehmen, ihre Pelzkragen, darunter sogar Hermeline, zur Schau zu tragen. Derich musterte mit Mißfallen die kurzen Röcke einiger junger Gecken, die kaum eine Viertel Elle über dem Knie endeten, einige waren so kurz, daß sie den Blick auf die mit Roßhaar mächtig aufgeplusterten Schamkugeln und Hodensäcke freigaben. Manche Hosen waren so scharf und eng gemacht, daß sie den Burschen die Arschkerbe austeilten.

Die feinen Frauen gingen in Samt und Seide, die in allen Farben des Regenbogens schillerten. Manche hatten ihre Brüste sehr unziemlich hochgeschnürt, die Brustlöcher gaben den Blick aufs weiße Fleisch frei.

»Hoffart«, murmelte Derich, als er eine mit gehörnter Haube, tiefem, sündigem Ausschnitt und viel klimperndem Geschmeide vorbeischreiten sah, ein Gebetbüchlein gleich einem Schmuckstück vor sich hertragend. Die unzähligen Stundenglocken und Turmgeläute riefen dröhnend und bimmelnd zum Gebet. Doch diese Frau war dafür gewiß nicht angemessen gewandet, dachte Derich mit gerunzelter Stirn.

Es schien, als gelte hier der bloße Reichtum als hinreichende Begründung für ein uneingeschränktes Recht auf Eitel- und Maßlosigkeit. Ihm fiel das Wort aus Luthers Bibelübersetzung ein, daß eher ein Kamel durch ein Nadelöhr, denn ein Reicher in den Himmel komme. Bis hierhin schien dies Bibelwort noch nicht vorgedrungen zu sein. Was für eine verkehrte Welt, in der die Predigt der Wahrheit als Sünde und die Sünde als Wahrheit galt.

Derich passierte das Rathaus und stieg die Treppe zum Alten Markt herab. Ein großes Gewimmel herrschte hier zwischen den Buden der Kräuterhändler, Salbenkrämer und Apotheker, die unter den Wandelgängen längs des Platzes standen und eifrig ihre Pillen und Wässerchen, Skorpionöl, Elefantenschmalz, Petroleum und Latwerge, eingekochte Fruchtsäfte mit Opium vermischt, anpriesen. Stiller verfolgten die Schamelothändler, die ihr feines Kamelhaargewebe auslegten, ihr Geschäft. Da gab es nicht viel zu schreien, nur die Reichsten konnten sich solches Gewebe leisten.

Dicht bevölkert war auch der gesamte Platz, wo Butter, Käse, Gemüse, Rüben und Kohl auf Bodentüchern und auf Karren feilgeboten wurden. An den Hausecken ringsherum hockten die Apfelweiber, zahnlos und ärmlich die meisten. Mit großen Schlucken selbstgebrauten, höchst anregenden Doll- und Grutbieres versetzten sie sich in einen Rausch und hoben einiges Gezänk mit unachtsamen Karrenschiebern an.

Die fliegenden Händler drängten sich frech zwischen den Käufern und Verkaufsständen durch und versuchten sich angesichts der mächtigen Konkurrenz in ihrem Geschrei noch zu überbieten. Besser gestellte Kaufleute hatten eigens Marktschreier in den Dienst genommen, die die Kunden mit unverschämten Versen lockten:

»Ich bin schnell und lästerlich,
der Teufel fegt bei Neumond mich!
Das Vaterunser kann ich schlecht,
'nen Grund zum Glauben hab' ich nicht.
Doch kann ich gaffen und verkaufen,
und von Markt zu Markte laufen.«

Lachend und johlend nahmen die Bürger diese frechen Locksprüche auf und blieben lange stehen, um weitere böse Verse zu hören.

Ab und an befeuchteten die bezahlten Schreihälse ihre heiseren, staubigen Kehlen mit etwas Branntwein, der trotz Verbots an allen Ecken ausgeschenkt wurde. Hatten sie ordentlich Kunden gelockt und den Lohn dafür eingestrichen, gönnten sie sich eine Schale fetten Fleisches mit Gemüse aus einer der Garküchen, deren Gerüche den Gestank von Dung, Mist und Abfall ein wenig übertönten.

Derich zwängte sich staunend durch das lärmende Volk hindurch, betrachtete mit knurrendem Magen die im Überfluß feilgebotenen Leckereien und sog gierig den Duft eines Gewürzstandes vor ihm ein. Solche Waren kannte er nicht aus seinem kleinen Kirchspiel, das er vor zwei Monaten zum erstenmal im Leben verlassen hatte. Zeuge eines Banketts in der Burg war er nie gewesen, so daß ihm solcher Luxus unbekannt geblieben war.

An dieser Pracht, dem goldenen Safran, dem roten, ihm unbekannten Gewürz, das scharf und fruchtig roch, den schwarzen Pfefferkörnern, die mit winzigen Gewichten aufgewogen wurden, und den süß duftenden Wurzeln konnte er sich kaum satt sehen und riechen, zumal nur wenig weiter ein Fleischmenger die unappetitlichen Abfälle seines Handwerks, das Gekröse und Gedärme von Ferkeln und Lämmern, in die Blutlachen unter seinem Holztisch fallen ließ, ungeachtet der Köter und einiger Schweine, die sich gegenseitig von diesen Leckerbissen wegzubeißen suchten, während ein paar sehr elende Bettler mit Stöcken versuchten, sich selbst einige der zweifelhaften Fetzen aus dem Schmutz zu ziehen, um damit ihre tägliche Schüssel von Gersten- und Hirsemus aufzubessern. Mit Widerwillen betrachtete Derich das schlechte Fleisch, das hier zu Wucherpreisen angeboten wurde. Da lobte er sich seine fetten Martinsgänse und frischen Würste, die man zu Festtagen im heimischen Dorf verzehrt hatte.

In einer Ecke auf der gegenüberliegenden Seite des Marktes – Derich vermutete, daß es die dem Rhein hingewandte

Seite war – entdeckte er nun allerlei Gauklervolk und reisende Quacksalber, die ihre Bretterbühnen aufgebaut hatten. Hier lief viel Volk zusammen. Der Schmied wandte seinen Schritt in diese Richtung, froh, von seinem Hunger abgelenkt zu werden, und er erkannte schließlich seine Reisegefährten Hans, Sebastian und Katharina, die nahe einem Torbogen von einer jauchzenden Menge umringt waren.

Zu munterer Musik gaben sie Sebastian Brandts Narrenschellen, scharfe Spottverse über die Verrücktheiten aller Stände, vom Bettler bis zum Edelmann, zum besten. Der schnurrige Hesekiel, der keck auf Sebastians Kopf balancierte, hatte ebenfalls einige der Verse gelernt, die er sehr zum Vergnügen des Volkes nachschnarrte. Ab und an beschimpfte er zudem falsche Pfaffen und Pfeffersäck' als »Hundequasten, Schleifenbecker, alles böse Speichellecker«, was dem Publikum ausnehmend gut zu gefallen schien. Bosheit im Gewand von Narretei stand hoch im Kurs. Vor allem dann, wenn sie sich gegen hohe Herren und Damen richtete. Derich blieb stehen, bemüht, einen Blick des Trios zu erheischen. Katharina entdeckte ihn und lächelte ihm freudig zu. Hans stimmte die nächste Strophe an, und mit Vergnügen lauschte Derich der Schelte über neue Moden, die er ja soeben auf dem Rathausplatz bestaunen mußte:

»Zur Zier gereichte einst der Bart,
jetzt lernt der Mann nach Weiberart
zu schminken sich mit Affenfett.
Den Hals er sich entblößen tät,
trägt Ketten und viel Ring darum,
als ginge ein Gefangner um.
Mit Harz und Schwefel kreppt man's Haar.
Die Läuse werden drum nicht teuer,
im Gegenteil: sind wohlbehalten,
da alle Kleider reich an Falten.«

Katharina sang es lachend, das Volk stimmte mit ein in den Spott auf die recht verhaßten, hoffärtigen Reichen. Und Hesekiel krächzte zur Gaudi aller: »Pfui, Schand, Quincke-quanck, schmückt euch mit Eitelkeit und macht Gestank.«

Nach diesem Lied beendeten die drei ihr Spiel. Katharina schritt die Menge ab und sammelte in einem Körbchen klimpernde Münzen. Einige derbe, wohl angetrunkene Gesellen bekamen Hesekiels frechen Schnabel scharf zu spüren, als sie die Hände auf Katharinas hübschen Hintern legten. Auch das amüsierte die Zuhörer sehr.

»Liebster Derich«, begrüßte Katharina schließlich den Schmied, »komm, setz dich mit uns dort an die Wand, du bist gewiß hungrig. Wir haben Brot, Schinken und Wein. Erzähle uns, was du in den letzten Tagen getrieben hast.« Gern folgte der Schmied der Einladung, sein Hunger war inzwischen gewaltig, der fragte nicht nach falscher Bescheidenheit. Auch war die Herzlichkeit der Gauklerfreunde echt, sie teilten gern.

Also hockten sich die vier auf die Erde. Hans schnitt den Schinken unter strenger Aufsicht von Katharina, damit er sich nicht selbst den größten Batzen zuteilte. Amüsiert beobachtete Derich die oft schmachtenden Blicke, die der immer noch scheue Sebastian dem Mädchen verstohlen zuwarf. Fürwahr, ihn hatte die Liebe gepackt und ließ ihn nicht mehr los. Im Sommer war ihm kalt, im Winter heiß, wie man von einem verliebten Toren zu sagen pflegte. Doch Katharina schien arglos wie ehedem.

Zunächst erzählte nun der Schmied von seinen Plänen, wurde beglückwünscht, aber auch gebeten, sich noch möglichst oft zu melden, da man ihn sehr vermisse. Dann erzählte Katharina von der Ankunft in der Stadt. Weit kam sie jedoch nicht, denn nun wurde nicht weit von ihnen, bei einem grob gezimmerten Gatter, großer Lärm laut.

Fünf armselige, zerlumpte Gestalten tasteten sich mit

Stöcken und Knüppeln und unter dem Gejohle der Zuschauer in den leeren Pferch.

Man stieß und stupste sie derb an, unsicher suchten sie nach Halt und griffen dabei immer wieder in die Luft und ins Leere. Sie mußten blind sein. Was für ein unseliges Spiel wurde da getrieben? Die Armut, der Derich überall auf den Gassen, vor dem Dom und auf dem Markt begegnet war, und nun dieses Treiben mit den Ärmsten der Armen ließen seinen Mut auf ein sicheres Auskommen in diesem Babylon der Sünden und der Not sinken.

Er stand auf und trat nah an die Menschentraube heran. Widerwillig machte man dem starken, großen Kerl Platz, der sich mit rudernden Armen und steinhartem Blick nach vorne drängte. Vor sich, ganz nahe am Gatter, entdeckte Derich zu seiner großen Freude und Verwunderung den Bauern Rufus, den er ebenfalls zuletzt vor einer Woche beim Abschied von den Gauklern gesehen hatte. Der Bauer beobachtete mit weitaufgerissenen Augen das seltsame Spektakel.

»Grüß dich, guter Rufus, was geht hier vor?«

»Ich weiß es nicht, man sagt, es sei eine Volksbelustigung und eine mildtätige Sach für die Blinden. Der Bettelvogt hat mich hergeschickt, ich möge mir das anschauen, damit ich wisse, was mich erwartet, wenn ich mich der Zunft der Kruppolösen und Bettler anschließe.«

Derich runzelte die Stirn. Wie der Graf und Märthe hatte er versucht, dem Bauern diese lang gehegte Idee auszureden. Gerne hätte man sich um ihn gekümmert, doch er wollt es nicht leiden. Alles, was ihm geblieben war, war sein Stolz, und davon wollte er nicht eine Elle abrücken. Mit verbissenem Gesicht hatte er während des zweimonatigen Wanderzuges allerlei eigenwillige Kunststücke eingeübt, um zum Auskommen der Gruppe beizutragen. Mit den Zehen konnte er Schach spielen, nahm einen kleinen Löffel und warf aus einer bestimmten Entfernung jede Figur vom Brett, oder er ließ

Messer durch die Luft sausen, die dann sicher in einem Brett landeten, das von ihm entfernt stand.

In den Dörfern hatte der kunstfertige Krüppel viel Beifall für diese Schnurren erhalten. Doch nun in der Stadt wollte Rufus ein sichereres Auskommen finden, seine Zehenspiele waren nichts gegen die Bärenführer, die Zwergenschausteller, die Seiltänzer und Musiker.

Die Bettelzunft hingegen war in der Stadt anerkannt und gelitten, sofern sie falschen Bettel und Betrug selbst anzeigte, die ärgsten Spitzbuben aussonderte und den Stockknechten übergab. So befreite die Bettelzunft die Ratsherrn von der Last der Fürsorge und sorgte zugleich für ein gewisses Maß an Ordnung. Harsch ging man hingegen mit Betrügern zu Gericht. Solchen etwa, die beim Henker die Gliedmaßen hingerichteter Galgenvögel erwarben und sich die verwesenden Stümpfe unter die Röcke schoben, um sie den entsetzten Bürgern zu zeigen und deren Geldbeutel mit solcher Scheußlichkeit zu öffnen.

Bauer Rufus hatte vom Bettelvogt, dem von der Stadt bestimmten Führer der Armen, seine echte Verstümmelung begutachten und schriftlich bezeugen lassen und hoffte auf einen Platz unter den ehrlichen Bettlern und eine Unterkunft in einem der Armenspitäler.

»Willst du es dir nicht noch einmal überlegen?« fragte nun Derich. Aber Rufus schüttelte entschlossen den Kopf. »Ich kann dem Grafen und seinen guten Leuten nicht ständig auf der Tasche liegen. Hier in der Stadt nutzen mir meine billigen Künste nicht viel, meine Stimme taugt nicht zum Gesang, als Knecht will mich niemand haben. Der Bettelvogt sagt, daß ich mich mit ehrlich erbettelten Almosen weit besser stehe, und wenn ich brav und tüchtig bin, vielleicht einmal Almosen auf einer feinen Gasse heischen darf. Schaut euch die Reichen hier an, sie können's entbehren. Bei den Bettelbrüdern werde ich ein Lager für die Nacht und Brot finden. Zumindest so lang, wie der Graf in Köln bleiben will, werde ich selbst für mein Auskommen sorgen, das Leben ist teuer hier. Danach werden wir sehen.«

Nachdrängende Zuschauer trennten den Schmied vom Bauern, und schließlich wandten sich alle Blicke auf einen Mann, der mit einem groben Rupfensack und viel Getue ins Gatter einzog. In dem Sack zappelte es mächtig, schrilles Quieken verriet, daß ein Ferkel darin steckte.

Der Mann hielt den Beutel fest zu und ließ ihn auf den mit etwas Stroh bestreuten Boden plumpsen; dann hob er seine Hand und bat um Ruhe. Wie ein Zeremonienmeister kündigte er nun den Kampf der fünf Blinden gegen das Ferkel an. Sie sollten es schlagen und knüppeln, bis es tot war, dann dürften sie es als Lohn für ihre Arbeit als Braten behalten. Das Quieken des Ferkels mischte sich nun mit dem Gelächter der Leute. Das würde eine feine Prügelei werden! Die Bettler würden sich gegenseitig grün und blau hauen, ehe sie das flinke Ferkel erwischten.

Der Zeremonienmeister schickte nun einen kleinen lumpigen Knaben mit einem zerschlissenen Mützchen herum; darin sammelte er Heller, Pfennige und Fettmännchen als Bezahlung für das Spektakel.

Und ein Mordsspektakel wurde es fürwahr. Neidisch hielten die anderen Gaukler in ihrem Gewerbe inne, und die verschiedenen Musikanten legten eine Pause ein.

Immer wieder ließen die armen Blinden die Knüppel sausen, in der Hoffnung, das fliehende und hin- und herwetzende Tier zu treffen. Angefeuert von der Menge, unter die sich auch einige vornehme Bürger mischten, die sich für solche derben Späße keineswegs zu fein waren, wurden die Hiebe immer gröber. Einem brach der Kiefer, als der Knüppel eines Leidensgenossen krachend darauf niederging, ein anderer schleppte sich bald auf lahmem Bein durchs Gatter. Sein Gesicht war vor Schmerzen verzerrt. Der Jubel der Menge wuchs. Katharina, die sich hinter den Schmied gedrängt hatte, zischte bös: »Das ist ein widerwärtiges Schauspiel, wie können sie nur so grausam sein.«

Auch Derich waren solche Vergnügungen auf Kosten der Ärmsten zuwider. Er riß schließlich mit einem kräftigen Ruck eine Latte vom Zaun, sprang übers Gatter und haute mit einem Schlag das Ferkel tot.

Da erhob sich in der Menge ein großes Gezeter und Klagen. Man verlangte sein Geld zurück, sprach von Betrug und Beutelschneiderei. Der Zeremonienmeister rief nach den Gewaltrichtern und ihren Gehilfen, die den dreisten Eindringling festnehmen und als Strolch in den Turm festsetzen sollten. Die Gewaltrichter waren nicht fern, denn auf einem Markt hatten sie allerhand zu tun mit falschen Quacksalbern, Beutelschneidern und Taschendieben. »Lauf weg«, rief Katharina dem Schmied zu und bahnte ihm eine Gasse.

Derich zögerte nicht lange und sprang zurück über den Zaun in die ausweichende Menge. Hans, Sebastian und Rufus hielten die Pöbler von ihm zurück. Mit wenigen Sätzen war der Schmied über den Alten Markt hinweg und tauchte in das Gewimmel der Gassen ein, die zum Fischmarkt am Rheinhafen hinabführten. Bauer Rufus und die Gaukler verfolgten seine Flucht mit herzhaftem Lachen.

Der Kerl gefiel ihnen wirklich gut, zwar hatte er nichts von dem leidenschaftlichen Feuer der ehemaligen Aufrührer, er war im Gegenteil immer noch ein erklärter Gegner Müntzers, doch sein Gefühl für Recht und Unrecht war unbestechlich. Er war ein aufrechter Selbsthelfer in wilder, anarchischer Zeit.

Mit Befriedigung sah Rufus nun, daß die geschundenen Blinden das tote Ferkelchen unter den Arm nahmen und dem Zeremonienmeister selbst einen ungewöhnlich treffsicheren Hieb versetzten, als der das Ferkel für sich forderte.

Vom Lärm alarmiert, waren inzwischen die Gewaltrichterdiener und sogar der Bettelvogt eingetroffen. Sie alle sprachen das Ferkel den Blinden zu, wobei der Vogt heimlich als Anteil eine Hinterkeule forderte. Murrend gestanden die Blinden, die unter seinem Schutz standen, es zu.

Die Verfolgung des Schmieds nahmen die Marktwächter nicht auf. Sollte das Gesindel derlei Kämpfe doch unter sich ausmachen. In keinem Fall aber auf dem Alten Markt, nahe dem ehrwürdigen Rathaus. Man befahl der Schar auseinanderzugehen und wies den Zeremonienmeister und seine Gehilfen an, das Gatter sofort zu entfernen. Eine weitere Genehmigung für einen Bettlerkampf, so drohten die Gewaltrichterdiener, werde der Rat ihm gewiß nicht erteilen, wenn er weiter Geschrei mache.

Rufus freute sich über die gerechte Behandlung des Schaustellers und bat den Bettelvogt noch einmal um Aufnahme in die Gemeinschaft. Er erhielt Befehl, sich am nächsten Morgen im Armenhospital Ipperwald auf einer Katzenbauch genannten Gasse einzufinden, um in den Bettelverordnungen der Stadt unterwiesen zu werden und förmlich um Aufnahme zu bitten.

Zufrieden mit seiner Entscheidung, machte Bauer Rufus sich in Begleitung der Spielleute auf, dem Grafen Mitteilung zu machen, obwohl er sich noch immer schämte, in einem so vornehmen Hause wie dem des Kaufmanns Tuchscherer vorzusprechen, zumal dort großes Leid herrschte.

15.

Mit wütendem Gesicht und vor Zorn geröteter Stirn las Graf von Traubstedt wohl zum sechsten Mal die unglaubliche Botschaft in seinen Händen. Das Lösegeld, das die Spitzbuben darin forderten, war dreist und unverschämt, es würde den Ruin des Hauses Tuchscherer nach sich ziehen. Gertrud, die Gemahlin des guten Ansgard, zupfte nervös an den Bändern ihrer unter dem Kinn breit geschnürten, hohen Spitzenhaube; dann wieder ließ sie die Hände auf ihre feine Schürze gleiten, die sie alsbald nervös knetete, so daß häßliche Falten entstanden. Ihren Augen sah man an, daß sie die ganze Nacht geweint hatte. Doch vor ihrem Hausgesinde, den Angestellten und den Gästen behielt sie tapfer Fassung.

»Was soll ich nur tun, edler Herr? Was soll ich tun? Ihr seid uns wohlgesonnen, gebt mir einen Rat.« Der Graf war immer noch erstaunt, mit wieviel Ehrerbietung diese reiche Frau ihn behandelte und wie hochherzig sie auch die merkwürdigen Gaukler aufgenommen und unter dem Dach zwischen den teuren Tuchballen und neben den Kammern der Gehilfen einquartiert hatte. Der alten Märthe hatte sie gar eine kleine Kammer im Zwischengeschoß zugewiesen. Das Leumundschreiben ihres Mannes war ihr Empfehlung genug gewesen, auch war sie begierig, etwas über ihn zu erfahren, da sie lange keine Kunde gehabt hatte. Kein Bote der Metzgerspost hatte sie über Tage erreicht. Die von weit entfernt abgehaltenen Messen und Viehmärkten zurückgekehrten Fleischer hatten keine Nachricht für sie in ihren prallgefüllten Botentaschen. Und nun das!

Gertrud erhob sich von dem kostbar geschnitzten Dreiecksstuhl und schritt, um ihre Erregung zu dämpfen, die knarrenden Holzdielen der Gaststube ab. Ein adretter Raum gleich neben dem Kontor, das sich fast über das gesamte untere Geschoß erstreckte.

Zum Hof hin lag die große Küche mit dem gemauerten Herd, davor eben die Gaststube. Hier, an einem langen, dunklen Eichentisch pflegte die Familie Tuchscherer, Gäste, Händler und Angestellte zu bewirten. In einer reichgeschnitzten Truhe mit Aufsatz wurden feines Steinzeug, Zinnkrüge, Schenkgefäße von Silber, Messer mit reichgeschnitzten Griffen von Perlmutt und Bernstein, Tischleinen und Mundtücher verwahrt.

An den mit Leder tapezierten Wänden, zwischen den hoch gelegenen bleiverglasten Fenstern, hingen edel ziselierte Zinnteller. Zur Küchenseite hin war ein mit grün glasierten Reliefkacheln verzierter Ofen gemauert worden, den man von der Küche aus mit Holz und Holzkohle befeuern konnte. Eine hochmoderne Kostbarkeit, die sich nur wenige Kölner leisten konnten. Alles war von größter Behaglichkeit, blank poliert, ungewöhnlich sauber und strahlte kultivierten Reichtum aus.

Reichtum, der nun aufs höchste gefährdet war, denn unbekanntes Gesindel hatte Ansgard von Tuchscherer auf seinem weiteren Weg kurz vor Köln ein zweites Mal überfallen. Diesmal mit Erfolg. Die mitgeführten Gelder, alle Habe des Kaufmanns waren bereits in ihren Händen. Doch damit nicht genug, forderten sie nun auch noch ein hohes Lösegeld für den Kölner, den sie als Geisel hielten.

Bruder Fresenius, der bis dahin still neben Märthe auf einer Wandbank gesessen hatte, bat Frau Gertrud um eine Beschreibung des Briefboten, der am späten gestrigen Abend an die Tür geklopft und frech nach der Hausfrau verlangt hatte, mit den Worten, er habe dringende Nachrichten von ihrem Mann.

Gertrud nahm jetzt wieder Platz und runzelte die Stirn, bemüht, sich an jedes Merkmal des Mannes genau zu erinnern. »Er war hager, sein Gesicht hohlwangig und sehr bleich, so als habe er selten an der Sonne zu tun. Seine

Kleider waren recht neu, von schlichtem Schnitt, aber aus gutem blauem Tuch. Tuch, wie mein Mann es handelt.« Die letzten Worte kamen mit einem unterdrückten Schluchzen.

»Welche Haarfarbe hatte der Kerl?« fragte nun der Kapuziner. In Gertruds Augen leuchtete kurz ein Erstaunen auf. »Haare?« wiederholte sie. »Wartet. Daran habe ich gar nicht gedacht, so aufgeregt bin ich seit dem Eintreffen der Nachricht. Der Kerl hatte kaum Haare, sein Kopf war fast kahlgeschoren, so als hätt' er die Läuse oder eine grindige Flecht ausmerzen wollen. Hätte er keine weltlichen Gewänder getragen, fürwahr, ich hätte diesen merkwürdigen Flaumkranz um seinen Schädel für eine Mönchstonsur gehalten.«

Märthe und Fresenius tauschten aufgeregte Blicke. Beiden hatte sich sofort derselbe Verdacht aufgedrängt, obwohl er unsinnig schien.

»In wessen Namen, sagt Ihr, trat er als Unterhändler auf?« fragte nun Graf Albert.

»Nun, er sprach von umherziehenden, aufständischen Bauern und Stadtgesindel, das sich zu einer schrecklichen Bande zusammengerottet hätte und nun gegen die reichen Kaufleute ziehen wollte. Ihn selbst habe man gezwungen, diesen Botendienst zu tun, da man seine Frau als Geisel hielte.«

»Unsinn«, schnaubte der Graf, »als ob die Bauern so etwas im Sinn hätten! Nein, gute Frau, woher wir kommen, war tatsächlich Unruhe unter dem Landvolk, doch keiner unter ihnen wollte deshalb unter die Räuber gehen. Gewiß waren ein paar Schufte in den aufständischen Haufen, doch die waren lange zuvor vom rechten Weg abgekommen und nicht, weil Müntzer oder andere das gepredigt hätten. Das ist eine Lüge. Dieser Bote kann nicht bei Verstand gewesen sein, oder er ist selbst ein ausgemachter Lump! Besser, Ihr hättet ihn gleich festsetzen lassen.«

»Und das Leben meines geliebten Gatten gefährden? Nie.« Auf Gertruds Stirn zeigte sich eine leichte Zornesfalte.

»Mir erschien seine Auskunft nicht ganz so seltsam. Erst vor zwei Monaten herrschtc auch hier in Köln einige Unruhe. Ihr werdet gewiß davon gehört haben?« Ihre Gäste schüttelten stumm den Kopf. Aufruhr im heilig-katholischen Köln?

Seufzend erzählte Gertrud von dem plötzlich aufgeflammten Aufruhr unter einigen Handwerkern, die auf die Zunfthäuser, Gaffeln genannt, gezogen waren und dort – ähnlich den aufständischen Bauern im Osten und im Süden des Reiches – einen langen Brief mit vielen Beschwerdeartikeln aufgesetzt und diese endlich dem Rat vorgetragen hatten.

»Der«, so erzählte Gertrud, »hat sie dann hingehalten. Weil die Handwerker auch mächtige Klage gegen die reichen Pröbste und Klosterherren führten, boten diese freiwillig an, in Zukunft die städtischen Steuern für Brot, Wein und Bier zu zahlen. Dieser Erfolg bestärkte sie, dem Rat weiter zu drohen. Es ging eine ziemliche Furcht um.«

Schließlich hätten ein abtrünniger Ratsherr und zwei Faßbinder gar versucht, einen Zug gegen die Torburgen zu führen, um Hakenbüchsen und Armbrüste für einen bewaffneten Aufstand zu erbeuten. Niemand habe recht gewußt, warum diese drei plötzlich so roh und gewaltig aufgetreten seien. Aber niemand war ihnen gefolgt, und so hatte man sie gefangengenommen. Noch immer warteten diese Aufrührer auf einen Prozeß. »Man hat sie geschont, weil man nicht recht glauben kann, daß sie die wahren Führer sind, und sucht noch heute nach den Hintermännern.« Fresenius und Märthe tauschten wieder einen Blick.

»Schöner Aufstand«, murmelte der Graf, entsetzt über das dumme, unbesonnene Vorgehen der Städter, die die Lage völlig falsch eingeschätzt haben mußten. »Man erntet nicht, bevor die Saat aufgegangen ist. Ein Aufstand ohne festes Fundament ist nichts als Torheit oder Machtgier.«

»Ja«, sagte Frau Gertrud milde, ohne zu verraten, was sie von dem Aufstand insgeheim wohl gedacht hatte, »doch seit diesem Ereignis herrschte unter den reichen Kaufleuten und Stadtgeschlechtern große Sorge. Deshalb erschien es mir eben nicht weit hergeholt, als der Bote das Gesindel als Aufrührer beschrieb. Mein Mann führt ein reiches Haus und ist beim Rat ein wohlangesehener Mann.«

Bei dieser Beschreibung zitterte ihre Stimme wieder leicht, und sie wandte den Kopf von den sie musternden Gästen ab, hin zu dem bunten Bleiglasfenster.

»Wird der Bote noch einmal kommen?« fragte nun Fresenius mit leiser, ruhiger Stimme. Gertrud nickte. »Er will in fünf Tagen wieder in der Stadt sein, um meinen Bescheid zu erhalten. Ich soll ihn dann eine Stunde nach Einbruch der Dunkelheit auf dem Katzenbauch suchen, bei einer verrufenen kleinen Schänke, dem ›Wilden Mann‹.«

Märthe sog empört Luft ein. »Auf dem Katzenbauch? Ja, ist der Kerl recht gescheit? Das ist keine Gegend für eine achtbare Frau. Ich selbst war dort gestern, um mit dem Bauern nach einer Unterkunft im Ipperwalder Spital zu suchen. Eine verfluchte Gegend. Wie kann er Euch so dreist des Nachts dahin bestellen, wo viele Gassen sogar gesperrt sind. Zu all diesem Diebespack und Hurengesindel.«

»Er wähnt sich dort sicher«, schloß der Graf kühl, »dort ist es ein leichtes, in das stockfinstere Labyrinth der Gassen abzutauchen, sollte Frau Gertrud mit Stockknechten und Gewaltrichterdienern erscheinen.«

Die Hausfrau schlug mit der flachen Hand auf die Tischplatte. »Das werde ich nicht tun. Stockknechte! Ich kann meinen Mann doch nicht seinen Mördern hilflos ausliefern.«

»Gute Frau«, mischte sich nun wieder Fresenius ein, »seht einmal von dem Treffen ab. Wie wollt Ihr die genannte Summe beschaffen? Euer ganzes Handelshaus müßtet Ihr dafür verkaufen, mit allem, was darin steht und lebt. Das Werk Eures Mannes und seiner Väter, Euer gutes Erbe, wäre auf einen Schlag vernichtet.«

Gertrud straffte ihren Rücken, sie war zu einem Entschluß gekommen.

»Ich werde dem Rat Mitteilung machen. Es geht nicht an, daß ein hochanständiger Bürger dieser Stadt so gemein erpreßt und in seinem Elend allein gelassen wird. Diese Entführung geht alle an. Was, wenn die Bande weiteren Händlern auflauert? Viele neiden der Stadt ihren Reichtum, und vor den Toren ist bald keiner mehr seines Lebens sicher, wenn man solche Räuber einfach gewähren läßt. Es könnte heißen, Köln sei nicht mehr sicher. Da sei Gott vor.«

Der Graf nickte grimmig. »Dem Rat sollte es nicht allzu hart ankommen, einen Teil der Summe aufzubringen, und wenn sie es bei den Deutzer Juden leihen müßten. Habt Ihr erst mal die Summe beisammen, so können wir weiterplanen. Die Entführer müssen Ansgard nur aus seinem Versteck holen und mitbringen, dann werden wir einen Weg finden, um ihn zu befreien. Einem Kampf gehe ich nicht aus dem Weg. Wir werden eine ordentliche Truppe zusammenstellen.«

Fresenius schüttelte fast unmerklich den Kopf. Der Kampfesmut des Grafen in allen Ehren, doch wenn sein Verdacht über den Unterhändler richtig war, hatten sie es nicht mit einer Horde ruchloser und tumber Tölpel zu tun, sondern mit einer teuflischen Schar unter einem sehr gewitzten Führer.

»Plant nicht zu schnell, lieber Graf«, sagte er, »mir scheint, daß die dreiste Forderung genau den Zweck hat, den Rat einzuschalten und die ganze Sache an die große Glocke zu hängen. Man will die in der Stadt und unter den reichen Bürgern einhergehende Furcht nur schüren. Jeder Dummkopf würde sich mit weniger zufriedengeben und sicher damit abziehen. Eine solche Summe, damit kann niemand im Ernst rechnen! So groß ist die Anhänglichkeit unter Ehegatten im allgemeinen nicht, daß einer dafür seinen gesamten Stand opfert.«

Frau Gertrud blickte ihn gelassen an. Sie wußte, wie ungewöhnlich ihre herzliche Zuneigung zu ihrem Gatten erscheinen mußte. Gerade unter Kaufleuten war die Ehe nicht viel mehr als ein Geschäft, und sie kannte manches Eheweib, das nicht einmal unglücklich wäre, ihren Gatten auf so bequeme Weise loszuwerden und wieder in den Besitz ihrer stattlichen Morgengabe und des ganzen Erbes zu kommen, um die Geschäfte nach eigenem Gutdünken zu führen. Als reiche Witwe fand man außerdem schnell einen neuen Ehegemahl.

»Wir müssen mehr über diesen Boten erfahren. Woher er gekommen und wohin er gegangen ist«, warf schließlich Märthe ein, die das Gespräch schweigend angehört hatte. »Ich denke, ich kenne ihn.«

Hastig wandte sich der Graf zu ihr um. Welche Teufelei steckte nun wieder hinter dieser Bemerkung, und hoffentlich wollte diese Zaubersche, die er inzwischen zwar recht gern hatte, aber immer noch kritisch beobachtete, hier nicht mit ihrem Kräuterzauber ein Zweites Gesicht und Stimmen aus dem Jenseits heraufbeschwören. Er warf Märthe über Gertruds Kopf hinweg einen warnenden Blick zu. Doch das alte Weiblein schenkte ihm nur ein gütiges Lächeln.

»Was meint Ihr damit?« fragte Gertrud mit erstauntem Blick, sich aus ihrer Erstarrung lösend.

»Nun«, antwortete statt Märthe Bruder Fresenius, »da, wo wir herkommen, kannten wir einen recht teuflischen Kerl, der sich gern in Mönchsgewänder hüllte und finstere Pläne verfolgte, um sich und seinen Herrn, einen Ritter von Bogenwald, zu bereichern. Der scheut vor nichts zurück und ist oft unter der Maske des Aufrührers geritten, wobei er großen Vorteil und Reichtum erlangt hat.«

»Ihr meint den Dominikaner?« rief halb entsetzt, halb erstaunt der Graf, während Gertrud ihre Gäste mit Verwunderung und Unverständnis betrachtete. Märthe klärte sie schließlich über Claudius auf, während Fresenius an seinen letzten Blickkontakt mit diesem Höllenhund dachte. Ein Höllenhund, fürwahr! Wie hatte er das flammende Inferno von Burg Rabenstein überlebt? So gering war die Dosis seines Sprengpulvers nun doch nicht bemessen gewesen.

16.

Ansgard versuchte seine schmerzenden Handgelenke unter dem festen Strick zu bewegen, damit sie nicht abstürben unter den schmerzenden Schnürungen. Blutig und wund waren seine gesamten Unterarme im Dunkel seines Gefängnisses. Die Augen von einer Binde bedeckt, hatte er längst den Sinn für Tag und Nacht, Hell und Dunkel verloren. Sein Mund war trocken, die Schurken gaben ihm nur selten Wasser zu trinken und schämten sich auch nicht, ihn hungern zu lassen.

Und das für diesen Preis! Nie würde Gertrud diese Summe beschaffen können, sie war aberwitzig hoch. Hoch genug, um damit zwanzig Häuser zu bauen. Er war gewiß des Todes!

Bei Gott, so kurz vor Köln, kaum zwei Tagesritte entfernt und nach einer so langen Reise hatte er nicht mehr mit solch einem Überfall gerechnet.

In einem Wald nahe dem Dorf und Kloster Gerresheim, da wo die Hügel ein letztes Mal anstiegen, hatte ihn die Bande beim langsamen Aufwärtsritt gepackt.

Eine gut gerüstete Bande, deren Bauernlumpen ihn nicht darüber hatten hinwegtäuschen können, daß sie im Umgang mit Waffen sehr geübt und wahrscheinlich verkleidete Söldner waren. Auch hatte der Anführer, der sein Gesicht unter einem recht edlen Helm verbarg, eine gute Zunge gesprochen, so grob die Worte auch waren, die er immer wieder ausstieß, während er die Troßknechte und Wagenlenker des Zuges niedermachte.

Nur schien er trotz allem ein kompletter Narr zu sein. Warum hatte ihn die reiche Beute nicht zufriedengestellt? Sicherer wäre es gewesen, ihn, den Kaufmann, gleich mit zu erschlagen und sich mitsamt der Geldsäcke und anderer mitgeführter Kostbarkeiten sofort davonzumachen.

Wie abgelegen sein Versteck auch sein mochte, weit war es vom Ort des Überfalls nicht entfernt, ein Tagesritt vielleicht. Sich so nahe am Ort des Verbrechens aufzuhalten, das war der helle Wahnsinn. Alles, was ihm einen leisen Hinweis auf sein Gefängnis gab, war das Plätschern und Rauschen eines Bachs gleich in der Nähe. Es konnte sich also um eine abgelegene Mühle handeln, die von Räubergesindel gerne zum Versteck gewählt wurde, wofür sie dann dem Mühlherrn einen Teil ihrer Beute gaben. Nicht ganz ohne Grund galten Müller im allgemeinen als schlechte, lose Gesellen und wurden dem gemeinsten Gesindel zugerechnet, nicht anders als Leinenweber, Kesselflicker, Hausierer und fahrendes Volk.

Die Falltür zu seiner dunklen Haft wurde aufgestoßen, durch die Öffnung in der Decke wurde ihm etwas Brot herabgeworfen. Dann befahl eine barsche Stimme: »Streck die Beine aus, und sieh, ob du den Krug, den wir dir runterlassen, mit deinen Füßen greifen kannst.«

Diesen Scherz gönnten sich seine Peiniger nun schon seit Tagen. Hilflos streckte Ansgard Tuchscherer, der sonst aus feinstem Silberzeug seinen Wein zu trinken pflegte, die geschundenen nackten Füße vor, um das grobe Trinkgefäß zu erhaschen, alle Aufmerksamkeit darauf konzentrierend, rechtzeitig die glatten Wände des Wasserkrugs zu spüren und ihn mit den Fußsohlen wie ein dressierter Bär zu umklammern.

Oben am Loch amüsierte man sich wieder einmal königlich über seine Ungeschicklichkeit. Doch diesmal gelang es ihm, dcn Krug zu halten.

Spöttisch spendete man dem Kaufmann Beifall. Der aber quälte sich auf die Knie und rutschte, die schmerzenden Hände immer noch fest auf den Rücken gebunden, über den nackten, kalten Steinfußboden nach vorne. Dahin, wo er das Trinkgefäß vermutete. Er senkte den Kopf und mußte wie das Vieh das kühle Wasser mit der Zunge schlürfen. Von oben drang dröhnendes Gelächter zu ihm herab, dann fiel mit schwerem Krachen die Falltür zu.

Den Kaufmann focht diese Grobheit nicht mehr an. In dieser schmählichen Lage war er ohnehin längst seiner letzten Würde verlustig gegangen. Und was bedeutete Würde? Die seine war ohnehin nur auf Geld und Ruhm gegründet, wovon ihm nichts mehr bleiben sollte, wenn seine Frau ihn tatsächlich freikaufte. Er selbst hätte ihr davon abgeraten, und wahrscheinlich würde ihre Vernunft über ihr Herz siegen. Gebe Gott, daß die Spitzbuben ihm dann ein rasches und wenig qualvolles Ende bereiten würden, mehr wagte er nicht mehr zu hoffen.

Bruder Claudius bemerkte wohl, daß der Ritter von Bogenwald sich wieder in gräßlicher Laune befand. Der gelungene Überfall auf den Kaufmann hatte ihn kurz in seinem ungestümen Tatendrang befriedigt. Doch nun zum Nichtstun verdammt zu sein, tagaus, tagein auf der Mühle in dem einsamen Tal zu hocken, war nicht nach dem Geschmack des Kriegers, der sich von seinen Brandwunden inzwischen erstaunlich gut erholt hatte und sein gewohnt umtriebiges Leben aufnehmen wollte.

Claudius, der wieder seine weiße Kutte trug, versuchte, den Ritter zu besänftigen. »Vertraut mir, der Plan ist gut. Die Ratsherren werden einen ordentlichen Schreck bekommen, wenn sie von der Entführung erfahren.«

»Was nutzt mir das«, ranzte der Ritter und versetzte

einem Mehlsack einen kräftigen Tritt, so daß er platzte und der feingemahlene Inhalt in Wolken hervorstob und zu Boden rieselte. »Wir könnten mit der Beute gut zufrieden sein, den Kaufmann zum Schweigen bringen und weiterziehen. Ich traue mir zu, den Ratsherren auch so Furcht beizubringen.«

Claudius seufzte und hob beschwichtigend die Hand. »Herr, dasselbe hat der von Berlichingen schon vor einigen Jahren versucht. Hat einen Kaufmann entführt und ist dann selbst in die Stadt geritten, um das Geld zu kassieren, das dieser Kaufmann angeblich einem seiner Untertanen schulde. Lachend hat man ihn aus der Stadt gejagt, wohl oder übel mußte er den Kaufmann einfach freilassen.«

Der Ritter wurde durch diese Erzählung nur noch wütender. »Du hast mich nicht verstanden, Claudius. Ich habe nicht vor, den Kaufmann am Leben zu lassen. Noch lieber wäre mir, mit meinen falschen Bauern gleich dutzendfach die Kölner hinzuschlachten, das würde wohl genügend Angst verbreiten.« Der Bogenwaldler griff nach einem Bierkrug und stürzte das warme, bittere Getränk hinab.

»Das ist zu grob gedacht«, sagte der Mönch. »Gedenket, wir planen eine viel feiner gesponnene Intrige, die die ganze Stadt von unten her bedrohen wird.«

»Ach, wie dein Handwerkeraufstand? Der ist ja wohl kläglich gescheitert. Ein paar Deppen, die gegen schwer bewehrte Türme anrennen.« Claudius winkte ungeduldig ab. »Ich habe nicht allen Ernstes mit einer Erhebung gerechnet, meine von Müntzer abgelauschten Predigten stießen da auf recht taube Ohren. Was soll's, das war gleichsam nur das Vorspiel zu viel größeren Unruhen, bei denen wir selbst unser Leben oder das unserer Soldschar kaum in Gefahr bringen. Wir müssen uns fein im Hintergrund halten. Nicht als Gesindel, sondern als die Retter auftreten.«

Der Ritter warf ungeduldig seinen Dolch in den Bretterboden des Mühlturms, immer und immer wieder. »Mir liegt nichts daran, als Edler zu gelten. Der Schrecken taugt mehr zum Regieren. Du selbst sagst, daß der Teufel der Herr der irdischen Welt ist und gemäß Gottes Willen hier regiert. Er soll mein Lehensherr sein, genau wie du predigst.«

»Das heißt nicht, daß rohe Gewalt immer das rechte, geschickte Mittel ist. Hör zu«, sagte Claudius, »ich will dir den Plan noch einmal erläutern: Der entführte Kaufmann wird zunächst die Ohren des Rates öffnen. Wir erscheinen als Beschützer der Stadt. Ist das getan, so können wir uns seiner meinetwegen entledigen. Das tut nichts dazu.« Der Ritter betrachtete mit großer Zärtlichkeit die Klinge seines Dolches.

»Nein, nicht damit«, beeilte sich Claudius zu sagen und zog das wohlverwahrte Röhrchen aus einer geheimen Innentasche seines Gewandes, »sondern damit.«

»Ach, glaubst du immer noch an die Wirkung dieses Wässerchens? Ich hätte dich für klüger gehalten«, brummte der Bogenwaldler.

»Du selbst hast gesehen, wie greulich der Rabensteiner von der Pest weggerafft wurde, wie einige seiner feinsten Höflinge verreckten und bei lebendigem Leibe verfaulten und sich die Damen im Wahnsinn nackt wälzten, bevor sie an der Lungenpest erstickten.«

»Mag sein, doch die Pest lag einfach in der Luft oder stieg aus einem Tümpel hervor, sie kann nicht in diesem kleinen Glas gefangen sein.« Der gelangweilte Krieger zielte mit dem Dolch nach der Phiole, Claudius riß ihm wütend und beherzt das Messer aus der Hand.

»Ich schwöre Euch, daß dies ein Pestgift ist. Paracelsus hat Märthe vieles gelehrt, und sie selbst verfügt über geheimes Wissen, das ich nur zu gern mit ihr teilen würde.«

»Wie«, fragte spöttisch der Entwaffnete, »Euer toller Doktor Faustus kann nicht die Pest erzeugen? Ich dacht', der wäre es, der mit dem Teufel im Bunde steht, fliegen kann und alle Wunder Jesu erwirkt.«

Der Dominikaner ging auf solchen Spott nicht ein, mochte der Edelmann den Faustus ruhig für einen Scharlatan halten, die Schwarzen Künste des Meisters blieben besser sein geschütztes Geheimnis. Und faszinierender als alle Tricks und Kunstfertigkeiten waren ohnehin Faustus' Lehren von dem Gleichgewicht zwischen Gut und Böse, die einander bedingten und nicht unvereinbare Gegensätze waren. Wer sich für die Finsternis entschied, so lehrte Faustus, war auf Erden, im Reich des Stofflichen, unbesiegbar und zum Herrn bestimmt.

»Denkt, was Ihr wollt«, sagte der Dominikaner schließlich, »aber mit der Pest haben wir unsere beste Waffe in der Hand. Sie zwingt auch den stolzesten und höchsten Herrn in die Knie. Der Kaufmann wird sie am eigenen Leib in die Stadt tragen, und wir werden dem Rat schon einleuchtend erklären, wer diese Pest verursacht hat.«

»Ach, die alte Geschichte von den Brunnenvergiftern? Na, dann werden sie in Köln wieder einmal ein paar reiche Juden totschlagen. Nur, was soll uns das nutzen?«

»Nicht die Juden! Mit den wenigen, die noch zu Deutz leben, würde der Rat allzu leicht selber fertig. Nein, lieber Freund, Bauern und die vielen hundert Bettler werden sie jagen müssen, denn das werden unsere Übeltäter sein. Und wer könnte besser die Bauern und derlei Gesindel rasieren als Ihr? Der erfahrene, ausgezeichnete Bauernschlächter von Thüringen. Glaubt mir, das Feuer, das ich entfachen werde, wird so gewaltig sein, daß der Rat Euch um Hilfe anflehen wird, und darin liegt gewaltiger Gewinn. Ein Land und ein Herrensitz werden dabei für Euch rausspringen und vielleicht gar kaiserlicher Lohn.«

Grollend lachte der Ritter auf. »Mir scheint, nun hat Euch wirklich der Faustus ins Hirn gespuckt. Was hat der Kaiser mit mir zu schaffen? Meines Wissens weilt er fern von hier in Spanien.«

Claudius rieb sich verstohlen die Hände, endlich war es ihm gelungen, den Ritter von seiner bösen Laune abzulenken. »Ihr irrt Euch. Der Kaiser ist mit seinem kleinen Hofstaat auf dem Weg in die Reichsstadt Köln. Man erwartet ihn in zwei Wochen. Und dann wird er Zeuge eines fürchterlichen Aufstandes infolge einer Pest, den Ihr, der Ritter von Bogenwald, als Führer mit gewaltiger Hand niederschlagt. Die Pest wird verschwinden, die Stadt vom menschlichen Ungeziefer frei sein, und Euch winkt ein großes Lehen und reichlich Geld. Zu den Vornehmsten im Reich werdet Ihr gehören.«

Und dann, so dachte Claudius, dann werde ich ihn nach Rom führen und ihn dort zu höchsten Weihen bringen, Amt für Amt werden wir kaufen können, da, wo der Satan längst schon seinen Huf hingesetzt und festen Tritt gefaßt hat. Was war Luthers Aufbegehren gegen die Idee, sich im Gewand des Glaubens selbst in die Reihen der ärgsten Antichristen zu begeben? Beim Papst war mehr zu holen als beim Volk.

»Es ist an der Zeit, daß ich wieder aufbreche«, schloß Claudius nun das Gespräch. Der Ritter nickte. »Nur ein Letztes will ich wissen: Du hast versprochen, daß wir in naher Zukunft auch die Gaukler wieder treffen werden. Weißt du genauer, wann das sein wird?«

Claudius hatte in der Tat eines seiner seltenen, wahren Traumgesichte gehabt, dank der Salbe des Faustus, die er sich einmal wöchentlich in die Leisten und Achseln rieb. Da waren ihm schließlich auch Märthe, der Mönch und ihre Gefährten begegnet, wie sie über nächtliche Himmel zogen, und der seltsame Kapuziner hatte in der eisernen Faust ein flammendes Schwert vorangetragen.

»Seid beruhigt«, sagte er nun, »ich kenne den genauen Tag und die Stunde nicht, aber sie sind nicht fern, da bin ich mir gewiß.«

Damit wendete er sich vom Ritter ab, stieg, den Rock raffend, die steilen Holzstiegen hinab und wies einen der Söldner an, ihm das schnellste Pferd zu satteln. Bald bestieg er einen glänzenden Rappen, hieb ihm seine Fersen in die Flanken, und stob davon, den Hang hinauf in Richtung des Rheins.

17.

Die vornehmen Straßen hatten sie nun hinter sich gelassen. Bauer Rufus, der sich in einigem Abstand hinter Gertrud und Derich, der den Leuchtenmann mimte und die Fackel vor ihr hertrug, an die Hauswände schmiegte, schaute besorgt umher. Das war ein wirklich verrufener Ort, an dem das zweite Treffen mit dem Boten der Entführer stattfinden sollte.

In dichter Finsternis lagen die immer schmaler werdenden Gassen. Hinter den hölzernen Läden vor den glaslosen Fensterlöchern war ab und an das Gelärme später Zecher zu vernehmen, doch noch waren sie nicht in die wirklich üblen Gassen rund um die Schmierstraße und dem Katzenbauch, wo er selbst im Hospital Ipperwald logierte, vorgedrungen.

Frau Gertrud, angetan mit einem dunklen, schlichten Wollrock und einem schwarzen Wams, schwieg tapfer. Sie bemühte sich, die Trippen, kleine Holzsandalen mit zwei festen Absätzen, die man über die Schuhe streifte, um nicht ganz im knöcheltiefen Dreck zu versinken, mit Bedacht zu setzen. Sie kamen nur langsam voran, denn ein leichter Nieselregen, der eben eingesetzt hatte, verwandelte den Grund der Gassen allmählich in einen stinkenden Schlamm.

Der Schmied hielt die Fackel dicht über dem Boden, so daß beide rechtzeitig die Pfützen und ärgsten Löcher erkannten. Rechts gingen manchmal schmale Gäßchen ab, die mit Ketten versperrt waren, da ein nächtlicher Durchgang halsbrecherisch gewesen wäre.

Hierhin verirrten sich Nachtwächter selten, dafür alles Gesindel, das seinem Geschäft bei Finsternis nachging: die Knochensammler, die Schinder oder die Goldgräber etwa, welche die Sickergruben leerten und deren Spottname sich aus den sehr seltenen Funden von Münzen in den Aborten und Abtritten herleitete. Im Gewirr dieser Schmutzgassen fanden sie viele Schänken und Spelunken, in denen man ihnen ohne Ansehen der Person, genau wie Bettlern und sogar dem Henker, Bier und Wein gegen ihr sauer verdientes Geld ausschenkte, auch zu nachtschlafender Zeit, wenn alle braven Bürger längst in ihren Betten lagen.

Der Schmied reichte Frau Gertrud seine kräftige Hand, um ihr über ein quer durch die Straße laufendes stinkendes Rinnsal zu helfen. Nur wenige Schritte noch, und sie erreichten die Schmierstraße. Hier reihte sich ein verrufenes Haus an das andere. Spelunke neben Dirnenherberge, Hehlerhöhle neben Lumpenstall. Das Huedgen, der Engel, das Roide Creuz, das Schiff, die zwei Kanten und der Kessel, wo, wie Bauer Rufus, der nun das Bettelzeichen am Kittel trug, auch der Bettelvogt gern hofhielt und seinen Anteil an den Almosen einstrich.

Er war ein rechter Gauner, dieser Vogt, den die Kölner auch Bubenkönig nannten. Er ließ sich seine freiwillige Blindheit gegenüber Spitzbuben und unverschämten, betrügerischen Bettlern etwas kosten. Dafür duldete er ihre beschämenden Foppereien und lügnerischen Tricks. Ein jeder zahlte knurrend, denn er wollte die Ausweisung aus der Stadt oder den Pranger nicht riskieren, weil der Vogt ihn als Taschendieb oder stadtfremden Hausierer anschwärzte.

Rufus war froh, daß der Regen den menschlichen Abschaum von den Gassen in die schäbigen Herbergen und

Schänken getrieben hatte. Nur ab und an lag ein Betrunkener an einer Häuserwand und schnarchte seinen Rausch aus. Ansonsten kamen sie unbehelligt weiter.

Doch das Gelärme, das aus den Häusern auf die Straße drang, war groß. Hier schien eine Prügelei im Gange, dort sang man, von Branntwein erhitzt, zotige Lieder und feierte wohl mit den Huren, die hier ebenfalls Quartier bei unehrenhaften Bürgern hatten. Gegen wenige Heller, den Verzehr eines Scheffgens Bier am Tag und gegen die Edikte des Stadtrates nahmen Kölner sie als Unterschläferinnen auf. Wiewohl die Gewaltrichter immer wieder Diener zur Visitation der Unterschlüpfe vorbeischickten, wurden sie der Lage nicht Herr. Auch dank des Bubenkönigs, der seine treuen Untertanen zu warnen pflegte, da sie ihm ja sein schönes Zubrot sicherten.

Nun passierten Gertrud und der Schmied eben den Kessel, als die Tür der Schänke aufflog und ein kaum dreizehnjähriger Knabe auf die Straße geschleudert wurde.

»Pack dich, du Windbeutel, wenn du nicht weitere Maulschellen sammeln willst! Beklaut er doch noch die Bettler, der Dummerjan. Als ob wir das nicht merkten.« Grölendes Gelächter begleitete die Schimpfrede, und schließlich goß man noch mit großem Schwung einen Kübel Schmutzwasser über die jämmerliche Hungergestalt aus.

Der Kleine rappelte sich mühsam hoch und gab Fersengeld. Weil er nicht recht schaute, wo er hinlief, und auch hier nur wenig Licht durch die Ladenritzen auf die Gasse drang, rannte er direkt in den Schmied hinein.

Der packte ihn am schmutzigen Kragen und hob ihn – als sei er aus Federn gemacht – zu sich empor. »Bürschchen, du scheinst mir ja ein echter Haderlump zu sein.« Der Kleine zappelte und schrie, ein nächtlicher Gassengänger verhieß nichts Gutes. Der Schmied wollte ihn eben wieder laufen lassen, als Frau Gertrud hinzutrat.

Bauer Rufus drückte sich in eine Ecke. Mit sanfter Stimme sprach Gertrud auf den Kleinen ein. »Nun sei still. Wir wollen dir ja nichts Böses.« Dann zog sie aus ihrem Geldbeutel einen Kupferpfennig hervor. »Siehst du das?« Der Kleine nickte eifrig. »Den kannst du dir verdienen. Wir möchten, daß du vorausläufst zur Ecke, wo der Katzenbauch beginnt, und dort Ausschau hältst nach einem Kerl, der auf uns zutreten wird. Der Leuchtmann wird seine Fackel auf sein Gesicht halten, und von dir möcht' ich nachher wissen, ob du den Gesellen kennst, mit dem ich da sprech'. Zum Lohn bekommst du am Ende diesen Pfennig.«

Das Geschäft war schnell abgemacht, und der Knabe, der seinen Namen mit Morgan vun Grevenbroch angab, flitzte mit erstaunlicher Sicherheit davon. Rufus nickte anerkennend, fürwahr, Frau Gertrud hatte Schneid und Verstand. Der Kleine gehörte zum Bodensatz dieses Viertels und kannte gewiß mehr Spitzbuben von Angesicht als dieser Rufus, der nach Beendigung der Begegnung den Unterhändler heimlich verfolgen sollte, um seine Bleibe auszukundschaften.

Auf Rufus hatte man sich geeinigt, da weder der Dominikaner, falls er hinter dem Boten steckte, noch der Bogenwaldler ihn je gesehen hatten, und weil er als Bettler guten Grund hatte, sich in den Gassen um die Schmierstraße herumzutreiben.

Zwar hatten der Graf und Landsknecht Michael lang protestiert, gekränkt in ihrer Kämpferehre, weil sie ihrer großzügigen Gastgeberin kein Geleit geben durften, doch Gertrud war fest geblieben. »Der Schurke wird mir schon nichts tun – wer schlachtet schon die Kuh, die er noch melken kann.«

Zum Beweis ihrer Absicht, das Lösegeld zu zahlen, trug sie eine stattliche Summe Golddukaten bei sich, die teils sie selbst und teils der Rat gegeben hatte. Wobei die Stadtherren deutlich angezeigt hatten, daß sie nicht bereit waren, noch mehr zu zahlen, so lieb und wert ihnen der Tuchscherer auch sei.

Statt dessen hatte man die Wachen auf den Torburgen verstärkt, um die einziehenden Fremden stärker zu kontrollieren.

Eine Maßnahme, die beim Grafen nur verächtliches Gelächter ausgelöst hatte. »Wie wollen die einen Strolch unter tausend anderen herausfinden, durch eine Geruchsprobe?«

Gertrud und der Schmied bogen nun in den Katzenbauch ein, auf dessen einer Seite das Hospital Ipperwald mit seiner schäbigen Front lag. Eine Laterne leuchtete den Eingang aus und gab so ein spärliches Licht.

Gertrud ging gemessenen Schritts darauf zu, vom kleinen Morgan war weit und breit keine Spur zu sehen, er verstand sich gewiß auf die Kunst, sich unsichtbar zu machen. Kurz vor dem Eingang drehte Frau Gertrud um und ging zurück zur Ecke Schmierstraße, wo sich Bauer Rufus verbarg. Immer noch ging in feinen Fäden der Regen nieder, in kleinen Nadelstichen traf er das Gesicht Gertruds, die angestrengt ins Dunkel starrte, den Schmied als Fackelträger neben sich.

»Ihr seid pünktlich, gute Frau«, murmelte plötzlich leise jemand in ihrem Rücken. Erschrocken und mit wild pochendem Herzen wirbelte die Kaufmannsgattin herum. Der Mann schien aus dem Nichts aufgetaucht zu sein, als sei er ein Schwarzkünstler und Zauberer.

Der Schmied leuchtete geistesgegenwärtig mit der Fackel in sein Gesicht. Frau Gertrud erkannte den hohlwangigen Boten, der diesmal auch tatsächlich seine Kutte trug, sofort. Dieser jedoch wich geschmeidig aus und befahl dem Fackelträger, sich im Hintergrund zu halten. Frau Gertrud gab Derich ein Zeichen, und der trat einige Schritte zurück.

»Ich hatte Euch gebeten, alleine zu kommen«, flüsterte Claudius mit böser Stimme.

»Wie sollte ich bei solch mondloser Nacht den Weg finden?« gab Gertrud kalt zurück, längst überzeugt, daß der Bote kein gepreßter Handlanger war, sondern selbst ein Mitglied der Bande.

»Tut nichts«, sagte jetzt ungeduldig der Dominikaner, »habt Ihr Euch nun entschlossen, wie Ihr verfahren wollt? Die Bande drängt und ist ungeduldig, man will Geld sehen.«

Gertrud zog den schweren Beutel mit Münzen unter ihrem Rock hervor. »Zeigt ihnen das und sagt, daß sie mehr bekommen, wenn sie meinen Mann zurückschicken.«

Höhnisch lachte Claudius auf. »Gute Frau, ich muß Euch warnen, Euch so dumm zu stellen. Die Burschen werden doch nicht ihre Beute aus dem Netz lassen, bevor sie ihren Lohn voll empfangen haben.«

»Ihr meint«, sagte Gertrud empört, »ich soll das ganze Geld zahlen und dann auf die Gutmütigkeit und Anständigkeit dieser gemeinen Gesellen vertrauen, daß sie meinen Gemahl unbehelligt und unverletzt freilassen? Das kann nicht Euer Ernst sein.«

Claudius, der den Beutel wie beiläufig an sich genommen hatte, schwieg eine Weile, darauf rechnend, daß die Frau ins Schwitzen geraten würde. »Wir werden einen Weg finden, damit Ihr zu Eurem Ehegespons und die Bande zu ihrem Geld gelangt. Ihr wißt, wo die Zollboote auf dem Rhein vertäut sind. In Höhe dieser Boote auf der anderen Rheinseite werden wir Euch um die gleiche Stunde in einer Woche erwarten. Ich bitte Euch inständig zu erscheinen, denn sonst ist es um Euren Mann und um meine Frau geschehen.« Dreist kam die Lüge über seine Lippen. Frau Gertrud hatte kaum Zeit, sich darüber zu ärgern, so verwundert war sie über den simplen Plan. Wie leicht könnte sie im Dickicht auf der anderen Rheinseite Söldner und Stockknechte verbergen, um die Entführer festsetzen zu lassen.

»Werden Sie mir dann meinen Mann übergeben?« fragte sie hastig nach.

Claudius, der gar nicht die Absicht hatte, Ansgard gegen Geld freizulassen, bejahte in nachlässiger Weise. Frau Gertrud war bei Gott nicht dumm und witterte nun gemeinsten Verrat.

»Ihr lügt. Mein Mann lebt nicht mehr, Ihr wollt mich foppen.«

»Gute Frau«, sagte der Mönch, »Ihr Mann ist wohlauf und läßt Euch grüßen, ich hab' gar ein Schreiben von ihm. Wundert Euch nicht über die rote Tinte«, er machte eine Pause und sagte dann mit grausamer Kälte, »denn das ist sein Blut.« Damit reichte er der zitternden Gertrud eine Rolle Papier, drehte sich um und verschwand im Dunkeln, das Klimpern der Münzen verriet, daß er alsbald seinen Schritt beschleunigte. Der Schmied wollte ihm nachsetzen, doch Gertrud hielt ihn zurück, beide sahen jetzt einen flinken Schatten unter dem Portal des Ipperwalder Hospitals entlanghuschen. Es war Rufus, der sich dem Mönch an die Fersen heftete.

Hinter einem Verschlag tauchte nun auch Morgan auf, hielt seine ausgestreckte Hand hin und forderte seinen Lohn. Gertrud gab ihm den Kupferpfennig und fragte: »Nun, hast du ihn erkannt? Sprich, wer war es?« Der Junge kratzte sich kurz seinen grindigen Schädel, als müsse er eine schwerwiegende Entscheidung treffen. Der Schmied wollte ihn schon wieder beim Kragen packen und die Antwort aus ihm herausschütteln. Da besann sich der Kerl, spritzte davon, als sei der Leibhaftige hinter ihm her, und rief nur: »Für mein Leben würd' ich Euch's nicht verraten.« Der Schmied wollte ihm nach, doch Frau Gertrud hielt ihn zurück.

»Laßt nur, der Bursche hatte ja Todesangst. Wir wollen ihn nicht quälen, hoffen wir, daß Rufus Glück hat und ihn findet.«

»Das gebe Gott«, knurrte der Schmied. So kurz seine Bekanntschaft mit Claudius auf dem Söller der brennenden Burg auch gewesen war, er konnte dem Grafen nun berichten, daß Märthe und Fresenius sich nicht getäuscht hatten. Claudius steckte hinter der Entführung des Kaufmanns, und damit konnte man sicher sein, daß seine Pläne auf mehr als diesen Schurkenstreich gingen. Die Papierrolle mit der Nachricht ihres Mannes an ihre Brust drückend, machte sich Gertrud auf den Heimweg, angeführt vom Schmied, den düstere Ahnungen quälten.

Rufus hatte große Mühe, dem davoneilenden Mönch auf den Fersen zu bleiben. Wie ein Hase schlug der Haken im Labyrinth der immer enger werdenden Gassen. Ganz plötzlich bog er um Ecken, zwängte sich durch Spalten zwischen Scheunen und Häusern. Er schien seinen Fluchtweg vorher genau überlegt zu haben. Schwerbewaffnete Männer hätte er nun schon längst abgeschüttelt. Nicht aber Rufus, der ihm wendig wie eine Katze nachstieg.

Schließlich erreichten sie einen großen Hof, der wohl einem Kloster gehörte. Der Mönch verlangsamte seinen Schritt, wahrscheinlich wähnte er sich nun in Sicherheit. Rufus vergrößerte den Abstand zu der hageren Gestalt, die nun unter einer Pechfackel einherschritt. War es möglich, daß man Claudius dort Unterschlupf gewährte? Rufus verbarg sich hinter dem Stamm einer mächtigen Linde und wartete, bis Claudius den Lichtkegel der Fackel wieder verlassen hatte. Nein, er bog nicht in das Tor ein, sondern schritt weiter auf einen Weingarten zu. Rufus folgte ihm und erkannte schließlich, daß sich der Mönch den Wällen und der Stadtmauer zuwandte. Das war ein ordentlicher Marsch. Rufus zog seine feuchte Filzkappe tiefer ins Gesicht, seine armseligen Lumpen waren völlig durchweicht; dankbar spürte er die festen Stiefel an seinen Füßen, die ihm Michael für die nächtliche Verfolgungsjagd geliehen hatte. Schon morgen würde er sich wieder davon trennen müssen, wollte er unter den ehrlichen Bettlern nicht als gemeiner Schwindler dienen.

Entschlossen folgte er dem Mönch weiter in die Nacht. Ein fernes Grollen kündigte ein Gewitter an, der Tag war schwül gewesen, der nächtliche Regen hatte kaum Abkühlung gebracht. Ängstlich schaute Rufus in den Himmel empor, bald zuckten erste Blitze auf und beleuchteten grell große Wolkentürme. Claudius schien das nicht anzufechten. Wie der Sensenmann, so dachte Rufus schaudernd, führte er zum Höllenkonzert aus Blitz und Donner freudige Sprünge aus. Der Mann schien fürwahr mit dem Teufel im Bund zu sein. Ohne Zögern steuerte er nun einen Kirchhof nicht fern vom Wall an. Rufus stockte der Atem, der Mönch mußte toll geworden sein, jetzt trieb er gar zwischen Gräbern sein Unwesen.

Beim Schein einer Kerze saßen sie noch tief in der Nacht zusammen. Märthe, Fresenius, Graf Traubstedt, Landsknecht Michael und Gertrud. Der Schmied hatte sich an der Tür verabschiedet, da er mit Wenzel eine feste Zeit verabredet hatte, zu der ihn dieser heimlich wieder ins Gesellenhaus einlassen wollte. Auch war er müde, und sein Tagwerk begann früh um fünf.

Katharina, Sebastian und Hans hatten sich früh auf ihren Strohsäcken hoch unter dem Dach zur Ruhe begeben. Nachdem sie die Nacht zuvor bei einer üppigen Hochzeit aufgespielt hatten, waren ihnen an diesem Abend ebenso früh wie der kleinen Marie die Augen zugefallen. Selbst der muntere Hesekiel hatte heiser gekrächzt, so lag nun tiefe Ruhe über dem schönen Haus nahe der Glockengasse.

Auch die Gesellschaft in der Stube saß nun schweigend da, nachdem Gertrud bei einem Krug erwärmtem Kräuterbier ihre Begegnung geschildert und die kurze Nachricht ihres Mannes gelesen hatte. Nicht mehr wurde darin mitgeteilt, als daß er sich wohlauf befinde und sie inständig um eine weise Entscheidung ganz nach ihrem klugen Sinn und ihrer höchsten Tugend bäte. Und er sein Schicksal ansonsten Gottes weisem Ratsbeschluß überließe.

Gertrud seufzte tief. »Bei der heiligen Mutter Gottes, ich glaube, er lebt. Gleich morgen werde ich im Dom Kerzen aufstellen, zwei Pfund Wachs spenden und eine Messe für ihn lesen lassen. Er ist ein so guter Mann. Was er schreibt, soll nichts anderes heißen, als daß ich nicht zahlen soll.«

Erstaunt sah Michael der Frau ins müde Gesicht. »Wie wollt Ihr das wissen?«

»Nun, unter Eheleuten gibt es so manche Neckerei, und mit meinem klugen Sinn meint er den Geschäftssinn, und meine höchste Tugend ist die Sparsamkeit, die ich immer predigte, wenn er neuen Putz oder Möbel, Geschmeide und Seiden für mich von seinen Reisen mitbrachte. Mich scheut vor zuviel Prunk und Verschwendung. Meinen Vater selig brachten sie am Ende der Tage in den Schuldturm, wo er jämmerlich verstarb.«

Traubstedt nickte. »Euer Mann ist ein tapferer, stolzer Kerl. Ich glaube wohl, daß er lieber sterben würde, als diesen Schurken sein Vermögen zu überlassen.«

Märthe legte nachdenklich eine Hand auf ihre faltige Wange. »So wie Ihr die Worte des falschen Mönchs wiedergegeben habt, scheint auch er nicht sonderlich an einer sicheren Übergabe interessiert zu sein. Die Rheinseite bei den Zollbooten, das wäre ein leichtes, die Kerle da gefangenzunehmen.«

Gertrud stimmte traurig zu, je länger sie darüber nachsann, um so unsinniger erschien ihr selbst wieder der dumme, leichtfertige Vorschlag von Claudius. »Vielleicht«, so hob sie zaghaft an, »sind sie ja auch mit dem Geld, das ich ihm heute gab, zufrieden.«

»Zufrieden? Der Mönch und womöglich der Ritter von Bogenwald. Nie!« Der Graf von Traubstedt sagte es mit bitterer Gewißheit, auch wenn es ihn sehr schmerzte, die gute Frau so ohne Hoffnung zu lassen.

»Doch welchen Nutzen kann der Kaufmann für die beiden haben?« stellte Fresenius die entscheidende Frage. Keiner konnte darauf eine Antwort geben, und jeder drückte sich darum, das Naheliegende auszusprechen. Der Kaufmann hatte seine Schuldigkeit getan, und der Tod war ihm nun gewiß.

Wie um alle von diesem bedrückenden Gedanken abzulenken, sprach nun Michael auf den angekündigten Besuch des Kaisers an.

»Mir scheint es kein Zufall, daß der machthungrige Mönch sich zu dieser Zeit nahe Köln herumtreibt«, sagte er, einer bloßen Vermutung folgend.

»Was sollten die beiden schon vom Kaiser zu erwarten haben?« fragte mit leicht zornigem Unterton Albert von Traubstedt. Wer ihn kannte, wußte, daß er trotz seines volksfreundlichen Sinnes immer noch ein treuer Anhänger des Kaisertums war, auch wenn ihn die Schwäche und Unfähigkeit Karls V., das deutsche Reich nach innen hin zu sichern, die Landesfürsten in ihre Grenzen zu weisen und für Gerechtigkeit in allen Ständen zu sorgen, bitter enttäuscht hatte. Trotzdem. Ein starker Kaiser, ein gesundes Reichsrittertum schienen für ihn der Grundstock, auf dem allein das Reich genesen konnte.

Die Idee, daß ein verächtlicher Teufelsgefährte, schamloser Räuber, Verräter und Mörder wie der Ritter von Bogenwald sich im Mantel des freien Reichsritters und Streiters vor dem Kaiser zeigen würde, war ihm zutiefst widerlich.

So verkehrt konnte die Welt doch nicht sein, so blind auch der streng katholische Kaiser nicht, daß er in dem hemmungslosen Wüterich und Bauernschlächter einen Verteidiger der göttlichen und weltlichen Ordnung sehen, ihn gar empfangen und seine Huldigung entgegennehmen würde. Nein, das durfte nicht sein.

Der Kapuzinermönch griff den Gedanken Michaels auf und versuchte ihn weiterzuspinnen. »Wie, wenn der von Bogenwald tatsächlich Huld und Dank vom Kaiser empfangen will? Es wird ihm ein leichtes sein, seine Rolle im Niederschlagen des Aufstandes zu beweisen, der Kaiser ist durch seine Boten ja längst im Bilde, und doch scheint mir das zu gering, um großes Lob einzuheimsen. Vielleicht will er sich seinem nächsten Feldzug anschließen. Der Kaiser ist ein unruhiger Mann, der an allen Reichsgrenzen seine Kriege ausficht.« Er wußte, wovon er sprach, war er doch bei einigen dieser Kriege dabeigewesen.

Märthe schüttelte energisch den Kopf. »Für Ruhm und Ehre, aber ungewisse Beute im Kampf sein Leben riskieren, nein, dafür ist der Ritter von Bogenwald nicht der Mann. Und selbst wenn ihn seine unstillbare Blutgier dahin triebe, würde der Dominikaner ihn davon abbringen. Dieser Weg ist bei weitem zu mühselig, will man ganz nach oben kommen.«

»Wo aber ist dieses Oben?« fragte Michael, dem der Reichtum des Bogenwaldlers bereits sagenhaft erschien und der dessen Gier nicht nachempfinden konnte.

Märthe zuckte die Achseln. »Claudius kann ich nur als völlig verblendet bezeichnen. Der Scharlatan Faustus, den man überall der Städte verweist, weil er mit seinem Teufelspakt prahlt und Gott lästert, hat ihm den Sinn verwirrt. Würde ich der Lehre von den Ketzern anhängen, so würde ich Claudius einen nennen.«

Der Graf warf Märthe nach dieser Rede wieder einmal einen strafenden Blick zu. Wollte sich die Alte denn absichtlich in Gefahr bringen? Gertrud, so großherzig sie auch war, konnte unter ihrem Dach, hier mitten im heiligen Köln solche Reden gewiß nicht dulden. Hier, wo man an der Universität scharf gegen alle Häretiker wetterte und wo der Hexenhammer verfaßt worden war, eine ausführliche Schrift, die genaue Auskunft über das Unwesen aller Zauberschen, ihre angemessene Folterung und ihre genaue Bestrafung gab.

Allein Gertrud schien Märthes Worte von den Ketzern überhört zu haben.

»Laßt uns hoffen«, sagte sie, »daß der gute Rufus Glück

hat und uns Nachricht über die Herberge des Dominikaners geben kann. Vielleicht gelingt es uns dann, ihm weiter zu folgen und das Versteck der Bande ausfindig zu machen.«

Eine zweite Kerze wurde entzündet und war bereits fast niedergebrannt, als es schließlich an die fest verriegelte Tür klopfte. Michael horchte auf und zwängte sich an der auf der Bank schlafenden Märthe vorbei, um zu entriegeln und zu öffnen. Draußen stand, gekrümmt an einen der Türpfosten lehnend, eine jämmerliche Gestalt.

»Laßt mich ein«, stöhnte der Mann, und Michael erkannte entsetzt die Stimme von Rufus. Hastig legte er dessen gesunden Arm über seine Schulter und geleitete den angegriffenen Mann in die Stube, wo ihn aufgeregt und mit müden Gesichtern der Rest empfing.

»Oh, Rufus!« rief erschrocken Gertrud, als sie sah, daß Blut von der Stirn des armen Bauern tropfte. Sie stand schnell auf, entzündete ein Talglicht und lief nach Wasser und frischem Leinenzeug, um die Wunde zu waschen. Der Graf schob dem Bauern einen Sessel hin, Michael zog ihm die nassen Stiefel herunter und rieb seine Füße, Märthe ließ den Kessel mit dem Warmbier wieder ins Feuer hinab, um Rufus einen kräftigenden Trunk aufzuwärmen.

Eifrig und mit geschickten Händen wurde der Bauer nun versorgt; erleichtert stellte Märthe fest, daß die Schädelverletzung nicht mehr als eine Platzwunde war. Nachdem der Bauer einige Schlucke Bier genossen hatte und sich dankbar in eine weiche Decke gehüllt hatte, richtete er sich auf, um pflichtbewußt von seinem nächtlichen Abenteuer zu berichten.

Das Wichtigste stellte er sogleich voran. »Dieser Claudius ist ein geschickter Fuchs. Durch die halbe Stadt, durch Weingärten, sogar auf einen Friedhof hat er mich gejagt, um am Ende wieder dort einzukehren, wo wir ihn getroffen haben. In den Kessel auf der Schmierstraße hat er sich gestohlen und dort Rat mit dem Bettelvogt gehalten. Die scheinen dicke miteinander zu sein. Ich hatte mich hinter einem Stützbalken verborgen und sah, wie der Mönch dem Bubenkönig einen Golddukaten zusteckte, worauf dieser ihn zu einem Krug Wein einlud. Dann steckten beide die Köpfe zusammen und schienen zu beraten. Ich konnte ihre Worte nicht hören, denn um mich herum herrschte immer noch großes Gelärme.« Der Bauer machte eine Pause und nahm einen weiteren Schluck Bier.

»Weiter«, drängte ihn aufgeregt der Graf.

Rufus schüttelte den Kopf. »Nichts weiter. Ich hatte nicht bemerkt, daß hinter meinem Rücken zwei Raufbolde eine wüste Streiterei anzettelten. Ehe ich mich noch in Sicherheit bringen konnte, war ich mittendrin in dem Bettlerkampf. Alles feuerte die Streithähne an, immer mehr griffen ein, und schließlich landete ein zerbrochener Krug auf meinem Schädel. Der Schlag kam so unerwartet, und ich war wohl so erschöpft, daß ich sofort taumelte und zu Boden ging. Ein Guß Wasser in mein Gesicht weckte mich schließlich. Der Wirt warf mich mit den letzten Gästen auf die Straße.«

»Wo war der Mönch?« fragte aufgeregt Gertrud.

Beschämt sah Rufus auf den Krug hinab. »Er war verschwunden. Ich hab' ihn nicht mehr finden können, da hab' ich mich auf den Weg zu Euch gemacht.«

»Da habt Ihr recht getan«, sagte Fresenius, »der Dominikaner hatte einfach unverschämtes Glück, und immerhin wissen wir nun, wo wir ihn in Zukunft suchen können.« Rufus schaute dankbar auf. Das Lob des kämpferischen Mönches tat ihm wohl.

»Ja, ich werde Abend für Abend im Kessel hocken und mich umhören. Man muß ihn dort ja kennen, wenn er ein Freund des Bubenkönigs ist. Und noch eines sah ich: Euer Geld, gute Frau, hat er auf dem Kirchhof, in einem Grabhügel versteckt.« Fresenius bekreuzigte sich erschrocken mit der Linken, soviel Gotteslästerei von einem, der im Habit eines Predigermönchs einherging, war gar zu arg. Der Graf und Michael wollten sich sogleich aufmachen, die Golddukaten freizuschaufeln.

»Laßt es gut sein für heute«, sagte schließlich Gertrud. »Dir, Rufus, werde ich rasch eine Kammer richten, damit du dich ordentlich ausschlafen kannst.« Doch davon wollte der Bauer nichts wissen. Nach langem Reden willigte er schließlich ein, unter der Treppe zu den oberen Geschossen zu schlafen. »Da ist es warm genug für einen wie mich«, sagte er und blickte beschämt an sich herab. Frau Gertrud gelang es immerhin, ihm einen frischen Strohsack unter die Stufen zu schmuggeln.

Sie war die letzte, die schließlich die Stiegen zu ihrem Schlafgemach hinaufkletterte, zu müde, um sich weiter in Sorgen um ihren geliebten Gemahl zu verzehren. Immerhin galt es auch, das Geschäft weiterzuführen, den Gehilfen auf die Finger zu schauen, das Tuch zu messen und zu prüfen, Buch zu halten und den großen Haushalt zu versorgen.

Dankbar dachte sie an die vielen stillen Dienste, die ihr dabei die alte Märthe leistete. Ein seltsames, garstig anzuschauendes Weib zwar, aber im Herzen gütig. Mochte sie von Ketzern schwätzen und selbst das Antlitz einer Hexe haben, Frau Gertrud fürchtete sie nicht.

Nein, die wunderliche Alte mit der schönen Stimme erinnerte sie ein wenig an einige der weisen Frauen, die sie im Beginenkonvent ihres Pfarrbezirks manchmal aufsuchte, um ihnen etwas Speise zu bringen und Lohn für höchst kunstfertige Spinnereien und das Säumen von Haushaltstuch zu zahlen.

Diese oft heilkundigen Hutzelweiber und armen Witwen, die immer noch in großer Armut Gott dienten, trugen ein ebenso verträumtes, abgeklärtes Antlitz, wie sie es manchmal bei Märthe bemerkte, wenn die im Garten mit den

Lerchen Zwiesprache hielt und der kleinen Marie Geschichten erzählte, während sie etwas Flachs haspelte oder Kräuter pflückte, die sie trocknete und zu allerlei Wässerchen und Tränken zusammenbraute. An Märthe war keine Falschheit.

18.

Seine Peiniger hatten in das dumpfe, faulig riechende Faß aus gemeinster Boshaftigkeit noch einen scharfen Nagel hineingeworfen. »Damit du uns auf der Fahrt nicht müde wirst«, hatten sie gegrölt und den Deckel über seinem Kopf zugestoßen, ihn mit festen Hammerhieben vernagelt und das Faß sodann unter viel Gepolter auf einen Karren gehievt.

Nun lag Ansgard zu einem Paket verschnürt, mit schmerzenden, wunden Gliedern, einen Knebel im Mund, in dem stickigen Gefängnis, das auf und ab sprang bei einer Holperfahrt über Hügel und schlechte Wege. Immer wieder bohrte sich der herumtanzende Nagel in sein Fleisch und piesackte ihn heftig. Ansgard ertrug die Schmerzen mit der gleichgültigen Demut des Hoffnungslosen, der den Tod als Erlösung willkommen geheißen hätte.

Er ersparte sich Gedanken über das Wohin und die Pläne des Gesindels. Die mitleidlose Stimme ihres Anführers hatte ihn in der Erkenntnis bestärkt, daß er ihn lieber heute als morgen töten würde. Vielleicht wollte man nun nur das Versteck wechseln, um eine Entdeckung zu vermeiden. Vielleicht waren die Verhandlungen über das Lösegeld noch nicht beendet, aber sicher würde er diesen Streich nicht überleben. Seine Peiniger waren gottlose Wesen.

Ansgard bekam durch glückliche Fügung den herumtanzenden Nagel hinter sich zu greifen. Froh darüber, nun wenigstens eine kleine Quelle seines Schmerzes abgestellt zu haben, schloß er die Augen und versuchte, sich in einen Dämmerzustand zu versetzen. Sein geschundener, ausgemergelter Körper gab dem Sehnen schließlich nach. Ansgard verfiel in gnädige Bewußtlosigkeit.

Vor seiner Karre ritt der Bogenwaldler, ein Lächeln erhellte seine grimmigen Züge. Endlich, endlich war er dieser vermaledeiten Mühle und der Tatenlosigkeit entkommen. Zwar war es etwas gewagt, mit dem Entführten direkt nach Köln zu reiten, doch würde man seinen Troß kaum scharf kontrollieren, denn er führte reichlich Geld und gute Söldner mit sich. Die Stadt. Wie er sich wieder nach einem ordentlichen Mahl, einem zünftigen Gasthaus, Wein und dem Geruch eines Weibs sehnte. Claudius hatte all das versprochen und einen großen Batzen Geldes dazu, den er bereits eingestrichen habe.

Sollte der Dominikaner ruhig seine Experimente mit dem Pestwasser am Tuchscherer vornehmen. Ihm war's gleichgültig, solange ihn Abwechslung erwartete. Und auch auf die versprochene Begegnung mit aufgehetzten Bettlern und Gesindel freute er sich, die würde er alle einen Kopf kürzer machen und dabei noch den aufrichtigen Dank der Stadt einheimsen.

Sie erreichten nun eine letzte Anhöhe, ritten den Hügel hinauf und fanden sich auf einer Böschung direkt über den Ufern des Rheins. Vor ihnen lag der Fährsteg. Die Sonne nahm bereits ihren Lauf gen Westen, und die Fährleute würden bald zum letzten Mal überholen. Der Troß des Ritters mit dem Karren und den wohl dreißig Reitern, die nun wieder ihre gefütterten und geschlitzten Landsknechtwämse und Hosen trugen, ritt hinab und gesellte sich zu der kleinen Schar der Wartenden.

Hochmütig schaute der Ritter auf die armseligen Bauern

und einige Bürger hinab, die wohl von ihren Landgütern nach Köln zurückkehren wollten. Dann ließ er seinen Blick wieder über den in der späten Nachmittagssonne glitzernden Strom gleiten. Ein stolzes Kaufmannsschiff mit geblähten Segeln zog vorbei, mit Kurs auf die reichsfreie Hansestadt Köln, in der er bald eine vornehme Rolle zu spielen gedachte.

In solch hochfliegenden Gedanken versunken, bemerkte er nicht den kleinen, schmutzigen Kerl, der ihn verstohlen, aber aufmerksam musterte, bis seine Mutter ihm eine leichte Maulschelle verpaßte und zur Ordnung rief. Ihr waren solche Kriegsknechte nicht geheuer. Mit ihnen sollte man nicht spaßen, am besten den Blick ganz abwenden und zu Gott beten, sie mögen einen übersehen.

Der kleine Tilmann aber bemühte sich nun, sich jeden Zug des strengen Edelmannes mit der vorspringenden Nase genau einzuprägen und mit einer bereits verblassenden Erinnerung in Vergleich zu setzen. Ja, der Sohn des Rabensteiner Schmiedes war sich schließlich sicher, daß das der Mordgeselle des Burgherrn war, der damals den Wilderer Thomas gefangen und durchs Dörflein geschleift hatte. Was würde wohl Vater Derich dazu sagen, wenn er ihm von dessen Fahrt nach Köln berichtete? Es konnte nichts Gutes bedeuten.

Aufgeregt lief Tilmann mit seinen Geschwistern nun der anlegenden Fähre entgegen, die sich in der Strömung sanft drehte. Einer sprang herüber an Land und vertäute das mächtige Floß an zwei Pfählen, so daß es längs zur Flußbank lag.

Die Schiffsknechte brachten die Planken aus. Ein vorwitziger Bürger, der auf sein Recht als Erstankömmling bestand, versuchte sein Pferd über die Planken zu führen, doch ein Söldner des Ritters kam ihm zuvor und versetzte ihm einen mächtigen Hieb in den Rücken. Der Bürger schrie auf, wich aber sogleich entsetzt zur Seite und machte der Kriegerschar Platz.

Der Karren rumpelte auf die große Fähre, danach wurden Sack und Pack der anderen Fährgäste verstaut und vertäut. Als alles an Bord war, wurden die Planken wieder eingeholt, die Ruderer versenkten die gewaltigen Holzblätter im Wasser und stießen ab. Mit mächtigen Stößen kämpfte man sich querseits zur Strömung voran, und in einer großen Diagonale wurde der Fluß überquert.

Am anderen Ufer waren nun schon in der Ferne die gewaltigen Türme und Festungsmauern der Stadt als kleine Schattenrisse auszumachen. Die Spätsommersonne stand bereits recht tief über den Äckern und Feldern, als sich die Fährgäste über staubige Feldwege aufmachten, um die Stadttore so schnell wie möglich zu erreichen.

Nur knapp zwei Stunden Licht würden ihnen wohl bleiben. Wer keine Fackeln bei sich trug oder – weil er zu Fuß reiste – den Weg in dieser Zeit unmöglich schaffen konnte, der mußte wohl oder übel am Wegesrand kampieren, wenn ihm das Geld für einen Gasthof fehlte.

Die Schmiedsfrau trieb ihre Kinder zur Eile, wenigstens die Herberge auf halbem Weg zur Stadt wollte sie in dieser Nacht noch erreichen. Ihr Mann, der am Samstag schon um fünf Uhr seinen Hammer niederlegen durfte, wollte sie dort erwarten und hatte genug Geld für eine Übernachtung geschickt, das er, so hatte er mitgeteilt, bereits mit seiner Hände Arbeit verdient hatte.

Seine Gemahlin war froh, nun endlich wieder auf eigene Kosten leben zu können. So großzügig und gütig der Graf und die Gaukler auch waren, länger von ihrem Geld zu zehren war nicht recht.

Etwa zu dieser Stunde machte sich auch ein kleiner Trupp auf, um innerhalb der Mauern Kölns ein Stück Weg zurückzulegen. Es waren der Graf, der Landsknecht, Sebastian, Hans und die unternehmungslustige Katharina, die sich allen

Ermahnungen zum Trotz nicht davon abbringen ließ, die Männer bei diesem Abenteuer zu begleiten. Fresenius und Märthe aber leisteten Gertrud in ihrem Kummer Gesellschaft, versuchten sie mit den Drolligkeiten der kleinen Marie und den Sprechkünsten Hesekiels wenigstens für kurze Zeit von ihrem schweren Leid abzulenken.

Der Bauer Rufus hatte derweil schon zum zweiten Mal seinen Posten im Wirtshaus Kessel auf der verrufenen Schmierstraße bezogen und hoffte auf das Eintreffen des Bettelmönchs. Geduldig und die Anfeindungen des mürrischen Wirts überhörend, saß er bei einem einzigen Pintgen dünnen, sauren Weins in der stinkenden Schänke und bemühte sich, seinen Abscheu gegenüber den Müßiggängern, die hier ihr erbetteltes Geld versoffen und beim Würfelspiel mit den Dobbelsteinen riskierten, zu verbergen. Einmal wagte er gar, einen Vers zu zitieren, den ihm Hans aus dem Narrenschiff vorgetragen hatte: »Viel nähren aus dem Bettel sich, die ham mehr Geld als du und ich.« Die Saufbrüder nahmen es als Lob.

Doch der Wirt zwang ihn schließlich an den Katzentisch fernab vom Kamin, wo auch der dreibeinige Schemel des Henkers seinen Platz hatte.

Rufus ertrug geduldig die Demütigung und wurde endlich in Ruhe gelassen. Keiner, selbst der elendste Bettler nicht, wagte sich allzu nah an den Schemel des Scharfrichters heran, der an diesem Abend gewiß noch aufkreuzen würde, im Schlepptau seine zwielichtigen Gesellen, die Schinder und Latrinenfeger. Um so besser, dachte sich Rufus, da wird man auch mich kaum beachten und als Späher entdecken. Genußvoll nahm er einen kleinen Schluck des Weins.

Der Beschreibung Rufus' folgend, erreichte die kleine Wanderschar seiner Freunde indes schnell das beschriebene Kloster, unter dessen Laterne Claudius vorbeigegangen war. Drinnen hörte man die Chorbrüder singen. Alles ringsum, die gut bestellten Weingärten mit den Rebstöcken, an denen winzige Trauben heranreiften, die wenigen Ackerflecken, auf denen sich die Ähren unter reicher Frucht bogen, die aufgepflanzten Linden, gab ein friedliches Bild.

Den unverwüstlichen Hans inspirierte all das zu einem Lied, und niemand nahm es ihm krumm, denn bei allem erfahrenen Leid und trotz der vielfachen Kümmernisse versuchten alle, die wenigen heiteren Momente so gut wie möglich zu genießen. Sie waren selten genug.

Den Samstagabend hatte man für diesen kleinen Ausflug gewählt, weil man allein an diesem Tag sicher sein konnte, daß die Halunken sich lieber im Wirtshaus trafen, als – wie an anderen Werktagen üblich – auf den Gräbern zu hocken und dort ihr Würfelspiel auf kleinen Brettern zu treiben. Die Nähe zum Tod erhöhte ihre Lust an den kleinen Sünden und Ausschweifungen des Alltags. In der Nacht zum heiligen Sonntag wahrten aber selbst die größten Schurken ihren Abstand zu den Friedhöfen, erst recht, wenn die Nacht hereinsank.

Katharina, vom Übermut des Hans angesteckt, hüpfte nun über den schmalen Feldweg voran. Am Ackerrand blühten Gänsedistel und Ehrenpreis. Mit leichtem Herzen verfolgte sie den Flug einer kleinen Schar Saatkrähen. Sie genoß nach dem Lärm der Stadt diese fast ländliche Stille dicht bei den Stadtwällen, wo auch der von Rufus beschriebene Kirchhof lag.

Erst der Anblick der Kreuze und Grabhügel neben der kleinen Kirche, die zum Kloster gehörte und von der aus vor allem die Felder gesegnet und der Erntedank gefeiert wurde, dämpfte wieder ihre Stimmung. Vor dem Eingang wartete sie auf die Nachfolgenden, allen voran Sebastian mit seinem ewig traurigen Blick.

Dieser maulfaule Kerl, dachte sie mit leisem Lächeln, der sie immer wie ein Esel anstierte, so lieb und so dumm. Nein,

Katharina wollte nicht wahrhaben, was der Blick des ehemaligen Bergknappen jedem anderen längst verraten hatte. Sie kannte das, was andere die Liebe nannten, nur als begehrliches, unziemliches Flüstern und Locken von derben Gesellen, und ihr Herz war wie ihr Leib noch immer unberührt. Sie vermied es, ihre Gefühle weiter zu erforschen, es war nicht gut, in solchen Zeiten sein Herz an einen Menschen zu hängen, zu viele hatte sie schon verloren. Der Tod war ihr vertrauter als die Freude.

Der Graf ging voran auf den Kirchhof, nachdem Michael geprüft hatte, daß er wirklich völlig verwaist war. Die Sonne sandte ihre letzten Strahlen und überglänzte den kupfernen Wetterhahn und das bleigedeckte Kirchendach.

»Rufus nannte ein Grab nahe der Westseite des Kirchenschiffs, unter einem fast mannshohen Kreuz soll der Beutel vergraben sein.« Michael blickte sich suchend um. Hans seufzte. »Na, dann werden wir wohl Totengräber spielen müssen. Schaut nur, wie viele Kreuze sich da im Schatten hochrecken.«

Tatsächlich erwies sich die Auskunft als ungenau. Wohl zwanzig Gräber trugen ein Kreuz von der Art, wie Rufus es beschrieben hatte. Die große Dunkelheit in der Nacht, als er den Mönch verfolgte, hatte ein genaueres Hinsehen unmöglich gemacht.

Katharina sah das Mißgeschick mit Entsetzen. »Unmöglich können wir all diese Gräber aufreißen und fleddern«, sagte sie, vor der Schandtat zurückschreckend.

Der Graf aber zog die Spaten aus dem Sack, den Hans an die Kirchenmauer gelegt hatte, und machte sich bereits an die Arbeit. Mochte das ein Vergehen sein oder nicht, nach gängiger Rechtsauffassung hatte er ohnehin schon reichlich Sünden auf seine Schultern geladen, nun kam es darauf auch nicht mehr an.

Mit einem Stich senkte er den Spaten in die Erde eines Grabhügels. Die anderen Männer taten es ihm nach. Insgeheim ärgerte sich auch Michael nun, daß sie eine Frau auf diesen Gang mitgenommen hatten. Es war nun mal so, daß die meisten Weibsbilder zimperlich waren.

Katharina aber wandte sich ab und ging auf das kleine Kirchenportal zu. Sollten die Männer tun, was zu tun war, sie wollte drinnen dafür Abbitte leisten vor dem Bild der Heiligen Mutter und für das Seelenheil der Frevler bitten.

Die schwere Holztür war nur angelehnt, Katharina stieß sie auf, mit ächzenden Scharnieren schwang ein Flügel nach innen. Die Kühle des kleinen Kirchenschiffs, ein Hauch von Weihrauch und das Licht einiger Opferkerzen empfingen die einfache Magd.

Obwohl sie sich zu den Lehren der Reformer bekannte, die jeglichen übertriebenen Pomp verdammten, liebte Katharina den hier recht bescheiden gezeigten Prunk des katholischen Gotteshauses. Sie tauchte ihre Fingerspitzen in das kleine Weihwasserbecken am Eingang, bekreuzigte sich und machte ihren Knicks zum Altar hin.

Dann schritt sie auf leisen Sohlen zu einer kleinen Seitenkapelle, in der ein Altar für die Mutter Gottes eingerichtet worden war. Eine schlanke, schön geschnitzte und reich bemalte Madonna mit dem Kinde stand auf einem hölzernen Sockel, durch das seitliche Fenster drang grau das Zwielicht der letzten Dämmerung in den Raum. Vor der Madonna flackerte das Licht vieler kleiner Öllämpchen, trockene Blumen lagen auf einem Steintischchen davor. Kränze, wie Kinder sie flochten, Bittäfelchen und aus Silberblech geschmiedete kleine Abbilder von Gliedmaßen, Hände, Füße, Rückentorso. Die hatten fromme Bittsteller niedergelegt, um die Genesung von verschiedenen Gebrechen zu erflehen.

Katharina kniete sich demütig nieder und faltete die Hände zum Gebet. »Herr, vergib uns unsere Sünden.« Sie bereute es sehr, sich im ersten Eifer für den neuen Glauben von ihrem kleinen Rosenkranz getrennt zu haben.

Mochten Luther, Müntzer – und wie immer sie hießen – ruhig gegen die gefälschten Reliquien, die überprächtigen Schreine und Meßgewänder wettern, in den kleinen, handfesten Zeichen und Hilfsmitteln des Glaubens lag jedoch ein hoher Trost, den man den Gläubigen nicht nehmen sollte.

Während draußen die Männer in die Hände spuckten und Grab um Grab öffneten, versenkte sich Katharina immer tiefer ins Gebet. Ein jeder, der das schöne Mädchen dabei betrachtet hätte, dem hätte sich der Vergleich zwischen ihrem feinen weißen Gesicht und dem verklärten Antlitz der geschnitzten Madonna, die sie da anbetete, aufgedrängt. Es war ein Bild des Friedens und schönster Eintracht mit einem guten, milden Gott.

Kaum einer hätte beim Anblick der Betenden Schlechtes denken können. Einer tat es. Bruder Claudius, der sich, den von ihm ausgegrabenen Dukatenbeutel an sich pressend und mit unterdrücktem Atmen, im Beichtstuhl gegenüber der kleinen Kapelle verborgen hielt.

Sein Traumgesicht war also richtig gewesen. Da waren sie wieder, diese arglistigen Gaukler, die seine Pläne schon einmal durchkreuzt hatten. Märthe und der Kapuziner-Alchimist konnten nicht fern sein.

Gerade eben war es ihm gelungen, das Geld aus dem Grab zu ziehen, die Erde wieder aufzuhäufen, bevor der Trupp, den er in der Ferne ausgemacht hatte, den Kirchhof erreichte. Um ihr Tun zu beobachten, hatte er Zuflucht in der Kirche gesucht.

Nun galt es, einen klaren Kopf zu bewahren und einen Weg aus der Kirche zu finden, ohne daß die Magd oder die draußen vergebens grabenden Männer ihn bemerken würden. Draußen breitete sich bereits schwarze Dunkelheit aus. Wahrscheinlich hatte der Trupp Fackeln dabei. Zum Glück stand wenigstens ein Flügel der Kirchentür noch offen, so daß er leicht und ohne das Geräusch einer knarrenden Tür entweichen konnte.

Er mußte nur das Mädchen umgehen. Claudius war fest überzeugt, daß diese Kratzbürste Zeter und Mordio schreien würde, wenn sie ihn bemerkte. Besser, er setzte sie außer Gefecht. Es war in seinem Interesse, die Gruppe so lange wie möglich bei der Kirche festzuhalten, dann würde es ein leichtes, sie unschädlich zu machen. Kaum die Hälfte einer Stunde würde es ihn kosten, Verstärkung herbeizuholen.

Im Kopf des Dominikaners entstand ein listiger Plan, um den Gauklern das Handwerk zu legen.

In seinem Kräuterbeutel, den er in Köln wieder gut gefüllt hatte mit allerlei Essenzen und Kräutern, suchte er nach dem Fläschchen, das die nach Faustens Rezeptur gebraute Flüssigkeit enthielt, die stark betäubend wirkte und sonst von Zahnreißern oder Starstechern für ihre schmerzhaften Operationen verwendet wurde.

Nun kam es nur darauf an, leise wie eine Katze vorzugehen. Langsam und mit größter Vorsicht klappte der Mönch die Tür zum Beichtstuhl auf und glitt geräuschlos ins Kirchenschiff. Katharina bemerkte es nicht, so sehr war sie noch immer in ihre stille, innige Fürbitte vertieft.

Rufus konnte schon den Boden seines Weinkruges sehen, so spät war es inzwischen geworden. Redlich hatte er sich bemüht, nicht allzuviel Geld auf die Zeche zu verschwenden, doch wohl oder übel mußte er nun nach einem zweiten Pintgen verlangen, wollte er nicht den endgültigen Rauswurf riskieren. Dabei war ihm dieser Ort, bei Gott, zuwider. Der zweite Abend in der Schänke bestätigte ihm seine finstersten Verdächtigungen. Der Bettelvogt, bei dem er sich so unterwürfig und ehrerbietig beworben hatte, war ein verkommener Kerl.

Er diente zwei Herren, der Stadt und dem Lumpenvolk. Heute hatte er wieder seinen Wochenverdienst eingestrichen. Auf Heller und Pfennig hatte er den falschen Krüppeln,

Lahmen, Blinden und sonstigen Betrügern vorgerechnet, was sie ihm schuldeten. Mit dem, was er bei ihnen einstrich, verfünffachte er leicht seinen Lohn, den er von der Stadt erhielt. Auch die ehrlichen Bettler wie Rufus hatten ihm ihr Scherflein abzutreten.

Mit diesem Schmiergeld nährte der Vogt außerdem einige städtische Stockknechte. Sogar Gewaltrichterdiener erhielten ihren Anteil, damit sie bei anberaumten Visitationen auch die gröbsten Schurken einfach übersahen. Um den Turmwächtern und Richtern dennoch gewissenhafte Arbeit vorzutäuschen, verhafteten sie ab und an eine arme, kleine Hure vom Lande, die sich nicht zu wehren wußte und keinen Beschützer hatte. Oder sie schleppten die minderjährigen Kinder auf den Turm und bezichtigten sie zu Recht oder Unrecht des Taschendiebstahls. So war der Pflicht Genüge getan, und man konnte ruhig seinen Anteil an Lug und Trug abkassieren.

Es war kurz vor der elften Stunde, so schätzte Rufus, als sich schließlich die Tür zur überfüllten Schänke öffnete und er die weiße Tracht des Dominikaners unter dem Skapulier vorblitzen sah. Darunter wölbte sich mächtig ein Beutel oder Sack. Aufgeregt richtete Rufus sich auf. Was war das, es konnte doch nicht der Geldbeutel Gertruds sein, nach dem seine Freunde graben wollten? Der vogelgesichtige Mönch ging zum Tisch des Bettelvogts, der dort ordentlich mit den Stockknechten und den Richterdienern becherte. Ihre Schwerter und Knüppel hatten sie an die Wand gelehnt, grölend feierten sie ihr gutes Einkommen. Der Mönch aber zog den Bettelvogt beiseite und flüsterte eifrig auf ihn ein. Dessen Augen verengten sich zu listigen Schlitzen, ein paarmal schüttelte er den Kopf. Darauf zog Claudius, wie Rufus auszumachen glaubte, einige Goldmünzen hervor, und das Kopfschütteln des Bettelkönigs verwandelte sich in ein zustimmendes, eifriges Nicken.

Sodann ging der Bubenkönig zu seinen Saufkumpanen zurück, forderte sie auf, ihre Schwerter zu packen und ihm zu folgen, es gäbe Arbeit zu tun. Widerwillig, aber ihrem Geldgeber gehorchend, folgten sie ihm schließlich zur Tür. Der Mönch ging voran. Als der Wirt ebenfalls dreist einen Anteil verlangte, gab auch ihm der falsche Gottesdiener etwas und befahl ihm, dafür seinen Ochsen vor den Faßkarren zu spannen und eine Fackel zu entzünden. All das wurde getan. Rufus eilte sich, seine Zeche zu zahlen, achtete nicht der Schimpfworte, die der Wirt ihm nachschickte, und heftete sich an die Fersen der bewaffneten Schar, die hinter dem rumpelnden Ochsenkarren in Richtung des Klosterhofes marschierte.

Fünf Männer waren es, neben dem Bettelvogt und dem Dominikaner. Rufus folgte ihnen, getrieben von bösen Ahnungen.

Ängstlich und mit weitaufgerissenen Augen beobachtete die kleine Marie, einen Zipfel ihres weißen Nachtkittels kauend, nun schon eine geraume Weile Märthe, die sich unruhig auf ihrem Lager hin und her warf. Die kleine Gesellschaft im Haus der Frau Gertrud war früh zu Bett gegangen, so wie es üblich war, nämlich vor dem neunten Glockenschlag.

Das Stöhnen der alten Frau hatte das Kind geweckt. Mit zaghaftem Stimmchen hatte sie auf Märthe eingeredet, doch die hatte lediglich unsinniges Zeug von sich gegeben, was das Kind nur noch weiter verstörte. Hesekiel schien sich aus dem ganzen Theater nichts zu machen, ungerührt saß er oben auf einer der Bettstangen, die die Vorhänge hielten, und blinzelte träge auf Märthe und das Kind herab.

»Gute Muhme, bitte wach auf«, bettelte das Mädchen nun noch einmal, und Tränen flossen über ihre Backen. Schließlich wußte sie sich nicht mehr anders zu helfen, als laut nach Hilfe zu rufen. Zu ihrer Erleichterung hörte sie bald darauf über und unter sich das Geräusch von tappenden Schritten. Fast gleichzeitig erreichten Frau Gertrud von unten kommend und Bruder Fresenius, der wie die anderen direkt unter dem Dach schlief, über die Wendeltreppe das Geschoß, in dem Märthes kleine Kammer lag.

Beide eilten auf das Bett zu. Gertrud nahm Marie in den Arm, wiegte sie sanft und flüsterte ihr mit zärtlicher Stimme beruhigende Worte ins Ohr. Fresenius aber kniete neben Märthes Lager nieder und nahm ihre Hand. »Wacht auf«, rief er befehlend, als wolle er einen Dämon, der Märthe zu quälen schien, bezwingen und austreiben. »Wach auf«, sagte er noch einmal und sprach dann Formeln, die der Teufelsbezwingung dienten, wiewohl er dem Exorzismus keinen rechten Glauben schenkte.

Plötzlich richtete Märthe sich auf. Sie öffnete die Augen, und doch sahen Gertrud und Fresenius gleich, daß ihr Blick nichts von ihrer Umgebung wahrnahm. Starr blickte sie nach vorn, das Weiß ihrer Augen schimmerte hell. Schließlich sagte sie mit ihrer volltönenden Stimme, die Fresenius immer wieder an seine einstige Bekehrung in seiner Schreibstube erinnerte: »Es droht ihnen Gefahr. Der Teufel versteckt sich in der Kirche. Er scheut nicht die Mutter Gottes und nicht den heiligen Ort. Es droht Gefahr.«

Gertrud lauschte erschreckt den prophetischen Worten. Fresenius, der mit den Ahnungen und Traumgesichten der wunderlichen Alten vertraut war, versuchte, den Sinn der Rede zu begreifen.

Mit sanfter Stimme fragte er nach: »Sprich zu uns, Märthe, wir hören dich. Wem droht Gefahr? Sag uns, wem!«

Marie wimmerte leise in den Armen der Hausfrau, Hesekiel schien aus seinem halberstarrten Zustand zu erwachen, schlug heftig mit den Flügeln und echote immer und immer wieder: »Gefahr, Gefahr, Gefahr.« Das alles verstärkte den Eindruck höchster Dringlichkeit. Doch Märthe schien nicht mehr erreichbar, ihre Augäpfel kippten nach hinten weg, so daß sie halbirr aussah, und Gertrud meinte, sie sei ein armes Opfer der Fallsucht oder eines ähnlichen Leidens.

Fresenius bettete Märthes Haupt mit seiner Linken sanft auf das Kissen und strich unwillkürlich über ihr Haar. Er empfand eine tiefe Zärtlichkeit für die Frau mit der zerquälten Seele. Bald schloß sie die Augen und verfiel in tiefen Schlaf. Marie kletterte aus dem Schoß der Frau Gertrud und legte sich vertrauensvoll neben Märthe, schlang ihre Ärmchen um ihren Hals und versicherte ihr murmelnd: »Nun ist alles gut«, ganz so, wie es Erwachsene mit ihr zu tun pflegten.

Hesekiel hüpfte von der Vorhangstange herab und trippelte aufgeregt auf dem Dielenboden hin und her, als wolle er einen besorgten Menschen nachahmen, der seine Gedanken sammeln muß. »Teufel, Kirche, Teufel, Kirche, Kruzitürken«, krächzte er dabei. Frau Gertrud mußte nach der vorangegangenen Anspannung nun lächeln. »Es scheint, daß der Vogel seine Herrin verstanden hat.«

Fresenius kniete immer noch neben dem Bett, die Stirn gekraust. »Sie will uns warnen«, sagte er, »unsere Freunde müssen in Gefahr sein. Besser, ich mache mich auf, um sie zu suchen. Ein Pech, daß der Schmied nicht da ist, er könnte von Nutzen sein, wenn sie wirklich bedroht sind.«

»Ihr glaubt, mit der Kirche ist die gemeint, vor der das Geld vergraben liegt?«

»Gewiß«, sagte Fresenius nur, »Märthes prophetische Gaben sind echt, ich konnte mich schon häufig davon überzeugen.« Frau Gertrud zögerte nicht länger, sie bat den Mönch, sich vollständig anzukleiden, und stieg die Stiegen hinab, um eine Fackel bereit zu machen. »Ich werde Euch begleiten«, rief sie noch vom letzten Treppenabsatz hoch und lief dann eilig in die Küche, die empörte Widerrede des Kapuziners einfach überhörend.

Der enthielt sich bald aller weiteren Proteste, er selbst war schließlich eine eigenwillige, vulkanische Natur, warf seine Kapuzenkutte über seinen Schlafkittel und nahm ein Beutelchen seines neuesten, frisch gemischten Pulverharzes mit, das er mit etwas Theriak und einem Hauch mehr Salpetersäure noch verfeinert zu haben hoffte. Dann griff er entschlossen nach der ausgehöhlten, dünn geschmiedeten Eisenblechkugel, die Derich ihm nach seinen Berechnungen gearbeitet hatte. Die Blechdicke hatte Fresenius durch komplizierte Berechnungen bestimmt. Vielleicht würde die Nacht ihm Gelegenheit geben, seine neueste alchimistische Mixtur und diese Sprengkugel, wie er sie nannte, zu erproben. Mit der Ummantelung aus dünnem Metall hoffte er gezieltere Explosionen erzeugen zu können, doch das Entzünden der Kugel barg eine gewisse Gefahr.

Brannte der mit Pech präparierte Docht, der in die Kugel geschoben werden mußte, zu schnell ab, konnte die Kugel in seinen Händen zerbersten und ihn töten. Doch Fresenius' inzwischen hochentwickelter Forschergeist und seine Neugier trieben ihn, das Experiment nun vorzeitig in Erwägung zu ziehen.

Er schlüpfte in seine Sandalen und stieg zu Frau Gertrud hinab, die mit einer brennenden Fackel bereits vor der Tür auf ihn wartete.

Als der Kapuziner den Weg zur Schmierstraße einschlagen wollte, hielt Gertrud ihn zurück. »Wir werden ein Pferd nehmen und über die Felder reiten, die Zeit ist knapp.« Damit wandte sie sich zum Stall, der direkt neben dem Haus lag, öffnete das Tor, weckte den Burschen und befahl ihm, einen Braunen zu satteln.

»In so finsterer Nacht?« brummte der Knecht nur verwundert. »Besser, ich führe Euch.« Frau Gertrud lehnte ab, stieg auf einen Holzblock und setzte auf. Dann befahl sie dem Mönch, hinter ihr aufzusteigen. Fresenius verstaute seine Kugel in einer Satteltasche und erklomm das Pferd. Kopfschüttelnd schaute der Bursche dem seltsamen Paar hinterher. Seit der Herr im Hause fehlte, entwickelte die Hausfrau höchst merkwürdige Anflüge von Eigensinn. Ein Nachtritt, noch dazu in mondloser Finsternis. Gebe Gott, daß sich das wertvolle Pferd nicht alle Beine brach.

Aber Frau Gertrud war eine geschickte Reiterin und mied die allzu schmalen Gassen. Statt dessen dirigierte sie das Pferd auf schnellstem Weg zu den Stadtwällen ins Freie, wo die Häuser nicht so dicht nebeneinander standen und trieb das Pferd zum leichten Trab. In gutem Tempo kamen sie voran, wobei Fresenius sich mühte, trotz der Fackel, die er weit von sich gestreckt trug, nicht das Gleichgewicht zu verlieren.

Wohl oder übel mußte er dazu seinen rechten Arm mit der eisernen Klaue um die Taille der Reiterin legen, doch die schien diese Unziemlichkeit gar nicht zu bemerken. Die große Tugend dieser Frau lag in der bemerkenswerten Fähigkeit, Sitten und Gewohnheiten den Notwendigkeiten anzupassen, ohne dabei die Grenzen wirklichen Anstands zu überschreiten. Wer dabei Schlechtes dachte, war selbst der Schelm.

Es war natürlich Sebastian, der schließlich seine Schaufel niederlegte, um Katharina, die nun schon eine Stunde in dem einsamen Gotteshaus, das nur des Tags von den Mönchen aufgesucht und betreut wurde, zu suchen.

Die Flügeltür stand weit offen. Sebastian eilte durch das leere Kirchenschiff – nur die edleren Leute hatten Sitze im Chorgestühl längs des Altars – und rief leise Katharinas Namen. Als er die Seitenkapelle der Heiligen Jungfrau erreichte, schrak er zusammen. Da lag Katharina ausgestreckt auf dem Boden, leblos und nur flach atmend. Sebastian stürzte auf sie zu und richtete ihren Oberkörper auf. Schweiß lag auf ihrem bleichen, stillen Gesicht.

So jung und verletzlich sah sie plötzlich aus.

Verzweifelt strich Sebastian Katharina das Haar aus der Stirn, flüsterte immer wieder ihren Namen. Doch sie lag in tiefer Bewußtlosigkeit. Sebastian, der sich nicht anders zu helfen wußte, küßte immer wieder Stirn und Wangen des Mädchens.

Seine Freunde zu rufen kam ihm nicht in den Sinn, so erschrocken und vor Angst gelähmt war er. Schließlich – Sebastian erschien es, als sei dazwischen eine halbe Ewigkeit vergangen – regte sich Katharina, flatternd öffnete sie ihre Lider, in ihrem Kopf raste ein stechender Schmerz. Als sie die Augen ganz aufgeschlagen hatte, wirkte sie benommen und hilflos. Ängstlich schaute sie in Sebastians besorgtes Gesicht und flüsterte seinen Namen. Nie hatte sich Sebastian der Erfüllung seiner tiefsten Sehnsüchte so nah gefühlt, er senkte seinen Kopf und drückte Katharina seine Lippen auf den Mund, der nach salzigem Schweiß schmeckte. Ganz zart fuhr er über die dünne, zarte Haut und genoß die Wärme der Berührung. Es war, als wolle er seiner körperlosen, ungelebten Liebe endlich Leben einhauchen.

Mit leisem Seufzen empfing Katharina den Kuß, ohne sich zu wehren, weil wohl die betäubende Wirkung des Mittels, das Claudius ihr mit einem Tuch auf Nase und Mund gedrückt hatte, noch nicht ganz nachgelassen hatte.

Die Stockknechte des Dominikaners fanden das Paar in inniger Umarmung. Sie traten Sebastian roh beiseite, setzten ihm den Fuß in den Nacken und drückten ihn auf den Boden. »Haben wir dich«, sagte einer von ihnen, »das wird euch teuer zu stehen kommen, Unzucht in der Kirche. Welche Frechheiten werden die Dirnen und ihre Buhlen sich wohl noch herausnehmen? Sogar im Dom treiben sie ihr lästerliches Handwerk.«

Das entsprach den Tatsachen, und die Stockknechte hatten Anweisung, bei Entdeckung eines solchen Paares keine Milde oder Rücksicht walten zu lassen. Sebastian wurde gebunden, und auch die benommene Katharina legte man in Fesseln, während von draußen der Lärm eines ungleichen Kampfes hereindrang.

Nur Hans war mit einem beherzten Satz die schnelle Flucht über die Mauer ins freie Feld gelungen. Der Graf und der Landsknecht aber fochten nun mit den Spaten gegen drei Schwertträger an, während der Bettelvogt und der Dominikaner sich – Totengeiern gleich – abseits hielten. Beide rechneten mit einem raschen Ende des Getümmels. Das Holz von Michaels Spaten war bereits gesplittert, sein Gegner setzte ihm das Schwert auf die Brust. Es konnte nur noch kurze Zeit dauern, dann würde auch Ritter Albert von Traubstedt sich ergeben müssen. Claudius entblößte die Zähne zu einem bösen Lächeln, der Bettelvogt trug eine gleichgültige Miene und polkte in seinem Mund nach Fleischfetzen. Für ihn waren die Grabschänder nichts weiter als ein paar Lumpen, die man in einem der Türme festsetzen und ihrer Strafe zuführen würde.

Jetzt fiel auch der Graf rückwärts stolpernd über einen Grabhügel, während die Stockknechte Sebastian zu dem wartenden Ochsenkarren vor der Kirche führten. Ein anderer trug Katharina wie einen Lumpensack über seiner Schulter und warf sie unsanft auf die mit etwas Stroh ausgestreute Ladefläche des Wagens.

Auf dem Kirchhof wanden sich der fluchende Graf und Michael am Boden; aber es half ihnen nichts, man zog Stricke hervor, um sie zu fesseln. Der Bettelvogt wollte gerade die Gesichter der beiden Überwältigten mit einer Fackel ausleuchten, um zu prüfen, ob sie ihm bekannt waren, als vor ihm mit mächtigem Krachen ein glühendes Geschoß niederging, das er für einen Kometen Satans hielt. Es schlug zwischen den Grabhügeln ein, zerplatzte mit gewaltigem Donner und Krachen, riß ein tiefes Loch und ließ meterhoch Erde, Holzsplitter und gar einige Knochen und Schädel in die

Luft wirbeln. In einem von Funken durchsprenkelten Regen kamen Asche, Erde und Eisensplitter nieder. Der Bettelvogt war vor Schreck auf seinen Hintern gefallen und vergrub jetzt winselnd seinen Kopf in den Armen, die Stockknechte draußen beim Karren ergriffen nach kurzer Erstarrung die Flucht, auch die Schwertträger ließen vom Grafen und dem Landsknecht ab und gaben Fersengeld.

»Verfluchter Teufel«, schrie Claudius, der zwar mächtig erschrocken und zusammengefahren, aber auf den Beinen geblieben war. Asche brannte in seinen Augen. Er kannte die Ursache und den Verursacher des kleinen Höllenspektakels nur allzugut.

In diesem Moment rannte eben jener – die allgemeine Verwirrung nutzend – mit Hans und Bauer Rufus, der nahe der Kirchmauer auf ihn getroffen war, auf den am Boden liegenden Grafen und Michael zu, packten beide und schleiften sie über den Kirchhof zur hinteren Mauer, wo Frau Gertrud wartete. Da er einen Kampf mit diesen kräftigen Kerlen scheute und weil mit der Hilfe des völlig verdatterten, zudem verfetteten, apoplektischen Bettelvogts, der immer noch sein Gesicht verbarg, nicht zu rechnen war, schnappte sich Claudius nur ein liegengebliebenes Schwert. Er eilte zum wartenden Ochsenkarren, zwang Sebastian herab, der aus Leibeskräften in Richtung seiner Freunde schrie: »Holt Katharina, holt Katharina.«

Doch dazu kamen die Befreier nicht mehr, denn nun kehrten zwei der Schwertträger zum Kirchhof zurück, griffen sich das Mädchen und zerrten sie hinter dem Dominikaner und Sebastian in die Kirche. Sie wollten nicht alle Belohnung verlieren. Der Bettelvogt folgte ihnen hastig. Sie verriegelten von innen die schwere Tür, so daß der Bau uneinnehmbar wurde. Dann eilte Claudius geistesgegenwärtig zum Eingang des Turms, ergriff das herabbaumelnde Glockenseil und zog es aus Leibeskräften. Schwerfällig kam die Glocke im Dachstuhl in Schwung und läutete zunächst dumpf, dann unter immer mächtigeren Schlägen volltönend und dröhnend in die Nacht hinein.

An der hinteren Friedhofsmauer begann Frau Gertruds Pferd zu scheuen, mit Mühe konnte sie es zügeln. Bauer Rufus bewunderte die Kaltblütigkeit und die Reitkünste der Kaufmannsgattin.

»Wir müssen fort«, keuchte atemlos Hans, der gerade Michael und den Grafen von den Handfesseln befreite.

Fresenius hielt die beiden wütenden Kämpfer, die losstürmen und den verlorenen Kampf neu beginnen wollten, zurück. Seine Besonnenheit hatte sie schon vor so manchem voreiligen und aussichtslosen Gefecht bewahrt. »Laßt gut sein, die Glocken sind weit zu hören. Wer weiß, wen sie heranlocken, die Stadtwälle sind nah, wir können es nicht mit einem ganzen Trupp gut bewaffneter Turmwächter aufnehmen. Die Kölner sind mit guten Hakenbüchsen gerüstet.« Widerstrebend gaben der Graf und Michael dem Kapuzenmönch recht. Hans packte die Fackel und führte den Trupp der Flüchtenden mit strammen Schritten an.

»Wir werden einen Weg finden, um die beiden zu retten«, sagte der Graf, »wir müssen einen Weg finden.« Fresenius schickte ein Stoßgebet zum Himmel, daß ihnen das gelingen möge. Doch ihm war wohl bewußt, daß er selbst mit einer gigantischen Pulverladung nichts gegen die meterdicken Mauern der Gefängnistürme und die Hundertschaften von Wachleuten auszurichten vermochte.

19.

Noch vor Morgengrauen erreichte der Ritter von Bogenwald von den Mauenheimer und Nippeser Feldern her mit seiner Schar die prächtige Eigelsteintorburg. Ein Tor zum kleinen Vorhof, in dem sich die beiden trutzigen Türme links und rechts vom prachtvollen Stadtportal erhoben, war noch fest verschlossen, auch das mächtige Fallgitter im hinteren Torbogen war gewiß noch herabgelassen. Die Turmwächter saßen darüber in ihrer Wachstube bei einer mageren Funzel, spielten Karten und dachten nicht daran, den laut nach Einlaß begehrenden Mann hineinzulassen.

Wer wußte schon, welches finstere Gelichter er von draußen mit hereinbringen würde. Gerade hier am Eigelstein drückten sich dicht an dicht finsterste Spelunken, die allerlei Galgenvögel anzogen. Bis tief nach Mitternacht konnten die Turmwächter das rauhe Treiben belauschen, wenn sich die liederlichsten Fischweiber den Mühlentretern, Lastträgern und anderen Tagelöhnern, die keine feste Bleibe, aber großen Durst hatten, anboten.

Wieder drang die Stimme des Ritters von Bogenwald zu ihnen. Edelmann, pah, das konnte ein jeder behaupten. Nein, sie würden das Tor erst nach Einsetzen der Morgendämmerung öffnen, wenn die Stadt erwachte und die Ablösung frisch gestärkt von der Nachtruhe ihre Kontrolle bei ausreichendem Licht durchführen konnte.

Fluchend sah nun draußen vor dem Tor auch der Bogenwaldler ein, daß man ihm kein Sonderrecht zubilligen wollte. Er und seine Reiter setzten ab und lagerten längs der Zäune, die den Stadtgraben umfriedeten, im nachtfeuchten Gras. Es war kühl, und ein Hauch von Herbst lag schon in der Luft.

Immer mehr Volk sammelte sich vor dem Tor. Darunter

Kirchgänger von nahegelegenen Gehöften, die sonntags an der heiligen Messe im Dom teilnehmen wollten, und die wie immer unvermeidlichen Müßiggänger, dazu fremde Bettler, Landfahrer und Gecken, die schon jetzt ihre Fratzen und Faxen machten, für die sie vor und in den Kirchen am heutigen Tag einiges Geld von bußfertigen, wohlbetuchten Sündern einzustreichen gedachten.

Ansgard, der in seinem engen Gefängnis immer wieder kurz aus seiner Bewußtlosigkeit erwachte, meinte, all diese Geräusche zu kennen. In jedem Fall mußten sie sich in der Nähe einer Stadt befinden. Was für eine Torheit war das, sich als Diebesgesindel mitten unter die Leute zu begeben, die Kerle waren wirklich erstaunlich frech und dreist.

Als, von ihm freilich unbemerkt, die Nacht von der ersten Dämmerung abgelöst wurde, erkannte Ansgard am mächtigen Klirren von Ketten, dem Schubbern von Holz und dem Geschrei von den Turmwächtern, daß er sich tatsächlich vor den Toren Kölns befand, und als der Ritter seinen Geleitbrief erhalten hatte und der Karren wieder anzog, daß er sich nun innerhalb der Mauern seiner Heimatstadt befand. Mit mächtigem Dröhnen rief das Dreigeläut des Doms von fern zur Frühmesse. Es war gegen sieben Uhr, und er, Ansgard, war nach langer, unglückseliger Fahrt wieder daheim. Konnte es bedeuten, daß ihm doch noch die Rettung winkte?

Noch vor der verabredeten Stunde trafen der Ritter und sein Troß beim beschriebenen Dominikanerkloster nahe des Doms ein. Sie mußten eine Weile warten und wurden nicht schlecht bestaunt von vorbeieilenden Kirchgängern und Mönchen, bis Bruder Claudius mit fliegenden Schritten, gehetzt und atemlos, erschien. Verwundert musterte der Ritter seinen sonst stets so gelassen daherschleichenden Genossen. Er gab einem der Landsknechte die Zügel seines Pferdes und eilte dem Dominikaner entgegen.

»Was ist dir, Claudius?« fragte er mißtrauisch und zugleich

besorgt, dem Mönch könnte es einmal nicht gelungen sein, seine Vorbereitungen auch pünktlich abzuschließen.

»Nichts, nichts, guter Mann«, stieß Claudius keuchend hervor. »Nichts, was wir nun bereden müßten. Laßt uns zunächst Quartier beziehen. Ich habe für Euch Kammern im Gasthof zum Heiligen Geist am Thurnmarkt angemietet.«

»Ich hoffe, ein anständiges Haus, das guten Wein ausschenkt und mehr als Strohsäcke als Lager bietet.«

»Oh, es ist das vornehmste Haus der Stadt. Zwölf Feuerstellen hat es«, beeilte sich der Mönch zu versichern, »selbst Höflinge des Kaisers werden dort Unterkunft nehmen, wenn Karl hier Einzug halten wird. Die Herberge ist Eurer künftigen Größe und Stellung durchaus gemäß und wird Euch, wenn die ersten Sendboten des Kaisers eintreffen, gute Möglichkeit zu wichtigen Bekanntschaften bieten. Ihr werdet Euch nicht beklagen können. Eure Leute freilich müssen sich bescheiden mit dem Gülich und dem Weißen Pferd nahe dem Waidmarkt.«

»Sie sind's nicht besser gewohnt. Ein paar Strohsäcke und reichlich Bier genügen«, brummte der Bogenwaldler ohne Interesse. »Aber wo wollen wir unsere gefährliche Fracht unterbringen?« fragte er, die Stimme senkend und mit dem Daumen hinter sich auf den Karren zeigend.

»Das laßt meine Sorge sein. Während für Euch nur die Höchsten der Stadt der rechte Umgang sind, habe ich mich mit den verkommensten und elendsten Bewohnern der Stadt bekannt gemacht. Die werden nicht fragen, welchen Inhalt das Faß hat, das sie gegen eine gute Summe beherbergen werden. Gebt mir nur zwei Eurer besten Leute zur Bewachung mit, dann ist die Fracht sicher wie in Abrahams Schoß.«

Spöttisch wölbte der Ritter seine Augenbrauen. »Oh, Ihr zitiert die Bibel. Das ist mir neu.«

»Alte Gewohnheit«, antwortete der Mönch abfällig grinsend, »es muß an den vielen Gotteshäusern, Klöstern und Kapellen Kölns liegen. Genug geschwätzt, laßt uns losziehen. Wir nehmen den Weg über die Werften, den Hafen und den Fischmarkt, so kommen wir rasch voran.«

Nach der Frühmette versammelte sich Frau Gertruds Gästeschar um den langen Eichentisch in ihrer Stube. Reich hatten Märthe und das Gesinde die Tafel gedeckt: ein in Honig gebeizter Schinken, kalter Kapaun mit Korinthen, dazu schwarzes Brot, saures Kraut und einige süße Spezereien verströmten verlockende Düfte. In den Krügen schäumte gutes Hopfenbier. Doch nur der nimmersatte Hans, der behauptete, in seinem Bauch müsse eine gierige, unersättliche Schlange hausen, warf begehrliche Blicke auf die Köstlichkeiten und langte nach einer Weile auch tüchtig zu.

Der Rest der Tischgesellschaft trank und kaute achtlos, zu sehr war man damit beschäftigt, einen Plan zur Befreiung Katharinas und Sebastians zu beraten.

Auch den Schmied, dessen Kenntnisse über Schlösser und Schlüssel man schätzte, war anwesend. Er hatte noch am Morgen bei Frau Gertrud angeklopft, nachdem sein Sohn Tilmann ihm von der Überfahrt des Ritters berichtet hatte. Die Nachricht hatte bei allen Entsetzen und Verwunderung ausgelöst. Frau Gertrud freilich traf es am bittersten.

»Nun darf ich kaum noch Hoffnung hegen, daß mein Mann noch lebt, was sonst treibt seinen Entführer hierher?« Märthe legte sanft ihre Hand auf die Gertruds und flüsterte ihr etwas ins Ohr, was die Hausfrau mit einem schiefen Lächeln beantwortete. Dann faßte sie sich.

»Dieser Kerl muß mit dem Teufel im Bund sein«, fluchte hingegen der Graf, »ich hatte gedacht, daß er in den Flammen von Rabenstein endlich den Tod gefunden hätte, den er sich sauer verdient hat.« Man rätselte jedoch nicht länger, wie der Ritter überlebt hatte, sondern besprach die Lage.

»Die Anklage gegen Sebastian und Katharina«, so vermutete Fresenius, »wird auf Buhlerei, Kuppelei oder ähnliches hinauslaufen. Der Rat der Stadt ist zur Zeit besonders sittenstreng, da die Hurerei und heimliches Liebesspiel überhandgenommen haben.«

Derich nickte, auch ihm war das von Wenzel her zu Ohren gekommen. »Ja, da können sie eine feine Anklage zimmern. Erst kürzlich haben sie bei uns am Dom eine Thryn von Weißgerb und dessen Kupplerin, die dicke Bell, festgenommen, beide werden der Hurerei bezichtigt und sollen hart bestraft worden sein.«

»Was steht hier in Köln als Strafe auf diese Vergehen?« wollte Märthe wissen.

»Das ist schwer zu schätzen«, sagte Frau Gertrud, »einige, so sie denn jung und dumm sind und vorher nicht auffällig wurden, stellt man lediglich an den Pranger, dann treibt man sie mit Rutenschlägen zur Stadt hinaus. Andere, die mehrmals aufgegriffen oder auch anderer Vergehen wie des Diebstahls verdächtigt werden, müssen mit härterer Züchtigung rechnen, manche sogar mit Brandmarkung. Außerdem verweigert man ihnen das sichere Geleit zur Stadt hinaus, so daß jeder sie prügeln kann, der meint, sich von ihnen beleidigt zu fühlen.« Landsknecht Michael schüttelte den Kopf. »Unmöglich kann man Katharina derlei anlasten. Sie ist rein wie ein Schwan. Wer will denn solche Untaten bezeugen?«

Hans, der fürs erste gesättigt war, beugte sich vor und ließ ein verächtliches Schnauben ertönen. »Was denkst du dir, Michael? Der Mönch, der Bettelvogt, die Stockknechte, sie alle werden beim Allmächtigen schwören, daß sie Katharina und Sebastian im Vollzug des Aktes erwischt haben. Du hast von Rufus gehört, was für Spitzbuben das sind.«

Michaels Augen funkelten zornig. »Dagegen können wir unser Zeugnis ablegen.«

»Kerl, bist du blöde«, ging der Graf dazwischen, »unmöglich können wir als Augenzeugen auftreten. Dann wird man uns leicht als die entflohenen Grabschänder entlarven.« Zu seinem Leidwesen mußte Michael das einsehen. Sie hatten großes Glück gehabt, daß in der Dunkelheit niemand ihre Gesichter so deutlich gesehen hatte, daß er sie mit Gewißheit hätte beschreiben und anzeigen können. Nur Claudius' Aussage würde gegen sie stehen. Doch wenn sie nun aufträten und von ihrer Anwesenheit auf dem Friedhof berichteten, würden sie sich ans Messer liefern.

Jetzt ergriff Märthe das Wort. »Mir macht etwas anderes das Herz trüb. Was, wenn Claudius, der Teufel, Freunde bei den hiesigen Dominikanern hat? Einflußreiche Freunde womöglich, wie den Hexenverfolger Institoris, denen er einflüstern kann, daß Katharina und Sebastian Zaubersche sind, die auf dem einsamen Kirchhof nicht einfach Unzucht trieben, sondern fleischlichen Umgang mit dem Teufel hatten. Denkt nur, was sie Übles aus dem Pulverzauber von Fresenius herleiten könnten.« Betroffen schwiegen die Tischgenossen. Was Märthe sagte, wog schwer.

Der erfinderische Mönch zuckte zusammen. Was, wenn seine Erfindung, die mit nichts als einer Spielerei mit einigen Elementen und dem Studium alchimistischer Substanzen begonnen hatte und die er als Kämpfer Gottes statt eines Schwertes einsetzte, nun den Tod seiner Freunde herbeiführen würde?

Fresenius machte sich nichts vor, sein Feuerhandwerk würde als satanische Schwarzkunst verurteilt werden. Auch wenn die Inquisitoren, selber Mönche und mit so manchem Geheimwissen vertraut, es besser wüßten, würden sie solcherlei Spektakel als böseste Ketzerei verdammen.

So schnell also konnte das gehen, wenn man die Grenzen der erlaubten, anerkannten alten Wissenschaften überschritt. Wenn man den Lauf der Planeten plötzlich so beschrieb, wie man ihn beobachtet hatte, oder Elemente neu zusammenführte und dabei ihnen innewohnende Kräfte freisetzte, war man ein Ketzer. Er, Fresenius, am Anfang eben dieses Jahres noch ein braver Kapuziner und ein den Wissenschaften abholder Eremit, war nun ein Abspalter und Teufelsbündler, einer, der nicht mit rechten Dingen umging. Ganz heimlich, ganz kurz flammte in Fresenius die Sehnsucht nach seiner einsamen Hütte auf, wo er ein gottgefälliges Leben unbehelligt hätte führen können.

Sogleich schimpfte er sich selbst einen erbärmlichen Heuchler. Was waren das für traurige Diener Gottes, die sich an der Welt die Hände nicht verbrennen wollten und die Menschen mieden, an denen sie doch Gutes tun mußten? Nein, seine Entscheidung für einen Feldzug im Namen des Herrn war richtig gewesen, auch wenn ihn die möglichen Folgen der letzten von ihm bewirkten Explosion mächtig bedrückten.

»Nehmt es nicht so schwer«, Märthes sanfte Stimme riß ihn aus seinen Gedanken, die die Alte tatsächlich zu lesen schien, »es war Gottes Wille, daß Ihr diese Kunst erlernt, glaubt mir, dieser Weg ist Euch vorgezeichnet, und denkt daran, ich war das Werkzeug, das Euch berufen hat.« Der Aufruhr in Fresenius' Herz erlosch unter diesem milden Trost der klugen Frau.

Ja, sein Pulver hatte schon manches Leben gerettet. Daß es auch zu einem bösen Ende führen konnte, war ihm nun eben erst richtig bewußt geworden. Vielleicht hatte Gott ihn das lehren wollen, daß ein jedes Ding gut und böse, aber nie nur das eine an sich ist. Nicht in der Waffe lag der Fluch, sondern auf dem, der sie falsch nutzte. Es drängte ihn, diese Frage weiter mit Märthe zu erörtern. Immer deutlicher erkannte er in ihr die ihm verwandte Seele. Eine Begegnung, auf die er nie zu hoffen gewagt hatte.

Am Tisch hatte man währenddessen heftig und bestürzt

die Möglichkeit eines Hexentribunals besprochen. Die Inquisition, so wußte man, war gestärkt aus den Religionswirren hervorgegangen. Je heftiger das Volk gegen den althergebrachten Glauben und seine lügnerischen Vertreter aufbegehrte, um so brutaler und gnadenloser war die Antwort der Kirchenherren. Ein Scheiterhaufen war schnell geschichtet. Galt vor wenigen Jahrzehnten die Hexerei noch als harmloser Aberglauben, den man tunlichst übersah und duldete, solange kein Sabbat nachgewiesen werden konnte, galten Hexen, Nachtfrauen, Galsterweiber und Zauberer inzwischen als direkte und verblendete Dienerinnen und Sklaven des Teufels.

Über das Gewirr aufgeregter Stimmen hinweg meldete sich Frau Gertrud zu Wort: »Noch wird keiner diese Anklage beim erzbischöflichen Gericht vorgebracht haben, es fehlte die Zeit. Zunächst werden die städtischen Gewaltrichter die beiden verhören müssen. In Köln darf kein Kirchenherr ohne Zustimmung des Rates eine Inquisition verordnen. Wir müssen gleich morgen auf den Turm gehen und die Unschuld Katharinas und Sebastians beweisen und ihr gutes Herkommen beleumunden, so daß man ihre Ehrenhaftigkeit anerkennt.«

»Nur wie, gute Frau, wie? Beide sind vor den Augen der Welt nichts als hergelaufenes Gesindel«, sagte Michael erbost.

Fresenius, der schon eine ganze Weile vor sich hingebrütet hatte, fand schließlich die Lösung. Seine Miene hellte sich auf, und mit klaren, kurzen Worten legte er seinen Plan dar, der auf allgemeine Zustimmung traf. Auch der Graf, der die ihm zugedachte Rolle anfangs mißbilligte, stimmte schließlich freudig zu. Nun war es eine Lust, das reiche Mahl zu genießen, oder besser das, was Hans davon übriggelassen hatte.

Bruder Rufus ließ die Münzen in seinem Becher hüpfen, so daß sie gegen die Wände klimperten. Einen Ärmel seines Bettlergewandes hatte er hochgekrempelt und an der Schulter festgeheftet, so daß jeder seine Verstümmelung sehen und in Augenschein nehmen konnte. Niemand sollte ihn für einen billigen Betrüger halten. Seine Bescheidenheit brachte ihm natürlich nicht den reichen Lohn, den andere, dreistere Bettler durch Geschrei und Wehklagen einheimsten. So frech waren einige unter ihnen, daß sie den Kirchgängern sogar bis ins Gotteshaus nachfolgten und sie während der sonntäglichen Messe um Almosen bedrängten. Letzthin hatte eine besonders dreiste Dirne einem zahlungsunwilligen Kirchgänger im Gotteshaus »einen duppen«, wie man in Köln kleine Eisentöpfe nannte, über den Kopf gezogen und war deshalb vor Gericht gekommen.

So tief zu sinken erschien Rufus eine größere Schande, als die seine es war. Er hielt sich dicht an die Kirchenmauer von St. Mariä Lyskirchen, wohin ihn der Bettelvogt verwiesen hatte, und nahm still dankend entgegen, was einige ihm gaben, und sprach danach, wie es seine Pflicht war, ein Vaterunser für den jeweiligen Spender, auf daß Gott ihm seine milde Gabe vergelte.

Schließlich, es ging auf Mittag zu und die Glocken läuteten zur nächsten Messe, humpelte auf einem Holzstumpf ein Leidensgenosse, dem das linke Bein ganz zu fehlen schien, auf den Bauern zu. Rufus blickte auf und sah in ein verhärmtes und doch freundliches Gesicht.

»Sei gegrüßt, Bruder«, sagte der Fremde lächelnd, »ich betrachte dich seit einer Weile mit Wohlgefallen. Du heischst in so anständiger Weise nach Almosen, daß ich mich dir bekannt machen möchte. Mein Name ist Luichtgen van Sultz, und ich gehöre zur Zülpicher Bruderschaft.«

Rufus stellte sich selbst vor und schaute ihn zugleich forschend an. »Du hast noch nicht von uns gehört?« Der Bauer schüttelte den Kopf.

Luichtgen bat Rufus, ihm zu einer kleinen Holzbank zu folgen, die an der Kirchenmauer stand, dort setzten sich die beiden Männer nieder, und Luichtgen berichtete von der Zunft der Bettelbrüder und -schwestern, die vor mehr als fünfzig Jahren in Zülpich, einem Ort weit vor den Toren Kölns, gegründet wurde.

»Wir haben eine festgelegte Ordnung, ganz wie eine religiöse Bruderschaft. Ein jeder Bettler, Lahme und Krüppel, der unserer Bruderschaft gegen eine Gebühr von acht Schilling beitritt, verpflichtet sich, jedem anderen Bruder zu helfen, wenn er zu krank ist, um selbst zu betteln, oder ihm aus anderen Gründen, die er nicht zu ändern vermag, der Hungertod droht. Auch gibt es eine allgemeine Kasse, in die ein jeder einzahlt und aus der wir Kosten für Krankenpflege bestreiten können.

Erfahren wir vom Tod eines unserer Brüder oder Schwestern, so sprechen wir für seine Seele fünfzehn Vaterunser und fünfzehn Ave Maria und halten am nächstfolgenden Quattember das Begräbnis des Verstorbenen. In Zülpich unterhalten wir zudem ein Hospital, in dem ein jeder von uns für zwei bis drei Nächte Aufnahme finden kann.«

Rufus hörte mit großem Erstaunen von dieser klug durchdachten Einrichtung, die den Ärmsten unter den Armen einen gewissen Schutz und Zuflucht bot. Auch schuf sie Ersatz für die Familie und Sippe, die den meisten Bettlern, wie auch ihm, fehlten.

»Was du beschreibst, gefällt mir gut. Doch wie kann man bei euch Aufnahme erlangen. Ist der Bettelvogt euer Herr?«

»Da sei Gott vor«, sagte der Lahme lachend, »nein, eben weil es Männer wie den Bettelvogt gibt, die uns in Betrügerei hineinzwingen, besteht unsere Bruderschaft. Wir nehmen nur anständige Kerle auf, deren Bedürftigkeit und Heimatlosigkeit außer Zweifel steht und die keine rechte Arbeit finden können.«

Rufus kratzte sich nachdenklich den Kopf, all das traf auf ihn zu, dann fragte er zaghaft: »Und wie steht es mit Leuten, die ihre gesunden Gliedmaßen im Kampf verloren haben und nicht bei einem Unglücksfall?«

»Lieber Rufus«, sagte Luichtgen herzlich, »jeder Krieg ist für einfache Männer wie uns ein Unglücksfall, oder hast du dir die Schlacht, in der du wohl deinen Arm verloren hast, ausgesucht? Für wen bist du in den Kampf gezogen? Für deine Ehre, dein Hab und Gut, deine Rechte etwa?«

Rufus zuckte bei jeder der spöttisch gemeinten Fragen innerlich zusammen, der gute Bruder konnte ja nicht wissen, daß er, Rufus, sie alle hätte bejahen müssen. Er war für seine Sache in den Kampf gezogen, also war der Verlust seines Armes wohl als gerechte Strafe Gottes anzuerkennen.

Luichtgen bemerkte die Zweifel des Bauern nicht und zählte weiter auf, welche Unglücke einen jeden unverschuldet in die Armut trieben: »Einige von uns haben bei Bränden ihr ganzes Gut und ihre Unversehrtheit eingebüßt; auch sind Schiffsleute unter uns, deren Boote mit Mann und Maus sanken, die nicht mehr als ihr Leben retten konnten und auch auf immer versehrt sind. Sie alle aber sind rechtschaffen und gottesfürchtig, warum sollten sie mit Verdammnis und schlimmstem Elend bestraft werden? Es geht ihnen doch nicht anders als den Leprösen und den Siechen, die aus der Gemeinschaft der Lebenden ausgeschlossen und ausgesegnet werden und darum eigene Bruderschaften gründen müssen. Das Rad des Schicksals kann sich für jeden ungünstig drehen. Sag, Rufus, was ist deine Geschichte?«

Der Bauer sah verzagt zu Boden. Ihm fehlten schmerzlich seine Freunde, die Gaukler, der Graf, Michael und Märthe, denen er nichts hatte begründen und erklären müssen. Sie alle waren ja aus einem Holz gemacht und teilten sein Schicksal. Doch nun tat es ihm aufrichtig leid, daß er dem freundlichen Luichtgen nicht alles erzählen konnte. Der drang in freundlicher Weise weiter auf ihn ein und versicherte Rufus, daß er fest an dessen Anständigkeit glaube.

Schließlich hielt es der Bauer angesichts der Gutmütigkeit seines Gegenübers nicht länger aus, und zögernd erzählte er vom Bauernaufstand in Thüringen.

Luichtgen lauschte mit ernstem Gesicht. Rufus konnte darin nicht erkennen, ob er Ablehnung oder gar Abscheu empfand. Dem Bauern tat es gut, einmal seine ganze Seele auszuschütten, einmal wieder mit einem freundlichen Menschen zu sprechen, einmal wieder von dem zu reden, was ihm Jahre die Seele schwer gemacht und schließlich zu der Überzeugung geführt hatte, daß er für sein althergebrachtes Recht auf Freiheit und Eigentum kämpfen mußte. Als er seinen Bericht geendigt hatte, schwieg Luichtgen. Rufus senkte den Blick.

Dann stand der Lahme auf und sagte nur: »Warte hier.« Erschrocken schaute Rufus dem Davonhinkenden nach. Würde er die Gewaltrichterdiener holen, um ihn als Rebellen anzuzeigen? War Luichtgen am Ende vielleicht sogar ein Spitzel und Kundschafter der Ordnungshüter, die die Bettler, die aus der Fremde kamen, gerne überprüften?

Rufus schwankte, ob er sich nicht aus dem Staub machen sollte. Doch dann verwarf er den Gedanken, nein, er wollte nicht glauben, daß der Zülpicher Bruder ihm Feind war. Einmal, endlich wieder wollte er einem freundlichen Menschen vertrauen können, welche Hoffnung blieb denn sonst?

Der Bogenwaldler hatte sein Quartier genommen, reich gegessen und dann nach einem der Badehäuser gefragt. Vergeblich hatte Claudius versucht, ihn von einem Besuch abzuhalten, der am heiligen Sonntag nicht gestattet war; auch wies er ihn auf die immer stärker sich verbreitende französische

Krankheit hin. Sie hatte schon zur Schließung mancher Badestube geführt.

»Dic Blattern sind keine kleine Blessur, Ritter, wartet, bis ich eine Kupplerin gefunden hab', die Euch eine reinliche Frau, vielleicht gar ein Bürgerweib verschafft. Es wird keine große Mühe sein.« Das fehlte ihm noch, ein siechender Kämpfer, den er jetzt so dringend brauchte.

Doch der Ritter, trotzig auf sein Vergnügen bedacht, hatte nur abgewunken: »Claudius, mein bleicher Bruder, ich weiß, daß du es nicht mit der Fleischeslust hältst. Aber einer, der wie du mit der Pest zaubert, wird mich ja wohl von den Blattern befreien, sollte ich sie mir tatsächlich beim Bad mit ein paar Frauenzimmern einfangen.« Sodann hatte er einen seiner Männer losgeschickt, um in einem der Wirtshäuser Erkundigungen nach bekannten Adressen einzuholen.

Claudius gab auf, er hatte genug anderes zu besorgen. An erster Stelle galt es, Ansgard, der immer noch in dem Faß gefangen saß, in ein sicheres Versteck zu bringen. Also machte sich der Dominikaner auf, nahm sich zwei kräftige Kerle aus der Söldnerschar und zog mit ihnen und dem Karren auf das Viertel um die Schmierstraße zu. Weil die Straßen nicht von Händlern verstopft waren, kamen sie rasch voran.

In der Gasse auf dem Hunderücken, nicht weit vom Katzenbauch entfernt, hielt Claudius schließlich den Karren an. Seine Begleiter hielten sich im Hintergrund, rotzten und spuckten, wie um sich von dem erbärmlichen Gestank in dieser winzigen Straßenschlucht abzulenken, die den Anwohnern des Viertels als verbotener Friedhof für verendete Haustiere diente. Man warf tote Katzen und Hunde des Nachts einfach hierhin, die Kadaver stanken zum Himmel. So ärmlich waren indes die krummen Häuschen, die die Gasse säumten, daß keiner der Anwohner Beschwerde einlegen konnte. Der Rat, dem die ganze Gegend ohnehin zuwider war, scherte sich nicht weiter um den Dreck, man hatte genug mit dem Schmutz in den vornehmeren Vierteln zu tun. Schon gerade jetzt, wo der hohe Besuch des Kaisers bevorstand.

Auf Claudius' lautes Klopfen hin öffnete ein wankender alter Knecht die morsche Tür eines schäbigen Fachwerkhäuschens. Dem Mönch schlug der dumpfe Geruch von abgestandenem Essen und der faulige Atem des Betrunkenen entgegen. »Hol mir die Moen Schildgen, eil dich, wir haben etwas abzuladen.« Der Knecht blinzelte den Besucher aus glasigen Augen an, dann wandte er sich um und schlurfte davon, laut nach seiner Dienstherrin krakeelend. Die erschien wenig später, eine derb aufgeputzte Vettel mit falschen Locken aus totem Haar, die den Dominikaner mit einem falschen, überfreundlichen Lächeln empfing.

»Claudius, welche Ehre, welche Freude.« Sie linste aus der Tür, und ihr Blick fiel auf die beiden Söldner. Mißtrauisch tauchte sie wieder ins Haus ab. »Bringst du mir Buhlen für meine Mädchen? Byelgin und Entgin sind im Haus, die andern treiben sich auf den Gassen herum. Aber die beiden …«

Ungeduldig unterbrach der Mönch das Geplänkel der Kupplerin. »Schweig still! Ich hab' dir doch gesagt, daß ich da eine bestimmte Fracht habe, die ich für ein paar Tage in deinem Hof lagern möchte.«

Das Gesicht der Alten zeigte nun ein listiges Lächeln, ihre Augen verengten sich zu bösen Schlitzen. »Eine Fracht, sagst du. Was genau ist denn deine Fracht?«

»Laß das, Weib! Ich zahl' dich gut für dein Stillschweigen, aber der kleinste Anflug von Neugier könnte dich mehr kosten, als dir lieb ist.«

Claudius' Stimme war von solcher Kälte, daß die Kupplerin ihr kleines Spielchen sofort fallenließ und die Tür weiter öffnete. »Gut, gut, dann bring mir deine kostbare Fracht nur herein. Bei allen Heiligen Kölns und den Gebeinen der Drei

Könige vom Dom schwöre ich, daß ich Euer Gut nicht antasten werde.«

»Das will ich dir geraten haben«, antwortete Claudius kurz und wies die Söldner an, das Faß hereinzutragen. »Und damit dir dein Schwur nicht sauer ankommt«, sagte er zur Witwe, »werde ich die beiden hübschen Kerle gleich dalassen. Ich rate dir, keine Spielchen mit denen zu treiben, sie haben mehr Blut an den Händen, als in deinen Adern fließt. Du verstehst mich recht, so hoffe ich?«

Das falsche Lächeln verschwand endgültig vom Gesicht der Frau, und wie um ihre nicht vorhandene Würde zu betonen, reckte sie nur ihr Haupt und ging voran durch die jämmerlich stinkende Diele und die ebenso verkommene Küche in den Hof. Die Söldner folgten ihr mit dem Faß, das sie mit groben Tritten über den unebenen Lehmboden stießen, und auch Claudius kam nach.

Das Faß kam zwischen dem Misthaufen und allerlei anderem Unrat zu stehen. Die Moene brachte den beiden Söldnern Hocker und bot ihnen Bier an. Claudius warnte die beiden zum Abschied noch einmal vor den Schmeicheleien der Alten und verbot ihnen jeden Umgang mit den Dirnen vom Dachboden. Die Kerle nickten und fragten mit gedämpften Stimmen, ob sie dem Kerl im Faß zu essen und zu trinken geben sollten. Claudius schüttelte den Kopf. »Das werde ich selber tun, ich komme noch einmal gegen Mitternacht. Wehe, wenn ich euch schlafend finde.«

Damit drehte er sich um. Einer der Kerle schickte ihm einen gezischten Fluch hinterher und schlug zum Spott ein verkehrtes Kreuz. Claudius achtete nicht darauf, in Gedanken bereitete er sich schon auf seinen nächsten Auftritt vor. Er mußte überzeugend sein. Die meisten waren ja schon ganz auf seiner Seite, aber jetzt galt es, sich zum wahren König der Bettler zu machen. Die Saat war ausgebracht, nun war es an der Zeit, die Ernte einzufahren. Claudius setzte sich auf die

Karre, nahm den Ochsenziemer und trieb das träge Tier mit kräftigen Hieben an. Langsam trottete es die stinkende, düstere Gasse hinab. Claudius schwor einmal mehr vor sich selbst, daß all der Dreck, der Umgang mit dem liederlichsten Pack eines Tages hinter ihm liegen sollte, wenn er in einem der herrlichsten Kardinalspaläste Roms nur noch mit der obersten der Gesellschaft verkehren würde, der Vornehmste unter den Vornehmen, mächtiger noch als der Kaiser, dieser Fürstenknecht und Fuggerbüttel, der sich in zahllosen Kriegen verzettelte und verausgabte. Ein schwacher Mann, der das Zerbrechen der Ordnung nicht würde aufhalten können und auch nicht ihn, Claudius.

Frau Gertrud war von Haus zu Haus gelaufen, hatte die ihr befreundeten Handwerksmeister und Händler in der Sonntagsruhe gestört und alles besorgt, was vonnöten war. Ja, man half ihr gern, niemand fragte groß, wofür sie dies und jenes denn bräuchte, zum einen, weil man sie schätzte, zum anderen, weil man um ihren großen Kummer wußte und meinte, daß all die Dinge, die sie da verlangte, die Werkzeuge und Materialien, dem Wohle ihres entführten Mannes dienen würden.

So war am Abend das Kontor des ehrwürdigen Handelshauses in eine Werkstube verwandelt worden, dem Gesinde hatte Gertrud den Zugang verboten. Wohl zwei Pfund Wachskerzen hatte sie selbst gegeben, um die Schreib- und Rechenstube ordentlich zu beleuchten. Im Schein der Kerzen saßen nun Hans und Fresenius beisammen, um nach Anweisungen des Grafen jene Urkunden herzustellen, die die Befreiung Sebastians und Katharinas bewirken sollten.

Fresenius beizte frisches Pergament mit Katzenpisse, flammte die Seiten an und verschmutzte es mit Asche, so daß es älter aussah. Während Hans, der Drucker, nach dem Siegelring des Grafen Stempel schnitt, die sein Wappen zeigten. Der Graf begutachtete die Arbeit kritisch, und nur die Dringlichkeit hielt Hans von einem Zornausbruch ab. Was bildete sich dieser Herr Ritter ein, einem gelernten Mann wie ihm einfach so ins Handwerk zu pfuschen?

»Einen kräftigeren Schwung muß die Helmfeder haben«, krittelte etwa der Graf, und Hans mußte den Atem anhalten, um nicht loszuplatzen. Er war froh, als Fresenius den Grafen schließlich bat, den Text der beiden Urkunden zu betrachten. Albert von Traubstedt wechselte zum Schreibpult des Kapuziners herüber und las mit gerunzelter Stirn.

Beurkundet wurde in den gefälschten Papieren die Herkunft einer gewissen Katharina Cronenbergh, Tochter eines freien, wohlhabenden Bauern und ihres Bruders Sebastian, die beide Untertanen des Grafen von Traubstedt und von ehrlicher Geburt und katholischem Glauben seien. Des weiteren bestätigte der Graf als oberster Gerichtsherr seiner Gebietschaft, daß sie ehrliche Leut' und zur Reise berechtigt seien. Fresenius schrieb alles in seiner feinsten Schrift und unter Anbringung vieler kunstvoller Schnörkel nieder. Weit war es mit ihm gekommen, dachte er dabei, sich selbst belächelnd, daß er vom aufrechten Buchstabenfeind zum Schriftfälscher geworden war. Und doch machte ihm dieser Streich großen Spaß. Hans bemerkte ärgerlich, daß der Graf an der Arbeit des vergleichsweise ungelenken Schreibers weniger auszusetzen hatte als an seiner Stempelstecherei.

Schließlich waren Schreiben und Stempel ausgeführt. Der Graf hielt rotes Siegelwachs in eine Kerze und ließ es dann dick auf das Pergament tropfen. Dann preßte er seinen Siegelring hinein, ganz so, wie er es früher bei der Beglaubigung von Urkunden und Geschäftspapieren getan hatte. Daneben setzte Hans nun noch die frisch geschnittenen gräflichen Stempel. Man wartete, bis das Wachs ganz getrocknet war, dann streute Fresenius ein letztes Mal Sand über das

Pergament, pustete ihn weg und hielt eines der Schreiben unter das Licht einer flackernden Kerze.

»Nun?« fragte er.

»Fürwahr, ein Meisterwerk, auch wenn Eure Schrift nicht viel besser ist als meine, guter Mönch«, lobte der Graf, und Hans war halb versöhnt mit ihm und nahm ihm das zwischenzeitliche Gemäkel nicht mehr krumm.

»Ja«, sagte er dann übermütig, »nun ist es an Euch, eine ebenso meisterliche Vorstellung vor Gericht zu geben, dann nenn' ich Euch den Grafen der Gaukler.« Albert von Traubstedt zuckte ein wenig ob dieser Frechheit aus dem Munde eines einfachen Handwerkers, ließ es sich aber gefallen. Mit einem zaghaften Klopfen an der Tür kündigte sich Gertrud an. »Herein«, riefen die Fälscher. Die Kaufmannsgattin schob mit ihren Hüften die Tür auf und balancierte ein Tablett herein, auf dem drei Krüge Bier standen.

Mit einem Trinkspruch bat Hans um das Gelingen ihres Plans, dann begaben sich alle zu ihren Nachtlagern. Im Dachboden empfing Hesekiel die drei Männer mit einem rauh gekrächzten »Rrrräuber«. Der Vogel, so dachte der Graf, bevor er die Augen zuschlug, ist so gewitzt wie seine Herrin, nie hätte er vermutet, daß er derlei Hexenbrut so herzlich lieb gewinnen würde. Dann bemühte er sich, rasch einzuschlafen, bevor Hans mit seinem sägenden Schnarchen begann.

20.

Katharina drängte sich nah an Sebastian heran. Um sie herum stöhnten, schliefen und schnarchten wohl ein Dutzend anderer Gefangener im Rund des Turmverlieses, darunter solche, die im Wirtshaus einen Streit angezettelt, andere, die mit falschen Salben und Firlefanz die Leute gefoppt oder solche, die mit böser Absicht oder im Rausch gute Leut' auf den Gassen unflätig beschimpft hatten. Vielen von ihnen war der Kerker nicht fremd.

Vor den schweren Eisengittern hockten die zwei Wachleute und würfelten lärmend um ein paar Krüge Bier. Man hatte den neuen Gefangenen die Fesseln abgenommen in der sicheren Erkenntnis, daß eine Flucht aus dem Kunibertsturm ohnehin nicht möglich war. Die meterdicken Mauern, die schweren Gitter und die vielen Wächter mit ihren Hakenbüchsen verhinderten auch nur den leisesten Gedanken an die Möglichkeit, von hier zu entkommen.

»Sebastian«, flüsterte Katharina, »Sebastian, schläfst du?«

»Nein«, flüsterte der Bergknappe und wagte es, einen Arm um die Schultern des Mädchens zu legen. Sie ließ es sich gefallen, schien es aber auch nicht weiter zu beachten.

»Was kann man uns tun?« fragte sie.

Sebastian wußte es so wenig wie sie. Jede Anklage wäre gleich unsinnig, doch wo der Dominikaner seine Hand im Spiel hatte, mußte man mit dem Schlimmsten rechnen. Sebastian wußte es, und Katharina wußte es wohl auch. Er bemühte sich, die Gedanken des verängstigten Mädchens abzulenken. »Vertraue auf unsere Freunde, sie werden gewiß versuchen, uns zu retten. Man kann uns keines allzu schweren Vergehens anklagen, wir sind unbescholten und gänzlich unbekannt.«

Katharina hatte seit dem überraschenden Überfall des

teuflischen Predigers ein wenig von ihrer Unbekümmertheit eingebüßt. Nie zuvor war ihr ihre eigene Verletzbarkeit so schmerzhaft bewußt geworden. Die Spötterin, ja die Angreifende zu sein, das war nicht schwer, aber hilflos ausgeliefert, wehrlos zu sein in einem Moment, in dem sie sich Gott so nahe gefühlt hatte, das tat ihr weh.

»Sebastian«, flüsterte sie nun wieder, »ich möcht' dir danken, weil du gestern nur um mich besorgt warst. Du hättest auch um deine Rettung schreien können, aber du hast nur an mich gedacht.«

Sebastian drückte Katharina an sich. »Ich denke schon seit langer Zeit nur an dich«, sagte er jetzt. Keinen finstereren Ort hätte er sich für dieses Geständnis ausdenken können, doch die für beide gleich verzweifelte Situation nahm ihm die Angst vor diesen Worten. Katharina schwieg einfach, sie wußte nichts zu sagen. Die Erklärung Sebastians erstaunte sie nicht mehr, vielleicht war es das, was sie am meisten verwunderte.

Der Kuß, ja der Kuß, darin hatte sie alles gespürt, was Sebastian wohl schon seit Beginn ihrer ersten Begegnung empfunden hatte.

»Katharina, du bist mir teurer als mein Leben. Ich kann keine schönen Verse machen wie der Hans, ich bin nichts, verglichen mit dem Grafen Traubstedt oder dem Landsknecht Michael. Ich hab' nie den Mut von Rufus gezeigt, und ich bin ein tumber, blöder Bursche, verglichen mit dem klugen, weisen Fresenius, doch eins weiß ich gewiß, ich bin einer Liebe fähig, die alles für dich will. Ich werde immer da sein für dich, denn du bist mir wie das Licht.«

Katharina wand sich aus seinem Arm und versuchte im Dunkel, in das trüb die lodernden Wandfackeln vor dem Käfig ab und an einen Lichtstrahl warfen, das Gesicht ihres Gefährten zu erkennen.

Was war das? Was konnte er meinen? Sie hatte diese

Gefühle nie verlangt und selbst nie so gespürt. Sebastians Gesicht war ernst und mild. So selbstsicher hatte er nie mit ihr geredet, ihr fiel keine Erwiderung ein. War das die Liebe, von der so viele sprachen? Wie fühlte sich das an, wie ein Schüttelfrost im Sommer? Wie eine Hitzewallung bei tiefstem Frost? Sie konnte sich keinen rechten Reim darauf machen, spürte nur die Wärme in den Worten Sebastians und schämte sich, daß sie nichts Ähnliches zu erwidern wußte.

Wäre die Lage anders gewesen, hätte sie gewiß einen Scherz darauf gemacht oder abgewunken, doch nun wollte sie keinen Streit, kein lautes Wort. Hätte sie sich an der Seite eines anderen vielleicht sicherer gefühlt? Die Frage verwirrte Katharina ebenso wie das Schweigen Sebastians, der alles gesagt zu haben schien.

»Ich danke dir, Sebastian«, sagte sie zaghaft, und dann merkte sie, daß Tränen ihre Backen herabliefen, es war ein stilles Weinen.

Sebastian strich sanft mit seiner Hand über eine ihrer Wangen, so als ließe sich ein Schmetterling darauf nieder und schlage zart mit seinen Flügeln.

»Halt mich fest, Sebastian«, schluchzte Katharina nun, und all der Kummer, den sie geleugnet hatte, brach hervor, so daß sie Angst hatte, daran zu ersticken wie an einem falsch geschluckten Bissen. Fest drückte sie ihr Gesicht in das Hemd des jungen Mannes und hörte sein Herz ruhig und kräftig schlagen. Hieß es nicht, daß verliebte Toren ein rasend galoppierendes Pferd in der Brust trügen? Wenn dem so war, so spürte Sebastian etwas, das anders war, etwas, das Katharina Frieden schenkte und sie sanft in den Schlaf hinübergleiten ließ.

Rufus freute sich, obwohl er sich an einem Ort befand, den er zu hassen gelernt hatte. Im Kessel an der Schmierstraße, wo wieder gezecht, wieder gelärmt und wieder gestritten wurde.

Und doch focht ihn das alles diesmal nicht an. Denn neben ihm saßen sein Bettelbruder Luichtgen und einer der vier Regenten der Zülpicher Bruderschaft, Quirin mit Namen. Der hatte den Bauern Rufus genau befragt über die Aufständischen und ihren Führer Müntzer. Nicht in scharfem Ton, sondern geführt von ernster Wißbegier.

Rufus hatte ihm berichtet, was er erlebt und von dem großen, kämpferischen Prediger gehört hatte. Quirin hatte immer wieder Fragen gestellt und war schließlich mit dem Bild zufrieden, das er sich machen konnte.

Er enthielt sich eines Urteils über Müntzer, dann aber bat er Rufus, ihn und Luichtgen am gleichen Abend im Kessel zu treffen. Das hatte Rufus erstaunt. Quirin war ihm nun seinerseits eine Erklärung schuldig. Mit von Kummer gefurchter Stirn gab er sie: »Du mußt wissen, lieber Rufus, daß hier seit einigen Wochen ein Mönch unter den Bettlern der Stadt einhergeht. Er hält seltsame Predigten über die Verderbtheit der Reichen, ganz im Stil dieser Müntzerschen Reden. Doch fordert er nicht zum Kampf im Namen Gottes auf. Er ermutigt die Schwächsten und Falschesten unter uns, sich mit Trick und Betrug ihr Scherflein am Reichtum der Pfeffersäcke und dicken Pfaffen zu holen. Er wiegelt die Armen auf und verspricht ihnen dann eine Unterweisung im falschen Bettel, der angeblich gottgefällig ist, weil ein jeder Arme das vollkommene Recht auf Gewalt gegen die Herren habe, deren Zeit nun vorbei sei.«

Rufus schüttelte wütend den Kopf. »Nie hat Müntzer so etwas gepredigt. Er las uns zwar auch vom Schwert aus der Schrift, aber es ging nicht darum, daß wir den Platz der falschen Herren einnehmen sollten. Das verstand er gewiß nicht unter einer göttlichen Ordnung auf Erden, sondern nur, daß ein jeder, egal in welchen Stand er geboren wird, gleich ist vor Gott, ob er nun Bauer ist oder Edelmann, ja selbst die Juden und Türken nannte er Gottes Geschöpfe und forderte das göttliche Recht für sie.«

Luichtgen, wiewohl er keineswegs von aufrührerischer Gesinnung war, erkannte den gewaltigen Unterschied zwischen den Bestrebungen Müntzers und denen des Mönches im weißen Habit. »Dagegen ist der Dominikaner fürwahr ein falscher Prediger, ein scheußliches Schandmaul«, sagte er wütend. »Heut' abend will er wieder eine große Versammlung im Kessel halten und verspricht große Unterweisung in den Praktika der falschen Bettelkunst. Wir möchten dich bitten, uns zu begleiten und dir das anzuhören.«

Rufus bemerkte, daß die beiden sich ernste Sorgen über die Vorgänge machten.

Quirin erklärte dem Bauern, warum: »Es ist nicht gut, wenn einer wie er unseren ganzen Stand in Verruf bringt. Leicht kann die Stadt sich wieder anders besinnen und zur Jagd auf die Bettler blasen. Zur Zeit sind wir gelitten, doch immer wieder gibt es Edikte und Erlasse, mit denen man uns aus den Mauern verweisen will. Die Bettler haben einen schweren Stand. Jetzt, da die christliche Ordnung, das Gebäude Gottes, von allen Seiten her angezündet wird, könnte es gerade uns und allen, die bislang gleichsam im Keller dieses Hauses geduldet wurden, an den Kragen gehen. Was aber soll mit uns geschehen, wenn man uns aus den Städten und Dörfern prügelt? Wir würden elendiglich verrecken. Es gibt nur wenige Spitäler, die Armenpfründe und kleine Arbeiten vergeben. Niemand nimmt sich unser an, nicht die Stadtherren, nicht die Landherrn, nicht der Kaiser.«

Das hatte Rufus rasch verstanden. Es war mit den Bettlern also so wie mit den armen, unfreien Bauern, sie hatten keine Rechte und waren schnell für vogelfrei erklärt. Doch was konnten Quirin und Luichtgen schon tun gegen einen Anstifter wie Claudius, der zudem unter dem Schutz des Bettelvogts stand? Quirin wußte es ebensowenig wie Luichtgen, doch der Regent der Bruderschaft hoffte auf den Bürgermeister und die Schöffen zu Zülpich. »Sie halten ihre schützende

Hand über unsere Bruderschaft und sind vernünftige Herren; vielleicht können wir ihnen von den Umtrieben des Dominikaners berichten.«

Eben dieser betrat nun die Gaststube in Begleitung des Bettelvogts. Der befahl den ärgsten Buben, Ruhe zu halten und dem Mönch zu lauschen, »der euch viel Hochnützliches über die Hoffart und Einfalt der reichen Bürger mitzuteilen hat.«

Diejenigen, die die Predigten des Claudius bereits kannten, gaben sofort Ruhe, denn tatsächlich sprach der ihre Sprache, er wußte, seine Predigten mit rotwelschen Brocken der Gauner zu spicken und höchst amüsant zu machen. So auch jetzt. Nach wenigen Sätzen lauschte die Versammlung aus Krüppeln und Strolchen, echten und falschen Bettlern gierig dem hageren Mann mit den lodernden Augen.

Entsetzt bemerkte Rufus, wie sehr der Mönch die Worte Müntzers verdrehte, so daß sie zur bösen Parodie des gerechten und aufrechten Predigers wurden. Wie konnte ein Mann zu solcher Falschheit fähig sein? Das Volk in der Gaststube aber nahm alles für bare Münze. Selbst die unter ihnen, die zwar arm im Geiste aber nicht wirklich falsch im Herzen waren, schenkten vor allem den verdrehten Bibelzitaten Glauben. Und als Claudius dann eine weitere Lektion im gewitzten Betteln versprach, lauschten sie alle atemlos, begierig zu lernen.

»Ich beginn' heut' mit den Seffern, welches Bettler sind, die streichen sich mit einer Salbe an, die heißt Oben und Oben, und legen sich dann vor die Kirche. So werden sie verwandelt, als ob sie lange krank gewesen wären und als ob ihnen Antlitz und Mund voll faulendem Gebrest und Geschwüren seien. So schauderhaft sehen sie aus, daß kein Vorübergehender ihnen das Almosen verweigern mag. Doch wenn die Seffer drei Tage später ins Bad gehen, so geht alles wieder ab, und sie sind so frisch wie der Tau auf dem Feld.«

Begeistertes Murmeln hob unter den Gästen an.

»Du da, Bursche«, rief nun Claudius und zeigte auf einen kräftigen, jungen Zecher mit dem Spottnamen Duldendung, der schlecht als Bettler gehen konnte und sich mit kleinen Taschendiebstählen nährte. »Komm her, ich will dir etwas von der Salbe aufstreichen.«

Angefeuert von seinen Saufkumpanen, Hundequast und Schleifenbeck, und um nicht als Feigling dazustehen, schlurfte der Kerl schließlich feixend zum Prediger herüber, der auf einem umgekippten Kasten stand.

Claudius zog ein Salbendöschen hervor, nahm ein schmutziges Leintuch und tauchte es in die Salbe. Die strich er dem jungen Burschen auf die Wangen. Der drehte sich, stolz über seinen Mut, zu den Zuschauern um und lächelte triumphierend.

»Wir wollen was sehen, Mönch, wir wollen was sehen«, grölten die Gäste. »Habt noch ein Weilchen Geduld«, mahnte Claudius und erzählte von weiteren Betrügereien.

»Sehr gutes Brot machen auch die Dopfer, das sind Bettler, die sagen, sie gehörten zu einer Kapelle oder Kirche, die arm sei, und sie heischen nach Flaschgarn fürs Altartuch oder Bruchsilber für einen Kelch und Wachs für die Kerzen. Die frommen Leut geben ihnen gern, denn ...«

An dieser Stelle wurde er vom entsetzten Schrei einer jungen Dirne unterbrochen, die vorher mit dem Burschen geschäkert hatte, dem Claudius seine Salbe aufgestrichen hatte. Alle Blicke wandten sich nun wieder dem Kerl zu, der sich schrecklich verwandelt hatte. Seine Wangen waren aufgesprungen und von dicken roten Flechten überzogen, die Augen waren ihm halb zugeschwollen, die Lippen rissig, er sah zum Gotterbarmen aus. Doch schien er keine Schmerzen zu spüren und bat nur um einen Zinnteller, in dem er sich spiegeln könnte. Als er sein verunstaltetes Gesicht sah, wich er entsetzt zurück.

»Ihr Teufelskerl«, schrie er, »was habt Ihr getan?« Es schien, als wolle er auf den Mönch zustürzen, die Knechte des Bettelvogts hielten ihn zurück, und der Dominikaner stieg lässig von seiner Kiste. »Gib Ruh, du Tor! Ich kann dich schnell wieder kurieren.« Damit nahm er wieder das schmutzige Leintuch, ließ es vom Wirt in einen Bottich Wasser tauchen und rieb und wischte das Gesicht des Burschen, der mit eisernem Griff von den Knechten gehalten wurde.

Und wirklich, nach wenigen Minuten war sein Gesicht wieder so klar wie zuvor, nur die immer noch leicht geschwollenen Augen erinnerten an die schreckliche Fratze, die sein Gesicht eben noch gewesen war.

Alle bedrängten nun Claudius, ihnen von der Salbe zu geben, doch der hob beschwichtigend die Hände und erklärte, er und der Bettelvogt würden am Ende bestimmen, wer von ihnen zum Seffern oder Dopfern tauge, und wer besser mit einem anderen Trick, als falscher Blinder etwa oder Irrsinniger, unter die Leute gehe.

»Das Betteln ist ein Kunst, für die jeder ein gewisses Talent besitzen muß. Der Bettelvogt kennt die meisten unter euch gut; wartet also ab, bis ich euch mit anderen listigen Foppereien vertraut gemacht habe, dann werden wir unter euch wählen.«

Gut eine Stunde noch sprach Claudius, wobei er immer wieder rotwelsche Brocken wie färben, was soviel wie betrügen, oder Lefrantz, was Priester hieß, einstreute. Am Ende hatte er einen ganzen, schrecklichen Bilderbogen von gemeinsten Betrügern entfaltet. Von falschen Pilgern, die Hühnerknochen für heiliges Gebein ausgaben, von Frauen, die eine Schwangerschaft vortäuschten und obendrein geliehene Kinder an den Händen führten, bis hin zu Vagierern, die Zaubersprüche gegen Blitz und Hagel an ängstliche Bauern verkauften, und ganz gewissenlose Kerle, die beim Henker das Bein oder den verwesenden Arm eines Galgenvogel kauften und sich an die eigenen Gliedmaßen banden. Das waren die Klenker. Und zu Rufus' ganzem Entsetzen wollte Claudius eben diese Kunst an ihm vorführen.

»Du, Kerl, eignest dich gut mit deinem abgehauenen Arm. Mit einem toten, schwärigen Totengebein wirst du ein Vielfaches von dem bekommen, was du mit deinem Stumpf einheimst.« Begleitet von Luichtgen und Quirin, der sein Gesicht wie ein Aussätziger unter einem Kopftuch verbarg, damit der Bettelvogt ihn nicht erkenne, machte der Bauer sich davon. Verfolgt von dem Gelächter des Gesindels und der Dirnen, die Claudius wie einen zaubermächtigen Götzen feierten. Willig ließen sie sich daraufhin ihre Rollen zuteilen und sich vom Mönch ausrüsten, der dafür einen fast lächerlich geringen Anteil am erbettelten Einkommen einforderte. Keiner von ihnen ahnte, daß sie alle für Claudius nicht mehr als wertvolle Werkzeuge eines bösen und weit ehrgeizigeren Plans waren, der nur ihm selbst und dem Herrn von Bogenwald zu Nutzen gereichen würde.

21.

Die Richterdiener wagten es am anderen Morgen nicht, dem Grafen, seinem Landsknecht und dem Kapuzinermönch den Zutritt zum Turmzimmer des städtischen Gewaltrichters zu verwehren. Herrisch und selbstbewußt war der Auftritt des Edelmannes, dem Gertrud einige vornehme, kostbar gestickte Kleider und ein Samtbarett mit frisch aufgesteckten Reiherfedern geliehen hatte. So betrat die kleine Gruppe das Zimmer in eben dem Moment, als auch diejenigen Delinquenten und Ruhestörer, die in den vorherigen Nächten festgenommenen worden waren, zum ersten Verhör hereingeführt wurden.

Ein Ehebrecher wurde zuerst vernommen. Als er sich verstockt zeigte, drohte der Gewaltrichter mit einer peinlichen Befragung unter der Folter unten im Turmkeller. »Die Henkersknechte sind rasch bestellt, also besinne dich«, sagte er drohend, »dann kommst du vielleicht mit einer Geldbuße davon.«

Der kleine Sünder hatte ein Einsehen und berichtete von seinem Besuch in einer Badestube am heiligen Sonntag, wo er im großen Zuber gemeinsam mit etlichen hohen Herren gezecht und hernach auch ein Mädchen sich genommen und in die Dachkammer des Baders geführt habe, wo sie gemeinsam Unzucht getrieben hätten.

Die Schreiber kritzelten alles eifrig mit, die Tinte spritzte nur so von ihren frisch geschabten Kielen. Der Fall war jedoch schnell zu den Akten gelegt; tatsächlich mußte der betrügerische Ehemann nur eine Geldstrafe ableisten, dann war er frei und hatte nur noch die peinliche Strafe seiner Gattin zu erwarten.

Härter ging man freilich mit der bei ihm erwischten Dirne ins Gericht. Mehrfach hatte man sie, eine gewisse Elsgen, schon als Hure aufgegriffen. Alles Leugnen von ihrer Seite war zwecklos. So warf sie dann stolz ihren Kopf in den Nacken, streckte gar provozierend ihre hochgeschnürten Brüste vor und spitzte die rot geschminkten Lippen.

»Ja«, sagte sie trotzig, sie habe im bezeichneten Badehaus ihre Liebesdienste angeboten, mehrfach und auch an »die höchsten Herren«, sagte sie spitz und schaute dem Gewaltrichter keck und anzüglich ins Gesicht. Der blieb hart, fackelte nicht lange und verurteilte sie zu drei Stunden im Drillhäuschen auf dem Alten Markt, ein nach allen Seiten einsehbarer Käfig, in den Übeltäter gesperrt und vom Volk begafft, beschimpft und mit allerlei Unrat beworfen wurden. Hernach sollte sie mit bloßem Oberkörper und unter Rutenhieben aus der Stadt gewiesen werden.

Würde man sie dann noch einmal innerhalb der Mauern Kölns erwischen, so wäre ihr die Brandmarkung gewiß. Die Dirne hob darauf ein großes Zetern an, einer der Kerkerwächter versetzte ihr schließlich einen Hieb, der ihren Kiefer krachen ließ, und sie wurde herausgeschleift.

Dann waren Katharina und Sebastian an der Reihe. Die Anklage lautete tatsächlich auf Unzucht in einer Kirche nahe dem Friesenwall. Sowohl Sebastian als auch Katharina bestritten die Vorwürfe, mit leisen, aber festen Stimmen. Die Anwesenheit ihrer Freunde hinter den Schranken gab ihnen Zuversicht. Bevor der Richter beide näher befragen konnte, bat in wohlgesetzten Worten der Graf von Traubstedt um die Erlaubnis zur Rede.

Da er reich gewandet, von edler Gestalt und vornehmem Antlitz war, ließ der Gewaltrichter ihn vortreten. Dann warf er einen Blick auf die Papiere, die die Herkunft des Grafen bestätigten. »Wohlan, was habt Ihr für eine Aussage zu machen?«

»Ich bin hier, um den beiden Leuten, welche zu meinem Herrschaftsbereich gehören und mir wohlbekannt sind, ein gutes Leumundszeugnis auszustellen.« Damit winkte er Michael und den Mönch herbei, die dem Richter die gefälschten Urkunden über beide vorlegten. Der las sie mit kritischem Blick genau durch und blickte dann wieder den Grafen an. »Guter Mann, ich will Euch glauben, daß diese beiden bis zur besagten Nacht anständige Leute waren, doch wie steht es mit den Vorwürfen, die uns von den Stockknechten zu Ohren gekommen sind?«

Fresenius atmete bei dieser Frage erleichtert auf. Der Dominikaner war also noch nicht selbst und mit anderen Anschuldigungen aufgetreten.

Der Graf räusperte sich. »Ich selbst habe die beiden, die mich auf einer Reise hierher begleitet haben, gebeten, in der Kirche eine Opferkerze zu entzünden. Ein armseliger Kölner

Spießbürger gehörte zu meinem Trupp, der für den Kaiser in Pavia kämpfte. Er wurde in einem Scharmützel tödlich getroffen; und bevor er starb, habe ich ihm zugesagt, in der genannten Kapelle eine Kerze für ihn zu entzünden und um sein Seelenheil zu beten, und zwar in eben dieser Nacht und zu eben dieser Stunde, weil er zur gleichen Zeit vor zwei Jahren ins Feld gezogen ist.«

Der Gewaltrichter schürzte zweifelnd den Mund. »Warum schickt Ihr Gesinde, um diese Ehrenpflicht zu erfüllen?«

»Hoher Richter, ich selbst hatte dringliche Geschäfte im Haus des achtbaren Ansgard Tuchscherers zu erledigen, seine Frau wird es Euch bezeugen können. Und es handelt sich bei den beiden Beklagten nicht um Gesinde, sondern um die mir verlobte Katharina Cronenbergh und ihren Bruder, wie Ihr den Papieren entnehmt.«

Ein Getuschel ging ob dieser wunderlichen Wendung durch den Saal. Es entsprach zwar durchaus den üblichen Rechtsbestimmungen, daß sogar eine Dirne durch Heirat mit einem unbescholtenen Mann ehrbar gemacht und begnadigt werden konnte, doch das geschah höchst selten, da ein noch so leiser Verdacht von Unmoral immer wie Pech an der Frau und dem Mann kleben blieb. Und nun bekannte sich ausgerechnet ein Graf zu einer laut ihren Papieren zwar freien, aber doch niederen Person, die weit unter dem Grafen stand. Katharina und Sebastian bemühten sich, ernste und gleichgültige Gesichter zu machen, doch in ihnen tobten die unterschiedlichsten Empfindungen. Furcht und Hoffnung stritten miteinander, und in Katharinas Herz blitzte wieder etwas von ihrem schalkhaften Wesen auf, das sich über diesen Schelmenstreich des Grafen köstlich amüsierte.

Die Schreiber hielten ihre Federn in die Luft und blickten gespannt zum Gewaltrichter herüber, der sich den Fall ernstlich durch den Kopf gehen ließ. Unter den anderen Delinquenten erhob sich ein neidisches, ungläubiges Zischen. Wie es nun mal Art einiger Strolche war, gönnten sie vor allem ihresgleichen kein Quentchen Glück.

Die Richterdiener mahnten zur Ruhe und hoben drohend ihre Stöcke.

Schließlich lehnte der Richter sich in seinem reich geschnitzten Stuhl zurück, er hatte einen Entschluß gefaßt, der ihm fast salomonisch erschien. Er wollte die Rechtschaffenheit dieses Kaiserritters auf die Probe stellen, sollte er doch vor aller Welt beweisen, daß er so aufrichtig war, wie er tat.

»Gut, ich will Euch glauben und beide in Frieden entlassen, wenn Ihr hier vor meinen Augen die Trauung mit der Magd vollziehen laßt. Mir scheint, daß dies kein zu großes Verlangen ist, wenn Ihr es ehrlich meint. Die erforderlichen Papiere sind vorhanden, nach einem Priester ist rasch geschickt.«

Noch bevor der übertölpelte Graf etwas antworten oder gegen die dem Vorschlag zugrunde liegende Kränkung lospoltern konnte, ergriff Fresenius das Wort. »Eine weise, gerechte Entscheidung, Herr. Der Priester tut nicht not, ich selbst werde den Grafen und die fälschlich beschuldigte Katharina Cronenbergh trauen, so wie es geplant war.«

Katharina wurde bleich und wagte nicht zu atmen. Der Graf sog hingegen hörbar die Luft ein und stand bewegungslos mit vollgepumpter Brust.

Mit Mühe unterdrückte hingegen Sebastian einen Schrei, seine Kehle brannte und schnürte sich zu unter den Bemühungen, seinen bittersten Schmerz zu unterdrücken. Das alles nahm einen völlig falschen Lauf, um diesen Preis wollte er seine Freiheit nicht. Verzweifelt schaute er zu Katharina herüber, die reglos zum Grafen hinüberstarrte. Ihr Gesicht verriet keine Empfindung; vergeblich versuchte Sebastian, ihren Blick zu erheischen, nicht wissend, daß Katharinas Gehirn nun fieberhaft arbeitete. Sie erwog, der Farce ein Ende zu setzen, niemand konnte vom Grafen einen solchen

Schritt verlangen. Schon gar nicht sie, eine kleine, armselige Melkmagd, die unter seinem hochherzigen Schutz als Gauklerin durch die Lande zog.

Nicht einmal in Fieberträumen hätte ihre Seele ein solches Bild gemalt. Sie als Braut eines Grafen von Traubstedt. Mochte er vielerorts von seinesgleichen geächtet sein, er blieb, was er von Geburt an war, ein Edelmann von altem Adel. Sie öffnete den Mund, um etwas zu sagen, doch da hatte Fresenius bereits mit der Zeremonie begonnen. Mit laut erhobener Stimme begann er eine Predigt.

Er sprach schließlich rituelle Formeln auf Latein, wobei er die Stimme zu einem Murmeln senkte und die Zuhörer Mühe hatten, ihn zu verstehen. Den meisten war das Lateinische fremd. Auch der Gewaltrichter beherrschte nur den einen oder anderen juristischen Brocken, kannte lediglich das Küchenlatein der meisten Kirchendiener, und so bemerkte keiner von ihnen, daß auch das, was Fresenius vortrug, im Lateinischen wohl kaum viel Sinn gemacht hätte.

Auch der Graf bemerkte nichts. Fresenius war zufrieden mit seiner Finte. Nie hätte er reinen Herzens eine falsche Trauung vollziehen können. Würde das ein Spaß, wenn er seinen tolldreisten Streich hinterher in der fröhlichen Runde seiner geretteten Freunde zum besten geben würde.

Schließlich ließ er den Grafen ein Gelöbnis sprechen, das nicht mehr war als ein Ausdruck über die Freude zu leben, und überzeugte auch Katharina mit einem schelmischen Zwinkern, daß sie sich keine Sorgen zu machen brauche und unbekümmert ihr Ja sprechen könne.

Erst als die beiden sich dem Schein nach die Ehe versprochen hatten, fiel sein Blick auf Sebastian. Der arme Bursche war totenbleich, sein Körper zitterte, sein Blick war schmerzerfüllt. Der Richter beglückwünschte gerade das Paar und wollte sie mit einigen Worten verabschieden, als Sebastian auf die Knie fiel und mit schriller, sich überschlagender

Stimme schrie: »Ich aber bin schuldig, denn ich habe meine Schwester als Frau begehrt und wollte ihr Böses. Laßt sie in Frieden ziehen, mir gilt diese Gnade nicht.«

Katharina wollte auf ihn zustürzen, um zu retten, was nicht mehr zu retten war. Der Graf hielt sie fest beim Arm, in ihm tobte eine ohnmächtige Wut. Er wußte, was Sebastian zu dieser falschen Aussage bewogen hatte. Ach, diese verfluchten, verliebten Toren, aus übervollem Herzen richteten sie den größten Schaden an.

Es war zu spät, Sebastian konnte seine Worte nicht mehr zurücknehmen, und der Gewaltrichter befahl seinen Dienern, den Mann, der sich der versuchten Blutschande und damit einer Todsünde sowohl vor Gott als auch vor der Welt bezichtigte, abzuführen und einer peinlichen Befragung zu unterziehen. Man brauchte genauere Fakten, um ihn dann dem erzbischöflichen Greven, der allein über Leben und Tod richten durfte, zu überstellen.

»Er ist unschuldig, es ist nicht wahr, es ist nicht wahr«, schrie Katharina unter lautem Schluchzen. Damit mehrte sie nur den Verdacht gegen Sebastian, denn der Richter nahm nun an, daß auch sie ihrem Bruder über das erlaubte Maß hinaus zugetan war.

Der Graf zerrte sie aus dem Saal, bevor der Richter Unmut äußern konnte. Fresenius und Michael folgten mit bedrückten Mienen. Sebastian war des Todes, es gab keinen Zweifel und keinen noch so listigen Trick, um ihn aus den Klauen der Halsgerichtsbarkeit zu befreien. Das war um so grausamer, da er bereits mit einem Bein wieder in der Freiheit gestanden hatte. Katharina war kaum mehr zu beruhigen, der Mönch ging schließlich neben ihr her und sprach murmelnd Gebete, er wagte nicht, seine List aufzudecken.

Der Graf schritt zornig durch einige Äcker und Gärten auf den Stadtkern zu. Warum war Sebastian nur so dumm gewesen? Einzig Michael war es aufrichtig weh ums Herz,

Sebastians beherzte Selbstanklage erinnerte ihn an seine Trauer um Susanna, die er ebenso aufrichtig geliebt hatte, auch wenn er seine Trauer über ihren schrecklichen Tod meist gut zu verbergen wußte, vor der Welt und sogar vor sich selbst.

In dunkelste Gedanken versunken, lenkte die Gruppe die Schritte auf das Haus des Kaufmanns zu, keiner von ihnen hatte einen Blick für die eifrig hämmernden Zimmersleute, die Fuhrknechte oder Flaggenhisser, die Köln für den hohen Besuch putzten, säuberten und schmückten.

22.

Der Tag war strahlend schön, die Septembersonne überglänzte den Rhein und die Gassen und bestickte die Wiesen mit goldenen Flecken. Mit großem Gepränge und stattlichem Gefolge ritt der Gesandte des Kaisers mit wohl hundert Mann im Gefolge auf dem Alten Markt ein. Die Pracht des Aufzuges ließ die Ratsherren ihre Enttäuschung darüber, daß nicht der Kaiser selbst erschien, da er sich mit Frankreich in ernsten Händeln befand, verblassen. Dem von ihm gesandten hohen Würdenträger, einem spanischen Granden, folgten neben dem eigenen Hofstaat kölnische Reiter, die Mönche der Domstadt trugen prächtige Kreuze. Sämtliche Kirchenglocken läuteten mit voller Kraft, dazu wurden Salutschüsse aus den glänzend polierten städtischen Hakenbüchsen abgefeuert, die so laut donnerten und knallten, daß es manchen Bürger das Fürchten lehrte.

Aus allen Fenstern flatterten die farbigen Flaggen der Stadt, der Zünfte und zu Ehren des hohen Besuchs auch die Reichsbanner. Aus einem großen Käfig hinter dem Rathausturm entließ man einen Schwarm weißer Tauben, der sich in einer prachtvollen Wolke in die Lüfte schwang. Die Stadtbläser stießen in die Fanfarenhörner, der strahlende Klang verflocht sich mit der Musik fürstlicher Trompeter und den dumpfen Schlägen der Kesselpauken.

In ihren prächtigsten Ratsgewändern, mit blinkenden Amtsketten behangen, standen die Mächtigen der Stadt auf einer Tribüne, um den Vertreter des Herrschers vom Heiligen Römischen Reich Deutscher Nation zu empfangen und ihm zu huldigen.

Es gab viel zu beraten, zu besprechen und natürlich zu feiern. Der Gürzenich, jenes prachtvolle, mit Zinnen bekrönte Festhaus, dessen großer Saal an die viertausend Menschen faßte, war gerüstet für Tanz und Bankett. Im großen Festsaal, der 24 mal 55 Meter maß, war längs der Seite nach Sankt Marien von den Zimmerleuten ein Podest gebaut worden, darauf waren lange Tafeln gesetzt worden, hinter denen der Kaisergesandte mit seinem Gefolge auf den kostbarsten, mit weichen Kissen belegten Stühlen Platz haben sollte.

Die mächtigen Steinkamine waren sorgfältig gekehrt und gefegt worden. An den Wänden hingen die schönsten Tapisserien und Teppiche; über dem reich geschnitzten Stuhl des Granden, der noch vom kaiserlichen Besuch im Jahre 1520 stammte, hatte man einen goldenen Tuchhimmel angebracht, auf den man Edelsteine gestickt hatte. Gegenüber war ein Tresor – eine Holzbank zur Ausstellung von Schätzen und Prunkgeschirr – aufgeschlagen, auf dem das Silber und Tafelgeschirr der Fürsten und auch das Ratssilber seinen Platz finden sollten.

An den unteren Tischen längs der Querseiten des Saales standen die Tische für Rat, hohe Bürgerschaft und Kaufmannsgilde. An nichts herrschte Mangel, und es sollten nicht weniger als 1366 Schüsseln mit Speisen aufgetragen werden, mit achtzehn Gerichten, meisterlich und wohl zubereitet.

Seit einer Woche briet und buk ein Stab von zehn Küchenmeistern unter Befehl des Stadtkochs und dazu an die hundert Mägde, Feuerknechte und andere Handlanger, um dem verwöhnten Edlen das hochherrschaftliche Mahl zu bereiten. Auf dem Fischmarkt hatte man auf Ratskosten tonnenweise grünen, also fangfrischen Fisch, Rheinsalm, Forellen und Flußkrebse gekauft, in der Fleischhalle nur die besten Ochsen, Lämmer und einige junge Ferkel schlachten lassen, das frische Geflügel hatten Bauern gebracht und das Wildbret der Erzbischof von seiner eigenen Jagd bei Godesberg in die Stadt geschickt. Dazu gab es jedes denkbare Gemüse und allerlei Spezereien von den Orienthändlern und Gewürzkrämern.

Die Luft rund um den Gürzenich war fett gewürzt mit den köstlichsten Düften. Die Plätze und Gassen rund ums Rathaus vom gröbsten Unrat befreit. Die herumlaufenden Schweine hatte man einsperren lassen, streunendes Vieh in Verwahrsam genommen und einen jeden Bürger auf Reinlichkeit verpflichtet. Selbst das Nachtgeschirr, so hatte der Rat angeordnet, durfte während des kaiserlichen Besuchs nicht in die Gassen geleert werden.

Hinter Gattern und Zäunen längs des Alten Markts drängten sich nun die Bürger und viel gemeines Volk, um den Einzug des Kaisergesandten zu verfolgen und zu bejubeln. Drei Tage des Feierns, der köstlichsten Vergnügungen, der hemmungslosen Völlerei und zügelloser Besäufnisse lagen vor ihnen, egal wie reich oder arm sie waren. Die Stadt sorgte an solch hohen Tagen für jedermann und zeigte sich auch sonst großzügig, solange es keiner zu arg trieb.

Selbst die stadtfremden Bettler und Gaukler, Quacksalber und fahrendes Volk waren zu diesem Anlaß willkommen. Sie sollten für die Unterhaltung des einfachen Volks sorgen, damit man im Tanzhaus selber ungestört und unbehelligt feiern konnte.

Bruder Claudius hätte sich für die Ausführung seines Planes keine bessere Gelegenheit wünschen können. Die ganze Stadt würde Zeuge seines ausgeklügelten Spektakels werden, in jede Ecke und durch jede Ritze würde Panik und Schrekken dringen. Der Bote des Kaisers sollte einen Totentanz erleben, wie ihn noch kein Dichter besungen und kein Maler bebildert hatte.

Unter einem Mauerbogen längsseits zum Marktplatz stehend, inspizierte der Dominikaner jetzt mit Befriedigung die Reiterschar im Gefolge des Kaisergesandten. Darunter entdeckte er auch das Banner des Bogenwaldlers, der es geschickt verstanden hatte, sich dem städtischen Troß der Zunftmeister, Patrizier und Kaufmannsgilde anzuschließen, und dem hohen Besuch über die Trankgassenpforte zum Rhein entgegengeritten war. Dort hatte man den stolzen Grande mit dem glänzend schwarzen Backenbart und der Prunkrüstung und sein prächtiges Geleit aus Fürsten, Grafen, Edelleuten und Reisigen willkommen geheißen, nachdem sie alle die Schiffe verlassen hatten.

Endlich einmal, dachte Claudius zufrieden, wußte sich der Ritter zu zügeln und den höfischen Regeln Genüge zu tun. Wiewohl der nicht viel vom Kaiser hielt, den er wie nahezu alle seine Standesgenossen für den Niedergang des Reichsrittertums verantwortlich machte und sich deshalb lieber selbst in der Rolle des freien, vom Kaiser unabhängigen Landesherrn gesehen hätte, lockten ihn die Pracht und der höfische Prunk.

So reich und edel war alles bestellt, von den bunt beflaggten Schiffen der kaiserlichen Flotte bis hin zu den aus Silber geschmiedeten Prunksporen der Reiter, daß er sich gern unter den Edlen tummelte.

Gewiß würde er seine Chance nutzen, so wußte Claudius, um sich bei den Höflingen und hohen Beamten des Kaisers von Nutzen zu zeigen. Er kleidete sich in angenehme Manieren, und niemand argwöhnte hinter seiner edlen Erscheinung die ganze Verderbtheit und Falschheit seines Charakters.

Der Domenikanermönch, von dem Schauspiel inzwischen gelangweilt, schlängelte sich durch die jubelnde Zuschauermenge in Richtung des Heumarkts. Hier hatten allerlei Fahrensleut' bereits ihre Buden und Bretterbühnen aufgebaut, Puppenspieler übten ihre Possen; man stach die ersten Bierfässer an und zapfte den Wein auf Krüge in Erwartung der durstigen Schaulustigen, die herbeiströmen würden, sobald der kaiserliche Gesandte im Rathaus verschwunden wäre und die Zimmerleute auf dem Alten Markt mit dem Aufbau der riesigen Brettertische und Bänke beginnen würden, an denen der Rat am kommenden Tag die Armen, die Tagelöhner, die kleinen Handwerker und andere einfache Leut' freihalten würde. Die Stadtherren hielten es nach den kurz aufgeglommenen Handwerkerunruhen im Juni für ratsam, sich nicht unter den Augen des Volks dem unglaublichsten Festschmaus im Gürzenich hinzugeben, ohne die Gemeinen selbst schadlos zu halten.

Bruder Claudius strebte an den Ständen und Buden auf dem Heumarkt vorbei auf die Fleischhauerhalle zu, die nah beim Rheinhafen stand. Er hatte noch eine Botschaft auf den Weg zu schicken. Neben den Schlachtern, Metzgern und Fleischmengern trieben sich hier auch immer kleine Burschen herum, die sich für innerstädtische Botengänge anboten.

Einen von ihnen fand Claudius noch vor dem Eingang zur Halle, die er wegen ihres infernalischen Gestanks gern mied. Er gab dem zerlumpten Kerl ein Paar kölnische Fettmännchen, kleine Münzen, wie man sie den Bettlern gern zuwarf, und schickte ihn mit einem kleinen gefalteten Papierchen los. Die Botschaft war kurz und handelte vom Kaufmann Ansgard, der seine Schuldigkeit getan hatte. Zufrieden und in böser Vorfreude rieb der Dominikaner seine dürren

Hände und lächelte aasig im Schatten seines Kapuzenmantels.

Ein einziger Tropfen bittere Galle verdarb ihm die vollständige Freude. Es war diese Geschichte um Katharina, die ihm mit Hilfe dieses verfluchten Grafen und des Mönchs tatsächlich entschlüpft war, wie er am Morgen bei einem Gerichtsbesuch erfahren hatte. Trotz seiner unmäßigen Wut hatte er es vermieden, vor den Turmwächtern weitere Anschuldigungen gegen einen wie den von Traubstedt und seinen angeblichen Untertanen Sebastian zu erheben. Die Kunde über sein Wirken in den thüringischen Bauernkämpfen war nicht bis Köln vorgedrungen, so galt er hier noch als Edelmann von altem Blut und gutem Herkommen.

Immerhin, den Gaukler Sebastian wollte er nicht auskommen lassen, der saß einer Todsünde wegen nun sicher in der erzbischöflichen Hacht. Er, Claudius, würde gewiß auch die andern noch aufspüren und ihr Treiben unterbinden. Wohler wäre ihm freilich gewesen, wenn er den Aufenthaltsort von Märthe und Fresenius gekannt hätte. Von ihnen, so fürchtete der Mönch, drohte ihm ernste Gefahr, vor allem nachdem er Märthes Pestgift zum Einsatz gebracht haben würde, dessen Wirkung sie nur allzu gut kannte.

Der Botenjunge klopfte heftig an die Tür. Katharina erhob sich von ihrem Platz nah beim Fenster, wo sie Flachs gesponnen hatte, mehr um sich abzulenken, als um Frau Gertrud zu Gefallen zu sein, und klapperte nun auf ihren Holzschuhen zur Tür. Sie öffnete und schaute auf einen schmierigen, kleinen Burschen herab, der sie mißmutig anglotzte.

»Seid Ihr die Frau Gertrud?« fragte er ungeduldig, so als habe er noch viele andere, wichtigere Botengänge zu erledigen. »Nein, was willst du?« fragte Katharina kaum weniger mürrisch.

»Hab' 'n Brief von 'nem Mönch.« Katharinas Herz klopfte

ihr nun bis zum Halse. »Warte, geh nicht weg, oder ich schlag' dich grün und blau«, sagte sie unwirsch und ließ den Kerl unter der offenen Tür stehen. Der zuckte nur mit den Schultern und wunderte sich, was das bedeuten könnte. Als er sich es dann noch einmal recht überlegte, hielt er es für besser, nicht auf weiteren Botenlohn zu spekulieren. Grün und blau, wußte der Teufel, was die Magd damit meinte, besser er machte sich aus dem Staub. Niemand schätzte den Überbringer einer schlechten Nachricht, und außerdem lockte ihn das bunte Treiben rund um den Alten Markt. Als Katharina mit Frau Gertrud und dem Grafen wieder in der Tür erschien, lag nur ein kleines gefaltetes Papier auf der Schwelle. Der Graf schaute die Gasse hinauf und hinab, doch von einem kleinen Botenjungen gab es keine Spur mehr.

Aufgeregt trug Gertrud den Brief in die Stube, wo die anderen Gäste saßen. Keiner hatte Lust verspürt, den Einritt des Kaiserbotschafters zu verfolgen. Sie alle hatten genug mit ihren Sorgen um den Kaufmann und ihrem Kummer um Sebastian zu tun.

Die kleine Marie hatte ihnen unablässig mit bohrenden Fragen nach dem Verbleib ihres geliebten Bruders in den Ohren gelegen. Schließlich hatte Derich, der Schmied, sie auf seine Schultern genommen und versprochen, er würde ihr einen großen Bären zeigen, der seit gestern in einem Käfig auf dem Neumarkt ausgestellt sei und bei dem auch seine Kinder täglich vorbeigingen, um ihn zu foppen und zu bestaunen. So war die Kleine auf eine Weile abgelenkt, die Erwachsenen aber blieben zurück, ihren düsteren Gedanken überlassen, denn der Schmied hatte ihnen keine Hoffnung auf eine Befreiung Sebastians aus der Hacht machen können: »Die Schlösser dort sind so fest geschmiedet, daß selbst der Teufel sie nicht öffnen könnte.«

Die vorweggenommene Trauer um ihren Freund Sebastian, die nur Katharina noch nicht teilen wollte, wurde nun von dem verwirrenden Brief kurz verscheucht. »Was soll das heißen?« fragte Gertrud, nachdem sie ihn überflogen hatte. »Der Kerl schreibt, ich solle meinen Mann morgen abend, Schlag zehn auf dem Alten Markt erwarten? Lebt er denn? Und wie soll ich ihn im Gedränge beim Volksbankett denn finden? Was ist das für ein grausames Spiel?«

Hans, der Drucker, beugte seinen Kopf über das Schreiben, und auch Fresenius starrte auf den knappen, merkwürdigen Brief.

»Das kann ich nicht glauben, daß der Dominikaner plötzlich Erbarmen zeigt und Ansgard laufen läßt«, sagte der Graf hart. Erst als er den schmerzlichen Ausdruck über das Gesicht der sonst so gefaßten Gertrud huschen sah, bereute er seine vorschnell und kalt gesprochenen Worte.

Doch selbst Märthe schwieg und fand keine Erklärung. Ihr war eben die Knappheit der Mitteilung besonders ungeheuer. So verächtlich pflegte Claudius sich auszudrücken, wenn ihm ein besonders gemeines Geschäft gelungen war. Nein, die Botschaft verhieß nichts Gutes. Katharina beteiligte sich nicht am gemeinsamen Rätseln, sie summte leise ein paar traurige Töne, während sie den Flachs unschön zog und zerrte. Besorgt betrachtete Märthe das Mädchen. Sie trug schwer am Schicksal Sebastians, sehr schwer, denn viel zu spät hatte sie bemerkt, daß er ihr von allen, die sie kannte und seit Monaten nun begleitete, der liebste war. Ihr Spott gegen ihn, ihre vermeintliche Kälte und ihr Schalk waren nichts gewesen als törichte Spiele eines Mädchens, das sich aus Angst vor Verletzung gegen ihre tieferen Sehnsüchte versperrte. Sie hatte sich nun in eine Zwischenwelt verkrochen, in der der Schmerz nicht wog, aber in die auch das Licht der Freude nicht vordrang. Nun trug sie eine Wunde in sich, die weit mehr brannte als jeder Kummer eines enttäuschten Liebenden.

Märthe bedauerte das schöne Kind aufrichtig. Katharina

war nie übermäßig eitel gewesen, hatte sich aber im Bewußtsein ihrer Schönheit zu abweisend und spröde gezeigt, da sie hinter der Bewunderung oder dem Begehren, das man ihr entgegenbrachte, stets schlechte Absichten vermutete. Das Geständnis Fresenius' über die gefälschte und damit ungültige Trauung mit dem Grafen hatte ihren Verlust nur verschärft. Damit war Sebastians Selbstopfer vollends unsinnig.

Märthe befürchtete, daß Katharina sich zu etwas Verzweifeltem entschließen könnte, nur um sich von ihrer vermeintlichen Schuld an Sebastian reinzuwaschen. Könnte sie doch in das Herz dieses Mädchens blicken, doch diesmal versagten ihre seherischen Gaben, denn Katharina entzog sich ihr ganz und gar.

Kreischend und mit sich überschlagender Stimme beschimpfte die Kupplerin in der Hundsrücken-Gasse den Mönch.

»Du Hundsfott, Sausack von einem schmierigen Pfaff, du wagst es, mir die Plage ins Haus zu holen! So haben wir nicht gewettet, du Teufel, es wird dich teuer zu stehen kommen, ich werd' den Stockknechten und dem Bettelvogt Bescheid geben.« Mit diesen Worten drehte sie sich um und wollte durch die Diele zur niedrigen Vordertür entkommen. Die Söldner waren schneller und zogen ihr mit einem mächtigen Hieb die flache Seite ihrer Schwertklingen über den Schädel. Stöhnend brach die Alte zusammen, durch ihre falschen Locken sickerte dick das Blut.

»Bringt sie zum Schweigen – auf immer«, befahl mit dürrer, kalter Stimme Claudius, und die beiden stachen mehrmals heftig zu, bis der Körper der Kupplerin in Fetzen lag. Der betrunkene Knecht lag schnarchend in der winzigen Küche beim Herd. Ihn ließ man leben, sollte er ruhig als Mörder der Moene verhaftet werden, die Söldner drückten ihm einen blutigen Dolch in die offene Hand. Der Betrunkene hatte nichts von dem Unglück bemerkt, das zu dem Ausbruch seiner Herrin geführt hatte.

Als nämlich die Wächter auf Geheiß von Claudius wie an jedem Abend auch diesmal das Faß geöffnet hatten, in dem Ansgard mehr tot als lebendig gefangengehalten wurde, war ein so bestialischer Geruch aufgestiegen, daß die Wirtin von der Küche in den Hof geeilt war. Als sie dann im Schein einer Funzel den schwerkranken Kaufmann zusammengekrümmt und bewußtlos liegen sah, hatte sie schnell die Ursache seines Leidens erkannt. Unter den Fetzen seines einst so prachtvollen, gefälteten Hemdes sah sie die schwarzen Flecken und einige sich bereits aufwölbende Beulen unter einem Arm. Der Schwarze Tod! Wie irre und von Sinnen hatte sie sogleich ein mächtiges Geschrei erhoben, und Claudius, der jeden Zwischenfall vermeiden mußte, hatte ihren Tod beschlossen. Nun standen die Soldaten in der niedrigen Diele vor ihm. Kerle, die weder Tod noch Teufel fürchteten und die beobachtet hatten, daß Claudius mit dem Kranken schon seit Tagen arglos verfuhr. Er nannte diese Form der Pest eine zaubersche, die sich nicht auf andere übertrüge, sondern nur durch sein geheimes Wasser, welches er dem Kaufmann mit Wein vermischt eingeflößt hatte, ausgelöst würde.

Für ihr Ausharren und Stillschweigen hatten die beiden Burschen reichlich Lohn in Form von Golddukaten empfangen, dafür waren sie gern bereit, dem Ritter und dem Mönch bis in die Hölle zu folgen. Claudius befahl ihnen jetzt, den leblosen Körper des Kaufmanns in einen Sack zu stecken und auf eines der beiden Pferde, die draußen in der Gasse angebunden waren, zu legen. Sie taten, wie ihnen geheißen wurde. Eine Glocke schlug draußen die halbe Stunde, als der Sack festgezurrt war. Claudius nahm die Zügel des Pferdes und verabschiedete sich von den beiden Wächtern, die nun unverzüglich zu ihren Kameraden auf dem Waidmarkt stoßen sollten.

»Ich rat euch, ruht euch gut aus, trinkt euch nicht besinnungslos. In den nächsten Tagen werdet ihr einen klaren Kopf und kräftige Arme brauchen.« Damit wandte er sich um und führte das Pferd durch die armselige Gasse weg.

23.

Taghell und golden leuchtete der Festsaal im Tanzhaus Gürzenich. Man hatte auch an Wachskerzen, Spintlichtern und schönsten Fackeln nicht gespart, um den Glanz des Kaisertums ins rechte Licht zu rücken und Dankbarkeit zu bezeugen.

Die Ratsleute waren zufrieden mit den am Tage getroffenen Abmachungen. Der Kaiser hatte mit einer Urkunde die Kölnische Mark zum allein gültigen Münzgewicht im deutschen Reichsgebiet erklärt, und damit winkte nicht nur den Münzwerkstätten, sondern auch dem Handel eine neue Blüte und ein Aufschwung. Zum Dank hatte man den Kaiserboten reich beschenkt mit köstlichen Meisterwerken aus den Händen der Kölner Gold- und Silberschmiede und mit einer großzügigen Gabe an die gefräßige Kriegskasse seines Herrn im fernen Spanien. Des Kaisers Ziel war ein weitausgedehntes, mächtiges Reich und ein unter seiner Herrschaft geeintes Abendland. Dazu brauchte es viel Geld, mehr Geld, als das Haus Habsburg besaß, und so stellte er sich mit den reichen Städten gut, da die Landesfürsten und Kirchenherren ihm wenig zu Willen, oft sogar feindlich gesinnt waren und ihr Vermögen lieber in den Ausbau der eigenen Macht und Herrlichkeit steckten.

Doch in dieser festlichen Stunde dachte niemand, auch der spanische Gesandte, der in prachtvoller Staatsrobe, einem mit Hermelinschwänzen besetzten Mantel, goldenem Wams und geschlitzten Pluderhosen über der Festgesellschaft thronte, nicht an Politik, Krieg und Geschäft. Mit Wohlgefallen betrachtete der hohe Mann die vor ihm aufgetragenen Speisen, unter denen sich die Tische bogen, und kostete von jedem Gericht: den in Honig, Safran und Korinthenpfeffer gebratenen Krammetsvogel, den kunstvoll zur Reichskrone geformten Pastetchen mit der feinen Füllung aus Eichhörnchenfleisch, den Feigen in Wein und was sonst noch aufgetischt wurde.

Freilich hielt er Maß dabei, wie es sich für einen Edelmann mit Neigung zur Gicht und bei einem öffentlichen Bankett ziemte, und weil sein Leibarzt auf die Ernährungslehren des Hippokrates schwor, die Mäßigung verordneten. Sollten die Tumben und die Toren sich draußen auf dem Alten Markt wie die Bauern den Wanst vollschlagen. Er hielt sich an die Sitten des Hofes, die auch die vornehmen Städter an den Tafeln unter ihm mehr schlecht als recht nachzuahmen suchten, sich aber beim Essen schnell vergaßen. Freilich, wo es um die Kleidung ging, erreichten die meisten Pfeffersäcke schon sehr wohl den Stand der Höflinge und Edelleute. Besonders die Männer trieben reichlichen Aufwand, waren mit golden gesäumten und pelzbesetzten Mänteln erschienen. Dem Augenschein wurde viel Wert beigemessen, reiche Kleidung spiegelte für die meisten Reichtum und Stand wieder, da mochten einige Pfaffen wettern, soviel sie wollten, schließlich trugen auch hohe Kirchenherren nur prachtvollsten Purpur und goldgesäumte Mützen.

Auch die Bürgersfrauen brauchten an diesem Abend einen Vergleich mit den höfischen Damen nicht zu scheuen. Ihre samtenen Übergewänder leuchtete in allen Farben, waren mit gesponnenem Gold und Perlen reich bestickt, ihre hochaufragenden verschiedenen Hauben, zweigehörnte und hochaufragende Burgunderhüte darunter, waren von edelstem Tuch und trugen teure Broschen und Edelsteine. Ginge es nur nach Kleidung und äußerem Ansehen, man hätte glauben können, sich unter den Edelsten des Reiches aufzuhalten. Zwar mißfiel dem Kaisergesandten diese Annäherung an die ihm vorbehaltene Prachtentfaltung, doch stand sein Herrscher zu tief in der Schuld vieler Bürger, als daß er sich darüber hätte mokieren können. Erst kürzlich hatte er einen geharnischten Brief vom Jakob Fugger erhalten, der vor sechs Jahren die deutschen Fürsten zur Wahl Karls bestochen hatte und den von ihm ernannten Kaiser nun an seine Geldschulden erinnerte. Kein Zweifel, es gab Bürger, die konnten dem höchsten Herrscher auf Erden ihre Bedingungen diktieren, besser man machte gute Miene zum bösen Spiel, und so lächelte der Grande so breit und herablassend, wie es sein spanischer Stolz nur eben zuließ.

Kritischer betrachtete der Graf von Traubstedt, der neben Frau Gertrud an den Tisch der Kaufmannsgilde geladen worden war, den ihm lasterhaft erscheinenden Luxus, der sich mit Hochmut und hohlem Geschwätz paarte. Reiche Frauen bekrittelten die Gewänder anderer Damen, verurteilten die zu tief gesetzten Ausschnitte oder die zu verschwenderisch aufgesetzten Perlen; und doch entging es keinem, der genauer hinhörte, daß purer Neid ihre Zunge führte. Die Männer prahlten mit ihren Geschäften und klagten zugleich über den allgemeinen Niedergang, ohne zu bemerken, daß beides nicht recht zueinander passen wollte. Waren sie es müde, sich gegenseitig zu übertrumpfen, stimmten sie gemeinsam in die Klage über die allgemeinen Verhältnisse ein, schimpften über die große Zahl der Müßiggänger und Faulpelze, redeten übel von den fremdländischen Handelsherren, denen sie Münzbetrug und falsche Maße unterstellten, wie es von alters her üblich war.

Auch jammerten sie über die zunehmende Unsicherheit auf den nächtlichen Gassen Kölns, die sie jedoch selten betraten. Nicht sie wurden am häufigsten Opfer der Strolche, sondern die Armen, die sich keine sicheren Häuser bauen und ihre wenigen Habseligkeiten schützen konnten.

Der Graf beantwortete Fragen nach seinem Lehensgut und den daraus gezogenen Erträgen einsilbig, um sich nicht zu verraten. Schließlich rettete Frau Gertrud ihn vor einer genaueren Befragung, indem sie behauptete, mit dem Grafen über größere Flachs- und Wollieferungen zu verhandeln, »denn die Qualität der Traubstedtschen Lieferungen ist ja wohl allgemein bekannt«. Damit brachte sie das Thema zu einem Ende, denn niemand wagte es, der reichen Familie Tuchscherer ungewünschte Fragen zu stellen.

Schließlich erlösten die Stadtmusikanten den Grafen und Gertrud von weiterem Geplänkel. Sie spielten jetzt lauter auf, da man dem Kaisergesandten zu Ehren auch einen Tanz halten wollte, bei dem die schönsten Frauen und Jungfrauen der Stadt zunächst paarweise vor ihm auf und ab schreiten sollten, um dann mit den verschiedenen Fürsten Paare zu bilden und schließlich einen Rundtanz zu formen.

Frau Gertrud nutzte die geräuschvolle Kulisse, gezeugt von Zimbeln, Streichharfen, Lauten, Zwerchpfeifen und Trommeln, um den Grafen flüsternd zu fragen. »Meint Ihr, daß es bald an der Zeit ist?« Der Graf schüttelte den Kopf: »Ein wenig müssen wir uns noch gedulden.« Er deutete auf die großen Spitzbogenfenster, durch die noch ein Rest Dämmerung hereinschien. Gertrud versank in tiefes Schweigen. Der Graf ließ nun seinen Blick erstmals in Ruhe durch den Saal, das bunte Treiben und über die anderen Tafeln der Gäste schweifen. Plötzlich erstarrte er, seine Miene verfinsterte sich wie ein Sturmhimmel im Herbst, er biß die Zähne zusammen. Alles in ihm drängte danach, aufzuspringen und sein Schwert zu ziehen, um mit dem Kerl zu kämpfen, den er scherzend und schmeichelnd am Tisch der Fürsten entdeckte: den Ritter von Bogenwald.

Doch er beherrschte sich, neigte seinen Kopf zu Frau Gertrud herüber und flüsterte. »Ich denke, es ist besser, wir nutzen den allgemeinen Tanz, um zu gehen. Dort am Fürstentisch sehe ich den Bogenwaldler. Besser, er entdeckt uns nicht.« Erschrocken, aber so verstohlen wie möglich suchte Frau Gertrud den Fürstentisch nach einem dämonisch dreinschauenden Mann ab und fand keinen.

Daß sich hinter dem dunkel gelockten Ritter mit den edlen Zügen der Entführer ihres Mannes verbarg, konnte sie nicht ahnen. Der Graf hatte sich bereits erhoben, strebte dem Ausgang zu, nicht bereit, ihr den berüchtigten Kerl zu zeigen.

Der aber wandte nun, als habe eine Stimme es ihm eingeflüstert, seinen Blick zum Tisch der Kaufmannsgilde hin. Er kniff überrascht die Augen zusammen. Zum Teufel, war das nicht der Traubstedter? Das beilförmige Gesicht, die dichten Augenbrauen, genauso hatte der Dominikaner ihm den Mann beschrieben. War es endlich so weit, daß ihm, wie von Claudius versprochen, seine ärgsten Feinde wiederbegegnen sollten?

Am liebsten wäre auch er aufgesprungen und dem Kerl gefolgt, der ihm zu Mühlhausen einen so schmählichen und hinterhältigen Hieb versetzt hatte. Doch der Kerl verschwand in Begleitung einer wohlgestalten Bürgersfrau aus dem Saal. Man hätte es am Tisch der Fürsten als echte Beleidigung aufgenommen, wäre er ihnen einfach hinterhergelaufen. Also wandte er sich wieder den Reichsedlen zu und fuhr im Bericht über seinen Feldzug gegen die aufrührerischen Bauern fort. Der Beifall der Edlen schmeichelte ihm nicht eben wenig.

Als der Graf und Gertrud über die steinerne Treppe den Quartermarkt erreichten, umfing sie bereits die Nacht. Doch zu Ehren des spanischen Botschafters waren von hier bis zum Bankett der einfachen Leute auf dem Alten Markt Fackelträger postiert und brennende Pechpfannen aufgestellt worden.

Durch die beleuchteten Gassen gelangten sie schnell hinab zum Markt und staunten über das große Gedränge zwischen den riesigen Tischen.

Überall loderten Feuer, und auf mächtigen Spießen drehte man ganze Ferkel und Ochsen über den hoch aufschießenden Flammen. Bier floß in Strömen und wurde von eigens dafür bestellten Schenkknechten ans durstige Volk verteilt. Hin und her rannten die Speisenträger und Schenke; überall schrie man nach ihnen, und doch hatten alle Mühe, sich inmitten des großen Lärms verständlich zu machen. In Köln verstand man sich auf lärmende Fröhlichkeit.

Zwischen den Tischen zogen allerlei Spielleute, Faxenmacher und Jongleure umher. Der Graf nahm Frau Gertrud des Gedränges wegen einfach bei der Hand, zog sie hinter sich her und hinein ins Gedränge. Er suchte nach Katharina und Hans, die sich als Späher und Spielleute unters Volk gemischt hatten, um nach Ansgard oder etwa dem Dominikaner Ausschau zu halten. Frau Gertrud bemerkte zu ihrem Erstaunen die Vielzahl von merkwürdigen Bettelgesellen, die sich im ärgsten Gedränge tummelten und ihren Wein bereitwillig und seltsam großzügig mit anderen Festgästen teilten, wie es sonst nicht ihre Art war. Ein junger Kerl, den ein anderer als Duldendung anrief, reichte auch ihr keck einen irdenen Krug und forderte sie auf, mit ihm anzustoßen. Der Graf aber blitzte ihn so zornig an, daß er sich schnell verdrückte und lieber einem Fuhrknecht sein Getränk anbot. An einem der vielen Tische entdeckte der Graf schließlich den Schmied Derich, der mit Wenzel gekommen war. Beide drückten puffend und schubsend ihre Banknachbarn zur Seite und boten dem Grafen und Gertrud einen Platz an. Spötter, die sogleich einen bösen Vers auf die feinen Leut' im Schweinestall reimten, brachte Derich mit einer Maulschelle zum Schweigen.

»Habt Ihr etwas Ungewöhnliches bemerkt?« erkundigte

sich der Graf beim Schmied. Der schüttelte nur den Kopf. Doch Wenzel sagte, ihn erstaune die Schar der Bettler, die sich an alle Tische drängten, nicht um zu betteln und zu heischen, sondern um selbst Wein auszuschenken. »Entweder«, so schloß der Dombauschmied, »wollen sie uns necken, oder unter ihnen befinden sich allerlei Taschendiebe. Doch das scheint sehr gewagt, denn der Gewaltrichter hat viele Leute hier zusammengezogen, um das Treiben unter Kontrolle zu haben.« Gertrud bestätigte Wenzels Beobachtung, doch der Graf wußte sich keinen Reim darauf zu machen. »Wir werden Rufus fragen, falls wir ihn hier finden; er sagte, er wolle vorbeikommen.« Also trank man gemeinsam noch einen Schluck des recht anständigen Freibiers, dann zogen der Graf und Gertrud wieder los, um in der Menge ihre Freunde zu finden. Die Glocke schlug nun die halbe Stunde auf neun Uhr. Beide fragten sich, wie sie bis zur vollen Stunde inmitten dieses Getümmels den Kaufmann treffen sollten. Frau Gertruds Aufregung wuchs mit jeder Minute. So lange hatte sie sich in Geduld geübt, doch nun, je näher die Stunde der möglichen Wiederbegegnung rückte, fühlte sie sich, als sei sie unter Folter genommen.

Wie durch ein Wunder trafen sie schließlich an der zum Rhein hin liegenden Seite des Alten Marktes Katharina und Hans, die sich eine kleine Ruhepause gönnten. Hans kaute mit vollen Backen einen mit Krebsfleisch gefüllten Krapfen, den er von einem unbeaufsichtigten Teller stibitzt hatte. Katharina starrte mit leerem Blick in das sie umgebende Gedränge.

Beide wußten nichts zu berichten, außer daß einige Gäste bereits so betrunken waren, daß sie davon sprachen, sie wollten zum Gürzenich gehen und dem Kaiserboten nach kölscher Sitte mit dem blanken Hintern ihre Ehr' erweisen. Einige der Zecher waren darauf hin verhaftet worden, »denn hier geschieht heut abend gewiß nichts«, schloß Hans, »ohne daß es später vor Gericht verhandelt wird.«

Frau Gertruds Hoffnung begann zu sinken, immer näher rückte die neunte Stunde, und es gab kein Zeichen ihres Gatten. Wo auch? Es wäre ein leichteres gewesen, eine Nadel im Heuhaufen zu suchen.

Schließlich läuteten die Glocken die neunte Stunde ein. Der erste, zweite, dritte Schlag verklang. Frau Gertrud hatte die Hände gefaltet, als wolle sie beten, der Graf drückte fest ihren Arm. Nichts geschah, nur auf der gegenüberliegenden Seite des Marktes brach plötzlich, es war beim achten Schlag, ein Tumult aus. Die kleine Gruppe, nur darauf konzentriert, nach dem Kaufmann zu spähen, achtete zunächst nicht darauf. Alles klang wie das Geschrei sich prügelnder Zecher, und ein Trupp Stadtsoldaten sputete sich auch sogleich, dem Treiben ein Ende zu machen.

Doch dann wurden die Schreie immer spitzer und gellender. Schließlich bemerkten die Gaukler, der Graf und Frau Gertrud, daß mächtig Bewegung in die Menge kam. Von der gegenüberliegenden Seite drängten ihnen nun riesige Menschenmengen entgegen. Stolpernd, schreiend, hüpfend flohen sie den Ort des Spektakels, wandten sich – einige von ihnen wie von Sinnen – dem Heumarkt und den zum Rhein hinabführenden Gassen zu. Ein riesiger, immer breiter werdender Strom von Menschen, die nicht darauf achteten, wenn einer fiel, sondern über ihn hinwegtrampelten, dabei Tische, Bänke und gar Fässer über den Haufen rannten. In weniger als einer Viertelstunde hatte sich das Treiben auf dem Alten Markt in ein Höllenspektakel verwandelt.

Der Graf trieb seine Freunde unter den Torbogen eines Wollkaufhauses, wo sie sich dicht an die Mauern drängten. Sie fingen sich dennoch viele Püffe und Stöße ein, während immer neue Menschen panisch vom Marktplatz flohen. Schließlich hielt es der Graf nicht länger aus. »Bleibt hier,

Frau Gertrud und auch du, Katharina, ich muß sehen, was diese Aufregung verursacht.« Damit warf er sich in die Menge – Hans folgte ihm der Mannesehre wegen –, und beide drängten sich gegen den Strom der Fliehenden zur anderen Seite des Marktes vor. Weit brauchten sie nicht zu gehen, denn nun sprengte die Ursache des Tumults direkt auf sie zu. Es war ein schwarzes Roß mit weitaufgerissenen Augen und Schaum vorm Maul, das sich bäumte und ausschlug und immer wieder zur Flucht aus der Menge ansetzte. Beherzt griff der Graf in die Zügel, als das Pferd sich immer erschöpfter zeigte, und zog es herab. Kein Stadtsöldner eilte ihm zu Hilfe, die Menschen drängten sich weiter nach allen Seiten zur Flucht, und als der Graf den Blick von dem wilden Pferd auf dessen Rücken lenken konnte, erkannte er weshalb.

Bruder Claudius wartete an der verabredeten Ecke auf Schleifenbeck und Duldendung, die er zu den Anführern seiner Bettlerbande erkoren hatte, weil sie die Gierigsten und Gewissenlosesten unter dem ganzen Gesindel waren und den Versprechungen des Mönches allen Glauben schenkten. Auch an dem Dominikaner drängten sich flüchtende Menschen vorbei, erschöpft keuchend, denn sie hatten ein ordentliches Stück des Weges vom Alten Markt bis hierher zurückgelegt.

Der Mönch betrachtete sie mit einer Mischung aus Abscheu und heimlichem Vergnügen. Hier befriedigte sich seine Sehnsucht nach Macht und Herrschaft. Sein Plan schien aufzugehen. Schließlich bogen auch die beiden Bettler um die Ecke, lachend und sich gegenseitig auf die Schulter klopfend. Sie waren leicht betrunken. Claudius fragte sich, ob sie seine Anweisungen befolgt und nicht von dem Wein probiert hatten, den er für sie in Schläuche abgefüllt hatte. Ihr Pech, wenn sie ihm nicht gehorcht hatten.

»Kein Tropfen ist uns geblieben«, versicherte nun triumphierend Duldendung. Claudius nickte zufrieden. »Wie lang«, wollte Schleifenbeck wissen, »dauert's nun, bis wir unsern Lohn dafür einstreichen können?« Gier glitzerte in seinen Augen, immer wieder tauchten die von Claudius versprochenen Reichtümer vor ihm auf, das Silberzeug, die Schatztruhen, die Leckereien und Kostbarkeiten, die ohne allzu viel Mühe und Gegenwehr in ihre Hände fallen sollten.

Tumbe Burschen, dachte Claudius nur angewidert, doch laut sagte er: »Habt nur ein wenig Geduld, und ihr werdet die Herrschaft in der Stadt antreten, seht nur, wie die Bürger rennen und flüchten. Ich denke, die ersten werden in wenigen Tagen die Stadt verlassen, wenn ihr und eure Freunde die Arbeit als Mundschenke auch ordentlich ausgeführt habt.«

Die beiden spielten die Beleidigten, weil in Claudius' Stimme Mißtrauen mitschwang, und beteuerten, daß sie selbst dem Teufel und seinen Gesellen von dem Wein gegeben hätten. »Gut«, lobte der Mönch, »dann holt euch morgen den neuen Wein und schüttet ihn in die vorgegebenen Brunnen. Aber nur in die, hört ihr!« Die Bettler nickten gehorsam.

Die Nachricht von der schrecklichen Begebenheit auf dem Alten Markt erreichte schnell das Festhaus im Gürzenich. Die Ratsherren wurden kreidebleich vor Schreck, die Damen rissen entsetzt ihre Mundtücher hoch und schützten ihr Gesicht, als brächte der Bote zugleich die Plage.

Auch dem spanischen Gesandten machte man ehrerbietig Mitteilung. Der gab sofort Befehl, die Tafel aufzuheben. Dann verlangte er nach den Pferden für sich und seine engsten Berater. Er wollte sich sofort zu seinem Quartier am Neumarkt, dem Nicasiushof, aufmachen, um sich dort in seine Gemächer einzuschließen und zu beraten, was zu tun und zu lassen sei.

Die beiden Bürgermeister bemühten sich, die anderen Gäste zu beruhigen, und empfahlen, auf dem Heimweg den Alten Markt zu meiden und in den Häusern alle nötigen Vorsichtsmaßnahmen zu treffen. Stadtsoldaten seien bereits entsandt, den Platz abzusperren, und einige besonnene Ratsleute erklärten sich bereit, sofort höchstselbst Erkundigungen an Ort und Stelle einzuziehen. Sie gehörten zu den wenigen, die glaubten, daß es sich um eine falsche Kunde, einen unsinnigen Irrtum handeln müsse.

Weinend kniete Frau Gertrud im Schmutz neben ihrem ohnmächtigen Mann, der sich bereits im Delirium zu befinden schien. Blut rann aus seinem Mund und seiner Nase, und doch streichelte Gertrud immer wieder sein Gesicht und scheute sich auch nicht vor den gräßlichen Pestmalen, die seine Arme übersäten, und vor den eigroßen Beulen, die sich unter seinen Achseln gebildet hatten. Hinter ihr im Dreck lag das tote Pferd, dem der Graf schließlich den Gnadenstoß versetzt hatte, da es nicht zu bändigen und gemeingefährlich war. Jetzt hielt er sich neben dem erstarrten Hans und der entsetzten Katharina auf Abstand zu dem greulichen Fund, unschlüssig über das weitere Vorgehen.

Der Alte Markt war wie leergefegt. In den Feuern verbrannte stinkend das Fleisch der festlichen Braten, von überall her hörte man noch vergellende Schreie, ein besonders eilfertiger Kirchherr oder Pfaff ließ bereits das Pestglöckchen von Groß-St.-Martin bimmeln. Die Wohnhäuser rund um den Markt waren schon fest verriegelt und verrammelt. Darin suchte man panisch nach Wacholder und sonstigen Kräutern, um sie in Pfannen zu verbrennen und den Pesthauch, der vermeintlich von draußen hereinwehte, zu vertreiben. Unschlüssig standen auch die Stadtsoldaten an den äußersten Rändern des Platzes und harrten der Befehle, die man ihnen vom Gürzenich senden würde. Niemand traute sich näher an die Gruppe, die um das tote Pferd und den Pestkranken stand, heran.

Katharina faßte sich als erste. »Wir müssen ihn von hier weg in sein Haus schaffen.«

»Du redest törichtes Zeug«, zürnte der Graf, »so teuer mir der Mann sein mag, wir können keinen Pestkranken durch die Gassen führen und uns den Schwarzen Tod ins Haus holen.« Hans nickte heftig. Katharina ließ sich nicht einschüchtern. »Überlegt doch, Graf. Es ist nicht die Pest, die wir kennen. Es ist die Pest, die Märthes Gift erzeugt.«

Der Graf schaute sie wie vom Blitz getroffen an. »Wie meinst du das? Solch ein Unsinn. Was könnte Märthe mit dem Elend dieses armen Mannes zu schaffen haben. Du bist ja von Sinnen.«

Doch Katharina wußte, wovon sie sprach. »Ich erzählte doch, daß mir die Giftphiole auf der Burg Rabenstein entrissen wurde und daß ich sie hernach nicht mehr wiederfand. Der Mönch muß sie genommen haben, woher sonst sollte so plötzlich die Plage kommen?« Der Graf sann kurz darüber nach und merkte, daß diese Erklärung Sinn machte. »Nichtsdestotrotz ist dieser Mann krank auf den Tod. Wir müssen ihn hier liegen lassen und können die Krankheit nicht in die ganze Stadt schleppen.«

»Das wird nicht geschehen«, sagte Katharina fest. »Wenn ich Märthe recht verstanden habe, stecken sich nur die an, die von dem Gift kosten. Es muß über ihre Zunge gehen, damit es ihnen etwas anhaben kann. Deshalb habe ich damals die Scherbe des Giftbechers dem Rabensteiner und einigen seiner Hofleute auf Lippen und Zunge gedrückt. Ihr wißt, daß nur wenige von ihnen an der Plage starben.«

»Bist du sicher? Wir wissen es nur aus Erzählungen.« fragte stotternd Hans. Katharina nickte und fügte hinzu: »Wenn es ein Gift gibt, das diese Pest auslöst, gibt es vielleicht auch ein Gegengift. Märthe wird es kennen, also müssen wir den Herrn Ansgard zu ihr schaffen.« Und wie um jedes weitere Gespräch zu unterbinden, ging sie jetzt zur knienden Frau Gertrud hin, bat sie um Hilfe, und beide hoben Ansgard auf.

Hans ahnte, daß sich Katharina mit diesem, wie er meinte, lebensgefährlichen Samariterdienst auch von ihrer Schuldigkeit gegen Sebastian befreien wollte, und weigerte sich weiterhin, den Kranken anzufassen.

Als der Graf einen Trupp Söldner vom Rathaus her auf sie zumarschieren sah, ließ er selbst alle Bedenken fahren, wickelte den Kaufmann, so gut es ging, in den zerfetzten Sack und packte den Körper auf seine eigenen Schultern. Dann eilte er, so schnell es ging, in die Gasse zum Heumarkt. Die anderen folgten ihm rasch, der Trupp setzte ihnen nach, konnte sie aber nicht einholen, weil Frau Gertrud ihnen mit geschickten Hakenschlägen durchs dunkle Gassengewimmel des Kaufmannsviertels ein Schnippchen schlug. Sicher trugen sie den sterbenskranken Kaufmann durch die leeren Straßen bis zu seinem Haus.

Als der Landsknecht Michael ihnen die Tür öffnete, erbleichte auch er, zögerte aber nicht, dem Grafen Hilfe zu leisten. Katharina eilte in die Kammer Märthes und rüttelte die Alte so unsanft wach, daß Marie es übelnahm und Hesekiel die Magd als »Luder« beschimpfte.

Dritter Teil

24.

»Gedenk dein kurzes Leben,
es schwindet Tag und Nacht.«
Ein Totentanz, 1497

Es war die Stunde der Scharlatane und Wunderheiler, der Schamlosen und Irrwitzigen, aber auch der Geißler, Pilger und Frömmler. Die Totenglocken läuteten fast ohne Unterlaß, so daß der Rat endlich Befehl erteilte, nur noch den Leichen, die über sechzehn Lenze an Alter zählten, ein kirchliches Geleit und Geläut zu geben.

Die Verzweifelten pilgerten zur schmerzhaften Madonna von Kalk, man stiftete den Klöstern und den Kirchen große Gelder für Wachs, Gebete und Ablaßzettel, trank Essig und Petroleum, schlug sich mit dornigen Ruten blutig, um den zürnenden Gott zu erbarmen, oder versetzte sich mit opiumgetränkter Latwerge und vielen Fudern süßen Weins in einen Rausch des Vergessens. Auf den Gassen tummelte sich nachts betrunkener Pöbel.

Wen die Plage ereilte, der wurde leicht irre. Nackte, schreiende, tanzende Kranke sah man in diesen Zeiten überall, Blut stürzte ihnen aus der Nase, fiebrig glänzten ihre Augen. Keiner eilte herbei, um sie zu bändigen. Niemand wußte rechten Rat, was gegen die an allen Enden wütende Seuche zu tun sei.

Die hochwohlgelehrten Medici der Universität zu Köln

stritten hinter fest verschlossenen Türen, ob verpestende Nebel, Wasser mit Ungewurm oder Schwärme unsichtbarer Insekten die Plage über die Stadt gebracht hatten. Sie weigerten sich, da es ohnehin nicht ihr, sondern das Handwerk der niederen Chirurgen, Bartscherer oder Bader war, ihre Quartiere zu verlassen und mit Kranken umzugehen. Auch die vornehmsten Pestsiechen wurden nur von einfachen Ärzten konsultiert, doch selbst von diesen ließen sich einige verleugnen.

So hatten die Quacksalber, die Wunderheiler und Magier, die den Tod nicht scheuten und sich reichen Lohn versprachen, viel Zulauf.

Die Bader schnitten die Pestbeulen aus und schmierten sie mit Pech zu, was meist zu fürchterlichen Abszessen und vergrößerten Qualen führte.

Immer neue Rezepte gegen den Schwarzen Tod kursierten. Die Salbenkrämer machten gutes Geld mit Mischungen aus Weihrauch, Theriak, Knoblauch, Krötenzungen, zermahlenem Planetgestein und gereimten Ratschlägen wie: »Eßt Eberwurz und Pimpernell, damit ihr sterbet nit so schnell.« Viele der seltsamen Heiler waren so erfolglos, daß ihnen fast jeder Kranke wegstarb. Daher nannte sie das Volk nur die »Dotengeier«.

Der Kaiserbote, der sich im Gutshof am Neumarkt verschanzt hatte, verblieb dort auf eine Woche, eingehüllt in den Rauch von brennendem Wacholder, da sein Leibarzt fest an die Übertragung der Seuche durch verderbte Luft glaubte. Der Grande überlebte die beißende Dampfkur, die ihn immerhin von allem üblichen Ungeziefer befreite, und entschloß sich sodann zur schnellen Flucht über den Rhein, wo seine Flotte noch immer vertäut war. Viele seiner Edelleute und reiche Bürger, die Landgüter außerhalb der Stadtmauern besaßen, taten es ihm nach, bevor die auswärtigen Schiffe und Fähren nicht mehr anlegten. Die Kunde von der Pest zu Köln verbreitete sich rasch.

»Es stirbt sich schrecklich zu Köln«, teilten einander die Fährleute und Schiffer mit. So schrumpften auch die Vorräte in den Getreidespeichern und Stapelhäusern langsam dahin, da keine Nachschübe geliefert wurden. Einige Monate noch gab es genug zu beißen, doch eine Hungerperiode war absehbar, und der Rat rationierte bereits das Korn. Der Brei des armen Mannes war bald dünn wie Wasser, selbst das Brot der Reichen wurde schwärzer und steinig im Biß. Es gab kaum noch Hirten für die Herden, kaum Schnitter, die das prächtig aufgegangene Korn einfuhren, denn viele sperrten sich in ihren Häusern ein, solange sie genug Vorräte hatten, sich zu ernähren. Der Rat rechnete mit großer Not und sorgte sich, daß bald die schwelenden Unruhen in der Stadt zu großem Aufruhr führen könnten.

Schon begaben sich viele sonst sittsame Bürger ans Schwelgen und Trinken und beschütteten sich so sehr mit Wein, »daß sie wie die Schweine auf den Straßen lagen«, hieß es später in der Chronik des Pestjahrs.

Diese Pest, so hieß es, war die teuflischste Heimsuchung. Nicht weil ihr so viele Menschen zum Opfer fielen – da hatte man Schlimmeres erlebt –, sondern weil sie immer wieder auf- und abflammte und weil sie vor allem in den Häusern der Reichen um sich griff, während unter den Armen das Sterben nach einer Weile einfach aufhörte. Das entsprach allen Erfahrungen, die man je mit dem Schwarzen Tod gemacht hatte, und diese Erfahrungen reichten weit zurück bis in das 14. Jahrhundert, als die Plage ein Drittel aller Menschen auslöschte. Nicht nur die armen Leute fragten sich nun, ob diese Plage ein Strafgericht Gottes gegen die Prasser war. Aufruhr lag in der Luft.

Auch durch das wohlhabende Viertel, in dem Frau Gertrud ihr Haus hatte, rumpelte täglich der Leichenkarren, begleitet von den Alexianerbrüdern, die die Aufgabe der Totengräber gegen gutes Geld übernahmen. Die Pestärzte eilten mit ihren schützenden, langgezogenen Vogelmasken vor den Gesichtern und mit Rauchfäßchen in den Händen zu Gertruds Nachbarn. Es starben die Vornehmsten und Reichsten. Zu spät, so glaubten viele unter ihnen, hatten sie für ihre Prunksucht, den Luxus und die Ausschweifungen Buße getan.

Während das Klagen, Jammern und die Furcht groß waren bei den Ratsherren, den Kaufleuten, den Handwerksmeistern und Zunftherren, vollzog sich im Haus des Tuchscherers ein Wunder, das die Gaukler und den Grafen einmal mehr von der Hexenhaftigkeit oder Heiligkeit der Frau Märthe überzeugte.

Die Alte hatte noch in der Nacht, als der sterbende Kaufmann ins Haus getragen wurde, Fresenius und Michael zu den Juden von Deutz geschickt. »Rasch«, hatte sie gesagt, »holt mir einen der heilkundigen Ärzte unter ihnen. Sie haben weit größeres Wissen als jeder christliche Quacksalber. Bittet ihn, seine Apotheke mitzubringen; darin sind Mittel, die den Kaufmann vielleicht noch retten können.« Während der Kapuziner und der Landsknecht sich aufmachten, um einen Fährmann zu finden, der sie bei Nacht auf die andere Rheinseite rudern würde, gab Märthe Anweisung, dem Kaufmann ein Bett zu richten und einen großen Kessel Wasser zu erhitzen.

Mit Hilfe Gertruds, die die Geschäftigkeit von ihrem heftigen Kummer ablenkte, und Katharinas, die nicht von der Seite des Pestopfers weichen wollte, wusch sie sodann Ansgard gründlich. Dem Wasser fügte sie das Eau mirabilis, auch Kölner Wasser genannt, nach der Rezeptur eines Benediktinermönches bei, das köstlich nach Orangenblüten und Melisse duftete und den pestilenzischen Gestank ein wenig vertrieb. Obwohl diesem Mittel Heilkräfte gegen den Schwarzen Tod zugesprochen wurden und manche es in großen Pinten tranken, wußte Märthe, daß es nur ein gut duftendes Wasser war. Allenfalls geeignet, einen leichten Kopfschmerz zu kurieren. Sie brauchte andere Mittel.

Deshalb bat sie Frau Gertrud, eine Eisenpfanne mit Kohle zu erhitzen, und ließ nach dem Schmied schicken, der mit seiner Familie einige Kammern in der Straße »Unter Sechzehn Häusern«, einem armseligen Mietsblock, genommen hatte. Hans zog los und kehrte tatsächlich mit Derich zurück, der, wie geheißen, auch einen Stab festen Eisens mit sich brachte.

Märthe wies ihn an, das Metall zum Glühen zu bringen; dann erklärte sie Gertrud und dem Grafen, was sie zu tun gedachte: »Ich muß die ärgsten Beulen ausbrennen, damit sie den Körper nicht weiter vergiften. Erreicht das Gift die Lunge, so ist jede Hoffnung zu spät, dann kann ich den Kranken nicht mehr retten. Ich bitt' Euch, geht mit Marie in den tiefsten Keller, damit sie die Schreie des armen Mannes nicht hört. Ich fürchte, das Brandeisen wird ihn aus seiner Bewußtlosigkeit reißen.«

Der gequälte Ansgard wachte in den ersten Minuten dieser Tortur tatsächlich kurz auf und blickte seine Frau aus trüben Augen an, doch der Schmerz des brennenden Eisens ließ ihn sofort wieder in Bewußtlosigkeit zurückfallen, so daß er die restlichen Schmerzen nicht mehr spürte.

Der Morgen graute bereits, als Märthe ihr schweres Werk getan hatte. Michael und Fresenius kehrten tatsächlich mit einem Arzt in Judentracht zurück, der den vorgeschriebenen gelben Hut trug und sich mißtrauisch in der Kammer des Kranken umblickte.

Märthe aber nahm ihn beiseite und flüsterte auf ihn ein, da glättete sich das Gesicht des Mannes, und er nickte. Er besah sich den Kranken, der bleich wie Wachs war, und beriet dann weiter mit Märthe. Schließlich öffnete er eine aus feinem Leder genähte, große Tasche und gab der Alten einige Gefäße und Beutelchen. Frau Gertrud entlohnte den Arzt reichlich; der verneigte sich und wurde vom Landsknecht zurück zum Rhein geführt, da man Angriffe auf seine Person befürchtete.

Immer noch dachten viele Kölner an das ferne Jahr 1347, als die erste und schrecklichste Pestilenz, der an jedem Tag hundert Menschen erlagen, zum Judenbrand führte. Die nichtgetauften Bürger Kölns, die zwischen dem Alten Markt und Unter Goldschmied wohnten, wurden in einer einzigen Nacht dieses Jahres verbrannt, geplündert, zu Tode getreten oder gesteinigt, ihr Besitz beschlagnahmt und zwischen Stadt und Kirche aufgeteilt. Die Juden waren der Verbreitung der Seuche bezichtigt worden. Das nie widersprochene Gerücht von den jüdischen Brunnenvergiftern konnte rasch wieder aufflammen, weshalb die nun wieder zugezogenen Geldverleiher, sie waren allesamt mosaischen Glaubens, Deutz als ihr Quartier gewählt hatten. Der Strom trennte sie von den Brandstiftern.

Nachdem der jüdische Arzt also unter sicherem Geleit das Haus verlassen hatte, bat Märthe um ein großes Feuer im Küchenherd und einiges irdenes Geschirr. Alles wurde bereitgestellt, und die Alte schloß sich nun ein, um auf dem Feuer eine geheime Medizin zu brennen.

Nur Hans legte sich nach dieser langen Nacht schlafen. »Ich will mich ordentlich ausruhen, bevor mich der Tod abholt«, versuchte er zu scherzen, doch niemand hatte ein Lachen für ihn.

Die Medizin, die Märthe mit Hilfe der fremden Zutaten gebrannt hatte, flößte sie dem nur noch flach atmenden Ansgard viermal am Tag ein. Nie wich sie von seinem Bett, auch nicht, wenn Katharina und Frau Gertrud die Wache übernahmen und sie baten, endlich ein wenig zu schlafen. Märthe weigerte sich jedesmal. Ihr ernstes, abweisendes Gesicht unterband jede weitere Einmischung in ihr Tun.

Fresenius ahnte, was die Frau quälte. Es war ihr Gift, das all dieses Unglück und Leid über Ansgard und in Folge auf immer mehr Bürger der Stadt brachte. Er teilte den Schmerz der Frau, er wußte, daß sie das nicht gewollt hatte. Ebensowenig, wie er mit seinem Pulver Schaden unter seinen Freunden hatte anrichten wollen. Er fühlte sich Märthe sehr nah in dieser Zeit.

Besonders hart traf Marie die Verwandlung der freundlichen Märthe, der sie sich nach dem Verschwinden Sebastians noch enger angeschlossen hatte. Katharina übernahm es, die Kleine, so gut es ging, von ihrem großen Kummer abzulenken, sogar der Graf dachte sich kleine Freundlichkeiten aus und ließ das Mädchen im Stall auf seinem Pferd sitzen. Hans schnitzte ihr kleine Puppen und führte damit Spiele für sie auf. Und sogar Hesekiel schien das Leid des kleinen Mädchens zu spüren und trippelte auf dem Tisch herum. Wenn Marie ihren Brei aß, unterhielt er sie mit allerlei Kapriolen, wie dem Diebstahl von Löffeln.

Drei Tage dauerte die Krise Ansgards, in der Märthe fürchtete, den Kaufmann an den Tod zu verlieren. Sie ließ sein Bett mit dem Fußende zur Wand drehen, denn es hieß, daß dann der Tod keinen Platz habe, um sich vor den Kranken hinzustellen und ihn zu holen.

Doch dann, es war kurz vor Sonnenaufgang, erwachte der Gequälte erstmals aus seinem tiefen Schlaf. Märthe schickte Katharina nach Frau Gertrud. Als sie erschien, las sie in dem Blick ihres Mannes, daß auch er sie wiedererkannte. Noch war er zu schwach, um zu sprechen, doch drückte er leicht Gertruds Hand, die sie in die seine gelegt hatte.

Eine große Erleichterung ging durch das ganze Haus. Doch bald wurde die übermächtige Freude getrübt von den Nachrichten, die man in der Stadt auffing. Das große Sterben hatte begonnen, die Pest forderte immer mehr Opfer, und die Gaukler rätselten, wie das Gift zu den bedauernswerten Menschen gelangt war und wie lange es noch reichen würde, um die Kölner niederzustrecken.

25.

Im Gürzenich tagten die wenigen Ratsleute, die nicht vor der Pest auf ihre Landgüter geflohen waren. Das Rathaus hatten sie verschlossen, da es zu nah am Alten Markt lag, dem Ausgangsort allen Übels. Hin und her ging die Rede über Verordnungen und Maßnahmen zur Eindämmung der Pest, die nun seit mehr als zehn Tagen in den Mauern wütete. Ein jeder gab Bericht aus seinem Wohnviertel, und immer klarer wurde die Tatsache, daß vor allem die Vornehmsten der Stadt vor der Plage nicht gefeit waren.

»Der Goldschmied Rinkenwarth und seine ganze Sippe starben in nur drei Tagen, selbst das Gesinde und das Vieh krepierten, während die armseligen Filzmacher, die nur wenige Häuser weiter wohnten, keine Anzeichen von Krankheit zeigen«, erzählte einer. Alle nickten ernst, doch keiner wußte sich einen Reim darauf zu machen. Schließlich erhob sich ein aus der Faßbindergaffel gewählter Ratsmann und verlangte Gehör.

»Es ist so, daß wir den Grund für diese neuerliche Seuche nicht kennen. Rings um Köln scheint kein Gebiet, kein Dorf, keine Stadt betroffen. Mag es sein, daß die Sterne über unserer herrlichen Stadt ungünstig konjugieren, wie einige Seher behaupten, oder daß Gewürm das Wasser verseucht. Was mir ebenso große Bedrückung macht, ist der Pöbel und das Gesindel, das immer dreister die Herrschaft auf den verwaisten Gassen übernimmt. Die armseligsten Bettler scheuen nicht den Tod und plündern die Häuser, die die Pestwächter versiegelt haben. Einige Bettler sollen bereits große Reichtümer angehäuft haben. Was ist, wenn sie sich als neue Herren gebärden und alles zum Umsturz bringen?«

Protestgemurmel erhob sich. Diese Wahrheit war zu arg und bitter, als daß man sie ohne Umschweife hätte anerkennen können. So dauerte es noch mehrere Tage, in denen es viele Tote zu beklagen gab, darunter auch einige der noch tagenden Ratsherren, bis man schließlich zugestand, daß nicht nur die öffentliche Ordnung, sondern das ganze Gefüge der Stadt ernsthaft von marodierenden, plündernden, großsprecherischen Bettlern und Lumpen bedroht war, denen selbst der direkte Umgang mit Pesttoten, denen sie den Schmuck von den schwarzen, aufgedunsenen Leibern rissen, nichts anzuhaben schien.

»Es ist, als habe der Teufel seine Hand im Spiel«, sagte einer im Gürzenich, bekreuzigte sich, hielt sich sein Kräuteramulett vor die Nase und atmete tief ein, damit ihn der Pesthauch nicht ereile. Just in diesem Moment trat ein Ratsdiener ein, der, weil er vom vielen Kräuterbier, das er als Mittel gegen die Plage zu sich nahm, ordentlich schwankte.

Nur weil die Ratsherren ihm jeden Tag ein gutes Quantum des vorgeblich heilsamen Gebräus zukommen ließen, versah er überhaupt noch seine Aufgaben und schloß sich nicht wie viele andere in seine Kammer ein.

Mit schwerer Zunge und unter beträchtlichen Mühen kündigte er nun den Besuch eines Ritters von Bogenwald und eines Dominikanermönches an, die Einlaß begehrten, da sie Wichtiges über die Ursache der Pest zu sagen hätten. Die Ratsleute schüttelten unwillig die Köpfe; schließlich kamen sie angesichts der ernsten Lage überein, den ihnen bereits bekannten Edelmann vorzulassen, da jede Abhilfe gegen die Pest in Erwägung gezogen werden mußte.

Mit stolz erhobenem Haupt, hochmütig nur einen Kratzfuß andeutend, fast spöttisch sein modisches Barett ziehend, trat schließlich der Ritter ein. Hinter ihm folgte mit schleichenden Schritten und tief ins Gesicht gezogener Kapuze sein ewiger Schatten, der diesmal den Zeugen spielte für das, was der hohe Herr zu berichten hatte. Man schenkte beiden aufmerksam Gehör und glaubte am Ende, daß alles, was der

Ritter vortrug, einen Sinn machte. Und weil die Furcht so groß war, wie Claudius es vorhergesehen hatte, zögerten sie auch nicht, große Summen und andere Entlohnung anzubieten, falls der Ritter die Ursache der schrecklichen Plage, egal mit welchen Mitteln, zu beseitigen wisse. Man forderte nur einen letzten Beweis für seinen Verdacht, der ihnen bereitwillig zugesagt wurde.

26.

Rufus löste das Rätsel um die Verbreitung der Plage etwa um diese Zeit und machte zunächst Luichtgen Mitteilung, der sich noch in der Stadt befand, während Rentmeister Quirin bereits ins Stammhaus von Zülpich zurückgekehrt war. Mit nacktem Entsetzen lauschte Luichtgen seinem Bettelbruder, als der seine zusammengetragenen Beobachtungen zu einem grausigen Bild zusammenfügte. Wie an jedem Tag trafen sie sich Schlag zwölf um Mittag bei der Bank vor St. Mariä in Lyskirchen. Nur wenige Kirchgänger – die den Schutz Gottes stärker veranschlagten als die Wirkkraft der Höllenseuche – kamen des Wegs.

Sie gaben reichlich Almosen, zumal überwiegend Reiche dahingerafft wurden, während die Armen diesmal verschont blieben. Man nahm das als klaren Fingerzeig Gottes und bemühte sich, gutzumachen, was noch gutzumachen war. Jedesmal wenn sich ein solcher Spender näherte und klimpernd seine Münzen in die Becher von Rufus und Luichtgen warf, unterbrachen die beiden ihr Gespräch, um zu danken und ihre Fürbitte im Gebet zu versprechen, dann steckten sie wieder die Köpfe zusammen.

»Du siehst ja, wie wenig Bettelleut' sich in diesen Tagen

noch zu den Kirchen begeben«, flüsterte der Bauer, »sie haben besseres Auskommen gefunden. Sie plündern die Häuser der Pestopfer, ohne auch dic niederträchtigste Leichenfledderei zu scheuen. In der Nacht auf Sonntag folgte ich jenem Hundequast, der im Kessel mit seinen Saufkumpanen immer die großen Reden schwingt. Er behauptete, er wüßte, wo die Leichen einer reichen Bürgersfamilie noch warm im Bett lägen und deren Tochter gerade ihren letzten Atemzug täte. Dort, so sagte er mir, als ich Bewunderung heuchelte, gäbe es fette Beute, die noch keiner berührt habe.«

Luichtgen schüttelte angewidert den Kopf, unschlüssig, ob er noch mehr von dieser Geschichte hören wollte. Rufus beschwichtigte ihn und fuhr fort: »Wir schlichen durchs Schmierstraßenviertel bis zur Frankenwerft hinab. Schließlich machte Hundequast vor einem prachtvollen Haus halt, das sich in fünf Geschossen zum Himmel türmt. An der prächtigen Tür hingen Pestkränze und Fürbitten; also lagen darin Leute krank. Der Bube behauptete weiterhin, daß bereits alle tot seien, doch das Haus war nicht versiegelt und wurde doch gewiß regelmäßig von den Pestwächtern visitiert. Also schenkte ich Hundequast keinen Glauben. Der tat beleidigt und beschimpfte mich, dann aber stieß der Kerl die Tür auf und marschierte unter lauten Spottrufen ins Haus.«

Luichtgen schüttelte wieder den Kopf, als könne er an soviel Dreistigkeit nicht glauben. Doch weil er Rufus als besonders aufrechten Mann kannte, forderte er ihn auf fortzufahren. Rufus erzählte dann, wie er dem Gauner durchs Haus gefolgt sei. Überall hätten die Toten gelegen, sogar Hunde, Katzen und Ratten. Hundequast habe bei diesem Rundgang ohne jede Scham Schmuck und Geld zusammengerafft, alles, was er in Schatullen entdeckte, und ihn dann zu einer letzten Kammer im Zwischengeschoß geführt.

»Hier kannst du eine der schönsten Töchter Kölns auf der Schwelle zum Tod besuchen. Einige von uns haben Furcht, in die Häuser zu gehen, solange einer noch darin lebt. Aber das ist blöder Aberglaube. Wir fangen uns diese Krankheit nicht. Der Allmächtige hat sie für die vornehmen Leut' gemacht.« Sodann hatte er die Tür aufgestoßen und war auf ein Bett zugegangen, in dem ein wirklich schönes Mädchen von vielleicht sechzehn Jahren schwitzend und stöhnend mit dem Tod rang. Sie hustete schon schwarzes Blut, die Pestschwären reichten ihr bis zum Hals, nur ihr Gesicht war verschont geblieben.

Als sie den Kerl auf ihr Bett zukommen hörte, hatte sie die Augen aufgeschlagen und flehentlich zu ihm hochgestarrt, da sie ihn für einen der vielen Quacksalber hielt, die man in den letzten Tagen zu Hilfe gerufen hatte. Hundequast aber habe mit verstellter Stimme gerufen, er sei der Diener Satans und gekommen, um das Mädchen zu holen, die mit jedem Knecht des Hauses Unzucht getrieben habe.

Die Jungfrau schrie entsetzt auf, war aber zu kraftlos, um weiter zurückzuweichen. In ihre großen Schmerzen mischte sich nun noch die Furcht vor ewiger Verdammnis. Unter Qualen hatte sie sich bemüht, ihre Unschuld zu beteuern, doch der Hals war schon so infiziert, daß sie nur ein Stammeln hervorstoßen konnte.

Der böse Bettler trieb mitleidlos weiter sein Spiel und sprach von der Vorhölle, in der sie zunächst an einem Spieße braten würde, und ähnlich grausamem Zeug. Dann hatte er sich mit triumphierendem Lächeln Rufus zugewandt und ihm einen letzten Beweis für seine Unversehrbarkeit angekündigt. Ganz nah beugte er sich daraufhin über das Gesicht der Kranken. »Küß mich, meine schöne Braut, schmeck meine Zunge, sie ist heiß wie die Hölle. Gib mir deinen ganzen verpesteten Leib, einen anderen findest du ohnehin nicht mehr.« Mit diesen Worten hatte er ihr seine Lippen auf den

Mund gedrückt und ihr die Zunge bis in den Rachen geschoben, bis das gepeinigte Mädchen erstickte.

Mit gräßlich angstverzerrtem Gesicht war sie gestorben. Bauer Rufus hielt kurz inne in seiner Erzählung und bekreuzigte sich, weil er Zeuge dieses unglaublichen Frevels geworden war.

Doch Hundequasts Gemeinheit war damit nicht am Ende gewesen. Kaum war das Mädchen tot, hatte er ihr Nachthemd heruntergerissen und das feingeschmiedete Goldkreuz an sich genommen, das sie um ihren Hals trug. Danach brach er ihr die Finger, um die schweren Ringe davon zu lösen, und tat derweil so, als buhle er weiter um ihre Liebe, nannte sie spöttisch Täubchen und versprach ihr große Leibesfreuden.

»Wie verkommen kann ein Mensch noch sein«, rief entsetzt Luichtgen aus, und ein Pfaff, der gerade des Wegs kam, kramte eilig in seinem Geldbeutel und gab dem zornigen Bettler reichlich, da er dessen Ausruf selbstverständlich auf sich bezogen hatte.

»Diese Grausamkeit schürt Claudius in dem Gesindel«, sagte Rufus fest, »er predigt ihnen, sie seien die neuen Herren. Aber es sind die Niedrigsten und Niederträchtigsten unter uns, die ihm nur allzu gerne Glauben schenken. Wer hat ihnen je zuvor schon so geschmeichelt? Die meisten sind verführbar wie die Kinder.«

Luichtgen gab ihm recht, konnte sich aber das unglaubliche Ausmaß an Niedertracht nicht allein mit den falschen Predigten des Dominikaners erklären. »Das sind Worte, lieber Rufus, giftige, böse Worte. Sie mögen verderblich sein, aber sie sind wohl kaum geeignet, selbst den größten Schuft so gott- und furchtlos handeln zu lassen und die Pest nicht zu scheuen.«

»Lieber Luichtgen, Claudius gibt dem Gesindel mehr als Worte, er hat ihnen das Geheimnis der Pest in die Hand gegeben, er hat sie angeleitet, die Brunnen zu vergiften. Er ...«

»Ach warte, warte, lieber Bruder. Du sprichst schon wie einer dieser eifernden Geißler, die die Juden, die Polacken, die Zigeuner und jeden, der verachtet genug ist, als Pestzauberer anklagen. Ich hätte dich für gottesfürchtiger gehalten und weniger leichtgläubig. Du weißt, daß das ein ausgemachter Wahnsinn ist. Denk doch nur, wie oft wir Bettler verleumdet werden und welche Schandtaten man nun gemeinhin den geschlagenen Bauern nachsagt.« Rufus konnte die Zweifel Luichtgens nur zu gut verstehen, auch er hielt es nicht mit den Leuteverleumdern und den falschen Büßern, und doch wußte er, daß er die Wahrheit sprach.

»Dein Zweifel ehrt dich, lieber Luichtgen, doch Hundequast hat mir selbst gezeigt, wie er die Pest über ein Haus brachte.« Luichtgen rückte von ihm ab, doch Rufus fuhr unbeirrt fort. »Ich will nicht verhehlen, daß ich ihm nach diesem schrecklichen Bubenstück schmeichelte und seine Eitelkeit weiter kitzelte, bis er mir schließlich verriet, daß der Dominikaner drei Fässer Wein im Keller des Kessels mit einem Gift vermischt habe, das den sicheren Tod herbeiführe.«

Er selbst habe erlebt, wie einer der Bettler, der Claudius' Reden und Warnungen keinen Glauben schenkte, von dem Wein gekostet habe, den er eigentlich in den Hausbrunnen eines Kupferschlägers schütten sollte. Nur drei Tage später starb der Kerl unter großen Schmerzen. Claudius hatte ihn auf einen der Wirtshaustische binden lassen, um allen anderen zu zeigen, wie man endete, wenn man von dem vergifteten Wein trank.

Luichtgen stöhnte auf: »Der Kerl ist schlimmer als der Teufel selbst. Woher kann er ein solches Gift haben, was du beschreibst? Es wäre eine schrecklichere Waffe als jedes Kriegswerkzeug, als jedes Pulverfaß und jede Kanone.«

Rufus nickte, schwieg aber über die Herkunft des Giftes, die ihm nur zu gut bekannt war; dann bat er Luichtgen, in derselben Nacht sein Begleiter zu sein. Er wollte den letzten

Beweis für seine Vermutungen einholen und Luichtgen gerne zum Zeugen haben, bevor er dem Grafen Mitteilung machte. Luichtgen versprach ihm, sein Gefährte zu sein. Darauf begaben sich beide in die leere Kirche, knieten vor der Madonna der Schiffer nieder und taten ihre Fürbitten.

27.

Es war ein bitterer Hohn, dachte Sebastian, während er seinen dünnen Gerstenbrei aus der schmutzigen Holzschale schlürfte, daß das Elend der anderen ihm das Leben rettete. Wenigstens für kurze Zeit. Vom Kunibertsturm hatte man ihn zwar längst dem erzbischöflichen Halsgericht überstellt und in die Hacht am Domhof überführt, doch nun war das Gericht geschlossen, die Greven und Schöffen waren geflohen. Mißmutig und nachlässig taten die Wächter ihren Dienst und ließen sich in diesen unsicheren Zeiten, wo alle vom Tod umgeben waren, leicht mit einigen Geschenken überreden, wegzuschauen, wenn Angehörige die Gefangenen besuchen wollten.

Nicht einmal unter die Folter hatte man Sebastian bis dahin genommen, er war gesund und unversehrt; doch das alles zählte ihm nichts, da die Wunde in seinem Herzen weiterhin schmerzte. Er wußte nichts von den Bemühungen seiner Freunde, ihn besuchen zu dürfen, die sie nur aufgegeben hatten, weil das Schicksal von Ansgard so ungewiß gewesen war.

Sebastian glaubte nun, sie hätten seine Entscheidung, in den Tod zu gehen, als unvermeidbar angenommen. Deshalb überraschte es ihn sehr, als rasselnd ein Schlüssel in die Tür zu seinem winzigen Kerker gesteckt wurde und der Wächter ihm etwas von »schönem Besuch« entgegenbrüllte.

Er hatte sich kaum aufgerichtet, als er in der Tür Katharina stehen sah, die in der Hand einen Weidenkorb mit Brot und Schinken trug. Das mitgebrachte Bier hatte der Wächter eingefordert, obwohl sie ihm zuvor schon einige Heller zur Bestechung in die Hand gedrückt hatte.

»Sei gegrüßt, Sebastian«, flüsterte Katharina unsicher. Der junge Mann erhob sich zögernd, und so standen sie sich eine Weile gegenüber. »Ich habe dir etwas Brot und von Gertruds Schinken mitgebracht«, sagte das Mädchen, nur um die Stille zu übertönen, die zwischen ihnen lag. Dann stellte sie den Korb ab, brach das Brot und reichte es Sebastian mit einem großen Stück Schinken. Der aber griff nicht danach, sondern ging in die Knie, schaute dem Mädchen ins Gesicht und sagte nur ihren Namen.

Mehr brauchte es nicht, denn in diesem Moment, den Katharina wie eine Befreiung aus langer, qualvoller Nacht empfand, rutschte sie einfach auf ihn zu und legte ihre Arme um ihn.

Er drückte sie fest an sich und wiegte sie hin und her, als sie in heftiges Weinen ausbrach. »Es ist gut, du konntest nichts anderes tun«, sagte er. »Ich bin froh, daß du frei bist. Der Graf ist ein guter Mann, er wird für dich sorgen. Du wirst ihn sicher bald von Herzen liebgewinnen.«

Katharina löste sich aus seinen Armen und fuhr ihn an: »Was weißt du, dummer Tölpel, von meinem Herzen? Der Graf ist ja gar nicht mein Mann.« Wütend über so einen grausamen Scherz, ließ nun auch Sebastian die Arme sinken und starrte das Mädchen mit böse funkelnden Augen an. »Nicht dein Mann? Warum treibst du schon wieder deine Spiele, ich bin bei Gott gestraft genug!«

Katharina war bei ihm, bevor er sie weiter beschimpfen konnte, nahm seine beiden Hände und erzählte mit schneller, aufgeregter Stimme von der falschen Trauung, dem falschen Latein, das Fresenius aufgesagt hatte, und dem großen Kummer, den Sebastian ihnen allen mit seinem unüberlegten Geständnis zugefügt hatte. Sebastian geriet aus dem Staunen nicht mehr heraus, er schwankte zwischen Erleichterung, weil Katharina frei und ungebunden war, und tiefster Verbitterung, weil er sich selber an den Strick geliefert hatte.

»Nein«, sagte nun Katharina ungeduldig, »du kannst nicht alle Hoffnung aufgeben. Ich denke, es gibt eine Möglichkeit, dich zu befreien.« Sebastian widersprach heftig, er wolle nicht seine Freunde und schon gar nicht sie, Katharina, in Gefahr bringen. »Lieber Sebastian«, antwortete das Mädchen, »ich bin es nicht, die den größten Mut für diese Flucht aufbringen muß, sondern du selbst, denn du mußt sterben, um hier herauszukommen.« Als sie sah, daß Sebastian wieder zornig wurde, küßte sie ihn rasch, was ihn zum Schweigen brachte.

»Verzeih, daß ich mir meine verrätselten Reden nie verkneifen kann. Du wirst nur zum Schein sterben, und Märthe wird dich wieder zum Leben erwecken.« Fragend schaute Sebastian seine Liebste an. Die beeilte sich fortzufahren, denn schon klopfte der Wärter ungeduldig an die Tür.

So lange reichte das von dem Mädchen gegebene Geld nun freilich nicht, er wollte sich nicht den Preis verderben lassen. Also umriß Katharina ihren Plan in wenigen Worten, Sebastian schwindelte es dabei, es gab so viele Unwägbarkeiten, es war ein gefährliches Spiel. Doch bevor er Einwände machen oder die nötigsten Fragen stellen konnte, riß der Wächter die Tür auf und befahl Katharina hinaus.

Ohne zu zögern und statt kostbare letzte Sekunden zu verschwenden, riß Sebastian Katharina ein letztes Mal an sich und küßte sie so leidenschaftlich, wie er es zuletzt in der Kirche getan hatte. Der Wächter zog daraufhin einen Stock und schlug ihn Sebastian in den Rücken.

»Was fällt dir ein, deine Schwester so zu küssen? Dem Greven werd' ich Meldung machen, dann hast du einen kurzen Prozeß.« Doch Sebastian spürte die Schläge nicht, selig ging er nach Katharinas Abschied immer wieder die Begegnung durch, wiederholte jeden ihrer Sätze. Nur einer nagte noch an dem dünnen Gefühl seines Glücks. Was hatte sie gemeint, als sie sagte, er kenne ihr Herz nicht? War es doch der Graf, den sie in Wahrheit liebte?

Noch am gleichen Abend entschuldigte sich Katharina bei Frau Märthe, sie müsse Besorgungen machen und könne ihr diesmal nicht bei der Krankenpflege beistehen. Die Alte schaute sie besorgt an, sehr wohl ahnend, daß Katharina weniger harmlos war, als sie tat, hatte aber keine Zeit, sich näher mit dem Kummer des Mädchens zu befassen.

In den Häusern ringsum gab es genug zu tun, Märthe versuchte, so viele Menschen wie möglich zu retten, wobei Frau Gertrud ihr unermüdlich beistand. Michael und Hans wurden zu regelmäßigen und oft eingesetzten Boten zwischen dem jüdischen Arzt und dem Tuchschererhaus. Ein Kontakt, der in anderen Zeiten zu vielerlei Verdächtigungen Anlaß gegeben hätte. Doch in diesen Zeiten waren die meisten Menschen mit dem Kampf ums Überleben beschäftigt oder feierten und tanzten bis zur Besinnungslosigkeit am Abgrund des Todes.

Katharina hatte ihr letztes sauer verdientes Geld zusammengekratzt. Den Grafen oder die Familie Tuchscherer um Unterstützung zu bitten hatte sie nicht gewagt. Sie wollte nicht nach ihren Plänen befragt werden, man hätte gewiß versucht, sie davon abzubringen.

Mit eiligen Schritten bahnte sie sich ihren Weg durch die schmutzigen, totenstillen Gassen, in denen der unvermeidliche Geruch von verbranntem Wacholder hing, ein Geruch, den sie bis ans Ende ihrer Tage mit Tod und Verwesung in Verbindung bringen würde. Nur das Aufläuten einer Totenglocke zerriß die gespenstische Ruhe in der Kaufmannsgegend. Fast wollte Katharina aufatmen, als sie sich der Schmierstraße und einem weithin hörbaren Lärm und grobem Gelächter näherte, doch kaum bog sie ein in die Straße des Lasters, als ihr der Mut sank und die Angst sich wie eine tollwütige Katze in ihrem Magen verkrallte.

28.

Rufus und Luichtgen mieden den Trubel, der weit ausschweifender und derber war als jeder noch so grobe frühjährliche Leinweberkarneval, über den es schon hieß, er sei ein heidnisches Höllenspektakel. Doch was war der Mummenschanz einfacher Handwerker gegen diese Orgie, die das Gesindel nun schon seit mehr als einer Woche feierte. Dicht gedrängt standen die Menschen auf der Schmierstraße und tranken den Wein aus großen Kannen. Kein saures, dünnes Gesöff, wie sie es vom Kessel und den anderen Schänken sonst gewohnt waren. Feinster Riesling vom Weidenbach und dem Sankt Pantaleonshügel floß ihre Kehlen herab, erbeutet von den plündernden Bettlern, die sich als neue Herren der Stadt bereits feierten und alle freihielten, die ihnen armselig genug erschienen.

Billigste Huren stolzierten in prachtvollen Gewändern einher, griffen lachend nach dem Geschmeide, das man ihnen für einen Griff an ihre hübschen Brüste und einiges mehr hinhielt. Sie zankten sich noch um die Gunst des elendigsten Halunken, für den sie früher nur einen Mund voll Spucke übrig gehabt hatten. Denn die Welt hatte sich verkehrt. Die Bettler gingen als Edelleute.

Schließlich entdeckte Rufus den Kerl Hundequast, der sich mit seinem Freund Schleifenbeck um eine junge Frau mit langem schwarzen Haar stritt, die sich widerstrebend von

Schleifenbeck umarmen ließ. Rufus stieß einen überraschten Schrei aus. »Schnell«, sagte er, zog Luichtgen hinein ins Getümmel und bahnte sich trotz seiner Behinderung mit großer Vehemenz eine Gasse. Luichtgen gelang es nur unter größten Mühen und mit Einsatz seiner Krücken als Schlagstöcke, dem aufgeregten Bauern zu folgen. Endlich hatten sie sich zur anderen Seite der Gasse gedrängt, und Rufus erkannte, daß er sich nicht geirrt hatte: Schleifenbeck hielt Katharinas Taille eng umschlungen und drückte ihr sabbernd und derbe Liebesschwüre brabbelnd Küsse auf den Hals, während Hundequast lauthals auf ältere Rechte pochte.

»Sie gehört mir, du stinkender Bock, ich hab' sie zuerst gesehn.«

»Pack dich, Hundequast, oder ich meld' dem Bubenkönig deinen heimlichen Diebstahl auf der Frankenwerft. Das käm' dich teuer zu stehen.«

Von dieser Drohung ein wenig eingeschüchtert, maulte Hundequast noch ein Weilchen herum, schien sich dann aber in sein Schicksal zu fügen. Als er Rufus erkannte, leuchteten gar seine Augen kurz auf. Ein Bewunderer war ihm mindestens so lieb und teuer wie die Nacht mit einer Hure.

»Laß die Metze, Schleifenbeck, und ich stell' dir 'nen feinen Kerl vor«, versuchte er seinen Kumpanen noch einmal von Katharina abzulenken, doch der war bei weitem zu erregt, um die Bekanntschaft eines weiteren Bettlers der des Mädchens vorzuziehen. Rufus kam nun vor und zupfte Schleifenbeck selbst am Ärmel. Der schlug wütend nach ihm aus und löste nur für einen kurzen, drohenden Blick seinen Mund von Katharinas Nacken.

Die nutzte die kurze Atempause, um sich aus seinen Armen zu winden. Dabei fiel ihr Blick auf Rufus, und tiefe Schamröte überzog ihr Gesicht.

»Katharina«, sagte der Bauer mit einer Mischung aus Zorn und ehrlichem Entsetzen, »was treibst du hier?«

»Oho, du kennst die Schöne?« fragte Schleifenbeck, und Hundequast starrte Rufus mit tellerrunden Augen an. Schleifenbeck packte Katharina nun fester. »Sie gehört mir, das ist abgemacht, nicht wahr, Kätzchen?«

Beschämt versuchte Katharina dem ungläubigen Blick des Bauern auszuweichen, dann aber nickte sie trotzig und sagte, wobei sie den groben Tonfall der Gosse nachahmte: »Für den abgemachten Lohn sollst du haben, was du willst.« Schleifenbeck warf den Kopf in den Nacken und lachte, dann hob er Katharina auf seine Arme und trug sie durch das Gedränge davon.

Rufus wollte den beiden nach, doch Luichtgen hielt ihn zurück und sagte: »Du wolltest mich doch deinem guten Freund, dem Hundequast, vorstellen. Ich denke, der da ist's.« Damit wies er mit seiner Krücke kurz auf den enttäuschten Liebhaber, der beide sofort zu einer Kanne Wein einlud. Grimmig stimmte Rufus zu.

»Wirt, ich brauch' die beste Kammer, die du hast, und wirf mir alles Gesindel raus, denn ich will heute meine Hochzeit feiern.« Schleifenbeck stand als großer Prahlhans in der Schankstube, die die Feiernden nutzten, um ihre Dirnen zu liebkosen oder um auf den Bänken längs der Wand ihren Rausch auszuschlafen und Kräfte für das nächste Besäufnis oder den nächsten Plündergang zu fassen.

Der Wirt schaute den großspurigen Nichtsnutz, der ihn vor zwei Wochen noch um jedes Pintgen Wein angebettelt und hoch in der Kreide gestanden hatte, verächtlich an. »Oho, der Herr Schleifenbeck wünschen zu tafeln und zu feiern, da muß ich dort eben nach dem Malagener und dem Kriechenwein schauen, denn es soll wohl vom Feinsten sein?« Schleifenbeck lachte ungerührt, so als würde er den Spott gar nicht bemerken. Katharina ließ sich von seinen Armen gleiten und zirpte kokett. »Ach ja, laß uns ein wenig feiern, als würden wir wirklich Hochzeit halten, ich hab' auch großen Durst und will mich für die lange Nacht stärken.«

Während sie das sagte, schaute sie bittend zu ihm hoch und fuhr mit ihrem Handrücken unter seinem rauhen Kinn lang. »Wie du willst, Kätzchen«, entschied er und sagte, zum Wirt gewandt, »schließlich kann ich's mir leisten.«

Draußen tönte derweil auch Hundequast, brüstete sich mit seinen größten Bubenstücken und gab sich die Kanne. Weit vorsichtiger zechten Rufus und Luichtgen, schütteten heimlich immer wieder den Wein auf die Gasse, wenn Hundequast ihnen einen neuen Krug aufdrängte. Wie ein Reiter hockte er auf einem großen, edlen Eichenfaß, das aus einem gut bestückten Kaufmannskeller nun seinen Weg in die Diebesgasse gefunden hatte und auf einem Haufen Mist stand. Immer wieder beugte Hundequast sich vor, zog den Pfropfen vom Faß und füllte die Weinbecher nach. Das viele Reden machte ihn durstig und der viele Wein, zu Rufus' Freude, endlich auch betrunken. Der Bauer nutzte klug die Gelegenheit, um den Schreihals an sein nächtliches Versprechen zu erinnern.

»Ha, das glaub' ich, daß du das wissen möchtest, Rufus, alter Fuchs! Laß uns noch einen trinken, dann zeig' ich dir vielleicht, wie's geht, und deinem – deinem Lichtgard oder Lichtlein, ach hol ihn der Teufel, diesem Ludenschwein auch. Ist ja genug für alle da. Wir sin' anners als die feinen Pfeffersäcke un' teilen uns die Beute.«

Damit stieß er noch einmal seinen irdenen Becher gegen den von Rufus, so daß beide zerbrachen. Hundequast fand das gar köstlich und warf gleich ein Dutzend Becher, die in einem Korb neben dem Faß lagen, hinterher, so daß sich einige Zecher bitter beschwerten und sich ein kleiner Tumult erhob, wie es bei Besäufnissen dieses Ausmaßes üblich war. Rufus und Luichtgen fürchteten, daß ihr Plan an diesem Abend in einem Strom von Alkohol untergehen könnte.

Katharina hatte ihr Ziel erreicht. Schmeichelnd und gurrend, Lob und Bewunderung heuchelnd, und nach vielen Krügen Wein hatte sie Schleifenbeck endlich überredet, ihr das Geheimnis seines Reichtums zu zeigen. Schwankend und unter den argwöhnischen Blicken des Wirtes ging der Gauner zum Weinkeller voran.

»Vorsicht, meine Hübsche, daß du dir nicht deinen süßen Hals brichst, die Stufen sind schäbig und glatt.« So höflich das klang, es war nur ein Vorwand, um seine Hände an alle möglichen und unmöglichen Stellen ihres Körpers zu legen, vorgeblich, um ihr die aus Stein gehauene Treppe herabzuhelfen. Katharina, ihrem Ziel nun endlich nah, ließ ihn gewähren, um ihn nicht zu verärgern. Bis in den tiefsten Keller stiegen sie hinab, vorbei an Bierbottichen und Fässern billigen Schankweins. Erst darunter in der kühlsten Höhle, wo der Wirt seine Butter und den Käse verwahrte, fanden sie die drei Fässer, um die es Katharina ging. Schleifenbeck forderte nach diesem Weg zunächst einen Liebestribut und schmatzte Küsse über Katharinas Gesicht.

Die wand sich schließlich aus seinen Armen und tat harmlos und enttäuscht.

»Wie? Diese Fässer Wein sollen das Geheimnis deines Reichtums sein? Du hältst mich für eine Närrin, Schleifenbeck.« Protestierend hob der seine Hände und legte sie gleich wieder auf ihren Hintern, den er kniff und drückte.

»Wenn du mir ein bißchen mehr zeigst, Kätzchen, erklär' ich dir das große Geheimnis. Komm, zeig mir deine hübschen Äpfelchen.« Gierig legte er seine Hände auf Katharinas Brüste. Entschlossen schnürte die nun ihr Wams auf. Der Schleifenbeck stierte sie lüstern an, Schweiß rann ihm die Stirn herab, der nach reinstem Alkohol roch. Langsam legte Katharina ihr Mieder ab und riß mit einem Ruck ihr Leinenhemd nach oben. Im Licht der mitgebrachten Fackel schimmerte ihre Haut am Hals weiß und frisch wie

Milch, doch was Schleifenbeck darunter sah, ließ ihn zurückfahren.

»Du, du, du Dreckshure«, stammelte er entsetzt und spuckte aus, während er sich rückwärts zur Wand bewegte. Diesen Augenblick hatte Katharina genau kalkuliert und nutzte ihn. Sie packte sich einen Zinnkrug, der zum Abfüllen des Weins bereitstand, hielt ihn hinter ihrem Rücken verborgen und trat auf Schleifenbeck zu, der abwehrend die Hände vorstreckte, es aber nicht wagte, dieses verfluchte Weib anzufassen.

Er wollte sich doch nicht die Franzosenseuche holen. Der Leib der Dirne war ja dicht bedeckt mit widerlichen Blattern. Wie konnte sie es wagen, noch so unverschämt ihre Dienste anzubieten? Wahrscheinlich fehlte ihr das Geld für eine Quecksilberkur beim Bader. Kein Wunder, daß eine so schöne Hure wie diese sich nun bei Bettlern anbot. Sie hatte wohl geglaubt, hier fände sie einen Betrunkenen oder Blöden, der die Zeichen der Krankheit übersehen würde.

»Faß mich nicht an, du schmieriges Weib«, schrie er in Panik, weil Katharina sich immer näher an ihn ranmachte. »Das hab' ich nicht vor, mein Geliebter«, zischte Katharina nur und ließ im selben Moment den Zinnkrug hart auf den Schädel Schleifenbecks niedersausen. Der sank sofort in sich zusammen und rutschte mit dem Rücken an der Wand auf den feuchten Ziegelboden herab. Katharina drehte sich ungerührt um, zog eine kleine Flasche aus ihrer Gürteltasche und zapfte aus allen drei Fässern etwas Wein ab. Dann schlich sie die Treppen wieder hoch, paßte einen Moment ab, in dem der Wirt sich anderen Gästen zuwandte, und flitzte vom Kellereingang zur Wirtshaustür. Unbemerkt schlüpfte sie hinaus und verschwand im dichten Gedränge, die Gürteltasche mit einer Hand fest an sich pressend.

»He, he, was willst nun du schon wieder, Hundequast?« Der Wirt schrie es mißmutig durch den ganzen Raum. »Geht's dich was an?« brüllte Hundequast frech zurück und bat seine beiden neuen Freunde, ihm die Kellertreppe hinab zu folgen.

»Bring mir den Schleifenbeck und seine Metze wieder mit nach oben«, rief der Wirt den Dreien hinterher, »die sollen mir nicht meine Vorräte wegsaufen.« Rufus runzelte die Stirn. Was hatte das Mädchen nur mit diesem Gesindel zu schaffen? Ob Märthe sie geschickt hatte?

Unten angelangt, entdeckte Hundequast sofort seinen am Boden liegenden Freund. »Zur Hölle«, schrie er, reichte Rufus die Fackel und kniete nieder und schüttelte unsanft seinen Kumpanen. Der brummte tatsächlich auf, öffnete die Augen und erkannte nach einer Weile Hundequast. »Du«, brachte er mühsam hervor. »War das dein Feinsliebchen?« fragte Hundequast spöttisch und mit unverhohlener Schadenfreude.

Mit schmerzendem Kopf versuchte Schleifenbeck zu nikken. Mühsam richtete er sich ein wenig auf und lehnte sich an die Mauer. Eingetrocknetes Blut verklebte sein Kopfhaar. Dann griff er nach seinem Geldbeutel, den er im Wirtshaus so oft prahlerisch hervorgezogen hatte. »Alles noch da«, stöhnte er verwundert.

»Sie hat deine Zärtlichkeiten wohl doch nicht gewollt, du Edelmann«, kicherte Hundequast schadenfroh.

Drohend wollte Schleifenbeck sich ganz aufrichten, doch der aufzuckende Schmerz in seinem Schädel riß ihn zurück. »Diese Hure hätte sich jedem Krüppel an den Hals geworfen, du Windbeutel, sie hat die Franzosenseuche am Leib.«

Rufus lauschte diesen Offenbarungen mit wachsendem Erstaunen. Katharina, ein Opfer der Lustseuche, das war ebenso wahrscheinlich wie eine Frau auf dem Papststuhl. Was für einen Streich hatte sie hier nun wieder gespielt? Ahnungsvoll blickte Rufus auf die drei Weinfässer. Ja, bestimmt hatte sie die gleiche Spur wie er verfolgt, vielleicht hatte Märthe sie tatsächlich als Spitzel eingesetzt. Oder, was noch wahrscheinlicher war, das ungestüme Mädchen hatte auf eigene Faust ihre Nachforschungen angestellt, vielleicht weil sie sich für den Verlust des Pestgiftes auf der Burg Rabenstein verantwortlich fühlte.

»He, du«, rief Schleifenbeck ihn jetzt an, »du kennst diese Person, warum hast du mich nicht gewarnt?«

Rufus tat, als sei er gekränkt. »Nun, guter Freund, mir schien, meine Einmischung war Euch nicht willkommen. Ich kenn' die Hure gut, sie treibt's sonst mit den feinsten Herren, spricht sie sogar auf dem Weg zur Kirche an. Sie kommt aus dem Thüringischen, ganz wie ich.«

Schleifenbeck fragte nicht weiter, sinnierte aber laut darüber, warum sie sein Geld nicht genommen hatte. »Oh«, sagte Rufus harmlos, »wahrscheinlich habt Ihr ein ordentliches Geschrei gemacht, da hat sie es mit der Angst zu tun bekommen und ist geflohen.«

»Wie konntest du auch so dumm sein, sie in dieses Loch zu bringen, Schleifenbeck, wo sie dich einfach hätte ausrauben können?« fragte noch einmal Hundequast, und Rufus stellte erleichtert fest, daß keiner der beiden Schurken auf die Idee kam, Katharina habe es nicht auf Geld, sondern das Gift abgesehen.

Schließlich hatte sich Schleifenbeck so weit erholt, daß er schwankend aufstehen konnte. »Willst du die Kerle heut' nacht mitnehmen?« fragte er, auf Rufus und Luichtgen deutend.

Hundequast nickte. »Dann geht es schneller, und wir können hernach noch ordentlich einen heben. Vielleicht kommt auch der Dominikaner noch, dann kann er sie gleich aufnehmen.«

Mißtrauisch, aber durch seine Wunde arg mitgenommen, betrachtete Schleifenbeck den Bauern und seinen Bettlerbruder.

»Seit wann bewegen sich denn die gottesfürchtigen Zülpicher Brüder auf den schwarzen Pfaden der Hölle?« fragte er, Luichtgens Bettlerabzeichen inspizierend.

»Seit die Welt ohnehin in Trümmer geht«, beeilte der sich mit verächtlichem Grinsen zu antworten, »und weil ein jeder sich um seine Seligkeit auf Erden kümmern muß.« Das gefiel Schleifenbeck, dem die stolzen Armen immer ein besonderer Dorn im Auge gewesen waren. Willig verbrüderte er sich mit Rufus und Luichtgen und zeigte ihnen mit großer Geste, wie er den tödlichen Trank, »unser Teufelsgesöff, das reines Gold wert ist«, in einen Schlauch abfüllte.

Danach stapften alle die Treppe herauf, verließen die Schänke und verschwanden in der Nacht.

29.

Der Beweis war erbracht, der Befehl zur Säuberung der Stadt von allem Bettelgesindel erteilt. Man stellte dem Bogenwaldler und seinem dreißig Mann starken Trupp eine beachtliche Schar von Stadtsoldaten zur Seite; und sie alle ließen keine Zeit verstreichen, sondern machten sich an ihr blutiges Geschäft.

Hundequast und Schleifenbeck griffen sie im Kessel auf, der Ritter strafte sie sofort ab und hieb ihnen die Schädel herunter, daß das Blut nur so nach allen Seiten spritzte. Duldendung erwischten sie in einem geheimen Hurenhaus und stachen ihn nieder, während in den Gassen die feiernden Bettler und Dirnen versuchten, den berittenen Söldnern zu entkommen.

Der Rat hatte den Bogenwaldler angewiesen, ihm alle Brunnenvergifter auszuliefern, um ihnen ein ordentliches Verfahren zu machen, doch der Ritter scherte sich nicht darum, behauptete, sich in tapferem Kampf gegen die Meute gewehrt zu haben.

Er wußte genau, wen unter den Bettlern er für immer zum Schweigen bringen mußte, damit sie nicht etwa Anschuldigungen gegen den Dominikaner erheben würden, der sich während des Blutgerichtes im Bettlerviertel in einem Wirtshaus fernab vom Gemetzel verbarg.

Zwei Tage wüteten die Truppen des Ritters, dann hatte er alle erschlagen und erstochen, die um das Geheimnis des vergifteten Weins genau wußten. Diejenigen, die nur an den Feiern der Bettler und ihrer Beute teilgehabt hatten, lieferte er an die Vögte des Stadtrichters aus, wo sie in schnellen Verfahren der Stadt verwiesen und für vogelfrei erklärt wurden. Doch das Gerücht um die Brunnenvergifter zog solch böse Kreise, daß nun auch einige Bürger gegen das Bettlerviertel zogen. Der Rat konnte es nicht verhindern, daß das Volk mordend auf die Armen losging, getrieben von der Furcht und den Geißlern, die das Töten der Brunnenvergifter als gerechte Strafe Gottes predigten.

In drei Tagen war die Schmierstraße zur blutigen Gasse geworden, das Fest zum Totentanz. Am Ende las der Schinder die Leichen auf, warf sie auf seinen Karren und zog vor die Stadt, wo seine Fracht auf dem Anger der Ehrlosen in einer großen Grube verscharrt wurde. Daneben rammte man Pfähle in die Erde, auf die man die Köpfe der Anführer spießte. An einem Galgen schaukelte leise der Leichnam des Bubenkönigs, den der Bogenwaldler eigenhändig erwürgt, dann vom Gericht noch hatte aburteilen und schließlich vom Henker ordnungshalber aufknüpfen lassen.

Dennoch, viele Ratsherren wurden den Verdacht nicht los, daß hinter diesem heimtückischen, unfaßlichen Anschlag der Bettler gegen die Bürger noch ein anderer, weit böserer und klügerer Kopf stecken müsse. So, wie im Frühjahr hinter dem plötzlichen Aufbegehren einiger Handwerker. Und weil man den nicht benennen konnte, dachten viele an das Wirken von satanischen Kräften. Man malte Teufel an die Wand, um sie zu bannen.

Grabesruhe lag über der Stadt. Die Bürger, die ihren Blutdurst mit dem Erschlagen der Bettler selbst gestillt hatten, gingen mit gesenkten Köpfen einher, taten in den Kirchen Buße und erhöhten ihre Almosen an die ihnen bekannten, unbescholtenen Armen. Einige nahmen sie sogar in ihre Häuser auf, ließen sie unter Treppen schlafen und ernährten sie mit dem, was von ihren Tischen übrigblieb. »Hausarme« nannte man sie, die anderen Bettler betrachteten sie mit Neid.

Es waren wenige, die sich zur Bettelei noch vor die Kathedralen wagten. Luichtgen gehörte nicht dazu, denn auch ihn hatten die Häscher des Ritters niedergeknüppelt und mit ihren Pferden überrannt. Rufus, der tiefe Trauer um den Bruder trug, hatte nur dessen Leiche bergen können. Er hatte sich einen Karren gemietet, Fresenius um seinen Segen für den Toten gebeten und sich dann auf den Weg gemacht, Bruder Luichtgen zu seiner letzten Ruhestätte zu schaffen, dem Armenfriedhof von Zülpich, wo viele um ihn trauern würden.

»Dafür wird der sogenannte Ritter reichen Lohn empfangen haben.« Der Graf sagte es voll Abscheu. Neben ihm, in eine warme Decke gehüllt, saß Kaufmann Ansgard. Frau Märthe hatte ihn angewiesen, sich für eine Stunde im Garten aufzuhalten. Der späte Sommer verabschiedete sich mit einigen letzten goldenen Tagen und wärmte das immer noch bleiche, eingefallene Gesicht Ansgards.

Der hatte inzwischen von seiner Gefangenschaft berichtet, und Märthe hatte ihm die Wirkung des Pestgiftes erklärt, wobei sie dessen Herkunft freilich verschwieg.

»Ich werde Anklage erheben«, sagte nun Ansgard, »ich werde den Ritter vor Gericht bringen, ich schwöre es.«

Der Graf seufzte bekümmert, wenn das nur so einfach wäre. »Lieber Kaufmann, Eure Klage hätte keine Aussicht, erhört zu werden. Man hat zwei der Bettler ja dabei erwischt, wie sie tatsächlich Gift in den Brunnen eines Ratsherrn schütteten. Daraufhin hat man einen zwingen wollen, das Wasser selbst zu trinken, und der Kerl hat schlotternd vor Angst alles gestanden. Danach ließ ihm der Bogenwaldler keine Zeit, den Mönch zu verraten.«

»Aber der Rat weiß von der Entführung.«

»Ja, aber Ihr könnt nur von einigen maskierten Räubern berichten. Niemand würde Euch glauben, daß sich hinter dem behelmten Anführer der Ritter von Bogenwald verbarg.« Ärgerlich zupfte der Graf ein welkes Blatt von einem Beerenstrauch und zerbröselte es zwischen seinen Fingern. Der Wind frischte auf, brachte die Apfelbäume zum Rascheln und schickte den Geruch des Herbstes durch den Garten.

»Auch Eure wundersame Heilung«, so fuhr der Graf fort, »scheint mir nicht geeignet, groß in der Öffentlichkeit beredet zu werden. Denkt nur an den Umgang mit den Juden, den wir in dieser Zeit hatten. Das alles würde als unehrenhaft und höchst verdächtig betrachtet werden. Nein, wir müssen Stillschweigen bewahren, der Ritter hat bereits zu große Macht.«

Der Morgen danach bewies, wie recht der Graf mit seinen nachdenklichen Worten hatte. Die Macht und Niedertracht des Ritters wurden Märthe zum Verhängnis.

30.

Katharina bot dem Wächter der Hacht ihr letztes Geld. Der wollte noch handeln, zeigte sich zögerlich und spielte mit Genuß seine ganze Macht aus.

»Der Preis ist ein wenig höher, meine Liebe. In Zeiten wie diesen muß jeder mit dem Schlimmsten rechnen, der sich mit dem Gesindel gemein macht. Ich möchte meinen Hals für eine Hure wie dich nicht riskieren.«

Katharina blitzte den Mann wütend an. »Ihr wißt sehr wohl, daß mein Mann der Graf von Traubstedt ist. Er wird keinen Gefallen daran finden, daß man ihn zum Gesindel zählt.« Sie spielte diesen Trumpf höchst ungern aus, denn um nichts in der Welt wollte sie die Sicherheit ihrer Freunde aufs Spiel setzen. Doch sie hatte Glück. Der Name des Grafen ließ den Wächter ins Wanken geraten. Er zählte noch einmal die Münzen ab, die ihm Katharina in einem Beutelchen gereicht hatte, befand, daß diese besser als nichts wären, und bezog die vage Möglichkeit in seine Rechnung mit ein, daß ein Wort des Grafen ihn seine Stellung kosten könnte.

Ächzend erhob er sich von seinem Schemel, klapperte umständlich mit den Schlüsseln und ließ sich viel Zeit, um das Mädchen zu der Zelle ihres vermeintlichen Bruders zu führen.

Mehr als das knappe Viertel einer Stunde ließ er den beiden jedoch nicht. Dann riß er grob die Tür auf, wobei er die beiden in inniger Umarmung entdeckte, zerrte sie auseinander und gab Sebastian einen Tritt. Katharina, die er vor sich her aus der Zelle trieb, warf dem Geliebten einen letzten zärtlichen Blick zu. Mit Mühe unterdrückte sie die Sorgen, die sie in Wahrheit quälten. Sebastian brauchte allen Mut und alle Zuversicht, um sich auf das gewagte Spiel einzulassen. Tapfer nickte er dem Mädchen zu, seine Liebe kannte keine Furcht mehr.

Fresenius reichte Märthe die linke Hand und zog sie auf den steingemauerten Kai herauf. In der anderen Hand hielt die Alte einen Beutel mit der Medizin, die sie eben bei dem jüdischen Arzt in Deutz erstanden hatte. Auf dem Kai angelangt, schüttelte sie ihre Röcke aus und verabschiedete sich vom Kapuziner. »Geht zurück, es ist gefährlich für Euch. Die Truppen des Ritters kontrollieren die Straßen, und mich würde nicht wundern, wenn sie eine Beschreibung von Euch hätten.«

Fresenius schüttelte unwillig den Kopf über die gute Frau. »Das gleiche gilt für Euch, würde ich meinen. Der Dominikaner ist wohl kaum Euer Freund.« Märthe schwieg. »Warum sagt Ihr mir nicht endlich, woher Ihr ihn kennt und was er mit Euch zu schaffen hat?« Inzwischen herrschte zwischen den beiden eine tiefe Vertrautheit. Oft tauschten sie ihr Wissen aus, und der Feuerwerksexperte kannte sich mit einigen Kräutern nun schon recht gut aus, wiewohl Märthe ihm nie die Geheimrezeptur für ihr Pestgift verraten würde. Genausowenig wie die Wahrheit über den Mönch im weißen Habit. Alles, was sie noch tun wollte, war, so viele Menschen wie möglich von der Pest zu retten, die ihr Gift über sie gebracht hatte. So sagte sie auch jetzt: »Wenn es Gottes Wille ist, mich zu strafen und meinen Feinden auszuliefern, so ist es gerecht. Ich habe große Schuld auf mich geladen und bin bereit, dafür zu zahlen. Laßt mich jetzt mein Werk tun, ich will nicht, daß Ihr mich begleitet.« Fresenius erkannte ihre Entschlossenheit und ließ Märthe dem Schein nach ihren Willen. Er wandte sich um und verschwand in der nahegelegenen Rheingasse.

Doch kaum war er dort eingebogen, hielt er inne und verfolgte Märthes weiteren Weg. Die wandte sich einem prächtigen Kaufmannshaus zu, an dessen Tür der Pestkranz hing und wo der Hausherr ebenso wie seine Frau kürzlich von der Plage befallen worden waren. Zwar steckte sich nun, nachdem die Bettler erschlagen und die vergifteten Brunnen zugeschüttet worden waren, tatsächlich niemand mehr mit der fürchterlichen Krankheit an, doch immer noch starben und litten etliche unter der Seuche.

Sie hatte die reichgeschnitzte schwere Tür gerade erreicht, als zwei berittene Söldner neben ihr haltmachten. Fresenius sah es mit Entsetzen, doch ihm bot sich keine Gelegenheit, der Frau zu Hilfe zu eilen. Er mußte mit ansehen, wie einer der Reiter nach kurzem Geplänkel vom Pferd sprang, Märthe bei den Schultern packte und ihr schließlich die Hände vor ihren Bauch band. Märthe wehrte sich nicht, sie schien die ganze Gefangennahme sogar mit Gelassenheit zu nehmen. Der Söldner band das Seil, das zu ihren gefesselten Händen führte, an seinen Sattel, dann saß er wieder auf, und Märthe taumelte ein wenig, als sein Pferd losschritt. So zogen sie die Gefangene die Werft hinab und bogen am äußersten Ende in eine Gasse ein, die auf den Domhügel zuging.

Fresenius' Herz klopfte bis zum Halse, er blickte sich nach allen Seiten um. Nur wenige Menschen waren Zeuge der Verhaftung geworden, denn im Hafen legten immer noch nur vereinzelt Handelsschiffe an. Der Pestgeruch hing noch zu deutlich in der Luft.

Schließlich schlich sich der Mönch zurück auf die Werft und griff sich mit der Eisenkralle den Beutel, den Märthe in einer Ecke des Hauseingangs abgestellt hatte, als die Reiter ihr den Weg verstellten, dann machte er sich eilig davon. Wenigstens dieses Beweisstück hatten die Stadtsoldaten übersehen.

31.

Mit großen Ehren wurde der Ritter von Bogenwald im frisch gelüfteten und durch Rattenfänger gereinigten Ratssaal empfangen. Das würzig spitze Aroma des Wacholders war deutlich wahrnehmbar. Der Sommer der großen Pest krönte sich selbst mit einigen letzten goldenen Tagen.

Zwar hatten einige Stadtväter mit Unbill das eigenmächtige Handeln des adligen Schlächters verfolgt, doch konnte niemand von ihnen umhin, den Erfolg seiner Maßnahmen zu würdigen. Nun wollte man den Kriegsherrn und Reichsritter so schnell wie möglich wieder vor den Toren der Stadt wissen. Man fühlte sehr wohl, welche Macht ihm in den Tagen der Unruhe und Anarchie zugewachsen war. Die stolzen Städter ertrugen das Gefühl der Machteinschränkung nur schlecht.

Die Bürgermeister überreichten dem Ritter feierlich seinen reichen Lohn: fünfhundert Golddukaten und eine Urkunde über die Übereignung eines Gutshofes aus städtischem Besitz, der sich auf dem Wege nach Aachen, kurz hinter dem Leprosenhospiz Melaten, befand. Die Einkünfte aus diesem Hofwesen waren beachtlich und machten den Bogenwaldler zu einem unabhängigen Mann – ein Los, das nur wenigen Rittern in diesen Zeiten noch zuteil wurde, denn ihr Stand war längst zur Bedeutungslosigkeit herabgesunken, nachdem bezahlte Landsknechte und Söldner des Kaisers Truppen bildeten.

»Aufrichtig danken wir für Eure großzügig gewährte Hilfe«, sagte der erste Bürgermeister und schüttelte dem Kriegsmann die Hand. Dann erwähnte er ein ausführliches Empfehlungsschreiben, das man für ihn aufgesetzt habe und das er, zusammen mit anderen amtlichen Briefschaften, dem Gesandten des Kaisers in Aachen nur auszuhändigen brauche, um auch beim höchsten weltlichen Herrn an Ansehen und Würde zu gewinnen. Ein solches Empfehlungsschreiben konnte den Weg zum Hof ebnen.

Mit Hilfe dieser Verlockung – man rechnete mit der Machtgier des Ritters – wollte man den Herrn von Bogenwald rasch aus der Stadt bringen. Ein vornehmer Rauswurf, verkleidet in höhere Weihen. Doch dem verflixten Kerl stand noch nicht der Sinn nach Abschied.

»Ich danke Euch, Ihr hohen Herren«, sagte er mit einem von Spott und Verachtung genährten Unterton und fuhr dann fort, »es ist mir eine Ehre, Euer Bote zu sein. Ich danke auch für die warme Empfehlung. Doch zunächst halten mich noch dringende Angelegenheiten in Köln. Meine Männer und ich ritten hier ein, um einige Anführer der aufrührerischen Thüringer Bauern zu stellen, deren Spur uns direkt nach Köln führte. Gut möglich, daß auch die Unruhen in Eurer Stadt von diesen Leuten betrieben wurden.« Er hielt kurz inne, um seine Worte wirken zu lassen, und tatsächlich erhob sich unter einigen Ratsherren nun erstauntes Gemurmel. Kannte dieser Ritter tatsächlich die Hintermänner des Aufstandes?

Der Bogenwaldler wartete, bis sich die kurze Unruhe gelegt hatte, und fuhr dann fort. »Ich selbst habe nun Beweise, daß diese Mörderbande, geführt von einem Grafen Traubstedt, sich innerhalb der Stadtmauern befindet. Mit Eurer Erlaubnis will ich nun meine – wegen des Bettleraufstandes aufgeschobenen – Nachforschungen fortsetzen. Gewiß wollt Ihr mir das nicht verwehren, zumal die Aufständischen für Köln weiterhin eine Bedrohung und ernsthafte Belästigung darstellen.«

Die Ratsherren versanken in düsteres Schweigen. Zu gern hätten sie den Ritter einfach der Stadt verwiesen, da er sich so dreist in ihre Angelegenheiten mischte und fremde Fehden zu ihnen trug. Der Bogenwaldler bemerkte das Zögern und setzte mit feinem Lächeln hinzu: »Der Kaiser wird es

Euch ewig danken, wenn Ihr mir Unterstützung im Kampf gegen die Zerstörer unseres Reiches und seiner heiligen Ordnung alle Hilfe gewährt.«

Der erste Bürgermeister faßte sich und sah, daß jeder Einspruch zwecklos war. Er sagte dem Ritter alle Hilfe bei der Suche nach möglichen Volksaufhetzern zu. Der dankte spöttisch und verabschiedete sich mit stummem Kopfnicken, so als entließe er einige Lakaien. Auch dies eine Beleidigung des Rates, dem es zugestanden hätte, den zeremoniellen Abschied zu vollziehen. Der Edelmann aber wandte ihnen einfach den Rücken zu und stapfte mit leise klirrenden Sporen über den gefliesten Boden zum Ausgang. Dort verharrte er kurz, bis die Ratsdiener ihm die Türen aufgeworfen hatten, und verließ, ohne sich umzublicken, den Saal.

Die Ratsherren teilten das Gefühl, eine vollkommene Niederlage eingesteckt zu haben. Mißmutig wandten sie sich den alltäglichen Geschäften zu und verhandelten die geeigneten Maßnahmen zur Wiederherstellung der öffentlichen Ordnung nach der Niederschlagung des Aufstandes. Die Börse und die Universität sollten nun wieder geöffnet, die Straßen gereinigt und die Massengräber eingeebnet werden. Nächtliche Wachen sollten die Ruhe auf den Gassen kontrollieren und alle weiteren Ausschweifungen und Besäufnisse, die die Überwindung der Plage nach sich zog, unterbinden.

Doch obwohl die Pest gebannt war, hatte keiner von ihnen das Gefühl, sich in Sicherheit wiegen zu dürfen, solange sich einer wie der Ritter in ihrer Stadt umhertrieb.

Dem hingegen gefiel seine neue Macht sehr wohl. Die Zukunft liege in den Städten, predigte ihm sein Mönch schließlich ohne Unterlaß. Nun gut, einer Stadt hatte er bereits die Stirn geboten und sie in die Knie gezwungen, niemand sollte ihn jetzt noch aufhalten. Sein nächstes Ziel waren die Gaukler. Der Ritter war sich sicher, daß er sie in

Köln finden würde. Er dachte an die Anwesenheit des Grafen beim Festbankett des Kaisergesandten. Das merkwürdige Verschwinden des ersten Pestopfers, des Kaufmanns Ansgard also, gab ihm eine Ahnung, wo seine Widersacher in letzter Zeit gewirkt hatten. Er lenkte sein Pferd nun in das Kaufmannsviertel nahe der Glockengasse, um Erkundigungen einzuziehen. Die Auskunft, die er dort von geschwätzigen Nachbarn erhielt, daß nämlich der Kaufmann Ansgard wohlauf und bei – wenn auch nicht bester – so doch leidlicher Gesundheit war, verdichtete seinen Verdacht. Er schickte einen seiner Begleiter zu seinem Quartier nach Verstärkung.

Katharina, die in selten aufgeräumter Laune von der erzbischöflichen Hacht ins Tuchschererhaus zurückgekehrt war, nahm die Nachricht von Märthes Verhaftung mit dem größten Entsetzen auf. Klirrend ließ sie eine Breischale fallen, die sie eben aus der Küche in die Wohnstube getragen hatte, um sie dem genesenden Kaufmann aufzutischen, als Bruder Fresenius die schreckliche Neuigkeit kundtat.

»O Gott, das ist Sebastians Tod«, schrie sie mit bleichem Gesicht. Die kleine Marie kletterte flink vom Schoß Gertruds herab und lief zu ihrer Freundin herüber. Was hieß das? Ihr Bruder sollte sterben? »Wo ist Sebastian?« rief sie mit hoher Kinderstimme immer wieder und wollte sich von niemandem beruhigen lassen. Fresenius, Hans, Michael, der Graf und die Tuchscherer waren über Katharinas Ausbruch so verwirrt wie das kleine Mädchen selbst. Warum dachte Katharina in einem Moment wie diesem zuallererst an den bedauernswerten Sebastian? Doch bevor der Graf oder einer der Reisegefährten die Magd näher befragen konnten, vermehrte ein lautes Klopfen an der Haustür ihre Verwirrung. Michael, von bösen Ahnungen geplagt, kletterte auf die Bank und spähte durch das hochgelegene Fenster in die Gasse. Mit kreidebleichem Gesicht stieg er wieder von der Bank herab.

»Es ist der Ritter von Bogenwald mit einer Schar Männer«, murmelte er entsetzt, »Märthes Verhaftung geht gewiß auf seine Rechnung, und nun will er uns holen.« Die Versammlung erstarrte, nur Maries plärrendes Weinen erfüllte die plötzliche Stille.

»Versteckt euch«, flüsterte endlich Gertrud, »mit euch ist es aus, wenn er euch findet.« Damit eilte sie zur Küche, die anderen folgten wortlos, und Gertrud öffnete eine Falltür zu den Kellern. »Rasch, rasch, er wird nicht so dreist sein und sofort das Haus nach euch durchsuchen. Ich will ihn ablenken.« Nacheinander kletterten die Gaukler in die Dunkelheit hinab. Hans mußte Katharina, die wie von Sinnen schien, die Stiege beinahe hinabstoßen, dann fiel die Klappe über ihnen zu. Ein schleifendes Geräusch verriet ihnen, daß Frau Gertrud geistesgegenwärtig eine Tonne oder Kiste über die Bodenluke schob, dann entfernte sie sich, um dem bösen Besuch die Stirn zu bieten.

Bevor sie den Eisenriegel der Haustür nach oben schob, atmete die Kaufmannsfrau noch einmal tief durch. Jetzt also würde sie dem Mann begegnen, der ihren Ansgard beinahe zu Tode gequält und ihr Haus ins Elend gestürzt hatte. Sie würde alle Kraft aufbringen müssen, um diesem Kerl nicht an den Hals zu fahren. Gegen ihn gab es leider keine greifbaren Beweise, die eine Anklage ermöglicht hätten. Gemessen zog sie die Tür nach innen und begrüßte den Besucher mit unbewegtem Gesicht. Doch statt heißer Rachelust oder kaltem Ekel war Erstaunen das erste Gefühl, das die Begegnung mit dem Edelmann in ihr auslöste. Wie so viele Menschen zuvor wurde auch die kluge Kaufmannsfrau von der stattlichen Erscheinung des Mannes zunächst geblendet. Beim Himmel, der Mann war wohlgestaltet. Die Locken voll, die gebogene Nase edel, alle Gesichtszüge von schönem Ebenmaß. Er hätte das lebendige Abbild eines frühen Artuskämpfers sein können, ein Lancelot oder der Erec des Hartmann von der Aue.

Dieser kurze Eindruck aber zerschlug sich rasch, als der Bogenwaldler das Wort an sie richtete. Seine Stimme war herrisch und von kaltem, fast metallischem Klang. »Ich untersuche im Auftrage des Rates die Ursachen und Folgen der rätselhaften Plage dieser Tage«, begann der Mann ohne Umschweife und drängte sich an Gertrud vorbei in die Diele. Ohne ihr Gelegenheit zu einem Einwurf oder einer Antwort zu geben, fuhr der ungebetene Gast fort: »Eure Nachbarn berichten mir, daß in Eurem Haus ein Pestkranker der ersten Tage von der Plage wieder genesen ist. Mich würde interessieren, wie ein solches Wunder bewirkt werden konnte.«

Frau Gertrud schluckte, auf einen solch unverblümten Angriff war sie nicht vorbereitet.

»Es soll sich um Euren Mann handeln, habe ich recht?«

Gertrud blieb keine Zeit, sich zu sammeln, sie nickte nur kaum merklich. Der Bogenwaldler registrierte es und schaute sich in der Diele um, die linker Hand zum Kontor und rechter Hand zur Gaststube führte. Ohne jede Einladung stieß er die Tür zur Stube auf. Gertrud eilte ihm nach, unfähig, ihn zurückzuhalten. Ansgard, der den Dialog mit gespitzten Ohren verfolgt hatte, saß aufrecht in seinem reich geschnitzten Lehnstuhl nahe dem Kachelofen. Sein Gesicht war wie aus Stein. Er war fest entschlossen, sich vor seinem Peiniger, dessen Stimme ihm wohlvertraut war, keine Blöße zu geben oder ein Zeichen zu machen, daß er ihn erkannt hatte.

Kaltblütig grüßte ihn der Ritter und beglückwünschte ihn gar zu seiner überraschenden Genesung. Ansgard schwieg. »Ihr kennt die Welt, guter Mann«, setzte deshalb sein Entführer an, »Ihr wißt, daß reiche, wohlanständige Leute immer mit Neidern und mißgünstiger Nachrede zu rechnen haben. Eure Gesundung hat ihnen die Zungen gewetzt.« Ansgard hob ein wenig sein Kinn, erwiderte aber nichts. Der Ritter seufzte, als quäle ihn die Verbocktheit des Mannes.

Gertrud stellte sich hinter den Stuhl des Kaufmanns und konnte einen feindseligen Blick in ihren Augen nicht unterdrücken. Der Ritter lächelte dünn und böse.

»Es gibt Nachbarn, deren Zeugnis natürlich geringer wiegt als das Eure, gleichwohl gibt es sie, die behaupten, Ihr hättet Umgang mit einem jüdischen Arzt gepflegt. Das ist zwar ungewöhnlich, aber Euer Recht. Und schließlich ist es nichts als ein dummes Vorurteil, die Juden als Brunnenvergifter zu bezeichnen. Das habe ich Euren Nachbarn natürlich auch deutlich gesagt. Einen rechtschaffenen Mann wie Euch in ein schlechtes Licht zu setzen ist wahrlich von übler Gemeinheit.«

Wieder pausierte der Heuchler, und wieder schenkte er ein provozierendes Lächeln, das Frau Gertrud so unerträglich war, daß sie ihr Schweigen brach.

»Wir danken Euch«, sagte sie mit schneidend kalter Stimme, »für soviel guten Willen, und es ist wahr, daß ein gut geschulter Arzt von der Deutzer Seite uns zu Hilfe kam. Freilich danken wir vor allem Gott im Himmel und der heiligen Mutter Gottes, daß sie unseren Hausvater von der Krankheit befreit haben.«

»Gewiß, gewiß«, unterbrach sie der Bogenwaldler eilfertig, »die Mutter Gottes, ja, natürlich. Die Nachbarn sollten sich schämen, Böses über Euch zu denken. Allerdings einige unter ihnen, die gewiß alle zur Madonna beten, sprachen auch von einer anderen Frau, die bei Euch ein und aus ging und auch andere Pesthäuser nicht scheute. Ihr Name soll Martha oder Märthe sein. Kennt Ihr eine Person dieses Namens?«

Hilflos senkte Gertrud ihren Blick und griff nach der bleichen, dürren Hand ihres Mannes. Der drückte sie kurz und ergriff nun selber das Wort.

»Wir geben nichts auf das Geschwätz der Nachbarn«, sagte er so fest, wie es sein immer noch schwacher Zustand erlaubte. »Recht so, recht so«, antwortete mild sein Peiniger, dann näherte er sich zielsicher wie ein Adler, der seine Beute erspäht, dem Lehnstuhl, packte die Armstützen mit beiden Händen und beugte sich mit einem Ruck zu Ansgard hinab, der erschrocken zurückwich.

»Aber, mein guter Kaufmann, es handelt sich hierbei nicht nur um das Geschwätz von Nachbarn. Frau Märthe selbst, die am heutigen Morgen verhaftet und unter Anklage wegen Hexerei gestellt wurde, behauptet, in Eurem Haus gelebt und gewirkt zu haben.« Empört schrie Gertrud auf. »Das ist eine Lüge. Märthe ist keine Hexe.« Das letzte Wort verschluckte sie fast, vor Wut hätte sie sich am liebsten die Zunge abgebissen. Der Bogenwaldler hatte mit seinen heimtückischen Anschuldigungen sein Ziel erreicht. Märthe war verraten, dabei hatte die Alte selbst – da war Gertrud sicher – nichts vom Haus Tuchscherer erwähnt.

Der Bogenwaldler richtete sich nun wieder auf, sein Lächeln war breit und zufrieden. Wer sein Wesen nicht kannte, hätte diesen Gesichtsausdruck für freundlich halten können. »Es ist unser Schicksal, menschlich zu sein. Und es ist nur eben menschlich, daß wir uns auch einmal die falschen Freunde wählen. Das ist nur zu verständlich«, sagte er mit großer Ruhe, während Ansgard sich mühte, seine Frau so weit mit einem Händedruck zu trösten, daß diese nicht in Tränen des Zorns ausbrach.

Der Ritter schlenderte derweil durch die Stube, begutachtete die Zinnteller, hob einen Steinkrug vom Wandbrett, wie um ihn zu bewundern, und musterte die kostbaren Ledertapeten. Dann setzte er seinen Vortrag fort: »Welcher gutherzige Bürger ist schon gefeit vor dem übelsten Gelichter, das sich, in den Mantel der Wohlanständigkeit gehüllt, in seinem Haus einnistet? Welcher Christenmensch weiß schon, ob der Nächste, mit dem er Umgang hat, nicht vom Teufel und seiner Brut besessen ist? Dafür hat selbst die Heilige Inquisition Verständnis. Gerade darin liegt ja die Bosheit und Kunst des Teufels, daß er, so wenig stofflich wie er ist, in einen jeden von uns einfahren kann. Lieber Kaufmann, niemand wird Anklage gegen Euch oder Euer Haus erheben. Schon gar nicht, wenn Ihr Euch als ehrliche Christen zeigt, die Zeugnis ablegen wider alles Böse und sich bemühen, den Satan zu bekämpfen, wo immer und in welcher Gestalt er ihnen erscheint.«

Mit diesem Satz und einer vagen, in die Luft gemachten Geste beendete der Grausame seinen Vortrag und deutete eine Verneigung an, so als hätte er Applaus entgegenzunehmen. Dann lehnte er sich abwartend gegen den schweren Eichentisch. Gequält sog Ansgard den Atem ein: »Was wollt Ihr?« brachte er mit gepreßter Stimme vor.

»Diesen Ton mag ich. So macht man Geschäfte«, lobte der Ritter. »Nun, ich werde alle Gerüchte über Euch selbst, Eure Frau und dieses Haus selbstverständlich im Keim ersticken. Natürlich ist Eure Heilung ein Wunder Gottes und kein schmähliches Machwerk des Satans. Wir sind gebildete Leute, wir wissen, wovon wir reden. Ich rotte gern auch Eure verleumderischen Nachbarn aus. Als Gegenleistung fordere ich nichts, als daß Ihr Eure Christenpflicht erfüllt. Nennt mir die Gehilfen Märthes und ihren Aufenthaltsort. Sie alle sind des Teufels.«

Krampfhaft drückte Ansgard die Hand seiner Frau, er wußte, sie würde ihre Zunge nur schwer im Zaum halten können, auch ihm selber wurde es mehr als sauer, den Mann nicht selbst als Teufel zu verfluchen. »Wir wissen nicht, wovon Ihr sprecht«, brachte er statt dessen um Ruhe bemüht hervor.

»Oh, höre ich da Satans Stimme? Ihr leugnet die lautere Wahrheit? Hat der Fürst der Finsternis etwa auch Euch als Wohnsitz erkoren, sind die Dämonen durch Euren Hintern eingefahren, oder hat Märthe sie Euch eingeblasen, während Ihr krank und wehrlos auf Eurem Lager hingestreckt wart? Oder ist Euch das Böse gar während Eurer merkwürdigen Entführung geschehen, die so überaus glimpflich endete?«

»Hinaus«, schrie nun der Kaufmann. Er wußte sich nicht länger zu beherrschen. Mühsam erhob er sich aus seinem Stuhl, ein wärmendes Wolltuch glitt von seinen mager gewordenen Knien, zitternd bewegte er sich auf den Ritter zu, der die armselige Gestalt gründlich verlachte.

»Oh, da packt mich die kalte Furcht«, höhnte er, dann näherte er sich betont gelassen der Tür. »Nun, ich will Euch nicht weiter bedrängen. Besser wäre es freilich, Ihr entsagt Satan. Ich empfehle, einstweilen die Federn eines Wiedehopfs zu verbrennen, was die Dämonen bannen soll. Entscheidet selbst, ob Ihr das Böse bekämpfen wollt oder nicht. Ich gewähre Euch eine kurze Bedenkzeit. Ihr findet meine Leute bei Tag und bei Nacht in der Nähe Eures Hauses. Wendet Euch ruhig an sie, wenn Ihr Eure Wahl getroffen habt. Ich denke, einen Tag kann ich Euch gewähren, bevor ich Meldung bei den Vertretern des Erzbischofs mache und das Haus gründlich visitiere. Lebt wohl. Im Namen Gottes.«

Mit diesen Worten verschwand der Mann unter dem Türbogen, wenig später fiel auch die schwere Außentür ins Schloß. Ansgard sank stöhnend in seinen Stuhl zurück. Gertrud umarmte ihn kurz und eilte dann in die Küche, um den Grafen und seine Freunde aus ihrem Gefängnis zu befreien.

Mit grimmigem Gesicht kletterte als letzter der von Traubstedt in die Küche. Gertrud und Ansgard berichteten von dem Gespräch, und der Graf wußte, daß die Gaukler nicht länger sicher im Haus der Tuchscherer waren.

»Es tut mir aufrichtig leid, Euch in solche Gefahr gebracht zu haben«, sagte er, doch Ansgard und Gertrud winkten müde ab. »Wo wäre ich ohne Euch?« fragte der Kaufmann schlicht und lehnte jede weitere Erörterung des Themas ab, es gab auch so genug zu beraten und zu entscheiden.

»Wir müssen einen Fluchtweg finden«, überlegte Michael, »der uns sicher an den Schergen des Ritters vorbeiführt.« Hans nickte zögernd. »Aber wie das?« warf er ein. »Zur

Gasse hin können wir unmöglich fliehen, der Hinterhof aber ist umschlossen von anderen Häusern; man könnte uns leicht entdecken und fangen, ehe wir die letzte Mauer überwunden haben.«

»Wohin führt Euer Keller?« fragte schließlich der Graf. »Mir scheint, er ist tief in die Erde hineingeführt.« Der Kaufmann nickte erstaunt. »Wir lagern dort alle unsere Vorräte, er mißt in seiner Länge gewiß an die vierzig Schritt und zieht sich unter der Scheune bis zum Keller des Eckhauses am Ende der Gasse hin.«

Frau Gertrud griff den Gedanken des Grafen auf und spann ihn fort: »Ihr wollt von unten nach oben fliehen?« Der Graf bejahte. Gertruds Mann gab zu bedenken, daß das Kellergewölbe dick gemauert sei und nur schwer zu durchbrechen, um in den Stall zu gelangen. Auch könnten die Spitzel den Stall von ihrem Posten noch sehen.

»Aber wie steht es mit der Wand zum nächsten Keller? Ihr sagt, darüber liegt ein Eckhaus und damit das Ende der Gasse?« beharrte der Graf weiter.

»Nun«, erklärte der Kaufmann, »die Wand ist mit steinernen Stützpfeilern gemacht, die Fächer dazwischen sind mit hartem Lehm, Steinen und Stroh gefüllt. Es ist wohl möglich, sie zu durchbrechen, aber dahinter stoßt Ihr auf ein Hindernis, das schwerer zu überwinden ist als jede Mauer«, erklärte Ansgard, »dann nämlich befindet Ihr Euch im Keller des Münzprägers Wolfhart, und der ist mit Türen gesichert, die von schwerstem Eisen sind, und die Türschlösser und Riegel sind Meisterwerke der Schmiedekunst. In diesem Keller wäret Ihr gefangen wie die Ratten, und Wolfhart würde Euch sofort als Diebe den Stadtwächtern ausliefern.«

»Dann brauchen wir den Schmied«, beschloß der Graf, »er muß sein Glück an den Schlössern versuchen, ich weiß, daß er es kann. Statt in ein Haus einzubrechen, müssen wir daraus ausbrechen. Das Eckhaus ist weit genug von Eurem

Eingang entfernt. Es bleibt keine Wahl, sonst sind wir und auch Euer Haus verloren, Ansgard.«

Der Plan schien aberwitzig, doch niemand wollte offen widersprechen und die Hoffnungslosigkeit der Lage kundtun. Der Kaufmann fand sogar einige Punkte, die für eben diesen Fluchtweg sprachen: »Das Haus des Wolfhart hat seinen Eingang zu der Gasse, die auf die unsere mündet. Solltet ihr aus dem Keller entkommen, bleibt ihr für die Häscher des Grafen zunächst unsichtbar. Außerdem schläft Wolfharts Familie im obersten Stockwerk. Zwischen dem Keller und den Schlafkammern liegen zwei Zwischengeschosse, die es zu überwinden gilt, falls man euch nachsetzen will.«

Fresenius bemühte sich um eine rein logische, emotionslose Betrachtung und gab nach genauem Nachdenken zwei ernsthafte Hindernisse zu bedenken: »Lieber Graf, zum einen muß zumindest einer von uns schon jetzt das Haus verlassen, um den Schmied zu holen. Zum anderen müßten wir das von uns gebrochene Loch in der Kellerwand wieder schließen, damit der Münzmacher später keinen Verdacht schöpft und unsere guten Gastgeber doch noch ins Verderben reißt. Wie aber soll das möglich sein?«

Jetzt mischte sich erstmals Katharina in das Gespräch ein, die bis dahin ganz ihren eigenen Gedanken nachgehangen hatte. Eifrig bot sie sich an, den Botengang zu tun.

»Wie, Mädchen, willst du unbemerkt aus dem Haus kommen?« fragte der Graf nachlässig und wollte sich wieder dem Kapuzinermönch zuwenden, doch Katharina war schneller. »Das ist nicht so schwer. Es wäre immerhin verdächtig, wenn alle Bewegungen aus und zum Haus von nun an ausblieben. Es gibt viele Dinge, die angeliefert und abgeholt werden müssen. Wie steht es mit einem Stoffballen, in den Ihr mich einfach einwickelt?«

»Der würde gewiß kontrolliert«, vermutete Ansgard.

Doch Katharina gab nicht auf. »Dann nehmen wir ein Faß

voll Müll und Unrat. Keiner der Späher würde es allzu ausführlich kontrollieren, denn was sollte diese stinkende Fuhre schon groß beinhalten? Wohl kaum eine Gruppe von Gauklern. Ich aber fände leicht Platz darin, denn ich bin schlank und die Kleinste von uns. Ein Knecht könnte das Faß bis zum Rhein hinunterkarren, von da aus werde ich mich durchschlagen.«

Fresenius kniff die Augen zusammen. Der Plan schien ihm durchführbar, nur Hans und Michael begannen einen Streit darüber, wer statt Katharina in der Tonne sitzen sollte. Da beide aber schwer und stattlich gebaut waren, Hans außerdem vom reichlichen Essen fetter denn je war, mußten sie schnell einsehen, daß das Mädchen die sicherste Fracht war.

»Gut«, schloß schließlich Fresenius und unterband weitere zeitraubende Dispute, »ein Hindernis wäre somit beseitigt, doch was bleibt, ist das verräterische Loch in der Mauer.«

»Da«, so warf nun der Graf ein, »habt Ihr selbst die Lösung in der Hand. Was ist, wenn eine Eurer berühmten Explosionen stattfände? Das wäre ausreichend Erklärung für einige Zerstörung. Die anschließende Verwirrung, der Qualm und der Schreck wären außerdem wie gemacht für unsere Flucht.«

»Ihr seid zu verwegen, Graf«, empörte sich Fresenius, der sich nach dem letzten Einsatz seiner Sprengkugel scheute, weiter mit seinem Schwarzpulver zu experimentieren. »Ich kann keine Sprengung versprechen, die uns oder dem Haus keinen heftigen Schaden zufügt. Das Pulver ist nur in Grenzen berechenbar, es ...« Weiter kam er nicht, barsch bedeutete ihm der Graf mit einer Handbewegung zu schweigen.

»Mönch, ich spreche nicht von einer Sprengung, sondern von einem kleinen Knalleffekt; ein wenig Feuerwerk und ordentlich Pulverdampf genügen, ich vertraue darauf, daß Ihr das bewirken könnt. Sorgt für Pech und Schwefelrauch, und ein jeder wird darin die Ursache für ein Loch in der Mauer sehen, für weitere Verwüstung werden wir selber sorgen. Geht lieber rasch ans Werk, dem Herrn von Bogenwald ist nicht zu trauen, vielleicht kehrt er schon heute abend mit den Stadtsoldaten zurück. Wir dürfen keine Zeit verlieren.«

Damit erhob er sich und befahl Hans und Michael, ihm in den Keller zu folgen, wo sie die Wand überprüfen und das Werkzeug zum Durchbrechen bestimmen sollten. Gertrud wies ihr Gesinde an, eine Tonne in die Küche zu rollen und Unrat aus der Abfallgrube unterm Küchenfenster einzusammeln. Fresenius begab sich seufzend in seine Kammer, um Pulver zu mischen und für die eingeschränkte Wirkung des teuflischen Zeugs zu beten. Die Hektik lenkte alle von ihrer Furcht und ihren Sorgen ab. Nur Katharina, die sich rasch in das Faß gezwängt hatte und nun mit stinkendem Unrat, alten Lumpen und Dreck bedeckt wurde, konzentrierte sich ganz auf ihr eigenes Ziel. Sie mußte Sebastian erreichen, bevor es zu spät war.

32.

Diesmal hatte er alles richtig gemacht. Der Sieg war vollkommen oder zumindest fast vollkommen. Munter schritt Claudius den Rheinkai entlang, schlängelte sich an Kornmessern, Schiffsknechten, Fischhändlern und Mühlentretern vorbei in Richtung der Trankgasse, die ihren Namen von den vielen Pfützen und Tränken her hatte, an denen man Pferde zur Rast festmachte, und die zum Domhügel hinaufführte.

Der Trubel war rings um den Hafen groß, denn an diesem Nachmittag hatten endlich wieder zwei große Kaufmannsschiffe aus den Niederlanden angelegt. Ihre Ware, Brabanter Seidenstoffe und Brügger Spitze, Friestuch und Barchent, wurde gelöscht und zum Stapelhaus verfrachtet, wo sie gemäß dem Zollrecht einige Tage gelagert werden mußte, damit Kölner Kaufleute sie begutachten und ihr Vorkaufsrecht in Anspruch nehmen konnten, bevor die wertvolle Fracht weiter rheinaufwärts verschifft werden durfte.

Claudius' Herz schlug beim Anblick der Handelskaravellen höher. Ihn lockte die Ferne, der Handel, das große Geschäft. Das Bild Roms erstand wieder einmal vor seinen Augen: die steinernen Plätze und Gassen, die prunkvollen Kardinalspaläste, die Pracht der Kathedralen. Rom, das größte Hurenhaus der Welt, das Paradies der Ämterschacherer und Pfründenreichen, wie man die unvergleichlich schöne Papststadt nannte, war und blieb sein Ziel. Nach der Gunst des Kaisergesandten wollte er die Gunst der Prälaten und Purpurträger dort erringen, mit Geld, mit Schmeichelei, mit Mord, mit Intrige. Hier wurde noch immer Weltpolitik gemacht. Der Vatikan war der rechte Ort für einen Mann seines Könnens und seines Charakters. Ihn gelüstete es bei diesem Gedanken, einen kurzen Hüpfer zu tun.

»Du bist kindisch«, schalt er sich selbst, während er in die Gasse einbog, die zum Domhügel hinaufführte, und beschleunigte seine Schritte. In kurzer Zeit hatte er das erzbischöfliche Gefängnis am Domhof erreicht und passierte, ein Schreiben vorweisend, die Torwache. Während er auf seinen leichten Sandalen den düsteren Gang zum Zellentrakt der Hacht entlangschlich, wischte er in aufgeregter Erwartung seine feuchten Hände an den Schößen seiner Kutte ab. Die Vertreter des erzbischöflichen Greven und Anhänger der Heiligen Inquisition – die meisten Dominikaner wie er – hatten ihm einen Besuch bei der nach seiner Anzeige und Anweisung festgesetzten Hexe gestattet. Dieser Gang war ihm wichtiger als die Begleitung des Bogenwaldlers zum Ratsempfang. Sollte der Ritter ruhig alle diese billigen Lorbeeren einheimsen, er hatte etwas weit Wichtigeres zu tun.

Rasch passierte er die verschiedenen Zellen, in denen

harmlose Liebeszauberinnen neben Wahrsagern oder Wettermachern festgesetzt waren, darunter auch das Kerkerloch, in dem Sebastian lag. Am Ende des Ganges traf Claudius auf den mißmutigen Wächter, der eine geröstete Speckschwarte kaute. Dem zeigte er abermals sein Schreiben, von dem der Wächter nur das Siegel zu erkennen vermochte. Umständlich erhob sich der Mann von seinem Schemel, wischte sich die fettigen Hände an seinem schmutzigen Wams ab, das Claudius angewidert betrachtete, und zog unter großem Klappern den Schlüsselbund hervor.

»Mit so einer würd' ich mich nicht einlassen, Mönchlein. Die ist gewitzt«, brummte er kauend, begierig, mehr über die Inhaftierte zu erfahren. Häßlich genug war das Weib für eine Hexe, doch oft hatte er hier noch nicht mit echten Satansschwestern zu tun gehabt. Er kannte lediglich die armseligen Kräuterweiber, die Totenschädel auskochten, um untreue Ehemänner zurück an den heimischen Herd zu zwingen, oder sich mühten, die Zukunft aus Kristallen, frisch abgeschlagenem Urin und Spiegelscherben herauszulesen.

Ja, solche gab es allenthalben, und meist kamen sie nur vor Gericht, weil einer ihrer Kunden mit dem Ergebnis der Zauberei nicht zufrieden war, nicht aber, weil er den Hexenkünsten keinen Glauben schenkte oder sie gar ausgerottet wissen wollte. Nichts Aufregendes dabei und nichts, das mit mehr als ein paar ordentlichen Rutenhieben abgestraft wurde. Aber diese Gefangene, das hatte er gehört, wurde beschuldigt, echten Schadenszauber vollführt und Menschen um Leib und Gut gebracht zu haben. Auch der fleischliche Umgang mit dem Teufel wurde ihr nachgesagt, das wog schwer. Sollte endlich einmal ein ordentlicher Hexenprozeß stattfinden? Das tät' gewiß der allgemeinen Ordnung gut.

»Sie soll die Pest erzeugen können, nicht wahr?« fragte der Wächter und versuchte, dem Mönch eine Auskunft zu entlocken.

Claudius ging auf die Worte des schmuddligen Wachmanns nicht ein, er konzentrierte sich auf das bevorstehende Gespräch. Die Tür tat sich auf, der Mönch drängte am Wächter vorbei in den düsteren Kerker. Der Geruch feuchten, verschmutzten Strohs schlug ihm entgegen. Von einem einzigen Lichtstrahl umkränzt, hockte Märthe unter dem vergitterten, glaslosen Fensterloch, das hoch oben in die Mauer gehauen war. Aufrecht, mit geradem Rücken saß sie da, nicht einmal an der Wand suchte sie Halt. Claudius war mit wenigen Schritten bei ihr und verneigte sich spöttisch.

»Gott mit Euch, liebe Schwester, es ist lange her, daß wir uns so traut getroffen haben. Es gab viel zu tun.« Märthe schwieg.

»So wortkarg? Willst du mich nicht verfluchen, mich einen Teufelskerl schimpfen, mir meine vielfältigen Verbrechen vorwerfen? So kenn' ich dich gar nicht.«

»Aber ich kenne dich«, war Märthes Antwort.

»Nein, liebe Frau«, fuhr der Dominikaner fort, »du meinst nur, mich zu kennen.« Märthe stieß einen verächtlichen Laut aus und wandte ihren Kopf nach oben zu dem hochgelegenen Fenster; ein Sonnenstrahl fiel herein, und die Alte schloß die Augen, um seine Wärme zu genießen.

»Bist du auf der Suche nach dem Allmächtigen, dem göttlichen Licht? Märthe, Märthe. Du bist nicht für ihn geschaffen, vielleicht nicht einmal von ihm.«

Zornig riß die Alte ihren Kopf herum. »Hüte deine Zunge! Man mag mich als Hexe anklagen, und doch bist du der schändlichste Lästerer des Herrn, den ich kenne, Bruder.«

Claudius lachte meckernd wie ein Ziegenbock. »Wir sind von ein und derselben Art ...«

»Schweig, du Mörder! Selbst deine Mutter würde dich verleugnen, wenn sie um deine Frevel wüßte. Was willst du von mir? Kommst du, um zu triumphieren? Dann weide dich ruhig an diesem Bild, mich trifft dein Spott nicht mehr, du angeblicher Bruder in Christo! Was soll diese lästerliche Verkleidung als Mönch?«

Claudius grinste, Märthe war zornig, das tat ihm gut. Wie sehr verabscheute er es, wenn sie ihm in großer Abgeklärtheit begegnete. Ihre Wut war ihm ein Zeichen, daß sie endlich seine Macht anerkannte, die sie zuvor nur verhöhnt hatte.

»Mönch, Kardinal oder Ketzer, was tut es zur Sache, Märthe? Wir sind beide keine lauteren Diener der Kirche, und du weißt es. Die Mächte, über die du verfügst, haben keinen kirchlichen Segen, was strebst du noch danach, von Gott geliebt zu werden? Er hat dich anders gemacht und dich auf einen anderen Weg geschickt.«

Märthe wandte ihr Gesicht wieder von ihm ab. Er sollte darin den Ausdruck von Schmerz nicht sehen. Schmerz, der genährt wurde von ihren Selbstzweifeln und dem Zweifel an der Richtigkeit ihres Tuns. Warum hatte sie ihr Einsiedlerleben im thüringischen Stollen aufgegeben und sich wieder unter die Menschen gemischt, deren Angelegenheiten und Ängste zu den ihren gemacht? Hatte sie nicht geschworen, sich ganz von der Welt zurückzuziehen, um nie mehr in Versuchung zu geraten, ihre unerklärlichen Kräfte anzuwenden, nachdem selbst Paracelsus sich von ihr abgewandt hatte?

»Dein Pestgift ist ein Meisterwerk«, flüsterte nun der bei weitem weniger begabte Claudius, der sie stets um ihr Zweites Gesicht und ihre geheimen Kenntnisse beneidet hatte. Ein Meisterwerk. Märthe biß die Zähne aufeinander. Wie hatte sie nur glauben können, daß ein solch tödliches Werkzeug eine Waffe Gottes sein konnte? Warum hatte sie ihr Wissen nicht einfach für sich behalten, warum hatte sie in den Lauf der Dinge eingegriffen, anstatt demütig auf Gottes Ratschluß zu vertrauen? Wie rätselhaft und ungerecht er auch erscheinen mochte, sie hatte nichts als Verderben über die Menschen, denen sie begegnet war, gebracht. Feldzug der

Gaukler! Was für eine Torheit. Das Böse mit dem Bösen bekämpfen, wie unselig war dieser Plan gewesen.

All die Erscheinungen in ihrer stillen Stollenhöhle im fernen Thüringen waren keine Zeichen des Himmels, sondern mußten Blendwerk des Teufels gewesen sein. Diese vage Ahnung bereitete ihr mehr Qualen als die gemeinen Einflüsterungen ihres Besuchers, mit dem sie ein altes Band verknüpfte.

»Märthe, ich bin gekommen, um dich zu retten. Du weißt, ich war dir immer zugetan.«

»Was läge mir schon daran?« fragte die Gefangene müde zurück. Das Leben hatte sie weit voneinander entfernt. Sie, die ihre Fähigkeiten geschult und verfeinert hatte, die bemüht gewesen war, all ihr intuitives, im Traum geschautes und bei den Hexen und Zaubermännern abgelauschtes Wissen in den Dienst der neuen Medizin zu stellen, und er, der alles Magische zum Werkzeug von weltlicher Herrschaft verkehren wollte.

»Was«, fragte sie in die Stille, »ist eine Sau, der man Samt und Seide überwirft? Eine Sau.«

»Oh, liebe Märthe, beschimpf mich ruhig, das zeigt, wie lebendig du noch fühlst. Aber du irrst. Die Dinge sind, was sie scheinen, nicht mehr, aber auch nicht weniger. Das lehrt die neue Zeit. Ein Purpurgewand macht einen Kardinal, die Bischofsmütze einen Bischof, auch wenn der Kopf darunter einem Schurken gehört. So ist die Welt eingerichtet, und du weißt es. Hör mir zu. Ich bin weit davon entfernt, über dich triumphieren zu wollen. Ich respektiere deine Fähigkeiten und deine einzigartigen Gaben. Doch es scheint mir an der Zeit, sie endlich in den Dienst einer wahrhaft großen Sache zu stellen. Du hast sie verplänkelt, dich mit einigen blinden Schwärmern zusammengetan. Rebellen, die einen Gott anbeten, der sich in großem Schlaf befindet und ihre Fürze nicht vernimmt. Ein nach Ehre strebender Graf und eine

Schar verrückter Gaukler. Was wollen die schon ausrichten?«

Märthe richtete sich blitzartig auf. »Wage es nicht, meine Freunde lächerlich zu machen. Jeder einzelne ist mehr wert als ein Tag, als ein einziger Atemzug in deinem Leben. Fahr endlich zur Hölle, wo du hingehörst!«

»Und du auch«, erwiderte der Mönch ungerührt. »Das sogenannte Böse ist deine Bestimmung. Was ist dein Bild vom Allmächtigen anderes als große Lästerei? Betrachte es doch selbst. Du willst einen Gott, der ständig in den Lauf der Dinge eingreift, als gelte es, sich selbst zu korrigieren. Was für ein Gott und Allwissender soll denn das sein, der in sieben Tagen die Erde zu erschaffen vermag, um dann in Tausenden von Jahren nichts als Rechenfehler zu entdecken? Nein, Märthe, du bist zu klug, um das zu glauben. Die Welt läuft nach einem göttlichen, über alles Irdische erhabenen Plan, fürwahr. Und zu diesem Plan gehören die Widerwärtigkeiten der Geschichte und unsere, die menschliche Fehlbarkeit, die Sünde.«

»Und deshalb sind wir alle zum Bösen verdammt? Was ist das für ein lächerlicher Disput, damit wirst du kaum an die Spitze der Welt gelangen.« Märthe war nun aufgestanden und funkelte ihn kampfeslustig an.

»Mir scheint, du hältst mich für dümmer, als ich bin.«

»Für dumm genug, um einem Scharlatan auf den Leim zu gehen, der mit zwei Pudeln durch die Lande läuft, einen Teufelspakt mit seinem Blut unterzeichnet haben will und sich Doktor Faustus nennt. Ein Quacksalber von minderem Verstand, der Wind macht, indem er seinen Darm zum Flattern bringt. Der zu nichts taugt als zur Haupt- und Staatsfigur in ein paar derben Puppenspielen, die man über ihn auf Märkten spielt.«

Claudius lachte laut auf. »Ach, jetzt erkenne ich dich wieder. Noch immer nimmst du übel, daß ich den Pfad deiner hohen Gelehrsamkeit und den guten, versponnen Paracelsus verlassen habe. Was sollten diese kleinmütigen Forschereien und Inspektionen des menschlichen Körpers, den du, Märthe, mit einem einzigen deiner Gifte vernichten oder von ärgster Krankheit heilen kannst? Siehst du denn nicht, daß du zu den Erwählten gehörst und dieser Paracelsus ein elender Erdenwurm ist, der in hundert Forscherjahren nicht den Bruchteil deiner Kenntnisse erlangen könnte? Er konnte dir dein Wissen nicht erklären, keine Regeln dafür finden, nicht wahr?«

»Sei still, ich will davon nichts hören.«

»Wie, du erträgst die Wahrheit nicht? Die Wahrheit, nach der du dich doch immer so verzehrt hast. Für so feige hätte ich gerade dich nicht gehalten. Ja, ich bekenne, mein Lehrer Faustus mag gegen dich nur ein Lump sein; du bist weitaus begabter als er in Dingen der Alchimie. Aber er hat das Licht der Erkenntnis nicht gescheut. Er hat sich dem wahren Herrn alles Irdischen anvertraut, er macht sich die Kräfte des gefallenen Engels zunutze, nach dessen Art auch wir Menschen geschaffen sind. Das nenne ich Mut und Forschergeist. So gelangen wir zu wahrem Wissen.«

»Als Knechte Satans? Ach, Claudius, mit wieviel schwarzer Blindheit gehst du durchs Leben? Wir sind nicht nur gefallene, verblendete Geschöpfe, in uns ruht auch ein göttlicher Kern, der uns den Weg aus der Finsternis weist. Es liegt an unserer Willenskraft, diesen Weg zu finden, es ...« Märthe brach ab, denn so leidenschaftlich sie diese Worte auch hervorstieß, so wenig trafen sie ihre innersten Empfindungen und eigenen Erfahrungen. Sie war erfüllt von Scham und Reue, sie fand ihre Rede anmaßend und überheblich. Sie selbst hatte schließlich ein teuflisches Gift in die Welt gebracht, das vielleicht Hunderte von Menschen das Leben gekostet und die Pläne ihres Bruders und des Ritters vorangetrieben hatte. War sie nicht wirklich von Satan gelenkt und ihm willenlos gefolgt?

»Du siehst, liebe Schwester, dir selber ist es unmöglich, noch Argumente gegen mich zu finden. Also laß mich meinen Punkt zu Ende führen. Nein, ich spreche nicht für eine Herrschaft Satans, nicht für das Böse an sich, das Böse als Ersatz für das ewig Gute. Beides, Märthe, beides nur für sich genommen ist unsinnig, eins bedingt das andere. Gott selbst hat Satan gemacht und aus den Himmeln zur Erde gesandt. Und weil Gott sich aus den irdischen Belangen heraushält, ist es sinnvoller, sich mit dem Tun des Teufels zu befassen. Siehst du nicht seine Macht? Rom, die Kirche, alles ist längst fest in seiner Hand. Das Böse beherrscht die Purpurträger vom Tiber. Weißt du nicht von ihrer Prunksucht, ihren vielfältigen Begierden, ihren Mordintrigen. Simonie, Nepotismus – keine Todsünde, die sie nicht schon begangen haben. Sogar die Päpste haben Huren. Was tut Gott dagegen? Nichts. Er läßt seinen wahren Stellvertreter auf Erden wirken. Den Teufel. Wer ihm folgt, dem ist großer Lohn gewiß.«

Unwirsch hob Märthe die Hand und wedelte damit, als wolle sie ihren Bruder wie ein lästiges Insekt verscheuchen, dann sagte sie mit fester Stimme: »Und dagegen anzutreten sind wir berufen. Niemand will diese römischen Blender und Kirchenverräter mehr dulden. Der Papst gilt ja als Antichrist der letzten Tage. Claudius, wach auf und sieh, daß eine neue Zeit beginnt. Viele, die ein reines Herz und klaren Verstand haben, würden diese falschen Pfaffen gern ganz zum Teufel jagen und treu nach Gottes Wort leben.«

Claudius glaubte, seine Schwester nun in eine logische Falle gelockt zu haben. »Und was geschah und geschieht mit diesen deiner Meinung nach reinherzigen, verständigen Menschen? Sie werden niedergemäht. Keinen Sommer währte der Aufruhr.«

»Die neue Lehre wird bleiben. Wahrheit läßt sich nicht unterdrücken, Worte nicht zurücknehmen. Sie können einen Philosophen töten, aber keinen Gedanken.«

»Oh, ich stimme dir zu, Schwester Märthe, nur wird es eine elendig lange Zeit dauern und noch viele Menschenleben kosten, ehe sich eine dieser Wahrheiten durchsetzt. Warum nicht schneller zum Ziele gelangen? Warum nicht selber lenken? Warum traust du dich nicht, der Welt ins Gesicht zu schauen? Durch die Finsternis führt der Weg zum Licht. Nur wer beim Teufel in die Lehre geht, der kennt die Schliche und Fallstricke des Bösen, der kann sich den Fürsten der Finsternis und seine Macht auf Erden zunutze machen, ungehindert an die Spitze steigen und dann die Welt einrichten, gerade so, wie es ihm gefällt. Ja, er kann wahrlich gottgleich sein – hier unten, in diesem von Gott verlassenen Jammertal. Das nenne ich das neue Zeitalter. Märthe, siehst du nicht, wozu deine Talente uns befähigen? Was wir gemeinsam bewir ...«

»Du widerst mich an, Claudius! Was sollen diese vertrackten Spitzfindigkeiten, die jeden Sophisten und Scholastiker schwindeln machen würden? Warum tarnst du deine elende Machtgier mit kompliziert geflochtenen Unsinnigkeiten? Hast du etwa noch ein Gewissen, das du in den Schlaf wiegen mußt? Warum küßt du nicht einfach des Teufels Arsch?«

»Ich merke, dir ist die Sprache der Gosse doch noch vertraut und ebenso eine ganz und gar unheilige Wut, liebe Märthe. Du wirfst mir Ehrgeiz vor und Niedertracht. Gut, ich gestehe, ich bin ehrgeizig, und ich scheue nicht zurück vor dem, was man gemeinhin Niedertracht nennt. Nur Dummheit ist mir zuwider, und schönfärberische Lügen.«

»Dann müßtest du von Selbstekel zerfressen sein.« Märthe spie ihm die Worte nun fast ins Gesicht. Doch Claudius wollte nicht aufgeben, noch immer hielt er die Alte für schwankend. »Dumm, liebe Schwester, ist es, die Existenz des Bösen zu verleugnen oder das Böse mit einigen Sensen und scharfen Predigten zu bekämpfen. Denke an deine Bauern. Was haben sie anderes erreicht als eine noch grausamere Herrschaft, als noch striktere Gerichte, noch mehr Armut und Rechtlosigkeit? Und Luther? Pah, ich gebe dem guten Müntzer recht, der ist ein Madensack, ein Fürstenknecht. Seine Wahrheiten hat er selbst in Lügen verkehrt; da sitzt er nun feige zu Gericht über die Aufrührer, die ihn beim Wort genommen haben. Fähig, das Gute zu predigen und das Böse zu tun. Das soll eine neue Lehre sein? Alles bleibt beim alten. Laß ihn doch eine eigene Kirche gründen, ohne Rosenkränze und Madonnen, ohne Reliquien und Heiligenschreine, es wird nicht lange dauern, und auch in diesen Kirchen wird es von falschen Pfaffen wimmeln, und es werden die blutigsten Kriege auch im Namen der neuen Lehre geführt.«

»Was schert es dich«, antwortete Märthe müde, »du willst doch die Welt dem Bösen untertan machen, du ...«

Claudius unterbrach sie mit schmeichelnder Stimme, in der Gewißheit, ihren Widerstand gebrochen zu haben. »Du mißverstehst mich. Ich will die Welt nicht dem Bösen, sondern den Menschen untertan machen, befreit von allem Metaphysischen, was nicht unser Bereich, sondern der des Herrn ist. Ich will trennen zwischen Welt und Himmel, weil beides von Gott getrennt wurde. Das, liebe Schwester, ist die neue Zeit. Das ist Gottes Plan. Kein Kampf zwischen den übermenschlichen Mächten, ob gut oder böse, keine Knebelung durch falsche Götter, die sich um das Leid der Menschen nicht scheren. Wir, wir müssen uns die Welt aneignen.«

»Du bist ein Schwätzer, Bruder. Dich selbst interessieren die Menschen nicht; du bist ein Opfer der Einflüsterungen Satans, du bist ein Werkzeug des Bösen. Du bist ganz und gar der Erde verhaftet, du wirst zu Staub zerfallen, und aus deinem stinkenden, verwesenden Leib wird keine Seele aufsteigen. Du hast sie längst der Hölle vermacht. Und nun geh, laß mich meinen Frieden machen mit dem Erlöser, an den ich glaube, auch wenn ich eine Sünderin bin. Ich will deine Hilfe nicht, ich bin für die Welt ohnehin verloren.« Märthe ließ sich auf die Erde hinab, schlang die Arme um ihre angezogenen

Knie und verbarg ihr Gesicht. Claudius hörte, daß sie leise murmelnd betete, er hatte den Kampf verloren. Noch einmal wollte er ansetzen, als draußen im Gang ein gräßlicher Schrei, nein, mehr ein entsetztes Jaulen erklang.

Es war der Wächter, der jetzt mit seinen schweren Stiefeln den Gang hinab auf den Ausgang zu polterte. Sein Jaulen formte sich zu einem immer wiederkehrenden Schrei: »Die Pest.« – »Die Pest.« – »Die Pest.« Was zum Teufel hatte das zu bedeuten?

Als der Mönch wenig später von einem anderen Wachmann aus Märthes Zelle geführt wurde, erfüllten bereits Schwaden von Wacholderrauch den Gang. Mit Nagelstöcken machten einige Stockknechte Jagd auf die umherflitzenden Ratten, die man die Herren der Pest nannte, obwohl man den Zusammenhang zwischen den Nagetieren und der Verbreitung der Seuche nicht kannte. Wie, so fragte sich der Dominikaner, hatte die Plage so spät noch das Gefängnis des Erzbischofs erreicht? Und wer war jetzt noch ihr Opfer? Konnte es sein, daß Märthes Gift doch eine fatale und nicht kontrollierbare Streuwirkung hatte? Nein, denn das wäre der erste Fall einer ungewollten Ansteckung.

Es war an der Zeit, daß seine Schwester endlich starb. Als seine Verbündete wäre sie in seinen Bestrebungen von unschätzbarem Wert gewesen, als seine Feindin hatte sie stets größte Gefahr bedeutet. Sie mußte brennen, der Scheiterhaufen konnte nicht schnell genug geschichtet werden. Der Pestfall in der Hacht, so beschloß der Dominikaner, sollte der letzte Beweis für ihre tödlichen Künste sein. Claudius eilte sich, um den Vertretern der Heiligen Inquisition entsprechenden Bericht zu erstatten. Er wollte bezeugen, daß Märthe die Krankheit in seinem Beisein und um ihn zu verhöhnen herbeigezaubert hatte. Nein, er wollte nicht nur bezeugen, er selbst wollte anklagen. Er selbst würde sie vernichten.

Claudius trat aus dem dumpfen Dunkel des Gefängnisses

in den sonnenbeschienenen Hof. Der vorhin noch so neugierige Wächter saß bleich vor dem Eingang zur Hacht und nahm einen kräftigen Schluck Branntwein, den er seinen Kameraden mit seinem wohlverwahrten Schmiergeld abgekauft hatte. Bei Gott, er fürchtete den übelsten Lumpen und Mörder nicht, aber mit der Pest, mit der Pest galt es nicht zu spaßen. Die städtischen Ausrufer hatten ihr Ende doch lauthals verkündet; das große Sterben war vorbei, hatte es geheißen, und nun mußte die vermaledeite Plage ausgerechnet hier, in seinem Gefängnis, wieder aufflammen.

Da steckte gewiß diese Hexe dahinter. Was, wenn sie es nun auf ihn, ihren Wächter, abgesehen hatte? Er nahm einen weiteren Schluck. Als er den Krug absetzte, bemerkte er, daß der mürrische Mönch, der eben die böse Zauberin besucht hatte, abwartend neben ihm stehengeblieben war. Er zuckte zurück und suchte im bleichen Gesicht des Kirchenmannes nach Anzeichen des Schwarzen Todes.

»Ich sehe, dir ist der Schreck ordentlich in die Glieder gefahren, guter Freund«, sagte der Mann im weißen Habit. Der Wächter blinzelte mißtrauisch. »Was wollt Ihr von mir?«

»Oh, nichts, nichts, als Euch meine Hilfe anzubieten. Wer ist der Kranke im Gefängnis?«

»Was geht's Euch an?« blaffte der Knecht schroff zurück.

»Ich frage nicht aus purer Nächstenliebe, guter Mann. Falls er zu den Armen oder Stadtfremden gehört, kann ich ihn in unser Spital aufnehmen und pflegen. Dir wäre damit eine große Bürde erspart.«

Der Wächter konnte sein Glück kaum fassen. Was für ein Angebot. Dieser Mönch mußte verrückt sein, aber sei's drum, so leicht wurde man einen Pestkranken nicht los. Von Diensteifer mehr als erfüllt, berichtete der Wächter, der Name des Gefangenen sei Sebastian und er sei sehr wohl ein Stadtfremder. Gewiß wäre es im Sinne des Greven, ihn so schnell wie möglich in geeignete Pflege zu entlassen.

»Nun, dann bleibt einfach hier und wartet auf mich. Ich werde mit einer Bahre und Trägern zurückkehren und den armen Sünder übernehmen. Was machte es auch Sinn, ihn noch vor Gericht zu zerren, er wird die Seuche ja kaum überleben.« Der Wächter nickte und versprach, sich keine Elle vom Fleck zu rühren, bis der Mönch zurück sei.

»Das ist brav von dir«, lobte Claudius, »der Himmel wird dir deinen wahrhaft mildtätigen Sinn vergelten.« Er lenkte seine Schritte auf den Dom, dann drehte er sich noch einmal um und blickte den Wächter scharf an. »Noch etwas. Diese Hexe, die ich eben besuchte, ist wahrlich gefährlich. Lasse niemanden zu ihr! Hörst du, niemanden! Kein Geld, das man dir dafür bietet, kann dich vom Tod freikaufen, der dir gewiß ist, wenn du ihre Zelle öffnest.« Der Wächter nickte stumm. Claudius eilte davon und beglückwünschte sich zu dieser unerwarteten Wendung. Jetzt also fiel ihm wenigstens Sebastian doch noch ganz in die Hände, ohne den Umweg von Anklage und Prozeß.

Unter einem schwarzen Tuch verborgen lag wenig später Sebastian, nach Atem ringend, auf der Bahre. Er wurde hin und her geworfen durch die unsteten Bewegungen der Träger, die über die buckligen Gassen stolperten. Trotz des schlechten Wegs kamen sie gut voran, denn vor ihnen ging Claudius, der ein Pestglöckchen schwang, so daß die Bürger erschrocken beiseite sprangen und sich bekreuzigten.

Sie nahmen an, daß hier ein letzter Toter zu Grabe getragen wurde, und der Dominikaner war mit diesem Eindruck zufrieden. Er wollte nicht, daß eine weitere Panik durch den Anblick eines lebenden Pestkranken ausbrach. Rasch lenkte er die Träger zu einem ärmlichen Quartier in der Kotzgasse nahe dem Rhein, führte sie eine wacklige Stiege hinan in eine zugige Dachkammer, wo man den fiebernden Sebastian unsanft auf ein hölzernes Bettgestell warf. Der Bergknappe stöhnte und wollte um Wasser bitten, doch seine trockene Kehle war wie zugeschnürt.

Hilflos versuchte er, seine Hände nach oben zu strecken. Obwohl das Fieber ihm die Sinne vernebelte, bemerkte er wohl, daß etwas falsch lief. Wo war das Gesicht Märthes, wo Katharina? Er wandte seinen Kopf von der schmutzigen Wand in die Kammer. Mühsam versuchte er, seinen Blick zu fixieren. Er erkannte einen dunklen Fleck in der Mitte des Raumes, seine Augen wanderten daran hoch. Eine Teufelsfratze hätte ihm keinen größeren Schreck einjagen können. Ein Stöhnen entrang sich seiner vor Durst schmerzenden Kehle. Dann fiel er in tiefe Ohnmacht, sein Körper nahm den Kampf gegen das Pestgift auf – ein aussichtsloser Kampf.

Claudius trat auf das Bett zu und betrachtete böse lächelnd den schwitzenden jungen Mann. »Du wirst die Gaukler schon zu mir locken. Dafür will ich sorgen.« Rasch schlüpfte er zum kleinen Dachfenster hinüber und stieß die Luken auf, um den infernalischen Gestank aus der Kammer herauszulassen. Tief atmete er die vom Rhein herüberwehende frischere Luft ein. Dabei fiel sein Blick hinab in die schäbige Gasse und auf eine junge Frau mit schwarzem Haar, die sich eilig durch die Menschenmassen schlängelte. »Sieh an, ein Täubchen flattert bereits zum Käfig, die schöne Sängerin«, sagte der Mönch zu sich selbst.

Dann ging er zur Kammertür, vor der die beiden Träger auf weitere Befehle warteten. »He«, rief er, »ich hab' noch einen kurzen Brief zu schreiben, den ihr besorgen müßt, danach könnt ihr euch ein Bier auf meine Rechnung holen.«

Atemlos gelangte Katharina zur Dombauhütte und lief an den verwunderten Steinmetzen vorbei zur Arbeitsstätte der Schmiede. Suchend blickte sie sich um, geblendet von den lodernden Feuern. Schließlich entdeckte sie in der Mitte des Raumes die mächtige Gestalt Derichs, der, sein Schutzbrett vor den Augen, mit kräftigen Hieben einen Eisenstab schlug.

»Derich«, rief Katharina aufgeregt gegen den Lärm an. Es war Wenzel, der sich zu ihr umwandte und dann Derich in den Arm kniff, um ihn auf die Magd aufmerksam zu machen.

Schnell war der Schmied bei ihr und zog sie in eine Nische zwischen zwei Kaminen. Der Werkstattmeister warf ihm einen mißbilligenden Blick zu, und Wenzel eilte sich, Katharina als eine Schwester Derichs vorzustellen. Der Meister wandte sich wieder der Arbeit zu.

»Es ist etwas Schreckliches geschehen«, keuchte Katharina, »Märthe ist als Hexe verhaftet worden. Der Bogenwaldler hat das Haus der Tuchscherer visitiert. Wir müssen fliehen.« Derich runzelte die Stirn und nickte.

»Ich werde heute bei Dunkelheit mit einem Karren vorfahren«, sagte er entschlossen.

»Nein, nein«, ging Katharina dazwischen, »das Haus wird von den Männern des Ritters bewacht. Wir müssen durch den Keller zu einem der nächsten Häuser fliehen und von dort auf die Gasse gelangen. Dabei brauchen wir Eure Hilfe.«

Derich schaute fragend auf sie hinab, und Katharina beeilte sich, den Plan des Grafen in kurzen Worten wiederzugeben. Als sie geendet hatte, vertiefte sich das Stirnrunzeln Derichs. »Der Graf traut mir allerlei Fähigkeiten zu. Ich kann nicht jedes Schloß öffnen«, flüsterte er und schaute sich vorsichtig nach allen Seiten um.

»Ihr seid unsere einzige Hoffnung«, flehte Katharina mit drängender Stimme, »ohne Euch sind wir verloren.«

Derich nahm Abstand von weiteren Einwänden. »Ich werde mein Bestes versuchen«, versprach er, »aber wir müssen Wenzel einweihen, denn einer muß den Karren vor Wolfharts Haus lenken und Euch aus der Stadt bringen.« Katharina nickte. Es war vielleicht gefährlich, jenen Wenzel, der keine Sympathie für jede Form der Rebellion hegte, in ihre Pläne einzuweihen, doch sie vertraute auf Derichs Menschenkenntnis.

»Wie aber soll ich unerkannt zum Haus der Tuchscherer gelangen?« fragte Derich nun. »Das ist der schmutzige Teil der Arbeit«, erklärte Katharina mit einem flüchtigen Abglanz ihres spöttischen Lächelns, »hier, riecht an meinem Hemd.« Sie hielt ihm einen verschmutzten Ärmel unter die Nase, und der Schmied sog angewidert den Gestank von faulenden Abfällen ein.

»Ich bin in einer Mülltonne gereist, die jetzt entleert am Kaiufer beim Fischmarkt steht. Dort wartet ein Knecht auf Euch, er trägt eine grüne Kappe. Keine Angst, die Tonne ist jetzt leer, es wird ein enges Gefängnis für Euch, aber immerhin müßt Ihr es nicht wie ich mit dem Müll teilen.«

Derich nickte seufzend. Dann ging er zum Meister und bat um Urlaub, der ihm wegen dringender Familiengeschäfte gewährt wurde. Der Schmied band seine schwere Lederschürze ab, wechselte einige Worte mit Wenzel, der zu allem eine unbewegte Miene machte. Schließlich packte Derich Katharina beim Arm und zog sie aus der Werkstatt vor den Dom. Gerade als er seine Schritte in Richtung auf den Rhein lenken wollte, riß Katharina sich los.

»Ich habe noch etwas anderes zu besorgen«, sagte sie und eilte, verfolgt von den verdutzten Blicken des Schmieds, davon in Richtung Domhof. Im Laufen wandte sie noch einmal ihren Kopf und rief: »Sag unseren Freunden, ich treffe sie mit Wenzel am Karren!« Dann stob sie davon.

Ja, natürlich, dachte Derich, sie würde Sebastian besuchen wollen. Armes Mädchen, dachte er kopfschüttelnd, sie hofft noch immer auf Rettung für den armen Kerl. Die Liebe machte Herzen blind und trübte den Verstand.

33.

Das Klopfen des Boten ließ Ansgard Tuchscherer hochschrecken. War das bereits der teuflische Ritter? Es dämmerte noch nicht einmal, und schon stand er wieder vor der Tür? Mit zitternden Fingern ließ der Kaufmann die Feder sinken, streute rasch etwas Sand über das frisch beschriebene Papier auf seinem Kontorpult und versteckte das Schreiben, das er eilends verfaßt hatte und in dem er den berühmten Philosophen und Hexenanwalt Agrippa von Nettersheim, einen gebürtigen Kölner, der zur Zeit in Metz wirkte, um seine Hilfe und um Rat für einen anstehenden Prozeß gegen Märthe bat. Dazu hatte ihm Fresenius geraten, als er von der Bekanntschaft zwischen dem Kaufmann und dem Ketzeranwalt erfuhr. Den Brief ließ Ansgard jetzt in einer Lade verschwinden und lauschte gespannt nach der Tür. Eine Dienstmagd öffnete, grüßte und dankte einem Boten. Ansgard seufzte erleichtert auf, wahrscheinlich nur eine Bestellung oder Geschäftsnachrichten. Die Magd trat nun in sein Kontor ein und trug einen gefalteten Bogen in der Hand. »Eine Nachricht für Euch, Herr, der Bote wollte nicht auf Antwort warten.« Knicksend überreichte sie das Schreiben und zog sich in die Küche zurück.

Der Tuchhändler entfaltete den Brief ohne Hast und große Neugier, doch was er zu lesen bekam, mehrte sein Entsetzen. Sebastian war in der Hand des Dominikaners. Konnte er diese Nachricht dem Grafen zeigen? Die Gaukler hatten genug mit der Vorbereitung ihrer riskanten Flucht zu tun, unmöglich durfte er sie mit weiteren Sorgen belasten. Und ganz sicher handelte es sich bei diesem Brief um eine Falle für ihn und seine Gäste.

Dem jungen Mann war ohnehin nicht mehr zu helfen. Ansgard hatte eine schwere Wahl zu treffen. Das Leben von mindestens sechs Menschen gegen das eines einzelnen.

Er war ein nüchtern denkender und kühl planender Mensch. Obwohl er nicht wußte, wie der Graf, geleitet von seinem altmittelalterlichen Ehrbegriff, entschieden hätte, entschloß er sich, den Inhalt des gemeinen Schreibens zu verschweigen. Sollten seine Freunde zunächst ihre Flucht versuchen; danach gäbe es vielleicht eine Möglichkeit, auch dieses neue Problem noch zu lösen. Vielleicht würden sogar ihm selber Mittel und Wege einfallen, um den unglücklichen Sebastian zu retten.

Der Graf und Fresenius hielten lodernde Fackeln gegen die nachtschwarze Wand. Im Schein der Flammen machten Hans und Michael sich mit Hacken und Eisenstangen so still wie möglich ans Werk. Es ging auf Mitternacht zu, und man war endlich sicher, daß die Münzprägewerkstatt verlassen war. Die von Lehm gefügten Zwischenräume des Fachwerks hielten den Hieben erstaunlich gut stand. Der Münzpräger hatte das Material mit Steinen versetzt, um seine Werkstatt besser zu sichern.

»Laßt mich einmal ran«, brummte der Schmied, »Ihr seid dieses Handwerk scheint's nicht gewohnt.« Er entriß Hans die Hacke und hieb mit wuchtigen Schlägen auf das Mauerwerk ein. Knirschend lösten sich die ersten Brocken, Putz und Lehm rieselten auf den Kellerboden.

Ängstlich lauschten in der Küche Frau Gertrud und Ansgard auf die Geräusche, die schwach nach oben drangen. Marie beobachtete, an einem köstlichen Honigkuchen kauend, die seltsame Anspannung in den Gesichtern der Erwachsenen. Sie hatte sich, trotzig und ungestüm wie selten, geweigert, bei Einbruch der Dunkelheit in ihr Bettchen zu steigen. Auf Sebastian und Katharina und Märthe wolle sie warten, hatte sie aufbegehrt.

Die Gaukler hatten sich entschlossen, das Kind bei Frau Gertrud zu lassen und ihm den Kummer eines weiteren

Abschieds zu ersparen. Gerne hatte Frau Gertrud sich bereit erklärt, für das Mädchen zu sorgen, und schließlich war es ihr gelungen, Marie zu überzeugen, daß ihre Freunde eine Reise unternehmen müßten, die für das kleine Mädchen zu gefährlich sei. Schweren Herzens hatte Frau Gertrud außerdem versprochen, daß Katharina, Märthe und Sebastian ganz gewiß zurückkehren würden. Sie hoffte bei Gott, daß das Mädchen ihr diese fromme Lüge eines Tages verzeihen würde und daß alle ihre Liebe Marie über die argen Verluste hinwegtrösten würde.

Hesekiel, der wunderliche Vogel Märthes, hatte sich der Obhut Gertruds hingegen durch Flucht entzogen. Er war am selben Morgen, so als habe er gespürt, daß seine Herrin nicht zurückkommen würde, durch eine offene Fensterluke entflogen. Selbst diesem dummen Tier, dachte Frau Gertrud mit Verwunderung, trauerte sie nach. Wie albern angesichts der Gefahr, in der sie alle schwebten.

Ein Poltern, das dumpf bis zu ihnen heraufklang, verriet, daß die Flüchtlinge die Mauer durchbrochen hatten. »Jetzt können wir nur noch beten, lieber Mann«, sagte Gertrud, hob Marie auf ihren Arm und ging in die Stube, um noch einmal nach den Spionen des Bogenwaldlers zu schauen. Unter angestrengtem Blinzeln entdeckte sie auf der gegenüberliegenden Seite der Gasse einen schwarzen Schatten. Ja, das mußte einer von ihnen sein. Wer sonst drückte sich so spät in der Nacht auf einer Straße herum, in der keine Schenke lockte?

Gertrud küßte die schläfrige Marie, deren Gesicht vom Honigkuchen klebte. Zärtlich streichelte sie die Locken des Mädchens. Du sollst es gut in unserem Hause haben, sagte sie zu sich selber und trug die Kleine zu ihrer Schlafkammer hinauf.

Mit staubbedeckten Kleidern schlüpften die Flüchtenden durch das Mauerloch. Hans leuchtete mit seiner Fackel die

Werkstatt aus. Prägestöcke, Feilen und Werkbänke lagen verlassen da. In schweren Truhen längs der Wände, so nahm er an, lagerten wertvolle Schätze, bearbeitetes und unbearbeitetes Metall. Für einen Moment spielte er mit dem Gedanken, sich etwas davon in die Taschen zu tun. Als künftiger Galgenvogel konnte er mit dieser Sünde sein Register nur unbedeutend verlängern. Der Graf riß ihn aus seinen Gedanken und befahl ihm, die verriegelte Tür zu beleuchten.

Derich begutachtete mit ernstem Gesicht die Riegel und Schlösser. »Das hat der gute Mann sich einiges kosten lassen«, stellte er mit sorgenvoller Miene fest. »Kannst du sie öffnen?« fragte Michael knapp. Derich wiegte den Kopf und bedeutete damit, daß er Zweifel hegte. Die anderen schwiegen, während Derich sein Werkzeug, Feilen, Zangen und feine Eisendrähte, hervorzog. »Was?« rief Hans lauter als nötig, »mit diesem Spielzeug willst du die Schlösser öffnen, da gnade uns Gott!«

»Und dir gnade Gott, wenn du dein vorlautes Maul nicht halten kannst«, schnauzte Michael und versetzte dem Musikanten einen derben Seitenhieb. Hans hustete und schwieg beleidigt, dann zog er ein Fetzchen Rauchwurst aus seiner Tasche und schob sie genüßlich in seinen nimmersatten Mund.

Fresenius und der Graf lehnten stumm an einer der Mauern, um Derichs konzentrierte Arbeit nicht zu stören. Doch auch sie hegten ernsthafte Zweifel, als sie das Tun des Schmieds beobachteten. Der grobe, kräftige Kerl, fingerte mit seinen Drähten herum, führte sie in die Schlösser ein, stocherte darin herum und zog sie dann hervor, um sie in seltsame Schlaufen zu legen.

In der Stube hatte Ansgard die Nachtwache übernommen. Er wollte von dem angekündigten Besuch des Bogenwaldlers nicht im Schlaf überrascht werden, sondern ihn, falls er noch vor Morgengrauen auftauchte, so lange wie möglich von einer Durchsuchung seines Hauses abhalten. Angestrengt lauschte er in Richtung der Küche, doch aus den Tiefen des Kellers waren schon lange keine Geräusche mehr zu vernehmen.

Zäh wie kalter Honig verrann die Zeit. Hans wurden die Augen vom langen Starren rasch müde, und er gab es auf, die Handbewegungen und Verrichtungen Derichs zu beobachten und begreifen zu wollen. Was der Kerl da tat, war ihm ein Rätsel. Erstaunlich genug, daß er mit diesen tellergroßen Pranken so sicher mit den feinen Drähten hantierte, sie immer wieder bog und mit feinen Feilen bearbeitete. Aber was diese dünnen Gebilde mit den schweren Schlössern zu tun hatten, blieb ihm vollkommen schleierhaft. Schläfrig ging er in die Hocke und schloß die Augen.

Der Graf und Fresenius schwiegen beharrlich und bemühten sich, jedes Anzeichen von Unruhe zu vermeiden. Die scharrenden Geräusche im Dunkel der Ecken deuteten sie richtig als die Lebenszeichen von Ratten, die sich in ihrem nächtlichen Reich nach Nahrung umtaten. Überrascht richteten sie sich erst auf, als ein leichtes metallisches Klicken erklang. Michael hielt ungläubig seine Fackel näher zu Derich heran und wollte nicht glauben, was er da sah: Der Schmied hielt mit grimmigem, aber doch triumphierendem Gesichtsausdruck ein geöffnetes Hängeschloß in die Höhe. Darin steckte einer seiner Drähte.

»Ihr seid ein Zauberer«, lobte selbst Hans voll aufrichtiger Bewunderung, »der Draht ersetzt den Schlüssel, das ist phantastisch.« Derich drehte sich wieder zur Tür hin und schob den ersten Riegel zur Seite. Zwei weitere Schlösser galt es zu öffnen, und eines davon verlangte nach einem Schlüssel mit doppeltem Bart. An einem solchen Schloß hatte er seine Künste bislang noch nie ausprobiert.

34.

»Ihr habt Zeit genug, wartet ab.« Claudius mußte einmal mehr den ungeduldigen Ritter von seinem hitzigen Tatendrang abbringen. »Was wollt Ihr das Haus bei Nacht durchsuchen? Das sorgt nur für unnötigen Aufruhr. Rache ist ein Gericht, das man kalt genießen sollte. Der Ansgard ist ein angesehener Mann, Ihr könnt nicht einfach in sein Haus eindringen. Der Rat würde Euch seine Anerkennung rasch wieder entziehen und vor die Stadt jagen. Reizt die Stadtväter nicht zu sehr.«

Der Ritter nahm die Ermahnungen wie immer mit großem Mißmut auf. »Die Stadt, der Rat, feige Fotzenhüte, allesamt. Du hättest sie heute sehen sollen. Dreck hätten sie auf meinen Befehl gefressen. Ich weiß wirklich nicht, warum du denen eine so goldene Zukunft prophezeist. Gib mir eine starke Truppe, gute Waffen, und ich renne selbst das stolze Köln nieder.«

Der Mönch haßte es, wenn der Ritter sich in solch unvernünftiger Säbelrasselei erging. Erfolge stiegen dem Kerl schnell zu Kopf, seine größte Schwäche war seine Überheblichkeit, seine gottverdammte Hybris, die der eines Hagen von Tronje in nichts nachstand. Diese verfluchten Ritter, immer noch sahen sie sich als Mittelpunkt der Welt, einer Welt, die längst in Trümmer gegangen war.

»Die Gaukler sitzen uns so fest in der Falle, sie können diesmal nicht entkommen«, versuchte der Dominikaner ihn zu beschwichtigen. »Außerdem haben wir zwei Faustpfänder. Weder Märthe noch Sebastian werden diese Dummköpfe einfach im Stich lassen.«

»Wie willst du das wissen?« fragte spöttisch der Edelmann und warf seinen Dolch in den hölzernen Pfosten seines Bettes, in dem er steckenblieb und surrend auf und ab federte.

»Der Bursche Sebastian taugt nicht zu viel, mit ihm ist es ohnehin bald aus. Sie haben ihn ja selbst im Kerker schmoren lassen. Und die Hexe hat ihre Schuldigkeit als Heilerin getan, die Pest ist vorbei.«

Stolz über diese gelungene Gedankenführung, nahm der Ritter einen Schluck süßen Wein und grunzte wohlig.

Der Dominikaner wunderte sich einmal mehr über die Engstirnigkeit und Phantasielosigkeit seines Herrn. Ihm fehlte fürwahr die Fähigkeit, die Seelen anderer zu erforschen oder sich in sie einzufühlen. Eine Eigenschaft, die ihn einerseits zu einem wertvollen Werkzeug machte, weil sie sich mit Kaltblütigkeit und einem kalten Herzen so überaus gut vertrug, die andererseits aber eine gefährliche Dummheit war.

»Unterschätzt nicht die Bande, die zwischen diesen Menschen herrschen. Allein die schöne Sängerin hängt sehr an dem Sebastian. Der Wächter beschrieb sie mir als eifrige Besucherin der Hacht.«

Der Ritter schaute kurz auf. »Die Sängerin? In Liebe entbrannt? Das wird sie bald vergessen haben, wenn ich einen Tanz mit ihr beginne. Sie ist mir eine Nacht schuldig und ...« Claudius ließ resigniert die Schultern sinken. Der Bogenwaldler war ein Knecht seiner Triebe. Noch einmal versuchte er es mit vernünftigen Argumenten.

»Gleichwohl, übt Geduld. Dann gehen sie uns alle ins Netz, denn sie alle sind zu Verzweiflungstaten fähig. Aber laßt Vorsicht walten. Ich glaube nicht, daß Märthe bereits mit ihrer Weisheit am Ende ist. Ich sagte Euch, daß diese Frau Kräfte besitzt, die gefährlicher sind als Eure Waffen. Erst wenn sie tot und verbrannt ist, sollten wir uns um die anderen kümmern.«

»Ach, diese Märthe«, antwortete spöttisch sein Gefährte, »eben noch hast du behauptet, sie wäre unser bestes Faustpfand und fest in unserer Hand. Fürwahr, sie sitzt in einem der besten Kerker, die ich kenne. Kann sie vielleicht durch

Wände gehen oder Schlösser schmelzen oder mir durch albernes Weibergeschwätz Schaden an den Hals zaubern?«

Claudius lief bei diesen Worten ein Schauer über den Rücken. Der Bogenwaldler wußte nicht, wovon er sprach. Sollte sich Märthe tatsächlich mit dem Teufel und gegen sie verbünden, dann wären ihrer Macht keine Grenzen gesetzt. Natürlich kannte sie auch die Regeln der Schwarzen Magie. Als Handlangerin des Satans wäre sie ihm, dem kleinen Faustschüler, hoch überlegen.

»Laßt uns abwarten, bis ihr der Prozeß gemacht ist«, sagte er noch einmal schwach, »die Zeit arbeitet für uns. Diesmal können uns die Gaukler nicht entkommen. Ihr selbst laßt das Haus doch bewachen. Trinkt in Ruhe Euren Wein, ruht Euch aus.«

»Den Teufel werde ich tun«, schrie der Ritter und warf den Krug gegen eine Wand, wo er zersprang. Klirrend regneten die Tonscherben auf die Bodendielen herab. »Ich will meine Rache jetzt.«

Blind vor Tränen hastete Katharina noch immer durch die nachtschwarzen Gassen, als ob dieses sinnlose Umherstreifen sie zu ihrem Geliebten führen könne. Sie hatte Sebastian getötet, durch ihre Hand war er gestorben, was hatte sie nur zu diesem aberwitzigen Plan getrieben? Zweimal hatte sie das Gift in ihren Händen gehalten, zweimal hatte sie damit größtes Unheil angerichtet. Auf der Burg Rabenstein, als sie es verlor, und nun, als sie es durch eigene Nachforschungen wiedergefunden und benutzt hatte. Wer mit den Teufeln Umgang sucht, ist selbst des Teufels, hieß es. Hätte sie sich doch nur daran gehalten.

Sebastian war fort und der Wächter unbestechlich gewesen. Nicht den leisesten Hinweis hatte er ihr auf den Verbleib des Todkranken gegeben, nur dessen erbärmlichen Zustand in schwärzesten Farben beschrieben. Sie hatte dem schmutzigen Kerl sogar ihren Körper angeboten, um etwas über den

Verbleib ihres Geliebten zu erfahren. Doch der Mann war unerbittlich, die Angst war größer als seine Gier. Auch zu Märthe wollte er sie nicht vorlassen, hatte sogar gedroht, sie selber festsetzen zu lassen. Alles Betteln hatte nichts genutzt.

Was sollte sie nur tun? Erschöpft hielt Katharina in ihrem Lauf inne. Eines war sicher, sie wollte und konnte nicht mit den anderen fliehen. Was sollte sie ihr eigenes, armseliges Leben retten, nachdem sie das von Sebastian vernichtet hatte? Sie hatte mit ihm alles verloren, was ihr je etwas bedeutet hatte. Gäbe es ein Mittel, dieses Gefühl für immer aus meinem Herzen zu reißen, dachte Katharina, ich würde glücklich sein ohne meine Seele.

Wie unbekümmert hatte sie all die Schrecknisse und Gefahren ihrer langen Flucht von Thüringen überstanden, und wie verzagt war sie nun. Sie hatte jeden Kummer ertragen, solange sie nicht gewußt hatte, daß es ein Glück für sie geben konnte.

Auch die Schuld wog schwer. Nach Luft schnappend, tastete sich Katharina an den Hauswänden der jämmerlichen Kotzgasse entlang, nicht ahnend, wie nah sie ihrem Geliebten war. Am Ende des Gäßchens schimmerte das Licht einer einsamen Laterne, das den Schiffern den Rückweg von nächtlichen Zechtouren zum Kai und ihren Booten weisen sollte.

Verzweifelt hielt sie darauf zu, als böte das Licht Rettung. Die Gasse öffnete sich zum Rheinkai hin, eine struppige, räudige Katze kreuzte maunzend Katharinas Weg. Ein böses Omen.

Vor ihr schimmerte jetzt matt der Fluß. Die im Strom verankerten Mühlenflöße, auf denen am Tag Kornmüller ihre Mahlwerke mit der Kraft des Stroms antrieben, schaukelten leise in den Wellen. Was, wenn sie einfach in die Fluten spränge? Das Wasser würde nicht ihre Schuld wegwaschen, aber sie wäre befreit, befreit von allen Zweifeln und Qualen.

»Wir müssen eine Sprengung wagen, uns bleibt kein anderer Ausweg.« Derich hatte sich redlich bemüht, doch das letzte Schloß hielt seinen Versuchen stand. Er wußte, daß es Tage dauern könnte, bis er seinen Draht so gebogen hätte, daß er zum Schloß paßte. Ein reines Glücksspiel. Genausowenig blieb ihm die Zeit, einen Wachsabdruck des Schlosses anzufertigen, dann ein Modell herzustellen, um einen Schlüssel danach zu schmieden. Zwar bot die Münzwerkstatt eine beachtliche Auswahl an notwendigen Werkzeugen für diese Prozedur, doch sie erforderte mehrere Stunden Arbeit. Mehr Zeit, als ihnen blieb, denn das Gesinde pflegte noch vor dem ersten Hahnenschrei aufzustehen. All das hatte er sorgsam abgewogen und bedacht, bevor er seinen Freunden jede Hoffnung nahm.

Alle starrten nun zum Kapuziner hinüber, der unbewußt in die Dunkelheit zurückgewichen war. »Unmöglich«, kam es jetzt mit bebender Stimme aus seiner Ecke. »Ich kann nicht versprechen, was passiert, wenn ich das tue. Es könnte unser aller Tod sein, wenn der Sprengsatz nach hinten losgeht. Das Haus ist nicht so fest von Stein gebaut, daß seine Mauern standhalten. Auch habe ich nicht genügend Pulver bei mir.«

»Dann holt es«, befahl barsch und unduldsam der Graf.

»Ihr wißt nicht, auf was Ihr Euch da einlaßt, guter Mann.«

»Ich weiß, daß hinter uns der Tod bereits lauert. Ob wir ihn aus dieser Richtung oder von vorn begrüßen, tut nichts zur Sache. Macht schon, geht!«

Widerstrebend tastete Fresenius sich zum Mauerloch zurück. Michael sprang ihm bei, schlüpfte als erster zurück in Ansgards Keller und leuchtete Fresenius den Weg.

»Gott ist mit Euch«, flüsterte er dem zitternden Kapuziner zu.

»Da seid Euch nicht so sicher«, flüsterte der zurück, raffte seinen Kapuzenmantel und kletterte hinter dem Landsknecht die Stiege zur Küche hinauf.

Der Graf und Hans begannen derweil ein Werk der Verwüstung, schlugen Löcher in die Wände, kippten Tische und Werkbänke um. Eine seltsame Pantomime, denn sie waren dabei bemüht, so wenig Lärm wie möglich zu erzeugen. Es galt, den Eindruck zu erwecken, daß eine Diebesbande in den Keller eingedrungen war. Als der Graf außerdem eine Truhe öffnete und sich zwei Säckchen mit Münzen einsteckte, starrte Hans ihn mit aufgerissenem Maul groß an.

»Bild dir nichts ein«, knurrte der Graf, »wir leihen es nur aus, um den Eindruck von Raub zu erwecken.« So, so, dachte Hans schelmisch, »ausleihen« heißt das also unter Edelmännern, unsereins nennt es Diebstahl und wandert darum an den Galgen.

Das Wasser war kühl und weich. Zärtlich schmiegte es sich um ihre Beine, saugte sich schmatzend in ihren Rock und kroch nun langsam zu ihrem geschnürten Mieder hoch. Katharina empfand fast so etwas wie Freude, als sie sich von den Stufen eines Landungskais langsam in die Fluten hinabsinken ließ, die gluckernd an die Mauer anschlugen. Noch saß sie auf einem der unter Wasser liegenden grob behauenen Findlinge. Sie bräuchte sich nur abzustoßen und langsam in die Strömung treiben zu lassen.

Es würde kein schwerer Tod, kein langer Kampf werden. Sie schloß die Augen und atmete den stumpfen, leicht modrigen Geruch des Wassers ein, als wolle sie sich dem tödlichen Element mit allen Sinnen hingeben.

Gerade wollte sie sich von der letzten Stufe lösen, als ein knatterndes Geräusch über ihrem Kopf sie zurückschrecken ließ. Dann traf sie unvermittelt ein leichter Schlag an der Stirn. Entsetzt fuhr sie zurück und riß die Augen auf. Über ihrem Kopf kreiste Hesekiel, der nun in wütendes Krächzen ausbrach.

»Teufel, Teufel«, kreischte der verrückte Vogel, hob sich

kurz in die Luft und stieß dann wieder auf das Mädchen nieder. Die verschluckte sich vor Schreck, mußte ordentlich husten und kletterte instinktiv rückwärts die Steinstufen hoch. »Hesekiel«, brachte sie schließlich prustend und nach Luft schnappend hervor, »du dummes, dummes, liebes Tier.«

Der Rabe, dessen Gefieder selbst bei Nacht noch glänzte, ließ sich mit einem letzten »Teufel, Teufel« neben ihr auf der Kaimauer nieder und pickte angelegentlich nach einigen Körnern, die beim Entladen von Getreidesäcken herabgerieselt waren. Der Rabe, so schien es Katharina, machte ein ausgesprochen zufriedenes Gesicht. Bei diesem Gedanken mußte sie ganz und gar unfreiwillig lachen, dabei war der Tod doch eine durchaus ernste Sache. »Teufel, Teufel«, krähte Hesekiel munter und war mit einem Flügelschlag auf Katharinas Schulter. Zärtlich kraulte das Mädchen sein Brustgefieder, und Hesekiel legte genüßlich sein Köpfchen schief. »Du willst wohl nicht, daß ich mich einfach davonschleiche?« flüsterte Katharina, und plötzlich erkannte sie die ganze Torheit ihres Vorhabens.

»Weise ihr den rechten Weg«, murmelte Märthe im Schlaf, ein ruhiges Lächeln entspannte ihre Züge, und sie grub sich tiefer in das raschelnde Stroh der Kerkerzelle.

Das Gesinde glaubte, das Ende der Welt sei gekommen. Wimmernd zogen sie sich ihre groben Leinendecken über die Köpfe und hofften, der Teufel möge sie übersehen. Selbst Wolfhart, ein harter Geizhals ohne Phantasie und darum auch ohne Furcht, lag zitternd in seinem Bett, bevor er – getrieben von seiner Angst vor etwaigen Verlusten – die hölzernen Bettluken aufstieß, aufsprang und fluchend seinen Schlafrock überzog. In der Tat hatte die Explosion so laut und mächtig die Stille zerrissen, daß das ganze Viertel hochschreckte. Wolfhart, an seinem langen Rock zerrend und mit dem Kopf immer noch im Halsloch steckend, eilte zur Betttruhe, auf der Kerze, Feuerstein und Schwefelspan lagen. Kaum hatte er seine Kleidung sortiert und das Licht entzündet, tappte er rasch die Stiegen zum ersten Zwischengeschoß hinab. Entsetzt bemerkte er, daß schwarzer Rauch durch die Dielenritzen nach oben kroch.

»Verdammtes Gesindel«, schrie er, während er nur noch an das Ende seines Wohlstandes dachte, was für ihn mit dem Ende der Welt gleichkam. »Verdammt, Rupert, Tryn, Bobo, bewegt eure verfaulten Glieder und lauft nach Wasser.« Alsbald regten sich die Knechte, froh, daß nur ihr Herr, nicht der Leibhaftige seinen Zorn austobte. Alles war beim alten, die Welt schien in Ordnung. Wolfhart sprang die zweite Stiege hinunter, umhüllt von dickem Rauchnebel, der ihm in Augen und Kehle biß. Hustend gelangte er in die Diele, der Qualm raubte ihm fast die Sinne, und so bemerkte er nicht die schemenhaften Gestalten, die in diesem Moment durch seine Vordertür nach draußen entwichen. Auch das Poltern der Eingangstür, die nun – vom Schmied aus den Angeln gehoben – krachend nach innen auf den Boden schlug, nahm er kaum wahr, so sehr war er damit beschäftigt, seinen Weg zur Kellerluke zu finden.

Die ganze Gasse befand sich in hellem Aufruhr. Nachbarn stürzten bereits mit ihren wertvollsten Habseligkeiten in kleinen Kistchen und Säckchen unter dem Arm auf die Straße. Von fern bimmelte bereits eine Kirchenglocke Feueralarm, und nachdem die ersten ihren Schrecken überwunden hatten, eilten sie zu ihren hauseigenen Ziehbrunnen, um Wasser zu schöpfen.

Ein einziger überspringender Funke konnte einen ganzen Straßenzug in Windeseile vernichten. Schnell entstand eine gewaltige Feuersbrunst, wenn die Flammen eines brennenden Hauses auf das Fachwerk eines anderen übersprangen. Die Not gebar die Tugend der tätigen Nächstenliebe.

Bald wimmelte es in der engen Straße von Leuten, alle so beschäftigt, daß sie der seltsamen Schar davoneilender Männer keine Beachtung schenkten. Mit Holzbottichen, Krügen und allerlei anderen Gefäßen eilten sie zum Hause Wolfharts, der schrecklich hustend die Suche nach der Kellerluke aufgegeben hatte und japsend in der Gasse lag, wobei er Gott und die Welt verfluchte. Den Lärm und den Rauch im Rücken, rannten der Graf und seine Freunde die Straße hinab, während immer neue Brandbekämpfer ihnen entgegenkamen. Wo aber war Wenzel mit dem Karren? Wo Katharina? An der Ecke zur nächsten größeren Gasse hielten sie ratlos inne, gezwungen, eine rasche Entscheidung zu treffen.

Am entgegengesetzten Ende der Häuserschlucht suchte ein stolzer Reiter zornbebend das Menschengetümmel mit Schwerthieben und Wutgeschrei auseinanderzutreiben. Der Ritter von Bogenwald wußte, daß ihm seine ärgsten Widersacher erneut entkommen waren. Als er einsah, daß kein Durchkommen war, wendete er sein Pferd, gab ihm die Sporen und sprengte die Gasse zum Haus des Tuchscherers hinab.

Dort zügelte er sein Pferd, sprang herab, ohne zu warten, bis seine Späher ihm nachgeeilt waren. Mit seinen Eisenhandschuhen hieb er auf die Tür des Kaufmanns ein, die Ansgard ihm schließlich öffnete.

Mit dreien seiner Leute im Rücken drängte der Ritter wortlos in die Diele, den protestierenden Ansgard stieß er wortlos beiseite und drohte selbst Gertrud mit dem Schwert. Dann befahl er seinen Leuten, das Haus zu durchsuchen. »Ihr werdet nichts finden«, sagte Gertrud ungerührt, »aber der Rat wird Euch diesen Frevel bitter vergelten.« Der Bogenwaldler blitzte sie böse an, spuckte vor ihr aus und trat dann in die Stube, wo er in sinnloser Wut Zinnkrüge von den Wandbrettern fegte und die wertvollen Ledertapeten zerfetzte. Alles Wüten half ihm nichts, es war wie Gertrud gesagt hatte, nichts, nicht die leiseste Spur fand er von seinen Todfeinden. Und als seine Wut sich langsam, sehr langsam abkühlte, erkannte er auch seine eigene Unbesonnenheit. Der Angriff auf das Haus eines angesehenen Bürgers und Ratsmannes vernichtete auf einen Schlag alles Ansehen und alle Gunst, die er eben noch besessen hatte. Mißmutig kehrte er schließlich unverrichteter Dinge in sein Quartier zurück.

Seine Niederlage war vollkommen, als auch die Männer, die er in das Gedränge der verqualmten Gasse gejagt hatte, um seine Widersacher zu verfolgen, in den frühen Morgenstunden mit nichts als einem Stück angesengter Kordel in die Herberge des Bogenwaldlers zurückkehrten.

Fluchend rannte er durch seine Schlafkammer, traktierte und schikanierte die erfolglosen Verfolger so sehr, daß der Dominikaner sie schließlich hinausschickte, bevor sie aufmucken und ihrem Herrn die Treue aufkündigen würden. Dann nahm er den Bogenwaldler noch einmal harsch ins Verhör. »Du hast niemand Verdächtigen in dem Hause der Tuchscherer entdeckt? Rein niemanden?«

Unwirsch drehte sich der Ritter zu ihm um. »Zur Hölle, nein! Nichts als ein paar Hosenscheißer von Knechten, Lehrjungen und eine Schar aufgeregt flatternder Mägde. Dazu den Ansgard, seine Frau und ein kleines Mädchen von kaum fünf Jahren.«

»Ein kleines Mädchen?« fragte der Mönch verwundert nach.

»Herrgott, ja! Eine Kröte, ein gelocktes Blag, das sich eng an die Hausfrau klammerte. Ihre Tochter, wie ich annehme. Was interessiert dich die?«

»Nichts, nichts«, sagte der Dominikaner nachdenklich, und fügte im stillen für sich hinzu: »Mit dem Kind möchte ich freilich einmal alleine sprechen, wer weiß, ob sich dessen Zunge nicht leicht lösen läßt.«

Dann betrachtete er noch einmal den einzigen handfesten

Fingerzeig, den die Verfolger von ihrer ergebnislosen Suche mitgebracht hatten: Ein armseliger Fetzen vom Habit des Kapuziners war die ganze Beute des unbesonnenen Angriffs. So greifbar nah war man diesem Mönch, dem Grafen und den Gauklern noch nie gewesen. Doch der Ritter von Bogenwald hatte die Jagd zu früh und zu laut begonnen. Wie oft mußte er diesen vermaledeiten Kerl noch zügeln und warnen? Wieder war ein Teil seines fein durchdachten Planes zunichte gemacht, wieder stand er am Anfang. Nein, nicht ganz am Anfang, denn Märthe, das schwor er, Märthe würde ihm nicht mehr entkommen. Es galt, den Bogenwaldler vorerst ganz aus der Stadt zu schaffen, damit er in seinem kochenden Zorn nicht noch mehr Schaden anrichtete. Dann wollte er selbst mit aller Macht den Prozeß gegen die Schwester Märthe vorantreiben, ehe sich der Kölner Rat, der bei Hexenprozessen das Recht auf ein Vorverhör hatte, anders besann und gar keine Anklage erhob. Wasserdicht mußte seine Beweisführung sein.

Was not tat, war ein Plan, der den Bogenwaldler reizte, ohne viel Federlesens aus Köln zu verschwinden. Allmählich reifte in seinem fieberhaft arbeitenden Gehirn ein genialer Plan, der den Ritter beschäftigen und zugleich den Grafen und die geflohenen Gaukler ins Verderben stürzen könnte.

Eine unruhige Nacht lag vor ihm, aber in der Vorfreude auf seinen Erfolg, rieb sich der Dominikaner befriedigt seine knochigen, gut gepflegten Hände.

35.

Ansgard irrte, als er meinte, die gespenstische Nacht und alle Heimsuchungen hätten nun ihr Ende. Zwar war selbst in der Nachbargasse inzwischen wieder Ruhe eingekehrt – der Brand hatte sich als harmloser erwiesen, als der viele Rauch hatte befürchten lassen –, doch beim Tuchschererhaus meldete sich kurz vor Morgengrauen ein weiterer Gast.

Ansgard, der in seinem Bett unruhig um ein wenig Schlaf rang, vernahm das leise Klopfen sofort, sprang auf und polterte die Stiegen herab. Der Bogenwaldler würde es doch nicht ein weiteres Mal wagen, ihn heimzusuchen? Nein, so dreist konnte er nicht sein. Vielleicht aber war die Flucht des Grafen mißglückt, dachte besorgt der Kaufmann, und die Freunde kehrten zurück auf der Suche nach sicherem Unterschlupf für den Tag.

Mit einem flackernden Öllämpchen in der Linken öffnete er die schwere Haustür. Davor stand, in feuchten, schmutzigen Kleidern, Katharina. Auf ihrer rechten Schulter thronte der schlafende Rabe. »Was der Himmel …«, rief der Kaufmann erschrocken aus, besann sich aber sofort und zog die zitternde Katharina in die Diele, dann weiter in die Stube. Hier legte er ein Wolltuch um das frierende Mädchen, befahl ihr zu schweigen und rannte in die Küche, um ein wärmendes Getränk zu brauen. Geübt schürte er das glimmende Küchenfeuer hoch, hängte einen Kessel in den Eisenring und schüttete Bier und Kräuter hinein. Katharina kauerte sich, die Decke eng um sich geschlungen, auf die Bank. Sie brauchte nur ein wenig Ruhe, nur ein wenig Ruhe, dann würde sie ihre Suche fortsetzen. Sebastian war noch nicht verloren, da war sie sich nun sicher.

Märthe hatte Hesekiel geschickt. Ein sicheres Zeichen. Der Vogel hatte sich mit gesträubtem Gefieder wecken lassen und saß nun zwischen zwei Zinntellern auf einer Wandkonsole, wo ihm rasch die vorwurfsvoll blickenden Augen zufielen.

Ansgard eilte mit einem Krug Warmbier herein, entzündete weitere Öllämpchen und befahl dem Mädchen zu trinken. Erst als sie die Hälfte des Kruges geleert hatte, erlaubte er ihr zu sprechen.

»Habt Dank, guter Ansgard. Ich wäre gewiß nicht wiedergekommen, wenn ich nicht ein so wichtiges Geschäft hätte.« Der Kaufmann nickte leicht und drängte sie, mehr von dem heißen Bier zu trinken. Gehorsam schluckte Katharina das mit Honig gesüßte Getränk. Wie hatte sie die trüben, kalten Rheinfluten nur als Genuß empfinden können?

»Lieber Mann, Märthe hat mir ein Zeichen gegeben. Ihr wißt, ich sorge mich mehr um Sebastian als um mein Leben. Nun, Märthe hat mir Hesekiel geschickt, und der kluge Vogel hat mich zurück zu Eurem Haus geleitet. Beharrlich flog er immer wieder eine kurze Strecke voran, dann kehrte er zurück, und ich folgte ihm in die von ihm eingeschlagene Richtung, bis ich begriff, wohin der Weg führte.«

Dem Kaufmann wäre eine solche Erzählung abenteuerlicher erschienen, hätte er nicht Bekanntschaft mit den wundersamen Heilmethoden der Alten gemacht. Das Wunder, das sie an ihm gewirkt hatte, erschien größer und unfaßlicher als die Geschichte um ihren gewitzten Vogel.

»Und was hat Märthe Euch noch mitteilen lassen?« fragte er nun mit leicht amüsiertem Ton.

»Nichts, nichts. Nur, es muß einen Sinn haben, daß sie meine Suche nach Sebastian bei Euch beginnen läßt. Ansgard, wißt Ihr, wo Sebastian aus dem Kerker hingeschafft wurde?«

Mit einem Schlag war der Tuchscherer hellwach. Was für ein Esel er war, sich in solch einer Situation zu amüsieren. Das Mädchen brachte ihn in arge Bedrängnis. Natürlich wußte er, wo Sebastian war, die Ereignisse der Nacht hatten ihn die häßliche Botschaft beinahe vergessen lassen. Katharina bemerkte das Zögern des Mannes und drängte weiter in ihn.

»Nicht wahr, Ihr wißt etwas«, sagte sie aufgeregt und richtete sich gespannt auf. Mit leuchtenden Augen musterte sie sein angespanntes, leeres Gesicht, als wolle sie davon die Antwort ablesen.

»Geht es ihm gut, lebt er?« drängte sie weiter. »Bitte, sprecht mit mir, ich muß es wissen. Ihr, Ihr seid meine letzte Hoffnung. Versteht doch, ich bin schuld an seinem Leiden, ich muß ihn retten.« Ihre Bitten klangen so verzweifelt und so ernst, daß der Kaufmann seinen Widerstand aufgab. Er konnte sein Wissen nicht für sich behalten. Mochte es sein, daß er den Grafen und die anderen Gaukler vor einer Torheit bewahrt hatte, dieses Mädchen würde er nicht belügen können, auch wenn die Mitteilung ihren Tod bedeuten konnte.

Beklommen und mit leiser Stimme berichtete Ansgard nun von dem Brief, den er am Abend empfangen hatte. »Es war nicht mehr als eine kurze Notiz. Eine Notiz aus der Feder des Dominikaners, wie Ihr ihn nennt. Ich freilich nenne ihn den Handlanger des Teufels.«

»Was schreibt er?« fragte ungeduldig Katharina. Noch einmal zögerte Ansgard, doch Katharina hatte nun ihre rechte Hand auf seinen Arm gelegt und drückte vor Aufregung fest zu. »Er hat Sebastian, der zu Tode erkrankt ist, vom Gefängnis zu einer kleinen Herberge gebracht.«

»Wo ist diese Herberge?«

»Auf der Kotzgasse, ein finsteres Loch, kein Ort, den ich aufsuchen würde. Es …« Unwirsch schüttelte Katharina den Kopf und wollte sich erheben. »Das tut nichts zur Sache, ich muß …« Jetzt war es Ansgard, der ihren Arm packte und sie zurück auf die Bank drückte.

»Siehst du denn nicht, Mädchen, daß der Mönch genau diese Falle gebaut hat? Er wollte den Grafen und deine

Freunde zu einer übereilten Handlung veranlassen. Wahrscheinlich hat er den armen Burschen sogar vergiftet. Die Rettung Sebastians wäre ihr sicheres Ende gewesen. Was glaubst du, wie stark die Herberge bewacht ist?«

Katharina schob seinen Arm beiseite, blieb aber sitzen. »Ihr habt ja recht, doch was bleibt mir übrig? Wenn Sebastian keine Hilfe erfährt, dann ist es bald zu spät. Denn …« Katharina schlug die Augen nieder, ihr Gesicht brannte vor Scham. Dann beichtete sie dem Kaufmann, daß sie Sebastian das Pestgift eingeflößt habe – daß es von Märthe stammte, verschwieg sie –, um ihn als Todkranken aus dem Gefängnis freizubekommen, aber daß der Dominikaner schneller gewesen war. Der Kaufmann mehrte ihre Gewissensqualen nicht, indem er inquisitorische Fragen stellte, sondern schwieg mitleidig. Schließlich faßte Katharina wieder Mut.

»Ihr seht, lieber Mann, ich muß ihm Märthes Gegengift geben, das auch Euch geheilt hat, sonst stirbt er in den nächsten Tagen. Seht Ihr denn nicht, daß ich zu ihm muß?«

Der Kaufmann legte die Hand vor sein fahles, müdes Gesicht, wie um sich eine kurze Ruhe zu gönnen. Dann schaute er wieder auf und fixierte Katharina mit festem Blick. »Hast du denn überhaupt einen Tropfen dieser Medizin? Weißt du das Rezept? Glaubst du, ich selbst hätte mich nicht ausgeliefert, wenn ich eine Möglichkeit gesehen hätte, dem armen Burschen Hilfe zu leisten?«

Katharina senkte den Blick. Natürlich, der Kaufmann hatte recht. Sie wußte nicht, wie der heilende Trank bereitet wurde, sie kannte nur wenige der Zutaten, mit denen Märthe hantiert hatte. Und der Weg in ihre Zelle war versperrt.

»Trotzdem«, sagte sie nun wütend, »ich werde zu Claudius gehen. Ich werde mich ihm ausliefern. Es ist unsere letzte Chance. Er muß mich zu Märthe vorlassen. Wenn ich das Gegengift bekomme, kann er danach mit mir verfahren, wie er möchte. Es ist mir gleich.«

»Warum«, gab Ansgard zu bedenken, »sollte er Sebastian heilen lassen? Er will ja seinen Tod, genau wie deinen und den all deiner Freunde.«

Triumphierend blitzte Katharina den Kaufmann an: »Er wird uns leben lassen, weil zwei lebende Geiseln besser sind als eine tote. Solange der Graf noch nicht in seinen Händen ist, wird er mir und Sebastian nichts tun. Wenn Sebastian erst gesund ist, besteht Hoffnung.«

Der Kaufmann nickte, doch die Hoffnung des jungen Mädchens vermochte er nicht zu teilen. Doch Katharina fuhr mit wachsender Überzeugung fort. »Nun, dann sind wir sicher, solange der Graf nicht nach Köln zurückkehrt. Was also spricht gegen meinen Plan?«

Auch der Kaufmann richtete sich auf und erwiderte mit ebenso fester Stimme: »Die Niedertracht, das kalte Herz und die Bosheit des Dominikaners, und das weißt du.«

Doch Katharinas Erleichterung über einen möglichen Ausweg, und war es nur der in eine erneute Falle, war zu groß, um überwunden zu werden. Sie wollte ihren Teil zur Rettung Sebastians tun, koste es, was es wolle. Würde sie ihn nicht retten, so würde sie mit ihm sterben. Es war ihr einerlei.

»Ich sehe«, sagte leise der Kaufmann, »du bist von diesem Irrsinn nicht abzubringen. Du brauchst trockene Kleider und einen klaren Verstand, bevor du diesen ernsten Schritt tust. Höre wenigstens in diesem Punkt auf mich.«

Katharina zeigte sich noch eine kurze Zeit widerspenstig, doch schließlich gab sie nach. Sie würde in dieser frühen Morgenstunde den Mönch wohl kaum in der Herberge antreffen. Also folgte sie den Anweisungen des Kaufmanns, der nun seine Gattin und das Gesinde weckte, die bald mit trockenen Kleidern erschienen und den Kessel für den morgendlichen Gerstenbrei aufsetzten. Während in der Küche mit Töpfen und Geschirr geklappert wurde, fiel Katharina in der Wohnstube endlich in einen kurzen, tiefen Schlaf. Mit besorgter Miene betrachtete Gertrud das Mädchen.

Der Gedanke, daß sie sich freiwillig in den Tod begab, schmerzte sie sehr. Um so mehr, nachdem Marie ihre Freundin entdeckt und mit ungestümer Freude auf sie zugerannt war. Vielleicht zum allerletzten Mal hatte Katharina die Kleine liebkost und umarmt. Was würde Marie zu leiden haben, wenn ihre Freundin nicht mehr zurückkehrte.

36.

Mißmutig lenkte Wenzel den Ochsen zurück zu seinem Besitzer, einem Kappesbauern, der nahe der Stadtmauer am Friesenwall seinen bescheidenen Acker bestellte.

In was für einen Unsinn war er da nur hineingeraten. Bleich kämpfte im Osten bereits das Morgenlicht die Nacht nieder. In Wolken gehüllt ging die Sonne langsam auf. Trüb war sie, trübe wie Wenzels Gedanken.

Inzwischen konnte er sich sehr wohl erklären, warum ihm schon bei der ersten Begegnung mit seinem ehemaligen Schmiedemeister mulmig zumute geworden war. Der Mann war nicht mehr recht gescheit, mischte sich in die große Politik, zumindest trieb er sich mit Aufrührern und Gesindel herum, denen das Pech an den Fersen haftete.

Wenzel war ein rechtschaffener Mann. Einer, der sich raushielt aus Dingen, die ihn nichts angingen. Und nun steckte er mittendrin in einer Angelegenheit, die nach Ärger roch. Dieser Graf war gewiß eine stattliche Erscheinung, auch der Landsknecht schien kein gar so übler Bursche, aber dieser seltsame Kapuziner, überhaupt diese ganze seltsame Bande?

Wenzel schwang den Ochsenziemer und ließ das arme Tier seinen ganzen Mißmut fühlen.

Ein roter Streifen durchzog das Bleigrau der Dämmerung, die Sonne gewann nur allmählich an Kraft. Über den Wiesen lag herbstlicher Nebel, Wenzel erinnerte er an die wabernden Giftdämpfe der Hölle.

Trotzdem, er war ein treuer Freund. Deshalb hatte er in der vorangegangenen Nacht doch noch den Weg in die Nähe des Kaufmannsviertels gefunden. Die Explosion hatte seinen Ochsen scheu gemacht, doch er hatte ihn zu zähmen gewußt. Ja, er hatte seine Pflicht erfüllt, sogar Geld ausgegeben, um einen Torwächter zu bestechen, der ihn und seine Fracht mitten in der Nacht aus der Stadt und am Ende mit beinahe leerem Karren wieder hereingelassen hatte. Er hatte mehr getan, als sein alter Meister Derich hätte verlangen dürfen.

Es war das letzte Mal, schwor er sich. Dieser Graf, der Landsknecht und der Musikant waren nun in Sicherheit. Das jedenfalls nahm er an. Aber dieser Katharina, nein, dieser Katharina wollte er nun nicht weiter nachspüren. Sollte Derich weiterhin seinen Leib und sein Leben riskieren, Wenzel wollte wieder leben wie zuvor, denn das Leben, so hatte ihn der neuerliche Ausbruch der Pest gelehrt, war ohnehin zerbrechlich genug. Warum sollte er es ohne Not riskieren?

Dies war die letzte schlaflose Nacht im Dienst fremder Aufrührer, murmelte er, während er vom Karren absprang und den gemächlich einhertrottenden Ochsen die letzten Meter bis zu seinem schäbigen kleinen Verschlag zog. Aufrührer, von denen einer zudem nicht recht bei Verstand war. Wieso sonst hatte dieser verrückte Mönch ihn wohl zurück zur Stadt begleitet? Gegen die Einwände seiner Freunde. Der blanke Wahnsinn. Gott sei Dank hatte der Kapuziner mit der eisernen Hand ihm kurz hinter der Stadtmauer Lebewohl gesagt. Keine Minute zuviel wollte er mit einem verwirrten

Pfaffen zu tun haben, einem Ketzer wahrscheinlich, der gewiß auf dem Scheiterhaufen enden würde.

Als er schließlich den Ochsen versorgt hatte und sich erschöpft auf den Rückweg machte, um rechtzeitig die Dombauhütte zu erreichen, brach die Sonne strahlend aus den Wolken. Die Dämmerung war trügerisch gewesen, es sollte trotzdem ein schöner Tag werden. Während Wenzel in das sich steigernde Licht schritt, wurde ihm leichter ums Herz. Zum Teufel, sagte er sich, ein wenig Spaß hatte ihm dieses Abenteuer doch gemacht. Und wie gesagt, es war das letzte Mal. Pfeifend setzte er seinen Weg fort.

Vierter Teil

37.

»Nicht ohne großen Kummer ist neulich zu Unseren Ohren gekommen, daß in Teilen Oberdeutschlands wie auch in den Bistümern Mainz, Trier, Köln sehr viele Personen beiderlei Geschlechts mit Teufeln Mißbrauch treiben und mit ihren Bezauberungen die Geburten der Weiber, den Nachwuchs der Tiere, die Früchte der Erde, aber auch Männer, Frauen und das Vieh verderben. Sie sollen des Todes sein.«

Aus der Hexenbulle von Papst Innozenz VIII., 1484

»Aller Betrug in der Welt entsteht daraus, daß man uns lehrt, das Eingeständnis unserer Unwissenheit zu scheuen.«

Michel de Montaigne, 1588

Märthe sollte ein ordentlicher Prozeß gemacht werden. Gemäß der Hexenbulle und den Anweisungen des »Hexenhammers«, dem Grundbuch über das Wesen und die rechte Ausrottung aller Unholde, das 1487 die Kölner Dominikaner Heinrich Institoris und Jacob Spengler verfaßt hatten, wurden die Bürger zunächst zwölf Tage lang zur ordentlichen Denunziation aufgerufen.

An Kirchenportalen und den Rathaustüren flatterten im

kühlen Herbstwind Anschläge, in denen es hieß: »Ein jeder hat zu enthüllen und zu bekennen, wenn er weiß, gesehen oder gehört hat, daß irgendeine Person als Ketzerin oder Hexe übel beleumdet oder verdächtigt sei und daß sie im besonderen so etwas treibe, was zur Schädigung der Menschen, Haustiere oder Feldfrüchte und zum Schaden des Staatswesens auszuschlagen vermag. Wir wünschen insbesondere Kunde über eine Frau, die sich unter dem Namen Märthe zu Köln der Heilkunst befleißigte.«

Von den Kanzeln herab drohten Prediger all jenen mit Exkommunizierung, die eine solche Kunde verschwiegen, ganz so wie es der »Hexenhammer« verlangte. Doch neben der Drohung, kannten die Verfasser des Opus auch Mitgefühl für jeden aufrechten Denunzianten. Damit der seine heimliche Anklage mit seinem Gewissen vereinbaren konnte, wurde dem Gericht anempfohlen, die Denunzianten weder öffentlich zu nennen noch für ein öffentliches Verhör und die Verhandlung vorzuladen.

Jedoch entschieden die Kölner Ratsherren, stolz auf ihren unabhängigen Geist, in diesem Punkte und im Fall Märthes anders. Der Denunziant Claudius, ihnen als undurchsichtiger Berater des Bogenwaldlers bekannt, wurde ausdrücklich als Ankläger zugelassen. Der Dominikanerabkömmmling sollte seine Sache auf eigene Gefahr hin vortragen und Beweise anbringen. Immerhin zog er das angesehene Kölner Haus Tuchscherer mit hinein in den Fall. Claudius, dem das nur recht war, hatte erklärt, er sei kundig in Hexenfragen und im Disput um das Böse bewandert. Was er als heimlicher Schüler des Faustus tatsächlich war.

Wohlan, dachten sich die Stadtväter, sollte er seine Hände in den Schmutz stecken. Der Fall lag kompliziert, und man folgte in Köln nicht blindlings dem »Hexenhammer« der Inquisitoren, die um die Wende des Jahrhunderts viele Diözesen von Ketzern gereinigt hatten.

Lange war und blieb es in der Domstadt Sitte, eine städtische Anhörung durchzuführen, bevor man Klage wegen Hexerei erhob und den Fall an das geistliche Hochgericht übergab, das in den meisten Fällen gnadenlos die strengste Folter anwandte, den Todesspruch fällte und die Überführten dann dem Henker zuführte.

Während man in Städten wie Metz bereits auf hundert Scheiterhaufen in nur einem Jahr kam, gehörten die Kölner Ratsherren zu denen, die sich besonnen zeigten, sich noch um Einfluß auf die Kirchenrichter mühten und nicht einhellig an das Hexentreiben glaubten. Das ließ Ansgard für Märthe hoffen. Noch immer gaben einige Städte den der Hexerei Angeklagten gar Gelegenheit zum handfesten Gegenbeweis. Man ließ sie glühende Eisenstäbe durchs Richterzimmer tragen, und nahmen sie keinen Schaden, so ließ man sie gehen.

Andernorts, wie im holländischen Oudewater etwa, stand eine Hexenwaage, die die Schuldfrage gegen stattliche Gebühr und nach Gewicht des Beklagten entschied. Wog einer, gemessen an seiner Größe, »geringer als yn Feder oder Voglyn«, so war er verloren, denn damit galt als bewiesen, daß er fliegen konnte und Umgang mit Satan hatte. Köln schickte verdächtige Bürger, die hartnäckig leugneten und über genug Geld verfügten, gerne dorthin. Bislang war ein jeder mit einem Freibrief zurückgekehrt. Leicht wie eine Feder war keiner gewesen. Sehr zum Ärger der ernsthaften Hexenverfolger, die die Wiegerei als Schelmenstreich und hirnlose Narretei verdammten, die jeder logischen Grundlage entbehre. Denn schließlich konnte Satan bewirken, daß eine jede Hexenprobe falsch verlief.

Unter den Theologen, Kirchendienern und Philosophen tobte ein heftiger Streit. Da standen auf der einen Seite die, die sich an altes kanonisches Recht hielten und an den kirchlichen Lehrsatz, der da lautete: »Derjenige, der an solchen Unsinn wie Hexenflug und Schadenszauber Glauben schenkt, hat selbst den Glauben verloren. Hexerei ist Irrglaube und nichts denn das Blendwerk des Satans.« Ein eherner Grundsatz aus dem 12. Jahrhundert, mit dem man damals die immer noch gärende Hefe alles Heidnischen in den Seelen der Menschen auszumerzen versuchte.

Die anderen hingegen, deren Schar nun von Jahr zu Jahr mächtig wuchs, behaupteten gerade das Gegenteil. So auch Institoris und Spengler. In ihrem Hexenhammer hieß es: »Haeresis est maxima, opera maleficarium non credere« – Die größte Ketzerei ist es, nicht an Hexenwerk zu glauben.

Die Hexenbrenner suchten in jedem Winkel und Weiler, in jeder Stadt und jedem Dorf nach Galsterweibern, Nachtfrauen, Teufelsbuhlen, Besenreiterinnen und anderem Gelichter, kurzum nach fleischgewordenen Beweisen für das allgegenwärtige Böse, das die alte Welt ins Wanken brachte. Mit jedem Scheiterhaufen oder Richtblock errichteten die Hexenbrenner ein mörderisches Zeugnis für die vermeintliche Wahrheit dessen, was sie da auszurotten suchten.

Fanden sich in einem Ort keine ausgemachten Kirchenfeinde und Sektierer, so gab es immerhin reichlich Mißgunst, Neid und Klatschsucht, dazu ein hutzeliges Weib, ein ungeliebtes Mädchen, einen vom Glück stärker Begünstigten oder einen mürrischen Kinderschreck, der manchem ein Dorn im Auge war.

Kurz, Störenfriede und Undurchschaubare, Lästige und Lasterhafte, zu Schöne und zu Glückliche, denen man gern die Schuld an den ungezählten Heimsuchungen und Katastrophen gab, die so unbegreiflich, so schmerzhaft und so unabwendbar das eigene Leben verdarben. Hagel und Reif, faulende Feldfrüchte, saure Milch, krankes Vieh, totgeborene Kinder, Krankheit, Unfruchtbarkeit und Impotenz. Kein Unglück gab es, das die Hexen nicht zu bewirken wußten, mit bösen Sprüchen, bösen Blicken, Krötenschleim und Schlangendreck. Ihre gelehrten Verfolger mühten sich redlich, den ganzen Katalog ihrer schändlichen Untaten ständig zu ergänzen.

Von alters her waren die Teufel, die die Inquisition rief, beim Volk nicht unbekannt, sondern als Bilder in den Seelen tief verwurzelt. Kein Wald, in dem nicht Dämonen hausten, kein hoher, sturmumtoster Berg, auf dessen Spitze nachts keine Unholde tobten und Wetter brauten. Und eben darum wollten viele, daß ein gnadenloses Strafgericht über alle Hexen käme, sie vernichte und so weiteren Schaden abwende.

Statt den Aberglauben zu bekämpfen und reines Gottvertrauen dagegenzusetzen wie ehedem, stellten also viele Kirchenmänner die Irrlehren nun ganz in ihren Dienst, um all jene auszuschalten und zu vernichten, die die Ordnung der Welt ernstlich bedrohten.

Erstickendem Mehltau gleich legte sich ein feingesponnenes, dichtes Netz aus alten Mären, neuer Lehre und gemeinster Lüge über ganz Europa. Hunderte hatten darunter bereits ihren Tod gefunden. Zog man all dies in Betracht, so stand Märthes Sache, die einer häßlichen, heilkundigen, mit unberechenbaren Gaben ausgestatteten Alten, denkbar schlecht.

Das erste Verhör fand im Saal des schwer befestigten Frankenturms statt, wo in der Regel einfache Diebe, armseliges Gesindel und Totschläger festgesetzt wurden, bis sie beklagt, angehört, abgeurteilt und gegebenenfalls dem Scharfrichter übergeben wurden.

Zugelassen waren an diesem Tag vor den Richtern und Schöffen, die der Rat aus seinen Reihen wählte, nur die Beklagte, der Ankläger und ein Verteidiger. Zwischen den beiden letzten, so bemerkten die Stadtherren verwundert, schien mehr als nur eine professionelle Abneigung zu herrschen oder der übliche Dissens in der Hexenfrage. Und obwohl sie beide das Mönchshabit trugen, schien sie das Gegenteil von christlicher Nächstenliebe zu verbinden.

Tatsächlich war es Claudius nicht gelungen, den heißen Zorn aus seinem Blick zu verbannen, als der Verteidiger Märthes den Saal betrat. Der Mann war eine böse Überraschung für ihn. Mit einem selbstsicheren Kopfnicken hatte der Kerl die Bänke der Schöffen abgeschritten, die im Viereck aufgestellt einen Platz in der Mitte freiließen als Bühne für das Verhandlungsspektakel. An der Stirnseite dieses Rings aber thronten auf einem Podest hinter Tischen die Richter.

Was, der Teufel, fluchte still der Dominikaner, der bereits hinter seinem Stehpult außerhalb des Rings stand, traut sich der hierher! Doch da er keinen triftigen Grund gegen die Anwesenheit seines verhaßten Gegners hatte, faßte er sich rasch. Insgeheim schwor er aber, daß nach Märthe ihr Verteidiger brennen sollte.

Der Kapuzinermönch erkannte den tödlichen Haß in den kleinen Augen des Dominikaners sehr wohl und erwiderte den Blick mit kalter Miene. Die Wut von Claudius machte ihm keine Angst. Alle Vorwürfe – von den geheimnisvollen Explosionen bis hin zur Pestvergiftung – hatte der Schurke Märthe an den Hals gehängt. Nun konnte er schlecht auch gegen ihn, Fresenius, dieselben Anschuldigungen vorbringen. Auch würde er nicht wagen, die Tuchscherer und ihre Besucher über die Maßen in den Fall hineinzuziehen. Einen Kölner Bürger verleumdete man nicht ungestraft.

Fresenius hatte das alles wohl kalkuliert, bevor er sich zu der Verteidigung entschloß. Gegen Märthes Willen, die – zu seinem größten Kummer – bis jetzt auch jeden Besuch von ihm abgelehnt hatte. Er wußte, daß seine Aussichten auf einen Sieg gering waren. Doch gerüstet mit den Ratschlägen des Metzer Hexenanwalts Agrippa von Nettesheim und nach eifrigem Studium verschiedener Prozeßakten, ja dem Studium des ihm verhaßten Kirchenlateins selbst, wollte er den Kampf wagen. Das Schwert aus der Schrift – nun verstand er endlich, was Müntzer gemeint hatte.

Er suchte einen Blick Märthes zu erhaschen, doch die hielt, in einer Ecke außerhalb des Rings kauernd, den Kopf hartnäckig gesenkt.

Vergeblich hatten sich verschiedene Bürger um ein Zutrittsrecht zu der Anhörung bemüht. Dem Rat war daran gelegen, diese Vorverhandlung ohne allzu großes Aufsehen und ohne viel Lärm hinter sich zu bringen. Der Fall war verworren genug, die Beklagte schien ebenso viele Feinde wie Freunde in der Stadt zu haben, darunter auch die vornehmsten Bürger. Zugleich gab ihre demütige Ruhe den Richtern Rätsel auf. War es das beharrliche Schweigen einer Unschuldigen oder das genaue Gegenteil?

Institoris und Spengler hatten ausdrücklich vor der böswilligen Verstocktheit von Satansschwestern gewarnt, die selbst unter härtester Folter keine Träne vergossen und auch nicht um Mitleid flehten. Wiewohl, so hatten die weißgewandeten Dominikaner - um Vollständigkeit bemüht - hinzugefügt, auch großes Gezeter und Wehklagen ein Zeichen von Besessenheit sein konnten. Dem listigen Teufel auf die Schliche zu kommen war ein hartes Brot.

Von Pest und tödlichem Feuerzauber war in der langen Klageschrift des Dominikaners Claudius die Rede, und unabweisbar war die Tatsache, daß Köln in den letzten Monaten von allen möglichen Schäden und Unglücken mehrfach heimgesucht worden war. Die Rebellion der Handwerker im Frühling, zwei seltsame nächtliche Feuer, nicht zuletzt die rätselhafte Pest und der Aufstand der Elenden.

Man begann mit dem Verlesen der Klageschrift und befragte die Beschuldigte sodann zu ihrer Person, nahm ihren Namen, den sie mit Märthe Ysenbrecher, geboren in einem Sprengel nahe Schwetzingen, angab, zu Protokoll.

Auf die Frage, ob sie sich zu den ihr gemachten Vorwürfen der schadhaften Hexerei bekenne, schwieg die Alte. Auf einem niedrigen Schemel hockte sie da, die Hände waren ihr auf ein eisernes Kreuz in ihrem Rücken geschnürt. Mit unbewegter Miene verfolgte sie den Prozeß, als wohne sie einem Mysterienspiel bei, das sie nur mäßig rührte.

Es war Claudius, der als nächster das Wort ergriff. Beredt trug er noch einmal die einzelnen Anklagepunkte vor, nannte sich selbst als Zeugen für das seltsame nächtliche Höllenspektakel auf dem Friedhof beim Friesenwall und wies auf seine erfolgreichen Untersuchungen im Fall der Brunnenvergiftung hin, die zum Ende der Pest führten.

Für den zweiten Feuerzauber, der vor nicht mehr als vierzehn Tagen dem Haus des Münzprägers Wolfhart großen Schaden zufügte und mit dem Diebstahl von zwei Sack frischgeprägter Markstücke einherging, berief er sich auf eine große Zahl von Zeugen, die ungenannt blieben.

Viele von ihnen hatten beschworen, daß sie Märthe des öfteren in der Nähe des Wolfhartschen Hauses hatten herumstreifen sehen, stets mit geheimnisvollen Beuteln und Säckchen bestückt. Und es fehlte auch nicht an den üblichen Ausschmückungen. Das häßliche Gesicht der Frau hatte mancher gleich als Dämonenfratze mit im Dunkeln gelb leuchtenden Augen beschrieben. Andere hatten den Gestank von Schwefel in ihrer Nähe gerochen und unter ihrem Rock den zweiendigen Schweif Satans hervorlugen sehen.

Märthe warf ihrem Bruder einen kurzen, müden Blick zu, dann schüttelte sie fast unmerklich ihr Haupt. Was sollte sie gegen diesen billigen Unsinn vorbringen? Die gelb glühenden Augen waren eine Folge des Fackellichts, mit dem sie ihren Weg zu den Kranken gefunden hatte, die seltsamen Gerüche rührten von ihrer Medizin, und der Bockschweif unter ihrem Rock war nichts weiter als das zu einem Seil gedrehte Leinzeug zum Reinigen von Pestwunden gewesen.

Besorgt betrachtete Fresenius seine Freundin. Sie hinterließ keinen guten Eindruck, die Mienen der Ratsherrn erfroren unter den prachtvollen weinroten und schwarzen Samtbaretten zu grimmigen Masken.

Und doch machte Fresenius sich Hoffnung, sie retten zu können. Agrippa hatte ihm geschrieben, daß seiner Erfahrung nach nicht wenige Hexenprozesse die Folge von Verleumdung und schändlichster, habsüchtiger Eigeninteressen bei den Klageführenden waren. In Metz war es ihm selber gelungen, einige harmlose Weiblein vor dem Scheiterhaufen zu bewahren. Es war nicht so, daß er die Existenz von Hexen und Zauberei negierte, er selbst hatte im Gegenteil ihre Erscheinung systematisiert und wirksame Gegenmittel gegen das Übersinnliche erforscht, doch das Ausmaß der nun einsetzenden Verketzerung und Verteufelung von Menschen schien ihm unvernünftig und übertrieben.

»Die hexenfürchtigen Leut'«, so pflegte der von den Kölner Gelehrten angefeindete Mann zu sagen, »stolpern vor lauter Angst über die eigenen Füße.« Ein Zitat, dem Fresenius aus vollem Herzen zustimmte.

Auch ihm war es zuwider, wenn jeder schädliche Hagelschlag einer Hexe angekreidet wurde. Nicht der Mensch war Lenker der Natur, sondern Gott allein. Und er hatte es nun einmal so eingerichtet, daß Hagel die Feldfrüchte zerschlug. Seine Wege waren unergründlich. Sie waren genau so schwer zu fassen wie die Tatsache, daß der Allmächtige auch das Böse in seinen Schöpfungsplan mit einbezogen hatte.

Gewiß, es gab Weiblein und wahrhaft Besessene, es gab Lumpenhunde wie den Faustus, die tatsächlich Umgang mit dem Satan suchten, aber die hielten sich nicht mit einigen Donnerschlägen auf. Warum sollte ein armes, hungerndes Weiblein der Ernte des Nachbarn Schaden zufügen? Läge Zauberei in ihrer Macht, so würde sie sich doch wohl eher einen ordentlichen Braten auf den Tisch hexen.

So einfach konnte Fresenius in diesem Fall freilich nicht argumentieren. Die Pestheilung, von der Claudius nun als abscheulichstes Teufelswerk berichtete, hätte der Alten eindeutig zu vielen Vorteilen, Gunstbezeugungen und Einfluß verhelfen können. Zugleich lag der Verdacht nah, daß wer eine als unheilbar bekannte Seuche zu vertreiben vermochte, auch in der Lage wäre, sie zu streuen.

»Und zum Beweis dieser Anklage benenne ich einen Zeugen mit vortrefflichem Leumund, der in städtischem Dienst steht und als Ehrenmann bekannt ist«, schloß Claudius seine Ausführungen mit triumphierender Stimme und ließ den Wachmann der Hacht hereinrufen.

Zitternd und seine von bestem Tuch gefertigte Sonntagsmütze in den groben Händen drehend, betrat der Kerl den Saal. Er verneigte sich vor den versammelten Ratsrichtern und hockte sich dann auf die Kante eines Schemels, den Claudius ihm in der Mitte des Rings zuwies. Umständlich nahm nun der Dominikaner die Befragung über den Pestfall in der Hacht auf. Der Wächter gab an, daß weder in seinem Umkreis noch in der Hacht während der Zeit der großen Seuche einer an der Plage erkrankt oder gestorben sei.

»Auch du selbst hast also keine Zeichen der Plage an dir gehabt?« fragte mit großer Strenge der Mönch. Ein schlichtes Nein war die Antwort, dann schilderte der Mann folgsam den Ausbruch der Pest bei einem der Gefangenen.

»Hatte der Mann Umgang mit Kranken?«

»Nein.«

»Hatte der Bursche, dessen Name Sebastian ist, zu irgendeiner Zeit seiner Gefangenschaft Besuch oder Begegnung mit Fremden, Anverwandten oder sonstigen Gästen?«

Nur Fresenius schien das kurze Zögern des Mannes zu bemerken, bevor der ein weiteres Mal mit Nein antwortete.

Damit wurde er entlassen, und Claudius schloß seine Anklage mit den Worten: »Es scheint mir damit hinreichend bewiesen, hochverehrte und allerchristlichste Herren, daß das Weib Märthe, gegen das viele Bürger Kölns Zeugnis ablegen, somit überführt ist, die Pest in Köln aus bösem Willen und mit Hilfe des Teufels gesät zu haben. Ich empfehle die peinliche Befragung und die Überantwortung an ein geistliches Hochgericht.«

Die Vesperglocken kündigten das Ende des ersten Verhörs. Gemessen erhoben sich die Ratsherren und gaben den Turmschreibern Anweisung, ihre Bücher zu schließen. Die nächste Verhandlung wurde auf den nachfolgenden Tag festgesetzt. Kläger und Ankläger verneigten sich, Märthe wurde in ihr finsteres Turmverlies verbracht. Auf dem Weg aus dem Saal warf Fresenius dem Dominikaner einen scharfen Blick zu. Der Mönch erwiderte es mit einem spöttischen Lächeln, er hatte längst noch nicht alle Trümpfe ausgespielt. Und der bevorstehende Disput und Rechtsstreit mit seinem verhaßten Gegenspieler weckten eine große Lust in ihm. Er würde sich in dieser Nacht gut darauf vorbereiten.

38.

Rufus sprang vom Karren, und seine Reisegenossen taten es ihm nach, um den armen Gaul auf ansteigender Strecke von dem Gewicht zu befreien. Der Bauer griff ins Zaumzeug des Pferdes, hielt eine Fackel nach vorn auf den dunklen Weg, und das leere Fuhrwerk rumpelte die Anhöhe hinauf.

Endlich fand der nahezu volle Mond seinen Weg über die niedrigen Wolken und der Pfad, den Rufus und seine Bettelbrüder gewählt hatten, war recht gut sichtbar.

»Wir können noch ein gutes Stück Weg zurücklegen«, rief der Bauer nach hinten, und seine Gefährten brummten ihre Zustimmung. Sie alle hatten sich entschlossen, in Köln ihr Glück zu versuchen, auch wenn das Schicksal Luichtgens auf nichts Gutes hoffen ließ. Doch was half's, das Hospiz der Bruderschaft in Zülpich war keine Bleibe auf immer, sondern nur eine vorübergehende Unterkunft für kränkelnde Bettler.

Rufus war froh über die Begleitung, den Rückweg von seiner Leichenfahrt hätte er sonst gewiß in trüber Stimmung hinter sich gebracht.

Die sechs Männer waren freilich kein Ersatz für den Freund, den er verloren hatte. Doch sie alle waren ehrliche, einfache Leute, bei denen er sich gut aufgehoben fühlte.

»He, Rufus«, meldete sich nun einer mit Namen Hensgen, den eine frühe Krankheit zum Krüppel gemacht hatte, »wenn wir gut vorankommen, schaffen wir es noch bis zum Franziskanerkloster an der Aachener Straße nahe Melaten, die werden uns Unterkunft für den Rest der Nacht gewähren.«

Rufus nickte, das war ein guter Plan. Noch befanden sie sich auf einem einsamen, abgelegenen Pfad, der kaum Räuber anziehen würde, da er für Kaufmannstransporte zu schmal und abgelegen war.

Doch einmal auf der Aachener Landstraße, wären sie den Angriffen von übermütigen Wegelagerern schonungslos ausgeliefert. Die fragten nicht erst, ob ein in der Nacht Reisender Schätze bei sich trug, sie schlugen zu und erkannten ihren möglichen Irrtum erst später, zu spät für den Nachtfahrer.

Der herbstlich bleiche Mond leuchtete ihnen gnädig den Weg bis zu der Klosterpforte, die sie kurz nach Mitternacht erreichten. Es war ein kleines, von hohen Natursteinmauern umschlossenes Anwesen, in dem nicht mehr als sechzehn Brüder bescheiden lebten, beteten und arbeiteten. Ringsum lagen die wenigen Felder, die die Mönche selbst bewirtschafteten, da sie sich an das Gebot hielten, keine Knechte in Dienst zu nehmen, und auch körperliche Tätigkeit als Dienst an Gott verstanden.

Die Regeln des Bettelordens verpflichteten sie außerdem, späten Wanderern und Reisenden Unterkunft zu gewähren.

Von den wirklich Armen durften sie dafür kein Schlafgeld fordern und von den Kaufleuten nur geringes Kostgeld.

Hensgen, der die Brüder kannte und zuvor ihre Gastfreundschaft und Freundlichkeit gelobt hatte, trat vor, klopfte an das Tor und nannte seinen Namen. Schweigend warteten die Reisenden auf das Knarren der sich öffnenden Tür, die in die Flügel der Pforte eingebaut war.

Sie warteten vergebens. Noch einmal rief Hensgen seinen Namen und den eines ihm bekannten Mönches, der häufig zur Nachtwache eingeteilt war. Dann hämmerte er heftiger gegen das Tor.

Es verstrich noch einige Zeit, ehe sie das leise Geräusch huschender Schritte vernahmen. Hinter der Holzpforte fragte eine Stimme gedämpft: »Wer da?«

Wie um dem Flüsternden Mut zu machen, antwortete Hensgen mit lauter, fröhlicher Stimme. »Ich bin es, Hensgen und einige Gefährten von den Zülpicher Bettlern, Bruder.«

Mißtrauisch forderte die Stimme hinter der Tür die anderen auf, ihre Namen zu nennen. Davon schien der Wächter einige zu kennen, zögernd öffnete er eine vergitterte Luke und bat Hensgen, näher zu treten.

»Tatsächlich, Hensgen«, rief er dann freudig überrascht und mit einem deutlichen Unterton von Erleichterung. Er klappte die Luke zu, und das Rasseln von Metall verriet, daß er seinen Schlüsselbund am Gürtel sortierte. Bald darauf öffnete sich die Pforte.

Der schwache Geruch kalten Rauchs empfing die Reisenden direkt hinter dem Tor. Rasch traten sie in den offenen, kleinen Hof, in dessen Mitte der Ziehbrunnen lag. Auf der rechten Seite waren in schäbigen Ställen die Zugochsen für die Feldarbeit untergebracht. Ein bescheidener Hühnerstall beherbergte das wenige Federvieh, das für Eier sorgte und nur für Gäste geschlachtet wurde, denn die hier lebenden

Franziskaner lebten nach strengen Fastenregeln und verzichteten fast gänzlich auf Fleischspeise.

Doch von all diesen Einrichtungen nahmen die Bettler nichts wahr, ihr Blick richtete sich im Schein ihrer Fackel auf einen gespenstischen Haufen, der im Hof aufgeschichtet war. Verkohlte Holzstümpfe, verbranntes Gestühl, schwarze Trümmer, Schutt und Scherben türmten sich dort in wilder Unordnung.

»Was ist das?« rief überrascht Hensgen. Der Mönch, der nun eine Laterne entzündet hatte und sie in Richtung des Trümmerhaufens hielt, seufzte laut: »Das, lieber Hensgen, sind die Folgen eines üblen Besuchs, den wir vor zwei Nächten hatten.«

Entsetzt starrte Hensgen den schmalen, ärmlich gewandeten Mann an. »Ihr wurdet überfallen? Wer, zum Himmel, oh, verzeiht, aber wer überfällt einen Bettlerorden?«

»Ein Graf von Traubstedt«, schnaubte der Bruder bitter. Rufus zuckte bei dem Namen zusammen. Das konnte nicht wahr sein, der Mensch mußte sich irren. »Wie wollt Ihr das wissen?« fragte er drängend. Der Mönch wich vor dem erzürnten Bettler zurück.

»Er hat es selbst gesagt, mehrmals. Auch nachdem wir ihn hereingelassen hatten und seine Bande aus marodierenden Landsknechten und dieser freche Kapuzinermönch nachdrängten. Was für Zeiten sind das, in denen ein Bruder den anderen überfällt, raubt und mordet.«

Rufus' Stimme überschlug sich fast vor Aufregung: »Mordet?« Der arme Franziskaner bestätigte es traurig. »Unseren Prior, der sich der Bande in den Weg stellte, hauten sie einfach nieder. Kommt mit mir in die Mensa. Wir können euch nur einen dünnen Gerstenbrei anbieten, viel haben sie uns nicht gelassen. Dabei werde ich euch alles erzählen.« Damit wandte er sich um und führte sie durch den Hof am Dormitorium vorbei, in dem der Rest der Bruderschaft bis zum nächsten Gebet schlief, zu dem aus Holz gezimmerten Eßsaal, der hinter dem Küchenschuppen lag. Besser dem ehemaligen Küchenschuppen, denn von diesem Gebäude standen nur noch die niedrigen, aus Stein gemauerten Fundamente und die Herdstelle, Fachwerkaufbau und Dach waren verbrannt. Auch in der Mensa waren die gekalkten Wände noch mit fettem schwarzem Ruß bedeckt. Notdürftig hatte man den Raum gesäubert und die Feuerstelle freigekehrt.

Der Franziskaner bat die nächtlichen Gäste, an dem aus Eiche gezimmerten Langtisch Platz zu nehmen, und erwärmte über einem kleinen Feuer den Gerstenbrei. Er füllte ihn in eine große irdene Schüssel und verteilte Holzlöffel an die Bettler, die sich hungrig über das späte Mahl hermachten. Rufus zügelte seine Ungeduld, um sich oder etwa seine Freunde, die Gaukler, nicht zu verraten. Doch nachdem die ersten Löffel vertilgt waren, bat er den Franziskaner um einen Bericht. Der schob seine überkreuzten Arme tief in die Ärmel seiner Kutte, als wolle er sich so vor weiteren Angriffen schützen, und gab die Vorgänge der Nacht wieder.

Ein Edelmann, der sich als Graf Traubstedt vorstellte, hatte vor zwei Nächten höflich um Einlaß gebeten. Arglos hatte der diensthabende Wächter ihm die Pforte geöffnet und war sogleich mit einem blanken Schwert bedroht worden, während eine Schar von nicht mehr als fünf Leuten nachdrängte. Sie alle waren schwer bewaffnet, und wie ihr Anführer trugen sie schwarze Tücher vor dem Gesicht.

Mit lauter Stimme hatten sie Zugang zu den Schätzen des Klosters gefordert, die zwar bescheiden waren, aber zu denen immerhin ein vergoldeter Meßkelch und einige kunstvoll geschmiedete Silberkreuze zählten. Zitternd hatte sich der Wächter ihnen verweigert, woraufhin die Bande fluchend durchs Anwesen gerannt sei und an allen Ecken Feuer gelegt hätte. Die verängstigten Mönche waren alsbald nach Wasser gerannt, wobei ein Landsknecht sie immer wieder mit Stockhieben behinderte und der teuflische Kapuziner sie mit dem Schwert in der Linken über den Hof trieb. Schließlich war der

Prior vorgetreten und hatte mit lauter Stimme den Zorn Gottes beschworen und dem Grafen Einhalt geboten.

Der hatte sich zunächst auch höflich verhalten, gar einen Kratzfuß angedeutet und den Prior als »allerchristlichste Exzellenz« tituliert. Dem Prior entging der Hohn nicht, und er bat den Grafen noch einmal, sein Treiben einzustellen und den bereits entstandenen Schaden nicht zu vergrößern. Dann ging der Prior demonstrativ selbst auf den Brunnen zu, um Löschwasser zu ziehen.

Der Graf habe ihn dabei hinterrücks erstochen. Danach kannte auch die Bande kein Halten mehr, machte Jagd auf die umherirrenden Brüder, die in ihrer Panik durch das Tor auf die Felder flüchteten, während im Innenhof immer höhere Flammen in den Himmel schlugen und den roten Schein der Hölle in die Nacht schickten.

»Am nächsten Morgen«, so beendete der Franziskaner seinen Bericht, »kehrten wir zum Kloster zurück. Ihr seht selbst, wie groß die angerichteten Schäden sind. Fast alle Holzbauten sind niedergebrannt, einen Ochsen haben sie uns geschlachtet, die Hühner alle mitgenommen, unsere Gärten sind zertreten, selbst unsere Felder haben sie böswillig niedergeritten. Doch den schlimmsten Frevel haben sie in der Kapelle getrieben. Meßkelch und Kreuze sind geraubt, aber auch alle Heiligenbilder zerschlagen, den Altar haben sie mit Unflat besudelt und das Bild Jesu Christi geschändet, indem sie es in das Blut unseres Priors getaucht haben. Es sind verwahrloste Menschen. Nie hätte ich so etwas für möglich gehalten, und dabei nannte sich der Graf noch einen Vertreter der Reformation. Wenn das die Kirche retten soll, so gnade uns Gott!«

Schweigen senkte sich über die Tischgesellschaft. Die Zülpicher Bettler, denen der Allmächtige die letzte Zuflucht war, entsetzten sich über die Mordbande, die ausgerechnet einen Orden überfiel, der tatsächlich ein gottgefälliges, demütiges Leben führte und auch die Geringsten unter den

Nächsten nicht vernachlässigte. Ohnmächtiger Zorn packte Hensgen. »Wenn der Luther das wollte, dann sollte er selbst am höchsten Baum hängen.« Der Franziskaner bekreuzigte sich und versuchte, Hensgen zu besänftigen. »Verzeiht meine voreilige Bemerkung über die Reformation«, sagte der Mönch, »unkluger Zorn trieb mich. Unser Orden selbst will ja der Verderbtheit prassender Kirchenfürsten wehren. Doch ich will ehrlich sagen, daß ich nicht glauben kann, daß dieser Graf Traubstedt ein aufrechter Streiter für das reine Evangelium ist. Vielmehr glaube ich, daß er sich nur in das Gewand des Erneuerers hüllt. Das Gesindel sucht nur einen Grund, um zuzuschlagen, dabei ist ihnen alles willkommen.«

Rufus spendete der besonnenen und klugen Art des Mannes insgeheim Beifall, doch weder das eine noch das andere konnte er vom Grafen glauben. Der war kein wütender Bilderstürmer und auch kein habsüchtiger Raubritter. Nein, das konnte nicht der Traubstedter gewesen sein, obwohl die Beschreibung so haargenau zu passen schien.

»Und du bist sicher«, fragte er noch einmal eindringlich, »daß sich dieser Kerl Traubstedt nannte?« Der Mönch musterte den Bauern aufmerksam, bevor er antwortete: »Ich kann nur angeben, daß der Mensch sich so nannte und auch von seinen Kumpanen so angeredet wurde. Warum fragt Ihr? Ist Euch der Graf bekannt?«

Rufus zögerte. Gern hätte er den Ruf des Grafen reingewaschen, denn was hier über ihn gesagt wurde, war abenteuerlich. Selbst die Beschreibung seiner Spießgesellen, die so genau auf Michael und Fresenius paßten, überzeugten Rufus nicht.

»Nein«, sagte er schließlich, »ich kenne keinen Grafen von Traubstedt. Mir schien es nur seltsam, daß ein Edelmann sich auf so kleine Beute stürzt.«

Der Franziskaner zuckte die Achseln. »Er wird ein feiger Mann sein und sich mit sowenig Leuten nicht an größere

Brocken heranwagen. Viele Klöster des Rheinlands sind inzwischen unter Waffen, werden von erzbischöflichen Truppen geschützt und gegen Angriffe gerüstet. Da wäre es ein größeres Wagnis zuzuschlagen.«

Rufus verzichtete auf weitere Fragen und Bemerkungen. Das Geläut der Kapelle rief die Brüder zum nächsten Nachtgebet, während die Bettler sich mit groben Decken auf dem Lehmboden der Mensa ein notdürftiges Nachtlager richteten. Rufus verbrachte eine unruhige Nacht. Was war, wenn es doch der Graf gewesen war, der diesen Handstreich geführt hatte? Konnte es sein, daß vielleicht der getötete Prior sein Feind war, vielleicht im Bund mit dem Bogenwaldler stand? Doch selbst dann, so sagte sich Rufus, hätte ihn der Graf nicht feige niedergestochen.

Ihn drängte es nun noch mehr, nach Köln zurückzukehren. Ihn quälte die Frage, was mit seinen Freunden wirklich geschehen war. Nur eins schien ihm gewiß, es waren keine guten Nachrichten, die in der Domstadt auf ihn warteten.

39.

Die feuchten Flußnebel krochen in die Ritzen der Häuser, und die ersten Oktoberwinde blähten die Mäntel und Röcke der Menschen. Fröstelnd eilte man die klammen Gassen entlang, die feinen Bürger holten ihre mit gutem Pelz gefütterten Wämse hervor, die einfachen Leute kramten nach ihren Kaninchenpelzen und Schaffelljacken. Es roch nach einem strengen Winter, man rechnete mit frühem Frost.

Der Frankenturm war in düsteres Wolkengrau gehüllt, als das Gericht sich zum zweiten Prozeßtag versammelte.

Mit einem Anflug von Nervosität ordnete Fresenius seine

Papiere, der Kampf mit dem Wort war für ihn ungewohnt. Mit höhnischem Lächeln passierte der Dominikaner das Pult seines Gegners, ohne die Papiere eines Blickes zu würdigen, so als seien sie es, wie alle Gegenargumente, nicht wert, zur Kenntnis genommen zu werden.

Am heutigen Tag sollte es wie üblich zu einem Disput über das Wesen der Hexen kommen. Streng wissenschaftlich ging man vor, wenn man einer Beklagten nachweisen wollte, daß sie zum verdammenswerten Geschlecht Satans gehörte. Da Märthe viele vornehme Fürbitter hatte, bestand das Gericht auf einer solch exakten Beweisführung.

Die Ratsherren ließen die Turmfenster schließen, die Schweinshäute vorspannen und auch die Luken zuklappen; hier oben pfiff der Wind gnadenlos. Öllampen beleuchteten notdürftig das dunkle Gemäuer. Märthe, gefesselt wie am Tag zuvor, kauerte teilnahmslos in ihrer Ecke. Es schien, als habe sie lange mit der Sache abgeschlossen.

Wieder erhielt zunächst der Dominikaner das Wort. Lang und breit, sich auf den Hexenhammer berufend, beschrieb der nun die Eigenschaften und Handlungen der Unholden. »Sie sind zunächst meist häßlich von Angesicht«, begann er und blickte dabei anzüglich zur Beklagten herüber, »und sie pflegen fleischlichen Umgang mit dem Teufel, da ihre weibliche Gier, so wie es in den Sprüchen Salomonis heißt, unersättlich ist. Ein Loch, das nie gestopft werden kann. In der Bibel steht, ›es ist etwas, das niemals spricht, es ist genug: nämlich die weibliche Scheide‹«, zitierte Claudius mit maliziösem Lächeln. Schamlos blieb er hierfür jeden Beweis schuldig, ebenso wie es die Dominikanermönche Institoris und Spengler getan hatten.

Weiter erklärte er, ganz im Sinne der Inquisitoren: »Die Sünden der Hexen sind so groß, daß sie alle anderen übertreffen, sowohl an Scheußlichkeit als auch an Geilheit, da sie fleischliche Unflätereien mit dem Teufel treiben, und an

Geistesblindheit, da sie sich in wilder Lust auf jegliche Schädigung der Seelen wie der Körper der Menschen und Tiere mit dem ganzen Geist der Bosheit stürzen.«

Noch einmal zählte Claudius an dieser Stelle die der Beklagten zur Last gelegten Schadenszauber auf. Kein Zweifel, die Verbreitung der Pest, die Anstiftung zur Brunnenvergiftung, wäre eine der übelsten Zaubereien, die man sich vorstellen konnte. Die Ratsherren ließ es nicht unbeeindruckt.

Sodann warnte der Dominikaner das Gericht vor der Verstocktheit vieler Hexen, die sich in das »Übel des Schweigens« hüllten, da Satan ihnen zur Seite stünde. Dies aber sei keineswegs ein Zeichen ihrer Unschuld, ebensowenig wie beharrliches Leugnen. Auch in diesem Punkt zeigte der Richtertisch sich beeindruckt, Märthes beharrliches Schweigen schien plötzlich Sinn zu machen.

Der Dominikaner trat nun hinter seinem Pult hervor und versprach einen sichtbaren Beweis für die Hexenhaftigkeit Märthes zu erbringen. Mit großen, selbstsicheren Schritten durchmaß er den Saal in Richtung der Beklagten. Märthe wich nicht zurück, zuckte mit keiner Wimper, sondern blickte ihm fest entgegen, so daß Claudius bei den letzten Schritten doch noch ins Zögern kam. Dann aber streckte er seine Hand aus und riß der Frau einen Ärmel von der Schulter. Triumphierend drehte er sich um. »Hier seht Ihr das Teufelsmal auf der nackten Schulter. Es zeichnet die Beklagte als Hexe und zeigt, daß bereits ihre Mutter selbst Umgang mit dem Bösen hatte.«

Die Versammelten starrten wie gebannt auf das nackte weiße Fleisch Märthes, von dem sich deutlich ein kreisrunder brauner Fleck von der Größe eines rheinischen Dukaten abhob. Solch große Male waren selten. Manchmal mußte man einer Hexe alle Haare, selbst die Scham, rasieren, um einen braunen Fleck zu finden, da, wo der Teufel sie geküßt hatte. Der Augenschein in Märthes Fall wog schwer.

Claudius schloß, zufrieden mit dem ersten Eindruck, den er hinterlassen hatte, seine Rede mit der vorschnellen Forderung nach der Höchststrafe, dem Tod durch Verbrennen, und einem Zitat aus Exodus 22,18: »Man darf keine Zauberer leben lassen.«

Einen Moment herrschte Stille im Saal, die nur von den kratzenden Federn der Turmschreiber untermalt wurde. Schließlich erhob sich Fresenius, verneigte sich vor der Versammlung und stellte zunächst das letzte Zitat des Dominikaners richtig: »Im letzten Punkt, hochverehrte Herren, irrt der Ankläger, da die Stelle aus dem Exodus im Original nicht von Magiern und Zauberern handelt, sondern von den Kasaph, welche nicht mehr und nicht weniger als Giftmischer sind. Handelte es sich bei der Beklagten um eine böswillige Giftmischerin, was nicht einmal die Klage behauptet, so würde auch ich nicht zögern, die Todesstrafe zu verlangen.«

Oh, welch Dank gebührte dem gelehrten Agrippa und seinen Unterweisungen in den alten Sprachen. Fresenius bemerkte zum erstenmal, daß ein geschliffenes Wort so scharf wie eine Klinge sein konnte.

Ein leichtes Stöhnen war aus Märthes Ecke zu vernehmen, denn der Vorwurf der böswilligen Giftmischerei traf ja zu, wie sie glaubte.

Das Stöhnen überspielend, da es einen ungünstigen Eindruck machte, führte Fresenius nun Beispiele von niedergeschlagenen Hexenprozessen an, in denen Frauen allerlei Schadenszauber unterstellt worden war, der sich am Ende als Folge von schlechtem Wetter oder anderer unglücklicher Umstände erwies. »Hohe Herren, scheint es nicht unsinnig«, so griff er sein liebstes Argument auf, »einer Frau gewaltige zauberische Mächte zu unterstellen, die sie zu nichts nutzte, als um Schaden unter die Leut' zu bringen, anstatt sich selbst alle Reichtümer herbeizuzaubern oder junge, frische Buhlen, wenn es denn stimmt, daß die fleischliche Gier der Hexen unersättlich sei?« Er ließ den Herren kaum Zeit, diesen ungewöhnlichen Gedanken lange zu prüfen, versprach aber Zeugen für die Reinheit und Keuschheit der Beklagten vorzuladen. Dann konzentrierte er sich ganz auf den sichtbaren Beweis, den der Dominikaner erbracht hatte.

»Das Argument vom Muttermal und dem Erbfluch ist ein böser Frevel an Gott und unserer Mutter Kirche«, hob er an, als Claudius kurz die Fassung verlor und ein hämisches »Hört, hört!« in die Runde rief, »nun werd' gar ich zum Teufel erklärt.« Mit kalter Wut hob Fresenius seine Eisenfaust und drehte sich zu dem Mönch um, dessen Selbstgefälligkeit ihn anwiderte, und sagte: »Ja, du bist ein arger Pfaffe, du theologisierst gar schändlich. Du bist selber ebenso ein Ketzer wie Faust.«

Bei der Erwähnung des Namens erbleichte Claudius und schwieg. Wußte dieser ärmliche Kapuziner etwas über ihn?

Fresenius aber fuhr in noch kälterem Ton, den Richtern zugewandt, fort: »Die Hexerei soll also von der Mutter aufs Kind kommen. Fürwahr, wer das behauptet, der lästert Gott, denn er lästert den Gnadenbund der Taufe, bei der der Priester nicht umsonst sagt: Fahre aus, du unreiner Geist und gib Raum dem Heiligen Geist. Der Teufel aber soll mächtiger sein als die Taufe? Ja, wir alle sind Kinder des Teufels, des Zornes Gottes und der Verderbnis, wenn wir das Licht der Welt erblicken, aber durch die Gnade der Taufe ist der Teufel ausgejagt. Wer das leugnet, den beklage ich hier und vor Euch als Zeugen als einen wahren Ketzer. Und ich sage, verbrennt ihn!«

Atemlos hatten die Anwesenden die brillante Argumentation verfolgt, die Schreiber vergaßen, ihre Federn zu benutzen, Märthe – die kurz aus ihrer Apathie erwachte – empfand die bestechende Vernunft des Mannes als Erfrischung. Claudius hingegen brannte vor Ärger. Der Mann war ihm in der Tat überlegen. Seine geistige Schärfe verursachte ihm

Schmerzen. Er war froh, als das Gericht beschied, man wolle den Disput nun beenden und am kommenden Tag die ersten Zeugen einvernehmen. Mit tiefer Verneigung verabschiedeten Kläger und Verteidiger die Herren, dann wandten sie sich einander kurz zu, maßen sich mit abschätzenden Blicken, so als gelte es, in Kürze einen Schwertkampf auszufechten.

Hochmütig hoben beide die Köpfe und verließen den Saal. Der Wächter zog Märthe roh vom Hocker hoch und stieß sie in Richtung der Treppe zum Turmverlies. Die Alte seufzte, einer wie Fresenius, das war ein Mann, wie sie ihn zum Forschungsgefährten gebraucht hätte. Einer, der sie mit Argumenten überzeugt, ihren Geist geklärt und ihre Kräfte in wahrhaft vernünftige und gottgefällige Bahnen gelenkt hätte, ohne sie zu verdammen, zu fürchten oder zu verlachen. Zu spät. Zu spät. Sie kannte ihr Schicksal längst.

Doch Fresenius, ihr kluger Freund, war nicht gewillt, sie zu verlieren, er machte sich auf, um Hilfe zu holen.

40.

Dem Traubstedter behagte das Leben im Wald nicht. Es waren nicht die unzähligen Unbequemlichkeiten, die Kälte, das karge Essen oder der unruhige Schlaf auf kalter, feuchter Erde, die bereits den winterlichen Geruch von Tod und Vergänglichkeit in sich trug, was ihm die Laune verdarb. Was ihn quälte, war der Gedanke, die Menschen, denen er sich verpflichtet fühlte und die mit Recht auf seinen Schutz gehofft hatten, im Stich gelassen zu haben. Das Beispiel von Fresenius, einem einfachen Mönch mit dem Mut eines Löwen, verschärfte sein Gefühl eigener Unzulänglichkeit. Der hatte den Kampf der sicheren Zuflucht im Wald vorgezogen und war noch in der Nacht nach Köln zurückgekehrt. Mit nichts als der Bibel trat er nun an, um für Märthe einzustehen.

Mißmutig stocherte der Graf in dem rauchigen, armseligen Feuer herum, das keine rechte Wärme abgab, da das Holz zu feucht war. Hans, der neben ihm auf einem Umhang kauerte, zupfte die schlecht gestimmten Saiten seiner Laute in tönendem Mißklang, was die Laune des Grafen nur verstärkte.

Ein Rascheln ließ den Grafen hochfahren, mit gezücktem Schwert wandte er sich der dichten Baumgruppe in seinem Rücken zu und ließ seine Waffe sinken, als sich die Zweige teilten und Michael, mit einem frisch erlegten Hasen über dem Rücken, auf die kleine Lichtung trat.

Kleine Atemwolken kräuselten sich in der Luft, als er atemlos, aber mit zufriedenem Gesicht sein Jagdglück pries. »Das wird ein guter Braten«, freute er sich, legte den Hasen nieder und rieb sich die Hände über dem armseligen Feuer. »Was meinst du, Hans«, fuhr er munter fort, »wie wollen wir das leckere Tier zubereiten?« Der Musikant brummte nur.

»Oh«, foppte ihn der erfolgreiche Jäger und warf einen Stock nach ihm, »der Narr trägt Trauer, er ist wohl ...« Weiter kam er nicht, der Graf ertrug solches Geplänkel nicht und machte seinem Zorn Luft: »Da hocken wir hier im Wald wie ein Haufen Räuber, vertun die Zeit und vergessen unsere Freunde, denen der Tod sicher ist. Was sind wir für elende Waschweiber! Und du, Michael, treibst noch deine Scherze, als hättest du keine anderen Sorgen, solange nur ein Braten in deinem Topf schmort.«

Der Vorwurf war böse und ungerecht. Keiner von ihnen, das wußte vor allem der Graf, hatte einen so schlimmen Verlust zu verschmerzen wie Michael, der mit Susanna auch seine letzte Hoffnung auf Glück begraben hatte. Trotzdem nahm Traubstedt seine übereilten Worte nicht zurück. Er wollte einen Streit, um seinen Sinn zu stören und die Lähmung in seinem Herzen zu vertreiben, die ihn nun schon seit Tagen unschlüssig ließ, was zu tun sei.

Michael aber tat, wie es seine Art war, seit er sich vor dem Kummer verschlossen hatte, ungerührt. Das Kinn kämpferisch vorgereckt, fragte er nur: »Und wie, mein Herr«, diese dem Grafen verhaßte Anrede betonte er stark, »gedenkt Ihr, den vergessenen Freunden zu helfen? Wollt Ihr Euch neben sie in den Kerker legen, oder dem Henker Befehl geben, einen Scheiterhaufen für uns zu schichten? Hübsch nah bei den anderen, damit wir wenigstens im Tod noch einmal vereint sind? Ihr macht Eurem falschen Weib Katharina alle Ehre. Sie ist von ebensolcher Tapferkeit und inzwischen gewiß schon in Ketten.«

Damit wandte Michael sich ab und verschwand im Unterholz, um nach trockenen Zweigen zu suchen. Schweigend starrte der Graf ihm nach. Er war ein rechter Esel; was beleidigte er seine einzigen Freunde, nur weil ihn der ohnmächtige Zorn umtrieb? Das fehlte gerade noch, daß ihn die Untätigkeit dazu verleitete, Unfrieden in den eigenen Reihen zu säen. Und hatte Michael in seiner nüchternen Art nicht recht? Was würde es nützen, sich selbst zu opfern und damit dem Bogenwaldler tiefste Genugtuung zu verschaffen.

Hans hielt in seinem Zupfen inne und starrte ins Feuer: »Michael hat leider recht«, sagte er schließlich. »Wir können nichts tun, außer zu überleben.« Dann legte er die Laute beiseite, um den Hasen zu häuten. Der Graf nickte: »Ja, der Michael hat recht.«

»Hat er nicht«, meldete sich nun aus dem Dickicht hinter ihnen eine feste Stimme zu Wort.

»Fresenius«, rief mit vor Überraschung schriller Stimme Hans. Der Graf schaute sich verdutzt nach dem Mönch um, der jetzt begleitet von einem lächelnden Michael auf die Lichtung trat.

»Wie, wie«, stotterte Hans, »hast du gewußt, daß wir noch hier sind?« Mit gelassener Stimme erklärte der Kapuziner: »Ich konnte es mir denken, daß ihr euch nicht trennen könnt von euren Freunden und euren Feinden. Bessere findet ihr von beidem so leicht nicht.«

Der Graf lächelte den kräftigen Kapuzinermönch mit dem unbeugsamen Sinn herzlich an. »Du bist also gekommen, weil du unsere Hilfe brauchst. Steht denn der Prozeß so schlecht?«

Fresenius seufzte und ging aufs Feuer zu, um sich zu wärmen. »Ich geb' Märthe noch nicht verloren, doch wäre mir wohler, wenn das Gericht nicht die letzte Hoffnung wäre.«

»Was aber können wir tun?« fragte noch einmal Michael. »Welche Hoffnung sind wir für dich?«

»Die größte, die ich außer meinem Erlöser habe«, sagte freundlich der Mönch.

Nun mischte sich der Graf ins Gespräch. »Mich hast du bereits auf deiner Seite. Die Flucht behagt mir ohnehin nicht. Wir haben unsere Haut gerettet, gut, doch für wie lange? Bald bricht der Winter herein, aber wir können uns kaum irgendwo auf Dauer verkriechen; die Gefahr ist zu groß, daß der Bogenwaldler uns aufspürt. Man kann einen Trupp wie den unseren leicht verfolgen. Ein Spielmann, ein Landsknecht, ein Graf. Schon jetzt wird man uns auf den Fersen sein. Was bleibt uns am Ende übrig, als uns zu trennen? Ihr seht also, so oder so würden wir einander verlieren, wie wir schon die anderen verloren haben.«

»Aber dabei überleben«, warf Hans ein und schnitt ungerührt den Pelz von den Läufen des Hasen.

»Mag sein, mag nicht sein«, erwiderte Fresenius achselzuckend, »doch wäre es mir allein darum gegangen, hätte ich meine Einsiedelei nicht aufgegeben.« Unwirsch unterbrach ihn Michael: »Eure Ausführungen sind ehrenvoll, doch was haben sie mit der Rettung unserer Freunde aus dem Kerker zu tun?« Fresenius lächelte milde. »Ich will sie ja gar nicht aus dem Kerker befreien. Dicke Wände, unüberwindliche Schlösser, scharfe Wachleute, nein danke, das habe ich satt. Dafür ist mir das Pulver zu schade. Aber der Kerker ist nicht die letzte Station unserer lieben Freunde.«

»Nein«, spöttelte Hans und schlitzte Meister Lampe den warmen Balg auf, »das ist der Himmel oder die Hölle. Doch da einzudringen, noch besser, wieder herauszukommen, scheint mir ein völlig unsinniger Plan.«

»Da hast du recht«, bestätigte der Mönch schmunzelnd, »aber wie steht es mit dem Richtplatz? Hexen und Ketzer verbrennt man nicht innerhalb der Stadtmauern, sondern draußen, auf offenem Feld. Keine Schlösser, keine Mauern ...«

»Aber reichlich Volk und Soldaten«, schloß der Graf enttäuscht, »vergeßt es. Fresenius, was wollen wir allein gegen so viele ausrichten?«

Der Mönch hob mit schalkhaftem Grinsen den Kopf. »Aber wir sind nicht allein. Im Gegenteil, wir werden Hunderte sein. Eine ganze Armee aus scheußlichen Unholden und teuflischen Kriegern. Der Ackermann wird reiche Ernte halten. Der Bauer weist uns den Weg. Ich habe es genau berechnet und durchdacht. Hans, mach den Braten bereit. Ich will euch den Plan erklären, danach wird euch der Hase doppelt schmecken.«

41.

Kaufmann Ansgard wartete zu eben dieser Zeit auf ein weit üppigeres Mahl. Er hatte in das Zunfthaus der Kaufmannsgilde geladen, um sein fälliges Dankessen für das seinem Haus geliehene Lösegeld abzuhalten. Zwar stand ihm selber nicht der Sinn nach Prasserei und Feierlichkeiten, doch er wußte, was Sitte und Anstand vorschrieben, immerhin hatte man ihm über lange Zeit seinen Ehrensitz in der Gilde freigehalten und auch sein Amt als Kämmerer nicht neu besetzt.

Draußen setzte trübe bereits die Dämmerung ein. Wer nicht noch dringende Geschäfte zu tätigen hatte, der floh die kühlen Gassen und freute sich auf das heimische Feuer, so er sich eines leisten konnte. Hier im Zunfthaus aber glänzten die mit dunkler Eiche getäfelten Wände, strahlten die Zunftzeichen, Wappen und Balkenschnitzereien im Licht von fünfzig Wachskerzen, die Ansgard ebenfalls gestiftet hatte.

Zufrieden saßen seine engsten Freunde und die bedeutendsten Kaufleute seines Gewerbes an dem langen, polierten Tisch, auf dem der erste Gang aufgetragen wurde. Würzig stieg ihnen der Duft von gebratenem Kapaun, gesottenen Hühnern, mit Honig bestrichenen Küken und in Nelkenpfeffer gewälzten Amseln in die Nase. Zum Geflügel wurde ein weißer Ratswein serviert, und über dem Kaminfeuer siedete bereits ein Gewürztrunk, der köstlich nach Zimt duftete.

Ja, an der Zahl und der Menge der Gewürze erkannte man den wahrhaft großzügigen Gastgeber. Selbst Safran, das man gemeinhin mit Gold aufwog, hatte Ansgard für einige süße Küchlein bestellt, die zusammen mit dem Fisch serviert werden sollten. Nachdem die üblichen Dankesreden und förmlichen Trinksprüche gehalten waren, begaben sich die Gäste lärmend an den Schmaus. Der eigens für diesen Abend gemietete Mundschenk, der sonst bei Ratsbanketten Dienst tat, scheuchte seine Gehilfen ordentlich um die langen Tische. Die Männer waren durstig. Fast ein Viertel Fuder Wein, das waren mehr als vierzig große Krüge, einer für jeden Gast, wurde schon in der ersten Stunde getrunken.

Die Gesichter der Zecher röteten sich und glänzten vom Schweinefett und dem Licht der Kerzen. Das Schmatzen und Schmausen war für lange Zeit das größte Geräusch im Raum, für Gespräche blieb nach dem köstlichen, ungewöhnlich reichen Mahl noch genug Zeit.

Ansgard selbst griff nur zögernd zu, drehte noch immer einen Hühnerschlegel über seinem Zinnteller, als schon die gesäuerten und gesalzenen Heringe, der gebeizte Salm und die gesottenen Karpfen aufgetragen wurden. Erst jetzt bemerkte sein Tischnachbar die Appetitlosigkeit des Gastgebers. »Rechnest du dir Kosten vor?« fragte er den Tuchscherer im Scherz und nicht ohne ein gewisses Verständnis. Ein Festmahl wie dieses konnte leicht die Einkünfte eines halben Jahres verschlingen.

Ansgard schüttelte müde den Kopf. »Nein, mich drücken andere Sorgen, aber laßt Euch Eure Laune nicht von mir verdrießen. Eßt und trinkt, was auf den Tisch kommt, und laßt nur den ziemlichen Rest für die Bettler.« Der Mann griff sich mit den Fingern ein weiteres Stück Salm aus einer Schüssel vor ihm, biß herzhaft hinein und wandte sich erst wieder an Ansgard, als er sich drei weitere Stücke gesichert und verschlungen hatte.

»Kann ich Euch helfen, lieber Freund?«

Ansgard schüttelte den Kopf. »Nein, nein, es geht nicht um mich, sondern um die der Hexerei beklagte Alte, die man seit gestern auf dem Frankenturm einvernimmt.« Sein Nachbar griff zum Tischtuch und wischte sich den Fischsud vom Mund, dann nickte er nachdenklich.

»Ja, ja. Ich hab' davon gehört. War es nicht sie, die Euch von Eurem seltsamen Fieber geheilt hat?« Absichtlich vermied er das Wort Pest, zum einen, weil er es scheute, zum anderen, weil er Ansgard wegen seiner wundersamen Errettung nicht in Verlegenheit bringen und in Verbindung mit einer vermeintlichen Hexe bringen wollte.

Ansgard bemerkte diese feine Rücksichtnahme und verbot sich selbst eine weitere Erörterung des Themas. So sehr ihn ein Gespräch erleichtert hätte, es kam nichts Gutes dabei heraus, mit Nachbarn oder Freunden über Zauberei zu sprechen. Schnell war ein Gerücht angesetzt, wurde von neuen Hörern gewürzt und aufgekocht, bis es überbrodelte und großen Schaden anrichtete. Das Geschwätz war groß in diesen Zeiten, in denen man sich gerne von seinen wahren Beschwernissen und Sorgen ablenkte.

»Ach, es war nur ein flüchtiger Gedanke«, wiegelte Ansgard deshalb ab und erhob seinen Krug, um der fröhlichen Festgesellschaft zuzuprosten. Sein Nachbar war rasch abgelenkt vom ausgezeichneten Essen und dem köstlichen und kostenlosen Wein.

Einige Stunden später, man war bereits in die Schüsseln des vierten Gangs, Wildbraten und Wildgeflügel, vertieft, öffnete sich die Tür zum Festsaal und statt eines Bediensteten betrat ein kräftig gewachsener Mann im leicht angeschmutzten Habit eines Kapuziners den Saal: Fresenius. Aufgeregt sah Ansgard dem Freund entgegen, mit dem er die Verteidigung Märthes geplant und besprochen hatte, und winkte ihn zu sich heran. Doch, um niemanden auf die Innigkeit ihrer Beziehung aufmerksam zu machen, tat Ansgard so, als handele es sich bei Fresenius um einen willkommenen, aber nicht übermäßig vertrauten Bekannten.

»Ich grüße Euch, Ansgard«, sagte Fresenius ebenso zurückhaltend und nahm auf einem eilends herangeschobenem Stuhl Platz. »Seid ebenso gegrüßt, guter Mann«, antwortete der Tuchscherer und drängte dem Mönch eine Schüssel mit Fasanenpasteten auf. Doch dem stand der Sinn ebensowenig nach guten Speisen wie dem Kaufmann selbst, statt dessen zupfte er nur ein welkes Blatt von seinem Ärmel, das von seinem vorangegangenen Besuch im Wald zeugte.

»Könnte ich Euch ungestört sprechen?« fragte er dann knapp, und Ansgard nickte. »Wartet diesen Gang ab, danach treten einige Musikanten auf, die die Gilde gerufen hat, dann können wir uns in eine der Fensternischen zurückziehen«, flüsterte er. In stillem Einverständnis widmeten sich die beiden dann den Speisen und erhoben sich erst, als der Klang von Zimbeln den Spielmannszug ankündigte.

Kaum hatten sie das zarte Läuten und Klingeln vernommen, da erhoben sie sich, nickten kurz ihren anderen Tischnachbarn zu und verzogen sich in eine der Nischen, die als Erker über die Hauswand hinaussprangen. Der Lärm der nun einziehenden Musikanten schützte sie sicher vor neugierigen Lauschern.

Ansgards Gesicht verriet nun die ganze innere Aufregung, die er während des Festmahls mühsam unterdrückt hatte. »Wie steht der Fall, schnell, sagt es mir.«

Fresenius neigte den Kopf und überlegte seine Antwort gut. »Besser, als ich zu hoffen gewagt hatte. Man ist Märthe nicht mehr so abgeneigt wie am ersten Tag.«

Erfreut legte der Kaufmann seine Hand auf die Schulter des Verteidigers. »Guter Mann, ich wußte, daß Ihr etwas bewirken könnt. Jeder andere wäre …« Der Kapuziner unterbrach ihn, indem er seine Eisenfaust hob.

»Zollt mir kein Lob, bevor ich nicht zu Ende gesprochen

habe. Es ist nicht der Tisch der Richter, ja nicht einmal der Ankläger, der mir die größten Sorgen macht. Dieser Claudius ist im Disput ein närrischer Logiker. Nein, viel mehr Angst macht mir Märthe selbst. Sie gehört zu den Weisesten in ihrem Geschlecht. Doch wie sie sich vor dem Gericht gebärdet, so stumm und teilnahmslos, scheint es, als wolle sie ihre Unschuld überhaupt nicht beweisen. Und nichts ist gefährlicher für den Ausgang eines Rechtsstreits als ein teilnahmsloser Angeklagter, der ohne Hoffnung scheint.«

Dem Kaufmann sank der Mut, schwer stützte er sich auf eine Fenstersprosse, ja, das war auch sein Eindruck, Märthe wollte diesen Prozeß nicht gewinnen. Er interessierte sie nicht einmal. Sie schien mit dem Leben abgeschlossen zu haben. So hatte er sie bei seinem letzten Besuch im Frankenturm verstanden. Auch ihm gab Märthe Rätsel auf. Und doch wollte er nicht glauben, daß diese heilkundige Frau, die sein Leben und das vieler anderer gerettet hatte, mit dem Teufel im Bunde stand.

Fresenius trat näher an ihn heran und erforschte im trüben Dunkel das Gesicht seines Gastgebers. Wußte der etwas über Märthes Verbindung zu dem Dominikaner? Ihm selbst hatte die rätselhafte Frau nie verraten, in welchem Verhältnis sie zu dem dürren Mönch stand. Darin lag eine uneinschätzbare Gefahr. Eine einzige überraschende Bewegung seines Gegners, ein Vorsprung im Wissen konnte das Ende bedeuten. Das sagte er Ansgard, und der nickte verständnisvoll.

»Versteht Ihr«, sagte Fresenius, »wenn ich die schwachen, fehlerhaften, schuldhaften Züge ihres Wesens nicht kenne, dann kann der Gegner mich mit Anschuldigungen überraschen, die ich nicht zu widerlegen weiß. Ich habe mich auf ein Glücksspiel eingelassen, als ich die Verteidigung übernahm. Sie hat Euch lange gepflegt, hat sie Euch irgend etwas anvertraut?« Ansgard verneinte seufzend. Immer noch starrte Fresenius auf ihn hinab. Er spürte den bohrenden Blick, getraute sich nicht in die Augen des Mannes zu schauen. Schließlich schüttelte er den Kopf.

»Nein«, sagte er noch mal, »nein, es gibt nichts, was ich Euch noch sagen könnte, außer daß Märthe eine heilkundige Frau ist, die mich mit großer Sorgfalt und Umsicht gepflegt hat. Und nicht ein einziger ist unter ihren Händen weggestorben, wie Ihr wißt. Sagt das dem Gericht, dafür gibt es genug Zeugen.«

Der Kapuziner konnte das Gefühl nicht abschütteln, daß Ansgard ihm etwas verheimlichte, noch einmal drang er in ihn. »Lieber Freund, seid Ihr sicher, daß es nichts gibt, das ich wissen sollte. Etwas, das der Dominikaner zu seinem Vorteil ausschlachten könnte, etwas, das er gegen uns in der Hand hat?« Ansgard zögerte kurz. Aber nein, die Sache um Katharina und Sebastian gehörte nicht hierher. Sie brannte ihm nur auf der Seele, weil er dem Mädchen gegenüber schwach geworden war und sie zu dem Dominikaner hatte gehen lassen. Er hätte gern sein Gewissen erleichtert, denn Fresenius schien ihm ein guter, vertrauenswürdiger Beichtvater. Aber das war schiere Eigensucht. Es galt, zunächst Märthe zu befreien, Fresenius brauchte dazu all seine Kraft.

Danach blieb Zeit, an die Rettung des Mädchens und ihres Liebsten zu denken. Claudius würde sie gewiß so lange als Geisel am Leben halten, bis er Graf von Traubstedt zurück nach Köln gelockt hatte. Deshalb hob der Tuchhändler nun seinen Kopf und blickte seinem Gegenüber fest in die Augen. »Nein, ich weiß wirklich nichts, was im Prozeß von Bedeutung sein könnte.«

In diesem Moment rief einer von Ansgards Gästen dessen Namen. Der Kaufmann zuckte. »Wir müssen uns trennen, sonst erregen wir Verdacht.«

Fresenius straffte die Schultern. »Nun gut. Doch worum ich Euch ernsthaft bitten möchte, ist, daß Ihr zu Märthe geht und sie dazu bewegt, mit mir zu sprechen. Ich muß wissen, was in ihr vorgeht.« Der Kaufmann nickte und verließ die

Fensternische. Gerade wollte er sich umwenden, um einen letzten Satz zu sagen, als er unter den Musikanten ein ihm vertrautes Gesicht erblickte. »Hans«, rief er so laut, daß einige Tischgäste sich zu ihm hindrehten. Warnend packte Fresenius den Kaufmann beim Ärmel. Seinen Fehler erkennend, raffte Ansgard seinen schweren Mantel und begab sich zurück zu seinem Platz. Der Lautenspieler hingegen zupfte ungerührt weiter die Saiten. Niemand hätte zu sagen vermocht, welchem der fünf Musiker Ansgards Ausruf gegolten hatte. Der Mönch verabschiedete sich mit kalter, unbewegter Miene, um sich nicht zu verraten.

Als der dampfende Würzwein aufgetragen wurde, erklärte der Tuchscherer den Besuch des Kapuziners mit dringenden Geschäften zur Pflege der Wohltätigkeit. Einsam wie ein Eremit fühlte sich Ansgard inmitten der fröhlich Feiernden, sein Blick suchte nicht mehr das Gesicht des Gauklers.

Zu gleicher Stunde und nur wenige Gassen entfernt, blickte Katharina voll zärtlicher Sorge auf das Gesicht ihres Geliebten herab. Immer noch fieberte Sebastian, doch die Schwellungen an Leisten und unter den Achseln waren zurückgegangen. Bleich und ausgezehrt war sein Gesicht, und selten kam er zu Bewußtsein. Das blakende Öllämpchen warf zuckende Schatten auf sein Lager.

Katharina tauchte ein Leintuch in eine Schüssel mit frischem Brunnenwasser, drückte es aus und befeuchtete Sebastians Stirn. Es gab so wenig, was sie tun konnte. Alle Hilfe kam von diesem schrecklichen Mönch. Wo blieb er nur mit der täglichen Medizin? Noch war die Plage nicht völlig ausgetrieben, wahrscheinlich bereitete es ihm eine diebische Freude, sie hier warten und bangen zu lassen.

Ein Nachtwächter rief die zwölfte Stunde aus, als endlich Tritte auf der Holzstiege der schmalen Herberge zu vernehmen waren. Kurz darauf brummten ihre Bewacher einen mürrischen Gruß hinter der Tür. Ein Schlüssel wurde in das Türschloß zur Dachkammer gesteckt, und wenig später trat Claudius in das schäbige Zimmer.

»Gott zum Gruße, schönes Täubchen. Geht es unserem Kranken besser?« fragte er höhnisch. Katharina erwiderte den Gruß nicht, verlangte nur barsch nach dem Trank. Das Rezept hatte der Dominikaner seiner Schwester abgeschwätzt. Ohne viel Mühen, da Märthe schlecht Sebastian sterben lassen konnte.

»Der Trank, der Trank, ja gewiß habe ich ihn dabei«, flötete Claudius nun, »doch bevor wir ihn verabreichen, möchte ich dich kurz an meinen Lohn erinnern. Morgen gilt's. Ich habe alles genau durchdacht.«

Katharina senkte ihren Blick zu Boden. »So rasch schon«, flüsterte sie mit gepreßter Stimme.

»Oh, ich denke, du hattest genügend Zeit, dich auf deinen großen Auftritt vorzubereiten. Und der da«, der Mönch deutete mit einer verächtlichen Kopfbewegung zu Sebastian hinüber, »dürfte in drei, vier Tagen genesen sein.« Er machte eine Pause und trat näher an das Mädchen heran, »vorausgesetzt, er erhält regelmäßig seine Arznei, wie du weißt.«

Katharina zitterte, sie hatte gewußt, auf was sie sich eingelassen hatte, doch nun sank ihr der Mut. »Warum müßt Ihr das von mir verlangen? Es steht doch schon so schlimm genug. Was bringt Euch meine armselige Hilfe? Ich bitte Euch, liefert mich an den Galgen, aber verlangt nicht das von mir.«

Das Mädchen war auf die Knie gesunken und sah den Dominikaner flehend an. Der trat nur nach ihr, und eine Zornesfalte durchfurchte ihm die Stirn. »Ich hasse es, Geschäfte mit wankelmütigen Weibern abzuschließen. Aber du sollst mir nicht auskommen. Du brauchst noch Bedenkzeit?« Der Mönch ging mit wenigen Schritten zur Tür, öffnete sie und wandte sich im Türrahmen ein letztes Mal um. »Nun gut. Ich gebe dir bis morgen Zeit und dem da«, er wies wieder auf Sebastian, »auch.«

Damit schloß er rasch die Tür, so rasch, daß Katharina sie nicht mehr erreichen konnte, bevor sie ins Schloß fiel. Schluchzend hämmerte sie dagegen und bat den Mönch zurückzukommen, doch der hatte sich bereits an den Abstieg gemacht.

Katharina kroch zu dem Bett ihres Geliebten zurück, der sich nun unruhig hin und her warf. Er stöhnte. Mein Gott, dachte Katharina, das Fieber steigt wieder, was soll ich nur tun? Verzweifelt schaute sie auf den Mond vor dem winzigen Kammerfenster, der hinter galoppierenden Wolkentürmen verschwand.

Warum konnte sie ihre Schuld nicht einfach mit dem eigenen Tod sühnen? Warum mußte sie statt dessen noch mehr Schuld auf sich laden, um Sebastian zu retten? Sie faltete die Hände und ließ sie wieder sinken, sie hatte das Vertrauen in Gebete verloren. Es war Hesekiel, der sie aus ihren trüben Ahnungen riß. Hüpfend kam er unter Sebastians Bettstatt hervor und flatterte hinauf zum Fensterbrett. Fragend schaute die Magd zum Raben hoch, der mit dem Schnabel gegen das Fenster pickte.

»Du willst hinaus?« seufzte Katharina und öffnete das Fenster. »Ich kann's verstehen, rette dich nur.« Der Rabe ließ ein beleidigtes »Prrrrüh« vernehmen, dann hob er die Flügel und war mit einem einzigen Satz hinaus in die Nacht. Mit Tränen in den Augen blickte Katharina ihm hinterher. Der dumme Vogel war ja ihre letzte Verbindung zu den Freunden. Wenn sie dem Tier nur folgen könnte. Sie drehte sich um und schaute noch einmal zu Sebastian hinüber, der sich unter Schmerzen auf dem Strohsack wälzte. Nein, sie würde bei ihm bleiben. Sie mußte bleiben, selbst wenn es einen Plan zu ihrer Rettung gäbe.

Nur mühsam konzentrierte Ansgard sich auf den kleinen Lichtkegel, den die Fackel des Leuchtenmannes vor ihm auf die Gassen warf. Immer wieder wandte er seinen Kopf nach hinten und starrte in die Finsternis, in die ab und an ein Fetzen Mondlicht schien. Doch sosehr er auch starrte und lauschte, er vernahm keine Schritte. Also hatte er sich geirrt. Eine Sinnestäuschung, der Gaukler war nicht Hans gewesen.

Vor seiner Haustür angelangt, entlohnte er den Fackelträger, der sich höflich verabschiedete und zurück zum Zunfthaus eilte, um anderen Zechern seinen Dienst anzubieten.

Ansgard wandte sich seiner Tür zu, als ihm von hinten jemand auf die Schulter tippte. Er fuhr herum und erkannte den Spielmann. »Hans?« flüsterte er. Die Gestalt nickte und legte einen Zeigefinger an die Lippen. Der Kaufmann eilte sich, die Tür zu öffnen, und zog seinen Freund rasch in die Diele, in der Gertrud eine Kerze hatte brennen lassen. Im mageren Licht erkannte er endgültig die Züge seines Freundes wieder. Wortlos umarmte er ihn und führte ihn dann, die Kerze vor sich hertragend, in die Stube.

Schnell hatte Hans ihm von der Eintönigkeit ihrer Tage und der Unwirtlichkeit der Nächte erzählt. Doch das tat er als Nichtigkeiten ab. »Ich bin hier, um von unserer Rückkehr zu berichten.«

»Wie, ihr alle seid wieder in Köln? Was für ein Wahnsinn.« Hans nickte munter. »Ja, das ist wohl wahr, aber wir können uns nicht ans Halunkendasein im Wald gewöhnen. Auch wenn wir hier auf Eure Hilfe angewiesen sind, was dem Grafen gar nicht schmeckt.«

Ungeduldig hob Ansgard die Hand. »Ich bin ihm und Märthe mein Leben gleich zweimal schuldig, der Graf hat einen mehr als unbequemen Ehrbegriff. Kommt nur alle wieder in mein Haus, ich will euch schon unterbringen. Der Bogenwaldler wird eine weitere Visitation nicht wagen.«

Hans rieb sich nachdenklich das Kinn und zupfte Wachstropfen von der Kerze. Ihn lockten das Angebot, die Wärme der Stube und das gute Essen, aber sein Auftrag lautete anders. »Nein, macht Euch über unser Unterkommen keine Gedanken. Fresenius hat andere Pläne. Ich selbst werde in der Spielmannsgasse unterschlüpfen, wo zur Zeit viele fahrende Musiker wohnen. Unsere Freunde schlafen unter den Stadtwällen bei den Bettlern. Derich versorgt sie.«

»Ihr wißt, wie gefährlich das ist«, warnte der Kaufmann, »Claudius wird nicht zögern, auch gegen euch Klage zu erheben, wenn er erfährt, daß ihr in der Stadt seid.«

Hans lächelte verächtlich. »Hat er nicht schon genug mit der Hexenverfolgung zu tun?«

»Ihr selbst habt gesagt, er sei ein unberechenbarer Wolf. Und auch der Ritter ist gewiß nicht fern. Habt acht, so groß Köln sein mag, Nachrichten verbreiten sich wie Lauffeuer, und ein Trio aus Graf, Mönch und Landsknecht wird immer für Aufsehen sorgen. Bedenkt, was meine Nachbarn über euch geschwatzt haben, nachdem die Aufregung über die grassierende Seuche verebbt war.«

»Und eben weil Eure Nachbarn so gern schwätzen, können wir hier ebensowenig wohnen wie Fresenius.« Ansgard gab das zögernd zu. Auch der Kapuziner hatte ihn überzeugt, daß er besser in einem unverdächtigen Hospiz schlief.

»Schaut nicht so verdrossen, Ansgard. Wir werden Euch schon noch genug in Gefahr bringen, denn morgen wollen wir Euch zu einem geheimen Treffen holen. Es gibt einen Plan zu besprechen, falls es Fresenius nicht gelingt, Märthe mit den Waffen des Wortes zu befreien. Und damit Euer Haus nicht wieder in Verruf oder Verdacht gerät, schlage ich vor, daß wir uns morgen um etwa dieselbe Stunde bei der Kirche St. Mariä Lyskirchen treffen. Sie liegt nah beim Rhein, und wie mir Rufus immer erzählte, hat sie einige verschwiegene Nischen. Habt Ihr von dem Bauern noch einmal Nachricht bekommen?«

Ansgard verneinte. Der Kaufmann steckte dem Gaukler, dessen gesunder Appetit ihm bekannt war, noch eine Rauchwurst und ein Säckchen Hirse zu, dann verabschiedeten sich die Männer herzlich. Wie ein Schatten huschte Hans zurück in die Nacht, alle Mondlichtflecken meidend.

42.

Das Gedränge in der zugigen Vorhalle war groß. Mehr als ein Dutzend Leumundszeugen hatte allein Fresenius zum dritten Prozeßtag geladen. Vergleichsweise bescheiden war erwartungsgemäß das Aufgebot des Dominikaners. Nur drei Bürger waren bereit, die Maske des Denunzianten abzulegen. Fresenius vermutete, daß dieser ungewöhnliche Mut der Zeugen den Dominikaner einiges gekostet hatte.

Ihre Aussagen, in denen sie Märthe als boshaftes Wesen beschrieben, die sich gerne nahe den Bettlergassen herumgetrieben und des Nachts in ihren Höfen in die Brunnen gespuckt habe, waren rasch gemacht. Claudius ließ es bei wenigen Nachfragen bewenden, die nicht viel mehr ergaben, als daß dem einen nach einem angeblichen Besuch von Märthe ein Schwein verendet war und im Nachbarhaus eines anderen die Pest ausbrach, nachdem die Alte durch das Fenster der Stube geschaut habe.

Die Aussagen waren mehr als dürr. Doch eben das beunruhigte Fresenius. Der Dominikaner mochte zu dumm für einen gelehrten Disput sein, doch seine gemeinen Ränke und seine boshafte List kannten keine Grenzen. Wie aber wollte er seine Anklage gegen Märthe erhärten? Als einzelner Kläger würde er die skeptischen Stadtrichter nicht für sich gewinnen.

Fresenius hatte das magere Zeugenaufgebot Claudius' rasch zerpflückt. Den Schweinehalter befragte er ganz harmlos nach der Zahl der Menschen, die täglich sein Haus passierten oder besuchten. Bald stellte sich heraus, daß der gute Mann ein Bäcker war, der viel Kundschaft in seinem Ladenvorbau empfing und dessen Geschäft zudem in der stark besuchten Trankgasse lag. Auf die Frage, was Märthe ihm verdächtig gemacht habe, antwortete er, ihre abnorme

Häßlichkeit sei doch Beweis genug und ihn nähme es nicht wunder, wenn ihr Antlitz die Milch sauer werden lasse.

Weniger tumb erwies sich der Zeuge, der Märthe den Pestfall im Nachbarhaus ankreidete. Fest beharrte er auf seiner Aussage, er habe Märthe nächtens im Hof des Hauses nahe beim Brunnen beobachtet. Fresenius schmeichelte dem Zeugen, indem er dessen Beobachtungsgabe und Scharfsinn lobte, und bat ihn um eine genaue Beschreibung der Angeklagten in dieser Nacht. Der Mann trumpfte auf und fand immer neue Einzelheiten, mit der er seine außergewöhnliche Aufmerksamkeit noch unterstreichen wollte. Ein hämisches Lächeln habe er auf dem Gesicht der Alten entdeckt, auch ihr Muttermal wollte er deutlich gesehen haben. Mit aufmunterndem Nicken begleitete Märthes Verteidiger die Aussagen, um ihn am Ende mit folgendem Satz zu entlassen: »Es nimmt mich fürwahr wunder, daß ein einziger Mensch so viele Einzelheiten in so kurzer Zeit wahrnehmen kann.« Der Zeuge nickte selbstgefällig, bis der Kapuziner mit schneidender Stimme anfügte. »Zumal in einer mondlosen Nacht.«

Die Richter rechneten nach und erkannten schnell, daß dem Zeugen, der um Würde bemüht den Kopf hob, nicht recht zu trauen war.

Claudius hatte die Szene mit einem amüsierten bis gelangweilten Lächeln verfolgt. Als sein Widersacher geendigt hatte, erhob er sich jedoch und bat um das Wort. Es wurde ihm gewährt. »Hohe Herren, ich möchte zwei weitere Zeugen anmelden, die leider zu diesem Zeitpunkt verhindert sind. Wenn es erlaubt ist, so möchte ich sie für den heutigen Nachmittag vorladen.« Die Richter berieten kurz, dann gaben sie der Bitte statt.

Fresenius beunruhigte die Gelassenheit und der satt-zufriedene Ausdruck des Dominikaners, doch er schob seine Bedenken beiseite und rief nacheinander seine Zeugen vor.

Allesamt schilderten sie Märthes Wesen als mildtätig, rein und liebevoll. Unter ihnen waren wohlhabende Bürger, die ihr Leben der heilkundigen Alten verdankten. Von keinem aber hatte Märthe Geld oder Gunstbezeugungen verlangt, sondern nur Gebete für ihr Seelenheil. Die Anzahl der Fürbitter und Freunde ließ den Rat nicht unbeeindruckt.

Immer häufiger warfen sie verstohlene oder offene Blicke zu der schweigsamen Angeklagten herüber, die jedoch so teilnahmslos wie immer dasaß. Fresenius verlor darüber seinen Gleichmut, ihn ärgerte diese Haltung mächtig, ein winziges Lächeln, ein Gruß in Richtung einiger Zeugen, das alles hätte seiner Sache gedient. So aber kämpfte er für eine Frau, die nichts als ihre Häßlichkeit und Verbocktheit zur Schau trug.

Er mußte endlich mit Märthe reden, sie drängen, einen besseren Eindruck zu machen und ihren Richtern entweder Demut oder doch wenigstens Respekt zu zeigen. Die Mittagsglocke kündete das Ende des Verhandlungsmorgens an. Die Anhörung wurde unterbrochen.

Mit nahezu unwürdiger Hast verließen die Ratsrichter den Saal durch die Hinterpforte, der Hunger trieb sie in eines der nahegelegenen Wirtshäuser. Der Dominikaner ließ seinem Gegenspieler übertrieben höflich den Vortritt, als sie vom Frankenturm auf die Gasse traten. Dann eilte er davon, als riefen ihn dringende Geschäfte.

Nachdenklich verfolgte Fresenius den Abgang des unheimlichen Mannes. In der Gasse erwarteten ihn Ansgard und zu seiner großen Freude und Überraschung ein Bettler, den er lange nicht gesehen hatte: Rufus. Doch anstatt Fresenius freundlich zu begrüßen, nickte der Bauer nur abwesend, sagte, er sei seit der gestrigen Nacht wieder im Bettlerspital an der Schmierstraße und habe von Ansgard von Märthes Verhaftung erfahren, weshalb er hier sei. Während er diese Auskunft gab, starrte er jedoch die ganze Zeit Claudius nach. Ganz so, als sähe er den finsteren Dominikaner zum erstenmal. Was Unsinn war, da er ihn aus den Bettlergassen besser kannte als alle anderen aus der Gauklerschar.

Der Kapuziner zuckte ratlos die Achseln und wandte sich Ansgard zu, dem die Aufregung ins Gesicht geschrieben stand. »Wie steht es im Prozeß?« fragte er ungeduldig.

Fresenius zog seine grobe Stirn in Falten, was ihm den Ausdruck bäurischer Sturheit verlieh und über seinen Scharfsinn hinwegtäuschte. »Würde ich nach dem Anschein urteilen, so müßte ich sagen gut. Doch der Dominikaner hat für den Nachmittag zwei weitere Zeugen angekündigt, und ich kann mir keinen Reim darauf machen.«

Die drei Männer gingen jetzt zum Rhein hinab, wo in regem Treiben einige Getreide- und Fischkähne entladen wurden. Rumpelnd wurden Fässer voll eingesalzenem Hering auf die Fischhalle zugerollt. Dazwischen trieben Bauern ihre Ochsen und Milchkühe die Werft entlang. Von den Rheinwiesen kommend, brachten sie ihre Herden bis von den Niederlanden hierher nach Köln, um sie auf dem Neumarkt anzubieten. Heuwagen fuhren im Troß mit, auf denen das Futter der Tiere sich hoch türmte.

Geschickt wichen Ansgard, Fresenius und Rufus den Karren, Fuhrwerken, Ochsentreibern, Lastträgern, Knechten und Kaufmannsgehilfen aus, ohne dabei ihr Gespräch zu unterbrechen. »Mich wundert, was der Mönch noch in der Hinterhand hat, seine Zeugen waren nachgerade lächerlich dumm«, sinnierte der Kapuziner. »Vielleicht ist er doch weniger gewitzt, als wir annehmen«, wagte Ansgard zu hoffen, doch keiner wollte ihm beistimmen. Rufus sah nach wie vor grimmig drein und schien in ganz eigene Gedanken versunken.

»Nein«, sagte schließlich Fresenius und hob seinen reichlich mitgenommenen Langrock leicht an, um den Saum nicht in einer Pfütze noch mehr zu beschmutzen, »ich glaube, der Lump ist teuflisch schlau und weiß sehr genau, was er tut. Wenn ich es nur vorher wüßte.«

Schweigend gingen sie ein Stück, als plötzlich Rufus aus

seinem Gedankentraum erwachte und das Wort ergriff. »Märthe weiß, was er vorhat.«

Verblüfft blieben seine Weggefährten stehen und wurden dabei unfreiwillig ein Hindernis für einen heranrollenden Lastkarren. Fluchend vertrieb sie der Fuhrknecht von seinem Fahrweg. »Was willst du damit sagen?« stieß endlich Ansgard hervor, und Fresenius musterte den Bauern mit zusammengekniffenen Augen.

»Nun, nachdem, was Fresenius beschreibt, zeigt sie eine gefährliche Gelassenheit, so als rechne sie mit dem Schlimmsten, und ich bin sicher, daß sie weiß, was der Dominikaner im Schilde führt. Sie kennt ihn schließlich besser als wir alle.«

Ansgard schnappte nach Luft, und der Kapuziner faßte Rufus an seinem gesunden Arm. »Sprich in klaren Worten, Kerl«, stieß er hervor.

Rufus schüttelte die Hand des Mannes ab und sagte: »Ich habe es auch erst eben bemerkt, weil meine Gedanken noch durch etwas anderes beschwert sind, doch davon später. Was Märthe und den Dominikaner angeht, scheint mir die Sache klar wie reines Quellwasser. Sie ist seine Schwester.«

Seine Begleiter schnappten nach Luft, als seien sie selbst Teil der Fischfracht. Ungerührt fuhr Rufus fort: »Habt ihr denn nie bemerkt, daß beide dieselben Augen haben? Vergeßt das verschlagene Blinzeln im Blick des Dominikaners, denkt euch Märthes warmen Spott weg, dann haben beide eben jene gewitzten, runden Äuglein von haselnußbrauner Farbe. Ich hatte Zeit genug, den Mönch in seiner Rolle als Herr der Bettler zu studieren, und jetzt ist mir die Ähnlichkeit aufgefallen. Märthe muß seine Schwester sein.«

»Mein Gott«, stöhnte der Kapuziner endlich und fluchte innerlich über seine eigene Blindheit, »ich glaub', du hast recht. Mir kam der ganze Prozeß wie ein Schauspiel, ein Betrug vor.« Dann wandte er sich mit zorniger Miene dem Kaufmann zu. Märthes Versteckspiel verletzte ihn tiefer, als er sich eingestehen wollte. Er fühlte sich betrogen. »Wie soll ich diesen grotesken Mummenschanz weiter mitspielen? Mit eben solchen oder ähnlichen Überraschungen war zu rechnen.«

Der Kaufmann verstand seine Wut nicht ganz, sagte aber: »Ich beschwöre Euch, legt den Fall nicht nieder. Wir können Märthe nicht verloren geben. Denkt nur an die vielen Zeugen, die Ihr gehört habt. Spricht das nicht für sie? Denkt doch nur, wie vielen Menschen sie noch helfen kann.«

Mit einem Anflug von Hohn antwortete sein Freund: »Aber nicht helfen will. Versteht Ihr, sie selbst ist sich der ärgste Feind.« Dann besann er sich einen Augenblick, schob seine kleinliche Verletztheit beiseite und fuhr entschlossen fort. »Sei's drum. Natürlich will ich sie retten. Ihr müßt mich zu ihr bringen, Ansgard. Überzeugt sie, daß sie mich empfängt. Nur wenn ich mit ihr reden kann, werde ich den Prozeß nicht aufgeben.«

Wortlos wandte Ansgard sich um und lenkte seine Schritte zurück in Richtung des Frankenturms. Die anderen hatten Mühe, dem davoneilenden Mann zu folgen. Der Kapuziner ließ seine Kutte wieder ganz und gar achtlos über den Boden schleifen, am Ende war der Saum vollständig mit Schlamm und Unrat bedeckt.

43.

Die vergangene Nachtwache neben Sebastians Lager, sein schmerzverzerrtes Gesicht, die immer neu aufwallenden Fieberanfälle hatten ihr Werk getan. Katharina wußte, daß es kein Zurück mehr gab. Sie empfing den Mönch mit ausdruckslosem Gesicht, teilte ihm ihren Entschluß mit und flößte dem Kranken dann die genau abgemessene Medizin ein. Schon nach wenigen Minuten beruhigte sich sein Körper. Er atmete regelmäßiger, und auch der Schweiß brach ihm nicht mehr so heftig aus. Ruhig streichelte Katharina ihm die Stirn.

»Und Ihr versprecht mir, daß ich ihn danach ganz gesund pflegen darf?« fragte sie, ohne ihren Kopf zum Dominikaner zu drehen. So konnte sie auch den listigen Ausdruck in den Augen des Mönchs nicht sehen, als er antwortete: »Ich verspreche dir, daß alles nach Plan verlaufen wird.«

Mißtrauisch blickte Katharina sich nun um. »Ich werde dich töten, wenn du dein Wort nicht hältst«, zischte sie. Claudius warf seinen kahlen Schädel in den Nacken und lachte nur, dann ging er hinaus und gab einem seiner Männer flüsternd einige Anweisungen, der daraufhin die Treppe hinabpolterte.

Märthe hatte dem Besuch zugestimmt und war aus ihrem Zellenloch, das nicht einmal ein Fenster hatte, in den Henkerskeller geführt worden. Mit einigen Münzen überzeugte Ansgard die Büttel und Knechte, sich ein Mittagsbier vor dem Frankenturm zu gönnen. Lediglich ein Wächter verblieb vor der eisernen Tür. Die drei Männer hatten Zeit für ein ungestörtes Gespräch.

Rufus und Ansgard umarmten die Alte herzlich, und kurz leuchtete in ihrem häßlichen Gesicht die Wärme auf, die sie allen so vertraut machte. Fresenius bemerkte es mit Wehmut, er reichte Märthe die Hand. Dabei suchte er erstmals in ihrem Antlitz Ähnlichkeiten mit den Zügen des Dominikaners. In der Tat, konzentrierte man sich nur auf ihre Augen, die von wunderbarer Klarheit und Farbe waren, dann ließ sich eine gewisse Ähnlichkeit nicht leugnen, wenngleich die Augen des Dominikaners sich durch ihre Kälte und den boshaften Blick von denen der Alten so weit unterschieden wie der Frost vom Frühling.

Rufus erschien es als böses Omen, daß die Wiederbegegnung mit Märthe zwischen Streckbänken, Daumenschrauben und anderen Foltergerätschaften stattfand. Starr wandte er seinen Blick Märthe zu und bemühte sich, die gräßlichen Werkzeuge des Todes zu übersehen, die freilich bei weitem harmloser waren als die Marterinstrumente, über die man im Keller der Hacht verfügte und die speziell auf Hexen, Zaubersche und Magische verwandt wurden.

Fresenius bat Märthe, mit dem Gesicht zum Fenster Platz zu nehmen. »Du willst überprüfen, ob mein Gesicht meine Worte Lügen straft«, stellte sie trocken fest. »Nur zu, ich habe nichts mehr zu verlieren und nichts mehr zu verbergen.« Der Mönch erkannte wieder den ihm ebenbürtigen, widerspenstigen Geist in ihr und begann mit nüchterner Stimme und Art seine Befragung.

»Sag mir zuerst, ob du eine Hexe bist.« Ansgard holte empört Luft, und Rufus wollte aufspringen, doch Märthe brachte sie mit einer Handbewegung zum Schweigen.

»Lieber Freund, ich weiß es nicht. Glaub mir, ich habe mir diese Frage mein Leben lang gestellt. Ich habe gekämpft und gelitten, ich habe mich in die Einsamkeit zurückgezogen und Gott gesucht. Aber ich habe keine Antwort gefunden.« Nie zuvor hatte Fresenius auf eine solche Frage eine ähnliche Antwort gehört. Sie gefiel ihm, denn sie verriet die Tugend des Zweifels. Eine Tugend, die nur wenige Gelehrte besaßen und die er erst vor kurzem so sehr zu schätzen gelernt hatte.

»Beteuerst du deshalb nicht deine Unschuld?«

»Nein«, antwortete Märthe knapp und mit starrer Miene, »deshalb nicht, sondern weil ich schuldig bin.« Fresenius horchte auf: »Wie das, Frau, wenn du gleichzeitig Zweifel hast, eine Hexe zu sein?« Märthe wandte ihm nun ihr Gesicht voll zu, ein Lächeln streifte ihren Mund. »Nun, ich rede von Schuld, nicht von Hexerei. Gott ist gnädig mit mir, er hat mir mein Gewissen gelassen, und das sagt mir klar, daß ich Schuld auf mich geladen habe.« Fresenius stöhnte, er ahnte, was in Märthe vorging, und wollte sie vor sich selbst beschützen. »Gute, liebe Märthe, bedenke, was du für uns und andere getan hast.«

»Nachdem ich sie zuvor ins Elend gestürzt habe.«

»Aber doch nicht wissentlich«, protestierte der Bauer.

»Ich hätte es wissen müssen«, antwortete tonlos die Alte.

Ansgard ging nun dazwischen. »Ich verstehe nicht, worüber Ihr sprecht. Was wollt Ihr denn Böses bewirkt haben? Viele Kölner habt Ihr vor dem Tod gerettet. Ich bitte Euch, klärt mich auf. Was soll Märthes Schuld denn sein?«

Märthe schaute ihn traurig an, dann sagte sie fest: »Gerade Euch, lieber Ansgard, kann ich es nicht sagen, Ihr würdet mich hassen. Laßt es gut sein. Niemand kann mich verteidigen. Am heutigen Nachmittag wird man mich der Hexerei anklagen, und ich werde mich schuldig bekennen.«

»Märthe«, schrie nun Ansgard entsetzt, »warum tut Ihr das?«

Fresenius zwang den Kaufmann zur Ruhe und verbot auch Rufus jede weitere Einmischung. »Ob ich dich verteidige oder nicht, werde ich allein entscheiden, liebe Freundin. Und zwar dann, wenn du uns allen, auch Ansgard, die ganze Wahrheit berichtet hast. Und du wirst sehen, der Kaufmann wird dich ebensowenig hassen wie ich. Rede endlich!«

Märthe wiegte ihren Kopf, so als müsse sie das Für und Wider noch gegeneinander abwägen, dann setzte sie sich entschlossen auf und beschied: »Gut. Ich kann der Versuchung einer solchen Beichte nicht widerstehen. In der Tat habe ich viel Kummer mit mir herumgetragen, und es wäre mir leichter, wenn wenigstens meine Freunde etwas davon wüßten und mich verstünden.«

Danach schilderte sie in klaren Worten, wie sie mit Hilfe ihrer seherischen Kräfte, aufgrund ihrer Begegnung mit Kräuterweibern und schließlich durch die Unterweisung des Paracelsus befähigt war, Arzneien zu mischen und Destillate herzustellen.

»So gelang es mir, alte Rezepte, die das Volk seit Generationen kennt, zu verbessern und dank Paracelsus zu verstehen. Er erforschte die Bestandteile von Pflanzen und entdeckte in wissenschaftlicher Methode ihre Wirkweisen, von denen ich nur intuitiv wußte.

Ich hätte zufrieden sein können. Doch als wäre der Teufel mein geheimer Ratgeber, mischte ich auch Substanzen, die ich wie eine Traumwandlerin wählte und von denen ich wußte, daß sie gefährlich waren.« Märthe hielt inne und runzelte die Stirn. Alle wußten, daß sie nun an den Punkt kam, der sie schmerzte.

»Schließlich gelang es mir, ein Gift zu entwickeln, das die Anzeichen der Pest auslöst und auch zum Tode führt, wenn man nicht rechtzeitig ein Gegengift gibt.«

Erschrocken fuhr Ansgard zurück, das also war das Geheimnis der Alten. Beschwichtigend hob Märthe die Hand. »Nein, Ansgard, ich probierte es nie an Menschen aus, nur an Ratten, von denen Ihr wißt, daß sie auch Herren der Pest heißen, wiewohl niemand weiß warum. Nun, die Tiere verendeten oder überlebten, je nachdem ob ich sie mit einem Gegengift behandelte oder nicht. Ich gebe zu, daß mich mein verdammungswürdiger Erfolg zunächst berauschte. Ich glaubte, daß es mir nun auch gelingen könnte, heilsame Gifte gegen alle erdenklichen Krankheiten mit ähnlich starker Wirkung zu finden, wenn mich die Eingebung nur zu den richtigen Kräutern, Wurzeln und Pflanzen schicken würde. Doch nichts dergleichen geschah.«

Märthe hielt wieder inne und rieb sich ihre schmerzenden Handgelenke. Für die kurze Zeit des Besuchs hatte man sie von den eisernen Fesseln befreit. Das Wort eines Ehrenmannes, wie der Tuchscherer einer war, hatte, neben dem Schmiergeld, gewirkt.

»Dann naschte eines Tages meine Katze von dem Gift und starb qualvoll, da mir zur Bereitung des Gegengiftes ein wichtiger, sehr seltener Mineralstein fehlte, den übrigens jüdische Ärzte häufig verwenden. Was das Unglück aber vollendete, war, daß Claudius zu eben jener Zeit bei mir zu – nun sagen wir – Besuch war, das Mißgeschick bemerkte und in dem Gift große Möglichkeiten sah. Teuflische Möglichkeiten.«

»Ihr meint Euren Bruder Claudius, nicht wahr?« konnte Fresenius sich nicht enthalten zu fragen. Überrascht blickte Märthe kurz auf, dann nickte sie kurz. »Ja, Ihr habt es also erraten. Claudius bedrängte mich, ihn in das Geheimnis einzuweihen, und schilderte mir, welche Macht wir mit diesem geheimen Gift erlangen könnten. Erst da wurde mir bewußt, was für ein Teufelszeug ich geschaffen hatte. Ich verließ mein Haus noch in der gleichen Nacht. Zerstörte alles, was mit der Herstellung der Substanz zu tun hatte, und zog mich nach langer Wanderschaft in das stillgelegte Bergwerk zurück, wo wir uns zum erstenmal begegneten. Mein Bruder verlor meine Spur, und ich schwor, nie mehr unter die Menschen zu gehen, sondern ganz für Gott zu leben.«

»Und das Gift?« fragte Ansgard, der nun wußte, woher auch seine Krankheit gekommen war.

»Ich war dumm genug, es mitzunehmen. Eine einzige Flasche nur, die aber den Tod von Tausenden in sich barg. Fragt mich nicht, warum ich es tat. Es war meine verfluchte Eitelkeit, nehme ich an.«

»Nein«, sagte Rufus bestimmt, »es war eine göttliche Fügung. Erinnere dich an unsere erste Begegnung, Märthe, an die Erscheinungen, die du hattest. An den stummen Sebastian, der uns die Wahrheit kundtat. Wir alle waren Zeuge, daß du von Gott gesandt bist. Wir wissen es.« Fast flehend brachte der Bauer den letzten Satz vor. Er wollte nicht, daß Märthe ihm seine letzte Zuversicht nahm, sich anklagte und damit alles zerstörte, an das er noch glaubte.

Traurig sah Märthe ihn an. »Lieber Rufus, du bist ein

aufrechter Mann. Es schmerzt mich, dich zu enttäuschen, aber ich kann nicht mehr glauben, daß ich von Gott gelenkt bin. Paracelsus hat immer gezweifelt, ob mich nicht die Acens, jene bösen Dämonen, lenken, die er mir auszutreiben suchte. Nun glaube ich, er hatte vielleicht recht. Mein verfluchtes Gift hat genau das bewirkt, was mein teuflischer Bruder wollte. Es hat ihn und den Ritter von Bogenwald an die Macht gebracht, es hat den Sieg des Bösen gefördert und nichts, aber auch gar nichts Gutes bewirkt.«

»Aber der Tod des Rabensteiners war gerecht«, bettelte Rufus nun noch einmal um Zustimmung. Märthe seufzte, und Fresenius griff nicht ein, da er spürte, welche Bedeutung Märthes Antwort für den gewesenen Bauern hatte. Sie überlegte kurz. »Rufus, der Tod eines einzelnen Schurken rettet nicht die Welt. Und wer bin ich, daß ich mir anmaße, Gericht zu halten? Ich war nicht besser als mein Bruder. Euren Kampf, Rufus, will ich damit nicht verdammen. Ihr habt nicht mehr als eure Menschenkraft dazu eingesetzt, ihr habt um die reine Lehre des Evangeliums gestritten und für die euch zustehende Gerechtigkeit gekämpft. Eure Not war groß, und überall leiden nun die Bauern und Armen unter noch drückenderer Herrschaft. Ich aber wollte die Welt neu ordnen, mit Kräften, deren Herkunft ich nicht kenne. Ich hätte mich fernhalten sollen von dieser Welt.«

Rufus schwieg, und Märthe beeilte sich, Ansgard die Geschehnisse nach der Flucht aus dem Bergwerk zu berichten, vom Feldzug der Gaukler, dem Plan zur Bestrafung des Rabensteiners. Für Ansgard blieb es eine schmerzliche Erkenntnis, daß auch er Opfer von Märthes Gift gewesen war, doch am Ende schmälerte es seine Dankbarkeit für seine Rettung nicht. Schließlich hatten der Dominikaner und sein Ritter das Gift verwendet. Und entführt hätten sie ihn so oder so, ganz sicher jedenfalls getötet.

Zwischen Bestürzung und Besorgnis schwankend, hörte

sich Fresenius den Bericht Märthes bis zum Ende an. Nach einigem Nachdenken bemerkte er vorsichtig. »Du bist dir sehr sicher, daß man dich noch heute der Hexerei anklagen wird. Nun, so sicher bin ich nicht, denn die Beweise deines Bruders«, vor dem letzten Wort machte er eine angewiderte Pause, »sind dürftig.«

Märthe musterte den guten Mönch mit müden Augen. Sah dieser kluge Kopf wider besseres Wissen in ihr eine achtenswerte Person? Sie fegte den Gedanken beiseite und sagte nur: »Nicht mein Bruder muß den Beweis erbringen. Ich selbst werde mich anklagen, und niemand kann mich davon abhalten. Menschenleben hängen davon ab.«

Noch einmal versuchte es Fresenius, diesmal wollte er die kluge Alte provozieren: »Ist es dein verachtenswerter Bruder, den du schützen willst? Du weißt schließlich, daß er die Brunnen vergiftet hat. Wie kannst du dich für ihn opfern?«

»Fresenius, ich schwöre beim allmächtigen Gott, daß mir nichts ferner liegt als das Wohl meines schrecklichen Bruders.«

44.

Flink hatte derweil der von Claudius geschickte Mann sein Ziel erreicht, und das Glück war auf seiner Seite. Vor dem Tuchschererhaus standen mehrere Fuhrwerke, die hoch mit Tuch beladen waren. Eifrig schleppten Fuhrknechte Ballen aus den Speichern und Lagerräumen des vornehmen Handelshauses und verstauten die Fracht. Frau Gertrud und zwei Kontorsgehilfen kontrollierten derweil Listen und Papiere, zählten nach und gaben Anweisungen. Sie waren stark beschäftigt, und so ließen sie eine Zeitlang auch das kleine lockenköpfige Mädchen unbeobachtet, das Claudius seinem Mann genau beschrieben hatte.

»Marie«, rief schließlich einmal die Hausfrau über die Gasse, »lauf nicht allzu weit fort. Spiel dort an der Ecke, wo die Karren nicht so nah entlang fahren.« Dann wandte sie sich wieder ihrem Geschäft zu, und der gedungene Söldner wußte genau, was nun zu tun war.

Mühsam rang er sich ein Lächeln ab, das in seinem unrasierten Gesicht keinen rechten Platz fand, das er aber für freundlich hielt, und schlenderte unauffällig zu dem Mädchen hinüber. Das hatte sich nun still in die Gasse gehockt und versuchte ein Kätzchen zu locken, dessen weiße Pfote hinter einem Faß hervorlugte.

Plötzlich fiel ein Schatten über sie. Zutraulich drehte Marie sich herum in dem Glauben, einer vom Gesinde oder Gertrud käme, um sie zu holen. Der Anblick des grimmig grinsenden Kerls ließ sie erschrecken.

»Wer bist du?« fragte sie zaghaft und mit schüchternem Stimmchen.

»Oh, ein guter Freund«, sagte der Mann und riß die Mundwinkel noch weiter ins Gesicht, so daß es ihn fast schmerzte. Die Grimasse machte Marie noch ängstlicher. Doch zu ihrer Beruhigung wußte sie Gertrud ganz nah bei sich.

»Du lügst«, trumpfte sie daher keck auf, »ich kenn' dich ja nicht.«

»Aber ich kenne dich«, sagte der Unbekannte nun und ging in die Knie. Marie drückte sich gegen das Faß, ärgerlich maunzend sprang das Kätzchen hervor und tapste von dannen.

Marie schwieg, und der Fremde eilte sich, die Sache voranzutreiben.

»Die gute Märthe, Katharina und Sebastian haben mir von dir erzählt.«

Im gleichen Augenblick vergaß Marie alle Furcht, genau

wie jede Vorsicht. »Märthe?« rief sie mit weit aufgerissenen Augen.

»Ja, ganz richtig. Märthe hat mich gebeten, dich zu ihr zu bringen. Sie wartet ungeduldig auf deinen Besuch.«

»Dann werde ich Frau Gertrud bitten, mit dir zu gehen«, sagte Marie aufgeregt und wollte schon davoneilen. Der Kerl packte sie bei ihrem Überrock und zog sie zurück. »Nein, mein liebes Kind, tu das besser nicht. Märthe sagt, Frau Gertrud könnte dir verbieten, sie zu sehen.«

Marie krauste ihr Näschen, sie wußte nicht, was sie glauben sollte, Gertrud war eine gute Frau und gar nicht so streng, andererseits war sie es gewohnt, auf Märthe zu hören. »Wieso soll Frau Gertrud mir das verbieten?« fragte sie schließlich und verschränkte die Ärmchen auf dem Rücken, damit der Mann nicht danach greifen konnte.

»Oh«, sagte der Mann nach kurzem Überlegen, »es ist nicht ganz ungefährlich, dorthin zu kommen, wo Märthe ist. Sie fürchtet, daß Frau Gertrud sich zu große Sorgen machen könnte, weil sie dich so herzlich gern hat.«

Marie dachte kurz nach. Der Mann wußte also selber, daß auch Frau Gertrud ihr wohlgesonnen war, das leuchtete ihr ein. Sie warf noch einmal einen Blick die Gasse hoch zu den Fuhrwerken, dann sagte sie kurzentschlossen: »Gut, bring mich hin, ich kann ja später alles erklären.«

Der Kerl nickte, faßte Marie bei der Hand, weil sie aber nur stolpernd Schritt mit ihm hielt, nahm er sie schließlich auf den Arm und beschleunigte seine Schritte. Marie gefiel der starke, aus Branntwein und Schweiß gemischte Geruch, der von dem Kerl ausging, gar nicht gut. Allein der Gedanke an ihre liebe Muhme Märthe, an Katharina und ihren Bruder tröstete sie über die unangenehme Art des seltsamen Mannes hinweg.

Die Mittagsruhe ging dem Ende entgegen. Noch immer saßen die drei Männer bei Märthe im Folterkeller. Die Stimmung war trüb. Fresenius erkannte die Entschlossenheit der alten Frau und wußte, daß jede Gegenrede zwecklos war. Allein Ansgard und Rufus versuchten, sie von ihrem Plan abzubringen. »Ich will's nicht leiden«, rief der Bauer erregt, »daß Ihr die Schuld Eures teuflischen Bruders auf Euch nehmt. Er verführte die Bettler und verabreichte das Gift. Wir alle wissen es, selbst Ansgard verzeiht Euch. Ihr müßt leben! Denkt nur an den Schaden, den der Teufelsbruder weiter anrichten wird.«

Doch Märthe blieb fest. »Ich kann es nicht verhindern, versucht ihr euer Bestes zu tun. Such deine Freunde, Rufus, es ist nun euer Kampf. Denkt an eure Losung: ›Nichts denn die Gerechtigkeit Gottes‹. Mir ist nicht mehr zu helfen.«

Schließlich erhob sich der Mönch und beendete die Zusammenkunft: »Ich sehe, du willst aus freien Stücken den Tod. Ich kann nichts mehr für dich tun. Dein Schicksal liegt nun in Gottes Hand. Er möge dir gnädig sein.« Damit drehte er sich in fast ruppiger Art um, ein unheiliger Zorn hatte sich seiner bemächtigt. Ein Zorn, der seine zarteren Empfindungen für Märthe verdeckte – Trauer und unsagbarer Schmerz über einen großen Verlust.

Vor dem Frankenturm trennten sich die Männer. Fresenius begab sich in den Richtsaal, um bis zum Beginn der Verhandlung seine Verteidigung noch einmal zu überdenken. Der Kaufmann aber lenkte, begleitet von Rufus, seine Schritte zum Rathaus. Einen letzten, allerletzten Versuch wollte er unternehmen, um die Verurteilung Märthes abzuwenden. Gassenjungen riefen dem seltsamen Paar Spottverse nach, da sie geistesabwesend über deren grob gezimmerte Spielzeuge stolperten und der Kaufherr seine vornehmen Beinkleider so mit Pfützenwasser und aufspritzendem Dreck besudelte, daß er dem Bettler immer ähnlicher wurde.

Beschmutzt und atemlos erreichten beide schließlich das Regierungsgebäude. Ansgard bat Rufus, auf ihn zu warten, und suchte in der Wandelhalle nach bekannten Gesichtern. Ratsboten eilten mit fliegenden Rockschößen, schwarzen Schwalben gleich, die Gänge herauf und herab. In ihren Gesichtern trugen sie Wichtigkeit zur Schau, in ihren Händen Schriftstücke. Ihre Brotherren gingen in gemäßigterem Schritt einher und verplauderten ihre mittägliche Pause, bahnten Geschäfte an oder berieten politische Pläne.

Neben einem mächtigen Stützpfeiler stehend, entdeckte Ansgard endlich den zweiten Bürgermeister, dem er selbst seine Stimme gegeben hatte, weil er ihn als lauter und ehrlich schätzte. Er war nun in ein Gespräch mit dem Meister der Goldschmiedezunft vertieft. Zielstrebig steuerte Ansgard auf die in Samt und Pelzwerk gekleideten Ratsherren zu, grüßte sie kurz und bat dann den Bürgermeister eindringlich um ein Gespräch unter vier Augen. Der Goldschmiedemeister warf einen beleidigten Blick auf den Kaufmann in seinem unordentlichen Aufzug, wandte sich aber schließlich zum Gehen. Ansgard zog den zweithöchsten Ratsherren daraufhin zu einem der hohen, buntverglasten Bogenfenster, durch die nur mattes Licht eindrang.

»Ich bin gekommen, um Klage zu erheben«, begann Ansgard, »gegen den Ritter von Bogenwald und seinen Berater, einen gewissen Claudius, der vorgibt, ein Dominikanermönch zu sein, und zur Zeit frech Anklage erhebt gegen eine hochverehrte Frau.«

Der Bürgermeister hob nur erstaunt eine Augenbraue und strich sich durch seinen sauber gekämmten Bart. Der Tuchscherer nahm es als Zeichen, um fortzufahren. »Meine Entführung, die bislang nicht geklärt wurde und für die ich noch niemand beschuldigt habe, war ein Werk dieser beiden.« Der

Bürgermeister runzelte die Stirn, schwieg aber weiter. Er kannte Ansgard als besonnenen Mann, als nüchternen Politiker und ausgefuchsten Händler, deshalb ließ er ihn gewähren, obwohl die Vorwürfe ungeheuerlich erschienen.

»Ich habe beide an den Stimmen erkannt und kann bezeugen, daß sie mir ein Gift verabreichten, das eine Pest in meinem Körper auslöste.« Hörbar holte der Bürgermeister tief Luft, das ganze Geränke um die Herkunft der Seuche war ihm zuwider. Man hatte die Bettler als Handlanger bestraft und nun eine Hexe als Drahtzieherin angeklagt, was wollte der Tuchscherer noch? Ungeduldig blickte der Ratsmann sich um, so, als suche er einen Vorwand, um sich davonzustehlen.

»Ich weiß, es klingt phantastisch, und doch schwöre ich, daß Ihr es in Claudius und dem Ritter mit zwei teuflischen und abgefeimten Schurken zu tun habt. Wer weiß, welches Unglück sie noch über diese Stadt und ihre Bürger bringen werden. Ihr müßt eingreifen.«

Der Bürgermeister liebte es nicht, wenn jemand ihm Vorschriften über sein Handeln machte, auch dem Kaufmann stand das nicht zu. Stolz hob er sein Haupt und blickte über Ansgards Kopf hinweg ins Leere: »Ihr bringt schwere Anschuldigungen vor. Habt Ihr Beweise, Zeugen?«

»Ja«, sagte Ansgard mutig und setzte alles auf eine Karte, »ich habe Zeugen. Und keine Geringen, darunter der Graf Albert von Traubstedt, ein freier Reichsritter, der im Heer des Kaisers gen Italien mitritt.« Befriedigt bemerkte Ansgard, daß der Name seine Wirkung nicht verfehlte.

»Ihr kennt den Traubstedt?« fragte ungläubig der Bürgermeister.

»Ja«, sagte der Kaufmann, froh darüber, daß der Graf kein Unbekannter war, »er war auf Wochen Gast in meinem Haus, er und eine Schar von wackeren, durchaus anständigen Menschen, die alle bezeugen können, welche Schurkereien der Bogenwaldler und sein Mönch auf dem Kerbholz haben.«

Ansgard wollte fortfahren, doch der andere unterbrach ihn mit schneidender Stimme: »Ich rate Euch, zu gehen, guter Ansgard, dann will ich vergessen, was Ihr gerade gesagt habt. Auch, daß Ihr einen Mörder und Räuber wie den Traubstedt bei Euch aufgenommen habt. Euer Haus hat Leid genug erfahren, und ich kenne Euch als rechtschaffenen Mann.«

»Der Graf ein Mörder«, stammelte Ansgard fassungslos dazwischen, wurde aber überhört. Der Bürgermeister redete einfach weiter. »Und was diese Märthe betrifft, so kann ich Euch nicht helfen, denn der Fall ist längst in den Händen der Richter. Aber ich warne Euch noch einmal, es könnte böse enden, wenn Ihr den Umgang mit dem Traubstedt und seiner Bande zugebt. Auch daß Ihr eine mutmaßliche Hexe beherbergt habt, setzt Euch in ein schlechtes Licht.«

Zornig trat Ansgard näher an den hohen Amtmann heran: »Es ist nicht bewiesen, daß sie eine Hexe ist. Nach meinem Dafürhalten ist sie im Gegenteil eine Heilige. Ihr macht Euch die Hände blutig, wenn Ihr sie der Inquisition übergebt. Märthe ist unschuldig.« Es gelang dem Tuchscherer zwar, sein Gegenüber aus der Fassung zu bringen, doch nicht mit dem Inhalt, sondern mit der Form seiner Rede. Niemand durfte es wagen, so mit dem zweithöchsten Vertreter der Kölner Bürger zu sprechen. Dem Mann in der feinen Amtsrobe stand der Sinn danach, den unverschämten Krämer einfach hinauszuwerfen. Mühsam beherrschte er sich, schwor sich aber im stillen für das politische Ende dieses Mannes zu sorgen. Laut, sehr laut sagte er nur: »Es ist mir gleich, ob dieses verhutzelte Kräuterweiblein schuldig oder unschuldig ist. Aber eins ist gewiß, gestern erst haben wir Kunde erhalten, daß nahe Köln zwei Klöster und ein bischöflicher Pfarrhof von dem Kerl Traubstedt ausgeraubt und niedergebrannt wurden, und es gibt Hinweise, daß auch der Brand im Wolfhartschen Haus auf ihn geht, besser Ihr vergeßt, daß Ihr jemals einen Mann namens Traubstedt kanntet. Und was den

Bogenwaldler angeht, er hat der Stadt einen großen Dienst getan und wird auch den Traubstedt noch fangen. Gehabt Euch wohl, Ansgard, und geht mir aus den Augen.«

Völlig niedergeschmettert stand der Kaufmann vor ihm, unschlüssig, ob er weiter protestieren sollte. Schließlich war es der Bürgermeister, der sich ärgerlich umdrehte und sich mit eilenden Schritten entfernte. Wütend darüber, daß nicht der anmaßende Ansgard als erster das Feld geräumt hatte, schubste er grob einen Ratsboten zur Seite, der mitsamt seinen Papieren zu Boden ging.

Im stillen fluchend, rappelte der sich auf, nur um ein zweites Mal angerempelt zu werden. Wieder segelten die Urkunden zu Boden, diesmal war es ein Kaufherr, wie der Bote am gestickten Gildewappen auf dem Umhang erkannte. Einem recht schmutzigen Umhang, wie er angewidert feststellte. Manchmal trieben es die hohen Herrn wirklich toll, dachte er und wurde kurze Zeit darauf, als er aus dem Rathaus trat, in diesem Gedanken bestärkt.

Da fand er doch tatsächlich den Kaufherrn in traulicher Zwiesprache mit einem armseligen Krüppel. Der Bote schüttelte sich, ein Glück, daß man erst kürzlich so hart gegen dieses freche Lumpenpack durchgegriffen hatte. Es gab von ihnen immer noch zu viele.

Auch wenn es ihm nun nichts mehr nützen würde, so freute es Fresenius doch, daß Märthe im Gericht am Nachmittag zum erstenmal ein freundliches Gesicht zur Schau trug. Vielleicht lag es daran, daß die Wächter ihr die Hände diesmal nur lose gebunden hatten, für das Eisenkreuz war die Zeit zu knapp gewesen, oder sie hatten einen seltenen Anflug von Mitleid mit dem Weiblein verspürt.

Auch die – angenehm gesättigten und daher milde gestimmten – städtischen Richter registrierten es mit Wohlgefallen. Mochte sein, daß sie noch heute zu einer Entscheidung kommen konnten. Den meisten waren diese Hexensachen ohnehin zuwider, einmal begonnen, nahmen sie oft kein Ende. Manchmal dauerten die Verhöre und die anschließenden Folterungen im erzbischöflichen Gericht wochen-, ja monatelang, da freute man sich über jeden kurzen Prozeß.

Claudius erschien als letzter und wurde für seine Unpünktlichkeit gerügt. Fresenius' Ausgangsposition hätte nicht besser sein können. Er rief zwei weitere Leumundszeugen auf, die er mit Absicht für den Nachmittag aufgespart hatte, um den Eindruck von Märthes Wohlanständigkeit noch einmal aufzufrischen. Auch dies gelang, einer der Bürger, ein Kürschner, der für den Rat arbeitete, war gar mit einem der Richter befreundet und somit über jeden Zweifel erhaben.

So würdig wie möglich nahm Fresenius nun Platz und überließ das Wort dem Dominikaner. Der dankte und rief nun als Zeugen einen kaum dreizehnjährigen Burschen auf. Es war jener Morgan vun Grevenbroch, der einst Gertrud und Rufus auf der nächtlichen Schmierstraße begegnet war und den sie sich vergeblich als Spitzel gekauft hatten.

Noch immer war er ein kleiner, dünner Hungerleider, der für Geld zu jeder Tat bereit war. Auf das Gericht machte er keinen sonderlich guten Eindruck. Ungeduldig rutschten die Herren auf ihren Stühlen herum, da sie es als Zumutung empfanden, einen solchen Tagedieb als Zeugen zuzulassen. Doch da er ebensogut als Beklagter hätte vortreten und wie ein Mündiger eine Strafe empfangen müssen, galt auch seine Aussage als rechtskräftig.

Keck grinste der Kerl den Kapuziner an, verneigte sich tief, zu tief, um es ganz ernst zu meinen, vor den Richtern und nahm dann auf einem Hocker neben Claudius Platz.

Die Turmschreiber kritzelten seinen Namen und warteten nun ebenso gespannt wie der Rest des Saales auf die erste Frage des Dominikaners.

»Sag mir, Morgan, kennst du das Weib, das dort vorne in Fesseln sitzt?«

Der Bursche blickte zu Märthe herüber, nickte eifrig und rief laut wie ein Stundenschreier: »Ja.«

Sein Gegenspieler zuckte zusammen. Was für ein Bubenstück plante diese Mönchsplage denn nur? Auf sieben Meilen sah man dem kleinen Strolch an, daß er ein käuflicher Zeuge war.

»Und wo hast du sie kennengelernt?« Selbst Märthe schien sich für die Antwort auf diese Frage zu interessieren, denn der Knabe war ihr natürlich völlig unbekannt.

»Auf der Schmierstraß', im Kessel«, rief der Kleine, wiederum so laut, daß die Schreiber zuckten.

»Was«, so verhörte ihn weiter der falsche Mönch im weißen Gewand des Glaubens, »hat sie denn dort getrieben?«

»Zauberkunst vorgemacht und Predigt vom falschen Bettel gehalten und uns in Lug und Betrug geschult.« Märthe sank zurück. Das also war es. Der gedungene Zeuge sollte nun ihr die Rolle auf den Leib schreiben, die ihr Bruder selbst gespielt hatte. Und das tat er dann auch. So abenteuerlich die Geschichte begann, so nahe kam sie am Ende den Tatsachen, so wie die Richter sie kannten. Der Bettleraufstand, die vergifteten Brunnen, ja, so hatte sich alles zugetragen, dafür gab es Zeugen genug und eine gewitzte Hexe, ein unheimliches Kräuterweib als Aufrührerin, das paßte ins Bild.

Es würde keinen schlechten Eindruck machen, den Bürgern Kölns nach den armseligen Bettlern noch eine Hexe als Schuldige zu präsentieren. Es machte das Unglaubliche faßbarer. Und wäre die Hexe erst verbrannt, würden viele des Nachts wieder ruhiger in den Betten liegen. Doch Morgans Aussage allein taugte noch nicht, um die Wende endgültig herbeizuführen. Märthe saß immer noch reglos auf ihrem Hocker, als der nächste und nach der morgendlichen Ankündigung Claudius' wohl letzte Zeuge aufgerufen wurde. Der

Gerichtsbüttel wurde bereits ungeduldig, als sich endlich leichte Schritte näherten. Die Tür öffnete sich. Fresenius verschlug es den Atem. Märthe schaute zur Decke, so als flehe sie um göttlichen Beistand.

Katharina betrat mit gesenktem Haupt den Saal. Die Richter hingegen räusperten sich aufs angenehmste überrascht, denn nach der armseligen Gestalt des Knaben stand ihnen nun ein bildschönes Mädchen gegenüber, das in feinstes Gewand gehüllt war. Auch die Schöffen beugten sich auf ihren Bänken vor, so daß diese knarrten, um einen genauen Blick auf die Magd zu werfen. Bei Gott, sie war schön wie ein Engel.

Mit eben dieser Wirkung hatte der Dominikaner gerechnet. Er war stolz auf sein Werk, wiewohl ihm weibliche Schönheit nicht viel bedeutete. Blauschwarz schimmerten die schweren Flechten, die sich um Katharinas feines Antlitz schmiegten. Die Haube aus feinsten Brüsseler Spitzen verhüllte nur gerade soviel von ihrer Haarpracht, wie Anstand und Sitte es von einer verheirateten Frau forderten. Ihr Gewand war aus feinstem laubgrünem Samt genäht. Das Bruststück mit den kostbaren Goldstickereien schmiegte sich eng an ihren Körper und betonte ihre Reize, ohne sie schamlos wie bei manchem Bürgerweib zu entblößen. In reichen Falten fiel der schwere Rock bis zum Boden, der Saum war ebenfalls in Goldstickerei gefaßt. Stil und Art der Kleidung spiegelten gediegenen Reichtum wieder.

Claudius bat Katharina, in galanter Manier vorzutreten. Sie blickte kurz hoch, und Fresenius erkannte einen Anflug von Haß und Widerwillen in ihren grünen Augen, die dank des glänzenden, gleichfarbigen Samtes wie Smaragde funkelten. Katharina die Katze, wie sie leibte und lebte. Wie hatte der Dominikaner sie gefunden und wie zu seiner Zeugin gemacht? Der Kapuziner war aufs höchste verwirrt.

Während sie zu dem Hocker schritt, den der Büttel auf

Geheiß der Richter eilends gegen einen Lehnstuhl austauschte, vermied das Mädchen jeden Blick auf Märthe oder Fresenius. Die Richter nahmen dies für Scham und Bescheidenheit, und ihr Wohlwollen wuchs.

Nach ihrem Namen befragt, antwortete die unbekannte Schöne mit »Katharina«, nur zögernd setzte sie dann das »von Traubstedt« hinzu. So wie es Claudius ihr vorgeschrieben hatte. Einige Ratsherren hoben alarmiert die Augen, der Name war ihnen von irgendwoher geläufig.

Katharina bejahte die Frage, ob sie die Beklagte kenne, und wurde vom Dominikaner aufgefordert, ihre erste Begegnung mit Märthe zu schildern. Katharina hob zum ersten Mal ihre Augen und sandte der alten Frau einen gequälten Blick zu. Fresenius sah, wie die Kräuterfrau freundlich lächelnd nickte. Er wußte, daß sie mit diesem Nicken ihr Todesurteil akzeptiert hatte.

Was nun folgte, war eine abenteuerliche Aneinanderreihung von Lügen und falschen Beschuldigungen. Unwillentlich verstärkte Katharina dabei durch ihr widerwilliges Zögern vor jeder anklagenden Antwort den Eindruck, sie spräche die Wahrheit und schäme sich nur, in solcher Sache Aussage machen zu müssen.

Es begann mit einer völlig gefälschten Wiedergabe der ersten Begegnung, bei der Märthe Dämonen beschworen haben sollte. Nach genauen Anweisungen des teuflischen Mönchs im weißen Gewand beschrieb nun Katharina diese Dämonen mit gespaltenen Schwänzen und doppelten Zungen, die aus einem Meer von Feuer aufgetaucht seien. Beschreibungen, die der Mönch seinen eigenen nächtlichen Höllenflügen mit Hilfe der faustischen Salbe verdankte. Schaudernd lauschten die Richter den Beschreibungen direkt aus der Hölle.

Sodann beschrieb Katharina die nächtlichen Vorfälle auf dem Kirchhof nahe dem Friesenwall und antwortete auf die

Frage des Mönches, ob Märthe dabei ein Höllenfeuer gezündet habe, mit einem leisen »Ja«. Der Dominikaner forderte sie mit milder Miene, so als sei er ein gnädiger Beichtvater, auf, lauter zu sprechen. Katharina schleuderte ihm das »Ja« ins Gesicht.

Und ja, Märthe habe am Krankenbett des Kaufmanns Tuchscherer den Teufel beschworen, und ja, des Nachts sei sie mit geheimen Säckchen und Beuteln losgezogen und habe anderntags von ihren übermenschlichen Kräften geprahlt. Wieso, so wollte der verschlagene Mönch schließlich wissen, hatte sie, Katharina, sie nicht früher angezeigt?

»Weil«, sagte Katharina voll Verachtung, »sie unseren Freund, den Kaufmann, entführt und in ihrer Gewalt hatte. Nur sie konnte ihn retten und heilen.«

»Was sie dann ja mittels teuflischer Zauberei auch tat«, schloß triumphierend der Mönch und wandte sich mit einer Verbeugung an das Gericht. Katharina grub hart ihre Fingernägel in die Handballen. Mit Mühe unterdrückte sie einen Wutschrei. Der Dominikaner bemerkte ihre Verfassung und setzte trotzdem zu weiteren Fragen an.

Das bleiche, gequälte Antlitz des Mädchens dauerte Fresenius, er fühlte genau, daß sie unfreiwillig log. Der Vogelgesichtige hatte sie in der Hand. Womit nur? Gerne hätte der Kapuziner dem unwürdigen und der Zeugin so widerwärtigen Schauspiel ein Ende gesetzt. Das Gericht war ohnedies bereits überzeugt von Märthes Schuld.

Schließlich war es Märthe selbst, die das gemeine Spiel ihres Bruders beendete. Sie stand auf und klagte sich mit fester Stimme selber an. »Hohes Gericht, ich bekenne mich schuldig, ich ...« Nun griff Fresenius ein. »Setz dich«, befahl er der Alten, »du bist nicht gefragt, bevor ich meine Verteidigung zu Ende geführt habe, du schamloses Weib. Schweig, bis die ganze Wahrheit hier enthüllt ist.«

Verdutzt verfolgten die Ratsherren den Streit, willigten

aber, da Märthe gehorchte, ein, zunächst den Verteidiger anzuhören, der nun selbst zum Ankläger geworden zu sein schien. Würde dieser brillante Gegner falschen Hexenglaubens nun doch die Schuld Märthes anerkennen? Dann konnte man ruhigen Gewissens einen klaren Spruch treffen und das Weib dem Greven zur Folter und Aburteilung überantworten. Gespannt wartete man auf die Worte der Verteidigung.

Fresenius hatte entgegen seiner sonstigen Gewohnheit aus einem bloßen Impuls gehandelt. Wie um sich zu sammeln und seine Gedanken wieder in geordnete Bahnen zu lenken, schob er nun zunächst seine Papiere ordentlich zusammen und richtete sie senkrecht auf dem Tisch aus.

»Verehrte Herren«, begann er schließlich, »es mag Sie wunder nehmen, weshalb ich so plötzlich Gehör verlange. Doch in der kurzen Zeit zwischen diesen Sitzungen habe ich Dinge erfahren, die das Blatt wenden. Ich bitte darum, die Zeugin der Anklage selbst einvernehmen zu dürfen.«

Verwirrt schaute Katharina von Fresenius zu Märthe herüber. Diese nickte wiederum, und Katharina lehnte sich in ihrem Stuhl zurück. Claudius versuchte vergeblich, gegen eine solche Befragung zu protestieren. Dann warf er Katharina noch einmal einen warnenden Blick zu, den diese sehr wohl verstand. Ängstlich schaute sie ihrem Freund, dem Kapuziner, entgegen, der nun auf sie zuschritt und sie beschwichtigend, aber wie eine Fremde anlächelte.

»Gute Frau, ich bezweifle nicht Eure Aufrichtigkeit, auch nicht die gute Absicht, in der Ihr hier Aussage macht gegen das Weib Märthe Ysenbrecher, nein, ich bin sogar inzwischen fest davon überzeugt, daß man ihr die niederträchtigsten Verbrechen zur Last legen muß.«

Jetzt war es Claudius, der seine Überraschung kaum zu verbergen wußte. Mit blödem Gesicht verfolgte er das Vorgehen seines Widersachers, während Katharinas Miene sich erneut verfinsterte. Nur Märthe lächelte ihr weiter aufmunternd zu.

»Doch mir scheint, daß Ihr in einem, in dem entscheidenden Punkt dieser Anhörung falsches Zeugnis ablegt. Wie ich annehme, aus Angst.« Katharina wich unwillkürlich zurück und drückte ihren Rücken fest an die Lehne, während die Richter in umgekehrter Weise sich immer weiter nach vorne beugten, um das merkwürdige Schauspiel genau zu beobachten.

Der Verteidiger wirbelte in diesem Moment herum, so daß sie zurückfuhren, und erklärte: »Denn diese Zeugin weiß, daß der Ankläger, der seinen Namen nur mit Claudius angibt, in Wahrheit der Bruder der Beklagten ist.«

Der Dominikaner erbleichte. Fresenius gönnte sich eine Pause, die Richter sahen einander verwirrt an. Claudius protestierte diesmal nicht. Eine genauere Überprüfung seiner Person, egal wie kompliziert sie sich auch gestalten würde, da es kaum Taufscheine und ähnliche Amtspapiere gab, konnte er nicht riskieren. Also schwieg er, was ihm zu Recht als Eingeständnis ausgelegt wurde.

»Ein Bruder, der von Neid zerfressen ist, der, wie seine Schwester auch, bei dem großen Gelehrten Paracelsus in die Lehre ging, doch bei weitem nicht ihre Fähigkeiten besaß, übernahm die – zwar gerechte Anklage, doch verfälschte er sie mit dem Vorwurf der Hexerei.« Wieder schwieg Claudius, wenngleich seine Verwirrung nun eiskaltem Zorn wich. Mit blitzenden Augen beobachtete er Katharina, die gebannt den Verteidiger anstarrte.

»Ist es nicht so«, wandte der sich nun an sie, »daß er Euch befahl, Dämonen an die Wand zu malen, Teufelssprüche nachzuplappern und von Hexerei zu sprechen?« Katharina hielt den Atem an. Wie verführerisch war es, die Wahrheit ans Licht zu bringen. Verstohlen schielte sie zu dem Dominikaner herüber, sein Blick sprach eine deutliche Sprache. Katharina schloß die Augen und schwieg. Keuchend stieß sie schließlich den angehaltenen Atem hervor. Fresenius reichte dieser Eindruck, ein Schweigen war eine fast so gute Antwort wie ein Ja. Für ein Nein ließ er dem Mädchen keine Zeit.

Wieder fuhr er zu den Richtern herum: »Hohe Herren, mein Amt ist es, Menschen und die ganze Christenheit vor der fälschlichen, verwirrenden Beschuldigung der Hexerei zu befreien. Bevor ich dies auch in diesem Fall versuche, laßt mich sagen, daß das Weib Märthe, wie sie auch bekennen wird, der gemeinsten Giftmischerei und des Mordes schuldig ist. Und doch, eines ist sie mit Gewißheit nicht: eine Hexe. Wie Ihr wißt, ist es auch das heilige Anliegen der Dominikaner Institoris und Sprenger gewesen, nur die wahren Ketzer auszumerzen und jeden zu bewahren, der sich nach eingehender Inquisition als der Zauberei unschuldig erwies. Deshalb die schmerzlichsten Foltern und genauesten Befragungen.

Hohe Herren, die Künste der Beklagten mögen widerwärtig sein, übernatürlich aber sind sie nicht, egal, was uns mein verehrter Gegenredner einreden will.«

Claudius begann zu ahnen, was der kluge Mönch Fresenius erreichen wollte, zum einen wollte er gewiß seinen Ruf retten, zum anderen aber wollte er Märthe die Folter ersparen.

Nun, das sollte ihm recht sein, er wollte seine Schwester nur tot wissen. Besser er widersetzte sich dem Versuch des Kapuziners nicht, denn der Mann war verwegen und klug genug, ihm ganz auf die Schliche zu kommen und andere Verbrechen zu entdecken.

Fresenius registrierte die Zurückhaltung des Dominikaners mit Befriedigung. Für kurze Zeit hatte ihn selbst sein intellektueller Kraftakt so mitgerissen, daß der Geist seinen Kummer um das Schicksal Märthes überdeckte. Nun entließ er Katharina, die sich bleich vor Entsetzen an die Lehnen ihres Stuhls klammerte, und befahl, den kleinen Morgan noch einmal aufzurufen.

Mit mürrischem Gesicht erschien der Kerl, der draußen auf seine versprochene Entlohnung durch Claudius gewartet hatte, noch einmal im Saal. Diesmal sparte er sich alle spöttischen Kratzfüße. Mit verschlagenem Blick musterte er den Kapuzinermönch und begann zu zittern, als er dessen grimmig kalten Gesichtsausdruck erkannte. Hier war eindeutig etwas falsch gelaufen. Er mußte auf der Hut sein.

Schon die erste Frage von Fresenius bestätigte ihm seinen Verdacht. »Wieviel Lohn hast du für deine Aussage verlangt?« Morgan versuchte es kurze Zeit mit Leugnen, doch einer der Stadtrichter warnte ihn davor, seine ohnehin schon mißliche Lage weiter zu verschlechtern. Man könne, so drohte der Robenträger, im Turmbuch nach Eintragungen über ihn nachschlagen, denn gewiß fände sich da bereits sein Name im Zusammenhang mit anderen Vergehen.

Dieser Hinweis reichte, um Morgan zum Sprechen zu bewegen. »Einen rheinischen Dukaten«, stieß er mit herabgezogenen Mundwinkeln vor; es schien, als wolle er nach Sitte eines Straßenlümmels ausspucken, im letzten Moment hielt er sich zurück.

»Und welche Ware hast du für diesen reichen Lohn feilgeboten?« fragte Fresenius vorsichtig, denn er wollte keine direkte Anklage gegen den Dominikaner wegen Bestechung und Kauf eines Zeugen erheben und so das Leben Katharinas gefährden, die leider fest in seiner Hand schien.

Morgan, der sich nun eilfertig ans Ausplaudern begab, kannte hingegen keine Zurückhaltung mehr. »Der da«, sagte er frech und ebenso laut wie zuvor, »hat mich bestochen und mir genau vorgesagt, was ich erzählen soll. Der ist ein abgefeimter Kerl und selbst ein Bettlerkönig, der hat uns alle gekauft, er ...« Plötzlich hielt er inne, weil er bemerkte, daß er sich selbst den Mund verbrannte und schließlich Anklage gegen sich selbst führte.

Claudius nutzte die entstandene Pause und den nun denkbar schlechten Eindruck des Jungen, um für sich selbst zu sprechen. »Hohe Herren«, begann er leise und sich in die Miene des Zerknirschten hüllend, »mir war nicht deutlich, wer mir da seine Aussage anbot. Ich habe diesem Knaben blind vertraut und ...«

»Er lügt«, schrie jetzt Morgan und gebärdete sich so wild, daß der Gerichtsdiener herbeispringen und ihm den Arm auf den Rücken drehen mußte. »Er lügt, er hat mich beauftragt«, schrie Morgan immer wieder, »er lügt.« So groß war der Tumult, den er verursachte, daß die Richter befahlen, den Kerl festzusetzen. Später wollten sie entscheiden, ob er weiter einvernommen werden oder nur wegen seiner Falschaussage und Bestechlichkeit belangt werden sollte.

Fresenius war zufrieden mit seinem Werk der Verwirrung und überließ es nun der Findigkeit des Dominikaners, sich von jedem Verdacht reinzuwaschen. Er wußte, daß Claudius nun gezwungen war, vom Vorwurf der Hexerei gegen seine Schwester Abstand zu nehmen und außerdem die Rolle Katharinas zu erklären.

Claudius tat indessen, als müsse er sich von einem erlittenen Schock erholen, und mimte große Erschütterung. Es war, so schien es, als ringe er mit einem Dämon in seiner Seele. Schließlich verbeugte er sich vor Fresenius, atmete tief durch und begann seine Rede: »Ich gestehe, daß mein Gegenredner betreffs meiner Person die Wahrheit spricht. Ja, ich bin der Bruder der Beklagten, und glaubt mir, es hat mich Jahre des Kampfes gekostet, mich von dieser Teufelin zu lösen. Doch nun, da sich unsere Wege in Köln wieder kreuzten und ich den Ausbruch der Pest erlebte, jener Pest, die nur sie zu erzeugen vermag, schwor ich vor Gott dem Allmächtigen, sie endlich ihrer gerechten Strafe zuzuführen. Ja, ich versprach dem Kerl Geld dafür, daß er seine Anschuldigungen vor Gericht wiederhole. Vielleicht war es Verblendung, vielleicht war es der Dämon eines falschen Neides, die mich dazu brachten, einem Schurken wie diesem zu vertrauen.« Er hielt inne, um Luft zu schöpfen.

Fresenius bemerkte mit Widerwillen, daß er recht glaubwürdig wirkte. Er konnte sich nicht enthalten, mit leiser, harter Stimme eine Frage zu stellen. »Wie aber gelangtet Ihr an die von Euch aufgerufene Zeugin Katharina von Traubstedt?«

Eiskalter Haß überflog kurz das Gesicht von Claudius, rasch fing er sich und senkte sein Haupt. »Sie kam zu mir, weil sie von meinen Nachforschungen hörte und die Aufrufe an den Kirchentüren gelesen hatte.«

»Und machte welche Aussage?« bohrte Fresenius weiter, obwohl er wußte, daß Claudius sich nun auf sicherem Boden befand und niemals die ganze Wahrheit gestehen würde. Stammelnd, so als schäme er sich seiner übertriebenen Eiferer ernsthaft, begann der Dominikaner: »Sie bestätigte, der Alten kurz als Pflegerin beiseite gestanden zu haben. Auch hätte Märthe ihr erklärt, sie habe die Macht, die Plage zu verbreiten und ihr Einhalt zu gebieten. Dann habe sie von einem Gift gesprochen, das sie selbst nach Eingebungen und Einflüsterungen gemischt habe.«

Fresenius sah den Mönch warnend an. Der begriff die Drohung und beeilte sich fortzufahren: »Natürlich wußte ich, daß meine Schwester, auch ganz ohne Dämonen und Teufelei, nur durch das Studium der Natur und wegen der ihr innewohnenden Boshaftigkeit dieses Gift entwickelt hatte. Ich kannte es ja.«

»Wie gelang es Euch, die vornehme Frau Katharina, deren Sanftheit uns alle so für sie eingenommen hat, zu einer Falschaussage zu bewegen?«

Kleine Schweißtropfen bildeten sich auf der Stirn von Claudius, selten zuvor war sein Scharfsinn so gefordert gewesen. Wie weit durfte er gehen, ohne sich selbst ernsthaften Vorwürfen auszusetzen? Er wußte, daß Märthe verloren war, er hatte auch Katharina noch in der Hand, doch keinesfalls wollte er selbst mit hineingerissen werden in den Strudel von Folter und Tod.

»Die Frau befand sich in arger Gewissensnot. Getrieben von ihrem Gerechtigkeitssinn machte sie die Aussage, wollte sie aber nicht vor Gericht wiederholen, da Märthe einen Freund ihres Mannes, den ehrbaren Ansgard Tuchscherer, geheilt hatte. So verwirrt und zaghaft schien sie, daß ich fürchten mußte, meine Schwester würde einmal mehr dem Strafgericht entkommen. Der kleine Morgan und die tratschenden, spitzzüngigen Nachbarn würden Märthe nicht ernsthaft gefährden.«

»Und da«, so half Fresenius ihm weiter, »habt Ihr Euch den Vorwurf der Hexerei zu Hilfe genommen und der verwirrten Katharina, Gattin des Grafen von Traubstedt, die Gewissensnot genommen, indem Ihr sie überzeugt habt, es handele sich bei Märthes Kunst um Hexerei.«

Claudius nickte fast kläglich, wagte es nicht, das Gericht anzuschauen. »Natürlich war sie daraufhin gezwungen, auszusagen, denn ich machte ihr deutlich, welchen Schaden Märthe als übermächtige Hexe noch anrichten könnte. Zwar plagten sie noch Zweifel, wie Ihr sicher bei ihrem Verhör, erkannt habt, aber nun war sie endlich bereit, auch von den Giftkünsten Märthes zu erzählen. Hohe Herren, ich bitte demütigst um Verzeihung. Mir selbst erscheint meine Schwester noch immer wie eine Teufelin«, Claudius sandte einen haßerfüllten Blick zu Märthe, »doch vor allem war ich getrieben von meinem Wunsch nach Gerechtigkeit. Und ist die Erkrankung des Häftlings Sebastian nicht genug Beweis für die Skrupellosigkeit und Gottlosigkeit dieser Frau? Es gelang ihr, den armen Kerl zu vergiften. Wahrscheinlich plante sie auch, den Wächter anzustecken und viele andere mehr. So lange, bis auch in der Hacht Panik und Chaos geherrscht hätten und ihre Flucht ein leichtes gewesen wäre.«

Der Hinweis auf Sebastian galt Märthe und Fresenius, und der ahnte nun, womit der Dominikaner Katharina in der Hand hatte, und daß Märthe es wußte. Claudius spielte sein Faustpfand aus, damit einer von beiden ihm endlich zur Hilfe käme, bevor ein Richter die Widersprüchlichkeiten und morschen Stellen seiner Aussage entdeckte. Es war Märthe, die den Wink aufgriff. Wieder richtete sie sich auf, ihr Räuspern machte die Richter auf sie aufmerksam. »Ich gestehe, eine Giftmischerin zu sein, und will meinen Bruder von seinem Leid und seiner Pein befreien.« Nur ihr Bruder und Fresenius vernahmen den leisen Spott hinter diesen Worten. Und der Kapuziner bemerkte überdies, wie schmerzlich ihn wieder die schöne Stimme der Alten bewegte, seiner Mentorin und Seelenschwester.

Sie, das wußte er nun, war die einzige Frau, die er sich je gestattet hatte, zu lieben. Zu lieben, wie ein Mann eine Frau nur lieben konnte. Ein häßliches Weib in den Augen der Welt, stellte sie für den Bettelmönch aus Thüringen die einzig große Versuchung seines bisherigen Lebens dar. Voll Kummer lauschte er nun der weiteren Selbstanklage Märthes, die Klarheit in die unklaren Anklagen ihres Bruders brachte und lose liegende Enden seiner logischen Kette zusammenführte. Ja, am Ende dankte sie Claudius gar für die Anklage, die ihr die Augen über ihre große Schuld und Überheblichkeit, ihre Sünden und Gottlosigkeit geöffnet hätte.

All das tat seine Wirkung, und die städtischen Richter klagten Märthe nicht der Hexerei, wohl aber des vielfachen Giftmordes an. Damit war sie an die weltliche Halsgerichtsbarkeit verwiesen, die Schöffen würden im Hauptprozeß über ihren Tod entscheiden. Wenigstens der Folter, so dachte Fresenius, den Streckbänken, Pechbecken, Knochenbrechern und glühenden Eisen ist sie entkommen. Doch dieser Sieg machte ihm keine Freude. Ebensowenig wie seinem Widersacher, den nun seine Niederlage bereits wieder zu ärgern begann. Die Richter erhoben sich gerade von ihren Stühlen, als die Tür des Saales aufgestoßen wurde und ein schmutziger Söldner hereinstierte. Er schien jemanden zu suchen, und sein Blick leuchtete auf, als er den Dominikaner entdeckte. Claudius' Augen leuchteten ebenfalls. Beide verständigten sich durch ein Kopfnicken. Claudius trat noch einmal in den Ring und bat um Gehör.

»Hohes Gericht, eine weitere, wie ich meine, unbestechliche Zeugin ist soeben eingetroffen. Ich hatte nicht mehr gehofft, sie zu finden, aber ich bin sicher, daß ihre Aussage noch einmal Licht in diese verworrene Finsternis werfen wird. Denn«, und nun richtete er sich wieder zu seiner hageren Größe auf und streckte seine knochigen Hände vor, »sie wird den Beweis erbringen, daß meine Schwester doch eine Buhlschaft Satans ist.«

Mit kalten, abweisenden Blicken betrachteten die Würdenträger den Mönch. Der Vorsitzende sagte schließlich mit drohendem Unterton: »Ich warne Euch, Mönch, treibt es nicht zu toll, oder wir lassen es bei Eurer eben noch gezeigten Reue und Selbstanklage nicht bewenden. Die Anklage auf Hexerei ist eine ernste Angelegenheit, treibt damit kein Schindluder!«

Claudius verneigte sich und antwortete mit fester Stimme: »Ihr habt alles Recht, an mir zu zweifeln. Aber zweifelt nicht an meiner Zeugin, denn Kindermund tut Wahrheit kund.« Mit diesem Satz drehte er sich zur Saaltür. Auch Fresenius wirbelte herum, Märthe seufzte, und Katharina schrie entsetzt auf. In der Tür stand Marie.

45.

Die Lage und die Laune des Grafen hatten sich seit der heimlichen Rückkehr in die Stadtmauern nur unwesentlich gebessert. Mit jedem Tag und jeder Nacht wurde die Mauernische, in der der Landsknecht und er hausten, klammer und kühler. Nicht immer gelang es Hans, ihnen Vorräte zu bringen, so daß ihm und dem Landsknecht der Magen knurrte und rumpelte, und die Berichte des Spielmanns über den Prozeß gegen Märthe klangen düster.

Doch der Bericht, den ihm an diesem Nachmittag Ansgard, der so gar nicht hierher paßte, und der Bauer Rufus machten, versetzte ihn in einen bislang nicht gekannten Zorn. Selbst der besonnene, wortkarge Michael blickte bald so finster drein wie sein Herr.

Nach herzlicher Begrüßung hatten sie es gewagt, ein kleines Feuer in der dunklen Nische zu entfachen, um sich zu wärmen, denn der Wächter hatte gerade seinen Gang über diesen Teil der Wallanlage gemacht, sie für lungerndes Bettlervolk genommen und nicht weiter beachtet.

Rufus, dem seit Tagen die Frage auf der Seele brannte, begann schließlich mit verzagter Stimme von den Überfällen auf umliegende Klöster zu berichten, ohne dabei die Anklage gegen den Traubstedter selbst zu erwähnen. Lauernd und vor Kälte zitternd, beobachtete er dabei das Gesicht des Grafen im mageren Schein der Flammen. Doch der rieb nur seine Hände und versuchte sie mit seinem Atem zu wärmen. Als Rufus auch vom gemeinen Mord am Prior vom Kloster an der Aachener Straße erzählte, blitzte erstmals Wut in den Augen des Edelmanns auf.

»Es ist ein gottloses Gesindel, das sich die gerechte Bewegung im Volke, ihr Hoffen auf Reformation und Wandlung in so niederträchtiger Art zunutze macht.«

Rufus atmete erleichtert auf, das klang so ganz nach dem Grafen, den er kannte, und nicht nach einem verschlagenen Schurken.

»Könnt Ihr Euch denken«, fragte er vorsichtig weiter, »wer dahintersteckt?«

Der Graf legte die Stirn in Falten: »Was willst du damit sagen, Mensch? Hältst du mich für einen Hellseher?«

Jetzt konnte Ansgard, den der Besuch in dieser armseligsten Ecke von Köln größte Überwindung gekostet hatte, nicht länger an sich halten. »Graf Traubstedt, verzeiht, daß wir so umständlich um den Brei gestrichen sind. Es ist so, daß man Euch der Raubzüge anklagt.«

Ungläubig hatte der Graf den Kaufmann eine Weile angestarrt, dann war er aufgesprungen und sah so furchterregend aus, daß Ansgard unwillkürlich zurückwich und mit seinen Händen in eine widerliche Pfütze griff. Michael riß seinen Herrn zurück. Er war ebenso empört, doch wußte er seinen Zorn besser zu zügeln. Mit kalter Stimme übernahm er nun das Reden.

»Wer klagt uns an?«

»Nun«, brachte stammelnd und stotternd der Kaufmann hervor: »So genau wissen wir es nicht.«

»Wer, zur Hölle«, schrie der Graf, alle Vorsicht und alle Erziehung vergessend, »klagt uns an?«

»Die Klosterbrüder selbst«, sagte Rufus mit resignierter Stimme. »Ich habe es von ihnen gehört. Der Kaufmann erfuhr auf dem Rathaus, daß sie auch dort schon Anklage erhoben haben.«

Der Graf stutzte. Wie konnte das sein? Er war verblüfft, daß ausgerechnet der Bauer – für ihn einer der aufrechtesten Kerle, die ihm je begegnet waren – die Anklage gehört haben wollte und ihm vortrug. Michael blieb bei seiner kalten Ruhe und forderte Rufus auf, sich zu erklären. Das tat er kurz und bündig und fügte schließlich an: »Glaubt mir, Ritter, und auch du, Michael, keinen Augenblick konnte ich glauben, daß Ihr diese Taten begangen habt. Aber wer kann es sein, der so frech unter Eurem Namen diese frevlerischen Morde begeht? Was soll es ihm nutzen, da er maskiert reitet und besser gar keinen Namen nennen würde? Wer tut so etwas?«

Das Gesicht des Grafen erstarrte. »Der Herr von Bogenwald«, stieß er, wie unter Aufbringung aller seiner Kraft, hervor. Was ihm das Sprechen so mühsam machte, war sein tödlicher Haß. Der verzerrte auch Michael nun das Gesicht. »Ja, das ist ganz nach seiner feigen Art. Auch den Mord an Susanna hat er einem anderen zur Last gelegt. Ein einziger Schwerthieb ist nicht genug, um diesen Kerl abzustrafen. Ich werde ...«

Doch Ansgard unterbrach ihn hier, denn der Zorn fruchtete nichts, und sie hatten keine Zeit zu vertun. »Weshalb aber tut der Bogenwaldler das? Wir müssen es rausfinden. Der Dominikaner und sein grausamer Ritter dürfen nicht noch einmal einen Vorsprung haben. Wenn wir Märthe noch retten wollen, dann müssen wir es wissen. Sonst ist alles verloren.«

Mit trippelnden Schritten und so schnell es ihr wadenlanges Samtkleidchen zuließ, lief Marie in den Saal. Zunächst auf Katharina zu, die sie als erste erblickt hatte. Mit freudigem Schrei umarmte sie ihre Freundin. Katharina hob das kleine Mädchen auf, drückte es unter Tränen an sich und ihren Mund auf die goldene Lockenmähne. Märthe erhob sich mit vor Entsetzen geweiteten Augen von ihrem Schemel. Fresenius stand staunend mit offenem Mund. Sein rechter Arm mit der eisernen Hand hing kraftlos herab.

Allein Claudius' kalter Geist arbeitete tadellos, und er unterbrach die rührende Szene mit schmeichelnder Stimme. »Meine Kleine«, sagte er und trat auf Katharina und Marie zu, »sicher freust du dich, deine Freundin wiederzusehen, aber sieh dort in die Ecke, es wartet noch eine Überraschung auf dich.«

Es dauerte ein Weilchen, bis Marie sich von Katharina löste, dann aber wandte sie ihr Gesicht und entdeckte Märthe. Was für sie ein Augenblick höchsten Glücks war, war für den Mönch und die alte Frau der Höhepunkt einer Tragödie. Wie konnte der Dominikaner so niederträchtig sein, das unschuldige Kind an einen Ort des Todes zu führen?

»Märthe«, rief hingegen das Mädchen beglückt und mit sich überschlagendem Stimmchen. Schon wollte sie sich von Katharina losmachen, doch die hielt sie fest. Sie wollte nicht, daß das Kind die Fesseln an den Handgelenken der alten Frau entdeckte. Auch der Dominikaner ging nun dazwischen.

»Mein liebes Kind, du darfst gleich zu ihr, wenn du uns ganz geduldig und brav einige Fragen beantwortet hast.«

Mißtrauisch beobachteten der Richter und die Schöffen die Szene. Das Bild der schönen jungen Katharina und des ebenso bildhübschen Kindes rührte sie. Was konnten beide mit einer geständigen Giftmischerin zu schaffen haben?

»Laßt sie«, schrie nun Katharina schrill und voll Schmerz, »sie weiß ja nichts. Laßt sie gehen, sie ist doch ein unschuldiges Kind!«

»Ich will nicht gehen, liebe Katharina«, protestierte jedoch Marie und sagte dann zu Claudius gewandt: »Fragt nur, ich sage alles, wenn ich nur zu Märthe darf.«

Hilflos mußten Fresenius und Katharina nun die Fragen des weißen Teufels anhören. Totenbleich verfolgte Märthe das Verhör, in dessen Verlauf das arglose Kind von wunderbaren Feen und Erscheinungen berichtete, die Märthe in einer Höhle im Thüringischen herbeigeführt habe. »Und meinem Bruder Sebastian, der doch immer stumm war, hat sie die Sprache wiedergegeben, daß er jetzt so munter plaudert wie der Rabe Hesekiel.«

»Ein sprechender Rabe?« entfuhr es einem der Schöffen entsetzt. Raben galten ebenso wie Katzen als Hexengetier; man nahm es für sicher, daß der Satan selbst sich bevorzugt in solche Wesen verwandelte, um seinen Buhlen bei ihrem Schadenszauber beizustehen.

Fresenius stöhnte. Katharina war starr und bleich vor Schreck, doch Marie nickte eifrig und fuhr fort.

»Ja, Hesekiel heißt er, und ich habe oft mit ihm gespielt.«

Claudius mühte sich, sein triumphierendes Lächeln zu unterdrücken, und fragte harmlos. »Sag, liebe Kleine, hat denn die Märthe oft mit Kräutern hantiert, und hat sie dir schöne Geschichten und Gedichte erzählt?«

Wieder nickte Marie. »Ja, gewiß. Sie kann duftende Nebel machen, die in allen Farben leuchten«, damit meinte sie die Dämpfe, die aufstiegen, wenn Märthe ihre Destillate herstellte, doch vor den Augen der Schöffen erstand das Bild einer verqualmten Hexenküche. »Und«, erzählte Marie weiter, sich an die Märchen Märthes erinnernd, »sie weiß viel von Riesen, Dämonen und weisen Frauen. Sie ist die klügste und liebste Muhme, die ich kenne. Ich hab' sie, genau wie Katharina, herzlich gern. Wir haben alle drei soviel zusammen gespielt, darf ich nun zu ihr?«

Stille lag über dem Saal. Fresenius wußte, daß die Richter und Schöffen nun überzeugt waren, in Märthe keine Giftmischerin, sondern eine abscheuliche Hexe vor sich zu haben, die sogar die Seele eines kleinen Mädchens geraubt hatte. Auch für Katharina stand die Sache schlecht, man würde auch sie für eine Gehilfin Märthes halten. Wie gelähmt stand er da, unfähig, etwas zur Verteidigung vorzubringen.

Marie versuchte nun, sich aus den Armen Katharinas zu befreien, strampelte und protestierte gegen den festen Griff, mit dem ihre Freundin sie hielt. Alle Augen waren auf sie gerichtet, ein jeder wollte in ihrem rot-weißen Gesichtchen Spuren teuflischer Verhexung erkennen. Niemand achtete derweil auf Märthe. Die nutzte den Augenblick, erhob sich von ihrem Schemel und war mit einem Satz beim Fenster, schaute kurz hinunter in die Gasse und sprang. Erst jetzt bemerkte ein

Wächter, daß die Gefangene fort war. Zeter und Mordio schreiend, rannte er zum Fenster, Fresenius, der Dominikaner und einige Schöffen folgten ihm.

Sie alle rechneten damit, auf dem schmutzigen Pflaster der Werft den zerschmetterten Leib der Alten zu entdecken. Doch als sie hinunterblickten, sahen sie nichts als einen weiteren Troß Ochsen, der zum Neumarkt getrieben wurde. Das galt dem Gericht als letzter Beweis. Märthe Ysenbrecher war mit dem Teufel im Bunde, sie war einfach aus dem Saal geflogen. Nur gut, daß man nun sogleich ihre beiden Gehilfinnen festsetzen konnte.

Der höchste Richter gab Befehl, Katharina und Marie zu binden. Fresenius aber verweilte am Fenster. Nachdenklich blickte er einem Vogel hinterher. Einem weißen Raben, der einem Heuwagen nachflog, der gerade das Ende der Werft erreichte. Der Kapuziner lächelte kurz in sich hinein. Es war also doch nicht Gottes Wille gewesen, daß Märthe auf dem Scheiterhaufen endete. Hoffentlich hatte sich die Frau beim Sprung aus dem zweiten Stock des Turmes nichts gebrochen.

Mit diesem Gedanken wandte er sich wieder dem Richtsaal zu und der neuen komplizierten Lage. Nun galt es, Katharina und Marie beizustehen. Er drängte mit seiner eisernen Faust den Dominikaner zur Seite, der mit recht belemmertem Gesicht noch immer den Grund der Gasse nach seiner Schwester abzusuchen schien. Fresenius trat an Katharina heran und flüsterte ihr ins Ohr: »Gestehe, sonst wird man dich und Marie foltern. Gestehe.« Beschwörend blickte er der schönen Magd in die Augen.

Sie senkte kurz den Blick, dann nickte sie und sagte nur flehend: »Und Sebastian?«

»Märthe wird wissen, wie er zu retten ist. Vertraut mir, auch ich habe schon einen Plan zur endgültigen Rettung gemacht«, antwortete der Kapuzinermönch leise, dann trat er zurück, bevor die immer noch verwirrten Wächter ihn wegstoßen konnten. Höflich bat er das Gericht, ihn nun von seiner Aufgabe als Verteidiger zu entbinden, da er sich so gründlich und schrecklich geirrt habe. Man entließ ihn und befahl, Katharina und Marie abzuführen. Zugleich wurde ein Büttel zur Hacht geschickt, um dem erzbischöflichen Greven Mitteilung zu machen, daß zwei Hexen entlarvt worden seien.

Fresenius eilte durch den Saal, ohne sich ein weiteres Mal umzublicken. Mit finsterer Miene verfolgte der Dominikaner den Abgang seines Gegenspielers. Wo wollte der hin, und wo, zur Hölle, war Märthe?

Es war an der Zeit, den Bogenwaldler und seine Meute zurück nach Köln zu holen. Es galt, die Stadt zu durchkämmen. Jetzt war Claudius sich sicher, der Graf und seine Gaukler waren wieder in Köln. Sie mußten endlich unschädlich gemacht werden. Auf immer. Die Teufelei und Machenschaften des Dominikaners hatten einen empfindlichen Streich empfangen, in die Knie zwang der den falschen Mönch freilich nicht.

Mit Befriedigung hörte er am nächsten Tag, der Henker sei schon beauftragt, Stroh und Heu zu kaufen, die nötigen Pfähle zu besorgen und zu Melaten die Richtstätte zu bereiten. Nur wenige Tage noch, und die Armesünderglocke würde das Todesurteil gegen Katharina und Marie verkünden. Zugleich würde sie, so wußte es Claudius, den Grafen und die Gaukler und, so sie noch lebte, Märthe aus ihrem Versteck locken. Die Magd und das Kind waren saftigere Lockvögel als Sebastian, den er einfach in der Kammer an der Kotzgasse verrecken lassen wollte. Ja, der Graf würde gewiß erscheinen, er war einer dieser letzten Narren, die den ritterlichen Ehrbegriff mit ihrem Blut bezahlen würden. Sobald der Bogenwaldler mit seiner Schar wieder in Köln eintraf, gab er Befehl, die Hacht verstärkt zu bewachen.

Fünfter und letzter Teil

46.

»So pflegen also die Hexen, sobald sie sich mit ihren Salben eingerieben haben, auf Stöcken, Gabeln oder Holzscheiten zum Sabbat zu reiten, um den Teufel anzubeten, sie reichen ihm Kerzen, die aus Nabelschnüren von Kindern gemacht sind, sie küssen Satan den Hintern und empfangen seinen Samen.«

Beschreibung eines Hexensabbats, 1532

Es war die zweite Nacht nach der Verhaftung Katharinas. Sebastian lag in seinem Schweiß auf dem groben Bettsack und wälzte sich unruhig hin und her. Das tödliche Gift hatte in seinem Körper wieder an Kraft gewonnen, nachdem ihm über zwei Tage kein Widerstand entgegengesetzt worden war. Immerhin war aber der unterbrochene Heilungsprozeß zuvor so weit vorangeschritten gewesen, daß Sebastian hin und wieder zu Bewußtsein gelangte. Mühsam seinen Verstand zur Arbeit zwingend, erkannte er in jenen schmerzlichen Momenten jedoch nur die Ausweglosigkeit seiner Lage. Warum kam Katharina nicht zurück? Warum ließ nicht einmal der gemeine Dominikaner sich blicken? Nur der mürrische Wächter schob ihm ab und an einen Krug Wasser neben seine karge Bettstatt. Wenn Sebastian aus seinem Dämmerzustand erwachte, pflegte er den Krug in einem Zug zu leeren, um dann wieder erschöpft in seinen Todesschlaf zu fallen.

Diesmal war es ein beharrliches, leises Klopfen, das ihn daraus weckte. Mühsam öffnete Sebastian seine Augen, tastete nach dem Wasser und trank. Doch diesmal gelang es ihm danach nicht, sofort wieder in seinen qualvollen Schlaf zurückzufinden. Das Pochen und Klopfen zwang ihn, seinen Kopf zu wenden. Mühsam versuchte er sich im Dunkel der Kammer zu orientieren. Nein, das Geräusch kam nicht aus dem Zimmer. Auch nicht von dem Wächter vor der Tür. Der schlief wahrscheinlich selig und fest, da seine Aufmerksamkeit vom Dominikaner nicht mehr kontrolliert wurde. Er ahnte, daß es um Sebastian schlecht stand und wollte sich die Totenwache nicht zu anstrengend gestalten.

»Tock, tock«, kam es nun wieder aus Richtung des Fensters. Angestrengt und in Schweiß gebadet starrte Sebastian in die Richtung, aus der das Geräusch kam. In diesem Moment brach der zur Sichel geschmolzene Mond durch die Wolken und warf ein fahles Licht durch die Luke. Sebastian richtete sich mühsam auf, seine schmerzenden Glieder taten nur schlecht ihren Dienst. Doch dann erkannte er im Licht des Nachtgestirns die vertrauten Umrisse eines Vogels. Bei Gott, es war Hesekiel, der draußen auf dem Fensterbrett saß und mit dem Schnabel gegen die Scheibe pochte. Sebastian ließ sich vom Bettsack rollen, ruhte nach dieser ungewohnten Anstrengung kurz aus und schleppte sich dann unter Aufbietung aller Kräfte über die staubigen Bodendielen zum Fenster, streckte einen Arm aus und riß das Fenster nach innen auf.

Mit einem leisen »Prrrüh« flatterte der Vogel vom Fensterbrett in die Kammer und hüpfte schwerfällig auf den Kranken zu. Der hatte wieder die Augen geschlossen, und erst als Hesekiel ihm zart in die Stirn pickte, hob er die Lider und flüsterte den Namen des Tieres.

Der hüpfte weiter vor ihm auf und ab, und schließlich erkannte Sebastian, daß ein Röhrchen an sein eines Bein und eine Papierrolle an sein anderes Bein gebunden war. Der Rabe brachte Hilfe. Von diesem Gedanken bestärkt, streckte Sebastian langsam seine Hand aus. Es dauerte eine ganze Weile, bis er das Glasröhrchen vom Bein des Vogels entfernt hatte. Es war mit einem Wachspfropfen versiegelt. Sebastian zog ihn vom Röhrchen und trank. Er wußte, was das Röhrchen enthielt. Wieder schloß er die Augen und konzentrierte sich ganz auf das brennende, warme Gefühl in seinem Magen, als die Flüssigkeit, deren Geschmack er kannte, dorthin gelangte. Stärker denn je spürte er es dieses Mal. Die Arznei war kräftiger gemischt, und so dauerte es auch nur eine kurze Zeit, bis die Schmerzen in seinen Gliedern so weit nachließen, daß er sich aufrichten konnte. Er dehnte und streckte sich. Zwar war er nach wie vor recht schwach, doch sein Verstand klärte sich und seine bleierne Müdigkeit ließ allmählich nach.

»Lesen, lesen«, krächzte nun Hesekiel und hüpfte aufgeregt zu ihm hin. Draußen regte sich der Wächter, Sebastian legte seinen Finger auf den Mund und lauschte in die Dunkelheit. Als endlich wieder das rasselnde Schnarchen seines Bewachers durch die Tür drang, atmete er auf. Dann band er das Papierröllchen vom Bein des Raben, der, von seiner Last befreit, nun auf seine Schulter flatterte. Sebastian entrollte das kleine Briefchen und hielt es in das fahle Mondlicht. Die Botschaft war kurz und klar. Der Bergknappe kroch zu seinem Bettsack, prüfte das Leinen, aus dem er genäht war, und machte sich an die Arbeit. Er hoffte, daß das Reißen des Stoffes den Wächter nicht wecken würde, und er hatte Glück. Immer wieder mußte er freilich erschöpft in seiner Arbeit innehalten und das Schwindelgefühl in seinem Kopf bekämpfen. So schwach war er immer noch, daß es bald eine Stunde dauerte, bis er genug Stoffstreifen gerissen hatte, um ein Seil daraus zu drehen und zu knoten.

Als das geschehen war, schloß er noch einmal die Augen,

wischte den Schweiß von seiner Stirn und schickte ein kurzes Gebet gen Himmel. Hesekiel saß bereits wieder auf dem Fensterbrett, als Sebastian seinen Leinenstrick an einem Deckenbalken befestigte und dann aus dem Fenster warf. Mit einem Ruck prüfte er die Festigkeit des Knotens, dann kletterte er aufs Fensterbrett. Der Rabe flog voran in die Nacht, und Sebastian ließ sich vorsichtig am selbstgeknüpften Seil herab in die dunkle Gasse. Der Stoff knirschte verdächtig, doch hielt er dem Gewicht des jungen Mannes stand, bis der sich mit einem letzten Satz wieder auf sicherem Boden befand. Sebastian schaute kurz nach allen Seiten, entdeckte schließlich vor sich den weißen Raben im Straßenkot und lief auf ihn zu. »Voran«, krähte der geheimnisvolle Vogel, flatterte kurz hoch, und Sebastian folgte ihm in die Nacht. Niemand hatte seine Flucht bemerkt.

47.

Es war das zweitemal, daß Kaufmann, Bauer, Landsknecht, Spielmann, Graf und Mönch sich bei der Kirche nahe am Rhein trafen. Inzwischen wußten sie, daß sich nach Mitternacht niemand mehr in der Nähe von St. Mariä in Lyskirchen herumtrieb, und wagten es, ihr Treffen in das Innere der Kirche zu verlegen.

Im mageren Schein einiger Opferkerzen und unter den Blicken einer milden Madonnenfigur hielten sie ihre Beratung ab.

»Ihr habt also Derich getroffen und ihm meine Aufträge übermittelt?« fragte Fresenius gerade Ansgard, als sie zu ihrem Entsetzen das Geräusch von Schritten vor der Kirchenpforte vernahmen. Gleich darauf wurde die hölzerne

Tür aufgestoßen, knarzend gab sie nach und öffnete sich. Angespannt blickten die Männer zum Eingang. Ein gebeugter Schatten tauchte auf, dann vernahmen sie ein dumpfes Poltern. Eine Gestalt war über die Schwelle in das Kirchenschiff gefallen. Keiner wagte es, auf sie zuzugehen, bis schließlich ein Vogel über den Mensch am Boden hüpfte.

»Hesekiel«, rief überrascht Fresenius und bemerkte, daß sein Herz einen Moment aussetzte, um dann in wilderem Takt als zuvor zu klopfen. Brachte das Tier seine Herrin mit? Er raffte seine Kutte und rannte zu der leblosen Gestalt am Boden, kniete nieder und erkannte seinen Irrtum. Doch seine erste Enttäuschung wich schnell einer anderen Freude.

»Liebe Freunde«, rief er, »kommt her, es ist Sebastian. Sebastian ist zu uns zurückgekehrt.«

Hans war als erster bei ihm und brachte – sehr zum Mißfallen des Mönches – eine Opferkerze mit, um das Gesicht des Ohnmächtigen zu beleuchten. Ja, tatsächlich, es war Sebastian – und er lebte, auch wenn er mehr tot als lebendig aussah. Der Kaufmann und Rufus knieten einträchtig nieder vor dem Bildnis der Mutter Gottes und dankten von ganzem Herzen für die Rettung des Jünglings. Der öffnete schließlich stöhnend die Augen. Als er in das Gesicht von Hans blickte, zeichnete sich ein leichtes Lächeln auf seinen Zügen ab. »Du bist ja feister denn je«, brachte er heiser hervor. Der Musikant nahm es nicht krumm, sondern half seinem Freund, sich aufzurichten.

Der Landsknecht griff nach seinem Lederschlauch und gab dem Bergknappen zu trinken. Gierig stürzte Sebastian den mit Wasser gemischten Wein herunter.

»Ah«, sagte er schließlich, »das tut so gut.«

Doch mehr Ruhe gönnten ihm seine Freunde nicht. »Wo kommst du her?« fragte als erster der Graf.

»Aus meinem Gefängnis. Märthe hat mich befreit.«

»Märthe?« rief aufgeregt Fresenius. »Wo ist sie? Wie konnte sie dich retten? Lebt sie?«

Sebastian schaute den Mönch verwirrt an. »Das, das weiß ich nicht, aber sie schickte mir den da.« Mit dem Daumen deutete er auf Hesekiel, der bemerkte, daß nun alle Aufmerksamkeit ihm galt, und sein Gefieder mächtig aufplusterte. »Prrrüh«, kam es laut und stolz aus seinem vorlauten Schnabel. Fresenius las derweil die Botschaft an Sebastian.

»Tatsächlich, sie lebt und sie weiß, daß wir hier sind. Herr«, sagte er und schaute zur Kirchendecke empor, »wir danken dir. Du hast eine der Besten errettet.«

»Da bin ich mir nicht sicher«, kam nun eine allen wohlbekannte, wunderbar milde Stimme aus der Nacht. Alle wandten sich wieder der Kirchenpforte zu. Hans hielt die Kerze hoch, und alle erkannten Märthe, die draußen vor der Tür stand.

»Bei allen Heiligen«, entfuhr es dem Grafen.

»Vorsicht, guter Mann, daß Ihr nichts verwechselt«, sagte die Alte mit leisem Spott und trat über die Schwelle, sie gab Hans ein Zeichen, beiseite zu treten, und schloß die Pforte. Dann ging sie schweigend an den staunenden Männern vorbei und machte einen tiefen Knicks vor dem Bildnis der Madonna. Keiner wagte zu sprechen, bis Märthe sich umwandte. Dann prasselten die Fragen dick und ungestüm wie Hagelkörner auf sie nieder. Märthe hob lächelnd beide Hände, um das aufgeregte Durcheinander der Stimmen zu unterbrechen. »Ich will euch alles erklären, und das ist rasch getan. Meine Flucht war denkbar einfach, und dafür danke ich dem Herrn. Er schickte zur rechten Zeit einen mit Heu gut gepolsterten Wagen unter dem Turmfenster vorbei. Ich vernahm das Rumpeln und tat einen beherzten Sprung. Das war alles.« Fresenius schüttelte lächelnd den Kopf, der Sprung war mehr als beherzt gewesen, in der Brust der Alten mußte das Herz einer Löwin schlagen.

»Wieso«, fragte er dann, »hast du dich im letzten Moment zu dieser Flucht entschlossen?«

»Nicht deiner Überzeugungskraft wegen, lieber Freund«, sagte sie fast schelmisch und drückte seine Hand, »sondern weil ich nicht zulassen kann, daß Katharina, Sebastian und Marie Opfer meines Bruders werden. Und der Herr dachte wohl ähnlich.« Fresenius seufzte erleichtert, endlich schien sich die gute Frau von ihren Schuldgefühlen befreit zu haben. Und in der Tat, Märthes Fähigkeiten würden gewiß zum Gelingen seines Planes beitragen. Als habe sie seine Gedanken wieder einmal gelesen, sagte Märthe nun: »Laßt uns in der Beratung unseres Plans fortfahren.«

»Du kennst ihn, Weib?« fragte der Traubstedter, wieder einmal erstaunt und beunruhigt über die seherischen Gaben Märthes.

»Nein, nicht ganz, deshalb bitte ich nun um einen vollständigen Bericht. Aber zunächst will ich Sebastian noch ein wenig auf die Beine helfen.«

»Ihr wollt Euer, Euer«, beinahe hätte der Graf Teufelswerk gesagt, entschied sich dann aber anders, »Eure Heilkunst nicht hier im Haus Gottes anwenden?«

Märthe schaute ihn kurz an. »Doch, ich will, denn es ist kein Frevel, sondern gottgefällig, einem Leidenden zu helfen.« Damit öffnete sie einen Beutel, den sie wie immer unter ihren Röcken trug, und gab Sebastian ein Glasröhrchen. »Trink das, es ist, wie du sicher bemerkt hast, stärker gemischt als sonst. Ein, zwei Tage noch, und du wirst wieder bei Kräften sein.« Gehorsam führte Sebastian das Röhrchen zum Mund und dankte Märthe. Der Graf schlug heimlich ein Kreuz, der Landsknecht mußte lächeln über soviel Furcht und Zweifel.

Jetzt ließ sich Märthe auf einer der schmalen Kirchenbänke nieder und richtete ihre Fragen gezielt an Fresenius. »Ich nehme an, du planst wieder einmal ein paar treffliche Knalleffekte zur Befreiung unserer lieben Freundinnen.«

Der Kapuziner nickte, und Ansgard ergriff nun das Wort, um endlich von seinem Besuch bei Derich zu berichten. »Ich habe ihm genug Geld für Eisenblech und anderes Metall überreicht. Er meint, er könne es schaffen, wenn Wenzel ihm hilft.«

Der Landsknecht schnaufte verächtlich durch die Nase: »Der doch nicht. Ich denke, die Hilfe zu unserer Flucht war seine letzte Freundschaftstat.«

Der Kaufmann schüttelte den Kopf. »Ihr irrt, als er hörte, daß Katharina und Marie brennen sollen, hat er . . .« Weiter kam er nicht. Sebastian war aufgesprungen und hatte ihn beim Kragen gefaßt. »Katharina, Marie?« stieß er entsetzt hervor. Hans legte ihm die Hand auf die Schulter und drückte ihn wieder neben sich auf die Bank. »Setz dich hin und danke Gott, daß du lebst. Es ist, wie es ist, und uns bleibt keine Zeit für deine verliebten Tollheiten, wenn wir beide retten wollen.« Sebastian gehorchte, doch sein wilder Blick verriet, was er empfand. Ansgard beendete rasch seinen Vortrag, und nun ergriff Märthe das Wort.

»Ich kenne deine durchschlagenden Erfolge, Fresenius, doch dünkt es mich, daß ein wenig Pulver in diesem Fall nicht genügt. Wir brauchen ein Spektakel, das den Bürgern die Sinne raubt, sie fast um den Verstand bringt und sie so sehr von den beiden unglückseligen Mädchen ablenkt, daß wir sie ohne Widerstand befreien können.«

Alle nickten und warteten gespannt auf Märthes weitere Worte. »Nun, ich habe die Zeit genutzt. War bei unserem Freund Feigenbom, dem jüdischen Arzt, bei allerlei Kräuterhändlern und Salbenkrämern und habe nun hier«, sie wies auf ihren Beutel, »die vortrefflichen Zutaten für einen Zauber, der zu einem wahren Höllenspektakel«, sie hielt inne und verneigte sich entschuldigend in Richtung der Madonna der Schiffer, »genügen wird. Hört zu!«

48.

Claudius gefiel die Ruhe nicht. Längst hatte man Katharina und Marie nach alter Sitte vor dem Frankenturm an die Büttel des geistlichen Hochgerichts übergeben und in Köln kundgetan, daß zwei Unholde aufgegriffen seien. Sodann hatte man ihnen in der Hacht einen kurzen Prozeß gemacht. Da sie geständig gewesen waren und Marie so jung an Jahren, hatte man auf den Einsatz der Folter verzichtet.

Schon in zwei Tagen sollte das Urteil verkündet und feierlich auf dem Blutgerüst bei Melaten außerhalb der Stadtmauern vollstreckt werden. Wo zum Teufel, fragte sich der Dominikaner, blieben der Graf und die Gaukler? Was trieben der vermaledeite Kapuziner und Märthe, die gewiß noch am Leben war? Denn wer sonst hätte diesen verfluchten Sebastian aus der Kammer befreit?

Der Bogenwaldler setzte seinem ratlosen Berater mächtig zu, erinnerte ihn täglich an dessen Versprechen, daß es nun endlich zur letzten Begegnung mit dem Traubstedter und seinen Gesellen kommen werde. Nur mit Mühe beschwichtigte der Dominikaner seinen ungeduldigen Herrn und empfahl ihm, weitere Söldner und Stockknechte in seinen Dienst zu nehmen, um gewappnet zu sein, denn ein Kampf sei sicher wie das Amen in der Kirche.

Auch sandte Claudius Spione zum Tuchschererhaus, in der Hoffnung, dort eine Spur zu finden. Doch die Späher hatten nur wenig zu berichten. Der Kaufmann schien dem Trupp keinen Unterschlupf mehr zu gewähren. Ansonsten ging er seinen Geschäften nach, war nur zweimal zum Leprosenhaus bei Melaten gefahren, wo er – wohl der Barmherzigkeit wegen – Nahrung und Kleider abgegeben habe. Nichts, was in Verbindung mit dem Grafen zu stehen schien.

Einmal freilich hatten die Späher Frau Gertrud bis zum

Hühnermarkt verfolgt. Eine verrufene Gegend, in der nur henkersmäßige Leute, wie der Abdecker, die Hundeschläger und Kloakenreiniger hausten. Dort war die vornehme Kaufmannsgattin tatsächlich zum Haus des Henkers gegangen, hatte geklopft und der Magd des Meister Fix, wie die Kölner den Scharfrichter furchtsam nannten, einen Beutel mit Geld ausgehändigt.

Claudius wußte, wofür Frau Gertrud dieses Geld gab. Es war üblich, daß reiche Verwandte und Freunde von todgeweihten Missetätern den Blutrichter bestachen, damit er die armen Sünder erwürgte, bevor ein Scheiterhaufen entzündet wurde. So ersparte man den Opfern einen qualvollen Tod.

Rechnete also das Haus Tuchscherer nicht mehr mit einer möglichen Befreiung oder Errettung von Katharina und Marie? Vielleicht, so dachte sich Claudius, aber nie und nimmer werden der Graf, Märthe oder Fresenius den Gedanken an Rettung einfach aufgeben. Auch der verliebte Tor Sebastian würde gewiß seine Katharina und die eigene Schwester Marie nicht einfach brennen lassen. Claudius spürte, daß seine Widersacher in irgendeinem Winkel einen bedrohlichen Plan ausbrüteten.

Er mußte sie aus ihrem Versteck locken. Nur wie? Unruhig schritt er in der Kammer seiner Herberge auf und ab. Draußen steigerte sich das übliche Gelärme eines Markttages zu einem gewaltigen Toben und Schreien. Er trat zum Fenster und blickte hinaus. Das also war der Grund für den Krach und das Geschrei! Ein kleiner Halunke wurde mit der grellbunten Spottfahne um den Hals und im Schandmantel, einem hölzernen Faß, das mit Eisenriemen über seinen nackten Schultern hing, die Gasse hinabgetrieben. Eine Ehrstrafe, die bei kleineren Vergehen, Mundraub etwa, unflätigem Benehmen, öffentlicher Flucherei oder nach kleinen Handgemengen im Zustand der Trunkenheit, verhängt wurde.

Das Volk liebte diese öffentliche Abstrafung und lief stets

in großen Scharen zusammen, um den Missetäter zu beleidigen, zu beschimpfen, ihn mit faulendem Gemüse und Unrat zu bewerfen. Zu diesem Zweck wurde denn der arme Sünder auch an den Pranger gestellt.

Die Szene inspirierte Claudius. Ein Bild entstand in seinem Kopf. Ja, das könnte gehen, das könnte den Grafen bewegen, seine Frau aufzusuchen. Der Dominikaner trat vom Fenster zurück, wusch sich die Hände in einer Zinnschale und machte sich dann – zufrieden mit seinem neuen Plan – auf den Weg zum Rathaus.

»Was sagt Rufus? Wie steht es um die Leute?« fragte Frau Gertrud, während eine Magd eine Gerstensuppe mit geräucherten Schweinswürsten auftrug. Der Kaufmann wartete, bis die Magd wieder in der Küche verschwunden war, dann tunkte er hungrig sein Brot in den Brei und biß herzhaft ab. Als sein ärgster Hunger gestillt war, antwortete er: »Rufus ist zufrieden. Wohl an die vierzig Bettler haben sich der Sache angeschlossen, denn sie sind noch immer zornig über den Tod Luichtgens und das erbarmungslose Blutgericht, das sie alle getroffen hat. Auch nehmen sie den Kölner Bürgern ihr hemmungsloses Töten noch übel. Ich denk', sie stehen fest zu unserem Plan. Man kann sich auf sie verlassen.«

Frau Gertrud seufzte und legte ihren Löffel zur Seite. Sie hatte seit Tagen keinen Hunger, die Sorgen schnürten ihr den Magen zu. »Lieber Mann, du kannst nicht so oft nach Melaten fahren, die Spione des Dominikaners werden noch Verdacht schöpfen.« Ansgard winkte ab. »Es ist das wenigste, was ich tun kann. Sei nicht so verzagt, du weißt, Märthe und Fresenius können Wunder wirken.«

»Ich will es hoffen«, sagte Gertrud und faltete die Hände wie zum Gebet.

»Wenn ich nur mehr tun könnte«, sagte nun ihr Mann und schüttelte mit trauriger Miene den Kopf. Gertrud legte eine

Hand auf seine Rechte und drückte die zärtlich. »Du bist ein guter Mann, Ansgard. Du hast dein Geld für Metall und Pulver gegeben. Du versorgst die Bettler, du bist ein so treuer Freund, wie man ihn sich nur wünschen kann.«

»Und doch wollen sie mich nun nicht mehr dabeihaben, wenn sie sich treffen.«

»Es geschieht zu unserem Schutz. Auch ich würde gerne dabeisein. Was meinst du, welchen Kummer es mir bereitet, Marie und Katharina in der Hacht zu sehen. Das kleine Mädchen ist ganz bleich und ausgehungert. Ich darf ihr nicht einmal einen Kanten Brot bringen.« Mühsam unterdrückte die vornehme Frau ein Schluchzen, und jetzt war es an Ansgard, sie zu trösten. Er rückte näher an sie heran und legte den Arm um seine Frau.

»Sie müssen gerettet werden, und sie werden gerettet. Ich glaube fest daran, so fest wie an die Güte und Gerechtigkeit Gottes.«

Dann, so dachte seine Frau im stillen, ist dein Glauben fester als der meine. Deshalb hatte sie auch schweren Herzens ihren heimlichen Gang zum Henker getan. Sollte der verwegene Plan zur Rettung nicht gelingen, so wußte sie wenigstens, daß Marie und Katharina nicht allzu lange würden leiden müssen.

Der Bürgermeister wiegte bedächtig sein Haupt. Was der Dominikaner vortrug, machte einen gewissen Sinn. Laut aber sagte er: »Guter Mann, es wäre eine ganz und gar ungewöhnliche Maßnahme und bedürfte auch der Zustimmung des erzbischöflichen Greven, der nun die Gewalt über die beiden Hexen hat.«

Der Dominikaner spürte, daß er einem Sieg nahe war, immerhin erwog der Stadtvater schon, den Greven um eine Erlaubnis anzugehen. Er mußte das Eisen schmieden, solange es heiß war. Mit von Ehrfurcht getränkter Stimme setzte er noch einmal an. »Bedenkt, welchen Nutzen die Stadt davon hätte. Stellt man Katharina bis zur Hinrichtung öffentlich an den Pranger, so glaube ich fest daran, daß ihr Mann, der Graf, einen Versuch unternehmen wird, sie freizuschlagen. Nicht nur, weil sie ihm gewiß das Herz verhext hat, sondern auch, weil er sich ihre Kräfte zunutze machen kann. Ihr aber könntet ihn bei dem Befreiungsversuch aufgreifen und hättet einen Eurer ärgsten Feinde festgesetzt und künftigen Schaden von der Stadt abgewendet. Bedenkt, was der Schurke schon getan hat!«

Der Bürgermeister strich über das kalte Metall seiner Amtskette und lehnte sich in seinem reichgeschnitzten Stuhl zurück. Sein Gesicht war im spärlichen Licht, das durch die hochgelegenen Bleiglasfenster seiner Amtsstube eindrang, nur schwer auszumachen.

»Und Ihr glaubt nicht, daß die Hexe selbst sich befreien kann, wie ihre scheußliche Herrin, diese Märthe?«

Der Dominikaner schüttelte sein kahles Haupt. »Nein. Glaubt mir, Katharina besitzt bei weitem nicht die Kraft meiner – Gott verzeih mir – schändlichen Schwester. Sie ist nur eine Gehilfin. Vielleicht hat sie bislang nicht einmal an einem Sabbat teilgenommen.«

Der Ratsmann runzelte die Stirn. »Es fällt mir schwer, in diesem Punkt Eurem Urteil zu trauen. Ich habe die Turmbücher mit den Protokollen der Verhandlung gelesen. Ihr habt Euch oft in Widersprüche verrannt, wo es um das Wesen der Hexen ging.«

Den Dominikaner ärgerte diese Bemerkung bis aufs Blut, doch ließ er sich seine Wut nicht anmerken. Entschuldigend und eine demütige Haltung einnehmend, beteuerte er: »Ihr müßt mir meine Irrwege verzeihen, aber da Märthe – Gott verzeih mir ein weiteres Mal – meine Schwester ist, war ich nicht immer Herr meines Herzens.«

»Nun, ich hoffe, daß Ihr wenigstens Herr Eures Verstandes

seid. Gut. Ich werde einen Boten an den Greven schicken und um die öffentliche Zurschaustellung der Hexe Katharina im Kax auf dem Alten Markt bitten. Doch ich warne Euch, sollte die Frau einem unserer Bürger Schaden zufügen oder fliehen, dann werdet Ihr selbst vor die Schranken des Gerichts kommen. Und Eure Strafe wird hart ausfallen.«

Der Dominikaner scherte sich nicht groß um die Drohung, zu groß war die Befriedigung über seinen raschen Triumph. »Sorgt Euch nicht«, sagte er eine Spur zu selbstgewiß beim Abschied, »der Bogenwaldler und seine Leute werden den Markt gründlich bewachen.« Ärgerlich blickte der Bürgermeister noch einmal von seinem Schreibtisch auf und antwortete mit herrischer Stimme: »Was der Bogenwaldler tut, interessiert uns nicht, die Stockknechte und Büttel des Rates werden selbst mit schweren Waffen bei der Hand sein. Wir verstehen es sehr wohl, uns selbst zu schützen.«

Der Dominikaner verbiß sich eine Bemerkung über den Bettleraufstand und die Hilflosigkeit der Stadt in diesem Fall, verneigte sich so tief, daß ihm die Kapuze seiner Kutte von selbst über den Kopf glitt, und verabschiedete sich endgültig.

49.

Der Zulauf, das Gejohle und Gekreisch war auch diesmal groß. Genau wie Claudius es berechnet hatte. Zwar erstanden die meisten Neugierigen bei den Salbenkrämern zunächst ein Sträußchen Bruchkraut oder ein ganzes geflochtenes Amulett aus Wermut und Rainfarn, welches sie vor dem bösen Blick der Hexe schützen sollte, doch dann gab es kein Halten mehr. Jung und alt, reich und arm, Weiblein wie Männlein kamen gelaufen, um die schöne Unholdin in ihrem von Eisen geschmiedeten Käfig zu sehen. Eine feste Eisenkrone saß ihr auf dem Kopf, geziert mit spitzen Nägeln, die Hände und Füße hatte man ihr in eiserne Fesseln gelegt. Doch immer noch trug sie das prachtvolle samtgrüne Kleid, das der Dominikaner ihr für die Gerichtsverhandlung gekauft hatte.

Auch wenn die Schnürungen nun zerrissen, der goldgestickte Saum beschmutzt und der Stoff an vielen Stellen brüchig war, unterstrich das Gewand die außergewöhnliche Schönheit Katharinas. Flüsternd und tuschelnd stand das Volk zunächst um den Käfig herum, dann faßten einige – da die Hexe sich so still verhielt – Mut und riefen ihr unflätige Beschimpfungen zu.

»Stinkende Bocksbraut, hast du dem Teufel den Hintern geküßt?« schrie einer. »Teufelsdirne«, »Sausuhle«, »Satansfotz«, gellte es bald über den ganzen Markt. Ein Bauer griff in den kalten, feuchten Schmutz am Boden und klumpte Heu und Unrat zu einem Wurfgeschoß. Ein Hagel von Dreck und Kot ging im Käfig nieder. Katharina hob kurz den Blick und schaute die Gaffer feindselig an. Ihre Katzenaugen ließen einige zurückweichen, ein kleiner Bursche begann jämmerlich zu weinen. »Du Schandweib, du Milchdiebin, nimm deine giftigen Augen von dem Kind«, schrie daraufhin schrill die Mutter des Knaben der Gefangenen zu. Man wußte, daß neben Katharina auch ein kaum fünfjähriges Mädchen des Schadenszaubers angeklagt war, und war fest überzeugt, daß Katharina, ganz nach Art der gemeinen Hexen, kleinste Kinder dem Teufel weihte.

Katharina senkte wieder ihren Blick. Was konnte das Volk schon dafür? Wäre sie tatsächlich eine Hexe, dann wäre der Zorn der Leute ihr nur allzu verständlich. Auch sie kannte die vielen Geschichten um teuflische Hebammen, die Neugeborene in die Küche trugen, übers Feuer hielten und so deren Seelen für immer dem Himmelreich entzogen. Sie konnte sich kaum ein schändlicheres Tun vorstellen. Mit Tränen in den Augen dachte sie an die kleine Marie, die den gleichen Tod wie sie sterben sollte. Es war nicht recht, aber es war ihr – die früher selbst Bärlappsträußchen gegen Hexenblicke unterm Rock getragen hatte – verständlich.

»Seht, das Galsterweib läßt Tränen fallen. Huhuhu, wie uns das rührt«, spottete einer. Die Mutter aber zog ihren Knaben endlich fort. Hexentränen, so hieß es, waren reines Gift, dem die Kraft innewohnte, jeden zu vernichten. Die Lücken, die sie und das Kind hinterließen, waren schnell wieder gefüllt, immer noch drängten Zuschauer nach. Selten bot sich eine Abwechslung im tristen Alltag, die kostenlos war, und wann schon durfte man – mit Duldung der Obrigkeit – so herzhaft fluchen, spotten, Schabernack treiben, wie es einem gerade in den Sinn kam. Nur in der Zeit des Karnevals, aber bis dahin war es noch lang hin.

Die Puppenspieler und Jongleure, die Sänger und Faxenmacher fluchten über ihr schlechtes Geschäft. Gegen eine zur Schau gestellte Hexe konnten sie mit ihren Kunststückchen nichts ausrichten. Und da der Markt an diesem Tag so außerordentlich stark bewacht war – in den Bogengängen rings um den Platz standen mehr als fünfzig bewaffnete Stadtknechte und Söldner – wagten auch die Glücksspieler nicht, ihre Würfelbretter auszupacken und unbedarfte Toren zu einem verbotenen Spiel um Heller und Pfennig zu verlocken. Auch die Taschendiebe hakten den Tag gleich ab und begaben sich in die Branntweinschenken, da es draußen unwirtlich und kalt war. Der Herbst zeigte endlich sein trübes Gesicht.

Dem Dominikaner aber, der neben dem Bogenwaldler unter dem Tuchdach eines Apothekers stand, war der Anblick Katharinas eine reine Wonne. »Wenn das den Grafen nicht doch noch hervorlockt, dann hol mich der Teufel«, entfuhr es ihm. Der Ritter neben ihm lächelte höhnisch.

»Das hat der Teufel doch schon längst getan«, sagte er laut und vernehmlich, so daß die Kunden des Apothekers entsetzt aufschauten.

Mißbilligend blickte der Dominikaner den Ritter von der Seite an. »Mit so was treibt man keinen Scherz«, zischte er böse. Der Ritter zuckte gleichgültig die Schultern. »Du mußt mir meine Scherze schon lassen, denn ich langweile mich zu Tode. Ganz so dumm, wie du denkst, ist der Graf gewiß nicht. Er wird doch nicht am hellichten Tag auf den Markt kommen. Ich wett', der kommt gar nicht. Was ist eine Frau schon wert? Sicher nicht das Leben eines Mannes. Obwohl ich mir eine Nacht mit der da«, er deutete auf Katharina, »gar etwas kosten ließe. Freilich wäre es ihre letzte.« Den Genuß sich ausmalend, schlenderte der Ritter näher auf den Käfig zu.

Der Dominikaner schwieg und verfolgte mit zusammengekniffenen Augen einen jungen Mann in der Schürzentracht der Schmiedezunft, der sich nun mit kräftigen Ellbogenschubsern ebenfalls seinen Weg zum Käfig bahnte. Nein, er kannte diesen Burschen nicht, es war auch nicht Sebastian in einer Verkleidung. Wahrscheinlich hatte der Ritter ausnahmsweise recht. Bei Tag würden der Graf und seine Gesellen kaum einen Auftritt wagen.

Wenzel hatte sich derweil einen Platz ganz nahe am Gitter erkämpft und versuchte, Katharinas Blick auf sich zu lenken. Doch das schöne Mädchen schien mit ihren Gedanken weit von diesem Ort ihrer Schmach entfernt. Verstohlen blickte Wenzel sich im dichten Gedränge um. Dann griff auch er sich etwas Dreck vom Boden, zog etwas aus seiner Tasche. Verknetete es mit dem Schmutz zu einer Kugel und tat einen gezielten Wurf.

Der Klumpen traf Katharina an der Schläfe.

Zornig blickte sie auf und in Richtung des Werfers. Ihre Miene erhellte sich kurz, der Anflug eines Lächelns streifte ihren Mund, als sie Derichs Freund erkannte. Dann suchte sie den Boden nach dem Schmutzklumpen ab. Ein Fetzen Papier lugte daraus hervor und, so meinte Katharina zu erkennen, einige bunte Steine. Was auch immer das sein mochte, gewiß kam es von ihren Freunden und war für ihre Rettung gedacht. In der Nacht würde sie versuchen, es mit den gefesselten Händen aufzugreifen.

Sie hob ihren Kopf und nickte fast unmerklich in Wenzels Richtung. Der erwiderte das Zeichen nicht, da er jetzt den Ritter in der Menge entdeckte, sondern drehte dem Käfig alsbald den Rücken zu und kämpfte sich durch die nachdrängelnde Meute seinen Weg zurück über den Markt.

Wie beiläufig betrachtete er die vielen Söldner und Wachleute unter den Bogengängen. Dann stutzte er kurz, als sein Blick den eines Dominikanermönches kreuzte. Rasch senkte Wenzel sein Haupt und wandte sich dem Gassengewimmel zu seiner Rechten zu.

Der Graf und seine Gaukler hatten also recht gehabt. Der Mönch hatte eine Falle aufgestellt, und Katharina war der Speck, mit dem er seine Mäuse locken wollte. Nur gut, dachte Wenzel, daß ich den Kundschafter gemacht habe, mich hat der Schurke nicht erkannt. Und dann wunderte er sich wieder einmal über sich selbst. Da hatte er doch tatsächlich seinen heiligen Schwur gebrochen. Den Schwur, sich nie mehr und unter keinen Umständen in die Sache der Gaukler zu mischen. O ja, der Derich war ihm jetzt und auf der Stelle einen ordentlichen Krug Bier schuldig. Grinsend schlängelte Wenzel sich durch das Menschengewimmel und nahm eine Gasse, die auf den Domhügel führte.

50.

Es war ihre letzte Nacht im Kerker. Die Henkersmahlzeit aus Kraut, gesottenem und gebratenem Fleisch, die Rauchwurst und das Bier, für die der Scharfrichter zahlen mußte, war bereits serviert worden. Doch während die Schöffen und die Gerichtsbüttel herzhaft zugelangt und getrunken hatten, hatte Katharina an der gemeinsamen Tafel keinen Bissen herabgewürgt. Auch die kleine Marie hatte nur zaghaft wie ein Spatz im Kraut herumgepickt und ängstlich die Männer in ihren schwarzen Roben beobachtet, die scherzten und schmatzten.

Dem Hachtwächter war es nur recht, daß wenigstens die Gefangenen keinen Appetit gezeigt hatten, denn die Reste des Mahles gehörten ihm. Und nachdem er jeden der Tischgäste beim Abschied eindringlich gefragt hatte, ob ihnen das Essen bekommen wäre, und alle sich zufrieden die Bäuche gestrichen hatten, wagte er es nun zuzulangen. Die Hexe hatte so kurz vor ihrem Tod wohl der Mut verlassen, das Henkersessen zu verzaubern.

Katharina wiegte Marie auf ihrem Schoß und bemühte sich, das Schmatzen, Schlürfen und Rülpsen des Kerls vor der Tür zu überhören. Als das Mädchen endlich eingeschlafen war, zog sie unter ihrem Rock das Papierchen und die bunten Steine hervor, die Wenzel ihr zugeworfen hatte. Da es ihr letzter Tag in Haft und in ihrem Leben sein sollte, hatte man gnädigerweise auf die Fesseln verzichtet.

Im trüben Schein eines letzten Talglichts, das noch auf dem Tisch geblieben war, entzifferte sie mühsam noch einmal Buchstabe für Buchstabe von Märthes Botschaft und dankte Gott dafür, daß Sebastian lebte. Er lebte. Wenn es doch wenigstens für Marie auch eine Rettung gäbe.

Dann schaute sie die Steine an, die sich leicht staubig anfühlten und merkwürdig rochen. Nun gut, sie würde tun, was Märthe ihr geschrieben hatte. »Möge Gott uns gnädig sein«, flüsterte sie und drückte der schlafenden Marie einen Kuß auf die Locken.

Draußen rülpste der Wächter. Satt war er und zufrieden, die Verzweiflung der Todgeweihten scherte ihn längst nicht mehr. Eine Hinrichtung brachte ihm einiges ein. Der Henker hatte ihm bereits das Huhn abgeliefert, das er nach den Statuten des Rats schuldig war für die Wachdienste des Hachtmannes. Morgen war noch ein Krug Bier fällig, und vielleicht bekam er auch von den Königsbirnen, die der Scharfrichter dem Greven zu geben hatte, sobald der ihm den Auftrag zu einer Hinrichtung erteilte. Dem Henker tat's gewiß nicht weh, dachte der Wächter, der verdient an jedem Kopf, den er vom Rumpfe trennt, genug. Dazu die Verstümmelungen an gewöhnlichen Dieben, das Brandmarken von Dirnen, das Auspeitschen von Ehrlosen, die zunehmenden Verbrennungen von Hexen und Ketzern. Ja, da kam sicher einiges zusammen übers Jahr. Zumal der Kölner Schwertträger auch in Oberkassel, Deutz, Mühlheim, ja sogar in Neuss sein Handwerk ausübte. Dafür hatte er dort am Niederrhein gar Recht auf ein eigenes Wohnhaus mit zwei Morgen Land. Dem Wachmann wurde ganz schwindelig bei der Vorstellung all der Gelder, die der Henker fürs Töten einstrich.

Trotzdem, sagte sich der Kerl dann nüchtern, tauschen wollt er nicht mit dem Meister Fix und Herrn Knüpfauf, denn der galt unter allen Menschen als der Unehrenhafteste. Jeder senkte den Blick, wenn er ihn traf, wechselte die Seite, wenn er durch die Gassen schritt, und keiner sprach ein Wort mit ihm oder nannte je seinen Namen.

Die Ehrfurcht und die Abscheu vor dem Blutvogt waren gleich groß. Er war ein geächteter Mann, mit dessen Handwerk man nicht in Berührung kommen durfte. Bei der letzten Hinrichtung, die knapp einen Monat her war und bei der es galt, einen Schneidergesellen, der seinen Meister erschlagen hatte, einen Kopf kürzer zu machen, war es zu einem fürchterlichen Mißgeschick gekommen. Der Wachmann schüttelte sich in Erinnerung an die Geschichte, die einem braven Kölner Bürger Ruf, Ehre und Auskommen gekostet hatte.

So kräftig hatte damals der Meister Hans sein Schwert sausen lassen, daß der Kopf des armen Schneidergesellen vom Rumpfe sprang und dann vom Blutgerüst hüpfte. Ein vorschneller Faßbinder war hinzugeeilt, hatte den blutigen Schädel bei den Haaren gepackt und zurück auf die Bühne geworfen. Das hätte er besser nicht getan. Es war ihm übel bekommen, denn noch am selben Tag schloß man ihn aus seiner Zunft aus, sein Meister gab ihm den Abschied. Er hatte sich Hände und Ruf verbrannt, da er ins schmutzige Werk des Henkers eingegriffen hatte.

Nur gut, dachte der Wächter und stieß mit großem Rülpsen sauer auf, daß ich mit dem Blutmann nichts zu schaffen hab'! Bis auf das Huhn und das Bier und die Königsbirnen freilich, die Gott sei Dank ein Knecht überbrachte. Die Reste der Henkersmahlzeit im Bauch und die künftigen Leckereien im Sinn, schlief der Mann zufrieden ein.

51.

> ***»Die Menschen schenken dem am meisten Glauben, was sie nicht begreifen.«***
>
> *Tacitus*

Die Nacht hatte den ersten Frost gebracht. Der Novemberhimmel hing dick wie graues Wolltuch über Stadt und Feld. Rauhreif lag auf den Wiesen und ließ die Kirchturmdächer glitzern. Im Richtsaal der Hacht mußte ein Feuer entzündet werden, denn Greve und Schöffen froren entsetzlich, und vor ihnen lag ein Ritt oder der Gang – je nach Bedeutung ihres Amtes – zum Richtplatz Melaten.

Doch trotz der widrigen Witterung bemühten sich die hohen Herren, das Schauspiel von Verurteilung und Vollstreckung so zeremoniös, bewegend und erbaulich zu vollziehen, wie es Vorschrift war. Schließlich galt jede Hinrichtung auch als lehrreiches Exempel für das Volk. Sie sollte eine Warnung sein an jeden Spitzbuben und Halunken. Daß das Volk zugleich seine schauerliche Freude daran hatte, war freilich nicht zu verhindern. Alles, was das Grau der Tage bunter machte, sei es das Gepränge eines Markttages oder die Farbe des Bluts, war willkommen.

Katharina und Marie wurden noch einmal in den Ring zwischen den vier Schöffenbänken geführt. Stolz stand die schöne Frau, ängstlich zitternd das kleine Mädchen da. Beide waren bleich und still.

Der Greve erhob sich und begann das uralte Zeremoniell. Zunächst verkündete er seinen Schuldspruch und las das Todesurteil von einem frischen Pergament ab: »Item sind beide Beklagte des verderblichen Schadenszaubers für schuldig befunden und sollen vom Leben zum Tod geführet werden, so wie Gesetz und Gott es verlangen.«

Dann legte er das Schriftstück nieder und bat jeden der anwesenden Schöffen noch einmal nach seinem Einverständnis. Nacheinander standen die vierzehn schwarz gewandeten Männer mit ernsten Mienen auf und sprachen laut und vernehmlich die zustimmende Formel: »Das Urteil teile ich mit der Bannglocke.«

Als das geschehen war, ließ der Greve eben diese Bannglokke der Hacht – vom Volk auch Armesünderglöckchen genannt – anschlagen. Das zarte, eilige Bimmeln wurde bald vom dumpfen Dröhnen der Domglocken beantwortet, und schließlich gab es kein Kirchengeläut in Köln, das noch stillstand.

Die in den Gassen wartenden Bürger jubelten auf. Jetzt ging es an die öffentliche Vollstreckung. Man eilte bereits voran nach Melaten, um sich einen guten Platz dicht am Rondell des Todes zu sichern, in dessen Mitte die Scheiterhaufen bereits neben den Galgen aufgeschichtet waren.

Derweil reihten sich die schwarzen Schöffen, der Gerichtsschreiber mit seinem bunten Hut und die Büttel in ihren zweifarbigen Beinkleidern hinter dem Greven auf, der durch den Richtsaal zum Ausgang der Hacht schritt. Zwei mit Hellebarden bewaffnete Stadtsöldner trieben Katharina und Märthe hinter den Männern her. Vor der Hacht angelangt, schloß sich ein Zug aus annähernd dreißig Geistlichen, darunter hohe Äbte, aber auch einfache Mönche, die Weihrauchfässer schwangen und schwarze Holzkreuze trugen, der Prozession an.

Diese wand sich, verfolgt von den Blicken der Zuschauer, jetzt dem Dom zu. Gemessenen Schritts und begleitet vom fortwährenden Läuten der Glocken bewegte sich der Troß, dessen Abschluß nun der Schinderkarren des Abdeckers und der Henker höchstselbst bildeten, auf den Domhof zu.

Katharina bemühte sich, der kleinen Marie beruhigende Worte zuzuflüstern, denn sie wußte, was nun kam, und ahnte, daß es Marie zutiefst beunruhigen würde.

Die Prozession bildete nun einen Kreis um einen großen, schweren Basaltblock im Domhof, der der »Blaue Stein« hieß. Katharina wollte Marie eben noch etwas Tröstendes sagen, als der Wächter sie bereits nach vorn in die Arme von zwei Henkersknechten drückte. Der Greve richtete sich zu seiner ganzen Größe auf. In tiefes, festliches Purpur war er gekleidet und trug eine hohe Mütze nach Art der Bischöfe.

Dann hob er die Hand, an der schwere Siegelringe golden glänzten, und der Henker in seinem scharlachroten Mantel trat hervor. Sein grimmiges Gesicht war vollständig von einer schwarzen Kapuze verhüllt. Hinter den Sehschlitzen im Stoff leuchteten kalt und ungerührt seine Augen. Mitleid gehörte nicht zu seinem Geschäft, das er so pünktlich und genau wie möglich auszuüben pflegte.

Jetzt hob der verfemte Mann die Stimme und sprach das vorgeschriebene Motto: »Wir stüßen dich an den blauen Stein. Du küßt deinen Vadder und dein Modder nit mie heim.« So schloß man die Sünder aus dem Kreis der Lebenden aus.

Danach führten seine Büttel aus, was der Spruch besagte. Dreimal stießen sie Katharina mit dem Rücken hart gegen den Basaltblock. Das Urteil war rechtskräftig, sie war des Todes. Auch der bitter weinenden Marie ersparte man das eindeutige Ritual nicht. Danach wurden die beiden Sünderinnen zum Schinderkarren geführt, dessen Holzbohlen rot vom eingetrockneten Blut toter Tiere waren. Man hob sie hinauf, der Greve und die Schöffen bestiegen prachtvoll geschmückte Rappen und bildeten die Spitze des Todeszuges, der nun zu den Stadttoren ging.

Die lateinischen Gesänge der Mönche, die Kesselpaukenschläge der Stadttrommler und das Jubeln und Krakeelen der Schaulustigen begleiteten Katharina und Marie bis zum Schafott am Rabenstein von Melaten nahe dem Leprosenhaus. Die Aussätzigen, die schon zu Lebzeiten feierlich in der Kirche ausgesegnet wurden, also gleichsam lebende Tote waren, wurden oft in der Nähe von Friedhöfen oder eben Richtstätten wie zu Melaten angesiedelt.

Hier herrschte bei der Ankunft des Henkerzuges bereits ein reges Treiben. Wiewohl der strenge Frost der vergangenen Nacht und ihre täglichen Geschäfte viele Kölner davon abgehalten hatten, sich das Schauspiel anzuschauen, waren doch gut fünfhundert Menschen versammelt, um die Hexen brennen zu sehen.

»Katharina, was geschieht mit uns?« rief ängstlich Marie,

als der Henkersbüttel sie vom Karren hob und unsanft auf die Erde stellte. Katharina sank der Mut, sie kannte keinen Trost mehr. Wo waren ihre Freunde? Was wollten sie groß ausrichten angesichts einer solch großen Schar von Gaffern und gewiß fünfzig Schwerbewaffneten? Die bunten Steine, die sie in einer ihrer gefesselten Hände fest umklammerte, konnten kaum die Rettung bringen, auch wenn Märthe ihnen wundersame Kräfte zuschrieb.

Verzweifelt suchte Katharina die Menge der Schreihälse und Gaffer nach einem vertrauten Gesicht ab, doch sie entdeckte keines. Als neben ihr eine leise, höhnische Stimme ertönte, zuckte sie zusammen: »Nein, meine Schöne, sie sind nicht hier.« An ihrer Seite stand der Dominikaner. In unverbindlichem Plauderton fuhr er nun fort: »Obwohl auch ich mir nichts sehnlicher wünsche als eine erneute Begegnung mit Euren lieben Freunden. Sie sind mir sehr teuer geworden.«

»Ich verfluche dich«, zischte Katharina dem Mann mit den hohlen Wangen entgegen und spuckte ihm in das Gesicht, das ihr wie ein Totenschädel aussah. Wut zuckte kurz durch die häßlichen Züge des falschen Mönchs, doch dann verlegte er sich wieder ganz auf sein aasiges Lächeln.

»Liebes Kind, das empfehle ich dir nicht, denn ich bin dein Beichtvater, so wie ich dein Ankläger war. Mir mußt du vertrauen. Bekenne deine Sünden, sonst fährst du in die Hölle und wirst ewig brennen, statt nur eine Stunde.«

»Besser würde ich dem Teufel beichten«, fuhr Katharina ihn an, und die umstehenden Geistlichen zuckten zurück, bekreuzigten sich und ließen die Weihrauchfäßchen heftiger pendeln. Fürwahr, da hatte man eine bis in den Grund ihrer schwarzen Seele verdorbene Hexe dingfest gemacht. Dem Satan wollte sie beichten! Ja, so las man es allerorten in den Prozeßakten über die Zauberschen. Alle heiligen Akte und Rituale der Kirche verkehrten sie ins Gegenteil, beteten zum

Fürsten der Hölle, und statt des Abendmahles verzehrten sie gebratene Kinder und tranken deren Blut. Es war schauerlich.

Die Menge verlangte lautstark, daß man endlich mit der Hinrichtung beginnen möge. Es war kalt, und bis der Scharfrichter endlich seine Fackel in den Holzstoß halten würde, gab es noch einige Rituale zu beachten, also drängte man auf den Beginn.

Der Henker packte Katharina und zog sie in das Rondell. Die Gaffer spendeten Beifall und bewarfen das Mädchen mit allerlei Unrat und faulem Abfall. Der Geruch von brennenden Pechfackeln stach Katharina in die Nase. Sie steckten lodernd in einigem Abstand zu den Scheiterhaufen in der Erde.

Neben der völlig verstummten und vor Entsetzen gelähmten Marie, die vor ihr in den Ring gebracht worden war, entdeckte sie nun wieder den Dominikaner im schneeweißen Gewand.

Schmeichelnd und drohend wollte der dem kleinen Mädchen etwas über ihre Freunde entlocken. Ob es Botschaften von ihnen erhalten habe. Doch Marie blieb stumm. Daraufhin erhob sich der Dominikaner und verkündete den Geistlichen und den umstehenden Gerichtsboten, daß das Mädchen keine Reue zeige und sich der letzten Segnung verweigere.

Die Gerichtsschreiber notierten es gewissenhaft in ihren Akten, die sie auf kleinen Klapptischen nahe am Rondell ausgebreitet hatten. Die Henkersbüttel hoben Marie nun auf die Holzscheite und das Heu, das man um einen hölzernen Pfahl geschichtet hatte. Dann löste man ihre Fesseln, drückte sie gegen den Pfosten, schlang ihre Ärmchen darum, und mit festen Stricken band der Henker das Kind an das Holz. »Katharina«, entfuhr es der Kleinen nun in einem herzerschütternden Schrei.

Frau Gertrud riß dieser Schrei von der harten Holzbank,

die man für die vornehmeren Zuschauer direkt am Ring aufgestellt hatte. »Das könnt Ihr nicht tun«, schrie sie. Doch der Schrei ging im Grölen der Menge unter. Ansgard zog seine Frau zurück auf die Bank.

»Still, oder Ihr verratet uns. Still, sonst ist alles verdorben.«

»Was denn, Mann, was denn?« fragte Gertrud nur voller bitterer Verzweiflung. »Ich seh' nicht, was ich noch verderben könnte. Hier ist keiner, der den beiden hilft. Sie sind verloren. Gott hat sie verlassen wie seinen eigenen Sohn.«

Ansgard legte seinen Arm um die Schultern seiner Frau und neigte seinen Kopf ganz nah an ihr rechtes Ohr. »Schau dir doch den Kräuterkrämer dort an, und die beiden Bierschenke oder dort, den Brezelhändler.«

Verwirrt lenkte die Kaufmannsfrau ihre Blicke in die Richtung, die ihr Mann angab. Doch sie begriff nicht. »All das übliche Krämergesindel, das seine Geschäfte macht, was soll das?« Wieder näherte Ansgard sich ihrem Ohr und flüsterte etwas hinein. »Du meinst«, sagte nun erstaunt Gertrud und richtete sich jäh auf, »du meinst, das sind Rufus' Leute?«

Ansgard nickte nur, dann sagte er mit leiser Stimme: »Ich hab' sie bei meinen Botenfahrten zu Melaten kennengelernt. Und was sie hier verkaufen, das dürfte es wahrlich in sich haben, denn ich denke, Märthe hat es gebacken und gebraut. Ich rat' dir, besser nicht davon zu kosten.«

Und damit tat er recht. Denn neben Hopfen und Malz enthielt das billige Bier der Schenkknechte auch Alraune und gefleckten Schierling, Extrakte des Stechapfels und des Schlafmohns. Der Brezelteig war gemischt mit Mehl und Tollkirsche und gewürzt mit Bilsenkraut. Die Rauchkerzen aber, die die unzähligen Bettler gegen Pfennige anboten, und die die Zauberkraft der Hexen bannen sollten, waren versetzt mit Nachtschatten. Kurz, was immer die Bettler auch feilboten, alles enthielt die Substanzen und Kräuter, die in eine treffliche Hexensalbe gehörten. Und sie alle enthielten Stoffe, die berauschten und die Sinne vernebelten, phantastische Träume und gräßliche Albwesen, verführerische und abstoßende Bilder aus den Tiefen der Seelen hervorbrachten. Zugleich mit der Vernunft lähmten sie auch die Glieder.

Doch noch nahm kaum einer Notiz von den ersten Zechern, die sich vermeintlich zuviel Bier gegönnt hatten und deshalb reglos auf den Boden niedersanken oder wie starr auf ihren Bänken hockten.

Auch waren die meisten Augen auf das Rondell gerichtet, in dem nun die schöne Hexe Katharina von dem dürren Beichtvater im weißen Habit einvernommen wurde. Der flüsterte der verzweifelnden Katharina verlockende Worte ins Ohr. Befriedigt nahmen die anderen geistlichen Würdenträger, die eifrig ihre Weihrauchfäßchen schwangen, wahr, daß die Sünderin diesesmal einen sehr aufmerksamen Eindruck machte. Und tatsächlich lösten die Vorschläge des Dominikaners in Katharina einen Zweikampf aus.

»Mein Herr wird dich und Marie hier rausholen, wenn du uns sagst, wo wir den Grafen, den Mönch und Märthe finden«, versprach mit salbungsvoller Stimme der Dominikaner. »Es ist ein leichtes. Er hat bald fünfzig schwer bewaffnete Männer hier zusammengezogen. Ein Zeichen von ihm genügt, und sie schlagen jeden zusammen, der sich uns in den Weg stellt.«

Katharina schloß kurz die Augen. Wenigstens Maries Leben konnte sie retten. Doch dann gewann ihre Erfahrung mit den Machenschaften des Mönchs die Oberhand. »Ich traue Euch nicht, Ihr seid schon einmal wortbrüchig gewesen, wo es um Sebastian ging. Wäre es nach Euch gegangen, so wäre er nun tot. Jämmerlich hättet Ihr ihn in der Kammer verrecken lassen.« Der Dominikaner hob die Augenbrauen. »Oho. Du weißt also um Sebastian. Wie interessant. Hat ein kleines Vöglein dir das zugetragen?« Das Mädchen schwieg trotzig. Nein, kein Wort würde sie diesem Menschen noch verraten, wie hatte sie nur zögern können?

Der Dominikaner erkannte ihre Verstocktheit und packte sie nun unsanft beim Arm. »Du hast also Nachricht von ihnen bekommen, während du gefangen warst. Nicht wahr?« Sein Griff wurde eisern. Seine hageren Krallen bohrten sich schmerzhaft in Katharinas Fleisch, doch sie verzog keinen Muskel ihres Gesichts. Maßlos war nun der Zorn des Mönches. Ohnmächtig hatte er erkennen müssen, daß die von ihm gestellte Falle auf dem Alten Markt nicht zugeschnappt war, und nun weigerte sich auch das Mädchen, ihm Auskunft zu geben. Zur Hölle mit den Gauklern, zur Hölle mit der Magd! Endlich ließ er sie fahren und stieß sie in den Schmutz.

»Sie bekennt nicht«, rief er den Geistlichen zu. Die nickten streng und verließen nun den Ring. Sollte der Henker seines Amtes walten, für den Herrn waren die Hexen auf immer verloren.

Den Äbten polsterte man die Bänke vor der Richtstätte mit Samtkissen und reichte ihnen eilends herbeigebrachtes Bier. Wohlfeiles, doch schmackhaftes Bier, wie man es selten bei solchen Volksaufläufen von den Schenkknechten angeboten bekam. Selbst die Mönche konnten sich davon einen Krug leisten, und taten es des bitterkalten Windes wegen. Mit Genuß erfrischten sich die Kirchenmänner also, während unter den Schaulustigen immer mehr waren, denen die Knie wegknickten oder denen der Kopf vornüberfiel. Manch ein Weib erhob bereits Gezänk mit ihrem vermeintlich volltrunkenen Gespons, so sie nicht selber berauscht war. Die städtischen Stockknechte mußten drohend die Waffen heben, um die Ruhe herzustellen.

Der Bogenwaldler, der einen Platz neben den Ratsherren und den Kirchenmännern nahe beim Ring hatte, blickte fragend zum Dominikaner hinüber, als der aus dem Ring trat. Der schüttelte verneinend den Kopf. Der Handel mit Katharina war nicht zustande gekommen.

Der Ritter lockerte den Griff, mit dem er sein Schwert

umfaßt hatte. Da hatte sich der Dominikaner also in der Tat einmal ordentlich verrechnet. Vom Grafen und den Gauklern, vom Mönch und Märthe fehlte jede Spur. Der Bogenwaldler überlegte, sich von seinem Berater zu trennen. Auch ohne ihn würde er in der Welt weiterkommen. Diese verschlungenen Pläne hatten ja doch zu nichts geführt. Nun saß er hier auf einer Bank, statt im Land umherzureiten und den Grafen und seine Gaukler zu jagen.

Im Ring trat nun der Greve vor, in seiner Hand einen Stecken, neben ihm schritten zwei Schöffen. Die Henkersbüttel banden nun auch Katharina an den Pfahl, der Scharfrichter bezog seinen Platz hinter den Scheiterhaufen. In der Hand hielt er eine der mächtig lodernden Pechfackeln.

In seiner Tasche steckte der Strick, mit dem er in dem Moment, wenn das Feuer sich vom Stroh zum Holz und zu den Kleidern emporfressen würde, zuerst die kleine Marie und danach Katharina erwürgen würde.

Gertrud hatte ihr Geld gut angelegt. Der Kölner Meister Fix war ein Freund rascher Todesarten, da er sein Geschäft gern gut und gründlich machte. Er schätzte die unsicheren und langwierigen Tötungsarten nicht, bei denen sich die Opfer wanden und schrien. Etwa das Sieden in einem Kessel als Vorwegnahme der Höllenstrafe, das dem Sterbenden so furchtbare Schmerzen bereitete, daß am Ende die Zuschauer ihren Zorn von dem armen Sünder oft auf dessen Henker lenkten. Da flogen dann schon mal Krüge und Steine. Nein, der Henker richtete am liebsten mit seinem gut geschmiedeten und scharf geschliffenen Beidhänder. Das schwere Schwert wußte er trefflich zu führen, denn er hatte die Kunst des rechten Tötens lange geübt, an Schweinen und dann erst an Menschen. Sollten die beiden Hexen ruhig durch seinen gnädigen Strang sterben, im Feuer konnte ihr Tod leicht eine halbe Stunde dauern.

Als der Greve nun noch einmal das Urteil auf Tod durch

das Feuer verkündete, nahm der Henker Aufstellung hinter Marie, verband ihr die Augen, um sich vor dem bösen Blick zu schützen, und legte ihr den Strick schon um den Hals. Dann entschuldigte er sich nach Henkers Sitte bei dem Mädchen dafür, daß er sie vom Leben in den Tod führen müsse.

Niemand achtete in diesem Moment auf sein Tun.

Niemand außer Märthe.

»O Gott, Fresenius, schaut nur! Der Scharfrichter legt Marie den Strick um den Hals, er wird sie erwürgen, jemand muß ihm Gnadengeld gegeben haben. Ich nehm' an, Frau Gertrud war's.« Bleich vor Entsetzen trat Fresenius hinter die Frau und spähte durch den Wandspalt in der Scheune des Leprosenhauses. Märthe hatte es richtig erkannt, obwohl sie beinahe fünfzig Meter von dem Rondell trennten, hatten ihre Augen sie nicht getäuscht.

»Du hast recht«, sagte Fresenius, und entschlossen setzte er hinzu: »Dann müssen wir jetzt anfangen.«

»Es ist zu früh«, mahnte der Graf, »wir brauchen das Feuer als Sichtschutz und Kulisse für den Mummenschanz. Außerdem muß Märthes Gift noch zu ganzer Wirkung kommen.«

Doch Fresenius schüttelte den Kopf. »Wenn wir warten, ist es vielleicht zu spät, und wir können nur noch die Leichen der beiden bergen. Was nützte dann alles?«

Mit entschlossenem Blick trat nun Sebastian zu der Gruppe an der Scheunenwand. »Ich werde vorangehen. Allein. Man wird mich eher übersehen als unseren ganzen, wilden Haufen. Ich werde mit dem Henker fertig. Sobald die Scheiterhaufen brennen, schlagt ihr los.« Bevor ihn einer zurückhalten konnte, war Sebastian durchs Scheunentor verschwunden.

Im Rondell antwortete der erste Schöffe auf die Frage des Grevens, ob das Urteil recht gesprochen sei, mit einem lauten »Ja«.

Einer der Äbte kicherte albern, so als beschleiche ihn ein unzüchtiger Gedanke. Und das entsprach der Wahrheit, denn vor seinen Augen war plötzlich Katharina als nackte, wollüstige Dirne erschienen, die ihn mit ihren festen, jungen Brüsten lockte. Der Abt schüttelte den Kopf und kniff die Augen zusammen. Die Hexe war ja gar nicht nackt. Oder doch? Wieder verschwamm der Richtplatz vor seinen Augen, die Lider wurden ihm schwer. Mit letzter Kraft wandte er sich seinem Banknachbarn zu, als wolle er um Hilfe bitten, und wich entsetzt zurück. Der Teufel saß gleich neben ihm, trug das schneeweiße Gewand eines Dominikaners und grinste ihn frech an.

Dasselbe dachte eben dieser Würdenträger neben ihm über den kichernden Abt. Was hatte der nur für lange Zähne, und lugte da nicht ein Bocksfuß unter seinem Talar hervor?

Der Bogenwaldler und sein Berater merkten, daß hier etwas nicht mit rechten Dingen zuging. Fragend starrten sie sich an und ließen ihre Blicke dann über die Menge der Zuschauer schweifen. Etliche waren in tiefen Schlummer verfallen, andere verdrehten wie in wildem Rausch ihre Augen, diejenigen, die nüchtern waren, begannen immer größere Unruhe zu zeigen. Stockknechte hin oder her. Über allen aber kreiste ein weißer Rabe. Claudius sprang auf. »Hesekiel«, murmelte er mit von Haß verzerrter Stimme.

Der zweite Schöffe gab nun seine Zustimmung zum Urteil. Der Greve hob den Stab, um ihn zu brechen, der Henker neigte die Pechfackel hinab zu den mit Stroh umlegten Holzscheiten und griff mit einer Hand nach dem Strick um Maries Hals. Gellend schrie noch einmal Katharina ein »Nein« in den bleigrauen Novemberhimmel. Doch der Schrei ging unter in einem ohrenbetäubenden Knall.

Die Scheune des Leprosenhauses ging mit einem Mal in die Luft. Feurige Holzlatten, brennende Feuerkugeln aus Stroh und ein Funkenregen gingen nieder. Eine weitere

Explosion vom anderen Ende des Richtplatzes war die Antwort. Kreischend rannten viele Zuschauer auseinander, andere knieten nieder und beteten. Vor Schreck ließ der Henker die Pechfackel fallen, und der Scheiterhaufen, auf dem Marie stand, fing Feuer. Sebastian kam gerade zurecht, um den benommenen Henker mit einem Hieb außer Gefecht zu setzen. Dann sprang er beherzt in das brennende Holz und zerschnitt die Fesseln seiner kleinen Schwester. Gott hatte dem Mädchen eine gnädige Ohnmacht geschickt.

Rasch packte Sebastian Marie, dann war er beim zweiten Holzhaufen. Katharina kämpfte mit ihren Fesseln. Sebastian schnitt sie los, sie riß sich das Tuch von den Augen und erkannte ihren Geliebten. Der zögerte nicht lange, sondern schlang seinen freien Arm um ihre Taille und hob sie vom Holz. Einen leidenschaftlichen Kuß drückte er auf ihren Mund, und für eine Sekunde genoß die Magd das beglückende Gefühl, statt in die Hölle direkt ins Himmelreich zu fahren. Dann aber machte sie sich los und warf die bunten Steine in den Holzstoß. »Gib mir eine Fackel«, schrie sie Sebastian zu. »Wir müssen fliehen.« Katharina schüttelte den Kopf, raffte ihren Rock und rannte zum brennenden Holzstoß herüber, in dem Marie hatte elendiglich sterben sollen. Sie nahm ein brennendes Scheit und warf es in den zweiten Holzhaufen. Knisternd fing das Stroh Feuer.

In der Menge brach nun ein riesiger Tumult unter denjenigen los, die nicht berauscht waren oder im Giftschlaf lagen. Die letzten nüchternen Mönche knieten sich hin und beteten zu Gott, er möge die Welt noch nicht vernichten, da sie sich nicht bereit fühlten für das Jüngste Gericht. Panisch flohen viele, besonnene Ratsherren versuchten ihre Stockknechte in den Ring zu schicken, um sofort die Hexen zu töten, die gewiß das Höllenfeuer bewirkt hatten.

Doch viele Stockknechte waren bereits geflohen oder selbst dem Bier oder den Brezeln nicht abhold gewesen und lagen nun reglos da. Wollüstig wälzten sich einige im Schmutz, in der festen Überzeugung, Unzucht mit herrlichen Weibern zu treiben. Bei ihnen tat der Stechapfel, der die Manneskraft und die erotischen Träume stärkt, ihre Wirkung.

Mit wilder Abscheu betrachtete der Bogenwaldler das heillose Durcheinander. Wild suchte er seine Söldner. Die, die nüchtern waren, schrie er an, sie sollten die Hexen töten. Einige stürmten tatsächlich mit erhobenen Schwertern los, als plötzlich Katharinas Scheiterhaufen ganz und gar in Flammen aufging. Doch die Flammen allein entsetzten die kaltblütigen Kerle nicht. Es war der Rauch, den die Flammen meterhoch in den Himmel schickten.

Tiefviolett war er und beißend im Geruch. Märthes bunte Steine taten ihren Dienst.

Hustend sprang jetzt auch Katharina von dem Holzhaufen herab, beide Arme warf sie um Sebastian und die immer noch ohnmächtige Marie. »Wir sind frei«, rief sie lachend. Doch diesmal war es Sebastian, der keinen Aufschub duldete. Mit Marie auf dem Arm und seiner Geliebten an der Hand lief der Bergknappe durch die gelichteten Reihen der Zuschauer hinter den brennenden Scheiterhaufen.

Der Dominikaner beobachtete, daß allein die Pfähle im Scheiterhaufen brannten, und schrie mit der ganzen Kraft seiner Stimme den Ritter an, er solle den Fliehenden nachsetzen. Der sprang daraufhin in den Ring, trat den wimmernden Greven, der wie die Schöffen glaubte, das Ende der Welt sei auf sie gekommen, heftig beiseite und kämpfte sich fluchend und nach Atem ringend durch den purpurfarbenen Qualm. Als er durch die dicksten Schwaden hindurch war und der Rauch sich lichtete, prallte er zurück. Was er dort sah, konnte nicht mit rechten Dingen zugehen.

War auch er von Sinnen, oder war das, was er sah, die Wirklichkeit?

Von vielfarbigen Rauchschwaden umhüllt, zog ihm über

die gefrorenen Ackerfurchen eine Mauer aus Teufelsgestalten, Dämonen und abscheulichstem Ungetüm entgegen. Ein Zug höllischer, schwarz- und rotgesichtiger Gaukler und gehörnter Spielleute, von denen einige anstatt auf Flöten, Zwerchpfeifen und Schalmeien auf nichts anderem als Nattern, Vipern und Blindschleichen zu pfeifen schienen. Etliche hatten tote, steife Katzen, denen sie in den Hintern bliesen und auf dem Schwanz fingerten, wie Sackpfeifen gleich. Andere geigten auf Roßschädeln wie auf dem besten Diskant, und wieder andere schlugen die Harfe auf einem Kuhgerippe. Es war ein grausliches Konzert. Dirigiert wurde es von einem Mönch in brauner Kutte mit eiserner Faust.

Wie grauslich aber erschien es erst den ohnehin Berauschten und in Delirien verfangenen Zuschauern! Sie sollten später hinter vorgehaltener Hand von einem Hexensabbat erzählen, wie ihn die Welt noch nicht gesehen hatte. Selbst Prälaten und Äbte, Ratsherren und Richter, sogar der Henker würden ihr Leben lang mit blankem Entsetzen des Richttages gedenken.

Nur einer hatte sich selbst im hohen Alter noch die Seiten gehalten, wobei Lachtränen ihm die Backen herabrannen, wenn er im Kreis der engsten Freunde wieder einmal vom großen Teufelstreiben zu Melaten berichtete und die entsetzten Gesichter der Ahnungslosen nachmimte oder von den wie irre Tanzenden erzählte, die berauscht von Bilsenkraut und Schierling obszöne Tänze mit Stöcken und Bäumen vollführten. Es war – wer sonst – der Lautenspieler Hans.

Er war auch der erste, der so nahe an den Ritter herankam, daß der den Trug durchschaute und sich aus seiner Erstarrung befreite. Die Hörner, die der pausbäckige Kerl auf seinem Schädel trug, waren die eines Ziegenbocks und unter seinem Kinn mit Riemen festgebunden.

»Verflixte Gaukler«, schrie der Bogenwaldler, als er seinen Irrtum und die gelungene Sinnestäuschung bemerkte. Nichts als Mummenschanz trieben diese verkleideten, wüst bemalten Gestalten. Und doch waren sie für sein Schwert allein zu mächtig. Der Ritter griff seine Waffe und stürzte zurück in den Qualm der Scheiterhaufen. Er brauchte Verstärkung. Einige seiner Männer mußten doch noch zu etwas taugen, dann würde er leicht mit diesem lächerlichen Haufen fertig.

Tatsächlich gelang es ihm, einen Trupp von dreißig furchtlosen, zwar verwirrten, aber immerhin nüchternen Söldnern und Stockknechten im Ring der Richtstätte zu sammeln. Gegen den versprochenen Blutlohn von zehn Dukaten war ein jeder bereit, es selbst mit dem Teufel aufzunehmen. Sie alle warteten mit gezückten Waffen auf die angekündigte Gauklerschar, die nach Auskunft des Bogenwaldlers großteils aus armseligen Lumpen und Bettlern bestand.

Und richtig, bald teilten sich die Purpurnebel und bestätigten die Worte des Ritters: Ein Lumpenhaufen war's, der ihnen da entgegentrat. Die Kerle des Ritters hieben beherzt und gnadenlos auf die armseligen Gestalten in Masken und Teufelsgewand ein, die allerdings den Hexenglauben der weniger nüchternen Zeugen auf ewig und unverrückbar festigten.

Die Wut des Ritters war grenzenlos, er hieb und stach nach allen Seiten, traf dort einen ins Herz hieb da eine Maske weg und fällte dort einen künstlich Gehörnten nieder. Sein Kampfesmut kannte keine Grenzen, doch auch der seiner Gegner war ohne Beispiel. Ob der einarmige Rufus und seine Bettlerschar, der flinke Hans oder der kampftüchtige Landsknecht und sein Herr, der Graf, sie alle fochten mit ganzer Kraft.

Dem Landsknecht Michael gelang es schließlich, zwei Gegner abzuschütteln und auf den Bogenwaldler zuzuspringen, der eben sein Schwert gegen Rufus erhob.

»Ich schicke dich in die Hölle«, schrie Michael, all seine Nüchternheit vergessend. Dann holte er aus. Mit mächtigem Klirren ging sein Schwert auf die Klinge des Bogenwaldlers nieder, der alsbald sein Schwert wegzog und mit großer Wucht auf den Landsknecht einhieb. »Bald darfst du deiner toten Frau wieder beiwohnen«, schrie er, und Michael erstarrte für wenige Sekunden, als sei er aus Eis. Der Graf sprang herbei und übernahm das Gefecht. Funken stieben auf, als sein Eisen den Brustpanzer des Bogenwaldlers traf, doch der fiel nicht, sondern focht unermüdlich weiter.

Claudius sah, daß es ein Kampf unter Ebenbürtigen war, zweifelte aber nicht am Sieg des Ritters, der die Tugend der Heimtücke für sich verbuchen durfte. Die delirierenden Äbte aber vermeinten beim Blick auf die beiden Ritter Zeugen eines Zweikampfes zwischen Gottvater und dem gefallenen Engel Satan selbst zu sein.

Andere berauschten sich an den Bildern nackter Dämonen, die nicht mit Schwertern, sondern dem Werkzeug ihrer Männlichkeit gerüstet, einen sündigen, ausschweifenden Tanz vollführten, in dem sie alle Laster übten, die die Äbte selbst aus ihren verborgensten Phantasien kannten und die Stechapfel und Tollkirsche nun nach oben lockten.

Der Graf mußte jetzt einen mächtigen Hieb des Ritters einstecken und knickte kurz zur Seite weg, sein Kettenhemd riß an der Schulter, Blut quoll aus einem Schnitt hervor. Befriedigt bemerkte der Dominikaner, daß auch die Söldner des Bogenwaldlers an Boden gewannen, egal wie heftig der Lautenspieler – ja, er hatte ihn trotz der Teufelsfratze vor seinem Gesicht erkannt, der baumlange Kerl mit der Axt, Schmied Derich war's – und der Landsknecht gegen sie anfochten. Der Rest des Trupps waren doch nur lächerliche Bettler und Krüppel. Einhändig, hinkend oder auf Krücken lehnend, gingen sie wie Fallobst nieder. Wenn das das ganze Aufgebot des Grafen war, dann war seine Sache bald verloren.

Doch Claudius irrte. Denn jetzt trat der Kapuzinermönch auf den Plan. In der eisernen Hand trug er eine Kugel.

Der verfluchte Feuerteufel, dachte der Dominikaner und

rief den kämpfenden Söldnern eine Warnung zu. Die hielten kurz inne und warfen sich nieder, während die Leute des Grafen sogleich beiseite sprangen. Keine Sekunde zu früh, denn schon ging neben einem der gedungenen Söldner Fresenius' Geschoß nieder und explodierte. Der Kerl blieb besinnungslos liegen, Luft pfiff durch ein Loch in seiner Brust, seine Lunge war zerfetzt. Einige der Söldner blickten unsicher auf den Sterbenden herab, dann wieder zu dem mitleidlosen Mönch, der eine weitere Feuerkugel entzündete.

»Schone mich, ich bin dein Diener, Satan, erhöre mich«, wimmerte sabbernd neben Claudius ein vollkommen berauschter Ratsherr nach der nächsten Explosion. Das Gefecht im Ring ging zwar weiter, doch nun wußte der Dominikaner, daß es verloren war. Noch einmal sah er das Schwert des Traubstedters durch die Luft sausen und gegen das des Ritters krachen. Und diesmal traf der Graf den Bogenwaldler mitten auf die Brust. Der Beistand von Fresenius schien seine Kampfeswut buchstäblich anzufeuern.

So oder so, dachte aber Claudius, sein Herr – sein gewesener Herr – war verloren. Angewidert wandte der hagere Mönch sich ab. Nun galt es zu retten, was zu retten war. Sein eigenes Leben. Mit geschürzter Kutte sprang er über die Bank, an Halluzinierenden und Jammernden vorbei und wollte sich gerade dem Strom der letzten Flüchtenden anschließen, als ein weißer Rabe auf ihn niederstach, seinen kahlen Schädel umflatterte und plötzlich wie aus dem Nichts ein Engel vor ihm erschien.

Nein, kein Engel, nur eine Frau mit der Maske eines Engels vor dem Gesicht. Die streifte sie nun ab. Es war seine ärgste Feindin, die vor ihm stand: Märthe.

Im Hintergrund explodierten weitere Geschosse des Mönchs. Die Waffen klirrten leiser, die letzten Kämpfer schrien verbissen, und immer noch spielten einige der seltsamen Musikanten zu dem seltsamen Spuk.

»Was willst du von mir?« fragte der Dominikaner und wich zurück. Märthe sprach nicht, trat aber näher an ihn heran und musterte ihn, als sei er ein seltenes Tier oder Fabelwesen. Plötzlich zog sie ein Messer aus ihrem Gürtel. Mit einem erstickten Schrei wich der Dominikaner weiter zurück und stolperte rückwärts über einen am Boden liegenden Mann. Mit einem Plumps landete er auf seinem Hintern.

»Tu das nicht! Tu es nicht, wir sind Fleisch von einem Fleisch, gezeugt von denselben Lenden, geboren aus dem gleichen Schoß. Besinn dich, du bist meine Schwester«, flehte er nur.

Märthe war jetzt über ihm, das Messer in der Hand. Seine letzten Worte hatten sie den Dolch hochreißen lassen. Nur wenige Zentimeter trennten den falschen Mönch noch vom Tod. Doch dann besann die Alte sich anders, sie hob kurz den Kopf, als lausche sie nach etwas. Sie ließ das Messer fahren und richtete sich mit einem Ruck auf. »Nein«, sagte sie, »ich werde dich nicht richten. Gott wird es tun. Er ruft mich.« Damit wandte sie sich zum Gehen, der Rabe krächzte etwas, das in Claudius' Ohren wie ein Protest klang, folgte aber dann mit knatternden Flügelschlägen seiner Herrin.

Wortlos verfolgte Claudius den Abgang seiner Schwester. Mit eilenden Schritten strebte sie auf ein Waldstück zu. Bald war sie zwischen den Bäumen verschwunden, die ihre kahlen Kronen wie die Finger eines Gerippes gegen den grauen Himmel streckten. Märthe war fort, die Schreie des Raben verhallten im Wind.

Verwirrt und immer noch zu Tode erschrocken rappelte sich der Dominikaner auf und wollte davonstürzen. Die Kampfgeräusche hinter ihm wurden immer leiser. Er war glimpflich davongekommen, nun mußte er machen, daß er fortkam. Doch wieder hielt ihn jemand zurück. Eine kräftige Hand ging auf seine knochige Schulter nieder und riß ihn herum. Es war die kräftige Hand von Fresenius. Neben ihm stand ein einarmiger, vierschrötiger Mann in Lumpen: Bauer Rufus. Bevor Claudius sich besinnen und sprechen konnte, landete krachend die eiserne Faust des Kapuziners in seinem bleichen Gesicht. Ein Zahn brach ihm aus, sein Kieferknochen knirschte. Wieder ging er zu Boden, stöhnend spürte er, daß sich warmes Blut in seinem Mund sammelte, er schmeckte Eisen, dann öffnete er die Augen und sah dicht vor seinem Gesicht das des tödlich wütenden Fresenius.

»Wo ist sie?«

»Wo ist wer?«

»Mönch, ich rat' dir, sage es mir, oder ich töte dich mit bloßer Hand, auch wenn ich dem Schwert abgeschworen habe.« Drohend hob er wieder die Faust, und Claudius mühte sich, davon wegzukriechen. »Wo ist Märthe, sie wollte zu dir, um abzurechnen, wie sie sagte?«

»Gebt mir Euer Ehrenwort als Diener Gottes, daß Ihr mich verschont, wenn ich es Euch sage.« Der Dominikaner hatte seinen berechnenden Verstand unter dem Schlag nicht eingebüßt. Der Bauer spuckte angewidert aus.

Fresenius zögerte nicht lange. »Wenn sie nicht mehr lebt, kann ich dir nichts versprechen, außer daß du einen qualvollen Tod sterben wirst.«

»Sie lebt, sie lebt«, eilte sich Claudius zu versichern. »Seht, da liegt ihr Dolch, kein Tropfen Blut klebt dran. Und da ihre Maske. Sie hat mir verziehen und ...«

»Noch so eine Lüge, und ich vergesse mich«, drohte der Kapuzinermönch.

»Nun gut, nicht verziehen, aber sie hat mich geschont, weil Gott es verlangt hat und ist dorthin«, er wies auf einen Wald, »fortgegangen. Ich denke, sie sucht wieder einmal den Allmächtigen.« Seinen bösartigen Spott hatte der Fausthieb von Fresenius nicht vernichtet.

Der Kapuziner ließ den falschen Ordensbruder los. Ihn kümmerte das Geschwätz des Boshaften nicht. Ihn kümmerte allein Märthe. Der Graf und die Gaukler würden die Söldner des Ritters bald besiegt haben. Der Graf hatte dem Bogenwaldler bereits den Todesstoß versetzt. Es war ein schneller Tod gewesen, zu schnell für den Kerl. Blutend lag er nun auf der Richtstätte, gefällt mit dem Segen Gottes. Katharina, Sebastian und Marie waren in Sicherheit. Für die Flucht des Grafen und seiner Gefährten standen gesattelte Pferde bereit. Der Tuchscherer hatte großzügig sein Geld gegeben.

Ja, die Schlacht war gewonnen, doch der Kampf gegen all die falschen Herren und um das göttlich' Recht noch lange nicht.

Er war und blieb ein Krieger Gottes, doch er konnte diesen Kampf nicht ohne Märthe führen. Sie, sie allein kannte den rechten Weg. Er mußte sie finden. Ohne sie war ihm alles nichts. »Ich werde dir den Weg weisen«, die Worte seiner Erscheinung ließen ihn nicht los. Er richtete sich auf und spähte zum Wald hinüber.

»Ich geh' und suche Märthe. Ich werde sie finden«, sagte er zum Bauern, der traurig nickte.

»Werden wir uns wiedersehen?«

»Ich weiß es nicht«, sagte Fresenius geistesabwesend.

»Bruder«, sagte jetzt der Bauer, »verzeih mir, daß ich je mißtrauisch gegen dich war. Dein katholisches Gewand hat mich getäuscht. Du bist einer der unseren. Wir brauchen dich.«

Fresenius blickte nun in das Gesicht des Mannes. »Ja«, sagte er fest, »ich stamme wie du aus dem Geschlecht der Bauern. Aber das tut nichts. Auch der Graf kämpft deinen Kampf, die Gaukler, selbst Hans, der Lautenspieler. Geh zu ihnen. Gehab dich wohl und grüße die andern. Wir werden uns wiedersehen, so Gott es will.«

Die Männer umarmten sich schweigend. Lange blickte Rufus der braungewandeten Gestalt nach, die endlich immer kleiner wurde und schließlich zwischen den silbern glänzenden Stämmen des Waldes verschwand.

»Der Herr sei mit dir, Bruder«, sagte er leise. Dann traf ihn von hinten der heimtückische Hieb des Dominikaners. Rufus sank bewußtlos nieder. Claudius aber kehrte dem Ort seiner Niederlage rasch den Rücken, bevor ihm ein weiterer Gaukler den Weg verstellen konnte.

Weder Gott noch Teufel hatten an diesem Tag einen Sieg errungen.

Band 11956

Peter Berling

Franziskus oder das Zweite Memorandum

Giovanni Bernardone wurde 1181 als Sohn einer wohlhabenden Kaufmannsfamilie in Assisi geboren. Nach einer schweren Krankheit, die ihn an den Rand des Todes brachte, wandte er sich vom weltlichen Leben ab, pflegte die Aussätzigen seiner Vaterstadt und führte ein Bettlerleben. Als Franziskus von Assisi und Ordensgründer wurde er 1228, zwei Jahre nach seinem Tod, heiliggesprochen.

Dem Autor ist im Wechselspiel zwischen dem Heiligen und seinem Bischof Guido II. von Assisi (1204–1228) eine lebendige Darstellung des Hohen Mittelalters gelungen, dessen Bogen sich von den Ketzerbewegungen bis zu den Kreuzzügen, von praller Lebenslust zu inbrünstigem Glauben und fanatischer Askese spannt.

Eine faszinierende Darstellung des Heiligen und seiner Zeit!

BASTEI LÜBBE

Band 12459

Sophie Chauveau

Achill, Troja und ich

Helena, die schönste und schillerndste Frau der Antike, erzählt hier ihre Lebensgeschichte und wirft ein völlig neues Licht auf die griechische Mythologie. Sie macht uns mit ihren Vorfahren vertraut und schildert ihre Begegnung mit dem Kentauren Chiron.

Von ihrer Sinnlichkeit entflammt, entführt sie der alternde Theseus nach Athen. Wieder in Sparta, heiratet sie den Atriden Menelaos, der jedoch bald das Interesse an ihr verliert. Paris, zu Gast in Sparta, nimmt sich der enttäuschten Ehefrau an und läßt sie einen ungeahnten Sinnesrausch erleben. Schließlich entführt er sie nach Troja und löst so den Trojanischen Krieg aus. Und dann lernt Helena Achill kennen...

»Witzig erzählt, mit modernen Anspielungen!«

B.Z., Berlin

BASTEI LÜBBE

Band 12460

Manfred Böckl

Erdbeermund

Das abenteuerliche Leben des François Villon

Der packende Roman eines schillernden Lebens im Spätmittelalter

François Villon - Poet, Rebell, Gauner und Frauenheld - kam als Sohn der Henkersgattin von Paris und eines Abtes namens Guillaume Villon zur Welt. Als Magister Artium der Pariser Universität machte er, wie Martin Luther und Ulrich von Hutten in Deutschland, die Volkssprache in Frankreich literaturfähig. Gleichzeitig jedoch war er ein Mitglied der gefürchteten Verbrecherorganisation Coquille. Nach zahlreichen gefährlichen Eskapaden wird er schließlich aus Paris verbannt, und seine Spur verliert sich im Dunkeln.

BASTEI LÜBBE

Band 12473

Anna Eunike Röhrig

Die Macht der Puppen

Zwei junge Frauen geraten am Hof Heinrichs VIII. in den Sog tödlicher Intrigen

Die miteinander befreundeten Alice Shelton und Catherine Howard werden im Haus der Herzogin von Norfolk vor den Toren Londons erzogen. Sie sollen eines Tages in die bedeutendsten Familien des Landes einheiraten. Doch Catherine wird als Hofdame in den Dienst der Königin berufen, und durch eine Intrige gelingt es auch Alice, dort eine Stelle zu erhalten und so der Heirat mit einem ungeliebten Mann zu entgehen.
Als Heinrich VIII. sich in Catherine verliebt, wollen ehrgeizige Verwandte sie in die Rolle der Mätresse drängen. Aber die Feinde der Howards konspirieren bereits gegen sie, und für die beiden Freundinnen beginnt ein Ränkespiel auf Leben und Tod...

BASTEI LÜBBE